U0666550

景园
重新认识一下
我叫顾可馨

S霜

Contents
目录

Shining for u

微光

SHINING FOR U

10.20
/
10.20

顾可馨的内心是一座贫瘠的城，
那里面满是深渊和沼泽，
没有人能走进去。

Gu ke xin de nei xin shi yi zuo pin ji de cheng,
na li mian man shi shen yuan he zhao ze ,
mei you ren neng zou jin qu .

THE LIGHT

CHAPTER

1

带走

If the golden sun,

Should cease to shine its light,

Just one smile from you,

Would make my whole world bright.

——*Stray birds*

如果金色的阳光停止它闪耀的光芒，

只要你的一个微笑，

便能点亮我的世界。

——《飞鸟集》

萧情突然冲上来，所有人始料未及，包括景园。她后背湿润，满鼻尖的血腥气，可是她没有受伤，景园突然连转头的勇气都没有，她跌坐在地上。顾可馨飞奔到她身边，冲工作人员喊："愣着干什么？！叫救护车！"

工作人员如梦初醒，立刻手忙脚乱地围在景园身边。

救护车和警方早在男人挟持景园时就联系了，景园虽然冷静但眼底满是惧怕，还有些事后的木然，顾可馨知道她是被吓怕了，很小心地帮景园擦拭脖颈处，安抚道："没事的，景园，没事的。"

旁边都有人在，她只得一遍一遍用声音安抚着。

"阿姨她怎么……"景园心口疼到哽咽，似被人拧着攥着，狠狠揉捏，连呼吸都疼得战栗。顾可馨揉着她肩膀："景园，先冷静。"

景园手抵着头，刚刚的一幕很不真实，她恍惚间想到了小时候溺水那次，她绝望到眼前一片黑，然后有人夹着她冲出水面，她从绝望中转头，看到了萧情温和淡然的侧颜，从此，萧情如天神般在她心里扎根。一如刚刚的一瞥。

景园心底无比慌乱，她手心还有温热的血迹。

救护车到的时候现场已经安静下来了，副导让大多数人离开，男人已经被警方押走，萧情送上担架时，景园下意识想跟上，顾可馨喊道："景园。"

景园转头，看顾可馨担忧的目光，她说："我要跟车。"声音沙哑，眼圈红透，饶是这样，景园也没掉一滴泪，她眼底水花打转，对顾可馨说，"你来吗？"

顾可馨透过她看向担架上的萧情，过了几秒，她才转头看着景园，瞳孔又黑又亮，目光深邃，细细碎碎的痛苦被藏起，眨眼间只剩平静，她说："你先去吧。"

因为太痛，顾可馨不得不在说完话时停顿两秒，缓了口气才继续说："我等会开你的车过去。"

景园深深地看着她，抿唇，最后没说话，低头进了救护车，跟车走了。

顾可馨在她身后干站了好久，身边的苏英问："人走了？"

"去找叶辞夕拿钥匙。"顾可馨低头，"我去车那里等你。"

苏英立刻去找叶辞夕，顾可馨和与导演一声才去停车场，她走得很慢，每一步都是煎熬，刚刚景园的眼神在面前挥之不去，景园对萧情的愧疚如千万根针扎在顾可馨心里，让她全身又冷又寒。

苏英找到顾可馨时看到她背倚车门上，她走过去："可馨。"

"来了。"顾可馨说，"上车吧。"

苏英不放心："我来开？"

"我开。"顾可馨神色平静，可她越是平静，苏英就越是担心，上车后苏英系好安全带，小心翼翼地问："可馨，景园先去了吗？"

顾可馨云淡风轻："嗯。"

她的侧脸绷着，声线沉稳，一点儿看不出难受的样子，可苏英知道，她现在情绪肯定不好。苏英想了几秒说："她怎么先走了，也不……"

"苏英。"顾可馨打断她的话，语气如常，"是我先利用她的。"

所以就算景园要偏袒萧情，也不是景园的错。

苏英张张口。她以前一直觉得顾可馨变了，可具体是哪里，她说不上来，现在她懂了，她开始变得和她父亲一样了，这一刻，苏英突然后悔当初的决定。

她怕顾可馨和她爸爸一样，最终重蹈覆辙。

"我不会的。"顾可馨没看苏英，直接说，"我不会和他一样。"

苏英的一颗心放了回去。苏英知道顾可馨一向看不起她父亲，更不会走她父亲的老路，但刚刚她帮景园说话的样子，还是让苏英心有余悸，拍着胸口道："你吓死我了。"

她真怕顾可馨布局这么多年，会因为景园而放弃。

顾可馨握紧方向盘，良久没说话，下颌绷着，苏英用余光瞄着她的脸色，也没再开口。快到医院时，苏英的手机铃声响起，她低头看着手机道："于导说那男的精神有问题，一直纠缠萧情，今天不知道从哪里知道消息，这才混进店里。"

她说完拧着眉，盯着手机屏幕。顾可馨将方向盘一转，突然刹车，车身吱嘎一声，停在了马路边，苏英的手机差点掉下去，顾可馨双手按着方向盘，最终狠狠一拍，喇叭"嘀"的一声，划破安静。

苏英问："可馨，你怎么了？"

苏英起初以为顾可馨是因为景园跟车走了，所以很生气，但她刚刚的回复很理性，应该不是这个原因，那还有什么？

顾可馨转头："我们又迟了一步。"

苏英瞬间反应过来："你是说……"

不会吧，萧情？怎么可能？随后她想到萧情做的事情，好像也没什么不可能，她对别人狠，对自己下手更狠。

苏英蒙了："可她为什么要这样做？"

为什么？想让景园愧疚，想让景家给她的事业开路，更想让自己看到她对景园的好，以此证明她的那些承诺是完全可信的，一箭三雕，多好。

苏英皱眉："可惜我们没证据。"

萧情做事从来狠绝，不会留下一丁点线索，所以就算顾可馨现在站出来，说自己是萧情的女儿，也不会闹出太大风波，因为有人会帮她顶上，萧柔就是那个最好的人选。

顾可馨转头："我约了萧柔明天见。"

苏英微诧："她同意？"

"她会来的。"顾可馨无比笃定，"她想离开这里，我可以帮她。"

苏英正色："你放她走？"

这些年，顾可馨时时刻刻被萧柔打压着，如果不是萧柔，顾可馨肯定不是现在这个局面，现在刚有了起色，可以还击了，却要放萧柔走？

顾可馨也不想，按原先的打算，她是不想放萧柔离开的，但萧情闹的这一出让她措手不及，底牌不一样，筹码立刻就不一样了，她只能让萧柔走。

"苏英，"顾可馨无奈道，"有舍才有得。"

苏英咬牙，这简单的五个字，却是顾可馨受尽压迫的五年，是她一辈子的阴暗。顾可馨的情绪调整得非常快，她重新发动引擎，说："回去你把酒店定下，发给萧柔。"

听着她平静的声音，苏英心里却不平静，但她也明白，现在和萧情斗就是以卵击石，她们还没暴露身份就处处受钳制，若是让萧情知道了顾可馨的身份……

苏英咬着牙根："好。"

顾可馨冷着脸挂挡，再次发动车子去往医院。

她刚到医院，景园的电话也随之打来，顾可馨瞥了一眼苏英，往旁边站了站："喂。"

景园的声音很低，情绪明显没有好转，她哽咽道："医生说阿姨没事。"

顾可馨眼底阴沉，手指用力握着手机，道："嗯，我马上过来，在哪栋？"

"最北边这栋。"景园眼圈红透，水光潋滟，她身边的人不多，萧情的助理和经纪人都到了，正在打电话。这事没人敢闹大，剧组担不起这个责任，火锅店老板也站在旁边战战兢兢，一双腿直打战，脸色惨白，一双眼看着经纪人，仿佛正在等待"死刑"的判决。

四周的气氛压抑严肃，景园有些喘不上气，她转头看着急诊室，萧情虽然没事，但还需要观察，所以她也没看到萧情本人，只能等在外面。

顾可馨见到景园时，她正低头，侧脸阴沉着，目光平静，似乎和平时的景园没什么两样，但景园的手正死死拧在一起，力度似要将手指绞断，手腕上筋脉凸起，满是狰狞。

她走过去，低声道："景园。"

景园抬头，眼尾红透，眼睛里一片水光。顾可馨心底被针刺一般，她问："人没事吧？"

"没事。"景园刚摇头，身后有人喊："园园！"

赵禾小跑过来，站在景园身边上下打量，看到她脖颈处的伤痕，冷声道："那人呢！"

"在警局。"景园低头，"妈，我没事，"

赵禾听到她的声音，摸摸她的头："你阿姨还在里面？"

景园："医生说还要观察。"

赵禾神色微动，她看向观察室，对景园说："你先回去休息，这边有我呢。"

景园没动："我想等阿姨醒来。"

她虽然努力镇定，但熟悉她的人一眼就看出来，她在逞强，萧情愿意为她站出来已经让她内疚痛苦，更别说最后还帮她挨了一刀。如果不是萧情，现在躺医院里的是她，能不能醒还是未知数，可这一切痛苦，萧情帮她承担了。景园的喉咙被塞了一团棉花般，疼得难受，脖子上的伤口已经止血了，现在却像是被人用力撕裂开，痛得她脸发白。

顾可馨看着她，倏尔伸手拽着她往外面走，景园被拉得猝不及防，身体前倾，撞到顾可馨身上。赵禾看着顾可馨的动作，想说话，最后却别开眼，没吭声。

在场的人左右看看，都很茫然。

景园一直到被拉出去才回过神，她喊："顾可馨，你干什么？！"

顾可馨拉她上了电梯，说："带你去个地方。"

景园想按电梯，被顾可馨反握住双手，这栋楼是贵宾区，寻常不会有人进来，景园反抗了两下没挣脱开，她气急了眼："顾可馨！"

顾可馨依旧攥着她的手，将她拉到自己身边，低声说："景园，我爸对谁都好，但他对我不好，他把我一个人留下来，我特别恨他。"

这是顾可馨第二次说到她爸爸，景园乱糟糟的思绪被人硬生生掐断，她转头看着顾可馨，听到对方说："但是他会在我练琴的地方等我到半夜；他会每天早上提前两个小时起床给我做早餐；他会带我去任何我想去的地方；他舍不得给自己买新衣服，一件衣服能穿好几年，却一件一件给我买；他教我说话，教我做人，把他会的一切都教给我……有时候我不知道到底是恨他多一点，还是爱他多一点。"

景园沉默了，抬眸看着顾可馨。

顾可馨神色坦然："景园，人都有两面，她想这么做，是她的选择，这不是你的错，你不需要过于内疚和自责。"

景园听到她这番话，渐渐冷静下来，轻轻眨眼，眼底的水花敛去，双眸透着晶亮。

电梯到了，顾可馨说："走吧。"

景园被她握住手腕，不解："去哪儿？"

顾可馨走得很快，头也不回地说："我带你去喝酒。"

景园还以为顾可馨只是说说而已，没想到她是真的带自己回家喝酒。茶几上摆放着红酒、白酒、啤酒，还有些果酒，堆了满满一茶几。

景园微诧："你做什么？"

"请你喝酒。"顾可馨很自然地打开一罐啤酒，递给景园，后者茫然地接过，顾可馨自顾自打开一罐，和景园碰杯，"我以前心烦的时候就喜欢买醉。"

不过那是很久很久以前了，碰到景园后，她好像就没有再喝醉过了。

景园抿了一口，呛人的味道直冲嗓子，她咳了一声，面色微红。顾可馨转头看着她，景园的眼尾本就通红，染了酒精，绯色更浓。她别开眼道："我去给你炒点菜。"

因为那场闹剧，她们到现在都还没吃晚饭，景园虽然不饿，但也没阻止顾可馨，她转头看顾可馨进厨房，没一会儿就响起油烟机的声音。

景园又抿一口酒，这次顺畅很多，冰凉的感觉从舌尖蔓延到胸口，凉飕飕的。她捏着啤酒罐，继续看顾可馨炒菜，那人没换衣服，只是脱下了外套，将衬衣的袖口翻到手肘处，露出白净修长的手臂，手腕有力地颠勺，火光肆意间，景园想到那些糟心事，仰头闷闷地喝了口酒。

顾可馨炒了两个菜，正想招呼景园，发现她已经蜷在沙发里了。茶几上开了四罐啤酒，调味用的金酒也被喝了一点，她有点无奈，喊："景园。"

景园没有很醉，她抬眼看着顾可馨，坐起身："你好了？"

"好了。"顾可馨将筷子递给她，"要不要吃一点？"她还想让景园垫垫肚子再喝呢，谁料这人已经喝开了。

景园摆手："我不想吃。"

顾可馨没辙，坐在她身边，将两双筷子放在盘子旁边，拿起自己先前喝过的酒，发现已经空了。

身边，景园说："那是你的吗？好像被我喝了。"

好吧，她判断失误，景园有点醉了。猫的酒量吗？这么差。

顾可馨轻轻摇摇头，另外打开一罐，后背靠在沙发上。

景园靠过来，她喊："顾可馨。"

"嗯？"顾可馨摇晃着啤酒罐，转头看向景园。景园神色和平时没什么区别，只是眼睑下面有被酒精染就的点点红晕。

酒劲上头，顾可馨有些微热，她解开衬衣上面的两颗扣子，缓了缓呼吸。

景园又从茶几上拿过一瓶调味酒，顾可馨忙从她手上夺下来。

景园纳闷："不能喝吗？"

"这个不是直接喝的。"她说完打开调味酒，又打开红酒，迅速勾兑出一杯颜色艳红的酒递给景园，"尝尝。"

红酒味涩，勾兑后竟意外顺滑，虽然还有红酒的苦味，但喝完还有丝甜。很难形容的味道，但景园明显喜欢，她一口气喝完了，将空杯子递给顾可馨："我还要。"

顾可馨说："这酒度数不低，你……"

"你不给我喝吗？"景园歪头，"不是你带我过来喝酒的吗？"

顾可馨没想到搬石头砸了自己的脚，她只得点头："最后一杯。"

景园听进去了，这次没一口饮尽，而是一点一点品尝，时不时抿唇，舌尖抵唇角，细细回味。

顾可馨问："你刚刚想说什么？"

"我想问你，你和阿姨的事情。"景园目光平静如水，转头时侧脸淡然。顾可馨一时摸不清她是醉了还是没醉，良久，顾可馨探出手摸了摸景园的脸，景园也学着她的动作摸上自己的脸，有些烫。

顾可馨失笑："你想问什么？"

"你和阿姨到底怎么一回事？"景园问，"阿姨不知道你的存在吗？会不会……"

"不会。"顾可馨打断景园的话，回应她，"她知道我的存在，从很小的时候。"

景园结舌，她看向顾可馨，目光复杂，本就乱糟糟的思绪被酒精麻痹，让她有些后知后觉："阿姨，一直都知道吗？那她为什么不认识你？"

顾可馨定定地看着她，四目相对，顾可馨说："想知道吗？"

景园点头，顾可馨启唇："自己去查。"

她放下杯子，靠在景园身边，她的声音稍低，有些沙哑，带着超出年龄的沉稳："景园，我爸在我很小的时候就告诉我，如果想了解一个人，不要通过别人的评价，也不要被别人的评价影响自己的判断。"

景园听得有些蒙，她端杯子转头看向顾可馨。顾可馨眉目清明，侧颜精致，轮廓线条是景园见过最漂亮的。

顾可馨语速很慢："所以，你不要因为我左右了对她的看法。她对你好，为什么对你好，她明明是我母亲，为什么却不认识我，这些问题，如果你想知道，就自己去调查。你是有思想而独立的人，不应该依附于任何人，而且你有能力，你是景家的人，你承担了作为景家人的压力，就有权享受作为景家人的福利，这并不可耻。"

景园被戳中心事，握紧了杯子。

进圈后，她确实有意无意地避开自己背后是景家的这个优势，除了提出不拍亲密戏的时候，她从没有搬出过景家人的身份，所以才会有她和父母不和的言论。虽然如此，她却不止一次地听到有人说，她拿到角色是因为她是景园，她有通告是因为她是景园，她能成功是因为她是景园。

这是第一次有人对她说，承担了作为景家人的压力，就有权享受作为景家人的福利，而这，并不可耻。

景园的眼圈发红，积压的难受情绪排山倒海般袭来，瞬间将她淹没，往日受到的冷嘲热讽，在顾可馨的一句话里，似乎都变成不重要的谣言。她的眼睛肿胀得难受，端着杯子的手指尖都在抖。顾可馨的目光一直落在她的手上，看到她的动作却没多说，只是在景园喝完一杯后又给她倒了一杯。

刚刚说的最后一杯，就是个笑话。

景园醉了，开始胡言乱语，她指着顾可馨的脸说："你其实有时候很讨厌的。"软绵绵的指责没有任何伤害，顾可馨扬起唇看着她，景园更小声地说，"但有时候又很让人心疼。"

顾可馨闻言，往景园身边靠了靠。景园被她突然而来的动作弄得有些蒙，看着近在眼前的顾可馨，听到她问："你也会心疼我吗？"

景园讷讷道："很多时候。"

顾可馨的胸口暖暖的，她倏然紧紧抱住了景园，力道不断收紧，景园被她束到身体发疼，声音带了哭腔："顾可馨！"

"嗯——"顾可馨慢慢松开了她，心软得一塌糊涂。

景园乖巧地不动了，顾可馨翻身躺在她身边，转头问："景园，你以前有喝醉过吗？"

景园很认真地想了想，眨眨眼，摇头："没有。"她纠正，"而且我没有喝醉。"

顾可馨点头："好，你没醉。"她起身，对景园说，"我去洗把脸。"

景园立刻跟上："我帮你。"

顾可馨脚下踉跄，撞到了沙发边缘，脚趾头一疼，刚好缓解了乱七八糟的思绪，她蹲地上揉着脚，说："不用，我不需要帮忙。"

景园"哦"一声，又坐下，一双美目就这么看着顾可馨，一瞬不瞬。顾可馨起身往卫生间走去，快到门口时，她转头："景园，你以后不要喝酒了。"

"不行。"景园一本正经，"我还需要应酬。"

顾可馨被她认真的神色逗笑："那除了应酬，不要喝酒。"

景园定定地看着她："和你在一起时也不可以吗？"她小声嘀咕，

"我还挺喜欢喝酒的。"

顾可馨笑道:"可以。"

景园乖乖地"嗯"了一声。顾可馨进了卫生间,卸了妆,洗了把脸,整个人清醒了。镜子里的她因为酒精双颊绯红,衣服黏在身上,不是很舒服,好在卫生间里有换洗睡衣,她随手拿一套换上,还没出门,门就被敲响。

景园问:"顾可馨,我可以进来吗?"

顾可馨打开门:"怎么了?"

景园看着她:"我想上厕所。"喝了那么多酒,她现在憋得慌。

顾可馨轻咳一声:"那你用吧。"然后飞快地离开了卫生间。

客厅的茶几上有好多空酒瓶,顾可馨低头收拾了一番,然后打开阳台门走了出去。

她住的楼层高,底下的风景一览无遗。楼下万家灯火,漂亮的霓虹灯闪烁,五月初的风吹在脸上稍显温热,她从阳台边倒了杯水,一口气喝下,压住浮躁的情绪。

"你在看什么?"景园脚步虚浮地走到顾可馨身边,顾可馨怕她摔倒,伸手扶住了她,景园站在阳台边,往下看,说,"这里真好看。"

顾可馨看了一眼她的侧脸,道:"嗯,真好看。"

景园靠在栏杆前,说:"我以前也看过这么好看的风景。"她想了几秒,补充道,"在国外。"她掰着手指头,话一字一句从唇角溢出。

顾可馨被她可爱的样子笑了,问:"什么时候?"

景园转头:"很小的时候。"

顾可馨鬼使神差地问了一句:"和谁?"

景园老实交代:"和阿姨,是阿姨带我去的。"

凉意吹进身体里,顾可馨清醒片刻,目光复杂地看着景园。景园醉醺醺的,没察觉到她的异常,只是兀自低着头看着楼下,有风袭来,她眯起眼。

顾可馨喊："景园。"

"嗯？"景园睁开眼，转头，顾可馨的侧颜美如画，景园却微微蹙眉，问："你怎么了？"

顾可馨回她："我有点生气。你想我生气吗？"

"想。"景园毫不犹豫地开口："我想你生气。"

顾可馨颇为头疼："为什么要我生气？"

"因为你生气的样子很好看。"景园恣肆而大胆，她很认真地说："我喜欢看你生气的样子。"

顾可馨要疯了，她用手遮住景园的双眼，拉着她进了客厅。

景园不解："我们去哪儿？"

顾可馨生怕景园再问出什么问题，立刻用手捂住她的嘴，说："我带你去睡觉。"

原本她是想送景园回家的，但是她这副样子，估计是走不了了。顾可馨拽着景园的手进房间，打开床头灯，给她脱了外套，盖上被子。

景园往四周看看："这不是我的房间。"

顾可馨说："这是我的房间，今晚睡这里好不好？"

景园摇头："不好，我妈会找我。"

这时候还记得她妈，顾可馨哭笑不得。她说："我等会儿给你妈打个电话。"

"你为什么不让我回家？"景园的双颊被酒精染上了红晕，她秀眉拧起，不解地问。

顾可馨想也不想，开口打断："你先睡，我出去了。"

景园睁大眼："你不陪我吗？"

顾可馨落下一句："我还有事。"

景园有些蒙："哦，那你做完事要回来，我等你。"

顾可馨头也不回地走出卧室，合上房门，转头，深呼吸。沙发边缘的手机突兀地响起，她走过去，是苏英的电话。

"可馨，我约好时间了。"苏英说，"明天早上九点。"

顾可馨压低声音："嗯，知道了。"

苏英挠了挠耳朵："你怎么了？感冒了？"

顾可馨清了清嗓子："没有。"

"那我明早去接你。"

顾可馨说："嗯。"她说完又道，"明早你来的时候带点醒酒药。"

"你喝酒了？"苏英随后想到今天发生的事情，她了然，"我知道了。"

"还有，于导那边给你消息了吗？我看群里说要休息两天。"苏英没提到那个名字，她不想提。

顾可馨说："给了。"

苏英："那你早点休息吧。"

顾可馨举着手机，苏英那边都挂断好久了她才反应过来。她坐在沙发上，将茶几上剩余的酒放进冰箱里。

手机铃声再次响起，顾可馨一怔，这不是她的手机，是景园的。

景园的手机孤零零地落在沙发边缘，此刻屏幕闪烁，显示着一个名字。顾可馨还以为是赵禾打来的电话，没想到是萧情，身后冰箱门因为开的时间过长发出了报警音，混合景园的手机铃声，很是吵闹。

顾可馨拿起电话走到冰箱旁边，关上门后才接起电话。那端开口："园园。"

声音有些虚，顾可馨捏紧手机，喊："萧老师。"

手机那端沉默了两秒，萧情问："顾小姐？"

"嗯，是我。"顾可馨声音稍低，微哑，她说："景园刚刚太累了，睡着了，你找她有事吗？"

萧情顿了顿，压下话："没事。"

"好的，那我先挂了，景园觉浅，我怕吵醒她。"

萧情憋着一口气，挂断了电话。

CHAPTER

2

尴尬

If the golden sun,
Should cease to shine its light,
Just one smile from you,
Would make my whole world bright.
——Stray birds

　　景园是被渴醒的，她的手刚抬起，头便宛如利刃穿过般，疼得她倒吸一口凉气，再次跌回枕头上。房间里只亮了一盏小台灯，灯光暗黄，四周是不熟悉的摆设，景园一愣，很多画面犹如碎片般挤进她脑海里，头更疼了。

　　昨晚她好像喝多了，然后呢？景园只想起一些模糊的记忆，剧烈的头疼让她没办法好好回忆，只得徒然地躺床上，如一条不小心上岸的鱼，只剩喘息。

　　顾可馨呢？

　　景园下意识地看向枕头边，还好不在，景园松了一口气。她目光环视一周，昏暗的灯光下，房间并不明亮，窗台边一切都影影绰绰的。景园坐起身，手无意间碰到了床头柜上冰凉的杯子，她转头，看到台灯旁边放了一个黑色的杯子，好像是保温杯，保温杯旁边还有一张便签，上面是顾可馨的字，苍劲有力。

　　　　是温水。

　　景园抿唇一笑，打开杯子，热气烘脸。景园抿了一口温水，很是解渴，喝了半杯后才放下。窗外噼里啪啦，好像是下雨了，景园赤脚走到窗户边，拉开窗帘，雨帘密集，水花落在窗沿边，溅起一朵朵白花。景园静心看了几秒，觉得自己的头没那么疼了。

房间里有淡淡的香味，和顾可馨身上的味道一样，景园就着窗外照进来的光看向四周，房间布置简单，一张床，两个床头柜，一个衣柜，还有一张书桌，上面还摊着几页宣纸。景园走过去，看到宣纸上写了很多字，应该是顾可馨临摹的，字太小，光又淡，她看不清楚临摹的是什么，只觉得有点像她大学时临摹过的清心咒。

顾可馨的字一如既往的好看，笔尖坚韧有力，临摹出来像是艺术品，景园多看了几眼。房间并不大，一眼看得到头，她进了室内卫生间，里面有新的毛巾和牙刷牙膏，摆得整整齐齐，很显然是顾可馨为她准备的。

她一直都是这么细心，景园抿唇笑了。洗漱后她打开房门走出去，客厅被收拾过，一切井然有序，茶几上的酒水都没了，只是沙发里窝着个人。景园一愣，她赤脚走过去，看到顾可馨斜躺在贵妃椅上，身上盖着薄被。她睡得很沉，连脚步声都没惊醒她，景园走到她身边坐下，和她面对面地半趴在沙发旁。

这人怎么连睡着都这么好看？景园小心地碰了碰顾可馨的鼻尖，鼻梁高挺，鼻尖挺翘。顾可馨眉头皱了皱，景园仿佛做坏事被发现般，立刻心虚地缩回手，细看之下，顾可馨并没有醒，景园悄悄松了一口气。她坐在地毯上，背靠在沙发边缘，顾可馨就在她身边，呼吸平稳。

"你和阿姨到底怎么一回事？阿姨不知道你的存在吗？"

"她知道我的存在，从很小的时候。"

"那她为什么……"

"如果你想知道，就自己去调查。"

一些对话毫无预警地在耳边响起，景园想起了昨晚顾可馨说的话。她是有思想而独立的人，她如果想知道一件事，想了解一个人，就要自己去调查。

景园靠在沙发边缘良久，手机就放茶几上，她随手拿过来，准备打电话时，看到通话记录第一条就是萧情，她愣了下，才反应过来，她居然把阿姨受伤的事情给忘了。景园按着头，拿着手机走到阳台边，拨通了萧情的电话。

雨声淅淅沥沥，稀释了景园心底的紧张，她目光平静，在电话接通的刹那喊道："阿姨。"

萧情半宿没睡好，伤口很疼，早上刚想眯一会儿，景园的电话过来了。她嗓音沙哑："是园园啊。"

景园低低道："嗯，阿姨，你没事了吧？还疼吗？"

这才是她熟悉的园园，萧情淡笑："没事了，我昨晚给你打电话，你不在家？"

"嗯。"景园抿唇，透过阳台门看向沙发，她说，"我在顾可馨家。"

萧情顿了顿："也好，有她陪你，省得你一个人胡思乱想。我没事了，别担心。"

景园指腹扣手机，金属外壳抵得她手指生疼，两人沉默几秒，景园突然喊："阿姨。"

萧情声音稍低："嗯？"

景园听着外面的雨声，说："没事，我想说，谢谢你。"

"谢什么？"萧情笑，"这是阿姨应该做的，我怎么可能看着你受伤呢？而且那人是冲我来的，是我连累你了。"

"没有。"景园摇头，"不是你的错。"她说完又道，"我等会儿过来看你。"

"今天不拍戏？来回跑会很累，我又没什么事，别过来了。"

景园坚持："要过来的。"

萧情失笑："好，那我等你。"

景园挂了电话，站在阳台边，窗外雨声淅沥，她听得恍神，好一会儿，她给赵禾打了电话。赵禾还在休息，正睡得迷糊，手机铃响了好几声才接起："喂。"

景园喊："妈。"

"园园啊。"赵禾捏着鼻梁坐起身，转头看闹钟上的时间，"怎么这么早给我打电话，有事吗？"

景园想：自己昨晚上一夜未归，赵禾都不问一句吗？

景园顿了顿："是有点事。"

"那你等会儿，我去洗把脸。"赵禾说，"你现在在哪里呢？"

"我……"景园面对萧情时能说出在顾可馨家，可对着赵禾却迟疑了几秒。赵禾问："还在顾可馨家吗？"

景园讷讷："嗯。"

"顾可馨说你昨晚喝醉了，现在好点没？"

景园说："好多了。"

"那昨晚，有没有发生什么？"

景园不吭声，赵禾会意："行了，我明白了，你要是累就下午回来吧，我听萧情说你们剧组都放假了。"

景园明明想和赵禾说正经事，她妈总把话题往旁边扯，景园无奈："妈！"

赵禾应下："哎，你刚刚要说什么？"

景园说："我想找你要几个人。"

赵禾来了精神："谁啊？"

景园报出几个名字，都是帮景家做事的，赵禾微诧："你找他们干什么？"

"我想查点事。"景园说，"妈，这是我的私事，我不希望你插手。"

她要调查的人是萧情，待她最好的阿姨，如果被她妈知道，肯定会难受。

赵禾听到景园的话，将没说完的话压了回去，一时不知道该欣慰还是该烦恼，景园长大了，有主见固然是好事，可这样的景园也不需要她。赵禾感慨一番，随后摇头，她真是睡糊涂了，和顾可馨合作不就是希望对方能帮助景园成长吗？现在景园有所转变，她应该开心才是。只是她还不习惯，自己一手养出来的花，终于开始吸收别的养分，茁壮成长了。

"好。"赵禾说，"我知道了，还有其他的吗？"

景园想了几秒："没了。"

她要先查清楚阿姨这次意外的真相再做判断，景园挂了电话，低头往下看，天色昏暗，雨帘里，楼下很多灯都亮着，颇有种万家灯火的感觉。

真好看啊！景园这么想着，脑子里立刻出现了一些画面——

"嗯，真好看。"

"我以前也看过这么好看的风景，在国外。"

"是阿姨带我去的。"

"你生气的样子很好看，我喜欢看你生气的样子。"

景园扶着窗台边缘的扶手，一只手按着发疼的头，很想忘记昨晚发生的事情，记忆却排山倒海般袭来。满满的羞耻感跗骨，她今天要怎么面对顾可馨？

景园捶了捶自己的脑门，恨不得穿越回昨晚，在顾可馨递酒过来时坚决地说不要，她深呼吸，热气烘上脸，觉得自己整个人要烧起来了。景园把手放在脸上，很烫人。

顾可馨还没醒。

景园满脸涨红地回到房间，将自己所有的东西收拾好，走到客厅，拎着包和外套，到门口时，看到她的高跟鞋放在鞋架上，转头看了一眼，顾可馨恰好翻了个身，她忙提着高跟鞋打开门走出去。

苏英下电梯时就看到一个人从顾可馨家走了出来，赤着脚，穿着中袖裙，裙子上有压出来的皱褶，一手拎着包和外套，一手提高跟鞋，秀发散在身后，没上妆，脸很红。

苏英猛地眨眨眼，又揉了揉，确认没看错之后才倒吸一口气。

景园一转头就看到苏英瞠目结舌地站在那里，两人对视，气氛尴尬，半晌，苏英干笑着打招呼："景小姐，早。"

景园直起身，慢吞吞地披上外套，神色看似沉稳镇定，脚趾头却快要抠破瓷砖了！

苏英打完招呼后和景园干站在门口，两人谁都没动，景园赤着脚，瓷砖很凉，她忍不住打了个寒战，苏英忙说："你冷吗？先进去吧？"

说完，她蓦地抿唇，谁都看得出来景园是刚从里面出来，门还是在她面前合上的呢，现在让人进去，多尴尬。

不对啊，她和顾可馨本来就是合作关系，怎么就尴尬了？苏英反应过来，景园这情况不对劲啊，这怎么看都像是要跑路的样子！

景园说："不了，我先回去了。"语气淡漠疏离，只是一张俏颜微红，泄露了真实情绪。

苏英忙说："回去啦？那你把解酒药带着吧，可馨特地让我买的。"

这波存在感，她帮顾可馨刷了！她就不信景园这么冷心肠，听到可馨如此体贴，景园肯定会非常感动！苏英默默为自己竖起大拇指。

景园顿了顿："解酒药？"

苏英拎起手上的袋子："是啊，昨天晚上可馨让我准备的，你要不要先来一颗？宿醉很难受的。"

确实很难受，景园现在还头疼呢，只是与面对即将要醒的顾可馨相比，头疼便显得微不足道了。景园没想拿着，但想到是顾可馨让苏英买的，她动摇了。

苏英看出她的想法，一个劲儿劝着："你要是不想带走，就吃一颗吧，以前可馨宿醉，就是吃这个。"

"她以前宿醉？"景园看向苏英，"她酒量不是很好吗？"

"酒量好也是练出来的。"苏英一边说一边看景园的脸色，"她的处境你是知道的，没办法，她也不想喝，都是被逼的。我还记得有一次她喝多了，就在厕所里睡了一夜，我找人都找疯了……"

景园听得入神，苏英趁机卖惨，把顾可馨的过去添油加醋地说了一通，景园本就刚酒醒，又被昨晚的事情弄得一脸蒙，现在听了半天，还没消化完，门口突然传来淡淡的笑声。

顾可馨说："我有这么惨吗？"

听到熟悉的声音，景园抬头，望着顾可馨温和柔软的目光，景园下意识想到昨晚她的那些话，羞耻感从脚趾头一路上涌。

顾可馨从鞋架子上随手拎了一双拖鞋递到她身边，半蹲下身体，扶着景园穿好鞋。还是一如既往的姿态。

景园的尴尬在顾可馨的小动作里被轻而易举地化解，手指紧张地捏着包的边缘。

苏英轻咳："醒酒药我买了。"

"进去吧。"顾可馨嗓音淡淡的，景园也不好意思再说走，只得跟在苏英身后一起进去。

顾可馨将景园的鞋放在鞋柜上，对两人说："我先去洗漱，你们坐。"

景园坐在沙发上，苏英用余光瞄她，几分钟后，她问："景小姐，要不要喝水？"

"好。"景园启唇。苏英忙给她倒了一杯温水，景园看着她忙碌的身影，问："你对这里很熟悉吗？"

苏英一愣，忙说："不熟悉的。"她干笑，"我偶尔会帮可馨做饭，所以除了厨房，其他地方都不是很熟悉。"

此地无银三百两。

景园原本只是找话题，没想苏英反应过激，她只好捧着杯子喝水。

苏英坐在她身边说："所以景小姐你不用觉得不自在，我也很少过来的。"

景园呛了下，她"嗯"了一声，水温合适，暖暖的，驱散了刚刚的寒凉。

顾可馨很快就洗漱好了，苏英见她出来，问："吃早饭了吗？"

"还没。"顾可馨一睁眼就发现景园走了，刚准备打电话就听到门口有动静，她没立刻打开门，而是听苏英绘声绘色地说了一通她的"悲惨"往事，这才打开门。

苏英站起身："那我给你俩熬点粥？"

顾可馨看向景园："喝粥吗？"

景园抿唇，点头："好。"

苏英脚底抹油似地去了厨房，顾可馨坐在沙发上，看向景园。景园双手握着杯子，很怕顾可馨突然问她跑什么。

她低着头垂着眼，正在想着什么样的回答才能显得礼貌而不尴尬，顾可馨突然开口："头还疼吗？"

昨晚上景园好几种酒混着喝，今儿不头疼才怪，只是她没想到景园醒得这么早，差点就错过了，至于景园为什么要偷偷离开，她大概能猜到。

记性还挺好，喝了那么多居然没断片，也是难得。

景园手指摩擦着杯子边缘："还好。"

"吃一颗？"顾可馨将放着药的袋子递给景园，"舒缓头痛的。"

景园顺势捏起一颗白色药丸，含着，又连喝了两大口水，药丸被水裹着咽下。一转头，发现顾可馨正一瞬不瞬地看着自己。

景园怔住："你干吗？"

"看你。"顾可馨说，"看你吃药。"

她吃药有什么好看的……景园脸颊火辣辣地烧着，想到昨晚上的事情，她轻咳："顾可馨，我昨晚喝醉了说的话，你能不能不要放在心上？"

"当然可以。"顾可馨看着景园，一双美目蕴满笑意。良久，顾可馨起身说道："我去看看苏英好了没。"

苏英有些奇怪，景园还在外面，顾可馨居然主动来帮忙？

她指挥道："那你把那个锅端来。"

用砂锅熬的稀粥特别香，顾可馨戴好手套，将锅端到饭桌上，回厨房时脱掉手套揉了揉手腕，苏英问："怎么了？"

"有点酸。"昨晚她手抄了半本经书，手腕疼了才放下。

苏英听了，啧啧摇头。她绕过顾可馨走到饭厅，对景园说："景小姐，吃早饭了。"

景园并不饿，但苏英煲粥很有一手，闻着特别香，她看着苏英，微微点头："谢谢。"

"别客气。"苏英坐下，瞥了一眼顾可馨，"你们今天不拍戏，那有其他活动吗？"她用眼神疯狂示意顾可馨，生怕对方忘了萧柔的事情。

顾可馨说："等会儿我和景园出去一趟，晚点我联系你。"

苏英放下心。景园微诧："你去哪儿？"

"不是要去看望萧老师吗？"顾可馨说，"我陪你一起去。"

景园咬着唇，她是要去看望萧情，但她压根儿没想过顾可馨会一起去，想到顾可馨和萧情的那些事，景园说："我一个人去吧。"

"没关系。"顾可馨神色平静，"她是在剧组出的事，应该去看望的。"

景园沉默了，没再说话。

苏英听她们俩聊着天，自己默默低头吃早饭。

半小时后，景园和顾可馨收拾好准备出发，车是顾可馨开的，苏英很识趣地没跟上，她对顾可馨说："忙完给我打电话。"

顾可馨点头，带景园上了车，往医院开去。

半路上，景园侧目："顾可馨。"

"我没事。"顾可馨转动方向盘，将车停路牙边，她喊，"景园。"

景园抬头，这里挺熟悉的，好像是上次和顾可馨去宋明家的那条路。她转头，果然旁边就是水果店。

顾可馨问："你了解她的喜好吗？"

景园有些口干，喉咙发紧："怎么了？"

顾可馨淡笑着："我们总不能空着手去，她喜欢吃水果吗？"

景园点头："喜欢的。"

顾可馨说："喜欢哪些，不喜欢哪些？"

景园想了会儿："阿姨不喜欢香蕉，其他都可以。"

顾可馨"嗯"了一声："你在车上等我，我下去买点水果。"

景园看着顾可馨打开车门出去，窗外的雨小了很多，顾可馨用手遮着头跑进店里，路上溅起水花无数。她走的每一步都踩在景园心口，翻起巨浪。

景园知道，顾可馨是因为自己才愿意去看阿姨。她和阿姨之间，到底是什么样的纠葛？

景园敛神，过了一会儿，顾可馨返回的身影越来越近，手上拎了一个黑色袋子。她小跑到车旁边，打开车门坐进来，雨水顺着她的脸颊落进衣服里，景园随手用纸巾帮顾可馨擦了擦。

"我自己来。"顾可馨接过她手上的纸巾，将黑袋子放在旁边，景园擦掉袋子上的水珠，问："买了什么？"

她说完打开袋子，一抹黄色露出来——里面放了满满的香蕉。

景园：……

景园眼里的顾可馨从来都是温柔大气的，不管什么时候，她都能保持最基本的优雅，就连算计别人，也是笑着看兔子一步步掉进陷阱，然后站在陷阱边居高临下地俯视猎物。很多人都说顾可馨是温和无害的，但在她看来，顾可馨满满的都是侵略感。不过她的确成熟稳重，所以景园压根儿没想过，顾可馨还会有如此幼稚的一面。

"顾可馨。"景园没辙，顾可馨说："来得太早，店里还没上货，只有这个。"

她一脸"我不是故意的"的表情，镇定大方。景园结舌，顾可馨想了会儿又说："估计是下雨天的关系，上货不及时。"

理由充分，诚意满满，帮店家都找好了理由，景园再笨也知道水果店是有仓库的，只是她这一刻不想戳破顾可馨。

萧情那里的水果肯定很多，不差她这一份。

景园脑子闪过这个念头，随后微恼着皱眉，顾可馨胡闹，怎么她也跟着不着调？

顾可馨没给她考虑的时间，发动引擎直接开车离开。

景园回过神，喊："顾可馨。"

"你就不能给我换个称呼？"顾可馨侧目，岔开话题，"都这么熟了，叫人还是连名带姓的。"

景园愣了愣，她没想过这个问题，顾可馨诱哄道："叫其他的。"

其他的？可馨？

"叫不叫？"顾可馨捏了捏景园的虎口。景园看回去，顾可馨眉目飞扬，眼睫毛上还挂着水珠，她心底打鼓，想了会儿，喊："可、可馨。"

"没听到。"顾可馨恶劣地追问着，"声音大一点。"

景园憋了一口气，迟疑了几秒，喊："顾老师。"

顾可馨一顿，车速明显慢下来，景园抬头，听到顾可馨问："怎么叫我这个？"

景园神色认真："因为你教了我很多东西。"

顾可馨失笑："就这？"

景园转头，目光晶亮。景园还以为顾可馨不喜欢自己的称呼，没料顾可馨转头看着景园，突然喊："好的呀，景老师。"

景园一诧："你叫我什么？"

"景老师啊。"顾可馨说，"礼尚往来，而且我觉得你也会教我很多东西。"

景园狐疑:"什么?"

"同性之间友好交流的东西。"顾可馨笑得温柔,"怎么?景老师不喜欢吗?"

这么简单的称呼,从她嘴里说出来,带有无限欣喜,景园没法绷着脸,她微恼:"顾可馨!"

"景老师。"

"顾……"

"景老师。"

顾可馨的每个声调都不同,第一次喊还带有调侃意味,到最后这声,满满的认真,宿醉带来的头疼在顾可馨的声音里消失殆尽。

景园将头转向旁边,顾可馨随手从后面座椅上拿起薄毯盖她身上,单手给她盖上毯子,说:"睡吧,到了我叫你。"

"我又不困。"景园嘀咕,顾可馨说:"那就上网看看消息。"

景园想了几秒,很听话地开始拨弄手机。

"有剧组的消息吗?"顾可馨转头问。

景园搜了搜《佳人》剧组的消息,消息封锁得很快,没有一点透露出来,所以网上对于《佳人》依旧满是期待。毕竟有萧情和宋明强强联合,加上于导坐镇,她和顾可馨的 CP 感也是十足,光剧照就吸引了一大批粉丝,现在所有人都在等路透出来,其他的新闻倒是没有。

景园搜了一遍后说:"没有消息。"

顾可馨微点头,说:"我下部戏定了。"

景园好奇地问:"定了?"

前阵子还听她说莫离不确定到底要不要定,现在突然就定了?

顾可馨点头:"是部古装剧。"

古装偶像剧容易出爆款,这几年尤甚,莫离选这个剧本也是为此,而且比较好营销和宣传。顾可馨看过剧本,是狸猫换太子的后宫剧,皇后生下了公主，公主不能继承皇位，遂调换了孩子，二十年后，公主杀回宫中，一步一步夺回皇位。

故事不算新颖，胜在人设，女主狠戾无情，杀伐果断，顾可馨对其中一个剧情印象深刻——

进宫前，女主的养父拍着她的肩膀，惋惜道："你啊，聪明是聪明，只可惜是个女孩子。"

女主莞尔，回养父："女孩子怎么了？只要我想，我就可以扭转乾坤。"

只这一句台词，顾可馨瞬间喜欢上了这个角色，并且让莫离接下了这个剧本，只等《佳人》结束就开拍。

景园点头："言姐也在问我要不要接新戏。"

顾可馨说："你怎么想的？"

"我还没想好。"景园拧眉。

顾可馨失笑："你有什么问题，都可以问我。"她说，"有合作对象都不会用吗？还是你不知道怎么用？我可以出一份使用说明。"

景园被她一句话逗笑："你怎么这么不正经？"

顾可馨抿唇："你确定不是你想多了？"

景园张了张口，反驳不了，她干脆转过头不看顾可馨。手机屏幕还亮着，显示着《佳人》的消息。景园退出前惯性刷新了下页面，瞬间跳出好几条新消息。

景园上次用小号进入超话后加了关注。明明她以前最不爱看八卦了，景园心里这么想，手很自觉却继续翻下去。

前方就是医院，顾可馨将车开到停车场，转头，见景园还在看手机。神奇，平时这人的手机就是装饰品，今儿怎么不撒手了？

CHAPTER

3

揣摩

If the golden sun,
Should cease to shine its light,
Just one smile from you,
Would make my whole world bright.
——*Stray birds*

　　车停稳，两人正前方就是停车场的墙壁，光秃秃的一片，景园率先下了车。

　　顾可馨跟着她下车，含笑道："景园，你水果没拿。"

　　水果，那一袋子香蕉，景园忍不住抚上额头，原本她还想到医院附近买点其他的水果呢，结果看得太入神，她给忘了。顾可馨见她不拎，自己拎上，走到景园身边说："走吧。"

　　贵宾区出入都要刷卡，景园站在一楼等萧情助理下来，顾可馨就站在她身侧，面色如常，目光平静，让人看不出她在想什么。

　　景园看了她几秒："你在想什么？"

　　顾可馨转头，眼底的锋利和阴沉一闪而过，景园怀疑自己是不是看错了。

　　顾可馨说："没想什么，在想什么时候可以进剧组。"

　　景园还没说话，顾可馨的手机响起，顾可馨接起电话："莫姐？"顾可馨没避开景园，在她身边接了电话。

　　莫离的声音透过手机传出些许："明天进剧组，于导说萧老师那边暂时没办法跟组了，所以就让你们先拍。"

　　顾可馨依旧很平静："好，我知道了。"

　　"哎，原本还想趁这次机会和萧老师搞好关系呢，又出这破事。"莫离话说完才噤声，她怎么给忘了，顾可馨和这个圈子就是如此格格不入，压着没放出来的电视剧没有八部也有六部，但凡有她的电视剧，不管演的是配角还是主角，都会因为各种原因被压着放不了。要搁从前，她还能光明正大地说顾可馨是不适合拍戏，现在顾可馨背后是景家，这话就不能说了。

莫离改口："不过这也不是你的错，谁也没想到那粉丝就钻进去了。还是因为萧老师名气太大了。"

顾可馨皮笑肉不笑："不耽误拍戏就好。"

"不耽误的。"莫离说，"而且萧老师也不是退出，还挂名呢，没影响。"

顾可馨挂断电话，身侧的景园说："明天进剧组？"

"嗯。"顾可馨转头，低声答一句。

两人安静了两秒，门从里面打开，萧情助理看到两人，低头道："景小姐，顾小姐。"

顾可馨和景园微微点头，跟在她后面进了病房。

不愧是特殊病房，应有尽有。萧情躺在床上，面前站着一排西装革履的男女，个个一副精英的样子。萧情按着太阳穴，见是景园和顾可馨进来，招呼道："来了？"

景园走进去："阿姨，你怎么起来了？"

萧情后背靠在床上，面色苍白："没那么严重，不碍事。"

景园低着头，还不碍事，她妈说了，伤口虽然不大，但很深，昨天那刀尖就曾被抵在自己脖子上，刀有多锋利，她最清楚。

萧情冲她招手："你来得正好，过来帮阿姨看看，选哪一套比较好？"

她的助理也对景园笑着说："萧老师正在愁穿哪套去颁奖典礼合适呢。"

"颁奖典礼？"景园侧目。

助理说："是啊，金华奖的颁奖典礼，萧老师是特邀嘉宾。"

　　景园知道金华奖，只是没关注过，一来她没有被提名，二来没资格。

　　金华奖、金叶奖、金风奖，国内三大奖项，后两个是电影圈的，金华奖是其中唯一的电视剧奖项，所以每年的竞争都特别激烈。

　　"你们俩给我争气点。"萧情说，"我连续两年做特邀嘉宾，希望明年能看到你们上台。"

　　景园转头看了看顾可馨，低下了头："阿姨别说笑了。"

　　萧情说的可能性很小很小，金华奖的最佳女主角奖作为三大奖项中唯一的视后奖，光有作品是不够的，角色的知名度、艺人的影响力都会被考量进去。景园虽然相信顾可馨的演技和能力，但她自己的作品太少了，怕是没办法上台。

　　"谁和你们说笑了？"萧情一本正经，"你和顾小姐的实力我都了解，都没问题的。"

　　以前，得萧情的一句夸，景园能上天，现在却会冷静客观地思考了。顾可馨如果作品多，还可以试试，而她，可能性为零。

　　她轻轻摇头。

　　萧情的助理也给她打气："听说最近找景小姐拍戏的不少，景小姐可要好好把握机会。"

　　"好了，别给她们压力。"萧情说，"不差这两年。"

　　助理点头："也是，您现在回国了，还可以多带带景小姐。"

　　萧情闷咳两声，一脸苍白，身边的几个年轻人纷纷上前，神色担忧。萧情挥手："你们都出去吧。"

　　离她最近的女人犹豫了几秒，对后面的人说："出去吧，让萧老师好好休息。"

　　其他人只好对萧情鞠躬，然后离开。

　　萧情在他们走后才将平板电脑交给景园："帮阿姨做个主。"

　　平板电脑上有好几张照片，是晚礼服的照片，颜色有艳丽有素雅。

景园低头，还没开始选，身边的顾可馨说："萧老师，我也可以看看吗？"

萧情笑："当然可以，你们都帮我选选。"

顾可馨接过景园手上的平板电脑，滑动页面，景园都没看清楚，她就滑过去了。结束后，顾可馨又调回来，选了一套纯白色的晚礼服，礼服胸前有两朵金花，很是别致。

顾可馨说："这件不错。"她转头问景园，"你觉得呢？"

顾可馨和景园靠得近，两人几乎头挨着头，景园点头："挺好的。"比较素雅，适合萧情雍容的气质。

顾可馨面上带笑："那就这个。"她说着将平板递给萧情，"萧老师，我们觉得这件不错。"

萧情低头看了看，顾可馨选的就是她本来要选的，她点头："眼光不错。"

顾可馨失笑，神色自然。

景园站在两人身后，看着她们交流，刚准备说话，手机铃声响起。是言卿的电话，估摸是来说明天复工的事情。

顾可馨说："先去接电话吧，我陪萧老师一会儿。"

萧情也点头："工作要紧，先接电话。"

景园只好捏着手机出了病房。

萧情在景园离开后问："要进剧组了？"

顾可馨说："嗯，明天进。"

"不影响进度就好。"萧情说，"否则于导该怨我了。"

于导哪敢怨，她受伤，整个剧组都在说她这次实在勇敢，要不是不能泄露消息，只怕赞扬已经铺满了网络，萧情身上又要多几个人设了。至于于导，把她当菩萨供着都来不及，怎么可能怨她。

顾可馨说："不会影响的，您好好休息才是最重要的。"

萧情淡笑着低头看平板电脑，脸色依然苍白。

顾可馨有片刻恍惚，这样的萧情，她在很多年前看到过。

那时，她爸爸牵着她的手，穿过层层防卫，绕过媒体和众人，站在了萧情的面前。然后她爸爸哄着她去隔壁房间吃水果，她偷偷将门开了一条缝隙，看到萧情站在病房里，她爸爸则站在萧情对面。

"萧情，你说不能公开我们的婚姻，好，我尊重你。你跑去和别人结婚，说是为了事业，我也可以不计较。现在你怎么回事？你知不知道，小欣是需要妈妈的！我不想每次她问起妈妈时，只能对她说谎！"

她瞪大了眼，看着里面的萧情和父亲，听到萧情说："陆长白，你知道我走到这一步多不容易吗？你知道我为了回国付出了什么吗？我以为我想和他结婚？我是逼不得已！小欣没有妈妈她不会死，但如果不这么做，我会！"

萧情转头看着她爸爸，将一把水果刀递了过去，声音尖锐而刺耳："你是想让我死吗？那你现在就杀了我！"

她匆匆回了隔壁房间，捂住怦怦直跳的心脏，还没消化掉刚刚的消息，房间门就被人打开了。她爸爸站在那里，神色悲伤。回去的路上，她爸没说一句话，看向她的眼神痛苦不已。她说："爸，我以后不要妈妈了，你开心点好不好？"

她爸听到这句话，愣了一会儿，然后抱着她失声痛哭。一个男人，哭得比孩子还伤心，从那一刻起，她就想，她不要妈妈了。

可有些事，不是她能做主的，她不要萧情，萧情却没法不要她，因为她的存在就是颗不定时的炸弹，随时会将萧情的一切化为乌有，所以当年，萧情才会用那么决绝的方式告别他们父女。

顾可馨回过神，见萧情还低着头，她喊："萧老师。"

萧情侧目："怎么了？"

顾可馨说："我最近接到了个新剧本，导演想让我尝试个新角色，但是我揣摩不了角色的心理，想问问萧老师的看法。"

萧情说:"你说说看。"

顾可馨神色坦然:"就是一位母亲为了事业和前程,抛弃自己的丈夫和孩子。萧老师,您说这位母亲,是有罪呢,还是无罪?"

萧情瞳孔瞬间收缩,神色微变。

顾可馨不是莽撞的人,她不信萧情会因为她一句话去查快二十年前的事情。当年她和陆长白的死,是众人心中铁板钉钉的事情,如果真怀疑,也不会放到今日。就算她真的存疑,要去查,顾可馨也完全不担心,因为她早就让赵禾将和她过去有关的所有消息全部封锁。如果萧情动手查,那赵禾就会起疑心,至于萧柔,今天她就会去交易,所以这场试探,她纯粹就是想泄泄愤。

憋久了,人是会得病的。

萧情只是失神了两秒,很快就恢复如常。顾可馨假意询问:"萧老师,您怎么了?"

"没什么。"萧情说,"想到一些往事,我妹妹。"她抬头,"萧总,你知道的,年轻时候做过些错事,突然就想到了。"

顾可馨定定地看着萧情,有一瞬间分不清她是在演戏,还是这么多年,在她的潜意识里,早就把这件事当成是萧柔的错了。不管是哪一种,都让她觉得可怕。

萧情说:"我们还是说说剧本吧。"端得一副温柔无害、体贴优雅的人设。

顾可馨心底寒意汩汩,她双手冰凉,面上却一派云淡风轻:"萧老师和萧总,真的完全不一样。萧总的事情我略听过一二,刚刚冒犯到您,对不起。"

"什么话。"萧情侧目,"都是已经发生的事情,谈不上冒犯,不用道歉。"

顾可馨眸色深深:"您真好。"

这句话萧情都听习惯了，可从顾可馨嘴这里说出来，却有不同的意思，她刚刚用萧柔的往事想拉近两人关系，看来很成功。顾可馨这种优秀的人非常难遇到，她必须签在自己手上。

两人各怀心思，景园进病房时，她们相谈甚欢，萧情被顾可馨的一番话哄得眉开眼笑，转头道："园园把这些事都告诉你了？"

顾可馨也看向景园："她喝多了，情有可原。"

景园一脸蒙："你们在聊什么？"

刚刚她着急地和言卿说了几句就挂断了，生怕进病房会看到什么不高兴的场面，却没想到如此其乐融融。

画面和她设想不太一样，但至少不是坏的。景园松了一口气，顾可馨招手："来坐。萧老师刚刚在和我分析应该走什么路线。"顾可馨神色认真地看着景园，半笑半怨，"比你上心多了。"

景园语塞，她还有点摸不着头脑。

倒是萧情接了话："是啊，园园，你以后有什么打算，阿姨也可以帮你想想。"

"我？"景园接住话题，瞥了一眼顾可馨，有些心神不宁，她搞不懂顾可馨想干什么。

萧情看见两人的小动作，轻咳一声："还没想好吗？"

景园低头："嗯，还没想好。"她顺着台阶往下走。

萧情说："你进圈时间短，不过是该好好想想了，先把电影拍好吧。"

景园抿唇："我知道了，阿姨。"

她刚说完，助理对萧情说："萧老师，于导和监制他们还有十分钟过来。"

"说了不用过来……"

助理笑："那是他们敬重您。"

话里话外把萧情拉高，顾可馨看了景园一眼："既然萧老师有客人过来，那我们就不打扰了。"

萧情说："不和于导打个招呼吗？"

她们俩本就在病房里，导演马上会过来，搁一般的艺人，恨不得在她病房里多磨蹭一会儿，就盼着导演过来，好让对方知道她们的关系，顾可馨反而要离开。

萧情没多留，目送两人离开。

助理有些狐疑："顾可馨这是欲擒故纵？"

"不是。"萧情笃定道，"她的眼界，比你高多了。"

助理低头，心里倒是没有其他想法。在助理看来，萧情就是带领娱乐圈进入新领域的神，所以她说的、做的，都是圣旨，能留在她身边做助理，是自己的莫大荣幸，怎么敢随便质疑萧情的决定。

萧情说完，轻叹："就是不太好拉拢。"

助理琢磨了两秒："我听说她非常听经纪人的话，要不我们试着联系下她的经纪人？"

萧情摇头，她只打算签顾可馨，没打算让她的经纪人一起过来，否则她早就去找顾可馨的经纪人了。顾可馨是聪明人，那个经纪人，她并不看好，况且这件事情事关重大，她并不想让其他人知道。

助理没辙了，病房陷入了沉默。良久，萧情看向门口，对助理说："你给萧柔打个电话，让她过来见我。"

助理不疑有他，点头："好的。"

萧柔正在开车，接到萧情助理的电话，瞬间一个激灵："我姐找我？"

萧情在医院这事她是知道的，是为了救景园。这么多年，能让她受伤的，也就只有景家人。萧柔刚开始还会嫉妒，问萧情到底是把哪家当自家人，后来才慢慢琢磨出味来。她还真的一直把景家当家人，而萧家，只是帮她顶锅的地方。

而萧柔，就是那个顶锅的人。知道一切以后，她就没那么妒忌了，反正让她顶包可以，必须给她好处。这么多年，她从萧情那里也得到了不少好处，公司发展得也不错。

可这一切，现在萧情要全部夺走了。

萧柔不是傻子，不会一个劲儿信萧情的话，什么会将公司还给自己，萧情既然回国发展，势必需要一个后台，而她的公司就是最好的后台，又能赚钱又能赚名声，萧情才不会舍得还给自己。

若是搁以前，她也能认，左右公司给萧情，她还是副总，快快活活。可上次萧情对她的态度，让她恍然清醒过来。这么多年，安逸生活过久了，她都快忘了萧情是什么样的人了，如果以后公司有什么问题，萧情会亲自送她进去。就像当年一样。

这也是萧柔准备和顾可馨见面的原因。她是恨顾可馨，可以说厌恶至极，但是和狠戾的萧情比起来，顾可馨还在可以接受的范围内。

"嗯，萧老师问您在哪儿，可以过来吗？"到底是萧情的妹妹，助理态度还算恭敬。

萧柔垂眼："我姐找我什么事？"

"萧老师没说。"助理回答得滴水不漏，"您过来就知道了。"

萧柔说："好的。"她顿了几秒，"今天有谁去看我姐了吗？"

助理回她："景小姐和顾小姐来过。"

顾可馨？她们俩说了什么？

萧柔不相信顾可馨会自曝身份，如果她要这么做，早就去找萧情了，她不敢。和自己一样，在某种原因上，自己和顾可馨还算有默契。可这份默契随着萧情的回来，要被打破了。

如果让萧情知道自己这几年针对顾可馨的原因不是望舒……

萧柔打了个寒战，说："知道了，我下午过去。"

助理很满意："好的，那我告诉萧老师。"

电话挂断，萧柔将车停在路边，外面阴雨绵绵，一如她的心情。她突然想到很多年前，她被萧情带去一个地方，萧情指着里面的男人和孩子说："这是你丈夫，那是你的孩子。"

她干笑："姐，你开什么玩笑呢？"丈夫？孩子？她都没结婚呢！

萧情转头看着她，那幽冷目光浸着寒意，凉飕飕的，她目不斜视，直直地看着她："你以为我是在和你开玩笑？你和那个小明星的照片，我还没要回来。"

她只能咬牙，受着威胁，萧柔那时候玩得疯，什么都敢做，后来和一个刚出道的小艺人在一起，没想到被对方拍了照，她丢不起这个人，所以不得不求助她姐。萧情也护短，立刻封杀了小艺人，只是小艺人也是个硬骨头，照片和视频到现在都没要回来。

萧情说："萧柔，你是我唯一的妹妹，我还能害你不成？你帮姐，姐才能帮你。"

这么多年，萧情一直是这样，先打她一巴掌，然后再给她一颗糖。只是这么多年，萧情在外发展，早就用不着她了，所以她慢慢忘了被打过的疼。

现在倏然清醒，萧柔摸着侧脸，火辣辣的烧灼感，很疼，刺骨的疼。

她不再犹豫，迅速启动引擎，往约好的饭店驶去。

这场雨，有越下越大的趋势。

顾可馨看着前车窗，雨刮器都来不及刮，旁边的景园小声嘀咕："这么大的雨，你一定要去吗？"

喃喃自语的可爱样子逗笑了顾可馨，顾可馨说："要去的，都约好了。"

她没告诉景园要去见萧柔，只是说等会儿要去见个人，苏英会来接她，车给景园，景园自然不会多问，只是说："那你路上小心。"

刚说完，顾可馨的手机响了，马路对面有一辆黑色保姆车停了下来。车是苏英开的，顾可馨看见后，转头："我先走了。"

景园一双美目晶亮，点头，顾可馨揉了揉她的秀发，淡淡一笑，打开车门，一阵雨吹进来，她冲景园挥挥手，转身跑入雨中。

景园的目光一直落在顾可馨纤细的身影上，眼见她快走到保姆车时又折返了回来，景园忙打开车门迎接她，问："忘了拿什么东西吗？"

"没有。"顾可馨说，"忘了给你个东西。"

景园一愣："什么？"

顾可馨拉过她的手，放了个凉凉的东西在她手心。车窗半开着，景园看到顾可馨的秀发满是雨水，水珠沿她侧脸滑下来。不待她说什么，顾可馨又跑向了保姆车。

景园低头看去，手心被顾可馨塞了一把钥匙。

她认出来，这是顾可馨家的钥匙。

顾可馨坐在车里刷着微博，苏英蹙眉："不下车吗？"

车外就是酒店，萧柔靠窗坐着，一身大红色长裙，长发披肩，褐色大波浪，张扬又惹眼，生怕别人不认识似的。还是萧柔一贯的作风，顾可馨侧目看了两眼，低头继续玩手机。

"今年金华奖有几个提名？"顾可馨最近没关注网上的事，消极了很多。苏英没辙，答道："六个。"

顾可馨翻了下来，果然在热搜里看到了几个艺人的名字，这边一个艺人××的新剧曝光，那边一个艺人××的新造型曝光。若是从前，她应该会详细地看上一遍，记在心上，现在她只是粗粗扫了两眼，把每个艺人的名字记下。

其中风头最大的叫于悦。

这名字，最近挺耳熟，顾可馨想起来，去年简烟退圈，有传闻说是和于悦对上了，两个人的经纪人是同一个，后来经纪人推掉了于悦，专心带简烟。这事闹得不小，后来简烟退圈才消停一阵子，但这次于悦被提名，这件事又被拉了出来。

顾可馨看着消息，抿唇笑着，苏英问："我们什么时候进去啊？"

"你着急？"顾可馨睨了苏英一眼，"那你先进去。"

"我这不是看时间快到了嘛。"苏英向来摸不清顾可馨的想法，她问，"那就晾着？万一她走了咋办？"

走？顾可馨压根儿不担心萧柔会走，她一想到自己现在不得不妥协，就心有不爽，也不想萧柔安安心心地坐着等。

萧柔频频看手机，时间从一分钟到每隔几秒，她皱着眉，想，这顾可馨什么意思，说好的在这儿见面，该不会后悔了吧？反正是她要约自己，后悔自己也没损失。

萧柔自我安慰，却越来越坐不住了。她既然答应赴约，就说明她是同意这次见面的，甚至心动于顾可馨的条件，现在眼看好端端的机会很可能跑掉，怎么可能不着急？

况且，顾可馨早上还去看了萧情，她们聊了什么？

萧柔眉头紧皱，这段时间她消瘦了不少，脸上颧骨凸起，虽然妆容精致，但没那么光鲜亮丽了，多了些疲倦。明明是萧情的妹妹，看起来比萧情还要老气。

她不耐烦地叹气，抓起手机就给苏英打电话。

噼里啪啦的雨声里，苏英回答得很官方："您稍等片刻，可馨快到了。"

往常都是别人等她，当初顾可馨连见她一面都没机会，现在却要干坐在这里等人！萧柔心里的火气烧了起来，和那些惧怕糅杂在一起，心里说不出的滋味。

苏英挂断电话："她等不及了。"

顾可馨正在编辑私信，苏英侧目："你给景园发消息呢？"

她点头："嗯。"顾可馨刚发完私信，手机就响起。

苏英嗤笑："看看，看看，刚发消息呢，又打电话过来。"

可惜她预估错误，来电的人是莫离。

顾可馨示意苏英别出声，接通电话："莫姐。"

"嗯，在干吗呢？"莫离居然不开门见山地说事了，景家的威力真大。

顾可馨回她："刚去看了萧老师，准备回去看剧本。"

"哎，你是该多跑跑。"莫离说，"我听说萧老师和景家关系不错，你可以看着点儿，搞好关系。"

顾可馨失笑："我知道的，莫姐是有什么事吗？"

莫离"嗯"了一声："是有点事，上次你客串那个电影要首映了，剧组问你有没有空去首映礼。"

顾可馨在里面客串了一个戏份只有几分钟的配角，不算太重要，但串联着整个电影的情节，而且她演的那个角色当初选择的时候就引发了争议，直到定下她才安静下来，剧组那边是肯定希望顾可馨参加的。顾可馨现在知名度不错，若是去了，剧组倍儿有光，说不定还可以炒一波顾可馨和这个角色有缘分，莫离已经同意了，想到这是近几年顾可馨除了《风动》以外的另一部电影，她就激动，遂立刻联系了顾可馨。

顾可馨想了会儿："莫姐怎么看？"

"时间我都看过了。"莫离说，"就一个下午，可以和于导说一声，不算大问题。"

顾可馨点头："那就听莫姐安排。"

莫离刚要挂电话，顾可馨突然说："莫姐，我可以带个朋友去吗？"

"谁啊？"莫离突然会意，"景园吗？"

她琢磨着，带景园也不是不行，她们本就是合作关系，一起去个首映礼也不错。莫离感叹："可馨啊，你越来越敬业了。"

顾可馨笑："那我回头告诉景园，你把时间发给我。"

"好。"

顾可馨挂了电话，苏英张口就问："过了？首映礼了？"

"嗯。"顾可馨喟叹，严格意义上，这其实是她客串的第四部电影。她出道五年，拍了四部电视剧，两部是女配，两部是女主，还有四部电影，一部主角，三部客串。

数量是可观的，就是除了上一部电影放出来了，其他的都还没动静，现在突然有一部有消息，顾可馨的心情也难得好了起来。她原本打算给景园打电话，余光一瞥，萧柔还坐在酒店里。

"让她出来吧。"顾可馨说，"我不进去了。"

苏英会意："我给她打电话。"

萧柔本就因为顾可馨迟到窝了一肚子火，现在又要换地点，外面还下着大雨，就更来气了："到底来不来？不来我就走了！"

苏英也不惧她："可馨约您在外面见。"

萧柔"啪"一声挂断了电话，苏英在车里看到她准备拎包走人，还担心道："可馨，真没事……"

话还没说完，她的手机响起，屏幕上闪烁着萧柔的名字，苏英接起，萧柔问："在哪儿？！"

怒气冲冲的，颇有要来干一架的气势。苏英报了车牌号，没一会儿，车窗被敲响，淋着雨的萧柔站外面，一脸愠色。

苏英打开车锁让她进来。

"你什么意思？顾可馨我告诉你……"

"萧总这么生气干什么呢？"顾可馨转头，语气毫无波澜，"您以前做的哪件事不比这个过分呢？"

萧柔一下子被戳中，忍了忍，只是目光里依旧怒火滔天，她压下气："找我干什么？"

"想和您做笔交易。"

萧柔的脸上还有水珠，头发黏在脸颊旁，让趾高气扬的态度打了折，甚至有几分狼狈，她说："顾可馨，你不要以为凡事都是由你掌控，我告诉你，想和她斗，你还嫩了点。我没有她做事的证据。"

萧情做事从来不会让人抓住把柄，所有的证据早就销毁，她这个妹妹都没办法，更别说顾可馨。况且她就算真的有，也不会给顾可馨，她还要活下去。

顾可馨递给萧柔一张纸，垂眼道："我没说要她的证据。"

萧柔蹙眉："那你要什么？"

顾可馨说："我帮您出国，离开这里，您告诉我她最近的计划，她打算用什么方式进仕途？"

萧柔脸色骤变，顾可馨连这个都调查到了？她还知道什么？这对母女怎么都如此恐怖？

萧柔咽口水："你确保我能出国？"

"当然。"顾可馨说，"我还确保我们的交易你知我知，不会有其他人知道。"

萧柔转头看向苏英，顾可馨耸肩："她和我一体。"

苏英看向萧柔，微微点头，默认了顾可馨的观点。

萧柔第一次在这个环境下谈交易，但这却是她做过的最大的决定，她说："百年艺人。她决定在百年艺人上推出国际形象大使。"

顾可馨咋舌，野心还真大，她转头："景家同意了？"

"景家还没有同意。"萧柔说，"所以她最近频繁去景家。"

难怪这次帮景园挡刀，只怕这次过后，景家就要同意了，必须要阻止，而且要尽快！

萧柔问："还有问题吗？"

"当然还有。"顾可馨对上她视线，目光很亮，她说，"萧总，您应该没有忘记，您这五年做过的事情吧？"

萧柔咬牙："你想说什么？"

"我想让您把吃进去的吐出来。"她的那些电视剧、电影，压得够久了，是时候见光了。

萧柔想了几秒："可以。"

本来萧情就打算亲自栽培顾可馨，那些电视剧、电影根本压不了太久，她还可以给萧情做个顺水人情，好表示自己的忠心。

顾可馨说："那我就等您的消息了。"

萧柔皱眉："风清莲的事情……"

"萧总放心，不会耽误您离开的。"

萧柔睨了顾可馨一眼，不想承认自己看走了眼。如果当初知道顾可馨这么聪明，或许从一开始，她就会选择和顾可馨合作。

可万一再养出一个萧情呢？

顾可馨比她姐更狠，能忍，也狡猾，萧柔摇头，不想再蹚这趟浑水，她说："没事的话我走了，安排好后我会给你打电话的。"

顾可馨点头，看萧柔下车后，她喊："萧总。"

萧柔转头，见顾可馨面带笑容，很是温和，她立刻汗毛竖起，不寒而栗，她问："什么事？"

"有件事还想麻烦您。"顾可馨想到景园肯定要调查萧情的事情，她说，"如果有人问您关于她的事情——"

萧柔说："我不会多说的。"

顾可馨摇头："不是，我是希望您能多说一点。"

萧柔拧眉："什么？"

顾可馨语气真挚："我希望您能多说一点她的坏话，越坏越好。"

萧柔：……

CHAPTER

4

相视

If the golden sun,

Should cease to shine its light,

Just one smile from you,

Would make my whole world bright.

——*Stray birds*

送走萧柔，苏英茫然不解："你刚刚说什么呢？"

打哑谜一样，不过她听得出来，顾可馨说有人会去找萧柔了解情况，只是这个坏话……这么幼稚，这还是顾可馨吗？

她灵光一闪："该不会是景园派人问吧？"

顾可馨但笑不语，苏英回过神，她说："有时候我真怕你把智商给丢了。"

但她还是从前那个顾可馨，运筹帷幄，凡事都在掌控中，刚刚她提的第二个条件，苏英越想越心动："你说萧柔什么时候开始有动作？"

顾可馨说："她肯定想越快越好。"

积压五年的电视剧、电影，流行肯定跟不上，但她不会质疑自己选剧本的能力，那些电影和电视剧，就是再过十年也会有受众。

苏英也满怀激动，她压根儿没想过那些电影、电视剧会有重见天日的时候，但顾可馨想到了，所以她对每部电视剧、电影都极其认真，哪怕明知道会压着放不出来，她也尽全力去演。

因为她知道，自己会成功，而这些，就是她成功之前的"磨难"，越是认真，越能博得好感。

苏英就佩服她这点，不管什么样的绝境，她总能以最大的优势绝处逢生。

她松开方向盘："百年艺人的事情，你想好怎么做了吗？"

肯定不能看萧情就这么顺风顺水地成功，而现在能阻止一切的就是景家，但萧情又刚刚救了景园，景家现在怕是对她十分感激了。

这个当口，还真不好做。

顾可馨按了按太阳穴："回去再商量。"

"那我先送你回家？"

顾可馨没什么异议，点头，车在雨中疾驰，溅起的水像是一朵朵盛开在半空中的花，而后迅速跌落在水洼里。

两人还没到公寓门口，苏英的手机屏幕就开始闪烁，连到汽车的蓝牙上，显示屏出现了莫离的名字。苏英嘀咕："莫姐最近找我们找得挺勤快啊。"

她没多想，接起了电话，听到莫离用微扬的声音说："可馨在你身边吗？"

苏英转头看向顾可馨，两人对视了几秒，顾可馨打开手机，发现她不小心把手机调成静音了，顶端有两个未接来电的提示。苏英说："在的，莫姐有什么事？"

"有事有事，好事！"莫离兴奋，"前年拍的《神偷》还记得吗？"

苏英忙坐正身体："当然记得，怎么了？"

"过审了！"莫离说，"刚刚导演打电话来说，近期可以排档。"

本来就有一部顾可馨客串的电影可以提高知名度，莫离正在想方案呢，立刻又来一部主演的电影，她乐疯了。苏英诧异地看向顾可馨，眼底只有一个念头：这么快的吗？

看来这萧柔还是有一点能力的。

顾可馨倒是没怀疑，萧柔要是这点能力都没有，怎么能压她五年？看来是真迫不及待想离开了，顾可馨对着屏幕喊："莫姐。"

莫离忙道："可馨？你都听到了吧？"

"听到了。"顾可馨说，"那我现在要做什么？"

"今天没戏,你等会儿来公司吧。"莫离手上有详细的行程表,"造型师我已经联系好了,然后晚点我们要去和导演吃饭,商量《神偷》首映礼的事情。"

顾可馨坐正身体:"好,我和苏英这就过来。"

莫离长吁了一口气,挂断电话,电脑上是《神偷》的宣传方案,《神偷》这部电影是前两年拍的,讲的是一名退役特种兵离开部队后一直过着很平静的乡村生活,后来被领导找上,想请她去偷一幅画,传言这幅画和十多起凶杀案有关,画师目睹了案件发生的全过程,于是画下了这幅画,画完就自杀了。因为这个传言,这幅画的价值非常高,没多久,就被收藏画的名家买走了,因为涉及凶杀案,政府想让藏家交出画配合调查,名家十分配合,说好一周后交画,但所有人都担心名家会交一幅假画,所以领导才找到主角,想请她在一周后交画那天,把真画提前偷出来。这样名家就算知道画没了,也不敢声张。

顾可馨在里面饰演的就是那个神偷。

莫离编辑好文案放出去,没多久就冲到热搜前排,虽然有剧组那边的安排,但这部电影也确实引起了小小的讨论,都在猜凶手是谁。

《神偷》?这是前两年宣传的那个?放出来了?

看多了偶像剧,突然来悬疑片,我感兴趣!

居然是顾可馨主演的,有谁知道剧情吗?

有关《神偷》的消息多半都是两年前剧方发布的,那时候顾可馨压根儿不火,充其量就是靳琪的捆绑对象,没什么知名度,当时也是嘲讽的人居多,说她靠靳琪拿到的角色,没什么人关注。完全不像现在,消息一出立刻引起讨论。

铺天盖地的宣传下,景园很快也看到了,她刚接到顾可馨的电话,说是晚上要陪导演吃饭,没多久就看到了网上的宣传,剧照只有几张,顾可馨穿着军装，英姿飒爽，景园看了几眼后保存了下来。

评论也很有意思，从顾可馨的造型到她的演技都被一通评说，景园翻了两下，看到好多人都在说"可馨好飒"。

景园顺手关掉了论坛，搜了搜关于这部片子的宣传，很少，有也不过寥寥几句，她也没听顾可馨说过，搜了半天无果后，她刚准备放下手机，屏幕闪烁起一串数字。景园认出来，这是她妈给她找的人，景园坐正身体，一脸严肃地接起。

景园知道从阿姨身上查肯定查不到什么，所以她决定从萧柔查起，而前段时间，这批人刚查到萧柔的底细，所以把资料全部发给了景园。

景园坐在沙发上，抱着手机细细看着资料。

萧柔隐婚，孩子几岁时才公开，丈夫是入赘，后来丈夫和孩子在泳池出了意外，双双死亡。景园看到这些资料后思忖良久，她对这些事没什么印象，可能她妈有，但她不方便问。景园摸着手机，想了会儿，给那人发了消息。

为什么没有萧总的住院记录？

怀孕不是小事，至少有几个月肚子是瞒不住的，萧柔是怎么做到的？景园越想越不对劲。

那人回——

这些萧家都抹掉了，并没有透露出来。

抹掉？那主治医生呢？

也没有查到。

景园心头的疑惑逐渐放大，人一旦有了设想，就会控制不住地往那个方向思考。她回复——

　　好，我知道了，另外，能不能再帮我查查其他的事情？

那端迅速回话。

　　您说。
　　帮我查查萧情的事情，我要她二十五年前的所有事件
记录。

那端的人有些诧异。

　　萧老师？

景园也知道可能查不到什么，但她不可能什么都不做。

　　嗯，有任何消息直接联系我，不要告诉我母亲。

这次那端的人没再疑惑，而是快速回复。

　　好的。

　　景园放下手机，突然觉得荒谬，她正在怀疑的是她曾经最相信的
人。如果是一年前有人让她调查萧情，她肯定反驳回去，而现在，她
却开始主动调查。
　　她转头看向窗外，雨还在下，哗啦哗啦，没有停歇的迹象。

顾可馨从酒店出来时脸色微红，晚上导演和莫离高兴，多喝了几杯，她自然也被劝了几杯，不过莫离顾及她明天还要拍戏，所以没让她多喝，只是意思了一下。

苏英替她撑着伞，转头说："看莫姐这意思，你最近要忙了。"

光是一个剧组的宣传不够，《神偷》才是主打，莫离刚刚和导演说了一系列宣传计划，光听着就很累，顾可馨本身又有剧在拍，肯定要忙起来了。

顾可馨淡笑："忙不好吗？"

她一晚上嘴角都挂着笑，苏英送她坐回车里，然后打开驾驶室的门坐进去，转头道："忙当然好，只怕你接下来要一直忙了。"

六部积压的电影和电视剧，加上她现在拍的《佳人》，光是想想，苏英的骨头都要散架了，估计近两年，顾可馨都要脚不沾地了。闲了五年，突然要忙碌，苏英还有点不习惯。

顾可馨却没说什么，只是笑了笑。苏英直接开车送她回家，快到家门口时，顾可馨突然问："我家钥匙你还有吗？"

苏英没迟疑："当然有啊。"她反应过来，"现在我不方便直接进去了？"

顾可馨没多说，倒也不是不方便，只是她早上把钥匙给景园了，没带备用的，不用想也知道，景园拘谨的性子怎么可能在她家等着。

苏英掏出钥匙递给顾可馨，后者将钥匙拿在掌心把玩，下车时，雨还在下着，苏英说："回去休息吧，明早我来接你。"说完她强调，"我会敲门的。"

顾可馨失笑，没说什么，只是拎着包穿过雨丝进了大厅。上电梯时，她给景园发了条到家的消息，问景园在干什么，电梯信号不太好，一直到下电梯才发出去。

景园被手机振醒，她眯着眼看着顾可馨发来的消息，还没回复，就听到不远处传来门把手转动的声音。她抬头，见顾可馨推开门走了进来。顾可馨没想到家里有人，脱了鞋子刚准备开灯，发现沙发那里有亮光，她看过去，在黑暗中和景园四目相对。

顾可馨家大都只有一个人，她爸爸离开后，苏英有段时间住在她这里，后来租房后她就很少过来了，但这里还有苏英的客房，只是许久没住过人了，所以顾可馨回到家面对的基本都是冰冷的空气和惨白的灯光。这是第一次有人坐在黑暗里，拿着手机，和她四目相对。

很意外，也很温馨，顾可馨突然僵着没动，暖意顷刻占据了她，是从未有过的满足。

她想走过去，给景园一个狠狠的拥抱。

景园觉得这样的情况下，自己有必要说两句，酒气从门口飘来，她干巴巴地问："你喝酒了？"

"嗯。"顾可馨乖巧地回她，"喝了一点。"

不只一点，但于她而言，就是一点，可就是那么一点，让顾可馨的脑子嗡嗡的，她突然不确定景园为什么出现在自己家里。可潜意识里，她又因为景园的出现而高兴。

"景园。"顾可馨舔了舔干燥的唇瓣，残留的口红被酒气冲淡。景园坐直身体，问道："今晚见谁了？"

"以前的导演。"顾可馨说，"我主演的另一部电影要首映了。景园，你要不要和我一起去看？"

景园想也不想："好啊。"

轻柔嗓音末尾扬起，景园看向顾可馨的眸子，她喊："顾可馨。"

刚叫，手机"嗒"一声，熄屏了，整个客厅暗下来，窗外的雨水更大，噼里啪啦。

景园刚想重新打开手机，手机却"啪"一声掉在了地板上。黑暗中有人靠近："景园，你在等我？"

"嗯。"景园回答得很正经，"我在等你。"

"怎么不告诉我？"

景园依旧正经："我想给你惊喜。"

顾可馨陡然笑开，五官明亮动人。

景园恍惚间想到了第一次和顾可馨相识时，在那个黑暗狭隘的过道里，她像罂粟一样，吸引着自己全部的注意力。她又想到小岛上，顾可馨悬在崖边，一瞬不瞬地看着自己，那眼神她一辈子都不会忘。

那时，顾可馨嘴上说着"景园，松手"，那双眼却在说"景园，别放下我，别丢下我"。

怎么会丢下她呢？

景园倏然心疼得难受，她在黑暗中哭了出来，越哭越大声，顾可馨微诧："景、景园？"

她打开灯，暖黄色的灯光下，景园哭得梨花带雨，肩膀耸动，她哭得太伤心了，导致顾可馨有种自己是不是欺负她了的错觉。难道她酒喝多了？欺负了不记得了？

顾可馨摇头，胡思乱想什么？她说："景园，你别哭了。"

景园却不理她，颇有哭到天荒地老的架势，顾可馨在她身边急得团团转，却找不到原因，只能将她搂住，泪水沾湿了自己的衣服，顾可馨毫无知觉，只是抱着景园轻声说："对不起。"

"你，你对不起什，什么？"景园抽噎着，她好像很久没有这么哭了，印象里她一向不会大哭大笑，只是顾可馨总能让她破例。当初拍《值得》，她哭得像个傻子，现在更是，比傻子还傻子，可能是最近过于压抑，一旦有了释放的出口，她就没了顾忌，痛痛快快地发泄。

这倒是把顾可馨吓坏了。

顾可馨看着景园说："那你哭什么？"

"我难受。"景园回她。顾可馨脸色微变："和我待在一起，难受？"

"傻子。"景园被她逗笑，"你平时不是挺机灵吗？现在怎么看不出来我为什么难受？"

顾可馨想了会儿："我喝酒了。"

景园抽噎："什么？"

"我喝酒了。"顾可馨解释，"所以我和平时不一样，景园，你刚刚为什么哭？"

景园看她一本正经地想要个答案，没好气地瞪了她一眼，随后低头："因为心疼。顾可馨，我心疼你。"

顾可馨黯淡的眸子霎时盛满亮光，熠熠生辉。

身边躺了个人，这感觉和顾可馨想象中完全不同。

外面雨丝很大，景园听着外面的雨声，说："我和小迟第一次见面，就是下雨天。"

她转头看着顾可馨，黑暗里，她看不清楚对方的脸色。顾可馨鼓励她继续说下去。景园嗓音沙哑："我提她，你不生气吗？"

"为什么要生气？"顾可馨失笑。

景园继续说："她性子急，做事风风火火的，特别阳光，任何事情在她看来，都是可以解决的小事。我进圈那年，我父母不同意，她就陪我守在我妈工作的地方，我和她说，我进圈是为了一位前辈，她也无所谓。她说，这种小事情不要烦恼了，人活着就是要开心，如果我进圈会开心，她会支持我的。"

景园说到这里哽咽，满眼的水花，她想了会儿："车祸那天，她躺在地上，握着我的手说：'景园，不要为这种小事哭太多次，以后我不在你身边，你要让自己开心。'"

她闭上眼，眼睛哭得有些疼："对不起。"

自从郁迟离开后，她就再也没有开心过，尘封的内心，直到顾可馨出现，才破开一个缝隙，她才敢再度张望这个世界。

"景园。"顾可馨并没有给她擦拭泪水，而是从容地抱了抱她，良久才开口，"虽然我不认识她，但我觉得，她现在应该很开心。因为你很开心。"

景园在她怀中点了点头，顾可馨说："那我也和你说个故事吧。很久以前，有个孩子，她没有母亲，每天跟着父亲到处跑。她的父亲很厉害，是街坊口中有名的老好人，所以很快，她家里穷了，钱财被别人全部借光了。别人问孩子，你妈妈呢？孩子就会看着父亲。她父亲说：'在外地工作呢，快回来了，快回来了。'就因为需要不断地圆谎，而孩子的父亲并不擅长，所以孩子跟父亲去了好多个地方。从会走路、会说话，到认字上学，她都没有见过她母亲。"

顾可馨停顿片刻，景园抽噎着问："然后呢？"

顾可馨继续说："后来她爸带她到处弹琴，有一天她见到了一个漂亮的阿姨，她爸说，她要给阿姨配乐。她很高兴，回家每天练习，上台那天，阿姨抱着她，说她好厉害。她很幸福，她感受到了从没有过的幸福，她和阿姨约了下次上台的时间。只是后来她没上台。"

因为她爸爸和阿姨在病房吵架了。

"阿姨后悔了，不让她上台。她特别难受，避开爸爸想去找阿姨，她知道她工作的公司在哪儿，她去了她的公司，她看到她下楼，踩着高跟鞋，穿着风衣，明艳大方。她张开双手，她以为阿姨想抱抱她，她很想跑过去，然后有个小姑娘，冲进了阿姨怀里。"

景园一愣，下意识转头，眼底满是不可置信。顾可馨没瞒着，小声说："对，是你。"

"那我怎么不记得你？"

顾可馨失笑："因为我没有上前的勇气。"

当时，小姑娘蹦蹦跳跳地从公司这端跑到她身边，投进她的怀抱。顾可馨在路那边，也学着景园小跑的样子，却被石子绊倒，磕破了掌心，满手的鲜血，温热又冰凉。

景园讷讷："我不知道。"

"嗯，所以我也对不起你。"

景园转眸子："为什么？"

"因为刚开始认识你的时候，我并不喜欢你，我想不通，为什么你能得到她的注意，不聪明，死脑筋，性子又沉又闷，还单纯，所以我才接近你。"

顾可馨以为这些话会被自己带进棺材里，她永远不会向别人诉苦，可面对景园，她又很自然地说了出来，像是脑电波自动连上景园的，有些话不由自主地就说了出来。

景园恍然："原来是这样。"

所以她们，其实从很早很早的时候就认识了，景园内心复杂，她压根儿没想过早就和顾可馨认识了。或许在以前，自己还是顾可馨心里的一根刺，但她从没找过自己这根刺，就是拍戏碰到了，才开始算计自己。

景园一时无言，顾可馨低头，轻轻地说："对不起。"

这句"对不起"，不仅仅是道歉，更像是释怀，顾可馨对自己内心阴暗那面的释怀。她曾将景园当成可以迁怒的对象，想接近，想把对方的美好摧毁，只是后来忍不住停手。她突然明白为什么那个女人会对景园那样好，她想，她也会对景园好的。

景园一直不吭声，顾可馨突然心慌，她低头："你生气了吗？"

"为什么要告诉我这些？"景园问。

顾可馨沉默了，她完全可以用今晚喝了酒的理由遮挡过去，可是她不想，她说："这才是我，景园，我原本就不是什么好人。"

景园听了，心尖一阵疼，如被人拧着搓揉，疼得她眼睛肿胀。今天晚上，她哭得太多太久，不过，过了今晚，或许以后就没有这样可以发泄的机会，景园哽咽着开口："我没有生气。"

顾可馨和自己处于两个完全不同的世界，以前她不懂，人为什么可以这么坏。现在她才明白，或许不是因为坏，而是想更好地活下去。

她有指责顾可馨的立场和理由，但她不想。她只想抱抱顾可馨。

景园问："你有没有想过，早点认识我？"

"想过。"顾可馨说，"想过很多次，现在我很庆幸，我没有早点认识你。"

景园不解："为什么？"

窗外一声闷雷，雨声更大了，两人躺在被子里，整个世界都是温馨和暖意。

顾可馨说："因为那时的我还不够成熟。"

刚认识景园的那段时间，她只想着怎么欺骗景园，所以她庆幸没有早点认识景园，否则她会做出什么事情，她自己都不知道。

景园明白过来，胸口暖流涌动。

CHAPTER

5

转账

If the golden sun,

Should cease to shine its light,

Just one smile from you,

Would make my whole world bright.

——*Stray birds*

　　窗外的雨一直在下，偶尔两个闷雷，景园在黑暗中慢慢转过头，和顾可馨面对面。

　　顾可馨已经睡着了，呼吸平稳绵长，景园不是第一次如此近距离地看她，却没有一次像现在这么心疼。就像是打开潘多拉的盒子，她看到了顾可馨的过去，痛苦的黑色过往，也看到顾可馨正在努力编织一个绚丽的未来。

　　她用那双从困境中挣扎爬出来的手，在一点点描绘以后。

　　景园想，自己在顾可馨心中的第一印象居然是这样，不聪明？死脑筋？性子又沉又闷？

　　她是那样的人吗？景园抿唇。

　　她突然想到祁连非要加的那场戏，那时候怎么也想不到加戏会是顾可馨的杰作，突然好气又好笑。不过一年的时间，一切都已经改变。

　　自己从最讨厌顾可馨，变得因为她，开始怀疑曾经永远都不会怀疑的阿姨。还真是奇妙。

　　次日，两人都睡过了头，苏英站门外敲了半天门也没人应。顾可馨的电话在客厅，她听到铃声响了良久也没人接，正准备再打一个，门咔嚓一声被人打开。

　　顾可馨站在门口，一脸的倦色："早。"

　　苏英站在门外，狐疑地揉了揉眼："你昨晚上去抢劫了吗？怎么好累的样子？"

顾可馨睡得有些迷糊，她说："我先去洗漱，你坐会儿。"

苏英看她这样子，就知道还没吃早饭，点头："去吧。"她说着走进了厨房。之前熬粥用的食材还有，她干脆就熬了小半锅粥，然后煮了白鸡蛋，出来时顾可馨问了句："煮早饭？"

苏英擦干净手："嗯，还给你煮个鸡蛋，希望今天顺顺利利。"她说完，冲顾可馨挤眉弄眼，"网上已经热闹起来了。"

顾可馨倒是不知道热闹什么，等她用平板电脑上了网，才知道自己的新戏已经进了娱乐板块的时事新闻。上一次自己的名字出现在这里，还是和景园合作拍《值得》。这个板块一般用来放网友最期待的电影电视剧，官微一有更新，这里立马会实时更新，流量非常大，很多人都想要这个位置，不少导演曾想在上新戏时花重金买这个位置。但据说买不到，因为负责这个板块的京仪传媒压根儿就不缺钱，新上任的老板纪总油盐不进，说这个位置既然当初定位是展示网友最期待的作品，如果能买，还配叫"最期待"吗？所以这个位置从来不卖。

说到这里，苏英感慨："你当初还好没进京仪。"

就这老板油盐不进的样子，估计和她打交道也是吃力不讨好，还不如老东家，起码扯扯皮，大家面子上都过得去。

顾可馨没说话，京仪的做事风格和她从来就不一样。不过若是能有资本光明正大，谁还愿意活在黑暗里等待机会呢？

顾可馨垂下眼，低头继续看。时事新闻板块一共有五个位置，按照网友的讨论度和网络热度自动排序，一般是在电影首映和电视剧刚上线时会出现在这里，能留多久，就看剧火不火。

她记得这个板块还有个别名，叫"奇迹板块"，以前有好几部老电影在当时票房不佳，或者没有宣传开，从而受众少，后来被到处转发，上了这个板块，最终一举封神。因为出现了好几次这样的情况，所以这个板块才被叫"奇迹"，也正因如此，网友才不愿意看到这个板块沦落，如果是人人花钱就可以买的板块，那还有什么价值？

顾可馨的两部电影都在上面，不过很明显，《神偷》是靠另一部客串的电影带起来的，在《神偷》的微博下，也都是她饰演的另一个角色的粉丝。

苏英说："这热度不低，估计能上一阵子，昨天莫姐已经将宣传方案发给你了，在你邮箱里，你看一下。"

这时，景园也醒了，苏英听到声音立马看过去，见景园站在那里，面上平静，脚趾头又开始抓地。

顾可馨转头笑着："醒了？"

景园抿着唇，苏英眨眨眼，立刻说："我去看看早点好了没。"她说完又加了句，"景小姐早。"

景园在她走后，脸上浮起红晕，瞪着顾可馨："怎么不叫我？"

"看你似乎很累。"顾可馨走过去，"想让你多睡会儿。"

景园还想说话，顾可馨双手扶在她肩膀上，推她进了卫生间："洗漱吧。快一点，来不及了。"

景园没和顾可馨计较，低头洗漱，台子上放了两个洗漱杯，一个浅蓝色，一个浅粉色，看起来就是一套，每个洗漱杯里面放着牙膏牙刷，粉的那个杯子是全新的，没动过，景园昨晚还没看到这些，显然是顾可馨刚准备的。

顾可馨在外面等景园出来后，递给她一套干净的衣服，标签都还没摘掉。景园诧异："你的？"

"给你买的。"顾可馨上次拿了赵禾的红包，原本想还回去，但后来用它给景园买了衣服，放在自己衣柜里，还以为要很久才能派上用场，没想到这么快就能用上了。好在她准备的是四季都可以穿的休闲服，所以也不突兀，外面再套一件昨天的外套就行了。

景园点头，接过后去换了，尺寸是自己的尺寸，她换好后出来，见顾可馨正在和苏英说话，姿态从容优雅。

她突然觉得幸运，从小到大有赵禾的庇护，后来碰到郁迟，她有了一段开心的时光，现在又有了顾可馨，成熟而完美的朋友。

"洗好了？"顾可馨走到她身边，说，"去吃早点吧，苏英做好了。"她说完，冲景园眨了眨眼。

景园清了清嗓子，神色自若地走到饭桌旁，对苏英说："谢谢。"

"不用不用。"苏英招呼，"喜欢吃鸡蛋吗？"

"我都可以。"景园声音淡淡的。苏英笑："那就好，我给你剥。"

景园虽然家里有用人，但也不需要别人这样服侍，她从苏英手上拿过鸡蛋，还有些烫手，景园左右手翻了一下。苏英目光落在她手指上，白皙修长，骨节分明。

她将原本要给顾可馨的鸡蛋剥开递给了景园："多吃一个。"

景园在苏英笑眯眯的眼神里吃了两个鸡蛋。

顾可馨出来时，景园已经吃完了早点，她走过去："景园呢？"

"她去接电话了。"苏英神神秘秘，"是她妈妈。"

顾可馨侧目，景园正站在窗口接电话。声音并不大，她听不到内容。顾可馨没走过去，只是盯着看，景园察觉到，转过头，目光和顾可馨撞上。

"园园啊。"赵禾好奇，"昨晚有活动？"

景园低声回她："没有。"怕她妈不知道，景园补充，"我在顾可馨这里。"

赵禾没话了："好吧，我知道了。"

景园低头挂了电话，熄屏时页面上显示着顾可馨的剧照，是上次让她选的照片，英姿飒爽。景园看了几秒，刚准备放下手机，就听到"叮"一声，屏幕上方显示有一条转账信息。

赵禾往她账户转了 88888，她疑惑地给赵禾发消息。

妈？是不是发错了？

赵禾迅速回她——

给你买衣服的。

景园把钱收下了，去剧组的路上她给顾可馨挑了几件衣服，还问了顾可馨的喜好，顾可馨探头："红色这件吧。"

红色的是薄款睡衣，站在阳台上能随风飘起来的那种质感，看起来就顺滑。景园侧目："你喜欢这款？"

"主要是舒服。"顾可馨一本正经地解释，"穿了和没穿没区别。"

景园没好气瞪了她一眼："你能不能正经点？"

顾可馨笑道："知道了。"

"你知道什么……"

景园想，顾可馨明明是罂粟，但在她看来更像是一团光，带给人柔软和温暖，这种从未有过的新奇感觉，让每一天都充满期待。

景园低头，抿唇说："顾可馨，过几天陪我去看郁迟好吗？"

顾可馨一怔，她看向景园，景园神色忽明忽暗，但很平静，目光沉稳，似乎下定了决心。好一会儿，顾可馨点头："好。我陪你去。"

苏英从后车镜看着两人，突然有种岁月静好的错觉。

入圈几年，她头一回在顾可馨身上看到这种感觉。

以前的顾可馨对谁都很好，温柔有礼，和蔼可亲，只有她知道，顾可馨的内心是一座贫瘠的城，那里面满是深渊和沼泽，没有人能走进去。

可景园硬是穿过沼泽和深渊，把顾可馨从绝境边缘拉了回来，然后她在顾可馨贫瘠的城里栽花种树，枯木逢春。现在的顾可馨，是重新活过来的人。

这样真好，她没有用萧情的错惩罚自己，真好。

苏英心怀感恩，开车的手微抖，眼角温热，面上却带着笑。

到剧组时尚早，顾可馨和景园没有一起进去，而是一前一后。景园下车后给叶辞夕打了电话，叶辞夕忙不迭地接起："景小姐！"

叶辞夕激动得快要哭了！她还以为自己被开除了！

这两天一直没有景园的消息，她也不敢发短信，只得默默等着，接到景园的电话时，她第一反应是自己会不会要被辞退了，还好啊，还好只是让她去接人。

叶辞夕说："您在哪儿呢？"

"站牌这边。"景园看着腕表，"你到了吗？"

"到了到了！"她早到了，只是没看到景园，叶辞夕一转头，看到站牌那里多了个人，刚刚还没有啊，真奇怪。叶辞夕没多想，立刻开车过去接景园。

两人上车后，叶辞夕给景园递了早点，景园说："我吃过了。"

态度冷淡疏离，和从前没区别，叶辞夕不敢有异议，忙缩回手。车里一时尴尬，叶辞夕拼命找话题，她灵光一闪，说："景小姐，您最近看微博了吗？"

"微博怎么了？"景园转头问。

叶辞夕忙道："顾小姐的电影要上了。"她竖起两个手指，"两部！"有点自豪和骄傲。

景园不知道叶辞夕是什么时候喜欢上顾可馨的，她淡笑："你很喜欢顾可馨？"

"喜欢啊，顾小姐……"叶辞夕停顿了一下，立马重新表态，"顾小姐虽然好，但是景小姐是最好的，景小姐，我最喜欢的还是你！"

景园眼底有不明显的笑意，神色依旧冷清，她说："顾可馨的新剧怎么了？"

"拍得太好了！我看了一点预告，顾小姐演得很棒。"

这可不是叶辞夕在吹，顾可馨的《神偷》出预告了，留言都是夸的，网友是见识过顾可馨的演技的，只是对她两年前的电影并没有抱有太大的期待，谁知道预告出乎意料的棒！于是立刻引发了讨论，当然讨论的话题不是她的演技，而是里面的凶手到底是谁。

《神偷》这部电影最后没有直接点出凶手是谁，只是给出了调查的结果是主角的领导，但实际上他也是被陷害的，并在进监狱的第二天就自杀了。电影的最后一幕是领导自杀死去，而顾可馨饰演的神偷坐在客房里喝红酒。

景园听顾可馨提过，这部电影原本是有下一部的，但是因为第一部没能上映，所以下一部压根儿没拍，现在即将上映，还不知道反响如何。

虽然不是景园的电影，但是她也很期待。

景园垂着眼，听叶辞夕将顾可馨一顿猛夸，快到剧组时，叶辞夕说："萧老师好点了吗？"

景园转头答："好多了。"

"那就好。"叶辞夕咬咬唇，"真没想到萧老师会主动站出来。"她看景园，真诚地道，"景小姐，萧老师对您真好。"

景园沉默了，萧情对她是真的很好很好，从小到大，妈妈不在身边的日子，都是萧情陪她度过的。不高兴的时候萧情会变着花样让她高兴，带她去游乐场，坐摩天轮，听她的童言童语，给她创造一个瑰丽的王国。

从前，她心安理得享受着萧情的偏心和照顾，但自从认识了顾可馨，知道了她的身世，那些心安理得就成了歉疚。

可这不能抹灭萧情做的事情。

溺水时，将她从水里拉出来的人是萧情；迷茫时，给她引导的是萧情，甚至上次被挟持，替她受伤的人还是萧情。顾可馨既然让她自己选择，那她就该好好看，看清楚这一切。

景园下车后，顾可馨正在和于导说话，前两天下了那么大的雨，今儿倒是放晴了，大家都说这是好兆头，吉祥着呢，就连于导也是一脸笑。看样子他正在和顾可馨谈剧本，景园走过去，听到于导说："那这样，表情的话不要太露，含蓄一点，OK吗？"

顾可馨会意："OK，可以试一遍。"

于导笑着点头，看到景园，道："来了？正好我和你讲下等会要拍的戏。"

景园"嗯"了一声，走过去，看向顾可馨时发现她正在冲自己笑，景园一顿，咳嗽出声。

于导问："感冒了？这天是不正常，你要注意保暖。"

景园面微红："嗯，我会注意的。"

于导点点头，看向景园脖子上的方巾，目光一抬："好点没？"

景园下意识摸了摸脖子，伤口不是很严重，当天就结痂了。景园低头道："好多了。"

"不耽误拍戏吧？"

"不耽误的。"景园说，"用粉遮一遮就好。"

于导这才放心。

没有萧情在这里，也没影响进度，大家反而更自由一点，毕竟不是每个人看到神都能不紧张的。景园和顾可馨穿上戏服之后就入了戏，俨然戏中人，吃午饭的时候，景园还找顾可馨对了会儿戏。于导对她们两人的表现更为满意，吃完饭后让摄影师就两人对戏的片段拍几张路透照发在网上。

"景由馨生"的超话活跃度原本一直保持在中下游，平时就是粉丝自己画图写文，知道的人没有那么多。官方发了照片后，超话的粉丝火速赶到支持了一波后，又宣传起了超话，超话内立刻涌进了很多新鲜血液。景园吃饭的时候看了一眼超话的人数，吓一跳，随后又因为有这么多人关注而高兴。

饭后小憩，顾可馨从卫生间出来，见景园还抱着剧本，问："于导让你拍这段？"

景园点头，是那段强迫戏，不是很容易拍。

这场戏原本定的是明天，结果她和顾可馨配合得太默契，今天超前完成任务，连补拍的镜头都没有几个，所以于导就想看今天能不能把这场戏过了。

不管什么样的环境，不管电视剧还是电影，看到这样的镜头，人多多少少都会抵触，编剧也解释刚开始并没有打算用这个桥段，但这算是生活中会发生的事情，无可避免，艺术是需要加工，而不是规避，所以他坚持用这个桥段，这点和敢于冒险的于导一拍即合。

顾可馨有些担忧："要不要我帮你过一遍？"

她们试过挺多戏，就这段没试，景园说想独自摸索，她不能总是依靠顾可馨，所以顾可馨也不知道她摸索到哪个阶段了。

景园摇头："不用。"

她在家时已经将这段戏模拟得七七八八，应该是不会有什么大问题，顾可馨见她胸有成竹，问："真没问题？"

不是她过于担心，只是这种桥段很容易过激引发后遗症，她亲眼看到过一个女艺人因为拍这种剧情而差点抑郁。

景园侧目，淡笑："真没问题。"她说，"有问题我会提出来的。"

顾可馨闻言点头，左右她还在旁边看着，有任何问题她都可以及时帮忙，只是想是这样想，等景园被于导拉过去说戏准备开始拍的时候，顾可馨整颗心还是不自觉地往下沉，宛如坠入深渊，慌慌的。

房间里，香槟开着，酒水洒了一地，几个空瓶子滚到了男人脚下，被男人一脚踢开，他反手抓住准备要离开的女孩子，调戏道："老同学见面，不喝一杯就走，是不是太不给面子了？"

女孩刚大学毕业，知道男人的家世，她不想惹上麻烦，她还等着回去和朋友庆祝面试通过，她小心翼翼地看了男人一眼："喝一杯就行了吗？"

男人给了其他人一个眼神，众人的脸上出现玩味的神色，男人说：
"当然。"

他的长相颇为英俊，大学期间倒追他的女同学能排一个连，但有
句话说得好，容易得到的他不稀罕，反而是面前这种对他始终拒绝的，
最能让他挂在心上，每次看到心里都痒痒的。

听说她是个乖乖女，从来不恋爱，也不参加活动，他在学校托朋
友约了她两次，都没见到人。这次，他找了个不能推托的理由，女孩
才过来。

他喝了酒，看到女孩推门进来时就已经开始心猿意马，欲望急剧
上升，多看女孩一眼，全身都像是着了火。不仅是他，其他人也是。
酒精燃烧起他们身体里的兽性，让他们露出獠牙。

女孩不想再做过多的纠缠，她接过男人递来的酒，仰头一饮而尽，
杯子都没有放回去就问："现在我可以走了吗？"

"别着急啊妹妹。"女孩身后的男人脱掉外套，撸起袖子，慢慢走
向女孩，"听说你在学校里成绩很好，哥哥我有道题目不会，你帮我
看看呗？"

女孩喝的是烈性酒，一口闷下去，后劲太大，她有点晕，摇头说：
"我不会。"

男人说："不会没事，陪哥哥喝一杯就当过去了。"他说完抓住女
孩手腕。

女孩身体僵住，很自然地甩开男人的手，男人猝不及防，被她甩
得往旁边跌了两步，酒全洒在了衣服上，女孩趁他摔跤的刹那往外跑，
刚到门口立刻被人拦住。

女孩下意识拨出电话。被推到稍微男人恼怒地拽过她的包，直接
将包带子扯断了，安静的空气里，布料的撕扯声显得格外清脆，让几
个男人兴奋了起来。他们围着女孩站成一圈，女孩双手搂紧双肩，眼
神从害怕到绝望，她死死地盯着面前几个男人，死咬着唇角，那恨意

和愤怒让几个男人停下了动作。

"卡卡卡!"于导生气地走过去,"搞什么呢?你愣着干什么?你拽她衣服啊!"

他推开男艺人,拉过另一个男艺人假装景园,对他衬衣领口这里拽着撕开:"你要这样!这样懂不懂?!"

男艺人被他训斥得低头。

顾可馨走到景园身边,给她披上衣服,问:"感觉怎么样?"

"还好。"至少到这一步,她还是可以接受的,只是刚刚被那么多男人围上来,还是打从心底迸出害怕,这是一种心理的本能反应,她没办法克服。

"不用克服。"顾可馨艰难地说,"就要有这种身体的自然反应,你才能更好地驾驭角色,而且,等会儿才是重头戏。"

景园略微点头,小声问:"我刚刚表现得好不好?"

顾可馨替她拉紧外套:"特别好。"

好到她刚刚站在镜头前,都有种想上去救人的冲动。这才仅仅是开场,顾可馨突然不知道自己有没有勇气看接下来的戏。

不远处,于导还在和艺人友好沟通,景园趁没人注意,将手放在了顾可馨的手背上,顾可馨诧异地转头,见景园侧脸平静,神色坦然,她无奈地笑了。这算什么?她这个没演戏的被演戏的安慰了?

顾可馨的心情陡然平静了很多。

下一场就是重头戏,于导清了场,房间里只剩下几个艺人和景园,外加摄影师和屏幕前坐着的于导。顾可馨也申请进来了,于导没多想,同意让她坐在身边。

开场就是撕衣服,衣服是特殊处理过,一扯就会撕开,都不用使劲,第一个镜头男艺人没控制好力道,衣服整个撕开了,于导骂骂咧咧:"卡卡卡!你别用那么大的力气!"

男艺人低头,对景园小声说:"对不起啊。"

景园轻轻摇头，顾可馨很快给她递上新的衬衣，第二场他都不敢动了。

"卡！"于导说，"你再往前一点，手放她胸口衣服那里，拽啊！"

如此反复，浪费了好几个镜头，顾可馨瞥了一眼腕表，估摸今天拍不了了，于导挠着头发，前面的气氛那么好，怎么后面这么拉胯，他烦躁地捏着烟盒，低头时有了想法。

景园又被叫了过去，她愣住："不用道具服？"

"没真实感。"于导说，"等会儿就穿正常的衣服。"他说，"我去和他们说。"

景园看他急匆匆地走到几个男艺人身边，给他们每个人倒了酒，让他们喝下去，她抿唇，顾可馨站在她身侧："怎么了？"

景园把刚刚于导的话重复一遍："要真实感。"

顾可馨倒不意外，导演想要的就是拍好戏，不管什么方法。

"害怕吗？"顾可馨问她。

景园摇头失笑，确实刚开始有点害怕的，尤其是第一场戏拍完，她心有余悸，但刚刚几场闹剧让她没法入戏，所以就没紧张感了。

她这副样子，顾可馨不知道该说她心大，还是该说她不懂，不过没那么害怕，至少不会成为阴影。

那边，于导让几个男艺人干了一瓶红酒，他们本就化了醉酒妆，现在真的和醉了一样，眼底的血丝都冒出来了，肌肤呈现着被酒精熏染的红晕，脚步飘浮，于导看他们这副样子，十分满意，离开他们后又找到景园。

顾可馨等他走后，去找了那几个男艺人。

很快，下一场的第八次拍摄开始了。

女孩被几个男人围住，站在房子正中间，她的包刚刚被扯断，女孩想往后退，却撞到后面人的胸膛，炙热的温度，强壮的身体，女孩脸苍白："你，你们干什么？"

"干什么？"被她推开的男人走到她身边，"妹妹，有没有人教过你礼貌？这把酒洒了就想跑？哥哥岂不是很没有面子？"

女孩勉强镇定："我可以赔你！"

"陪我？"男人手指挑起她下巴，捏紧。

女孩想往后退，却无路可退，面前的人喝得醉醺醺的，周身都是酒气，女孩说："我可以赔你的，多少钱？"

"钱？"男人冷笑，"我不要钱，我要你把它舔干净！"

女孩的眼底被吓出了泪水，她想挣脱男人的手，却怎么都挣不开，那只手还捏她下巴，女孩想也不想便低头咬下去，疼痛让男人瞬间咒骂出声，直接推开女孩，一只手放在她胸前，用力地撕扯衣服！

景园的衣服扣子崩飞了，胸前一片凉意，她下意识地捂住，双手却被后面的两人抓住，胸口凉飕飕的，心底不受控地滋生出恐惧，面前的男人看到她这副样子，冷笑道："现在知道怕了？"

男人一只手直接按住她的锁骨，刺痛感过于强烈，周身满是酒气，男人身上的味道，还有那一双双如狼似虎的眼神，要吃了她一般。景园这个时候已经分不清自己是在戏中还是戏外，她只想逃！

她一只脚抬起，还没踢到人就被死死控制住，那人拎着她的后衣领，将她连拖带拽地带到沙发上。顾可馨看到景园的神色变化，立刻起身，于导却小声说："好好好，就这样，对对对压上去，对对对，就是这种感觉！"

景园被推到沙发里，她奋力挣扎，却根本没有用，那几个男人将她的双手绑住，她双手双脚被束缚，动弹不得，只剩下绝望的咆哮。男人听到她叫声，越发兴奋。

"不要，不要，求求你们不要……"景园已经分不清自己是戏中的人，正在求同学，还是她本人，正在求那几个艺人，然而那几个艺人却没有理睬，一个人站在她正前方，松了松裤腰带，巨大的阴影，瞬间笼罩了景园。

景园睁大眼睛，拼命摇头，恐惧到失声，只有无声的呐喊，一双眸子惊惧到绝望。

周身空气稀薄，她是被甩上岸的鱼，苟延残喘，却又迫切地寻找水源。

于导看到这一幕，心也跟着狠狠颤抖！他拿对讲机的手都在抖，正准备喊"卡"，顾可馨一把捂住了他的对讲机。于导转头："怎么了？"

顾可馨手背上的筋脉凸起，她一向温和的神色阴沉沉的，那双眸子又黑又亮，她问："于导，这场戏结束了吗？"

于导对上她目光，愣愣地说："结束了。"

顾可馨听到这句话噌一下起身，迅速走到那几个艺人身边，用力撞开他们，一伸手，用衣服稳稳盖住景园，同时托起她的腰，在她身后轻轻拍了两下。

景园眼尾发红，整个人惊厥了两秒，重新开始呼吸空气，仿佛再次活了过来。

顾可馨低声说："没事了。"

景园仍然心悸，刚刚那种感受太强烈，强烈到她差点以为自己就要被——她不敢想，一张脸煞白，两人身边还站着几个男艺人。

于导走过来，对他们说："辛苦了。"

顾可馨也冲他们点头，事前她和几个人说过，结束时可能会冒犯他们，所以他们并没有介意，离开前还在说："这样还挺好。"

于导看向顾可馨，不得不承认，她确实想得更周全，自己只想怎么拍好这段，并没有考虑到艺人的心理问题。顾可馨这么一撞，戏中的侵犯场面成了现在的救美场面。

这样挺好，至少对景园不会造成过大的影响。

他搓了搓手，顾可馨转头："于导，我想安抚下景园，可以吗？"

"当然可以。"于导也是这个意思。今儿这个事给他提了醒，正在想要不要请个跟组的心理医生。眼看景园的情绪稳定下来，于导说："那你先安抚她，我们出去。"

顾可馨点头，于导带摄影师他们离开后，景园已经没事了，她拢了拢衣服，衣服是顾可馨的，满是舒服又安定的味道，她的心慢慢沉淀下来。

顾可馨问："还好吗？"

景园抬眸，"嗯"了一声："没事。"

她刚刚就是一时情绪过激，顾可馨出现得太及时，在她恐惧到顶时一个外套盖下来，直接将她的恐惧打散了。

顾可馨低头："真没事？"

景园虽然面色发白，但还是坚定地点头："真没事。"

顾可馨松了一口气，靠在她身边，头一歪，枕在景园的肩膀处，说："我有事。"

景园转头："你怎么了？"

顾可馨说："我刚刚吓到了……"

CHAPTER

6

生气

If the golden sun,

Should cease to shine its light,

Just one smile from you,

Would make my whole world bright.

——*Stray birds*

　　两人没有磨蹭太久，很快顾可馨和景园便一道出来了，于导忙上前问："景小姐，还好吗？"

　　景园要是出事，且不说她自身的背景，就是萧情那关都过不去。

　　景园看向于导，微微点头："我还好。"

　　"没事就好。"于导说，"刚刚那个拍得很好，辛苦你了。"

　　效果确实好，只是他出来后才发现景园当时好像有些不对，还好有顾可馨在，没出大问题，于导万般庆幸，又跟顾可馨说了两句。

　　这场戏拍得太耗众人心力，于导明白，吩咐她们早点回去休息。这次的拍摄场地就在本市，所以没租酒店，她们来去都是回家，顾可馨换了衣服，看到景园正在卸妆，凑过去："晚上去我家吗？"

　　景园说："我晚上想回家。"她已经两天没回家了，再不回去，不太好。

　　顾可馨很大方地说："行，那你今晚回家。"

　　景园转头看着她，目光小心，顾可馨接收到讯号，伸手揉了揉景园的发顶："回去多拿点衣服，明晚去我家。"

　　景园没好气地道："不带。"

　　"那行吧，我给你买。"

　　景园说："我不去。"

　　顾可馨顿了顿："那你喜欢去哪儿？"

"你！"景园小声嘀咕，"顾可馨！"

顾可馨特别喜欢看她这副张牙舞爪的样子，不是一成不变的性子、静水一般的表情，她喜欢景园脸上出现的各种神色，或娇或嗔，或开心或发怒，这才是一个正常人应该有的情绪变化。

她放下手，看到叶辞夕走过来，她说："回去吧。"

叶辞夕走到景园身边，低头喊："景小姐。"末了看向顾可馨，眼底藏着崇拜，声音扬起些许，"顾小姐！"

景园抿唇，听到顾可馨说："早点回去休息吧。"

"好。"景园说，"我回去了。"

叶辞夕好奇地看着两人交流，景园走后，她立马和顾可馨打招呼离开。

景园坐在车里，叶辞夕说："景小姐，顾小姐对您的态度越来越好了呢。我听剧组的人说了，她今天特别帅气！"

顾可馨的人缘一向好到爆，平时众人对她就赞不绝口，今儿那般护着她，怕是又要传开了。不过这是顾可馨应得的，她就是这么好的一个人。

景园头靠车窗上，侧目看着外面，窗外路过的风景漂亮，鸟语花香，她伸出手指在车玻璃上写了"顾"字，末了放下，低头抿唇笑了。

车开到一半，景园接到了赵禾电话，问她今晚回不回来，她说："回家呢。"她说完强调，"我现在就回家。"

赵禾"哟"了一声，似乎很意外，也没多说，只是道："回家也好，你爸想你了。对了，我等会儿要去看你阿姨，你要一起去吗？"

景园想了会儿："好。"

"那你直接来我单位。"赵禾说，"我马上下班了。"

景园只好让叶辞夕掉头去赵禾的单位，到地方时，叶辞夕问："那要我送你们过去吗？"

"不用了。"景园说，"你早点回去吧，我还有车。"态度淡然。

叶辞夕总算发现为什么总觉得景园对顾可馨和对别人不一样了，她在顾可馨面前时就很柔软，但面对别人就是清冷女神，让人不敢多言。

叶辞夕非常听话，直接回去了，景园还没上楼就看到她妈妈走了过来。

"到了。"赵禾不着痕迹地打量着景园，发现她面光红润，精神很好，整个人都和从前不一样了。赵禾十分满意，她拉着景园上车问："今天拍戏拍得怎么样？"

景园说："还不错。"虽然最后那段戏给她带来了点影响，但总归问题不大，在可以承受的范围。

赵禾说："不错就好，哪天我没事就去探个班吧。"以前她不支持景园拍戏，所以从没有去过，现在支持了，态度自然不同。

景园没异议："好啊。"

赵禾转头，看了她几眼，景园不解："怎么了？"

"没事。"赵禾笑，如果是从前的景园，肯定避之不及，她不想用景家的身份做任何事，现在反而坦坦荡荡的，姿态落落大方。看来这顾可馨教的东西还不少。

赵禾心情颇好，一路上问了景园好些拍戏的事情，景园不厌其烦地解释，最后两人说到了顾可馨。

赵禾问："她是不是有电影要上了？"

景园点头："快了，下周首映。"

顾可馨让她把那天空出来，邀请她一起去首映礼。景园的唇角不自觉扬起弧度，虽然不明显，但赵禾看出来了，她轻轻摇头，一脸的笑。景园说完低下头，看到赵禾旁边放着一个文件袋，问："这是什么？"

"你阿姨要的。"赵禾说到这里语气明显低下来，景园有了好奇心："阿姨要的，是什么？"

"一些老资料。"赵禾说，"你阿姨在的那个百年艺人评审团，你知道吗？"

景园是知道的，萧情自从被评为百年艺人后就进了评审团，成为最年轻的评审，在当时不知道闹出多大的动静，景园怎么可能不知道，只是她不懂百年艺人怎么和她妈妈的工作挂上钩了。

"他们评审团策划了个新项目。"赵禾说，"正在审批。"

目前就卡在景园她爸爸这里，她爸爸对这件事一直是观望态度，他秉持的观点是，娱乐归娱乐，不该和其他的掺和在一起，娱乐圈想立一个国际形象大使，虽然理由站得住，但他却觉得不妥，所以一直没签字。这次萧情出了事，赵禾又去景园她爸那里说了些好话，这个项目才有了点新进展。

景园听完点头，她问："爸爸签了吗？"

"你爸那性子你又不是不知道。"赵禾说，"不过他只要松口就快了，这没大问题。"

景园沉默了一会儿，赵禾发现了她的异样，喊道："园园？你怎么了？"

景园回过神，对上赵禾目光，她摇头："没事。"

下车时，她看向赵禾手上的文件袋，若有所思。她们到楼下时，萧情助理正守着，她看到两人立刻打开门。

"景夫人，景小姐。"助理说，"景小姐也来了，萧老师要是看到你，铁定很高兴。"

景园低声问："阿姨今天恢复得怎么样？"

"萧老师还在忙工作呢。"助理无奈道，"我们怎么说都不听，这不才请景夫人过来，等会儿您进去可要好好说她，身体是革命的本钱。"

赵禾轻摇头："这工作狂。"

景园跟在赵禾身后走进去，萧情正坐在病床上看文件，她手边的桌上放着很高的一摞资料，听到动静，她抬头，笑："怎么都过来了？"

"不过来看着你饿死？"赵禾说，"你助理说你中午饭都没吃？"

萧情摘下眼镜，睨了助理一眼："胡说什么呢？"

助理委屈地嘀咕："您本来就没吃。"她说完对赵禾说，"那你们聊，我去给你们倒杯茶。"

赵禾走到床边："什么工作这么重要？"

"不凡的。"萧情揉着眉心，"小柔这几年把公司搞得一团乱，我刚刚查记录，根本找不到头。"

赵禾问："萧柔真卸职了？"

"卸了。"萧情说，"她犯了那么多的错误，就该承担后果。不聊她了，园园过来，阿姨听于导说你今天戏演得不错？"

赵禾转头："导演今天还夸你了？"

景园被两人注视着，干巴巴地说："是有一段。"

"赵禾，你看过园园的戏吗？"萧情说，"我上次看到一段，吓了一跳，还以为看错人了，园园的演技真是突飞猛进。你要是生在阿姨那个年代，那保准没阿姨什么事了。"

景园低头："阿姨又在说笑。"

"阿姨可不是在说笑。"萧情看向她，"你是个好苗子。"

赵禾笑："你可别夸了，小心她尾巴翘上天。"

萧情半开玩笑的语气："实话实说怎么能是夸呢？咱们园园实力就是强，依我看，不出十年，园园怕是都可以入围百年艺人了。"

赵禾心思一动，还没说话，景园的手机响起，萧情说："去接电话吧，我和你妈说会儿话。"

"去吧。"赵禾冲她点头，景园捏着手机走到窗户边，刚刚被夸得面色微红，现在手机贴在脸颊上，说不出的凉快。

电话是顾可馨打来的，她到家了，打电话问景园有没有到家。

景园支吾了两声，最后说："没有，我还没回家。"

顾可馨嗓音温和："你在哪儿呢？"

身后就是她妈和萧情的欢笑声，景园一咬牙，说了实话："我在阿姨这里。"她说完，有种莫名的心虚，右手紧紧攥着手机。

顾可馨低低地"嗯"了声，倒是没说什么，景园听着手机那端浅浅的呼吸声，良久，顾可馨说："那你回家再给我回电。"

"好。"要挂电话前，景园突然很小声地问："顾可馨，你没有生气吧？"

顾可馨站在阳台上，不可否认，在听到景园说在萧情那里时，她情绪是有波动，但还不至于生气，只是此刻景园提出来，她也顺杆子往上爬："如果我生气的话，你要怎么办？"

景园捏着手机，轻声说："那我补偿你。"

顾可馨憋着笑，一本正经地开口："那我生气了，景园。"

电话那端的人无赖又蛮不讲理，景园小声道："顾可馨。"

顾可馨憋笑道："怎么了？你不过来哄哄我吗？"

景园明知道她是装出来的，还是动摇了，赶忙挂了电话。

景园放下手机，回到病床前，萧情在和她妈说百年艺人的事情。

她听到萧情说："一个国家的娱乐圈发展趋势不应该仅仅只是娱乐，更应该起到引导，树立正能量的作用，所以，光靠我们做这些还是不够的，小禾，我们需要你们的帮助。"

赵禾听完，点头："我明白。"

她说完，景园走过去，萧情笑着说："接过电话了？"

赵禾也转头："是顾可馨？说什么了？"

景园："妈！"

"哎哟吓死我了。"赵禾说，"突然这么大声干什么？"

景园抿唇，赵禾会意："好了好了，妈不说了。"

萧情接下话："不过能看到园园再度敞开心扉，也是件高兴的事情，这几年，我真怕园园因为郁迟的事情一直孤家寡人下去。"

赵禾面色微变，下意识看向景园，虽然过了这么久，但她依旧不敢提郁迟，怕景园想到以前的事情伤心，更怕景园因为郁迟自我折磨。

只是这回她想多了，景园神色无异，而且还主动说："小迟看到我这样，她也会高兴的。"

赵禾一个激动，点头道："那是肯定的！"

这顾可馨还真有两把刷子，居然让她家园园走出郁迟那个旋涡了！她激动得鼻尖一酸，差点没出丑。

景园岔开话题："妈，阿姨，你们在说什么呢？"

"在说百年艺人的事情。"萧情解释，"我刚刚和你妈妈在商量，怎么样把艺人的影响最大化。"

景园点头，萧情问："园园，你怎么看？"

她认为自己的理由无懈可击，景园应该是无条件支持，没想到她说："我觉得这件事不能着急。需要好好规划。"

赵禾点头："所以啊，你阿姨已经规划好几年了，我觉得可行性还是很高的。"

萧情说："那我和他们商量下再和你说。"

景园喊："阿姨，"萧情抬头，景园说，"你要多注意身体，刚刚接手不凡，肯定很忙……"

赵禾附和："是啊，你这事别着急，先把不凡弄好了再说。"

不管怎么说，不凡都是赵禾心里的一根刺，是萧柔埋下的祸根，现在萧柔还没走，如果萧情后续因为百年艺人的事情又让萧柔进公司，那萧柔岂不是要靠着萧情继续耀武扬威？

她绝不允许萧柔再管理不凡，不光是因为园园，还为了顾可馨那孩子，眼看那孩子现在刚有点起色，万一萧柔再捣乱……赵禾冷下脸来，她一定要亲眼看到萧柔离开不凡才放心。

萧情察觉到她的情绪变化，点头说："我知道了，我会先顾好身体的。"

她说完看向景园，刚好景园也看着她，四目相对，景园似乎从她眼底看到些许失望，景园低头，心情微妙。

这是从小到大最疼她的阿姨，凡事处处照顾她，当初进圈还让前辈们照顾自己，几次出手救她，可她刚刚却忤逆了萧情的意思。阿姨对自己应该很失望吧？

景园心情复杂，回去的路上，一路无话，心情不是很好的样子，赵禾好奇："想什么呢？是在想剧组的事情？还是在想用什么理由等会儿不回家？"

景园靠坐在她身边，被逗笑："妈。"

"我和你说，你爸爸昨儿晚上就发火了，你今天不回家说不过去。"

景园知道景家的事情大部分都是赵禾说了算，她爸哪敢真发火，不过她还是点点头："我没想这个事情。"说完强调，"我晚上回家的。"

赵禾："那就好。"

景园看着她，想了会儿，问："妈，你觉得百年艺人那个项目，可行吗？"

赵禾转过头，车里没开灯，很暗，只有街道上的路灯跃进来，景园的神色半隐在黑暗里，她看不真切，心情却有了起伏。

她家园园居然背着萧情问她关于萧情的项目？！她没听错吧？

赵禾一直都知道景园崇拜萧情，而且也和萧情亲近，她年轻的时候忙事业，很多时候都是萧情带景园一起玩，觉得拍戏有意思，所以景园喜欢黏着萧情。

她都能理解，并且感激萧情，但为人母，怎么可能看着女儿和别人更亲近而无动于衷呢？她只是不想破坏景园和萧情的关系，所以一次次压下醋意，现在景园居然背着萧情问她的项目，若是从前，景园铁定在病房里就问出来了，现在会避开萧情，是不是说明，她和自己这个母亲更为亲近一点呢？

赵禾情绪难以控制，她没说话，一双眼定定地看着景园。

景园转头，不解地喊："妈？你怎么了？"

"没什么。"赵禾声音微哽，"妈有点欣慰。"她说完摇头，"不是，妈很高兴。"

赵禾知道这么想有点对不起萧情，可是她真的很高兴景园能更依赖自己。景园皱眉，赵禾借着黑暗揩掉眼角的水花，哑声说："你刚刚问什么？"一双眼在暗色里亮晶晶的。

景园不太清楚赵禾为什么情绪有了变化，她讨厌自己对感情的不敏感，如果是顾可馨，肯定能知道赵禾为什么会这样吧？

可是她现在也没法问顾可馨，景园决定还是主动问："妈，你刚刚怎么了？"

赵禾的情绪稳定了很多，说来好笑，她在工作上从来都是处事不惊，泰山崩于前而不动声色的，可偏偏景园的一点小事就能轻易牵动她情绪。

她见景园还看着自己，说："园园，你还记得有次我带你出去玩，住酒店时刚好碰到了萧情吗？就是你小学毕业的时候。"

景园想起来了，确实有这回事，她点头："怎么了？"

"那时候你晚上怎么都不肯和我睡一间屋子，你吵着闹着要去找阿姨，哪怕她在拍戏，你也敢一个人待她房间里等到半夜。你明明很胆小，很怕黑，却因为想和她一起睡，拒绝了我的陪伴。园园，那时候我很伤心，我觉得你不需要我了。"

景园想到那时候她不懂事，撒泼一样非要缠着萧情，后来萧情提前下戏，带她去吃了夜宵，晚上陪她睡觉时又给她讲了小人鱼的故事，她觉得特别幸福，但那时的她没想过赵禾的感觉，也没想过赵禾会惦记这么多年。

赵禾继续说："刚刚你让我觉得，你需要我，比需要她更多。"

景园明白过来了，她从小到大情绪一向不外露，童年那件事对她影响极大，那段时间是萧情陪着她，所以她对萧情有种执着的依赖，所有的情绪变化都跟着萧情跑，比如她小时候对任何一个人都做不出来撒泼的事情，但为了能和萧情一起睡，她就可以做。

这种作为母亲都没有享受过的特别，让赵禾非常难受。

但赵禾从未和她说过，景园心底升起歉意，她想到赵禾为自己也做了很多事情，而自己每次都是情绪平静地接受，她甚至经常生疏地对赵禾说"谢谢"。

她们是母女，她却这么客套，赵禾会怎么想？景园闭了闭眼，突然鼻尖一酸，她一转身，直接投进赵禾的怀中，紧紧抱着。

赵禾没料到她会有这样的举动，被抱得措手不及，愣了好半天，最后才将双手放在景园纤细的背上，一脸的笑意。

"对不起啊，妈。"景园声音恹恹的，赵禾却很高兴："说什么傻话呢？和妈妈不用说对不起。"

她有一下没一下地摸着景园的秀发，柔顺的发丝从指间滑落，赵禾心里是从未有过的满足，她抱着景园，拍拍她的肩膀："好了，快到了，别和孩子一样。"

嘴上这么说着，她还是单手搂着景园的肩头，不肯松。

景园从她怀中离开些许。

到家时，赵禾先下了车，她心情颇为不错的对景园说："等会儿回家你注意点儿你爸，他这两天心情不是很好。"

景园转头："是因为我的事吗？"

"他啊就是固执。"赵禾说。

在这件事上，赵禾是百分百支持景园的。再说顾可馨那孩子她也见过，不论是长相还是双商都非常高，和这样的人相处，不会很辛苦。

景园深吸一口气，两人一道往里走。景述坐在家里，看到她回来，不冷不淡地看了她一眼，扯着脸，忽然重重哼了一声。

"还知道回家。"景述说，"我还以为你不认识家了呢。"

赵禾跟在后面进来，念叨着："说什么呢？你这意思，不想看到园园回来呗？"她拽住景园的手，"走吧，你爸看到你就烦，我送你走。"

景园被拖着，景述赶紧说："站住！"

赵禾站在原地，瞪着他，大有"你找女儿麻烦，我今儿就找你麻烦"的架势。

景述无奈，只好看了景园一眼："上去吧。"

景园的后背被人拍了拍："乖，上去吧。"

她点头上楼，耳尖地听到一些声音："你就惯着她吧。"

"什么惯着她？孩子大了不得让她自由一点吗？"

"我查过了，那个顾可馨没什么背景，不合适接触园园。"

"你个老迁腐，交朋友还要讲究门当户对吗？！"

"那也不行！我们景家……"

赵禾一把捂住他的嘴，看到景园进屋才松开，她说："这些话你在我面前说说就行了，别在园园面前说，我不想她又因为这些事闹心。"

赵禾动怒了："再说了，你们景家能有多尊贵啊，你当初娶我的时候还不是毛头小子，要不是我爸支持你，你能有今天？"

"赵禾！"

景园听着楼下的争吵陷入了沉默，她将包挂在架子上，坐在床边，想给顾可馨发消息，可捏着手机把玩了半天，最后还是顾可馨的消息先发过来。

　　到家了吗？

看到熟悉的头像，景园心底的郁郁转瞬消失。

　　到家了，刚到家。

顾可馨一个电话过来，问她："在干什么？"

"躺在床上。"景园说，"你呢。"

顾可馨拨了拨水："在洗澡。"

景园没说话，顾可馨眨眨眼，换了个姿势，后背抵在浴缸边缘，嗓音温和："在想什么？"

"没什么……"景园有些憋屈。

顾可馨想了想，明白过来，小兔子这是回家后受委屈了，八成是她爸爸。上次吃年夜饭，虽然她爸爸不在家里，但是顾可馨还是从赵禾那里听说了一二，迂腐，刻板，不过对景园很好。

她问："你爸在家？"

景园没有问顾可馨是怎么知道的，反正顾可馨总是这么聪明，她发现和顾可馨在一起，总会特别舒服，从前顾可馨就很会找她感兴趣的话题，从不会冷场，分寸拿捏得很好，现在更像是自己最坚强的后盾。不管什么问题，顾可馨总能解决；不管什么时候，她一转身，顾可馨都在。

景园心头暖暖的，声音也柔软下来，她说："嗯。"

"被教育了？"

景园低头："没有。他和我妈吵架了。"

顾可馨失笑："景园，你是在担心我吗？"担心她爸爸找自己麻烦。

"你爸爸的考虑没有错。"

景园一惊："顾可馨，我没有……"

"我知道。"顾可馨安抚她，"我知道你没有这么想过，但这是事实，我现在是孤儿，拍戏也没什么成绩，而景园，你是景家的掌上明珠，你爸爸有所顾忌是应该的。"

景园听到她这么说，更难受了。

"别不开心了。"顾可馨笑，"现在这样不好吗？"

景园破涕为笑，她小声说："你就贫吧。"

顾可馨松了一口气，她在水里泡久了，冷不丁打了个喷嚏，景园说："你先洗澡吧，我挂了。"

"好。"顾可馨说，"等会儿再联系。"

景园抿唇，和顾可馨这么一聊，她的心情平静了很多。她想了会儿，还是拨了个电话出去，她想查查百年艺人的事情。

电话那端的人对她最近要查的事情很茫然，但还是敬业的应下，并告诉她："您上次需要的资料我都传给您了。"

景园应下后走到沙发前，打开桌上的电脑，果然收到了一封邮件。她点开，萧情在圈子里的事情光是一两页根本说不清楚，她直接翻到最下面。

萧情，十七岁出道，两年后因为一部戏出国，之后在国外待了三年，二十二岁回国发展，拍了三部电影和两部电视剧，均为大热作品。二十五岁因为电影《寻亲》受重伤，在医院休养三个月。

这件事景园听她妈妈说过，萧情当初伤的是膝盖，现在一到阴雨天，她就膝盖疼，小时候她看到过萧情疼到哭。

除此之外，那段时间就没有其他事情了，景园查了前后大半年的记录，萧情正常拍戏，赶通告，接代言，二十五岁拿了大满贯，比往年更忙，会出席各种场合的晚会。如果真是那个时候怀孕的，那她根本瞒不住啊！

景园有些纳闷，将资料反复看了好几遍，最后推开电脑，靠在沙发上深思。

良久，她端着杯子下楼倒水，楼下客厅沙发上坐着一个人，她定睛一看，喊："爸。"

景述转头，脸色稍沉，说："过来坐。"

景园捧着杯子走过去，坐在他身边，景园低着头，听到景述说："园园，爸爸很高兴你能决定认识新的朋友，但是这位顾小姐……"

"她很好。"景园打断景述的话，抬头，平静地说："她很好，很优秀，她是我遇到最优秀的人。爸，我知道你担心什么。"

她看到景述的脸色明显和缓了，景园不得不佩服顾可馨，都没有见过她爸爸，却能将她爸的心思摸透。

是顾可馨教她怎么化解这场可以预见的争吵，她突然发现，自己要学习的东西，还有很多。景园说："爸，妈不是存心气你。"

"她那脾气我还能不知道？"景述语气也缓下来，他刚说完，手机响起，景园抿唇，听景述接电话。是赵禾打来的，她让他晚上别上去了，景述无奈地喊："小禾。"

"你就抱着你那些规矩睡书房吧！"赵禾咆哮的声音从手机那端传来，"姓景了不起啊！"

景述张口，又想到女儿还在这儿，不方便说，只得拉下一张脸："懒得和你吵。"

赵禾"啪"一声挂断电话，景述脸上有些尴尬，景园很识趣地起身："我去倒水了。"

"去吧。"

景园走了两步，忽然转头问："爸，我想问问，你知道百年艺人的那个项目吗？"

这个项目现在就卡在景述这里，他不肯签字，所以项目迟迟没有落实。景述还以为景园也是想当萧情的说客，他说："园园，家有家规，国有国法，一个圈子的规则，只适用于一个圈子，爸爸只是按规矩办事。我希望你能理解。"

景园一笑，坚定地说："爸，我支持你的决定。"

坐沙发上的人明显有些诧异，景园向来护着萧情比护着他们还多，景述不止一次听到赵禾抱怨女儿偏心，最近倒是听到赵禾说景园和从前不一样了，他本来还没有多少感触，现在却反应过来，景园确实不一样了。女儿更明事理，更识大体了。

赵禾说是因为认识了顾可馨的缘故，景述突然很想看看这个顾可馨到底是什么样的人。

他看着景园进了厨房倒水，过了很久才收回视线。

景园回客厅时没见到景述，她没在意，直接回了房间，边走边给顾可馨发消息。

顾可馨洗完澡正躺床上接电话，电话是苏英打来的，告诉她百年艺人的资料收集好了，问她准备怎么做。顾可馨想了片刻说："发给景园。"

苏英一愣："你是认真的？"

她刚刚看到那些事都败坏心情，景园能承受得住吗？而且事关萧情，她还真不确定景园会不会公布出来。

顾可馨说："总是要面对的。"

她和赵禾不同，她不想把景园养在温室里，她想让景园有独自面对任何事的能力。

苏英说："好吧。"

顾可馨挂断了电话，景园的信息就在这时传了过来，看着备注的名字，顾可馨的指腹在景园的头像旁摸了摸。

她也很想知道，这次，景园是会站在她这边，还是站在萧情那边。

CHAPTER

7

震惊

If the golden sun,

Should cease to shine its light,

Just one smile from you,

Would make my whole world bright.

——*Stray birds*

顾可馨的两部电影的定档时间下来了，居然是同一天，她因此在剧组被工作人员开玩笑："顾小姐，你更看好哪一部？"

更看好哪一部？她摇头，依照目前的情形，她客串的那一部风头更高，因为主角和配角算是大咖云集，各大媒体号纷纷转发，早早占据了时事新闻板块第一位，另一部只是顺带上去的。

景园也在吃饭时悄悄问："那你自己演的那部怎么样？"

平心而论，虽然都是顾可馨的电影，但一个是她做主角的，另一个只是短暂地客串几分钟，她私心里肯定希望主演的电影更火，虽然目前看上去可能性不大。

顾可馨给她夹了块肉，说："想那么多干吗？等首映礼结束不就知道了？"

好巧不巧，两部首映礼一前一后紧挨着，首映礼结束后，各大新闻媒体人和电影评委都会发评价，这才是可以参考的数据，现在盲目的猜测并没有意义。

顾可馨一向不做没有意义的事情。

景园吃着饭："我只是闲聊。"

因为电影即将上映，顾可馨忙了起来，正常都是拍完戏就被拉出去四处宣传，晚上更是十一二点才到家。顾可馨吃了一会儿便放下筷子，打了个哈欠。景园问："累了？"

"困。"顾可馨回她，景园说："你休息吧。"

"好啊。"顾可馨道。

景园的心瞬间柔软，这几天顾可馨忙得都有黑眼圈了。

顾可馨躺在沙发上，景园看到她的发顶有个小旋涡，很可爱，她用手指戳了戳旋涡，点了点，顾可馨轻声说："好玩吗？"

"好玩。"景园玩上瘾了，刚开始顾可馨还会说两句，后面只剩下平稳的呼吸，景园探头，见顾可馨已经睡着了，看来是真累。

她收拾好茶几上的饭盒，又从柜子里拿出薄被给她盖上，忙好这一切，景园坐在沙发边缘，认真地看着顾可馨。

成熟稳重，自信大方，完美得就像是天上掉下来的馅饼，她这是第一次想把所有称赞的词都用在一个人身上。

景园看很久之后才挪开眼，手机嘀嘀地响，景园生怕吵到顾可馨，到旁边接了电话。那端的男人说："景小姐，是查到了一些，现在发给您吗？"

景园听着他严肃的语气，心一沉："发给我吧。"

那人说："那我直接发您邮箱。"

景园沉默几秒："好。"

挂了电话，她站在窗口，攥紧了手机，电脑没带过来，手机也不方便看查到了什么，心情有些沉闷。

下午的拍摄和之前没两样，景园和顾可馨的配合越来越好。下戏后，给她们补妆的造型师笑着说："两位感情还真好。"

顾可馨转头，看向景园，笑着说："听到了吗？"

景园抿抿唇，没回话。

在外人面前，她还是很不习惯表露情绪，这是多年来的习惯，一时半会儿改不掉。顾可馨就喜欢她这种反差，每次都要逗得景园瞪她一眼才肯罢休。

"你真无聊。"造型师刚离开，景园没好气看着顾可馨，学着她的语气，"有意思吗？"

"有意思。"顾可馨看着她，伸手替她将碎发拨至耳后，"特别有意思。"

两人相处的这一幕被不远处的摄影师拍了下来，剧组每周会定期出路透好保持剧的热度。原本剧组打的是剧情或者顾可馨的反差人设，反馈一直不错，后来他们特别加了一期顾可馨和景园相处的片段，没想到那个片段火了，很多网友冲到官微下面要求继续，现在定期路透已经改成了她们的日常。摄影师找好角度拍，给顾可馨和景园选，没问题就直接发出去。

摄影师拍好后，觉得这组照片绝对会掀起热度，他干了这么多年可不是吃干饭的。

顾可馨也看到照片了，拍得还挺唯美，不愧是专业摄影师，顾可馨甚至想要一组没水印的原图，被景园给拦下来了。

"你怎么也跟着胡闹？"

顾可馨说："拍得多好看啊，你看微博反馈了吗？"

景园摇头："还没有。"她今天有一长串台词，刚刚顾着背台词了，压根没上微博。

顾可馨说："你上网看看。"

景园没辙，只好放下剧本上了微博，都不用搜索，在热搜就看到她和顾可馨的名字了，看来于导还真舍得下血本。景园点进微博，她和顾可馨的照片一共九张，她的视角三张，顾可馨的六张，照片里她和顾可馨面对面坐着，顾可馨伸手替她弄头发，风也温柔，人也温柔。

景园她点开评论，发现了好几个眼熟的 ID。

顾可馨说："要不要我读给你听？"

"不要。"景园飞快地关上手机，掩饰眼底的笑意。顾可馨盯着她："那下次我给你读一点别的。"

景园忍无可忍，一脚踢在顾可馨的小腿上，当然没用力，只是意思意思。

顾可馨岔开话题:"后天的事情,你和于导说了吗?"

"说过了。"陪顾可馨去首映礼,这不是小事,她和于导、言卿都说了。

言卿一百二十个支持:"你能这么想就好了,以后你的活动顾小姐也要参加的,顾小姐现在人气高,咱们就先示好,以后请顾小姐帮忙就容易多了。"

言卿一个劲地夸她敬业,夸得景园很不好意思,直接挂了电话。

顾可馨点头:"礼服选了吗?"

景园给她看选好的礼服,浅白色的蓬松拖地长裙,顾可馨想,景园穿起来应该很漂亮,可惜她不能提前看到。下戏后顾可馨被莫离接走了,两场首映礼排在一起,顾可馨要跑的地方很多,她白天要拍戏,只能晚上去。景园倒是能理解,下戏后就让叶辞夕送自己回家。

家里没人,赵禾和景述在忙工作,景园洗漱后抱着电脑坐在床边,她想了会儿,起身换上晚礼服,化了个美美的妆,末了拍了好几张照片,发给了顾可馨。

顾可馨还有一场采访,还没正式开始,主持人和她挨着坐在沙发上闲聊,算是节目最后的花絮。主持人聊到最近的电影,顾可馨的手机响起,主持人顿了顿,顾可馨失笑,还没开口,手机又响了。

主持人说:"顾小姐,采访还没开始,您可以接电话的。"她说着低下头,一副等待的样子。

顾可馨只好掏出手机,打开一看,居然是景园的照片。

五六张,每张都很精致,让人挑不出毛病,还有一张是景园站在阳台上拍的。月色下,景园神色清冷,似误入凡间的仙女,透着一股子高不可攀的仙气。

顾可馨盯着那张照片看走了神,身边的主持人咳嗽一声,顾可馨还没回神,主持人只好喊:"顾小姐?"她忍不住看向顾可馨亮起的手机,错愕道,"这是景小姐吗?"

顾可馨这才回过神，她关掉手机，笑："嗯，是景园，她在让我帮忙选晚礼服。"

主持人点头，早就听说两人关系不错，《佳人》这部电影也为两人凝聚了不少粉丝。主持人突然有了个主意："顾小姐，听说您和景小姐关系非常好，那我们节目组有个小请求，不知道可不可以？"

顾可馨挑眉："你说。"

主持人说："刚刚景小姐给您发消息这段，我们想加在花絮里，可以吗？"

顾可馨点头，笑得不动声色："当然可以。"

主持人松了一口气，立刻让人去安排。

景园一直没等到顾可馨的回复，她知道顾可馨今晚有采访，估摸着会很晚到，所以没太在意，晚上看完剧本习惯性上网看顾可馨的电影宣传，却意外看到一个广告话题蹿上来。

#震惊！顾可馨接受采访时居然收到景园这样的消息……【采访花絮】#

花絮的标题很劲爆，内容却很无聊，就是景园发了张图给顾可馨而已，连一句聊天内容都没有。

就这？

哪个天才想出来的标题？

下午的图我还没刷够呢，又来……

顾可馨和景园最近很火，因为《佳人》时不时出来宣传，加上顾可馨的电影，以及今天剧组刚买的热搜，可以说，她们现在是最被关注的人，任何风吹草动，都会掀起波浪，更别说景园主动给顾可馨发照片。

不同于网友对标题的指责，两人的粉丝早就高兴得找不到北了，超话里面十分热闹。

景园看了会儿才关掉手机，继续看剧本。过了一会儿，手机亮了好几秒，而她正闭眼背剧本，完全没注意到。

顾可馨直到完成了录制也没收到景园的消息，她拨弄着手机，主持人过来笑着说："谢谢顾小姐的配合，您等会儿如果没事，我请您吃个饭？"

倒不是她想约顾可馨，只是刚刚的采访里，顾可馨谈吐幽默风趣，还能接梗，谁不喜欢和这样的人交流，而且她又不是就这一次采访，反响好，没准以后还有合作的机会，她这是在为以后做打算。

顾可馨笑："时间不早了，我还要回去看剧本。"

主持人会意："那行，我送您出去。"

顾可馨跟在主持人身后走出大门，苏英在车里等她，见她回来，笑着说："结束了？"

"嗯。"顾可馨坐在副驾驶，顺手打开微博。苏英说："瞧瞧你现在多火，一有消息立马就顶上热搜了，比买的都快。"

顾可馨睨了她一眼："不就是买的。"

苏英错愕："不是吧？"

顾可馨看傻子一样看着她，苏英挠头，她还以为顾可馨流量这么大呢，原来还是买的。顾可馨没什么情绪变化，她拨弄手机片刻，给景园打了个电话。

电话好半会儿才有人接。

景园轻软的声音响起："喂。"

顾可馨垂眼，喊道："景园，在干吗呢？"

"刚刚去洗澡了。"景园问，"你结束了？"

顾可馨的指腹摩擦手机边缘，慢条斯理地说："嗯，刚结束，我给你发的消息你看到了吗？"

采访前，景园给她发了消息，她夸了两句之后给她选了个淡妆，景园并未回复，现在听到顾可馨问，景园嘀咕着："我看看。刚刚没看到。"她说，"我在看剧本。"

顾可馨笑："那好，我回家再给你打电话。"

景园低头挂了电话，她用干毛巾擦了擦湿漉漉的秀发，随手将毛巾放在一侧，用吹风机吹干，安静的房间响起嗡嗡声。

电话另一端，顾可馨放下手机，转头对苏英说："去景园家。"

苏英"哎"一声："什么？"

顾可馨说："直接去她家。"

苏英不解："这么晚去她家干什么？"

顾可馨低头玩手机，回了一句："有事。"

行吧，苏英只好掉头，往景园家驶去。

晚上十点，路灯昏暗，寒风呜咽，一辆黑色保姆车路过各个岔口，车灯惊到了路边的野猫，喵呜一声逃之夭夭。

顾可馨很困，却睡不着，只是靠车窗边往外看。路过街中心时，外面灯红酒绿，霓虹闪烁，店家明亮的灯光跃进车里，把车里照亮。

苏英问："要不要睡会儿？"

顾可馨摇头："睡不着。"

苏英只好找话题："那个资料都发给景园了，她会发吗？"

会吗？顾可馨想过这个问题，但她无法估计萧情在景园心里的地位，她对一切都能料到，独独景园，在她预料之外。

不是因为景园深沉复杂，相反，她很简单，简单得让人盲目。

顾可馨说："不知道。"

"那如果不发呢？"苏英问，"她如果不发，我们要抓紧。"

萧情的计划就卡在景家这一关节，要是景家签了字，就算是发了也没用，顾可馨沉默良久："再等等。"她相信景园。

苏英没再说话，车拐了个弯，到了景家小区门口，车开不进去，顾可馨和苏英下车签了字。顾可馨戴着口罩和墨镜进去，苏英嘀咕："咱们签字进来没事吧？不会被狗仔看到吧？"

顾可馨转头，笑道："苏小姐，你觉得狗仔敢来这里，还是这里的消息有人敢泄露出去？"

苏英拍了拍嘴："失误失误。不过你来这里干什么？"

"找景园。"顾可馨说完拿出手机，对着面前的风景拍了两张，末了给景园发消息。

在干什么？

这次景园很快回复了。

准备睡觉，你到家了吗？
还没呢，我在外面看风景。

景园发了两个问号过来，顾可馨将拍好的两张图片发过去，景园只觉得眼熟，这路灯，不就是她家楼下的吗？

景园噌一下从床上站起来！她推开窗户往下看，距离太远，她看不到大门那里有没有人，她立刻给顾可馨打电话："你在哪儿？"

"你家。"顾可馨诚实地说，"下来吗？"

这还用问吗？景园想也不想立刻踩着拖鞋噔噔噔一路小跑下来。晚上楼下没人，她直接跑到大门口，从偏门跑出去，顾可馨站在她面前，穿着风衣，长发飘飘，面带笑容。

景园走过去，一贯平静的脸上有些惊讶："你怎么来了？"

顾可馨定定地看着她，景园下来得急，连件厚衣服都没有披，只穿着单薄的睡衣。她卸了妆，秀发刚吹干，末端还残留着潮湿。顾可馨往前走了两步，低声说："过来道歉啊。我怕不过来，明儿某人又生气了。"

景园这才反应过来，她是听出自己的情绪不对才连夜赶过来，思及此，景园很是内疚，拍了下顾可馨的肩膀："我没有生气。"

"好，没有生气，就是故意不想回我消息。"顾可馨说，"没生气，就是不想和我打电话。"

她委屈的语气逗笑了景园。

苏英拍拍顾可馨肩膀说："你们聊，我去那边看看。"

顾可馨点头："去吧。"她还有几句话想和景园说。

苏英离开后景园拉着她往里走，顾可馨说："我还要回去。"

"我知道。"景园低头，"来这边说。"

两人现在是在大门旁边的小花园，顾可馨估摸是站在外面会被人看到，所以景园才要进来，她很配合走进小花园里，低头看："你种的？"

"我妈种的。"景园说，"她喜欢这些。"

顾可馨和景园面对面站着，两人身边都是花香，顾可馨问："还生气吗？"

景园的气在看到顾可馨那一刻就消了，她摇头，抬眼看着顾可馨。

景园刚想说点什么，身后陡然有人喊："园园？"

她一怔，听出是景述的声音，想到前几天她父母还因为顾可馨的事情吵架，景园瞬间紧张了。她刚想转头，顾可馨往她前面一站，将她护在身后，对景述说："伯父好。"

这下意识的反应，完全没有经过思考，就是身体的自然反应，景述沉下来的脸色缓和了些许，只是看顾可馨的眼神还是带着刺，他问："园园，这位是？"

"伯父，我叫顾可馨，是景园的……"

"朋友。"景园说："爸，这是我朋友。"

景述点头："在这干什么呢？"

顾可馨说:"我来邀请景园参加我的首映礼。"

景述不轻不重地"嗯"了声,说:"以后有话进来说,别站门口。"

顾可馨掌心出汗,着了火一般烫人,景园低头:"知道了。"

景述转过身,见两孩子没跟上来,皱眉道:"知道了还不进来?"

景园一愣,看向她爸。路灯下,父女俩的目光对上,景述脱掉自己的衣服,走到景园身边给她披上,说:"不进来就披件衣服,也不知道冷。"

手心暖暖的,身上暖暖的,景园鼻尖一酸,她轻声说:"爸,谢谢。"

景述和顾可馨对视两秒,微微点头,转身往别墅走去。景园披好衣服,刚抬眸,那边景述又喊:"园园,天冷,别在外面待太久。"

景园回他:"知道了。"她说完对顾可馨说,"你早点回去吧。"

顾可馨点头。

不远处的景述又喊:"园园,我给你留门了啊。"

景园深吸一口气:"知道了!"

景园不知道顾可馨是怎么发现自己生气的,也许是情绪,也许是语气,她也并不是生气到不想理顾可馨,只是恼她这么做之前,都没有告诉自己一声。

虽然事后她明白过来顾可馨不会做什么出格的事情,那人分寸感一向拿捏得很好,只是自己怄气,才给了顾可馨不理人的错觉。

景园觉得就这点,她也该给顾可馨补偿,她订了个饭店,想等首映礼结束和顾可馨一起过去。饭店是叶辞夕订的,订好后将包厢号发给了景园,并叮嘱她明天降温,一定要穿外套。

这两天的天气时冷时热,中午二十几度,晚上只有几度,景园应下后转头给顾可馨打电话,问她有没有结束。

顾可馨正在拍杂志封面,她穿着时下最流行的夏款,草帽和长裙搭配,气质如兰。摄影师给她连拍了很多张,还和旁边的莫离说:"这气质真绝了。"

莫离笑："那还要麻烦你多费心,后期修图……"

"明白的。"摄影师说,"这不修图都秒杀一大片。"

莫离从来没有质疑过顾可馨的长相,纯天然,五官不论单看还是组合在一起,都挑不出一丝毛病,精雕玉琢,再者顾可馨气质好,又愿意配合,摄影师的工作压力顿时骤减,这图不好好修,对得起人家顾可馨吗?摄影师是明白人。

结束后主编想邀请顾可馨吃夜宵,莫离笑着拒绝:"不了,可馨明天还有首映礼,睡太晚精神不好。"

主编只好放人,顾可馨走后,主编和身边的助理说:"老板可真会选人。"

助理茫然:"怎么了?"

"再过半年,你就是去蹲都蹲不到顾可馨。"他们做媒体的,眼光要狠、准,每个进圈的艺人身上或多或少都有灵气和运气,顾可馨沉寂五六年,马上就要一飞冲天了。

这个艺人品性好,性格也不错,不与人结怨,有耐心,况且实力强,主编早就听过顾可馨的大名,一直没见过,这次接触,才逐渐明白老板说的人中龙凤是怎么一回事。

有些人哪怕站在淤泥里,你也能一眼看到她。

顾可馨就是这样的存在,她在淤泥里摸滚打爬这么多年,经验和人缘都积累足了,这次要是借《佳人》的东风飞上去,怕是没人能拉她下来。

"圈子里这两年又要有大动静了。"

还好他们在这个时候抢先争到了顾可馨的拍摄,再过个半年,就凭他们杂志社的名气,还真请不到人家。

助理明白过来,她看向顾可馨离开的方向,感慨:"不过这样的艺人多一点是好事。"能带起新的榜样。如果顾可馨真能带起良好的风气，也是件好事。

主编点头："但愿吧。"

顾可馨还不知道自己身兼大任，她随莫离出门，上车前收到了景园的消息，问她有没有结束。她抿唇笑着，立刻给景园回消息。

身边莫离说："明早九点我去接你。"

"明天直接在文化宫碰面吧。"顾可馨说，"苏英来接我，莫姐你这几天也累，别来回跑。"

莫离看着她："累也累得开心。"她喜滋滋的，"你其他两部电视剧听说也过审了，正在看档期怎么安排呢。"

顾可馨点头，莫离又问："最近和萧老师关系怎么样？"

《佳人》能受到外界如此关注，一来是宋明，二来是萧情，这两位圈内封神的老艺人带来无数话题，尤其是萧情，时隔多年再次进组，不知道多少人关注呢，只是剧组的路透从来没有拍过萧情，莫离也不知道她们相处如何。

顾可馨说："还行。"

"还行就好。"莫离说，"凡事多忍着没错的。咱们和萧老师就算不能结缘，也不能结仇，好好表现。"

顾可馨点头："我明白。"

莫离就爱她这副听话的样子，不管站在多高的位置，她总能配合自己所有的安排，这让莫离有种掌控一切的虚荣感。莫离说："那明天我就不去接你了，我们文化宫见。"

顾可馨笑："好。"

苏英先送莫离回了家，末了才和顾可馨一起回去，路上苏英说："莫姐会不会知道萧情拉拢你的事情了？"

顾可馨摇头："不会。"莫离压根儿入不了萧情的眼。

苏英抿唇，她很快将顾可馨送到家门口，开车门时寒风灌进车里，凉飕飕的。苏英说:"明天不会下雨吧? 天气预报没说有雨啊。"

顾可馨也仰头,天上没星光,她说:"可能吧。"

她没太在意,和苏英打了招呼就回家了,路上接到了景园的电话,问她到家没,顾可馨笑:"马上到家,怎么了? "

"没什么,看你最近这么忙,明天先请你吃饭。"景园直接说,"明天下午。"

顾可馨问:"在哪儿? "

景园报了个酒店的名字。

顾可馨有点累,但听到景园的声音,那些倦意好像又从身体里消失了,顾可馨说:"好,等我回家聊。"

景园听到她疲惫的声音,回道:"好,等你回家。"

挂了电话后,景园低头看着电脑,百年艺人的资料和萧情的个人档案放在一起,鼠标点在萧情的照片上——这是她看了很多年的一张脸,一颦一笑都非常熟悉,现在隔着屏幕,又好像很陌生。

她轻叹一口气,又点开档案,萧情的事迹她能倒背如流,每个环节都清楚无比,甚至知道她每次拍戏的时间长短,中间发生了什么,因为有很多是她参与过的。

她真想不到萧情和顾可馨之间到底是什么样的故事。

景园看了半天,摇摇头捏了捏鼻梁,起身下楼去倒水,客厅没人,很安静,她倒完水准备回房时,余光瞄到外面站着一个人,细看,是赵禾。

"妈? "景园喊出声才看到赵禾正在接电话,赵禾让她不要出声,末了吩咐一通,挂断电话才问:"怎么还没睡? 明天不拍戏? "

景园说:"拍呢,刚刚下来倒水,你才下班吗? "

"这两天忙。"赵禾打个哈欠,"妈妈都累了。"

景园跟她进了客厅,见赵禾坐沙发上,她给赵禾倒了杯温水,问:"爸今晚不回来? "

"他出差了。"赵禾说,"过两天回来。"她说完看向景园,"昨晚你爸见到顾可馨了？"

景园道："爸和你说了？"

"嗯，他都看到了。"

"那爸怎么说的？"

赵禾笑："没事，你爸就那脾气，他昨晚说让你们俩先接触接触。"

景园点头："我知道。"

赵禾点点她的额头："还挺聪明。"

景园捧着杯子抿了一口温水，听到赵禾这么说放心不少，赵禾将温水喝完，起身说："我要回房洗澡了，你不回去睡觉？"

"马上就睡。"景园说完看向赵禾，"对了妈，有件事，我想问问你。"

赵禾神色坦然："什么事？"

"是关于阿姨的。"景园润唇，有些口干，"她当初为什么要出国发展？"

这件事景园实在想不通，不只是她，就连当初媒体报道这件事也都在说萧情疯了，不过那些报道太久远，后来萧情越发出名，关于那件事的报道就渐渐消失了，这次能查到蛛丝马迹还真不容易。

赵禾没想到她会问这件事，她想了会儿："你是说她出道没多久就出国那件事？我知道一点。"

她们就是那时候认识的，萧情提得不多，但她会调查，后来还是把事情给查清楚了。

赵禾看向景园："你问这个干什么？"赵禾目光锋利，带着探寻。

景园心悸两秒，说出早就编好的理由："我刚刚在看阿姨的采访，听到她说出国的事情，实在想不通。"

赵禾没想过景园会说谎，她点头道："确实不是你阿姨想出国，不过这件事过去好多年了，不提也罢。"

景园放下杯子走到赵禾身边，多年没撒过娇，她很不习惯，但为了知道真相，她咬咬牙喊道："妈——"声音拖得很长，赵禾微诧转头，景园说，"我，我想知道。"

"知道那么多干什么？"

"妈！"景园拽住赵禾的袖口，不让她走，无赖的姿态十足十。

赵禾侧目看着她，最后说："怕了你了。那时候你阿姨年轻漂亮，刚出道就吸引了很多粉丝，获得了不少关注，自然，也有人动了不该动的心思。"

景园脸色微变，拉赵禾的手慢慢松开，赵禾看着她："园园，妈是把你保护得很好，但这个社会偶尔也有不干净的地方。当年你阿姨不从，也反抗不了，就逃到国外了。"

后来还是景家在中间周旋，萧情才能回国发展。

萧情也感恩，这么多年把园园当掌上明珠疼爱，赵禾都看在眼里，人心是肉长的，萧情对她们好，她也愿意护着萧情，尤其是面对那种人渣。

景园沉默片刻，问："妈，那个人是谁啊？"

"叫李颂。"

景园皱眉，压根儿没听过这个名字，赵禾看她茫然的样子，失笑："你当然不知道，去世很多年了，你那时候还没出生呢。"

李颂，李颂。

景园没想到阿姨还有过这样的事情，她还以为阿姨一辈子都顺风顺水呢，可是怎么会呢？看顾可馨就知道了。

景园的心情突然有些矛盾，赵禾拍拍她的肩膀："别想了，回去休息吧。"

"嗯。"景园顿了顿，"那我回去了。"

回房后，她没法安心休息，在床上翻来覆去的，她干脆起身，打开电脑开始查李颂。

李颂是酒后驾驶撞到栏杆引发了爆炸，当场死亡，新闻还附上了现场的视频。

景园看着这条新闻，眉头轻轻拧起，总觉得自己漏掉了什么。

CHAPTER

8

距离

If the golden sun,

Should cease to shine its light,

Just one smile from you,

Would make my whole world bright.

——*Stray birds*

　　景园想了很久也没想到自己忽略了哪里，但分明有些不对劲，她将李颂的资料查了又查。对方长相偏瘦，不知道是不是她有偏见，总觉得这李颂的长相很阴柔，李颂家里有权有势，所以他从小就是公子哥，做过很多离谱的事情，不过他家世雄厚，所以对他没什么影响，毕业后顺利进入单位工作，虽然性子不靠谱，但聪明，因此连连高升。

　　景园就是这个圈子的人，她自然懂得，二十几岁就能坐上高位，光凭家世是不够的，还得有点真本事，不可能是花架子。只是有关车祸的记载并不详细，景园搜索片刻，还是给负责提供消息的人打了个电话，让他把李颂生前资料全部查出来。

　　在说到李颂的名字时，她突然发现车祸时间是二十五年前，二十五年前？那不就是顾可馨生下来的那一年？

　　景园灵光一闪，有个念头掠过，快得她没有抓住，她再次冥想，却被手机那端的人打断了思绪："景小姐，是已经去世的那位李颂先生吗？"

　　景园讷讷："嗯，是。"

　　挂了电话，脑子里还是乱糟糟的，她合上电脑，躺在床上，转头拨弄手机，这才想起来没给顾可馨打电话，忙发信息过去。

　　顾可馨泡在浴缸里睡着了，这一周她连轴转，和景园多说两句话的时间都没有，刚刚水温合适，她泡着泡着就睡着了，听到手机提示音才一个激灵醒来。拿过手机一看，是景园发来的。

　　　　到家了吗？

　　顾可馨想到自己要回家报平安，居然给忘了，她揉揉脑门，单手打字。

　　　　到了，在泡澡，刚刚睡着了。

　　景园皱眉，立刻一个电话打过来："你起来没？水冷了吧？"
　　顾可馨轻声说："嗯。"声音有些沙哑，疲倦。
　　景园说："你起来啊！"
　　往常那么平静的人，现在着急成这样。顾可馨说："知道了。"
　　顾可馨喊："景园？"
　　"嗯。"景园声音软软的，"在呢。"
　　"在偷听啊。"顾可馨说。
　　景园没好气地笑道："我才没偷听。"
　　顾可馨从浴缸里起来，水声哗啦，景园想象到那个画面，干咳了两声："你先收拾，我挂了。"
　　"不用挂。"顾可馨说，"我开免提呢。"她说完又道，"或者我们俩视频吧。"
　　景园想了想，干脆从床上起身，打开免提，换了衣服，外面严严实实地裹上风衣，下楼时蹑手蹑脚地。
　　楼下没人，她走路很轻，说话声音也很小。顾可馨换了浴缸的水，随意冲了泡沫，从洗漱台拿起手机，喊道："景园？"
　　该不会睡着了吧？这么快的吗？不过最近景园也累了。
　　顾可馨失笑着摇头，刚想挂断电话，景园的声音传来："你洗完澡了？"

"嗯。"顾可馨失笑，"你刚刚在做什么？"

"没干什么。"景园发动引擎，说道，"去把窗户关了，外面冷。"

顾可馨看了一眼窗外，风声呼啸，确实冷，她边和景园聊天边吹头发，房间里响起吹风机的嗡嗡声。

景园也不说话，等顾可馨吹完头发才开口："你睡了吗？"

顾可馨说："准备休息了。"她说完，拉好窗帘，躺到床上，盖上被子，轻轻侧过身体，"你睡了？"

"还没呢。"景园说，"我睡不着，你给我讲点有趣的事情吧。"

顾可馨失笑："你想听什么有趣的事情？"

景园想了会儿："都可以。"

顾可馨只好耐心给她讲了两个小时候的经历，和上学时被男生用蜡烛告白，结果差点把寝室烧掉的故事。都是很久远的事情了，顾可馨回想起来，还觉得好笑。电话那端的景园说："那你做过疯狂的事情吗？"

"疯狂的事情？"顾可馨停顿很久，问一句，"认识你算吗？"

景园问："为什么？"

"因为我原本没有想过会和你有今天。"

景园轻笑："那你也不可能事事都在掌控里。"

"我知道。"顾可馨说，"所以，你在掌控之外。"

景园打了个方向盘，将车停路牙边，说："你也是。"

顾可馨的声音从手机那端传来："什么？"

"你也是意外。"景园说，"顾可馨，我也没想过，我还会再敞开心扉。"

她以为自己感情早就枯萎了，从没想过枯木逢春，会有一天，开出花。

景园握着方向盘，一脚踩上油门，对顾可馨说："你知道我做过最疯狂的事情是什么吗？"

顾可馨才问："什么？"

"是我大半夜不睡觉开车去找你。"

顾可馨一把掀开被子："你在哪儿？"

景园将车停在车库，提着手机快步往电梯口走，她说："快了。"

顾可馨三两步走到门口，打开门，外面没人，她抿唇，看着电梯的层数一点一点增加，到她的楼层时，"叮"一声，电梯门缓缓打开，她看到景园风尘仆仆地站在里面。

夜晚的月光明亮，窗外有偶尔的鸣笛声，不是很清晰，只是偶尔传来，还有风狂吹在窗沿的耳鸣咽，冷寂衬得房间里异常温馨。

顾可馨转头，对景园说："要不要我给你讲故事？"

顾可馨嗓音微哑，景园道："不要，要早点休息。"

"我不累。"顾可馨说。

"我给你讲个白雪公主的故事吧。"顾可馨说得一本正经，这小时候才有的待遇让景园哭笑不得："白雪公主？我还以为你要说黑暗故事。"

顾可馨闷笑："你要想听黑暗故事也行。"

毕竟她人生前半段，都是在黑暗中度过，可是她更想给景园干净的故事。景园很想回应，奈何身体太累，又很困，她连那个想问的问题都没有问出来就睡过去了。

顾可馨低着头，怀里的人眼角挂着晶莹之色，在不明亮的床头灯下反光，她想到景园之前问："顾可馨，你是不是又把我当孩子哄了，那你讲讲你的故事吧。"

她笑了笑，她们自然不是小孩子，可她却任性地想要回到过去。

自从和景园说过小时候的事情，她就很后悔，或许小时候她可以认识景园，和她做朋友，然后给她讲故事。

她只是想弥补一点心里的遗憾，在一开始，她没有认识景园的遗憾。

想法太执着，顾可馨梦里看到景园了，那个小公主穿着蓬蓬裙，头上戴着金色皇冠，粉雕玉琢，她从萧情的怀中挣脱开，迈着小步子，一步步走向自己，然后蹲下身体，问她："你怎么摔倒了？"

她抬头看着面前的小公主，掌心鲜血直流，小公主在她面前伸出手，漂亮的眼睛眨啊眨，她看呆了。

小公主说："你要起来吗？我扶你起来好不好？"

她傻傻地看着，忘了反应，小公主从口袋里拿出方巾给她擦掉鲜血，掌心的一个小伤口露出来，小公主低头，轻轻给她吹了吹，问："你疼吗？"

掌心被她吹得起了凉意，并不疼，她低头，听到小公主问："你是不是不会说话？"

她摇头，用疼痛的声音说："不是。"说完又小声地说，"我不疼。"

她手心不疼，只是心疼。

小公主用方巾给她包扎，系了歪歪扭扭的一个结，却很可爱。

小公主说："你很勇敢哦，我摔倒会哭好久呢。"模样娇俏。

她抬头，阳光从树的缝隙落在小公主身上，把她衬得和童话故事里走出来的一样，好漂亮。她低头看着方巾，听到小公主说："那我先走咯。"

她问小公主："你的方巾呢？"

"送给你啦。"小公主笑着露出牙齿，整洁可爱。

她轻声问："那我还能见你吗？"

"可以啊，你来我家玩。"小公主笑得眼睛眯起，里面有漂亮的色泽，"我家在……"

她看着小公主迷糊的样子，顿觉可爱，手心的疼一点点被柔软淹没，细碎阳光下，小公主垮下肩膀："我记不得我家在哪儿了，你家在哪里？我去找你啊。"

"好，我家就在那里，你一定要来找我。"

小公主侧头笑："好啊，我一定会去找你的。"

安静的房间里，床上躺着的两人呼吸平稳绵长，顾可馨睡颜平静，眼尾却突然溢出水花，挂在眼角，摇摇欲坠。

美梦向来都很长，因为做梦的人不愿意醒，顾可馨的梦里，她和景园一起度过最美好的童年，她爸爸没有去世，萧情幡然悔悟，抱着她说后悔了，她想念自己，无时无刻不在想念，她抱着萧情开心地笑。景园依旧穿一身蓬蓬裙的公主装，看她们抱在一起黏糊糊地，说："阿姨，阿姨，园园也要抱抱。"

萧情张开手，将她和景园抱在一起。

梦里，她有幸福的家庭，有景园的陪伴，她认识很多新朋友，她很幸福。

这是她想都不敢想的另一个世界。

景园被闹钟吵醒时已经六点多了，她顺手关掉闹钟。

昨晚上房间里的灯并没有关上，许是顾可馨忘了，也可能是太累了，所以景园睁开眼就能清晰看到顾可馨的五官，紧闭的双眼，卷翘的长睫毛，细致的五官轮廓，景园时常听到剧组的人夸顾可馨脾气好，但她只是用温和的假象稀释别人对她外在的关注。

这是一张让人怦然心动的脸，越看越好看。

景园侧着身体细细端详顾可馨，替她将秀发拨至耳后，单手撑着脸颊，趴在枕头上看，目光温柔。顾可馨睡得很沉，这样的大动静都没有被吵醒，景园心底涌上说不出的喜悦。

闹铃第二次响的时候，景园坐起身，醒来的顾可馨问："几点了？"

"六点半。"景园问，"你要不要再睡会儿？"

距离首映礼还有点时间，今天她们就不去剧组了，顾可馨摇头："不睡了，等会儿苏英要来接我去店里。"

顾可馨下床给景园找了两身衣服，是刚买的，最近顾可馨的爱好就是往这个衣柜里塞衣服，连睡衣都有春夏秋冬四种款。

景园迅速换上新衣服，她还要回家换衣服，再磨蹭时间真的来不及。顾可馨也换了衣服，两人一起进的卫生间洗漱。

景园笑："你先洗。"

"一起吧。"梳妆台面积大，两人一左一右地刷牙，景园动作比较慢，顾可馨洗脸时故意用洗面奶的泡沫涂在她侧脸上，景园转头，睨了她一眼，顾可馨见状看了良久，说："真好。"

景园擦掉脸上的泡沫，转头："什么？"

"我说这样真好。"顾可馨垂眼。

景园心底柔软，唇角是压不住的笑意。

两人洗漱后走出去，顾可馨问："你自己开车回去吗？我送你？"

景园："没事，你等会儿还要去店里。"

顾可馨只好作罢，景园收拾好一切走到阳台前拉开窗帘，阳光霎时照进来，细碎璀璨，顾可馨转头时见景园身上铺一层晶亮，仿佛整个人都在发光。顾可馨刹那就想到昨晚上的那个梦，梦里的景园也是这般，如童话里走出来的公主。

风扬起景园的秀发，露出白净漂亮的侧颜，一切都像是慢镜头。

"我先回去了。"景园从茶几上拿了手机，转头对顾可馨说，"时间还早，你记得吃早饭。不用送我……"

顾可馨说："那回去路上小心些。"

景园点头，轻轻说："知道了，等会儿见。"

顾可馨嗓音微哑："等会儿见。我的小公主。"

首映礼声势浩大，从定下日期就不断猜测这次邀请哪些评委，评委也有讲究，有做一辈子评委的老前辈，刚正不阿，不为钱所动，很难收买，也有见钱眼开，专门为钱写好评的人。对自己没信心的导演向来不怎么敢请那些老前辈，就怕被骂得一文不值，他们多数都是邀请能用钱买到的好评，所以顾可馨的两部电影，邀请的评委人选一直颇受关注。

剧组方面还没有公布评委的信息，网上倒是吵吵闹闹，苏英随手打开一个话题都能看到在讨论评委的消息。

> 到底请了谁啊？有消息了吗？
>
> 没有，但是听说请了不少媒体人。
>
> 那肯定啊，也不看看演员阵容，不过我很好奇会不会邀请四大家。
>
> 四大家？呵呵，别说四大家，他们敢邀请其中一家，这电影我就非去看不可！

"四大家"只是网友起哄叫的，指的是四位影评人，都是典型的软硬不吃选手。

第一位喜欢直接骂，从剧组到演技，从道具到肢体动作，只要不专业，都逃不过他那张嘴；第二位喜欢写诗，每次看完写一长段的诗，至于网友解读出来是好是坏，他不负责；第三位喜欢指桑骂槐，明着夸你实则将你贬得一文不值；第四位比较年轻，粉丝众多，是艺人型评委。

之前有位年轻的导演对自己作品十分自信，同时邀请了这四位参加首映礼，回来就自闭了，听说休息了三年还没缓过神，到现在也没有新作品。

网上这次非常好奇影方会不会邀请这四位。

苏英合上手机，转头："可馨，你说这次会邀请他们吗？"

"可能吧。"顾可馨低头，"可能会请中间那两位。"

苏英立刻反应过来，中间那两位，一个喜欢写诗，一个阴阳怪气，两个都不是直球选手，影方完全有余地做文章。她说："还真有可能，你紧张吗？"

顾可馨抬眼看着她："我又不是主角，我紧张什么？"

"那也是你的电影！"苏英紧张得两晚没睡着，虽然今天的电影不是顾可馨主演的，但明天的是啊！明天就是顾可馨的主场了！

顾可馨低头，想到昨晚上景园也问自己紧不紧张，她确实没什么紧张的感觉。没多时，莫离的电话打过来，问她在哪儿，说自己到文化宫了，顾可馨看了一眼窗外："马上到了。"

莫离难得支吾了两声，没了平时干练的样子，顾可馨眉头轻皱，倒是没多问，只是很快从网上看到了消息。

靳琪受邀去首映礼了。

这次首映礼除了邀请评委和媒体人，也邀请了不少圈内艺人，但顾可馨没想到，居然会邀请靳琪。

靳琪去年到今年的发展都一般，圈子里这两年流动性很大，她还没站稳就被压下去了。靳琪本就高傲，受不得这委屈，所以不肯降低身价，导致现在高不成低不就，没戏拍，只能接代言。

顾可馨没想到她居然会来参加这次首映礼，粉丝也在乱猜，甚至有网友猜测是不是和自己有关。

> 别了别了，如此高贵的艺人，我们可馨高攀不上，让靳琪小姐独美，抱走我们家可馨。

苏英问："看什么？"

"靳琪来了。"顾可馨合上手机说，"她最近出事了？"

她和靳琪的合作本来就是各取所需，实在没有必要解绑后过分上心，倒是苏英知道一二，她说："被甩了。之前捧她的那个富二代换了个新人，听说她最近正在到处找资源呢。"

顾可馨明白过来，苏英说："到了。"

果不其然，顾可馨在文化宫外面看到了靳琪，穿得花枝招展，正在配合拍照。她目光灼灼，下车后就被莫离叫过去。

"别搭理靳琪。"莫离说，"现在不要闹出其他事情。"

她现在人气正在扩散，万一和靳琪再缠上关系，怕网友对顾可馨的印象大打折扣，顾可馨明白，点点头往里走。

路过大厅时有人喊："顾小姐！顾小姐来了。"

是媒体，顾可馨转过身，无数摄像机对着她，她淡笑着走过去，和媒体一一打招呼，姿态大方。靳琪就站在一众媒体旁边。

靳琪眯眼，顾可馨最近风头可太足了，两部电影要上映。她圈内的朋友说今天这部电影肯定会大卖，顾可馨虽然是配角，但她那个角色很吸粉，肯定会火起来，而且她现在拍的《佳人》更是有宋明和萧情强强联合，想不火都不可能。

风水轮流转啊，以前跟在自己身后不起眼的角色现在居然风光起来，靳琪心里不舒服，但她最近没资源，才托人找关系进到这里，想和顾可馨聊聊。

显然，顾可馨没有这个打算。

顾可馨淡笑对媒体说："我还要进去和导演打招呼。"

"您请便。"媒体对着她拍了几张照片，想着怎么措辞夸顾可馨优雅大方。

身侧有人喊："可馨。"

顾可馨脚步一顿，转过身，靳琪站出来："好久不见。"

媒体嗅到风吹草动立刻上前问："顾小姐，您和靳琪很熟吧？"

靳琪看向顾可馨，何止熟，两人以前可是绑定关系，顾可馨是靠她起来的。靳琪一双眼看向顾可馨，见她轻蹙眉，对媒体说："几年前确实和靳小姐拍过戏，但不是很熟。"

媒体人愣了几秒反应过来，连忙说："瞧我这记性，记错了记错了。"

顾可馨顺势说："先走一步。"

靳琪在她身后咬牙，双手紧握，看着顾可馨纤细的后背，什么东西！才两部电影而已，就这副架子，以前果然没看错，顾可馨就是养不熟的白眼狼，给她吃的给她喝的，结果反被咬一口！

论背景，她比顾可馨大；论名气，她比顾可馨高；论咖位，她现在是四小花，顾可馨还不知道在哪呢，居然在媒体人面前这么说！好啊，好得很！

靳琪一双厉眼盯着顾可馨，很想跺脚离开，可想到自己来的目的，她又忍住了，跟着进了文化宫。

人还没到齐，顾可馨和熟人打过招呼后寻了个安静的地方给景园打电话。

"在哪儿呢？"顾可馨看了一眼腕表，"你不是早就回家了？"

景园抱怨："回来路上遇到车祸了。"怕顾可馨担心，她紧接着说了一句，"不是我，是遇上车祸堵车了。"

她对顾可馨家的路不熟悉，就认识那么一条，再换路要绕好久，所以就干等着，谁知道会等那么久。顾可馨道："那你别着急，还要一会儿呢。"

景园说："等会儿迟了我就在外面看。"

"位置我给你留好了。"顾可馨笑，"在我旁边，我和导演申请调个位子，我坐边上。"这样景园来就不会惊扰到别人，她直接从过道坐她身边即可。

景园没意见："好，我知道了。"

两人挂断电话，景园对着镜子看了两眼，确认无误后拎着包走出景家。上车时她看到八卦推送的消息有顾可馨的名字，景园下意识点开，照片里居然是顾可馨和靳琪，两人面对面站着，明显在说话。

靳琪也去首映礼了？顾可馨刚刚怎么没说？景园心里忽然郁闷，她深呼吸，觉得自己过分小心眼了，只是前捆绑对象而已，而且顾可馨也不喜欢她，实在不应该多想。

景园上车后靠在车窗边有些无聊，干脆又看起评论来，留言五花八门，景园看得一时憋气，干脆关掉手机。

叶辞夕一边开车一边小声问："景小姐，你怎么了？"

景园转头，意识到自己刚刚情绪太外露，她敛起神色，淡淡地说："没事。"

心情平复后，叶辞夕见她的表情和往常一样，才放下心，说："今天首映礼来了不少人呢，听说圈内的媒体都去了。"

景园心不在焉地应下，车开了两个路口，她的手机响起，景园以为是顾可馨打来的，想也没想就接起，电话那端有人喊："园园。"

是萧情，景园立刻反应过来，她喊："阿姨。"

萧情动了下右腿，钻心的疼，她眼前晕眩，对景园说："园园，在拍戏吗？"

景园："今天没有拍戏。"

萧情靠着台子忍痛说："那你能来趟医院吗？阿姨出了点事。"

景园听出她声音不对劲，忙问："阿姨你怎么了？"

"我摔倒了。"萧情忍着剧烈的疼说，"在浴室里，我助理不在，其他人我不能让她们知道。"她说到这里深呼吸，似乎疼痛无比。景园的心悬起，她听到萧情问："园园，你能过来一趟帮我吗？"

"我——"景园抬头看了一眼外面被很多人围起来的文化宫，倏然捏紧手机。

CHAPTER

9

心疼

If the golden sun,

Should cease to shine its light,

Just one smile from you,

Would make my whole world bright.

——*Stray birds*

　　电影临近开始，景园还是没出现，顾可馨没有很着急，她和导演商量换了位子，刚坐下，身边也坐下一个人。

　　靳琪几乎是挨着顾可馨坐下的，她转头问顾可馨："听说明天是《神偷》首映礼？"

　　这件事靳琪怎么可能不知道，宣传都发到脸上了，还装作刚知道的样子。顾可馨转头，这拙劣的演技，还是一如既往，她笑："是啊，靳小姐过来吗？"

　　靳琪忍着不舒服说："倒也不用这么生疏，我们毕竟……"

　　她眼神流转，看向顾可馨，灯光忽明忽暗，顾可馨侧脸线条精致漂亮，浑然天成，就像最完美的艺术品。她还记得第一次见到顾可馨是在饭桌上，有人推荐她说，这是她的搭档，叫顾可馨。

　　顾可馨？哪里来的？她都没听过。

　　她当时以为和她搭档的是前辈，谁知道竟是不知道从哪个旮旯里出来的顾可馨，她并不是很满意，踩着细高跟走到顾可馨身边，拍拍她的肩膀："顾……"

　　顾可馨转头，定定地看着她，因为喝了几杯薄酒，面色微红，眼睛里水光艳艳，瞳孔被反射出漂亮的色泽，五官如画一般。红唇轻启，她笑着说："你好，是靳小姐吗？"

　　靳琪愣了愣，才点头："是我。"

初见多美好，后面就有多惨烈，两人虽说是捆绑了，但是顾可馨软硬不吃，和她始终维持不远不近的关系，她一时生气，灌醉了顾可馨，刚想将顾可馨带走，谁知道顾可馨醒了，一番激烈的挣扎后，顾可馨回去了。后来顾可馨说喝多了不记得那天晚上的事情，她见顾可馨真的没对谁提及，也就放下心，只是从那之后，她就恨上了顾可馨。

真不识抬举，所以她在外面极尽诋毁顾可馨，她希望那人跌进泥潭，最好永远都爬不起来。

可现在，顾可馨愣是靠着景家爬上来了。

靳琪没什么心虚的感觉，反正顾可馨又不知道当初到处散播谣言的人是她，所以她没什么好担心的，这次会过来，也是因为经纪人说最近顾可馨风头好，让她过来和顾可馨道个歉，顺便约个饭局拉近关系。

以前这种事情，她是绝对不可能做的，现在却被逼着过来，靳琪咬着牙说："我们毕竟以前那么好。"

顾可馨浅浅一笑，没回话，靳琪落得没趣。电影快要开始了，坐在前排的主演冲后面鞠躬道谢，顾可馨转头看，后面正是这次影方邀请的评委，果然是她猜想的那两位。

两位坐后面暗处，但一身正气，没做什么反应，只是安静地看着屏幕。

很快，电影开始了，身边靳琪喊："可馨啊……"

"靳小姐。"顾可馨说，"我要看电影了。"

靳琪沉默两秒，没再开口。

电影开始后，顾可馨下意识地看向腕表，眉头轻轻拧起，她转头看向身后，景园还没来。

景园一路小跑到医院病房，在门口被拦下，她说："阿姨叫我进去。"

门口的女人皱眉："萧老师在洗澡。"

她们跟在萧情身边有几年了，都知道萧情的规矩，自然不会轻易放人进去。景园气恼："她——"

"进来！"萧情说完，景园顺手从衣架上拿了一件睡衣走进去，浴缸里的水漫出很多，萧情坐在地上，身披着潮湿的衣服，她应该是坐了很久，地板凉，所以面色惨白。景园忙走过去将衣服递给萧情，转过身问："阿姨，你怎么不让她们帮忙？"

萧情轻轻摇头，她有私人医护，就算是住院，也是她的私人医生亲自过来照顾，今天是准备转院，所以就让医护先回去了，谁知道会摔一跤。

她是不可能让医院的其他人知道这件事的。她一辈子风光，不可能让跟着她的那些人看到她如此状态。

萧情说："我给你妈打电话，没人接，我没有影响你工作吧？"

景园顿了顿："没有。"

她来之前也给赵禾打了电话，始终没人接，萧情这次住院的消息是完全封锁的，除了医院高层，没其他人知道，而萧情为什么不想让身边的人进来，景园约莫也能猜到原因。

她如果不过来，萧情应该是会一直坐在这冷冰冰的地板上等的。

这是从小对她疼爱有加的阿姨，景园怎么可能眼睁睁看着她受这份苦，她托起萧情："阿姨，我扶你出去？"

"你把轮椅推进来。"萧情说，"我坐轮椅。让她们都出去。"

景园只好出门，遣散了外面的人，末了用轮椅将萧情送到床上，她掀开睡裤，腿上一大片瘀青。景园说："让医生过来看看？"伤到骨头就不好了。

萧情说："已经联系过了，还有半小时到，园园，不要太担心。"

景园低头沉默，她手机响了一声，景园没回头，神色微变。萧情问："今天怎么没拍戏？"

"准备去顾可馨的首映礼。"景园外面套了一件风衣，遮得严实，所以萧情并没有第一时间看到里面的礼服。萧情看着时间："几点啊？"

"十点半。"景园说完，萧情道："开始了？那你赶快过去吧，我这边不要紧的，你这孩子怎么也不说！"

景园看她着急的样子，安抚："没事的。"她艰难开口，"我已经和顾可馨说过了。"

萧情这才松了一口气："下次有事和阿姨直说。我可以等医生过来的。"

坐在那冷冰冰的地板上等吗？景园做不到，她没法看着萧情坐在那里等。景园来的路上想了很多，她想到小时候很多次总是缠着萧情要她哄自己睡觉，所以萧情不得不提前下戏，只能一边抱着她一边对台词。萧情是愧对顾可馨，但是从未愧对过她。她不应用迁怒的情绪面对萧情。

景园面对萧情，第一次心平气和地说："下次我还是会来的。"

萧情抬眸，眼前的景园宛如一夜之间褪去青涩，稳重了很多，景园看向萧情，对上那双眸子，她说："阿姨，你也是我很重要的亲人。"

她对萧情说："阿姨你腿还疼不疼？我给你揉揉？"

萧情看着景园掀开自己的裤管，将手放在自己腿上，侧脸平静，落落大方，指腹温度正常。

萧情目光幽深，她意识到，景园已经不再是围着她打转的小女孩了。

萧情心情复杂，她说："别揉了，等会儿让医生处理吧。"

景园坐在她身边，说："那阿姨，我们聊聊以前的事吧？"

萧情笑："你不是最不喜欢……"

你不是最不喜欢说以前的事情吗？

而现在，景园却落落然说，谈谈过去。

萧情心口难受，她转过头："园园，帮阿姨倒杯水来。"

景园给她倒了杯水，萧情抬头，和景园聊起了过去。两人很久没有这么静下心来聊天了，医生到的时候病房里很温馨，萧情听到动静，抬头说："医生来了，你先去忙吧。"

景园看了一眼腕表，没犹豫，点头："那我改日再过来看你。"

萧情还想说话，景园已经拎着包从医生身边擦过，步伐匆匆。

景园失态了，她在萧情面前失态了，但她顾忌不了那么多，她给顾可馨打电话，已经关机了，只好发了条消息过去解释原因。不知道顾可馨有没有生气，应该生气了吧？

景园担心得一路上坐立不安，下车后就往文化宫跑去，却在门口被拦下，时间过半，已经禁止入内了，景园在门口来回踱步，叶辞夕见状让她回车上，万一被媒体人拍到就不好了，她抿唇，准备回去时看到苏英站在外面。

苏英见到景园也是一愣，半晌："你怎么没进去？"

景园没说来迟了，她问："顾可馨还在里面吗？"

"在里面呢。"苏英说完，有媒体出来，这边说话不方便，苏英说："她出来我告诉你。"

景园只得进车里等待，时间太难挨，她掰着手指头一秒一秒地数，叶辞夕不解地问："景小姐，要回去吗？"

"再等会儿。"景园低头看手机上的时间，电影快要结束了，她抿唇犹豫了几秒，在电影刚结束的那刻就给顾可馨打了电话，依旧是关机状态，倒是苏英给她回了电话："景小姐，可馨出来了，在休息室，你要过来吗？"

顾可馨出来，却没有打开手机，景园的心沉下来，如坠冰窟，冷得她打了个寒战。好半晌她才说："我来了。"

叶辞夕想跟上，被景园制止，她戴上帽子低头穿过人群，进入文化宫里面的休息室。远远地看到苏英站在那里，景园点头和她打招呼，苏英小声说:"景小姐,要等会儿进去吗?"

景园转头:"有人吗?"

苏英说:"靳琪在里面。"说完又道,"不过估计也没什么事情,你进去吧。"

她说着打开休息室的门,门内隐约传来声音,是顾可馨。

进门后有个屏风,屏风后面一张圆桌,圆桌旁边是沙发和茶几,顾可馨和靳琪面对面站在茶几旁,顾可馨一眼瞥到门口的景园,她收回目光,对靳琪说:"靳小姐,你说的提议我没兴趣。"

"顾可馨,你不要得寸进尺,人的运气不可能一辈子都好的,我以前帮过你,你现在靠景家起来了,就翻脸不认人,是不是有点太过分了?"

帮她?顾可馨想到靳琪在外面散播的谣言,说她为了能拍戏勾引导演,和主演从一个房间里出来,又说她深夜穿单薄的睡衣去勾引监制。

这就是帮她吗?

顾可馨看向靳琪,目光幽冷,她一点点靠近靳琪。香味逐渐浓郁,顾可馨漂亮的五官逐渐清晰,靳琪狠狠咽口水,双手紧紧握起,顾可馨靠在她身边,看向几米外的景园,对靳琪说:"我不会翻脸不认人的。"

靳琪心头一喜,她还没开口,顾可馨和她拉开些许距离,清亮的眸子定定看她,顾可馨笑:"我只是翻脸不认狗。"

靳琪脸上笑意僵住,龟裂,她身体愤怒到发抖,咬牙:"你说什么?"

"我说靳琪。"顾可馨面色平静,"你就是条……"

"啪!"一声清脆的巴掌响起,顾可馨头被打偏,靳琪愤怒地喊道:"顾可馨!"

她话音刚落身后冲上来一人,想也不想冲她就是一巴掌!

靳琪被打蒙了，她捂着脸，疑惑道："景园？"

景园目光带刺，看得靳琪有些发怵，往后退了一步，被景园平白打了一巴掌，她也不敢声张，连和景园对视的勇气都没有。

景园冷冷地扫了她一眼："你还不走？"

靳琪恼火地瞪了一眼顾可馨，转身离开。

景园这才转头看向顾可馨，她气得眼睛发红："疼不疼？"

"疼。"顾可馨低头回她，景园的心瞬间揪起，声音扬起："那你怎么站着不动给她打？你明明可以让开的！"

顾可馨轻声说："是可以让开的。"

她说完看向景园，对上景园发红的眼睛说："但是我也想被心疼。"

"你发神经吗？！"景园气得眼睛又疼又胀，她握住顾可馨肩头，很想骂人，但她不知道该骂什么，只得憋着，一双美目盈满怒火，她不喜欢顾可馨用这样的方式。

看到靳琪那巴掌打在顾可馨的脸上，也仿佛打在自己脸上，那种锥心的疼让她没办法保持理智，明知道不该对靳琪动粗，她还是忍不住，打了人。

她如此愤怒的情绪只因为一个人产生，曾经是因为发现被顾可馨欺骗，现在是看到顾可馨受到伤害。

景园难受得说不出话，她捏紧顾可馨的肩头，疼痛彻骨，杂乱的心跳停滞了两秒，景园别开眼，眼尾有水花浮现。

"对不起。"顾可馨低声说，"景园，我没想象的那么大度。"

她以为自己能毫不在乎景园做出任何的选择，她以为可以冷静地接受景园取舍，其实只是她以为，她做不到。

在里面观影时她压根儿不知道自己看了什么，她满脑子在想，景园在做什么，她抛下自己去找萧情了。

理智和感情拉扯，最后她败了，她没法保持平静，所以在看到景园回来时，她才激怒靳琪，她也想被护着，想被心疼。

哪怕恼恨她这样的态度，可是想到顾可馨以前的事情，景园满腔的怨火都散了。景园没好气地说："要不要抱？"

顾可馨轻声问："不生气吗？"

"气。"景园想也不想开口道，"气到不想吃饭，但是我也心疼。顾可馨，我心疼你。"

顾可馨听到这句话，抱住了景园。

顾可馨又问一遍："你还生气吗？"

景园听到她执着的要个回话，无奈："不气了。"

"真不生气了？"顾可馨松开景园，两人面对面站着，景园抬眸，眼睛里是顾可馨的倒影，五官明朗，眉目清晰。

景园说："顾可馨，下次不要这样。"她靠近顾可馨，很认真地说，"我不会放弃你的。"

景园表情无比严肃，顾可馨盯着看了良久，再一次道歉："对不起。"

景园只是拍拍她的后背。

顾可馨被打的侧脸微红，她补好妆，对景园说："等会儿去哪里？"

景园转头："回家。"说完强调，"各回各家。"

顾可馨蹙眉："不是说今天请我吃饭的吗？"

景园看都不看她："迟了，现在已经取消了，不请你吃了。"

顾可馨微沉了脸，景园忍不住问："你干吗？"

"答应好请我吃饭，又不请。"顾可馨说，"答应好过来参加首映礼，又没来。没有解释，没有道歉，没有……"

景园头皮发麻，原本她在短信里已经解释过好多遍了，奈何顾可馨关机，一直都联络不上，到这里又恰巧看到靳琪的事情，没来得及解释，现在被顾可馨翻旧账，景园咳一声："那，那就请你吃饭。"

"迟了。"顾可馨学着景园的语气，"已经造成伤害了，弥补不了了。"

景园被她逗笑,原本来的路上忐忑不安,现在被她这么一闹腾,烦恼霎时都没了,景园实在没辙:"那你想干吗?"

顾可馨神色认真地道:"我们回家吧。"她目光藏着温柔,如清明月光。

景园点头:"知道了。"

两人最后也没去饭店吃饭,而是准备去超市买点菜回家做饭,苏英知道两人的打算后吓得不轻:"你们别去,在车上,我去就行了。"

刚首映礼结束,她可不想顾可馨和景园因为被偷拍上微博,那影方不得骂死顾可馨。

顾可馨本来也没打算下去,这点分寸她还是有的,现在苏英主动说起,她顺势道:"去吧。"

苏英立马拎着包下车,锁上车门后才放心离开。

车上顾可馨和景园挨着坐,顾可馨正在看刚出来的电影评价,两位影评人的微博下面蹲了好些人,除了网友外,还有营销号。一些媒体早就开始夸起来了,微博上一片叫好。

景园还在遗憾没看到电影,顾可馨说:"上映后我再带你去看。"

"电影怎么样?"景园只看了简介,其实对剧情挺有兴趣的,顾可馨说:"还不错。"

目前的反馈还不错,上映后主要就是看同期的作品对比,其实顾可馨更看好自己主演的那部电影,但首映礼还没开,她也不好多说。

景园扒拉着手机:"我看网上都是夸的。"

从造型到演技都被夸了,顾可馨也被夸了很多,说她是最适合夫子的人选,亦正亦邪,亦刚亦柔,不愧是耗时最长选出的演员,太棒了,网上还有一小段花絮,顾可馨穿青色长衫站树下,手摇纸扇,风扬起她的面纱,构成绝美的视觉图。

过分好看了,景园想,然后她默默保存下来,身侧的顾可馨探头:

"看什么？"

景园忙收起手机："没什么。"

欲盖弥彰，顾可馨说："本人不好看吗，为什么要盯着手机看？"

"臭美。"景园小声说。

苏英回到车上时，见顾可馨和景园各自低头看手机，气氛异常和谐。

景园低头一声轻哼，身边顾可馨问："怎么了？"

"没事。"景园气鼓鼓地转过身，盯着手机看，没一会儿她收到了萧情的消息，告诉她已经到私人医院了，景园回复萧情——

> 好的，那您好好休息。
>
> 你赶上了吗？
>
> 没有。
>
> 是我耽误你的事了，下次你有事你直接告诉阿姨，阿姨
> 能理解的。

景园余光瞥了一眼顾可馨，几秒后回复。

> 阿姨，如果还有下次，我还是会去找你。

她不会忘了萧情对她的那些好，但同样，她也会坚持底线，不会再因为萧情的好，而动摇自己的决定。在有些事情上，如果她和萧情有相反的选择，并不是因为置气，她只是在坚持自己想坚持的。

景园经过这件事突然发现，自己并不是那么担心看到萧情失望的眼神了，因为她是个独立的人，和别人产生分歧是很正常的，她没必要怕别人失望难受而去附和，做出违心的判断。

这个道理，是顾可馨教她的。

景园发完消息后，又给她爸爸发了一封邮件，放下手机，顾可馨转头看她，说："拍到你了。"

确实是景园，不过是结束后拍到的，她和顾可馨一起走出文化宫。

景园这才想起来问顾可馨关于靳琪的事情："她今天来干什么？"

顾可馨回她："没戏拍了。"

靳琪高不成低不就的已经差不多半年了，不愿意做配角，主角人家又不想用她，就这么干晾着，明明跻身进了四小花，却一点浪都没掀起来，公司坐不住，就让她过来找自己套近乎了。

景园拧眉："我不喜欢她。"

除了极具功利心之外，靳琪让她感觉很流气，听到两人聊天的苏英说："靳琪啊，那是真的很讨厌，可馨有段时间……"

"苏英，"顾可馨说，"好好开车。"

苏英只好闭嘴，目不斜视地开车，景园侧目："什么事？"

"没什么。"顾可馨侧脸绷着，"以前和她闹过不愉快。不是什么大事。我这样的性格，你还怕我受委屈吗？"

景园目光灼灼，点头："怕。"

虽然知道她强大，但景园还是忍不住担心。顾可馨心尖一颤，喉咙里塞了团棉花似的，胀的，几秒后，顾可馨才说："没事的，倒是你，不担心被靳琪报复吗？"

景园收回目光，她想了会儿："不担心。"

顾可馨转头，小兔子和以前不一样了。景园和顾可馨对视，说道："她也不敢对我怎么样。"

明知道她说的是实话，顾可馨还是笑："她要是对你怎么样，那你怎么办？"

景园看向顾可馨的眼睛，靠近一些，刻意压低了声音对顾可馨说："那我就和顾可馨告状，我要告诉她，有人欺负我。"

顾可馨心尖顿时暖暖的。

景园随顾可馨刚进家门，她爸爸的电话就打过来了，景园冲顾可馨指了指手机，往旁边去接电话。

景述坐在办公桌前，看着邮件眉头拧紧，他问："园园？举报消息是你发给我的？"

景园顿了顿："嗯，是我发的。"

"你怎么……"景述吃了一惊，在他印象里，景园还是个需要人照顾的孩子，天真无邪，不谙世事，他没想过，景园居然会查到百年艺人的这些事情。

景园低头，正在想怎么和景述说查百年艺人这件事，景述问："你妈知道吗？"

"不知道。"景园说，"我没有告诉妈。"

景述眉头没松开："你知道你妈妈为什么会同意吗？"

景园不解："因为阿姨吗？"

"你阿姨只是部分原因。"景述说，"你妈妈是因为你。"

景园怔住："我？"怎么会是因为她？她和百年艺人有什么关系？

景述说："你妈妈想通过百年艺人，为你以后铺路。"

这也是他犹豫的原因，没有人不为孩子考虑，尤其是景园这个从小就在他们手心捧着长大的公主。他和赵禾想了很多适合景园的道路，没想到她会选择娱乐圈，行吧，他们认了，结果现在又出来一个百年艺人形象大使。

赵禾的意思他岂能不明白，她最近催促得紧，就是希望自己能签字，但他一直想着那天景园的话，所以没下笔，现在景园发了这个举报信息，景述说："园园，你明白了吗？"

景园往前一步，站在窗口，低头："我明白了。"

景述也不催，他等了片刻："你的意思呢？"

他虽然不知道景园为什么会调查百年艺人，会拿到这些资料，但既然她发给自己，那就给她一个选择的机会。如果她现在说后悔发给自己了，他就当没看见。

景园攥紧手机，百年艺人是赵禾给她铺的路，是萧情几年的心血，如果是从前，或许她会默许赵禾的做法，但现在不行，她有自己的想法。

"爸，我既然发给你了，就代表我不会视而不见。"

景述握着手机，看向面前的资料，眉头逐渐舒缓，他一直捧在手心里的公主长大了，有了自己的判断，而且很正直。

景园没听到她爸回复，喊："爸？"

景述捏了捏鼻梁，声音微哽："嗯，听到了。剩下的事情交给我吧。"

景园随后喊："爸，"她咬唇，"能不能等等再放消息？"

从她身后经过的顾可馨顿住步子，她不是有意偷听，苏英在做饭，她被赶出来了，看景园打电话包都没放下，就过来给她拿包，谁知道听到这么一句。

迟点放消息，放什么消息？百年艺人的？为什么要迟点放？是因为萧情？

顾可馨垂眸，刚想往后退两步就听到景园说："嗯，迟一个月，最近顾可馨的电影刚上，我不想这个时候有其他的消息。"

景述明白过来，无奈道："园园啊，你就这么关心她吗？"

从来都是被别人照顾的景园，现在也开始关心其他人了，景述心情复杂，他听到景园说："嗯。"

生怕景述对顾可馨有意见，景园道："她也很关心我的。"

景述说："那就这样吧，我挂了。"

"那……"

景述说："知道了，我会安排。"

景园放下心，低头托着手机，轻轻呼吸，面前玻璃映出她单薄的影子，景园干站几秒，刚转头就看到了顾可馨。

景园抬头："你什么时候来的？"

"你挂电话的时候。"顾可馨说。

"哦，我刚刚和我爸打电话。"景园想解释百年艺人的事情，顾可馨却只是轻轻"嗯"了一声，没追问，景园也不再开口。

苏英在厨房烧了糖醋鱼、糖醋排骨、糖醋茄子，叫顾可馨和景园吃饭时，一屋子的醋味，景园看了一眼顾可馨，默默地坐在桌边，苏英脱下围裙对顾可馨说："你们吃吧，我先回去了。"

顾可馨转头："你不在这儿吃饭？"

苏英说："明天就是你电影的首映礼，我还要去趟公司呢，你和景小姐吃吧。"

景园站起身："苏小姐不一起吃完再去吗？"

"不了不了。"苏英说，"你俩吃，我还要去趟公司。"

顾可馨点头："那你路上小心。"

苏英侧过身体说："明天早上还有首映礼，别睡太晚。"

虽然如此，她还是给两人准备了红酒。

苏英说："走了走了。"

她没想到景园会跟着站起身："苏小姐。"

苏英愣了下："景小姐？你有事？"

她说完看向顾可馨，现在这两人不应该开瓶红酒庆祝吗？怎么还叫住她？苏英不解，顾可馨也转头看着景园，景园说："有点事想问你，方便借一步说话吗？"

顾可馨喊："景园。"

"私事。"景园说，"你在这等我。"

合着她现在成外人了，景园居然和苏英有私事？顾可馨琢磨两秒，好像回过味，点头："好，那我等你。"

她是想明白了，苏英可没想明白。

苏英缓口气："景小姐还有什么事吗？"

"嗯。"景园敛笑看着她，"我想问你，可馨和靳琪的事情。"

"她们俩也没关系。"苏英说，"你别看可馨以前和靳琪捆绑，都是公司的意思，可馨和靳琪可一点儿交情都没有。"

景园点头，迟疑两秒说："你在车上说靳琪怎么了？"

哦——原来是这事，苏英这才恍然大悟，她看向景园，面色犹豫，原本这是可馨的事情，要说也是可馨说，但她估计可馨那个性子，怎么可能对景园诉苦，所以她一点头，道："就那靳琪啊，以前灌醉过可馨。"

景园脸色微变，她倏然想到苏英以前说的话，顾可馨的酒量是被逼出来的，有次差点被人拖走。她问："就是靳琪？"

"是她。"苏英说，虽然这几年顾可馨再也没说过那件事，对靳琪也保持着从前的态度，就当什么都没有发生，但苏英知道，那件事对顾可馨的影响有多大。后来她拼命练酒量，红酒一瓶一瓶地喝，也开始做噩梦，需要靠安眠药才能入睡。

就连她自己有段时间也是这样，闭眼看到顾可馨衣衫不整地从客房出来，眼尾猩红，双手紧紧攥着衣领，她当时气恼得恨不得进去打死靳琪，还是被顾可馨拦住了。她说："我没事，我没事。"

苏英转头看着景园，低声说："景小姐，我知道你和我们从来就不是一个世界的人，但是你愿意接受可馨，我真的很感激你，希望你以后能多多照顾她。她其实没那么坚强。"

苏英的话宛如利刃一刀刀扎在景园心里，虽然问之前已经做好心理准备，但听到耳朵里，却比想象中更难受。

她转头看向坐在饭厅的顾可馨，那人远远地冲她笑，灯光柔和，景园却冰火两重天，她双手紧握，听到苏英说："景园，可馨就拜托你了。"

景园转头看向她，目光清透，说："好。"

苏英转身离开，景园合上门后调整情绪，末了走到饭桌前坐下，神色如常，顾可馨给她倒了杯红酒，晃着杯子里的红酒，问："和苏英说什么了？"

"没什么。"景园晃了晃红酒，顾可馨捧着杯子和她轻轻撞了下，响声清脆，景园仰头喝一大口，顾可馨拦住她："慢点，怎么了？"

景园喝完放下杯子，红酒苦涩，她被酒气呛到，说："我就想知道一口闷的感觉。"

顾可馨失笑："好端端的，知道这个干什么？"

景园低头，垂眼："你被灌酒的时候也是这样的感觉吗？"

顾可馨哑口，她看向景园，没来得及阻止，景园已经给自己又斟了一杯，顾可馨没拦住，景园又是一口闷，然后剧烈地咳嗽。顾可馨拿掉她的杯子："别喝了。"

"顾可馨，"景园说话带着酒气，一本正经地道，"刚刚苏英说，把你交给我了。"

红酒烈，度数高，但不会立马就起作用，景园这显然是因为一口闷短暂的晕酒了，她只好附和："嗯，她把我交给你了，然后呢？"

"我会好好照顾你的。"景园拿出手机，"现在我就帮你出气。"

CHAPTER

10

反击

If the golden sun,

Should cease to shine its light,

Just one smile from you,

Would make my whole world bright.

—*Stray birds*

　　自从知道顾可馨和靳琪的事情后，景园就安排人关注着靳琪，那天早上醒来，顾可馨说，欠她的她都会要回来，所以不希望脏了自己的手。

　　她转过头看着顾可馨，问："我是不是你朋友？"

　　一向聪明的顾可馨反而被问愣住了，就这么看着她，末了说："是。"

　　"那就行了。"她说，"是朋友，就有权利去做这些事。"

　　她不认为做这些事情是脏了自己的手，她只觉得靳琪肮脏，然后了解越多，她就越是心疼，从前的顾可馨，原来是这样过来的啊。

　　景园就这么猝不及防地看到了顾可馨的另一面，一个和她所知的不一样的，为了在娱乐圈能站稳脚跟的顾可馨。

　　也许那并不只是顾可馨，她只是一个缩影，景园看到的是从未注意到的另一个世界。

　　她收到回音已经是一周后了，剧组里的人很忙碌，叶辞夕抱着衣服跑来跑去，景园身边的人小声道："可馨下午是不是请假了？"

　　"去采访了。"一位工作人员说，"好像是新媒的采访。"

　　"新媒！"身边女孩一声惊叫，"新媒吗？新媒不是……"

　　"对，就那个新媒。"工作人员笑，"怎么，我们可馨不配？"

　　女孩想了会儿，斩钉截铁："配！"

　　她就没看过比顾可馨还要好的艺人，但是也没想到顾可馨居然会去新媒接受采访，新媒是圈内知名杂志社，平时请的咖位最低的艺人也是小花，这几年改做精装版，已经不请小花，改请社会精英和影视圈大咖了，所以在知道顾可馨被邀请过去时才这么惊讶，不过也能理解，毕竟顾可馨的电影爆了。

顾可馨的《神偷》从首映礼后就一直反响很好，不少人拿这部电影和以前的老剧相比，再加上近几年这种题材的少，媒体一带动，好评刷刷就起来了。

起初大家还以为媒体只是卖顾可馨的面子，意思意思说两句好话，后来发现不是这么一回事。电影上映的头一天，四大家主动掏钱去看了，回来后还自发写了好评，能让四大家同时写好评的电影，最近的也已经过去七八年了。这么一来，大家都有了兴致，纷纷掏钱去看，这么一看，就开始做起免费宣传，毕竟电影委实好看，尤其是结局，耐人寻味，颇有点极致反差的效果，你以为的凶手其实不是凶手，或者就是凶手。

这种反转的电影近两年少了，几乎看不到精品，而顾可馨精湛的演技让电影更上一个层次。

顾可馨的《神偷》，从刚开始的不被看好，到票房火爆，只用了一周的时间。而她本人，已经被新媒邀请去采访了。

景园是高兴的，听到别人夸都忍不住勾起嘴角，手机屏幕闪烁，有邮件传进来，景园敛眉，低头，在看到邮件的名字时眉头皱了皱，然后进了休息室。

休息室里人很少，景园走到靠窗的位置打开手机，看完里面的信息后抿唇，转头看向窗外，一只鸟栖息在树头，左右看看，察觉到有视线，它扑腾了两下翅膀，飞走了。

树叶晃了晃，有一片落下。

靳琪走出剧组，一片树叶落在肩头，她恼怒地掸掉，说了一句："晦气！"

她身后的助理立马帮她撑起伞挡住阳光，还说："琪琪，你消消气，这里不行咱们换个剧组。"

"什么东西！"靳琪恼恨地说，"以前求着我演，现在给他脸他还不要！"

靳琪身后助理不敢说话，只能任凭靳琪发泄，这周靳琪的遭遇明显更差了，决定好的广告没了，签好的代言被对家抢了，就连一个采访，对方居然说因为请了顾可馨做嘉宾，不方便请她，她就这么成了所有人不稀罕的艺人，靳琪什么时候受过这委屈，她说："你给七少打电话！"

她现在没了资源，念着旧情，七少应该多少也会给她些吧？

靳琪想得很美好，可惜人家连她的电话都不接，助理胆战心惊地看着靳琪，小声说："琪琪，我们先回去吧。"

靳琪咬牙："不接我电话是吧，手机给我。"

助理将手机递给靳琪，只见靳琪在上面打字，助理小心地说："琪琪，你别气了。"

万一生气的情况下，给七少发了什么过去，两人撕破脸就不好了，原本她就是靠七少养起来的，现在七少是捧了新人不错，但她也差不多得到应得的了，再闹下去，两人面子上都难看。

靳琪却管不了那么多，她直接发消息过去，还附上了一张照片，果不其然，那端立刻打来了电话，张口就骂："靳琪，你什么意思？胆子够肥啊，敢拍我？"

照片确实是最近拍的，她在以前的套房里拍了些照片，原本是想自保用的，现在气疯了，压根儿想不到那么多，直接用来威胁七少，现在被七少一句冷呵，靳琪顿时冷静了，她举着手机："七少……"

早知道就不要那么冲动了！

靳琪暗自咬牙，恨不得甩自己两巴掌。七少问："你什么意思啊？"

"没有，我……"把底牌亮给别人看，没有比她更蠢的人了！

七少盯着照片，脸沉下来，这是他和小艺人的照片，去的是经常和靳琪去的酒店，没想到这个不要脸的女人居然在里面装摄像头！

七少是真的动怒了，他问："还有什么？"

"没，没了。"靳琪小声说，她现在怒火全部褪去，只剩下心惊，"我——我不是有意的，七少，我只是……"

"只是什么？"七少冷哼，"靳琪，我以为你是个聪明人呢。"

"我知道该怎么做。"靳琪忙补救，她说，"我知道该怎么做的。"

七少听她语气顺从，怒火好歹消了一些："你最好知道。"

靳琪闭眼，原本以后用来自保的照片现在没了用，她怎么可能还和七少作对，她说："我知道。"

挂了电话之后她立刻和身边助理说："其他照片呢？"

助理低头："在电脑里。"

"回去都删了。"靳琪说，助理低下头："知道了。"

在剧组没讨到好处，靳琪只得回去，路上，她听到广播里正在说："听说新媒最近请到采访嘉宾是顾可馨顾小姐……"

靳琪咬牙关掉屏幕，转头："顾可馨去新媒了？"

助理微点头："嗯。"

靳琪冷笑，爬得挺快啊，她都没有去过新媒，居然邀请顾可馨，不就是靠景家爬出来的吗，居然还嘲讽她！靳琪想到这里，脸颊隐隐作痛，她用手摸着侧脸，表情严肃。

"让你查的事情，查了吗？"

助理低头："查了。"

靳琪问："有消息了吗？"

"八九不离十。"助理问，"我们爆吗？"

靳琪想了会儿，说："找个营销号吧，今晚放出来。"

助理低头："好的。"

靳琪吩咐完，不是很舒心地躺下，她还在想怎么解决没有资源这件事，七少既然不再保她，那就要物色新的人了，靳琪想到那些人，眉头皱了皱。

窗外，天色从明亮到暗黑，顾可馨采访结束已经是八点多了，她从杂志社赶到剧组，见景园还在拍戏。身边工作人员冲她打招呼："可馨，回来了。"

顾可馨微点头，目光看向景园。

景园穿着睡衣坐在房间的床上，神色木然呆板，那双眼空洞无神，顾可馨明知道是在演戏，心还是咯噔一下。

于导喊："起身，对对对，别动，转过来。"

景园看着像听从指挥，但顾可馨知道，她是已经入戏了，因为她的举动是在于导喊话的前一秒做出来的，和以前比，她进步非常快。

一场戏结束，景园看到顾可馨，刚刚还失神的双目，霎时明亮，她喊："顾可馨。"

顾可馨走过去："这场结束了？"

"嗯。"景园说，"一遍过。"

好像等待夸奖的孩子，顾可馨肯定地点头："不错。"

景园笑了："你采访结束了？"

"结束了。"

景园轻咳："你不换衣服吗？"

"换。"顾可馨说，"今晚还回去吗？"

这两晚都是夜戏，景园和顾可馨每天只能睡三四个小时，索性两人也不回去，就睡在休息室，景园想了会儿："结束得早就回去。"她说到这里看向顾可馨，"我给你准备了个礼物。"

"礼物？"顾可馨失笑，"我又不过生日，准备什么礼物？"

"又不是过生日才能送礼物。"景园说，"平时也可以送啊。"

难得她兴致这么高，顾可馨没再反驳，顺着景园的话："什么礼物？"

景园看了一眼腕表："马上就知道了，你先去换衣服。"

顾可馨只好先去换衣服，进更衣室时她还刻意看了一眼网上，风平浪静。

不只是她在看，靳琪也在看，她扒拉着手机，刚准备给助理发消息，就看到营销号发微博了，她心下一喜，立刻点进去，却看到标题写着"辉煌老板七少大尺度照片流出"。

靳琪看到熟悉的照片，脑子"嗡"一声炸了！她陡然把手机扔出去，发出一声刺耳的尖叫！

"什么情况？"靳琪冲着电话那端咆哮，"这是什么！谁让你发这个的？！"

"我不知道啊。"助理战战兢兢，"我发的是景小姐和顾小姐的私料啊，我没有发这个！"

她又不是不想混了，发这个，谁不知道七少做事惯来放浪，到处拈花惹草，看似风流多情，实则无情得很，喜欢就捧着不喜欢就扔了。而靳琪现在就是他不喜欢的，她怎么会触七少的霉头，这照片真不是她发的，但就算不是，现在也是了，下午靳琪刚用照片威胁七少，现在又有曝光，很难不让人联想。

靳琪眼前一阵黑，她往后倒退两秒，有些无力地说："给我撤了。"

"撤不了。"助理小声地说，"已经安排好推广了。"

靳琪咬牙，还没挂断立刻有其他的号码打进来，她深呼吸，挂了助理的电话接听。

"靳琪你犯什么病？！"经纪人从认识她就没说过狠话，现在却恼怒地吼，"你到底在做什么？"

"我……"靳琪低声下气，"我不知道。"

"你不知道？靳琪啊，你做过什么你自己知道，明早过来解约吧。"

靳琪瘫坐在沙发上，一个劲地解释，奈何没人听，她给七少打电话，结果被拉黑了，一个和她玩得比较好的姐妹通风报信："琪琪，赶紧避一避吧，她们说七少不会放过你的，你说你这不是想不开吗？！"

姐妹恨铁不成钢，靳琪百口莫辩，照片真不是她发出去的，她却没办法解释清楚！

"你信我，我没有！"

通风报信的姐妹一咬牙："我信你没用啊！七少不信你啊！你赶紧躲一阵子吧！他正在气头上，谁知道会做出什么事来！"

靳琪一哆嗦，整个人如梦初醒，立刻爬起来收拾衣服，刚把行李箱收拾好就听到门哐哐响，她吓得靠在门边，一动不敢动，直到听不见外面声音才小心地打开门。

门外没人，靳琪探头探脑，最后小心翼翼地拖着行李箱跑出去。

她身后的走廊里出来一个人，拿出手机拨了个号码出去。

景园还没下戏，看到叶辞夕举着手机示意有人找她，她对于导说："于导，我去接个电话。"

于导在和她们说等会儿的姿势，听到这儿，挥手："去吧。"

景园拿起手机，听到那边汇报后低头："继续关注。"

那端的人说："好的。"

景园挂断电话，把手机递给叶辞夕，侧脸冷清淡漠，有种油然而生的生疏感，叶辞夕还是一贯的不敢多言，将手机放回包里默默离开。

景园转身回剧组，于导不在了，她走过去看向顾可馨："说完了？"

"嗯。"顾可馨说，"等会儿配合我就行。"

景园微点头，顾可馨又问："谁的电话？"

"是——"景园默了默，侧目，"你看到礼物了吗？"

顾可馨失笑，怎么会看不到？只是刚看到还诧异了几秒，以为景园放错消息了，后来反应过来七少是靳琪的金主，她才会意，景园这招借力打力不错，现在靳琪和七少怕是要狗咬狗了。

果然，就在七少的那些黑料发出去后没多久，他和靳琪的那点事情也被扒出来了。

七少不是圈子里的人，那个新人也不是很出名，但靳琪不一样，靳琪可是小花，正当红呢，粉丝多，黑粉也多，大有要刨根问底的架势。这不问还好，越问证据越多，现在七少和她那点交易已经被人扒得透透的，甚至有人扒出她和七少一起进酒店的照片。

靳琪本来就因为想傍上望舒踢掉了顾可馨，吃相很是难看，但那时并没有动摇她在粉丝心里的地位，相反，很多粉丝觉得顾可馨配不上她，支持解绑，现在看到她居然在捆绑期间和七少勾搭在一起，当即来了气！

　　啥？我没看错吧？
　　懂了，所以当初和顾可馨捆绑时是百分百在做戏！
　　做戏不可怕，可怕的是回踩啊！靳琪啊靳琪，你可曾想过你以前踩在脚底下的顾可馨，现在比你还火了？

风水轮流转，顾可馨和靳琪那次的风波，网友都在骂顾可馨，而现在，成了让靳琪别蹭热度！

顾可馨很难不高兴，她说："看到了。"说完她侧目，"谁教你的？"

景园一顿，嘴硬："我自己想的。"

看她这副倔强的样子，顾可馨轻笑，倏然伸手弹了下她的额头，景园吃痛的捂着头，听到顾可馨淡笑着问："伯母教你的吗？"

"我只是去请教一点。"景园确实没那么大能耐在瞬间参透另一个世界的规则，但她有赵禾，所以有了这个办法。

顾可馨说："下次可以问我。"

"不要。"景园一口回绝，顾可馨抿唇笑道："怎么了？"

景园放下手抬眼看着她，认真道："那些过去，不值得你再回忆一遍。我想知道，我就会调查清楚，你说的。"

顾可馨深深地看了她一眼，眼眶发烫，她眨眼，清清嗓子："嗯，我说的。"

于导不合时宜地喊："可馨！景园！"

顾可馨瞥开视线："走吧，去拍戏。"

景园轻轻说："嗯。"

凌晨两点半，景园揉着肩膀从镜头里走出来，叶辞夕忙给她递了杯温水，景园喝了半杯，叶辞夕问："结束了吗？"

"结束了。"景园递给她杯子，"我去换衣服。"

更衣室里，顾可馨正在卸妆，造型师夸她皮肤好，顾可馨笑："谢谢，你皮肤也白，天生的吗？"

景园听到这句话，从镜子里扫了造型师好几眼，皮肤是挺白的。顾可馨听到动静转头，启唇："结束了？"

"嗯。"景园语气淡淡然，造型师看到她走进去换衣服，小声问："顾小姐，听说你和景小姐是朋友？"

顾可馨余光瞥着景园进去的方向，笑："嗯，是朋友。"

"那她对你怎么这么冷淡啊？"

顾可馨憋着笑，直到景园从里面出来才说："她啊，性格就这样。"

"也是。"造型师笑，"景小姐对谁都是这样。"

冷淡疏离，导致剧组里鲜少有人敢和她说话，生怕不小心得罪了她，只有顾可馨和景园在一起的时间最长，她们都说顾可馨性格好，景园这样的性子也受得住。

顾可馨看向镜子，没回话。

很快两人都卸好妆，顾可馨先一步拎着包站在外面等着，景园出来时从她旁边擦过，两人很有默契一起往停车场的方向走。

身后，叶辞夕和苏英说："苏姐，你有没有觉得，她们怪怪的？"

苏英抬头："哪里怪？"

"我说不上来。"叶辞夕说，"我就感觉景小姐对顾小姐很特别。"

苏英看她一副头脑不是很灵光的样子，说："小夕啊，你进圈多久了？"

"两年。"叶辞夕乖乖举起两根手指，苏英点头："除了景园还跟过别人吗？"

"没有。"她想了会儿，以前就算是跟着景园，也只是半个保姆，好在言卿从没亏待她，工资照付，所以她对圈子里的很多事情并不是那么敏感。

苏英说："既然你叫我一声'姐'，我今儿就告诉你一个秘密。"

叶辞夕立刻来了精神，她一双眼晶亮，透着八卦气息："什么啊？"

"就是可馨和景园她们俩——"苏英刻意卖关子，等到叶辞夕涨红了脸才说，"其实是好朋友。"

"我就知道她们俩是！"叶辞夕顿住，"哎？"

什么？好朋友？这算什么秘密啊！苏英这不是逗人玩吗？！叶辞夕气得打苏英肩膀，苏英笑着摆手。

听到她们的动静，景园转头，对顾可馨说："苏英又在欺负小夕。"

顾可馨说："苏英有分寸。"

景园转过头，侧目："那你也有分寸？"

顾可馨想了片刻，回她："那要看什么事情，有的时候我确实会没有分寸。"

快到车旁边时，顾可馨说："景园，我很喜欢你今天送的礼物，谢谢。"

听习惯她的贫嘴，突然这么认真，景园还有点不习惯，她抿唇："没关系。"

顾可馨说："不过送礼物都是有来有往，既然你送了我一个，我应当也送你一个。"

景园看向顾可馨，下意识地问："送我什么？"

顾可馨肆无忌惮地张开双手，对景园说："一个拥抱。"

景园愣住，顾可馨见她没反应，往前走了两步，直接伸手抱住景园，附在她耳边轻声说："把我的拥抱送给你。"

她拥抱了景园两秒，很快松开，和景园面对面站着，用无比正经的语气说："景园，这是我送给你的礼物。"

景园收到过很多特别的礼物，有萧情送的，有赵禾送的，也有郁迟送的，但她收到最为特别的礼物，来自顾可馨。

哪有人把拥抱当礼物的，景园失笑，却没有办法抗拒，她喜欢这个礼物。

顾可馨签了新电影，是《神偷》的第二部，在《神偷》上映大半个月后，导演联系上顾可馨，希望能拍第二部，顾可馨自然不会拒绝，趁休息去签约了。

这段时间网上沸沸扬扬，都在说《神偷》这部电影。景园和顾可馨夜里偷偷摸摸去看了一场，确实很精彩，尤其是顾可馨在里面的造型，英姿飒爽，一副正气凛然的样子，结局时露出的似是而非的笑，邪气十足。回去后顾可馨特地买了一套 COS 版的军装，从房间里出来时，景园还以为这人是从电影里走出来的，英气迷人。她问顾可馨："这什么意思？"

"你不是喜欢吗？"顾可馨走到她身边，搂着她轻声说，"看你挺喜欢的，我就穿了。"

景园没辙，生活的细节，顾可馨总是瞧得仔仔细细，但是这样的敏锐，景园只会心疼。

如果不是被迫，顾可馨会养成这样的性格吗？或许她也可以做无忧无虑的公主，享受最简单的幸福。

每每想到这里，景园就心疼得不行，有几次夜里聊到深夜，她还会对着顾可馨哭，顾可馨无奈地说："你以前就是这么爱哭的吗？"

她气笑："还不是因为你。"

因为顾可馨，景园渐渐有了脾气，有了情绪，她会生气，会高兴，会心疼，她开始看懂这个世界的另一面，开始学着用自己的方式处理事情。她变得独立，不再只是被贴上景家标签的景园。

这样的转变，不止景述和赵禾，就连萧情也感觉到了，以前对她崇拜的那个景园正在一点点消失，现在的景园也开始有了自己的立场。

很可惜的是，和她不是一个立场。

萧情轻声叹息，身边的人低头说："萧老师，您看这个事……"

平板上有一封邮件，正是百年艺人的爆料，发这个消息的是景述，也就是萧情才有能力拦下几个小时，换成旁人，估计早就被放出去了。

萧情揉着太阳穴，近来头疼的频率越来越高，她的腿还没完全好，上次做颁奖嘉宾还是忍着痛走上去的，下台后无数关心砸过来，却独独没有景园的。

身边的人问："要给您安排医生过来吗？"

"不用了。"萧情转头，"我手机呢？"

那人递上手机，萧情细想几秒，还是给景园打了个电话。

景园今儿没拍戏，她和顾可馨的戏告一段落了，今天要去试镜新剧。是一部校园剧，主角是大三的女学生，暗恋同班级的同学，阴差阳错和对方住进一个公寓里，由此引发故事的甜剧。

这部戏是顾可馨让景园选的，景园的形象非常适合剧中的一个角色，而主角，顾可馨说她有意向，等她签完合同就过来。

景园还没等到顾可馨过来，反而先等到了萧情的电话。

她顿了几秒："阿姨？"

萧情问："在干什么呢？"

景园说："在准备试镜。"

"新戏？"萧情恍惚，她已经休息了快一个多月了，《佳人》估计都要接近尾声了，景园回她："嗯，新戏。"

"过了吗？"萧情回过神问，"要不要阿姨帮忙？"

景园下意识道："不用了。"说完她抿唇，"我可以的。"

萧情笑："知道了，毕竟我们园园是有实力的。"

景园咬唇，她问："阿姨是有什么事吗？"

"是有点事。"萧情看向平板，说，"你试镜结束后能来我这里一趟吗？"

景园看了一眼腕表，今天除了试镜她也没其他的事情，她点头："好，我知道了。"

萧情松了一口气："那我等你。"

挂了电话，景园抬头看向门口，顾可馨可能赶不来今天的试镜了，索性试镜也不只有今天一天，她对叶辞夕说："我们也走吧。"

叶辞夕不解："哎？我们走吗？可是还没试镜。"

"明天再过来。"景园说完拎着包往车库走，上车前她给顾可馨发了个消息，没得到回复。景园拨弄着手机，调出导航："去这里。"

叶辞夕看向地址，点头："知道了。"

她也没问景园为什么突然要走，只是乖乖听话开车，景园坐在车里看着窗外的风景，眼前闪过很多片段。

小时候，萧情哄她吃饭睡觉，带她去游乐园，萧情是大明星，不能露面，每次都戴着帽子和口罩，全副武装，像电视剧里的特务，她那时候觉得这样的装扮好帅，总是缠着萧情这么穿。

她又想到顾可馨穿着军装站在她面前的样子，朗朗月光披在她的肩头，顾可馨身姿挺拔，英气漂亮，她冲自己笑着说："喜欢吗？"

景园低头，手捏了捏包，沉默不语。

很快就到了萧情住的地方，叶辞夕是第一次过来，她下车后张大嘴："这这这……"也太奢华了吧？

景园转头："在这儿等我。"

叶辞夕小声回她："好。"

保安对景园弯弯腰，随后领着她进了屋子，萧情正坐在沙发上，景园站在门口看着她。

岁月待萧情真的很温柔，在她身上看不到一点儿变老的痕迹，她端坐在那里，穿着一身素雅的白裙，长发披肩，妆容精致，景园总有种小时候看萧情时的错觉。

她还是那么的优雅大气，举手投足透着成熟和沉淀下来的风韵。

有人喊："萧老师，景小姐来了。"

景园回过神，踩着细高跟走进去，她低头："阿姨。"

"来了。"萧情拍了拍身边的沙发，"坐。"

景园坐在她身边，萧情问："喝点儿什么？"

"开水吧。"景园看向她，"你最近腿还好吗？"

萧情起身走到料理台给景园倒了杯温水，又慢悠悠地走回来，笑着说："你看，我不是挺好的吗？阿姨没那么脆弱，倒是你们，年纪轻，不能光顾着拍戏，要好好照顾身体。"

景园点头："嗯，我知道。"

"你妈说你有几天忙着拍戏，都不回去了？"

景园捧杯子的手一顿，前段时间确实有夜戏，低头："嗯，有夜戏。"

萧情说："夜戏伤人，等会儿吃晚饭，阿姨给你煲点汤？"

景园低头，萧情冲其他人挥挥手，客厅顿时安静下来。

萧情说："吃橘子吗？你以前种的那棵树结的。"

那是很久以前的事情了，萧情刚买下这里的时候，景园过来玩顺手种下的，她说："都结了？"

"早就结了。"萧情递给景园一个，圆溜溜的橘子散发出淡淡香气，景园低头剥开，水分很足，她吃了一瓣，萧情问："甜吗？"

"很甜。"景园扬唇回她，萧情从她手心的橘子里掰开一瓣，咬了口："确实很甜。"

景园吃了个橘子，问："阿姨，你找我来，是有什么事吗？"

"不愧是园园。"萧情说，"现在越来越聪明。阿姨确实有点事。"她欲言又止。

景园看着她，神色平静地开口："是百年艺人的事情吗？"

萧情微诧，她皱眉："你知道？"

景园如鲠在喉，心情复杂，她点头："我，我听我妈说过。"

"嗯。"萧情说："园园，你是艺人，你应该明白阿姨的想法，我们不应该仅仅只是做别人茶余饭后的谈资，我们也应该担起责任，既然我们比别人更耀眼，那就要做出表率，阿姨的最终目的，只是希望能影响到更多积极向上的人。"

景园转头看向萧情，面前的人她从小看到大，可已经很久没有这么仔细地打量过对方了，从前的萧情在她心里就是神，一举一动都能牵引她所有注意力，神要做什么，都是正确的。

可那是从前的她，现在景园不会这么想了，她说："阿姨，这个不是我能决定的。"

"你能。"萧情一双眼对上景园，目光认真，她伸手打开景园面前的电脑，景园顺着她动作看过去。茶几上，亮起的电脑屏幕上是一封邮件，她听到萧情说："园园，这是关乎百年艺人那个项目能不能通过的最后一关，只有你能阻止这篇报道的发表。"

景园肩膀一沉，伴随着她重重落下的心，景园双手拧在一起，她侧目，萧情定定地看着她，语气柔软地说："园园，从小到大，阿姨没有请你帮过任何一个忙。"

景园指尖发白，抿唇，她和萧情对视，看到萧情眼底的求助，这么多年，这是第一次。

景园呼吸一窒，听到萧情说："就这一次，园园，就这一次，帮帮阿姨好不好？"

CHAPTER

11

庆祝

If the golden sun,

Should cease to shine its light,

Just one smile from you,

Would make my whole world bright.

——*Stray birds*

"对不起阿姨。"景园沉默半晌，抬头看着萧情，她说，"我阻止不了。"

萧情侧目看着她，景园说："这是我发给我爸的邮件。"

换言之，这就是她找到的举报内容，萧情脸色骤变，这是她没想到过的。她想过N种可能，或许是有心人发给景述的，或许是赵禾找到的资料，但她碍于和自己的关系，所以没法直接和她说，而是让景述曝光。

她设想过那么多可能，独独没想过，居然是景园发的。

"你怎么……"萧情眼底满是错愕，神色惊诧。

景园低下头，眼圈微红，脸色发白，她双手拧着，因为用了力气，手背血管凸起。

"是我。"景园让自己情绪尽量稳定下来，但是很难，她确实没办法保持冷静，来的路上她其实就想到了，只是面对萧情，拒绝还是如此的艰难。

景园缓了缓情绪："阿姨，对不起。"

"我知道你对我好，从小到大，你什么都依我，护着我，我的任何要求你都会满足我。小时候我经常想，为什么你不是我妈妈，你这么好，我觉得做你女儿肯定很幸福。"景园鲜少一口气说这么多，她平时寡言，这些话在心里藏了很久，也是时候说给萧情听了。

"但是我没有办法对这些事情视而不见。"景园抬头，双眼微红，眼底有水光晃荡，她眨眨眼，睫毛上染了水汽，湿漉漉的。景园继续说，"如果我不知道，我不会阻止这个决策，但是现在我知道了。"

"阿姨，我希望你知道，不管什么时候，只要你有困难，我一定会帮忙。"景园目光坚定，"但不是这样的时候。"

她的底线不允许。

萧情深深地看了她一眼，又转头看向电脑，邮件里是百年艺人评审团里四个成员和之前一个百年艺人有染的记录，如果这个消息曝出来，对百年艺人有多大的伤害自是不用说。别说能不能推出形象大使，光是百年艺人的名声就被玷污了，她这几年辛辛苦苦积累起来的人脉也没了用。

萧情没说话，景园低头道："阿姨，对不起，我真的做不到。"

"做不到就不做。"良久，萧情才说，"瞧你这样子，别人看到还以为我欺负你呢。"

景园抬头，喊："阿姨……"

"好啦。"萧情叹气，"园园啊，这就是生活百态，有人努力，有人堕落，我知道这件事找你实在太唐突了，阿姨也是没办法。百年艺人这个事，阿姨忙了好几年，阿姨的初心只是想着国际化能带来更好的推动效果。但是不管哪个圈子，总有好有坏。"

景园点头，萧情伸出手抱住她，拍着景园后背说："不要把阿姨这件事挂在心上，你坚持得很好，是阿姨太心急了。"

"对不起。"景园讷讷道，"阿姨，我……"

"傻孩子。"萧情松开她，温柔地笑，一只手点在景园脑门上，"记住，别道歉，阿姨永远不会生你的气，而且这件事，我们只是立场不同，你没错。"

景园心头盈满温暖，萧情帮她拢了拢衣服："别想了，来和阿姨一起做饭吃？"

"好。"景园已经很久没有和萧情一起做过饭了，小时候捣乱倒是做过几次，长大后萧情忙，她就没机会了，再后来，她完全避开萧情……

已经记不得上次一起做饭是什么时候了，景园低头进了厨房，看到萧情手脚麻利地切菜，做饭，她微诧。萧情转头看她发愣的样子，笑道："怎么？忘了阿姨以前演过厨师了？"

景园这才想起来，一时失笑。

萧情的性格很严谨，一旦决定接下哪部戏，就会先去体验戏中角色的人生，比如她曾经因为要演一个只有六分钟镜头的厨师，去酒店后厨待了两个月。

景园突然发现，在某些事情上，萧情和顾可馨有共同点。

所以她们才会如此优秀吧？

景园低头，帮萧情打下手，厨房安静，萧情转头指导景园该做什么，气氛很温馨。半小时后，景园接到顾可馨电话，听到那端问她在哪儿，景园顿了顿："我在阿姨家。"

"嗯。"顾可馨不知道是疲倦还是不想多说，她沉默了几秒说，"那你今天还过来吗？"

"我……"景园还没说完，萧情喊："园园！"

她冲萧情应下，转头对顾可馨说："我过来。"

顾可馨捏紧手机，抿唇，说："好。"

她挂了电话，身侧苏英眉飞色舞："怎么样？景园是不是在家等你呢？我就说别打电话给她个惊喜，你非要……"

"她在萧情那里。"

一句话打断苏英的话，车内鸦雀无声，苏英像是被突然拔了舌头，一声不吭，顾可馨转头说："去拿蛋糕吧。"

"不是，这你还去拿啊？"苏英心里有些不高兴，顾可馨签约成功，订了蛋糕买了红酒，原本是想早点回去和景园庆祝的，没料到一盆冷水浇下来，景园在萧情家。

知道景园和萧情的关系，她不能怪景园，但怎么想怎么怄气。

苏英说："别去了呗，我陪你去喝酒。"

"不要。"顾可馨一口回绝，"去拿蛋糕。"

苏英开着车小声问："可馨，你就不生气吗？"

顾可馨转头看着窗外，她不生气，她能理解，她就是……顾可馨眨眨眼，手指捏了捏鼻梁，声音微哑着说："好好开车，别分神。"

苏英沉默下来，车里萦绕着诡异的安静。

很快，到蛋糕房了，苏英下车去拿蛋糕，顾可馨坐在车上低头看手机，屏保是景园很久以前的学生照，前阵子她从景园那里顺来的。景园吵了两天都没要回去，现在安静躺在她屏幕上，静静地看着她的失魂落魄。

顾可馨突然觉得闷得慌，她打开车窗换气，天气热起来，四处都有鸟叫，叽叽喳喳吵个不停。越听越心烦，顾可馨干脆合上窗，苏英上车后，顾可馨说："再去买两瓶酒。"

苏英应下："知道了。"

景园饭后去找顾可馨时提前发了条消息，没人回复，她拧眉，倒是没多想，只是让叶辞夕送自己过去。叶辞夕虽然不明白她为什么突然来找顾可馨，但还是乖乖开车送她过来了。

刚打开门就是一股酒味，整个客厅都有，景园定睛一看，沙发上趟着两个人，茶几上好几个空酒瓶，景园喊："顾可馨？"

顾可馨转头看他，细看两秒："你来了。"

语气很自然，景园听不出顾可馨有没有醉，她走过去，问："你怎么在喝酒？"

"苏英说的。"顾可馨声音很沙哑，"她说想给我庆祝。"

景园这才看到饭厅的桌上还搁着个蛋糕，并不大，也就几寸，奶油香气充斥在酒气里，甜腻甜腻的，景园说："我来迟了。"

"不碍事。"顾可馨站起身，身形晃了下，景园忙扶她。顾可馨说，"我们把她送房间去吧。"

苏英睡得很沉，景园架起她手臂时她还在说酒话，语调太黏糊，景园听不出在说什么，两人将苏英送到客房后才转身出来。

顾可馨身形不稳，她晃着身体走到放蛋糕那里坐下，对景园一点头："坐。"

景园和她面对面坐着，顾可馨想要点燃蜡烛，但手却有些抖，景园拿过打火机点了蜡烛，顾可馨笑："我和他们签完合同了，下半年开机。"

"嗯。"景园想了会儿："我去了阿姨家，她找我有事。"

两人各自交代行程。

顾可馨沉默，景园又说："百年艺人的事情。她的计划出了点问题，想让我帮忙。"

顾可馨平静的神色有了波动，她捏紧切蛋糕的刀，哑声问："你同意了？"

景园摇头："没有。"

顾可馨抬眸，眼底有没来得及掩饰的惊愕，景园抿唇，就连顾可馨都觉得她一定会帮阿姨，那时候的拒绝，她到底用了多大勇气？

景园不知道，她也不想知道，她对顾可馨说："我没有答应阿姨，但是可馨，我不是因为你。"

顾可馨倏然轻笑："我知道。"

她还没那么自恋到以为景园会因为自己背弃萧情，如果景园真这么容易动摇，那她就不是自己认识的景园了。

顾可馨说："吃蛋糕吧。"

景园一把握住她的手，顾可馨抬眼，两人平视，景园对顾可馨说："回来的路上我一直在想，如果有一天，是你让我做这样的选择……"景园沉默几秒，然后坚定地说，"我也不会帮你的。"

顾可馨握紧切蛋糕的刀，指腹发疼，她盯着景园认真的眸子，良久她笑："知道了。"她说，"景园，我不会让你选择的。"

这么为难的事情，她怎么会让景园做？景园心头一动，暖意袭来。

顾可馨没想到她一觉醒来，变天了，她醉意微醺，所以睡过头了，听到手机铃响起时才恍惚几秒。身边景园催她："接电话，好吵。"

她探身拿过手机，景园闭眼继续睡。

"喂。"顾可馨声音沙哑，她干咳两声，听到苏英问："可馨，看微博了吗？"

一大早她还真没心情看微博，刚拧眉，苏英说："百年艺人出事了。"

顾可馨垂眼："我知道。"

昨天晚上她就知道，萧情拦得住一时，拦不住一世，她叫景园过去，就是最后一搏，而景园，没有站在她那边。

顾可馨低头看着怀里的景园，听到苏英说："不是我们的爆料。"

顾可馨脸色微变："什么？"

"不是我们的爆料。"苏英说，"你看微博就知道了。"

顾可馨挂断电话立马打开微博，确实不是她们的爆料内容，而是百年艺人评委组决定开除四位评委。消息一出来立刻引起哗然，四位评委都是德高望重的前辈，是网友和评委组一直认可后才担任的，现在毫无缘由就开除四位，简直胡闹！

网上炸开了锅，四位收到消息的评委也是一脸蒙，在微博连续发了好几个问号，以为自己看错了，可是名单上又确确实实是他们的名字！

没搞错吧？怎么回事？

谁有这个权力开除的？我们钱老师犯了什么错？

每个评委微博下面都是打抱不平的留言，热搜前三都是关于这件事的讨论，热度喧嚣，顾可馨的心却沉下来。先声夺人，釜底抽薪，萧情这招太狠了，先开除四位品性不好的评委，之后的爆料，只会是证据。

妙，妙，实在是妙。

她辛辛苦苦攒了那么久的证据，被萧情利用得彻彻底底！

顾可馨握紧手机，脸色沉下来，一口气憋着，难受得紧。景园察觉她呼吸起伏很大，慢慢睁开眼，看向顾可馨："怎么了？"

听到景园的声音，顾可馨才压下脾气，低头冲景园温和地笑："没事，被苏英吵醒了，我生气。"

景园："你幼不幼稚。"

顾可馨深呼吸，眼角泛红，她声音微哑："你要不要再睡会儿？还很早。"

"嗯。"景园问，"苏英找你什么事？"

"没什么。"顾可馨放下手机，"一个八卦而已。"

景园没再问，很快继续睡去。

顾可馨低下头，细细看着景园。昨晚她没完全醉，所以她还记得景园说过的话。

"我没有答应阿姨，但是可馨，我不是因为你。"

"如果有一天，是你让我做这样的选择，我也不会帮你。"

这只兔子，终于开始一点点露出尖牙了。阳光照不进房间里，一切模模糊糊，顾可馨的愤怒渐渐平息，逐渐安静。

景园再醒来已临近中午，床上没有顾可馨的身影，她下床后听到外面有动静，打开房门，顾可馨站在厨房里忙碌。

那人穿着居家服和围裙，秀发随意绾起，有几缕垂在天鹅颈旁，说不出的迷人。

"早。"景园走过去，和她打了招呼，顾可馨转头，笑："早。醒了把水喝了去洗漱吧。"

景园看向饭桌，那里放着一杯温水，她走过去淡笑："你什么时候起来的？"

"刚醒。"顾可馨说，"今天我给你做午饭。"

景园点头笑笑，很听话地喝了水走向卫生间，到门口时，她转头，顾可馨正低头打鸡蛋，灯光跃在她的侧脸上，皮肤白皙如玉，轮廓线条精致完美。景园又折回厨房里，站在顾可馨身后。

顾可馨侧过头："怎么了？"

景园说："没事，昨天……"

"过去的事情就不要提了。"顾可馨说，"只是没庆祝而已，等我们试镜成功，再一起庆祝。"

景园看向她的侧脸，点头笑道："好。"

顾可馨见她眉目舒展开心头暖暖的，真是没救了，她想。

"那这次蛋糕你买，买你喜欢的口味，昨天的蛋糕都给我吃了，还……"

景园打断她的话："不买蛋糕！"

"怎么了？"顾可馨调侃，"不喜欢蛋糕啊？那其他的也行，你喜欢什么？"

景园："顾可馨！"

听到她恼羞的声音，顾可馨投降："好，你快去洗漱吧，我等你出来吃午饭。"

景园"嗯"了声："那你下午去试镜吗？"

"去啊。"顾可馨说，"你先过去还是我先过去？"

"我先吧。"景园说，"你这段时间忙，等会儿吃完休息会儿再去。"

顾可馨点头："也好。"

午饭是家常菜，景园吃完才想起来什么："苏英呢？"

昨晚还在这里，她居然给忘了。

顾可馨看她："早上回去了，等会儿来接我，找她有事？"

"没事。"景园抿唇，"昨晚她还好吧？"

顾可馨想了下，摇头："她没事。"

景园放下心，饭后帮顾可馨收拾了一番先走了，离开前嘱咐顾可馨别忘了时间，顾可馨听她念叨着，笑："知道了。"

听到回复，景园这才先离开。

没多久，苏英就到了，她顶着黑眼圈，满是不高兴："景园不在了？"

"走了。"顾可馨说，"我们也走吧。"

"去这么早？"苏英看看腕表，"还有两个小时呢。"

"还有事呢。"顾可馨说。

昨晚她们都喝了酒，不方便开车，只好从公司调了一个司机过来。莫离现在对顾可馨是一线照顾，不管是资源还是生活起居，都是最好的，昨天签完合同还问顾可馨需不需要再招一个助手，被顾可馨婉拒了。

上车后两人很默契地没有多说话，直到到了目的地苏英才对司机说："去买两杯咖啡。"

司机很上道，立刻点头："好的。"

司机下车后，苏英的问题还没问出来，就听到顾可馨说："给我再找个房子。"

苏英微诧："房子？"

"靠近景园家就行。"顾可馨说，"里面多放一些健身器材。"

苏英蹙眉："你要做什么？"

"做健身房。"顾可馨说，"也是我要住的地方。"

"那你现在的房子？"

"这是给媒体拍的。"顾可馨说，"这里不安全，不能总是让景园过来，而且我接下来会非常忙，我不希望她两边跑。"

苏英明白了，合着是为景园考虑呢，这人没得救了。

她说："好。"说完苏英抬头，"那萧情这件事，你打算怎么做？"

"再等等看吧。"顾可馨说，"黑幕已经曝光了？"

"曝光了。"苏英低头，"辛辛苦苦这么久，给别人做了嫁衣。"

何止是做了嫁衣，先前开除的消息发出来了，是萧情开除的，原本对萧情还有几分怨言的网友在看到那些黑幕后哑口无言，而萧情这一波操作，让她更得人心。

这几年，她光是做公益就已经博得好名声，这番操作下来，声望大涨。

不愧是萧情。

只是有件事苏英不明白，她转头看着顾可馨："你说她既然有办法，为什么昨天还要找景园帮忙呢。"

顾可馨想了几秒说："苏英，你真以为她是在求救吗？"

苏英皱眉："不然呢？"

"她只是在试探景园的底线和对她的包容，她需要景园的愧疚。"

苏英似懂非懂："那她准备做什么？"

顾可馨："她要重启不凡。"

之前拉她进不凡，就是想把她塑造成招牌，很可惜，她不会去的，顾可馨想到这里摇头失笑，苏英问："怎么了？"

顾可馨转头看着窗外，说："你知道现在圈子里哪个公司独大吗？"

苏英立马想到："京仪？"

"对。"顾可馨说，"听说京仪去年上任的老板性格死板，油盐不进。"

苏英脸色微变："那不是容易被拉下来？"

"不。"顾可馨摇头，"她眼光好，去年京仪投资的电影票房都很高，现在投资人都争着要和她合作。"

没有人和钱过不去，萧情之所以费尽心思想签自己，也是为了捞钱。

这件事苏英听说过一二，但没详细了解，而且这和萧情有什么关系？

顾可馨说："一山不容二虎，萧情想做第一，就必须要弄垮京仪。"所以萧情必然要和纪云昕杠上。

她不在乎谁输谁赢，她只希望纪云昕帮她拖久一点，好让她发展。

苏英一拍手："我懂了。"

顾可馨说："你最近多关注不凡要签的艺人，必要时，可以送些礼物给不凡。"

苏英连连点头，斗志满满。

顾可馨也缓了一口气，她转过视线看向窗外，意外看到一抹纤细身影。景园刚下车，准备往试镜的地方走去。顾可馨的车就停在试镜地门口，远远地，她看到景园迎着光向她走来。

果然如顾可馨预料的那样，萧情在造了一波声势后开始重启不凡，不凡在圈子里名声并不好，虽然一直背靠萧情，但萧柔的管理让人不齿，一个老板，每天捻三搞四的，资源更是乱七八糟，谁更顺着她就给谁。不过这些在萧情接手不凡后，都成了不实的小道消息。

百年艺人这件事成了一把火，H 国的百年艺人是圈内最为重要的奖项，多少艺人究其一生都想要获得提名，至于拿奖，想都不敢想。如此重要的奖项，评委团有多严谨，可想而知，而现在一爆就是四个。

四个劣迹评委！网友怒斥百年艺人，得知原委后更是纷纷夸萧情。

　　不愧是萧老师，就是有魄力！
　　萧老师加油！萧老师是吃了防腐剂吗？永远这么年轻！

你们听说没有，萧老师接手不凡了！正在洽谈新艺人呢！

一石激起千层浪，这俨然是要为不凡洗白了，偏生现在不凡已经到了萧情手里，网友一查，发现果然如此，网上又掀起一阵狂吹萧情的热潮。

不凡在萧柔手上有多糟糕，到萧情手上就能洗得多漂亮，不出半个月，萧情带着重新活过来的不凡开始发掘新艺人。

网友最先发现的目标就是顾可馨。

听说萧情在剧组对顾可馨照顾有加，还邀请顾可馨去不凡，如此种种，各种消息不带重样的，网上议论纷纷，都觉得顾可馨可能就是转过去的第一个艺人。

顾可馨看到这样的微博，嗤笑，随手将手机扔一边，闭目，苏英挤到她身边小声喊："可馨。"

"怎么了？"顾可馨眼睛也没睁，转头问，苏英说："电话。"她压低声音，"莫姐的。"

顾可馨转头看向苏英，见她挑眉看手机才接过。

"可馨啊，拍完戏了吗？"莫离说，"你试镜通过了，导演给你打电话了吗？"

顾可馨一怔："没有。"

这事她还真不知道，那景园……莫离又说："还是和景园。"

顾可馨松了一口气："知道了。"

莫离听着她软下来的语气，说："可馨啊，那等会儿几点结束啊？我刚签了个合同，就在你附近，过来接你下班？"

顾可馨看着腕表："还早呢，今天有夜戏，估计没这么早下班。"

莫离只好道："这样啊，那……"

"萧老师不在这儿。"

顾可馨一句话堵死了莫离，莫离干笑："原来你知道啊。"

怎么能不知道，最近公司对她的态度大变，《神偷》上映一个月，票房突破四十亿，电影院又延长了一个月的排档期，这在近两年已经是大新闻了。而顾可馨立马签约《神偷2》《佳人》，还有一部古装剧和一部校园剧，更别提她以前拍的几部电视剧电影，均在排档，可以说，顾可馨是目前价值最高的一位艺人，她的微博粉丝量在成倍增加，颇有势不可挡的架势。

这样的艺人，公司怎么可能放走？

所以知道萧情在蹲顾可馨后，莫离坐不住了，这是她一手拉扯出来的艺人，那么困难的时候她都没有放弃顾可馨，凭什么现在被萧情抢走？

但她只是这么想，也知道没办法和萧情抗争，如果萧情真的决定挖顾可馨，就连她老板都没有办法，只能拱手让人。

而现在，能阻止这件事的只有顾可馨。只要顾可馨说不走，那萧情就是再坚持都没办法。

莫离也不是没有带过视后影后，但那些都昙花一现，和顾可馨完全不一样。顾可馨属于厚积薄发，而且可以预见前途一片坦荡，她都想过了，或许顾可馨可以替代萧情，而她，就是金牌经纪人。

不为了公司，单为了自己，莫离也不会放走顾可馨。

至于顾可馨，压根儿就没想走，她对莫离说："莫姐，我知道你在想什么，我不会和公司解约的。"在她没有成功之前，她是不会解约离开的。

莫离一脸笑："哎，那好！那我就放心了。"

顾可馨将手机递给苏英，听到苏英问："试镜过了？"

"过了。"顾可馨转头，"景园呢？"

"在后面换衣服呢。"苏英眉目舒展开，"晚上庆祝下？"

顾可馨轻笑，侧脸平静温和，景园从更衣室出来就看到她这副表情，恍惚想到第一次见顾可馨时，她也是笑得如此人畜无害，温柔可亲。

都是假象！

景园心里反驳，她定定地看了几秒，走到顾可馨身边，听到顾可馨说："今晚没事吧？"

"今晚？"景园想了会儿，"不是有一场夜戏吗？"

"只有一场。"顾可馨说，"我们早点拍，拍完早点回去。"

景园琢磨两秒："有事？"

"试镜过了。"顾可馨看向她，笑，"我们俩。"

景园一乐，脸上是难得的高兴，她说："过了？"

虽然明知道一起过的可能性很大，但是听到真的过了，她还是抑制不住的开心。

其实两人在角落里互动时就被导演看上了，只是景园还以为是试镜成功的。

顾可馨没解释，点头："嗯，过了，晚上我们庆祝，你记得买蛋糕。"

怎么又是蛋糕，景园没好气地睨她，顾可馨咬唇："那换一个你喜欢的？"

"你有完没完？"景园一转身，"我去补妆。"

顾可馨看着她纤细的背影，转头从网上订了个小蛋糕，还吩咐苏英去拿，苏英扯着嘴角："什么时候喜欢吃蛋糕了？"以前不是没那么喜欢甜食吗？

顾可馨想了下："最近。"

"很好吃吗？"苏英听得蠢蠢欲动，"要不我也买一个？"

"随便你啊。"顾可馨耸肩。

苏英一个冷笑，往景园那边走去。景园正在补妆，造型师喋喋不休："哎，你们说可馨会不会去萧老师的公司啊？"

"会吧，萧老师对可馨好着呢。"

景园侧目，见旁边说话的工作人员一脸认真。是啊，最近萧情对顾可馨确实很好，那是因为想挖走顾可馨。她对顾可馨很赏识，景园不知道自己是该高兴，还是不高兴。

她越是调查，就越是茫然，多年以前的事情，能找到的线索微乎其微，偏偏，顾可馨死活不肯说，景园动用了一切能力，却只找到鸡毛蒜皮的小事。

都和顾可馨无关。

景园叹气，听到身边的人说："不过可馨最近火得不行啊，我听说新媒都卖缺货了。"

"我也听说了，我朋友都没抢到。"造型师边熟练地给景园上妆，边说，"还好可馨人好，送了我朋友一本签名版的，你不知道，我朋友乐疯了。"

"真好。"工作人员说，"听说今年百奖电影节，《神偷》提名了。"

"真的假的？"造型师小声问，景园却心尖一动，去年的百奖，顾可馨和望舒那件事闹得沸沸扬扬，顾可馨被群嘲。今年还没消息出来，但圈内外都在传是《神偷》，《神偷》作为今年开年大爆的电影，能提名很正常。

"下午就知道了。"工作人员说，"我赌一百，绝对提名！"

"那我赌两百。"

景园听着两人议论，只是闭眼等着上眼妆，刚上到一半，她身边工作人员一声喊："看吧看吧！"

造型师侧头："什么？"

"入围了！"工作人员兴奋地说，景园立刻睁开眼，在造型师还没反应过来时迅速找到顾可馨。

顾可馨正低头看手机上入围的消息，一大片恭喜声随之而来，黑影笼罩住她，顾可馨抬头，看到是妆化了一半的景园，她愣了下："怎么了？"

景园双眼泛起亮晶晶的水光，她心头狂跳，声音微哑说："你提名了。"

顾可馨倏然一笑："嗯，我提名了。"

景园咬唇，眸中水光点点："真好。"对比去年的落寞和被人讥讽，景园心头酸涩，她眨眼说，"真好。"

顾可馨点头："嗯。"

几米外，叶辞夕小跑过来，景园也知道现在不适合说话，她低下头："晚上再说。"

顾可馨："知道了。"

景园淡笑着转身，顾可馨在她身后刚拿起手机，就听到景园对叶辞夕说："你等会儿给我订个蛋糕，不，要大的，有纯奶油的吗？我就要那种……"

顾可馨拨弄着手机的指腹停顿了两秒，好像——也不需要那么大吧。

CHAPTER

12

李颂

If the golden sun,

Should cease to shine its light,

Just one smile from you,

Would make my whole world bright.

——*Stray birds*

顾可馨在《神偷》后，可以预见地大火了，其实以前圈子里不少人对她说过，她本身实力强，缺少的就是一阵东风，而现在，这股东风终于刮起来了。

百奖从提名到拿奖，仅用了半个月的时间，去领奖那天，刚好《佳人》拍摄结束，于导对她的敬业态度没的说，非让顾可馨领完奖一起吃顿饭。顾可馨也不扭捏，《佳人》这部电影对她意义很不同，算是她人生最重要的转折点。拍《佳人》前，她还是个四五线的女艺人，而现在，词条后面有关于她的一切标签成了各种作品。

顾可馨《神偷》完美落幕，票房六十三亿，破××纪录。

顾可馨《神偷2》签约。

顾可馨《佳人》年底和大家见面，敬请期待。

顾可馨无意间搜到自己名字，还愣了好久，她指腹摸着屏幕，一阵沉默，突然有种恍如隔世的错觉。

景园从休息室出来就看到顾可馨低头在玩手机，她走过去："几点了？"

"六点半。"顾可馨转头，"都收拾好了？"

景园拨了拨秀发："于导呢？"

"去后面了。"顾可馨说,"让我们先过去。"

景园说:"那走吗?"

顾可馨抬眸,定定地看着她,目光越过她看向后面的剧组,三个月就这么一晃过去了,《佳人》的拍摄全部结束。这不是她第一次拍完电影,却第一次有些感慨。

景园低头笑:"感慨什么?"

顾可馨的目光扫到景园身上,手指勾了勾,示意景园靠近一点,说:"感慨多了个朋友。"

景园面上云淡风轻,只是一双眸子漾着笑。

不远处的工作人员看到这一幕搗身边同事:"看看看,两人的气氛真不同!"

"呜呜呜,一想到以后看不到可馨和景园,我还有点不习惯。"

工作人员说:"我想去要张合照,你说她们会同意吗?"

别说,这艺人也是有咖位的,普通小艺人自然不会说什么,顾可馨和景园这样的,平时他们压根儿不敢想,可是顾可馨的性格确实太好了,温柔亲人。他们和顾可馨在一起切身体会三个多月,就没看到她发过脾气,不管拍戏到多晚,或者于导有多恼火地拿她们撒气,她都是一副完全接受的姿态,有时候他们都替顾可馨生气。

"去试试呗。"另一个工作人员鼓动,"没准可馨同意呢?"

顾可馨还真没拒绝,她坐在椅子上,听了工作人员说明来意后转头看着景园,轻声问:"你觉得呢?"

景园放下手机,和顾可馨对视两秒,点头:"可以。"

工作人员立马高兴疯了,她让其他人给自己拍照,原本是想站在顾可馨和景园中间的,她想了下,最后站在顾可馨旁边,让景园和顾可馨站一起,拍摄灯亮了两秒,很快一张照片出来了。

工作人员嗦瑟疯了,她小声问:"这个……我可以发微博吗?"

顾可馨看向景园,景园冷清地抛下两个字:"随意。"

工作人员这才美滋滋修了图，搞了半天后登录微博，迅速冲到超话里。顾可馨没在意，她看到于导从后面走出来，身后跟着萧情和宋明。

宋明的脸色不是很好看，一言不发。顾可馨走过去，喊："宋老师。"

"嗯，你们去吃饭吧。"宋明说，"我回家写曲子。"他语气硬邦邦的，很不高兴。

顾可馨眉头皱了皱，说："那我送您出去。"

于导也只好说："那可馨，你送宋老师去停车场吧。"他说完扯顾可馨的袖子，"帮我劝劝他。"

顾可馨看了一眼于导，犹豫两秒，这才随宋明离开。

往停车场走时，宋明说："不用送我，你快回去吧，不要耽误去吃饭了。"

"老师不高兴，我还吃什么饭。"顾可馨问，"发生什么事情了？"

宋明语气不悦地说："还不是那萧情，她想当主唱。"

"主唱？"顾可馨诧异，"是电影主唱？"

电影有配乐和主题曲，都是宋明作曲的，原本定的是小天后主唱，合同都签好了，谁知道现在冒出个萧情，宋明哼了一声："早知道是她，我才不会接这个曲子！"

顾可馨说："既然事情已经定了，您也别生气了。"她说完转头，"老师，您和萧老师是有什么过节吗？"

顾可馨目光有试探和打量，她细细看宋明的神色，发现他只是单纯的厌恶，并不像是猜到自己和萧情的关系的样子，顾可馨松了一口气，听到宋明说："过节？没有。"

宋明一生爱憎分明，经常得罪人，口碑并不好，但他艺术造诣高，也不屑和那些人纠缠，所以众人对他又爱又恨。

于导的意思谁都明白，萧情以前和宋明差点儿有段好缘分，却因为宋明不肯给萧情写曲子夭折。自从萧情和宋明一起进组后，热搜常挂着两人会不会再度合作，如果能合作，那对这部电影，意义就不同了。

顾可馨问宋明："老师不想合作吗？"

毕竟现在的萧情和以前不一样了，现在她家喻户晓，能和她合作是三世修来的福气。但显然，宋明不想要这种福气，他想也不想地摇头："不想。"

态度坚决得让人无法劝说，顾可馨琢磨两秒："老师，您和萧老师到底怎么回事？"

宋明转头看了她一眼，若是旁人，他死都不会说出来的，但问话的是顾可馨，他当女儿一样看待的人，宋明缓了口气，说："其实也不是什么大事，我就是不喜欢她。"

顾可馨追问："原因呢？"

"可馨啊。"宋明感慨，"你是知道老师为人的，最讨厌劣迹艺人。"

这点不仅顾可馨知道，整个圈子都知道，但萧情这么多年人设经营得非常好，可以说是完美，怎么在宋明这里会和劣迹挂钩？

顾可馨问："她做了什么吗？"

宋明偏头，看着顾可馨清透干净的目光，他摇头："没什么。"

顾可馨却不死心，她难得态度坚决地追问："老师，您就告诉我吧，您知道的，她最近一直在挖我去她公司，我就想知道，她是一个怎么样的人。"

这点顾可馨没夸张，萧情要挖顾可馨是整个剧组都知道的事情，宋明当然不意外，只是他先前不确定顾可馨要不要去，所以只能独自怄气，也不能干涉顾可馨的决定，现在被她这么问出来，宋明想了会儿："我说我的，你听你的，至于要不要去，你自己做决定。"

顾可馨点头："好，您说。"

宋明瞥了一眼四周，最后开口说："其实很久以前我和她有过合作的机会。"

顾可馨微微拧眉，这件事她并不知道，也从没听宋明说过，宋明见她神色茫然，继续说："那是在她拿了金华奖之后，她想让我写个曲子给她。"

金华奖是萧情三金中的最后一个奖项，之后她就专心拍电影了。顾可馨忍不住问："然后呢？"

宋明看了她一眼，似是难以启齿，他说："那时候萧情有个男朋友。"

顾可馨的脸色有了微妙的变化，但宋明沉浸在往事里，没在意，他说："但是我看到她和别的男人……"

余下的话他没说出来，宋明觉得顾可馨应该是懂的，他不是个因为这些劣迹就否决萧情人品的人，只是萧情之后一直在宣传自己多爱老公，多爱家庭，实在让他极为反感，所以他推掉那次的合作和之后的所有合作，忍着被骂也坚决不和萧情联手。

顾可馨的脸色白了一瞬，随后勾唇讽刺地笑了。

她为什么会觉得奇怪？萧情对从小看到大的景园都下得去手利用，只是勾搭上一个男人，有什么奇怪的？

理智是这么想的，可顾可馨的手还是不自觉地蜷缩起，越握越紧，指甲深深戳进掌心里，留下一道道椭圆形的印痕，她似是感觉不到疼，身体紧绷。

宋明深深叹气，从前他是非常看好萧情的，人好又没架子，不端着，拿了那么多奖，待人依然十分温和，他还以为她是圈子里难得的出淤泥而不染的清莲，没想到，一样的腐朽。

他轻轻摇头，说："可馨，老师知道你以前受了很多苦，现在有她帮衬，你肯定会越来越好，如果你选择去她的公司，老师可以理解的。"

"我不会去的。"顾可馨声音微哑，低下头，刘海遮住了泛红的眼尾，她身体依旧紧绷，双手垂在身侧紧握着，唇瓣动了好几次都没有发出声音，如鲠在喉。

宋明说："你自己好好考虑，那老师先回去了。"

他刚转身，顾可馨闭了闭眼，声音嘶哑着喊："老师，"宋明转过头，听顾可馨问，"那个男人，您认识吗？"

宋明犹豫了几秒，见顾可馨执意想知道结果，他点头："认识。"

顾可馨下颌绷着，声音都透着紧绷："是谁？"

宋明想了会儿说："叫李颂。"

宋明会记得李颂，不仅是因为撞破了萧情的那件事，后来李颂意外死亡，还上过新闻，他不免多看了两眼，这才记住。

顾可馨却是有点蒙，李颂？这个人又是怎么冒出来的？她将萧情以前的事情翻来覆去看了很多遍，完全没看到这个人的影子。

见不得光的情人？和她爸一样？

还真是萧情会做出来的事情，顾可馨讥笑，垂在身侧的手缓缓松开，抬头看向宋明："那老师，您慢走。"

宋明说："你去吃饭吧，对了，最近有没有空？"

顾可馨抬眼："怎么了？"

"还不是你师母。"宋明无奈地说，"她说你上次去过后忙到现在，都大半年了，什么时候有空过去？"

顾可馨想了会儿，最近确实太忙了，拍电影加上两部电影的宣传，还有即将要上线的电视剧，她几乎是连轴转。但是郁姿想看看她也能理解，距离上次带景园过去也很久了，依照郁姿那性子，早就要打电话过来问问她有没有空，也就是看她忙才一直没打扰，现在被宋明提出来，顾可馨说："等我忙完这阵子就过去。"

宋明笑："好。"他看着顾可馨忙也高兴。

顾可馨冲他点头："那您回去路上小心。"

"不碍事。"宋明挥手，"回去吧。"

顾可馨看他坐进车里，消失在眼前，才转头往剧组走，远远地看到于导和萧情一行人走过来。看到她，于导抬手："可馨！"

顾可馨走过去，和跟在众人身后的景园对视两秒，她低头："于导。"

"宋老师怎么说？"于导很为难的样子，"他有没有松口？"

顾可馨摇头："没有。"

宋明的性格顾可馨很清楚，老顽固一个，一旦决定的事情，那就没有回旋的余地。当年他说走了就不要再联系，结果是真的一直没有再联系，这就是宋明的性格。

于导喟叹，找萧情算是临时起意，也是想给这部电影一个最好的交代，噱头他都想好了，奈何宋明不乐意，于导说："回头再看看。"实在不行，只能按照合同，找小天后来。

顾可馨没多说，点头跟在于导身后。

酒店就在剧组附近，他们步行过去，路上于导说到宋明的倔脾气还一肚子火，副导只得先把他拉开了。

萧情依旧被人簇拥着，身边除了助理和保镖，还有监制，顾可馨站在她身后。萧情正在和别人说话，阳光照在她侧脸上，轮廓分明，妆容精致，她一笑，身边的人都笑开。

可顾可馨笑不出来，她在想刚刚的事情。

李颂是谁？

"走了。"景园推了下顾可馨肩膀，"愣着干什么？"

顾可馨恍神："在想事情。"

"想什么？"景园问，"你下部电视剧定档了吗？"

"还没呢。"顾可馨说，"莫姐说电视台那边在定时间。"

景园轻轻点了头，欲言又止，平时顾可馨肯定一眼看出她不对劲，今儿顾可馨也有些失魂，所以没发觉，景园抿抿唇，跟在顾可馨身后进了酒店。

酒店二楼被包下了，就定在大厅里，工作人员带顾可馨和景园走到最里侧的圆桌旁说："顾小姐，景小姐，就是这边。"

顾可馨冲工作人员微点头，刚坐下，萧情喊："可馨。"

她抬头，忍着情绪笑："萧老师。"

"方便借一步说话吗？"萧情神色认真地道，"有点事想和你说。"

顾可馨瞥了一眼景园，看她神色平静，才点头："好啊。"

景园看到顾可馨离开才低下头，身边其他艺人三三两两地坐下，却没人敢和景园搭讪，他们只是远远地看一眼，小声嘀咕："你们说顾可馨和景园是真的还是塑料感情啊？"

"假的吧，我感觉她对谁都一样。"

"胡说八道！上次夜戏，我去倒水，景园特地让我带了一杯，结果你们猜给谁的？给顾可馨的！"

"哎哎哎，我说这些事咱们说说就算了，可别捅到景园那边去。"

几个艺人想到那后果，光是被景园冷冷地看着便一哆嗦，很干脆地点头。

茶余饭后的谈资永远是谈资，不仅是剧组里，就连网上关于景园和顾可馨的揣测也从未停止。自从巧克力那件事后，她们进同一个剧组，顾可馨在微博上偶尔附和剧组的要求转发，后面或多或少会加点俏皮话。光是这些就够粉丝们上头了，毕竟之前的顾可馨和靳琪可从没这么亲近过，甚至顾可馨在人前都是叫"靳小姐"，哪像对景园这般，亲亲热热。

不过也有网友认为她们只是在炒作《佳人》，毕竟戏里就是好朋友，炒作一下完全能理解。有几次话题都直接抛到景园微博下面来了，景园自然不会多解释，但她每次都会将那些言论反复看。

譬如那个工作人员刚上传的照片，那人换了个小号，把自己简单打码发在了《佳人》超话里，立马就被粉丝截图当了新头像。

顾可馨回座位时景园刚好在看那照片下的评论，顾可馨轻咳："景园。"

景园一愣，忙放下手机看过去。

顾可馨失笑："看什么呢？"

景园低头，把手机放进包里说："没什么。你聊完了？"

顾可馨坐在她身边，兴致不高："嗯。"

景园顿了顿："还是让你过去吗？"

顾可馨点头，景园看了她一眼，敛神说："可馨，你有没有想过，和阿姨开诚布公地谈一次？也许……"

"没有也许。"顾可馨偏头看景园，"我知道你在想什么，没有这个'也许'，我也不是为了和她谈话才进娱乐圈的。我知道我在做什么。"

景园唇动了动，垂眼："嗯。"

顾可馨看着她头顶的旋涡，知道刚刚的语气重了点，并不是她故意，只是刚刚知道萧情的那件事后，她心情烦躁，语气和平时不一样了。

"景园。"顾可馨刚想道歉，景园岔开话题："喝点茶吧，这里的茶味道还不错。"

顾可馨压下到嘴边的话，低头，看到景园给她斟了一杯茶，她抿了一口，景园问："好喝吗？"

"还不错。"顾可馨抬眸看向景园，目光灼灼，把景园看得有些蒙："我怎么了？"

顾可馨紧了紧茶杯，笑了笑，没说话。

从前不会看人脸色、找话题生硬的景园，也在慢慢改变了。顾可馨突然有些心疼，她拿过景园的杯子，给她也斟了一杯。

"干杯。"顾可馨将杯子递过去，和景园碰了下，声音清脆，景园却笑骂一句："神经。"

两人很有默契地将萧情那件事揭过去，谁都没再提。

晚饭虽然说是杀青宴，但大家多多少少都明白，有部分原因是于导想庆祝顾可馨拿了百奖，所以顾可馨一晚上都是主角，不是你来敬酒就是他来祝贺，顾可馨心情本就不好，也就放开了喝，倒是景园担心她，在上厕所的空隙买了一盒牛奶，偷偷塞给了顾可馨。

顾可馨刚应付完一帮工作人员，她低头一看，景园将牛奶塞进了她风衣口袋里，牛奶还带着景园的体温，暖暖的，顾可馨烦躁的心情有了纾解，她说："你上次也给我牛奶了。"

景园这才想起来上次是顾可馨提醒她备牛奶，她让叶辞夕买了两盒，后来送了一盒给顾可馨。那时候她和顾可馨，才刚刚冰释前嫌。

景园问："那你喝了吗？"

顾可馨深思，点头："喝了。不好喝。"她嫌弃，"太甜了。"

景园被气笑："挑三拣四。"

顾可馨看着她轻笑的样子，背靠在椅子上，四周是来来往往敬酒的工作人员，顾可馨和景园却仿佛在独立的小世界里，这里，只有她们两个人。

景园低头，眨眼，长长的眼睫毛轻颤，如蝶翼。

顾可馨有些口干，她润润唇，喊道："景园。"

景园侧过身体，看向她，轻轻"嗯"了一声，顾可馨冷不丁又喊道："景园。"

"干什么？"

"景园。"顾可馨喊着，头一歪，直接靠在景园肩膀上，一副要睡过去的样子。

众人都喝得差不多了，没喝酒的也坐在一边拿着手机玩游戏、刷八卦。

景园问："你干吗？"

顾可馨说："我们回家吧。"

景园："那你先起来啊。"

"就这样。"顾可馨说，"我喝醉了，起不来。"

毕竟她今儿晚上陪了那么多的酒，于情于理都该醉了，顾可馨说："直接走吧，我明天和于导打招呼。"

她都这么说了，景园也没拒绝，她只好托着顾可馨起身。

回到家已经半夜，顾可馨先冲了澡，等景园出门时闻到一阵香味，喝了半天酒，她还真饿了，她走过去，看到茶几上放着两碗泡面。

"将就下。"顾可馨道。

景园被她逗笑。顾可馨掰开筷子递给景园，两人面对面坐下，在剧组特别忙时她们也会用泡面将就，只是和现在的气氛还是有些不同的。

景园低头用筷子搅着面条，听到顾可馨喊："景园。"

她抬眼，看向顾可馨，两人对视几秒，顾可馨说："晚宴上，抱歉，我不是有心的。"

景园愣了几秒才想到顾可馨说的是什么，她摇头："我没放在心上。"说完她咬唇，纠结片刻说，"不过我还是想劝你和阿姨谈一次。"

景园查到的线索到李颂就没后续了，之后她将萧情生顾可馨那年的行程反复看过，都没发现什么问题，只知道她是因为腿伤在医院住了三个月，三个月，怀孕时间都不够，怎么可能会生个孩子出来？但是她相信顾可馨不会说谎，矛盾的信息让她有些茫然。

顾可馨伸手揉揉她的发顶，说："该到谈的时候，我会去谈的。"这次没有直接拒绝。

景园抿唇，她垂眼："我是不是很笨？"

"没有。"顾可馨说，"你很聪明，只是被保护得太好了。"

换作之前，她不能理解赵禾为什么要把景园养在温室里，可和景园接触之后，她不得不承认，自己就是被景园的干净吸引了，她也想把景园养在温室里。如果可以，她想养一辈子，但她知道景园是不会同意的，她在试图改变。

景园确实有了细微的改变，或许她自己还没发现，但顾可馨瞧得清清楚楚。她低头，说："吃面吧，冷了就不好吃了。"

"嗯，你要不要小菜？"景园起身往冰箱走去，"我给你带一点？"

顾可馨转头看着她纤细的身影，淡笑："好。"

景园将罐子端到茶几上，里面是郁姿腌的辣白菜，不是很辣，顾可馨吃面条时总爱放一些，久而久之，景园也喜欢上了。

客厅灯光明亮，两人低头吃面条。顾可馨先吃完，她闲着无聊打开电视，是一个综艺节目，纯娱乐性的节目，嘉宾正在爆笑。顾可馨转头："那天莫姐问我们要不要上节目，她和你说了吗？"

景园吃面条的手顿住，抬头看顾可馨："言姐和我说了。"

顾可馨盯着她的手看了几秒，问："你不喜欢上节目？"

"不喜欢。"景园回答得很干脆，干脆得反常。

顾可馨微微拧眉，景园却只是低头继续吃面条，安静的客厅里，只有电视机里发出的笑声，顾可馨余光一直看着景园，若有所思。

吃过面条后，顾可馨收拾泡面盒子，景园去洗漱，末了她在卫生间喊："好了吗？"

顾可馨走过去，景园将挤好牙膏的牙刷递给顾可馨，神色里有小小的讨好，顾可馨没犹豫接过后开始刷牙，景园立在一边等她，顾可馨说："你累了就先去睡觉。"

"没关系。"景园说，"我等你一起。"

泡澡时昏昏欲睡，现在又不困了，顾可馨看了景园好几眼，洗衣机突然一声响，景园如释重负："床单洗好了，我去晾起来。"

顾可馨点头，看景园忙碌的身影，眉头越皱越深。

景园抱着半干的床单走到阳台，刚抬起床单就被人拎过去，顾可馨甩了两下，铺开，将床单晒到架子上，景园看着她熟练的动作，抿唇。

顾可馨转头说："走吧，回去睡觉。"

景园动了动唇，还是低头跟着顾可馨进了房间，床头的灯开着，灯光暖黄，将她们身影拉长，顾可馨躺下后拍拍身边位置："来睡觉。"

"来了。"景园擦干净手上的水渍后走过去，掀开被子躺下。

景园小声问："校园剧改了开拍时间，你接到通知了吗？"

顾可馨低低地"嗯"了一声，嗓音微哑。景园抬头，见顾可馨双眸紧闭，似乎要睡着的样子，她沉默下来，没再开口。顾可馨说："怎么不说了？"

景园一僵："说什么？"

"不是有事吗？"顾可馨睁开眼，低头，清新的牙膏味袭来，景园听到顾可馨问，"到底什么事？"

景园嘀咕："你知道我有事？"

顾可馨无奈，景园就差把"我有事"写脸上了，她还能看不出来？景园咬唇："就我想——"她抬头说，"我想出国半年。"

顾可馨低头："什么？"

"我想出国待半年。"景园说，"可馨，我觉得我能力还不够，我想出国继续深造。"

这是她在拍《佳人》时有的想法，她当初进圈也不是因为热爱，只是被顾可馨点醒后，她才发现，原来她那么喜欢拍戏，原本她是想等拍完校园剧去的，但是校园剧改了拍摄日期，往后延了四个月，明年一月份开拍，也就是她现在多了半年的时间。

现在她虽然没有顾可馨那么红，但流量也不低，言卿是想让她多跑综艺刷脸，然后趁机再接一部剧，好好经营一下人设，但是她想来想去，还是想去深造。

她也想成为顾可馨这么优秀的艺人。

顾可馨垂眼："什么时候决定的？"

景园咬唇："前段时间。"

那段时间她本来想和顾可馨说的，只是顾可馨忙着宣传，两人除了拍戏其他时间说句话都不容易，她也舍不得让顾可馨分神，所以一直没说。

"报过名了？"顾可馨声音微哑，稍低，景园抬头，心里突然涌上莫名的心虚，顾可馨五官轮廓在昏黄台灯下越发清晰，如刀锋般凌厉。

景园低头："报过名了。"

顾可馨喉中发出一个声音，景园的心跳得乱七八糟，良久，顾可馨才说："什么时候去？"

"下周。"景园抿唇。

时间都安排好了才告诉她，顾可馨心头无端有些躁意，她说："嗯，我知道了。"

景园听她这么说，突然眼眶一红，她也不知道想要顾可馨什么样的态度，但她这么冷静地说知道了，景园还是满腹的不高兴。

顾可馨重新躺下，景园挨着她，几秒后她侧过身体，带着鼻音问："顾可馨，你是不是生气了？"

顾可馨转头看她，回："没有啊，你想去深造，这是好事。"

尤其是她现在处于发展期，能下这么大的决心，已经非常不容易了。

景园却不信，她小声说："我觉得你在生气。"

顾可馨回她："我没有。"她说完闭眼冥思。

手臂被人轻轻戳了戳，她垂眼，看到景园正低着头，她看不到景园的表情，倒是将她的小动作看得一清二楚。

景园伸出手指戳了下她的手臂，见她没反应，景园想缩回手，却一副犹豫的样子，几秒后，景园又戳了戳她，顾可馨最终轻叹一声。

CHAPTER

13

陪你

If the golden sun,

Should cease to shine its light,

Just one smile from you,

Would make my whole world bright.

——*Stray birds*

景园临时出国这件事还是乱了顾可馨的计划，原本她是想这半年和景园一起好好发展的，她以前的电视剧热度肉眼可见，所以接到的广告和代言很多，她是想选个综艺和景园一起上，顺便带带景园的热度。

她没想到，景园要出去深造。

顾可馨能理解，但想到她已经做好决定才通知自己，心底又有点不是滋味。

她是生气了。但是见到景园这么讨好她，她就是再硬的心肠也忍不住软下来。

"好了，不气了。"顾可馨伸手抱抱景园，景园反手搂着她，道歉："对不起，我应该和你商量的。"

只是那段时间顾可馨在忙着宣传《神偷》，分身乏术，她又是抱着年底去的心思报名的，谁知道计划有变，她也临时改变了计划。

顾可馨说："嗯。"她想了会儿低头，"你是应该和我商量。景园，你现在处于事业发展期，你考虑过后果吗？"

顾可馨不是恐吓她，景园进圈不是一年两年了，也算过了新人那个阶段，从《值得》的 MV 后到两人捆绑合作，吸了很多粉，现在突然要出去，肯定冒险。这个圈子就是这么残酷，半年时间新人上来，就没景园什么事情了，尤其是景园现在还没有代表作。

她并不赞成景园出国，如果景园提前和她说，她也是这个态度。

景园点点头："我知道。"说话带着浓浓的鼻音。

顾可馨低头，发现她眼尾比刚刚更红，问："我都不生气了，怎么还哭？"

"替你委屈。"景园也觉得好笑，说不上来为什么，和顾可馨在一起时，她就幼稚很多，顾可馨是不气了，她却替顾可馨委屈上了。

顾可馨没辙："替我委屈什么？"

"我去半年，你肯定不高兴。"景园一想到这里就后悔没早点告诉顾可馨，"我原本以为年底去的。"

顾可馨心底那点郁气逐渐散开，她摸了摸景园的发顶安抚道："别想了，睡觉吧，明天再说。"

景园："嗯。"

许久许久，景园睡着了，呼吸平稳。

顾可馨却有些睡不着。她低头认真地看着景园的五官，无比熟悉，她本应该早些发现景园的异常，却一直等到景园说出口才发觉。

生气吗？生气的，也烦躁，只是她明白动情绪的后果，她不想和景园争吵，没什么意义，最重要的是，她不想看到景园难受。

顾可馨无奈地摇头。

景园从梦中睁开眼，察觉到顾可馨的情绪后，什么都没说，只是轻轻拍了拍顾可馨的后背，刚刚还烦躁的顾可馨抿唇淡笑，头一偏，闭目浅眠。

景园一直睁着眼，直到听到顾可馨平稳的呼吸才停下拍顾可馨的后背。

房间安谧，窗外的月光照不进来，只余偶尔的鸣笛声响起，景园找了个舒适的位置才安心睡过去。

次日她是被闹钟吵醒的，比平时早了一个小时，景园眼皮酸涩，她揉了揉，反手关掉闹钟后，茫然了两秒才起身。顾可馨还没醒，在床上翻了个身又睡着了。景园小心地替她盖上被单才下床，桌上有两件外套，还有发圈和发夹，景园随意拿起一个发夹，余光瞄到桌上的奖杯。

百奖的奖杯，这应该是顾可馨获得的第一个奖杯吧，景园还记得拿奖那天她给顾可馨打电话，问她紧不紧张，顾可馨笑着回她："这有什么好紧张的？"

是啊，顾可馨不紧张，她看直播都紧张死了，听到主持人宣布百奖的获奖人是顾可馨时，她突然热泪盈眶。

景园拿起奖杯细细地看了几眼，最后将奖杯放回去，转头又看看顾可馨，才出门洗漱。

起得这么早，她是想给顾可馨做早点，一直以来都是顾可馨在照顾她，就连厨房都没让她进去过，虽然景园确实不懂做饭，但早点还是会一两样的，但她没想到，顾可馨的冰箱里，什么食材都没有！

景园看着空荡荡的冰箱陷入了沉默。

几秒后，她起身回房间换了件长袖长裤，戴上帽子和口罩，抓着钱包就下楼了，顾可馨的住所和她家距离不远，这里交通便利，楼下就有超市，只是这么早，还没开门。景园沿着街边找了两个超市，时间都太早了，蔬菜区还没供应，景园无奈，离开超市后她去附近买了份早点。

油条、豆浆和包子，她选了几样后往回走，路上听到救护车的声音，响亮刺耳，她转头看，一辆救护车从她面前擦过，很快开走了。

顾可馨是被救护车的声音吵醒的，她缓缓睁开眼，刚醒，眼睛还不适应光，她眨了好几次眼，才发现景园不在房间里。

"景园？"顾可馨喊了一声，没人回话，她来不及穿鞋，赤脚下床喊，"景园？"

回应她的是空荡荡的客厅，她折回房间，看到椅子上有景园换下来的睡衣。

走了？什么时候走的？怎么不叫醒她？

顾可馨刚醒来，意识还不是很清楚，她耳边嗡嗡的，脸色微白，显然没睡好。昨晚上景园说了要出国深造后她做了一夜的梦，一会儿梦到景园决定待在国外不回来了，一会儿又梦到景园回来对她爱搭不理，最后梦到她父亲了，景园站在她父亲身边，站在那个噩梦般的天台上，冲她挥手，说："顾可馨，再见啊。"

顾可馨生生打个寒战，她又喊道："景园？"

明知道景园若是在这里，肯定会回应她，但顾可馨还是忍不住喊了一遍又一遍，她没法宣泄内心的恐惧，只能通过喊景园的名字来纾解。

景园走到家门口才意识到自己没带钥匙，离开前她就拿了钱包，景园在风衣口袋里摸了半天也没摸到手机。

真是屋漏偏逢连夜雨，她还说给顾可馨准备早点呢，现在也泡了汤。景园有些无奈，她将两手的食物并在一起，刚抬手敲门，就听到门咔嚓一声打开了。

"这么快啊，你什么……"余下的话还没说出口，景园就被人死死勒住，她动弹不得，小声喊，"顾可馨？"

"去哪儿了？"顾可馨嗓音嘶哑，景园听出不对劲，她挣脱开，面前站着的顾可馨披头散发，睡衣凌乱，脸色微白，眼圈很红，景园什么时候见过这样的顾可馨，她怔住："你怎么了？"

"没事。"顾可馨转过身往里走，景园这才发现她连鞋子都没有穿。

一向成熟稳重，不管做什么事情都游刃有余的顾可馨，此刻却尽显狼狈，景园问："你到底怎么了？"

"做噩梦了。"顾可馨转头，脸色苍白地笑，"我梦到我爸了。"

她迟疑两秒，又说："还梦到你了。"

景园霎时想到什么，她放下食物走到顾可馨身边，轻声说："没关系的，只是梦而已。"

"嗯,我知道。"顾可馨闭了闭眼,她知道那只是梦,可醒来发现景园不在,她突然慌了,再加上昨晚上景园说要出国的事情,她一时没控制好情绪。

顾可馨深呼吸,说:"我去冲个澡。"她现在需要冷静。

景园看她消失在门口,想到苏英的话——景园,其实可馨也没那么坚强。

她以前没有深刻体会,但刚刚那一刻,她突然意识到,顾可馨是多么脆弱,或许就因为她昨晚的那个消息,顾可馨做了一夜的噩梦,而刚刚面对自己的离开,她也没有抱怨半句。

景园径直走向卫生间,听着里面哗啦啦的水声,喊:"顾可馨。"

顾可馨听到声音,对门外说:"我在洗澡,等会儿。"

景园听到这句话,握住门把手,一用力,门咔嚓一声开了,顾可馨纤细的身影映在磨砂玻璃上,景园没犹豫,走进去,打开磨砂玻璃。

雾气袭来,顾可馨看到穿着衬衣的景园,她停下动作:"干什么?"

景园抬眼,水把她衣服染湿,她站在那里,对顾可馨说:"我陪你。"

直到情绪安稳下来,顾可馨洗完澡,才将豆浆热了热,和景园将包子吃掉,下午她们就躺在沙发上,顾可馨捧着平板电脑,景园看电视。

《佳人》刚杀青,景园和言卿说了要深造的事情,言卿早早就给她把行程都推了,所以景园到下周都是空闲的,顾可馨是特地请了假。原本她今天有个封面要拍摄,她借口身体不舒服给推了,莫离满心担忧:"要不要找个医生看看?"

顾可馨忙道:"不用,就是每个月那么几天啦,我最近熬夜,气色也不好,拍出来怕效果不好,莫姐你帮我和那边说一声。"

莫离放下心："好咧，我知道了。"

她申请了三天假期，莫离见她从《神偷》宣传到现在也几个月了，一次都没休息，索性大手一挥，让她多休息两天。

得了假期，顾可馨开始忙景园的事情，先是上网查找关于学校的资料："J国的中院？"

景园转头，凑到顾可馨身边，看到她拿着平板电脑正在搜学校的消息，景园点了第一个进去："就这个。"

果然和顾可馨猜想的一样，景园选的是J国的中院，和H国的风气不同，J国还处于演技时代，艺人更新的速度是根据实力来的，没有过多的营销，因为圈外不吃这套。顾可馨好几次走投无路，很多前辈劝她去J国试试，在那里，她才会大放异彩。所以顾可馨对J国并不陌生。

她低头看学校介绍，问："住宿呢？"

"我家在那边有房子，我先住在那里。"景园小时候去过几次，就在中院旁边，也不远。顾可馨点头："要我送你过去吗？"

"不用啦。"景园说，"你还要宣传。"

她接下来两部电视剧的宣传也要上了，还有一部接下的古偶，顾可馨肯定又要忙得团团转，景园不想她花时间送自己。顾可馨说："那你到那边的安排，想好了吗？"

景园说："言姐给我联系了一位老师。"

这位老师在中院也是风云人物，言卿是捧着《佳人》剪辑出来的片段去推荐的，那边只看作品和演技，其他都是次要，老师在看到景园作品后说会考虑，大概率会同意。

景园虽然半年没有作品和代言，但不代表她不可以有消息，这位老师名声不错，过两个月和景园一起出来拍个合照，到时候言卿宣传宣传，也算是个热度。

这已经是最好的办法了。

顾可馨说:"我也是这样想的,你报的什么班?"

"精修班。"景园说,"只有四个人,不会和其他人过多接触。"

顾可馨失笑:"我是那个意思吗?"

景园说:"你不是,但我想说给你听。"

顾可馨没辙,拧了拧景园鼻尖,这只兔子,越来越机灵了,两人在沙发上赖到晚上,景园接了个赵禾的电话,她低眉说:"不回来了。"

赵禾叹气,说:"这样吧,明天晚上让顾可馨来家里吃饭,你爸明儿出差回来,一起碰个面,可以吧?"

景园想了会儿:"我要问顾可馨。"

"你!"赵禾缓了口气,"那我等你消息。"

景园乖乖巧巧:"好。"

赵禾挂了电话,看了一眼对面的萧情,耸肩:"晚上不回家了,我们去逛个街,顺便吃饭吧。"

萧情笑:"还在顾可馨那里呢?"

"是啊。"赵禾说到这里话就多了,"不知道着什么魔,一天到晚不归家,以前怎么都不肯出门,现在是怎么都不肯回家。"

"长大了嘛,就是这样。"萧情对赵禾说,"你也是,收收心,景园老大不小了,自己有想法。"

"是啊。"赵禾听着听着笑起来,"园园是长大了,你知道前几天她拍完戏回来,突然来我房间抱我,说想我了。这孩子以前哪会这样。"

赵禾满脸的得意压不住,仿佛养了个世上最完美的女儿,夸起来没完没了,标准的女儿控。萧情坐在办公桌旁的沙发上淡笑,抿了一口茶,赵禾说得口干舌燥,也端起杯子问:"上次那个百年艺人的事……"

"停两年吧。"萧情说,"这两年发展发展,再看看。"

赵禾点头,又问道:"我听说你最近在筹备电影?"

这不是小道消息，圈内外都知道，萧情的影响力有目共睹，接手不凡第一件事就是整改，然后自己做导演，拍一部电影。电影的内容是纪念战争老前辈们，演员大多是百年艺人的评委团成员，可谓声势浩大，刚放出消息，风声就弥漫起来，连赵禾都知道了。

萧情说："是有这个打算。"而且已经在筹备了。

既然百年艺人的形象大使被压下来，那她肯定要想办法重新树立百年艺人的威望，这部电影就是非常好的噱头，评审团里面随便一个前辈挑出来都是门面担当，现在却要拍同一部电影，而且还是纪念革命前辈的。光想想，萧情就知道有多热血。

她打算今年开拍，最迟明年下半年结束，后年开年第一弹就放这个电影，随后加大宣传，然后顺势推出百年艺人的形象大使。

这是她的第二个决策。

赵禾说："还不错，请了人去看了？"

萧情拍戏特别严谨，部分演员已经开始训练了，她点头："请了，下次带你去看看。"

"成啊。"赵禾说，"有什么问题，你和我说。"

话是这么说，现在圈子里顶尖的就是萧情了，她还能碰到什么问题？萧情摇头，她还真碰上刺头了，京仪。

京仪有独立的拍摄场地，占地面积大，设备全，就连里面道具都严格按照抗战时期的条件来布置，是目前国内战争片拍摄最多的影视基地。萧情如果想建造一样的基地，少说也要两年的时间，她等不了，所以要去和纪云昕洽谈，租这块基地。纪云昕一口答应，并附上了要求——她要参与投资。

这部电影由不凡出品，所有的一切都是萧情说了算，包括投资，她压根儿就没想让别人分一杯羹，所以纪云昕要求投资时她想也不想就拒绝了，然后局面僵持，纪云昕也不肯借他们基地，哪怕花三倍的价格，京仪也不松口。

这个电影原本她是准备做成不凡的招牌，以后好用招牌压京仪，现在让京仪插一脚，她就没理由了。

萧情非常头疼，前有不肯签合同的顾可馨，后有刺头纪云昕。这些个小辈，一个比一个难对付。还是景园好。

萧情叹气，看向赵禾，问："园园是不是下周就出国了？"

赵禾笑："是啊，她第一次出国待这么久，也不知道能不能习惯。"

"万事开头难。"萧情说，"总会习惯的。"她说完皱皱眉，"是去中院？"

赵禾点头："怎么了？"

萧情突然笑："没什么，那她肯定不会不习惯的。"

神神秘秘地，赵禾问萧情也不说，只是催："结束了吗？我们去吃饭。"

赵禾合上电脑前给景园又发了一条消息——

别忘记明天回家吃饭！

景园收到消息时正和顾可馨换衣服，原本她们是想出去买菜的，顾可馨想到好久没去宋明家，趁景园还没离开之前，她想带景园再去吃顿饭。景园没什么意见，回房换衣服时就听到手机响，她顺手拿过来，看到赵禾发来的消息。

顾可馨刚换好衣服从卫生间出来，她将长发扎起，换了身浅蓝色运动服，一身的干净和清爽，衣服上还透着薰衣草洗衣液的味道。景园闻着熟悉的味道，抬头，放下手机："换好了？"

"你去换吧。"顾可馨回她，景园点点头，往卫生间走了两步，转头喊，"顾可馨，你明天还休假吗？"

景园直截了当地说："我妈想请你吃饭。"

顾可馨微诧："明天？"

"嗯。"景园捏着衣服,"我爸明天回来,她就想我们一起吃顿饭。"

顾可馨点头:"知道了。"

景园抬眼看她:"那你去吗?"

顾可馨说:"你想我去吗?"

景园微点头:"我想你去。"

顾可馨和景园到宋明家时比约定时间迟了半刻钟,郁姿并没有在意,笑着说:"来了就好,堵车严重吗?"

"还好。"顾可馨睨了眼景园,"有段路堵得厉害,过来后就顺畅了。"

景园低下头,没理顾可馨,郁姿说:"进来坐。"她说完冲里面喊,"老宋?"

顾可馨问:"宋老师在作曲?"

"是啊,没完没了的,饭都不吃。"郁姿说,"他一工作就这样,真没办法。"

顾可馨是看见过宋明工作时的样子的,认真负责,一个调子他能反复试很多遍。郁姿见喊不动宋明,刚准备去他工作间,顾可馨说:"师母,我们去吧。"她拉起景园,"我们去喊老师。"

郁姿点头:"也好,那你们去吧,我去做饭。"

今儿可不是上次,她准备了很多大菜,听说景园下周就要走,郁姿又上街去买了很多,明知道吃不完,但想到下次见面是半年后,郁姿就忍不住想多做点了。

顾可馨带景园来到后面的工作室,隔音效果很好,她们在门外完全听不到声音,顾可馨打开门,钢琴声响起,景园看过去,宋明坐在琴旁边,咬着一支笔,不停地涂涂改改。和他平时西装笔挺的样子不太一样,很随意,短发被挠得翘起来,还真有几分艺术家的风范。

"老师。"顾可馨趁宋明停笔时走过去,宋明转头,推了推眼镜:

"来了。"

他准备起身，顾可馨说："您继续，我和景园就是过来看看。"

景园也低头道："宋老师。"

"那你们俩看看，我去换件衣服。"邋里邋遢的，他自己都看不下去。

顾可馨失笑："我觉得这样就挺好。"

"哪里好了？乱糟糟的。"宋明说完收拾好纸笔，说，"你俩先看，我收拾一下。"

顾可馨没再说什么，等宋明收拾好才拉着景园坐在钢琴旁。这架琴和外面的不同，看起来更专业些，顾可馨解释："这是老师工作用的，专门定做的，他以前还说要留给我。"

虽然那时候是醉话，宋明喝多了说的，以后死了这就是遗产，要留给顾可馨。

顾可馨抿唇笑："我教你弹琴？"

景园坐在她身边，点头："好啊。"

顾可馨握她的手放在琴键上，一根手指，点一下，跳出来一个音符，她们就这样点来点去，景园听出节奏了，她狐疑："小星星？"

"是啊。"

顾可馨面带笑容，神色是难得的放松和愉悦，景园看到她这副样子，也跟着笑。不远处换好衣服的宋明站在门口，看着笑闹的两人，郁姿不知道什么时候站到了他身后。

郁姿光是这样看着她们，就有种幸福的感觉，想到顾可馨决绝地要去闯娱乐圈的时候，她很心疼，让宋明拉顾可馨回来，宋明傲气，怎么都不肯拉下脸，再之后，顾可馨发展得并不顺利，也刻意避着他们，似乎是怕他们担心。

对顾可馨，郁姿一直都是心疼的，从小就没有母亲，没享受过什么母爱，有次她陪可馨逛街，见可馨盯着一对母女看了很久，眼神很羡慕。她一把拉过顾可馨，搂着她说，以后她就是她的孩子，顾可馨向来听她的话，从不忤逆，也就是执意要进娱乐圈那次，谁劝都不听。

"你说可馨找到她了吗？"郁姿只知道顾可馨进圈是为了生母，但不知道是谁，这些都是伤口，他们不想撕开，所以重逢到现在，她都没和顾可馨说过进圈这个话题。

宋明说："不知道。"

这孩子早熟、沉稳，又很独立，所以他相信顾可馨有正确的判断，他不会过多地干涉，当初顾可馨一定要进娱乐圈，他们大吵一架后他也反省过，自己确实没有权利干涉顾可馨的生活和思想，他应该尊重。

郁姿一摊手："别想了，现在不就挺好的，你看她现在，多好。"

被他们看着的景园拍掉顾可馨捏着自己脸颊的手，余光看到门口的两人，忙起身，顾可馨也跟着站起来。

"吃饭了。"郁姿说，"来吃饭。"

她话音刚落，宋明的手机铃响起，郁姿嘀咕："你忙死了。"

宋明轻咳一声去旁边接电话，郁姿说："不理他，我们去吃饭。"

顾可馨和景园只好跟着出去，没一会儿宋明出来了，郁姿问："又是于导？"

宋明将手机放一侧："嗯。"

"我说一天天的，他能不能消停些？"郁姿显然很不满，"早中晚都来电话，他搁这儿给你请安呢？你是太上皇啊？"

顾可馨轻笑："怎么了？"

"还不是那于导。"郁姿没好气，"想要你老师和萧情合作，你老师不乐意，我说那个萧情……"

"吃饭！"宋明睨了一眼景园，说，"吃饭吃饭，说什么呢？啰里八唆的。"

郁姿被噎住，她刚想说话，腿被人踢了一下，郁姿看向宋明，听到他说："去端汤。"

她顿了两秒："知道了。"

郁姿离开后，宋明说："我去帮忙。"

景园转头看向顾可馨，见她低着头，问："宋老师知道你的事吗？"

"不知道。"顾可馨说，"我没告诉他们。"

景园抿唇："他们好像，都很讨厌阿姨。"

顾可馨侧目看着景园，见她侧脸平静，顾可馨忽然揣摩不出景园说这句话的心情，是替萧情委屈吗？顾可馨心情复杂，她垂眼道："可能有其他的过节吧。"

景园低头："嗯。"

饭桌上，两人气氛倏然僵住，另一边厨房里的宋明说："你少说两句行不行？于导对可馨挺好的。"

"我又没有说于导坏话。"郁姿气愤，"我这不是说萧情呢！"

"别说了。"宋明没辙，"萧情是景园的阿姨。"

郁姿皱眉："什么？"

她对景园的了解仅是网上的信息，而网上关于萧情和景园的事情几乎看不到，所以她压根儿不知道这层关系，宋明也是待在剧组里才知道的。宋明说："景园是萧情带大的。"

郁姿顿了顿，她说："这——"她着急了，"要不我等会儿和景园道个歉？其实那萧情，也不是很讨厌。"

"行了。"宋明摆手，"你少说两句，等会儿别提萧情了。"

郁姿忙点头："哎，好。"

两人捧着汤出来，景园和顾可馨正低着头等他们过来，郁姿给宋明递了个眼神，宋明说："来了，菜齐了，吃饭吧。"

"景园，多吃一点，别拘束。"

景园抬头看宋明，淡笑："好。"

顾可馨侧目看向景园，握紧手上的筷子，沉默地夹菜吃饭。她没将情绪带到饭桌上，毕竟这是郁姿给她和景园辛苦做的饭，所以顾可馨依旧嘴甜，把郁姿哄得乐呵呵的，她们一致跳过刚刚的话题，假装什么都没有发生，其乐融融。

郁姿对景园格外照顾，夹菜添饭，还想和景园道个歉，被宋明一个眼神威慑住，半天没说话。

饭后，顾可馨和宋明聊起了音乐，景园坐在他们身边，偶尔才开口说两句。郁姿说："景园，你下周就出去了，到国外要好好照顾自己，有什么问题可以给可馨打电话。"

顾可馨转头看着景园，景园低头笑："我知道的。"

她说完，手机振动，景园从口袋里拿出手机，看到一条消息。

> 景姐姐！我妈说你来中院了是吗？

这么熟悉的称呼，景园皱了皱眉，这个是陌生号码，没保存过，但是会这么叫她的也就一个人。

> 小酒？
>
> 是我！我忘了，这是我新号，景姐姐给我备注哦。

景园抿唇，备注好名字后发了个"好了"。

> 棒！姐你什么时候过来啊？
>
> 下周。
>
> 快来快来！我在这里等你哦！
>
> 你什么时候去的中院？
>
> 今年啊，刚转过来。我妈说中院学习氛围更好一点，我就过来了，不过这里的人都好凶哦，景姐姐，我想你快点来。

知道了。

啊！我妈说给你惊喜不让我和你说，你别告诉我妈。

好。

发完消息，她放下手机。郁姿站起身说："上次的腌菜好了，我给你们装两罐，你们带回去吃吧。"

顾可馨说："好。"

宋明去帮郁姿装小菜，沙发上只剩下顾可馨和景园，气氛陡然冷清下来，顾可馨侧目看着景园，见她不像是有话要说的样子。

刚刚一直盯着手机打字，现在郁姿和宋明离开了都不告诉自己和谁聊天……

顾可馨心头无端升起郁气，她端过茶几上的杯子，抿一口水，水早就冷了，喝下去，寒意跗骨，凉飕飕的。

CHAPTER

14

不走

If the golden sun,

Should cease to shine its light,

Just one smile from you,

Would make my whole world bright.

——*Stray birds*

顾可馨不是个喜欢积累问题的人，她习惯有事就去处理，但是面对景园，她又不想那么直接，回去的路上顾可馨闲聊似地问："刚刚给你妈回消息吗？"

景园转头，顾可馨正在开车，运动服外套脱了，里面是一件白色圆领衬衫。印象中，顾可馨还没穿过这么稚气的衣服，她家里的那些都是偏成熟的款式，所以乍一看，顾可馨显得年轻很多，似刚大学毕业的学生，身上有种朝气。

顾可馨一只手扶着方向盘，另一只手轻轻敲着方向盘，腕表折射出银色的光，晃到景园的眼睛，她回过神说："不是我妈。"是阿姨的孩子。

景园一时不知道怎么解释，她说："是一个比我小好几岁的妹妹。"

顾可馨抿唇，敲着方向盘的手顿住，转头看了一眼景园，继而若无其事地开车，没再开口。车里弥漫令人窒息的沉默，过了两个红绿灯，顾可馨说："你睡会儿吧，到家了我喊你。"

景园收回看向窗外的视线，开口："我不困……"

她的话对上顾可馨拿过来的薄毯，似有拒绝的意味，原本就僵硬的气氛比刚刚更冷了几分，景园咬唇，接过薄毯说："那我休息一会儿，你到家叫我。"

"嗯。"顾可馨的心底涌上复杂的情绪，自从景园说要去J国开始，她的心情时好时坏，今晚更是差到了极点。景园盖上薄被后闭目靠在一边却睡不着，她一直偷瞄顾可馨。

顾可馨侧脸平静，似乎比平时严肃，五官霎时锋利起来，尤其那双眼，不笑的时候很迫人，景园低声喊："顾可馨，你是不是心情不好？"

顾可馨转头，发现景园正在看自己，那双眼清亮干净，她伸过手揉揉景园的刘海："没有。"

明明就有，还说谎。景园闷声闷气："是因为在宋老师家里提到阿姨吗？"

顾可馨无奈地笑："不是。"

绿灯亮起，她踩上油门，车缓缓在马路上行驶，街边风景擦过，景园抱着薄被靠在座椅旁，车身轻微震动，温度适宜，但她却睡不着，思绪很乱，身体也不太舒服，景园摸了摸小腹，估摸例假要来了。

进了家门，景园直接去了卫生间，果然是例假来了。人大概就是这样，许多烦心事挤压在一起，原本好好的身体似乎也有些不舒服了，景园从来不会痛经，但这次来例假她却只觉得小腹坠坠地疼。

她走出去时，顾可馨正在看电脑，屏幕上是百年艺人的官微号，刚发出一条消息，评委团将有十三名成员会参与新电影《抗战》的拍摄。

顾可馨随意扫了几眼评论，无不是在夸这波操作很秀，十三位老前辈辛苦了，有机会看到老前辈们合作，这辈子无憾了，甚至有传言萧情会客串。

萧情作为这次电影的总导演，面对采访没有直说会不会参与，每次回答都模棱两可，她深谙圈内的规则和话术，三两句话就把人心吊足，所以官微下不少她的粉丝在控评。

这次反转，百年艺人的名声又恢复不少，有萧情坐镇，不少人对百年艺人又拾起信心，还有人说萧情就是百年艺人的顶梁柱，只要她不倒，百年艺人就永远都是常青树。

她怎么会倒下呢？

顾可馨看向屏幕里的萧情，眉目舒展的面庞陷入沉默，连身后景园靠近都没有发觉。

景园在她背后站了良久，看她打开那些评论区，看她在留言框打字，看她一个字一个字地删掉，看她烦躁地一把推开电脑，按着额头。

"可馨。"景园在她身后出声，顾可馨转头，神色恢复平静："用好了？我去下卫生间。"

她起身从景园身侧擦过，进了卫生间，听到身后的门合上，景园才坐在电脑前，看着屏幕还显示着刚刚那条微博，最下面有好几个浏览器，被折叠了，景园也没一一打开看。她坐在沙发上，觉得小腹更疼了。

顾可馨从卫生间出来时看向景园："你来例假了？"

景园面色微白，点头："晚上刚来。"

顾可馨睨了一眼她的神色，说："我去给你倒杯热水。"

景园看她去厨房忙碌，身影映在玻璃门上，有种说不出的感觉。顾可馨很快烧了开水，家里没有红糖，她要下去买，景园说："别去了，我又不是很疼。"

顾可馨闻言就没下楼，回到沙发前合上电脑对景园说："那你要不早点休息？"

景园蹙眉："你不睡吗？"

"我还有个电话要打给苏英。"顾可馨抬下巴，"还有采访稿没看，你先去睡，我等会儿过来。"

景园闻言点头，洗漱后看到顾可馨正在用两个杯子轮流倒水，景园觉得好奇："你在干什么？"

"水太烫了。"顾可馨转头，"冷一点再喝。"

景园穿着睡衣披头散发地站在顾可馨身后，走到顾可馨身边说：

"没事，放一放就凉了。"腹痛还在继续，她脸色微白。

顾可馨说："去休息吧。"

她带景园回到房间里，将温水放在床头柜上，景园在她起身离开时抓住了她。顾可馨低头，淡笑拍了拍景园的手背，拉开她的手说："休息吧。"

顾可馨还是不高兴。景园敏锐地察觉到了，但她不知道顾可馨为什么不高兴，是因为在宋老师家里提到了阿姨？她和顾可馨在一起时会有意无意地避开萧情这个话题，今晚会提到也不是她想的，事后她都没和顾可馨再说到萧情，可是顾可馨还在生气。

景园小腹疼得难受，她在床上翻了个身，把温开水喝下去，短暂地缓解了疼痛。

刚放下杯子，她的手机响了一声，景园从床头柜上拿过来看，见到是小酒发来的消息。

> 景姐姐！快来！我带你打卡附近的美食景点！我一个人去好无聊的，你来正好。
>
> 知道了。
>
> 不过景姐姐，你为什么要来中院啊？我看新闻，你在国内发展得很好呢。
>
> 想更好一点。
>
> 也是哈。不过说到更好一点，你那个《值得》的MV宣传已经到国外啦！我看到视频了，你和那个搭档演得真好。
>
> 嗯，是她演得好。
>
> 她是叫顾可馨吗？

景园顿住。她是叫顾可馨，没有意外的话，你还应该叫一声姐姐。

她垂眸，就这么盯着手机看，一时忘了回复，她背对的虚掩的房门被打开，顾可馨抓着暖水袋站在门口，她一抬头就看到景园抱着手机聊天，虽然隔得很远，但她看到景园在打字，还有熟悉的信息提示音。

顾可馨倏然握紧了暖水袋，思忖片刻退出房间到了客厅。她坐在电脑前看采访稿，却都进不去脑子，文字迷糊，顾可馨揉揉眼睛，起身走到阳台处。这里和之前的住所不同，没那么高，阳台也窄小，她站在外面吹冷风，人清醒不少。

约莫半个小时，她给苏英打电话，让她去查一查李颂。

"李颂？"这又是谁？苏英完全没听过这个名字，她问顾可馨："他怎么了？"

"他——"顾可馨抿唇，"先去查吧，有消息告诉我。"

苏英一头雾水，她拧眉："你在外面呢？"

顾可馨低低地说："嗯。"

风声呼啸，从手机里传到苏英那里，苏英道："还没睡啊？"

顾可馨说的，这几天不要联系她，所以苏英联系都是白天，生怕打扰她，顾可馨垂眼："还没休息。"

"知道了。那你去休息吧，我去查查，有事再给你打电话。"

顾可馨挂断电话，深吸一口气，凉气呛人，她咳嗽了好几声，眼角迸出水花，良久，她才从阳台回房，景园还是背对着她。

"景园。"顾可馨小声喊，床上的景园却没反应，她蹑手蹑脚地走过去，昏黄的台灯下，景园已经睡着了。她脸色微白，手放在小腹上，显然是不舒服。顾可馨看到床头柜上的温水喝完了，她低头看了几秒，还是坐在床边，掰正景园的身体，手放在她小腹上，轻轻揉着。

她掌心温热，摩擦后暖呼呼的，景园的脸色慢慢有了好转，顾可馨依旧低头揉着，冷不丁听到叮一声，是景园的手机。

屏幕亮着，页面显示一条消息，顾可馨抽回揉小腹的手，去拿手

机。指尖碰到手机时她停顿两秒，慢慢蜷缩起，最后收回手，任屏幕
亮着。

几分钟后，顾可馨替景园盖好薄被，景园黏糊不清地喊："顾
可馨。"

"嗯。"顾可馨手还在轻揉她的小腹，暖意袭来，景园往顾可馨身
边蹭了蹭，说："你不要走。"

软软糯糯地撒娇，也就只有这个时候才能听到了，顾可馨敛眉，
压下心底的不悦，轻声说："睡吧，我不走。"

她不走，可她怕景园会走。

顾可馨对自己从未如此没自信，她承认自己害怕了，一点风吹草
动，都让她如惊弓之鸟。

次日景园在床上躺了半天，她的小腹疼得越发厉害，手脚冰凉。
也没受风寒，就是觉得一阵阵的冷，顾可馨给她打开空调又冲了暖手
袋，最后手轻揉着景园的小腹。她的掌心很温暖，贴着景园，景园顿
时好受很多。

"以前都不会疼。"景园因为疼痛说话声音不大，脸色微白，"这
次不知道怎么就很疼。"

"没注意休息。"顾可馨安抚她，"内分泌紊乱是会这样的，多注
意休息，没关系。"

景园抬眼看她，几秒后别开视线，顾可馨看她抿唇的样子问："怎
么了？"

"你说话好严肃。"景园说，"和平时不一样。"

顾可馨没想到她察觉不到自己为什么生气，倒察觉出她语气不对
劲，真不知道应该夸她聪明还是说她笨，她摇头："我只是想让你多
休息。"

景园闷声闷气："知道了。"她说完手放在小腹上："我自己揉揉

吧，你不是还要看采访稿？"

顾可馨随手拿起采访稿，说："不误事。"

她一手放在景园小腹上轻揉着，另一只手抬起采访稿，低头认真地看，景园见她这样突然笑道："你累不累？不然我读给你听？"

顾可馨侧目，点头："也行。"

她把采访稿递过去，景园低头看了几眼，很多都是与八卦相关的内容，她读："顾小姐，有喜欢的艺人吗？"

"有啊，叫景园。"顾可馨看着她，景园愣了两秒，眉目舒展开："你认真点！"

顾可馨妥协："好，你继续问。"

景园："顾小姐喜欢什么类型的艺人？"

"你这样的。"顾可馨看着她，景园没好气地道："顾可馨！"软软的毫无威慑力。

顾可馨说："还是我自己看吧。"

景园问出来的问题，她都没办法好好回答了，景园将采访稿递过去，低头喊："顾可馨，要不我们——我们中午出去吃饭吧？"

"好啊。"顾可馨笑着回，眸色却暗下去。顾可馨没了看采访稿的心思，她对景园说："我去订饭店。"

景园还没回话，顾可馨的手机铃响起，她和顾可馨互看一眼，顾可馨去拿手机，屏幕上闪烁着一个名字，景园很默契地低头，顾可馨接了电话："萧老师。"

阿姨？阿姨找顾可馨什么事情？景园眉头皱了皱，听到顾可馨说："现在吗？我现在……"她停住，电话那端在说话，顾可馨沉默片刻，看向景园说，"好，我知道了。"

简短的两句话，她挂断电话，景园爬坐起身："是阿姨？"

"嗯。"顾可馨说，"《抗战》还差个配角，她想让我去试镜。"

《抗战》是目前热度最高的一部电影了，萧情是总导演，噱头十足，景园就是想不知道都难，但这也代表顾可馨要和阿姨合作，景园担心地看着顾可馨："你想去吗？不想去我帮你推掉？"她怕顾可馨没法推，主动请缨。

顾可馨沉默片刻，说："不用推，我去试试。"

景园微诧："你要去剧组？"那岂不是每天和阿姨见面，顾可馨撑得住吗？

顾可馨冲她笑："没关系。"她这么多年都撑过来了。

景园搞不懂顾可馨，在萧情的问题上，她就没有看懂过顾可馨，也想不通她要做什么。

景园眉头拧在一起，顾可馨说："我中午没法陪你吃饭了，我让苏英陪你去？"

"让苏英陪你去吧。"景园说，"我等会儿煮点粥。不是很饿。"

躺了大半天，她确实没什么饿的感觉，说出去吃饭也只是想和顾可馨出去走走，不是真想吃饭。

顾可馨微点头："那我给你把粥煮好，你一会儿吃。"

景园说："你去换衣服吧，我自己做。"

她推顾可馨去更衣室，自己走向厨房，淘米下锅，操作并不复杂，她却怔了好久，还是听到身后有动静才按下煮粥的功能。

一转头，顾可馨已经换好衣服了，她对景园招手："过来帮我化妆。"

景园淡笑着走过去，接过顾可馨手上的化妆盒，摊开，从里面拿出化妆品一一涂抹在顾可馨脸上，顾可馨微闭着眼，任景园忙活。擦粉底时顾可馨说："你下午要不先回去？"

景园动作一顿："不要我在这儿等你吗？"

"你妈妈不是请吃饭吗？"顾可馨说，"你先回去，我结束后直接过去。"

景园点头："好。"

顾可馨没空多闲聊，苏英一会儿就过来接她了，景园送她离开后独自吃了米粥，刚吃完就收到顾可馨的消息，告诉她到不凡了。

试镜地点就在不凡，顾可馨到之后被萧情助理请上楼，沿途遇到了好几个员工，他们看到顾可馨纷纷侧目。

"是顾可馨吧？"

"这是顾可馨吗？"

"哦！还真的是！她来干什么？是不是来签合同的？"

"合同？什么合同？"

"你不看八卦吗？萧老师要签新艺人，他们都说第一个就是顾可馨呢！"

"那好啊！小花里就顾可馨实力强，她上次《神偷》的票房过六十亿了，小花里谁有这个成绩，而且你们有没有觉得，顾可馨和萧老师有点像啊？"

闲言碎语如风一般顷刻吹开，顾可馨面色温和，目光却陡然冷下来，身侧苏英小声道："可馨，电梯到了。"

顾可馨敛神，掩下眸光里的寒意，跟在助理身后上了电梯。助理不知道是有意还是无意，她们本可以直接去试镜的地方，但助理却带着她经过了好几个部门，最后才对顾可馨说："顾小姐，您稍等片刻，萧老师马上就过来。"

四周的员工从她身侧经过，有几个胆大的开始打招呼："顾小姐？"

顾可馨面带笑容对他们微点头，员工尖叫着跑开了，苏英站在顾可馨身后，还没启唇，办公室门被打开，助理说："萧老师让你们进来。"

顾可馨没犹豫，踩着细高跟走进去。

很宽敞的办公室，两面落地镜，阳光照进来，格外明亮，萧情坐在办公桌前，穿着职业小西装，秀发扎在脑后，很干练。

顾可馨进去后，萧情起身说："坐。"她说着走到沙发旁边，对顾可馨说，"想喝点什么？"

"都可以。"顾可馨说，"不试镜吗？"

"别着急。"萧情淡笑，"先看看剧本。"

顾可馨这才坐下，萧情让助理送两杯咖啡进来，苏英看了一眼顾可馨，见她微点头才退出办公室。

等人离开后，萧情递给顾可馨一个剧本："看看，有没有兴趣，我觉得这个角色你还挺合适的。"

顾可馨接过剧本看，角色是个女配，《抗战》是群像电影，没有个人英雄主义，讲的是一群老前辈的奋斗史。她要试镜的角色身份是一名地下工作者，潜伏在敌人阵营里，输出了很多资料，最后因为一次行动失败光荣牺牲。

人设不算出彩，但也不是很平庸，中规中矩，如果是其他的电影，顾可馨未必会接，但这是《抗战》，百年艺人评委团很多成员参拍的电影，意义非凡，可以预见，萧情没倒台之前，这部电影会是近几年的热门话题，所以别说里面的一个配角，就是一个送信的角色，都有无数人争抢。

顾可馨并不意外萧情找自己，因为她想拉拢自己来不凡。顾可馨只是意外，萧情竟会送这么一份大礼给自己，毕竟她没有明确地答应萧情自己会来不凡。

"怎么样？有没有兴趣？"萧情侧目，将顾可馨的神色看在眼底。动摇了啊，比之前坚定的态度好了些，萧情并不急于用一个剧本就让顾可馨来自己的公司，她要的是她心甘情愿过来替她工作，况且距离她下个计划还有两年时间，她并不着急。

顾可馨有些为难地开口："我有兴趣，只是……"

"只是觉得担不起。"萧情笑，"放心吧，我可不是那种用剧本逼你签合同的人，再说，可馨啊，你和园园认识也快半年了，作为园园的阿姨，也该送你一份见面礼。"

顾可馨抬头："萧老师。"

萧情笑："别见外了，以后跟着园园叫我一声'阿姨'就好。"

顾可馨双手攥紧剧本，目光深幽，嗓音紧绷，喊："阿姨。"

"那你好好看剧本，就看前面那场戏，等会儿试镜就试那场。"萧情起身，往前走两步又转头喊，"可馨，园园是不是要出国深造？"

顾可馨抬眸，阳光在萧情身上晕开一层金光，很刺眼，顾可馨微眯眼说："嗯，下周过去。"

"那正好。"萧情一笑，"我女儿也在那边，和园园一个学校，这下有人能管管这个小魔王了。"

满满的宠溺和疼爱，顾可馨心底伤口被人狠狠撕开，毫不留情。她身体晃了下，脸色微白，低声说："萧老师的女儿很皮吗？"

"皮得很呢。"萧情说，"也不知道像谁，不过她就爱黏着园园，从小就喜欢，小时候啊还经常说长大要嫁给园园呢，闹了不少笑话。"

原来这就是景园说的那个比她小很多的妹妹吗？

顾可馨整颗心坠入冷窖里，凉意袭来，不禁打了个寒战。

顾可馨接下来准备试镜，还没给莫离打电话，那端就直接打过来问："你在不凡？"

消息为什么这么快传到莫离那里，顾可馨大致能猜到缘由，她低头说："嗯，我在不凡，萧老师让我过来试镜《抗战》。"

"试镜啊。"莫离心里顿时矛盾起来，一方面《抗战》的名气多大她懂，若是能参加，对现在的顾可馨而言，那是莫大的荣誉。就目前而言，曝光出来的演员没有一个低于四十岁的，全是老影后和老影帝，可以说这是目前娱乐圈内阵容最大的一部电影了，任何一个老艺人单拎出来都是活招牌，更别说是十三位加总导演萧情。莫离听说有个经纪公司为能塞自家艺人进去混个配角，花了天价都没有拿下。

而现在顾可馨说在试镜，她当然求之不得，可是她同时也知道后果，世界上没有免费的午餐，萧情做了这么多的工作，要求无非就一个，让顾可馨去不凡。

她怎么舍得让顾可馨过去？

莫离犹豫两秒说："可馨，你想参加吗？"

顾可馨抿唇："我想听听莫姐的意见。"

莫离说："我呢，是非常想让你参加的，但是可馨，我们得承认，这次全部都是老前辈、老艺人，你想好参与的结果了吗？"

诚然，顾可馨的演技十分好，但谁也不知道她和那些老艺人一起搭戏是什么气场，万一不合适呢？万一入不了戏呢？那被骂的只有顾可馨。

这不是稀奇事，和老艺人搭戏结果接不上戏被骂的比比皆是，如果有其他配角衬着，还能借着老艺人的实力，承认自己演技不行，希望观众网开一面。

顾可馨这倒好，搭档的大多是老艺人，想拉其他同龄艺人对比都没办法，万一真的搭不上戏，顾可馨这几年经营的好演技人设会瞬间崩塌，到时候顾可馨百口莫辩。

顾可馨垂眸，知道莫离只是在用搭不上戏吓唬她，但莫离没把话说得很死，换言之，我说了结果，你去不去，是你的事情。她现在就像是告诉自己来不凡的后果，至于要不要换公司，自己掂量。

顾可馨并没打算换公司，但这个角色，她非接不可，莫离说了一大通，最后说："可馨，你觉得呢？"

"我觉得莫姐说得很有道理。"顾可馨谨慎地说，"但是我想试试。"

莫离皱眉："可馨？"

"我想试试和几位老前辈搭戏的感觉，莫姐，我知道你的想法，但是我不会来不凡的。"

莫离抿唇，漂亮话谁都会说，她也不是不相信顾可馨，只是萧情开出的条件越来越好了。这次是《抗战》的配角，下次说不定就是什么大戏的主角，人心都是一点点瓦解的。顾可馨坚持得了一时，未必能永远坚持住，况且公司那点赔偿款，对萧情而言，压根儿不算什么，所以公司上面的意思就是尽量断，能不让萧情和顾可馨联系就不要让她们有交集。若是这次试镜成功，顾可馨和萧情朝夕相处，莫离承担不了后果。

莫离对顾可馨说："我还是不同意。"

"莫姐，"顾可馨说，"不然这样吧，我们重新签合同。"

莫离惊诧："你认真的？"

顾可馨失笑："莫姐，我什么时候骗过你？"

这话也对，只是莫离没想到顾可馨居然为了待在他们这家小公司而重新签合同，她突然看不懂顾可馨，图啥呢？随后她摇头，自己待的公司虽然不大，但也不是三流，怎么能这样贬低？可和萧情的不凡，没得比啊！

莫离陷入短暂的茫然，还是顾可馨一句话把她拽回来："莫姐，你先过来吧，看看试镜结果。"

苏英见她挂断电话，抿唇道："你真准备重新签合同？"

"不然呢？"顾可馨侧目，"你以为我来这里，是为了和萧情叙旧吗？"

苏英被她噎住，突然觉得奇怪，怎么有种以前的顾可馨回来的错觉？自从认识景园后，顾可馨的脾气就温和了很多，也不撑她了，现在蓦然来这么一句，苏英还有点不习惯。

顾可馨早在萧情让她来公司试镜的时候就知道萧情的想法了，利用舆论离间她和老东家，只是她没想到自己会将计就计，趁此拉高自己的身价，好逼老东家签新合同。

她一直在等待机会，这次不管试镜能不能成，她的新合同是签定了。

苏英问："那你的新合同要怎么搞？"

顾可馨说："我要钱。"

她给老东家提供好名声、好影响，利益方面自然要比以前拿得多，最重要的是，以后用得上。萧情这次没成功，不仅是因为景家，还有一大部分原因是她后续资金没到位。之前几年她做慈善，花了不少，而不凡在萧柔手上乱七八糟的，压根儿不赚钱，所以萧情才会放低身价接近自己，就是希望自己给她带去利益。

顾可馨现在就是行走的印钞机，她的商业价值已经远超当红流量和四小花，这么好的条件，她当然得好好利用。

苏英点头："我明白了。"她看向顾可馨，见对方侧脸平静，说这些计划也是云淡风轻的态度，苏英倏然想到顾可馨演的电影里那个夫子的形象，和她现在很像，运筹帷幄，决策千里。成熟又理智，漂亮又迷人。

苏英说："景园真幸运，捡到你这个宝了。"

顾可馨转头，苏英笑："不过你也幸运，遇到了景园。"

顾可馨听到景园的名字，顿了顿，低头，没几分钟，萧情的助理请她去试镜的场地，顾可馨捏着剧本跟在助理身后，一言不发。

苏英也没在意，她们到试镜的地方时已经有好几个前辈到了，坐在一张长桌旁，顾可馨一进去就被打量个彻底。

"这位是顾小姐。"助理笑着对老前辈解释，"等会儿和几位搭戏的。"

"你就是顾可馨？"一个头发微白的男人站起来，说，"早就听萧情说你不错，今儿终于见到了。"

顾可馨低头："夏老师好。"

她看过去，一一打招呼，几个人握她的手，细细打量她，年轻漂亮有气质，稳重，身上没年轻人的毛毛躁躁，也没有成名后的趾高气扬。这些老艺人在圈子里摸爬滚打了半辈子，看人很准，有些年轻艺人虽然会极力掩饰自己的小毛病，但说话和做事风格是没办法掩饰的，顾可馨和那些人不同。

几个老艺人互相看了一眼，点头："顾小姐看过剧本了吗？"

"看了一遍。"顾可馨回答得不卑不亢，她放下剧本，坐在刚刚说话的男人身边，"等会儿还望夏老师多多照顾。"

夏雨和其他几个艺人对视一眼，笑道："怎么就知道等会儿和我对戏的？"

萧情还没公开过演员名单，他们自己还在摸索到底谁合适哪个角色，目前夏雨饰演男一的呼声最高，但还没定下，顾可馨等会儿试镜的就是和男一的一场戏，她是怎么知道自己就是男一的？

夏雨好奇地看着顾可馨，其他人也看过去。

顾可馨失笑："当然是夏老师的着装。"

夏雨低头看着自己的衣服，为了试戏，他今天穿的是军装，还是抗战时期的军装，可其他人也是，顾可馨指着他肩膀一处说："破了。"

在场唯一肩膀处破洞的人就是夏雨，而在男一的人设里，有交代过这个小细节，一笔带过，没有强调，但顾可馨居然发现了，有点意思。

夏雨说："还有呢？"

"还有您的外形和气质，都完美符合。"应该是这段时间练戏的结果。

夏雨看向顾可馨，饶有兴趣："不愧是萧情找来的人，很机灵，就冲你挺我当主角，我怎么着也要照顾你。"

一席话，满堂哄笑。顾可馨看着他们也跟着笑起来，完全没有隔阂，她就像是天生会融入这个群体的人，做什么都游刃有余。

萧情站在硕大的屏幕前看了良久，见顾可馨和那些老艺人谈笑风生，她助理说："顾小姐真特别。"

萧情转头："怎么说？"

助理知道萧情欣赏顾可馨，她说："这些老前辈的脾气都有点古怪，顾小姐居然能在这么短的时间内和他们说笑，能力果然不一般。"

这倒不假，萧情当初刚做评委，为了和这帮人套近乎，不知道花了多少精力，顾可馨可以和他们聊这么开心，是她没想到的，不过也证实她没看错人，这顾可馨的确是不可多得的人才。

这样的人才，她当然不会放过。

萧情站在屏幕前，看向里面正在说笑的几人。身边助理的手机铃响起，她接通后神色微变，迅速看了一眼萧情，然后对电话那端说："我知道了。"

"怎么了？"萧情察觉她神色异常，侧目问，助理小声说："萧老师，顾可馨的公司要和她签新合同了。"

萧情转头，双眼眯起，寒芒一闪而过，她说："什么时候？"

"就最近。"

萧情点头，对助理说："晚点儿给我备车。"

助理微诧："您去哪儿？"

萧情淡笑："去景家。"

CHAPTER

15

反胃

If the golden sun,
Should cease to shine its light,
Just one smile from you,
Would make my whole world bright.
——*Stray birds*

　　莫离到不凡的时候顾可馨已经在试镜了，她蹑手蹑脚地走进去，听到苏英喊："莫姐，你来了。"

　　"嗯，有点堵车。"莫离转头看苏英，"可馨在试镜吗？"

　　"嗯。"苏英看向台子。顾可馨一身军装笔挺，站得小白杨似的，她将长发绾在帽子里，露出漂亮的天鹅颈，腰杆笔直，一身正气，气势很足。

　　顾可馨属于温柔型的人设，平时端的是人畜无害，但一入戏，各种人设就信手拈来，苏英压根儿就不担心她会被老戏骨压戏，和萧情对戏都能平分秋色的人，她不觉得自己有什么好担心的。

　　果然，那端评委团的几个人看到顾可馨的表现，点头："还不错哦。"

　　"有点那感觉了。"

　　"这小姑娘可以啊，和老夏都能搭上，有点意思。"

　　萧情点头："杜老要不要上去试试？"

　　"试试啊。"杜老笑，"我觉得这丫头挺有意思的，我还真喜欢这种有实力的。"

　　有实力的艺人到哪儿都受人欢迎，他们评审看多了花拳绣腿的，各种秀演技结果暴露缺陷的，顾可馨这种，还真不多。

　　杜老动了心，他还真上去试了一段，顾可馨刚刚才和夏雨演了一出交换信息的戏，又和杜老来了一场针锋相对的戏码。杜老劲头十足，要不是被夏雨拽着，怕是想拉顾可馨再来一场。

"痛快啊！"杜老很兴奋，"我好久没有这种畅快的感觉了。"

"这丫头真有意思！"

"我现在都想快点拍戏了！"

顾可馨边擦汗边听他们夸自己，夏雨说："我也感觉顾可馨不错，刚刚对戏啊，我有种和萧情对戏的感觉。"

"别说，这俩还真有点像。"

苏英心里咯噔一下，连忙看向顾可馨，却见到顾可馨面色如常，云淡风轻地说："我哪能和萧老师相比，萧老师可是公认的不败美人。"

萧情听到恭维，笑了笑，并没有放在心上。娱乐圈里和她相像的太多了，很多人都是照她的样子整出来的，不说网红，就是知名艺人都有无数，所以她还真没放在心上，不过夏雨这句话倒是让萧情心里有了个主意。

试镜结束，顾可馨毫无意外地入选，莫离站在一侧听到他们聊天也只得赔笑，这里面的都是她得罪不起的艺人，她连话都没有插上一句，还是顾可馨说："那详细的签约，萧老师您和莫姐谈吧。"

"可以。"萧情看向莫离，"我助理会联系你的。"

莫离点头应下，悄悄缓了口气，看到那边还在说话，莫离把顾可馨拉到墙角问："什么情况，这就准备签了？你不再考虑考虑？"

"嗯。"顾可馨看向她，"我感觉我可以的。"

何止可以，刚刚的表现太棒了好吗？否则杜老为什么还要拽着顾可馨再来一场，真是演上瘾了。莫离也很想接下，但她真担不起责任。

顾可馨说："这样吧莫姐，明天我去公司，我们先把新合同商量下来，再谈签这个。"

莫离知道这是目前最好的办法了，也亏得顾可馨有良心，要一般的艺人，看到萧情就走不动道了，别说新合同，早就跟萧情跑了，哪还会来征求她的意见？

"签吧。"莫离点头，"我同意了。"

顾可馨为公司做了这么多，莫离觉得再不表态，对不起顾可馨的信任，她说："明儿你早点来公司，估计有的磨呢，不过你放心，我站在你这边。"

她和顾可馨交情其实没多深，各取所需而已，她指望顾可馨带来利益和名誉，顾可馨指望她带来好剧本和资源，现在顾可馨抛下萧情这棵大树主动靠近自己，莫离承认，她有点感动了。

顾可馨轻皱眉，莫离这偶尔的感性又来了。她可真不喜欢。

顾可馨说："知道了，那我明天一早就去。"

莫离点头："等会儿没事了吧？我送你回去？"

顾可馨看看腕表："还有点私事。"她说，"我卸了妆自己回去，莫姐先回吧。"

莫离没勉强，她来主要就是看顾可馨的表现和签约的可能性，现在老板还等她回去报告消息呢，再说也不差这一时半会儿，顾可馨要是想和萧情合作，压根儿就不希望自己过来，所以莫离点头："知道了，这几天能休息就赶紧休息，下部电视剧定档了，马上就要开始宣传，还有你那部古偶下个月开拍，有的忙了。"

《神偷》被国外买了版权，怕是还要出国宣传一段时间，现在还没谈妥，但是顾可馨要忙起来是必然的，能趁这几天休息就赶紧休息。

顾可馨点头："我知道。"她对苏英说，"你送莫姐回去吧，我去卸妆。"

苏英只好陪莫离下去，顾可馨独自回到更衣室卸妆，刚拿出化妆棉，身后就传来声音，顾可馨转头，萧情站在门口。

那人穿着浅灰色的西装，长发束在脑后，全身上下都透着专业和干练。

"萧老师。"顾可馨奇怪，"您怎么来了？"

"私下没人，叫我阿姨吧。"萧情走过去，站在梳妆台前说，"我来看看有什么需要帮忙的。"

顾可馨笑："没什么需要帮忙的，我就卸个妆。"

"我帮你卸吧。"萧情笑得温和，顾可馨微诧："那其他前辈……"

"都走了。"萧情接过顾可馨手上的卸妆巾，"他们对你今天的表现很满意，可馨，你真厉害。"

"馨馨，你真棒，你好厉害啊。"

眼前的人和很多年前的样子重叠，顾可馨有两秒恍惚，她回过神，看到萧情已经举着卸妆巾走过来了。

属于萧情的香水味瞬间笼罩顾可馨。反胃，恶心，想吐。

顾可馨现在只有这个感觉，她以为自己能稳住情绪，平静面对，她高估自己了，顾可馨狠狠攥着手，指甲戳进掌心的肉里，疼痛让她恢复了一些理智，只是那反胃的感觉快要冲破喉咙！

香气袭来，无孔不入，顾可馨的身体紧绷到发抖，她屏息，呼吸不了空气的她脸色涨红。

萧情正低头给她擦掉妆，说："皮肤真好。"

顾可馨强忍住翻滚的胃，一只手狠狠掐着腿，疼痛如电窜过她的骨髓，直冲脑门，她短暂地压下那股反胃，开口说："阿姨的皮肤才是好呢，一点都不松弛。"

"只是保养得好。"萧情说，"不能和你们这些年轻人比。眼睛闭上。"

顾可馨仰头，闭上眼睛，强忍的情绪无从宣泄，在她身体里如蛮牛横冲直撞，顾可馨强忍住，眼尾浮上红晕，萧情擦了两次没擦掉，她拧眉："可馨？"

"嗯。"顾可馨睁开眼，憋得狠了，泪都憋出来了，她用手揩掉，说，"我只是有点感动。"

"阿姨，我从小就没有妈妈，刚刚你帮我卸妆的样子，真像我妈妈。"顾可馨咬着舌尖说出这句话，舌尖出了血，一股腥甜味，她说，"做你的女儿，肯定很幸福。"

"我女儿可不这么想。"萧情失笑，"她啊，只会抱怨我没时间陪她，只会任性耍脾气。"

顾可馨闭了闭眼："那是她不懂事。"

"是啊。"萧情说，"希望她以后能懂事一点，对了，她就在园园的学校里，下次园园回国，我让她一起回来，介绍给你认识，让她好好跟你学习。"

顾可馨蓦然笑了一声，她看向镜子里的自己，眼尾通红，面色微白，双唇紧闭。舌尖又出血了，她咽下去，说："好啊，我也很想认识呢。"

萧情说："那她以后回国了就交给你和园园了，希望你们好好带她拍戏。"

顾可馨目光深幽，点头："会的。"

她一定会教教萧情的女儿，什么是演戏。

萧情没在意，她给顾可馨卸了妆，说："你脸色不太好？"

顾可馨拍拍脸颊："肯定是阿姨给我亲自卸妆，我紧张了。"

"这有什么紧张的。"萧情看向顾可馨，似乎有话要说，最后只是笑笑，"好了，你去换衣服吧。"

顾可馨说："好啊。"

她往更衣室走去，身后萧情喊："可馨，你等会儿是不是要去景家？"

顾可馨脚步一顿，转头。萧情笑道："昨天听小禾说的，我也有事要去景家，你捎我一程？"

顾可馨和萧情对视了几秒，她说："好啊，那我先换衣服。"

"去吧。"萧情低头将桌面上的化妆品收拾好。

顾可馨进了更衣室直奔卫生间，打开水龙头后趴在马桶边，干呕了好几声，什么都没吐出来。她翻身靠在马桶边，神色颓然，没一会儿，水声打断了她的思绪，她抬头看，洗脸池已经放满了水。

安静的环境里，水声格外明显，顾可馨起身关掉水龙头，余光瞄到镜子里的自己，她定定地看着，手机倏然一声响，顾可馨从口袋里拿出手机，看到景园发来的消息。

可馨，结束了吗？

顾可馨盯着手机看好了一会儿，没回复，反手将手机扣在洗漱台边，她低下头看着一池子的水，几秒后将整张脸埋入水里。

深一点，更深一点。

顾可馨已经很久没有这种濒临窒息的感觉了。

时间倒退很多年，她挣扎着带她爸爸从池子里爬出来，瘫在地上，仰头往上看，阳光刺目，她只觉得冷，身边的男人没了动静，她心如死灰，很想喊一声爸，可她不敢，她怕听不到回应。

她就这样躺在冰凉的地砖上，如脱了水的鱼，苟延残喘，就快要死亡。

如同现在这般。

顾可馨倏然抬头，离开那池水，幻想尽数消失，她抬手抹了把镜子，里面的人影霎时分裂成无数片，每一片投射出过去，熟悉又陌生。

她的手机又响起一声，顾可馨拿起来看了一眼，景园又发了两个字："可馨。"

似能听到景园的声音，带着小心翼翼的试探，顾可馨的情绪稳定了不少，她拨弄手机发消息。

结束了，马上过来。

今天是她不顾景园的劝阻要来不凡的，好像并没有撒气的理由，只是这个小妹妹……

顾可馨擦掉脸上的水珠，重新洗了把脸，换好衣服后出去，外面只有苏英在等着。她看到顾可馨出来，说："萧情也要去景家？"

"嗯。"顾可馨说，"她人呢？"

"回办公室了。"苏英说，"让你走之前叫她。"

顾可馨点头："知道了。"

她们离开更衣室，顾可馨和苏英上楼，途中遇到公司职员，顾可馨笑得温和，有几个蠢蠢欲动想过来要签名，被其他同事拖走了。顾可馨走进电梯，对苏英说："李颂的消息查到了吗？"

"查到了。"苏英说，"花花公子，女朋友一周一换不带重样的，私生活很乱，不过他能力不错，就是死得早。"

"什么时候死的？"

"二十几年前。"苏英说，"车祸走的，好像是酒驾。"

苏英查到的消息也是片面的，李颂生前的身份不一般，况且还有李家压着，她们的能力渗透不进去。顾可馨说："知道了，你把查到的发给我。"

"嗯。"苏英说，"不过你查李颂干什么？"

李家不从商，也没人在娱乐圈，和她们完全不相干，她想不通为什么突然查到李颂身上。

"有事。"顾可馨没多说，苏英问："不然让赵禾帮忙？"

赵禾吗？以赵禾的身份，对李颂应该比她了解，但她还不想因为这种事情麻烦赵禾，顾可馨摇头："再说吧。"

苏英没了话，两人一起上楼等萧情下班。萧情刚签完字，助理说顾可馨到了，她放下笔："等会儿你开车跟着我们。"

助理低头："好的，我明白了。"

萧情交代好助理和保镖才打开门出去，看到顾可馨，笑道："工作有点忙，久等了。"

顾可馨说："没等多久，那我们走吧。"

萧情跟在顾可馨身后上了车，顾可馨的保姆车没换过，还是以前三线艺人的标准，设备都不是很好，音箱里的音乐也随着车的震动有些模糊不清。萧情光鲜亮丽，坐在里面，还真有两分格格不入。

顾可馨坐在她身边说："萧老师准备什么时候拍《抗战》？"

"下半年开始。"萧情说，"《抗战》耗时长，怕是一时半会儿拍不完。"

最重要的是，基地她还没谈妥，纪云昕油盐不进，说出口的条件没有商量的余地。萧情还是第一次碰到这样的合作对象，以往圈子里的人看她的面子，多少都会给点折扣，这纪云昕倒好，不仅不给她薄面，还变本加厉。

真难缠。萧情没辙，重新布置基地更耗费时间，她等不起，目前来看，除了答应纪云昕，别无他法，至于对付京仪，只能等百年的项目通过之后再说。

顾可馨用余光看着萧情，见她微拢眉，不由地问："阿姨，怎么了？是有哪里不顺吗？"

"没有。"萧情说，"等基地签下，就可以开拍了。"

基地，京仪的基地，八成是萧情在纪云昕手上没讨到好处，正烦闷呢。顾可馨的心情好转一些，她说："那就等阿姨的好消息。"

萧情转头冲顾可馨笑笑，说："可馨啊，我有时候觉得我们俩还挺像的。"

苏英开车的手握紧方向盘，下意识地看向后车镜，镜子里面顾可馨和萧情挨着坐着，细看是有两分相像。萧情是不是察觉到什么了？苏英的手心突然出了汗，冷飕飕的。

顾可馨倒很沉稳，她说："阿姨是说性格吗？"

"是啊。"萧情说，"我们的性格还真挺像呢，难怪我一直觉得你很亲切。"

顾可馨憋着气，双手紧握，身体在黑暗的车厢里紧绷着，声音压低说："我怎么敢和阿姨相提并论。"

"有什么不敢的？"萧情笑，心情很不错，"现在是你们年轻人的天下，阿姨老了，也该做你们后面的人，推推你们。"

"阿姨您可是圈子里的神话。"顾可馨说，"永远不会老的。"

"说什么胡话。"萧情被她哄得很开心，眉眼弯弯，她单手放在唇边说，"我女儿喜欢园园啊，是因为从小她就是一个人，她一直想要个姐姐，所以对园园特别依赖。"

顾可馨呼吸微窒，她忍着情绪问："那您为什么没给她生个弟弟妹妹呢？"

萧情说："那时候政策不允许，可馨，那时候和现在可不一样，而且——"她话锋一转，看向顾可馨，"我和小禾，我们这样的家庭，也和别人不同。"

顾可馨突然明白萧情的意思了，掩下复杂的情绪。

萧情说："可馨，现在和以前的大环境确实不一样了，但是有一点怎么都变不了。"

门第，门当户对，她配不上景园。

顾可馨双手握紧，她低头说："阿姨说得对。"

"阿姨也是为你们好，不过凡事总有解决的办法，你说是吧？"

合着来景家不是为了吃晚饭，而是给她做功课。顾可馨突然觉得荒谬至极，二十几年前，她费尽心思推开的女儿，现在又千方百计拉拢进萧家。真可笑啊。

顾可馨差点笑出来，她看向窗外，平复心情，说："会有解决办法的。"

话题点到为止，萧情也不再开口，很快她们到了景家。景园早早就守在门口，看到顾可馨的车停下，立马走到车门旁，车门刚打开，顾可馨还没走出去，景园就冲到了面前。

顾可馨心头一荡，景园不是善于表达的人，也极少在外人面前表露情绪，现在这般横冲直撞，估摸着是因为这两天的矛盾。她也在害怕和担心。

顾可馨积攒的怨气慢慢散开，她对景园说："景园，让我先下车。"

"感情还真好。"萧情的声音幽幽响起，景园的身体一僵，抬头，看到顾可馨旁边坐着萧情，她讷讷道："阿姨？"

阿姨怎么过来了？顾可馨怎么没和她说啊？

顾可馨下车后说："刚刚试镜结束，阿姨一个人吃晚饭，我就邀她一起过来了。"

阿姨？顾可馨怎么也叫"阿姨"了？景园狐疑地看向顾可馨，满肚子问题，萧情说："你们聊吧，我先进去。"

景园拉着顾可馨站在花圃旁："怎么回事啊？你和阿姨？"

"我们只是一起过来。"顾可馨说，"没什么其他的事情。"语气冷清果断。

景园听出端倪，岔开话题："你过了吗？"

"过了。"顾可馨说，"下半年拍。"

她说完，景园的脸上并没有高兴的神色，反而拧着眉。

"可是你不是还有一部吗？"景园说，"你还有那么多宣传，而且还有广告、代言，而且……"

顾可馨打断她的话："景园。"

景园抬头，声音戛然而止，顾可馨低头问："你想说什么？"

花圃里很黑，只有昏暗的路灯将她们身影拉长，顾可馨的秀发散开，遮住侧脸，景园看不到她现在什么表情，只觉得她一双眼很明亮。

"我不想你去。"景园抿唇，"我感觉你会很难受。"

顾可馨的心弦被轻轻拨动，她攥住景园的肩膀，和景园四目相对，顾可馨说："不用担心。"

景园下颌绷着，顾可馨低声说："我知道我在做什么。"

"真的没关系吗？"明明是她的母亲，却只能叫阿姨，只能用一个后辈的身份去接触，景园无法想象顾可馨是什么滋味，反正自己很不好受。这一刻景园突然恼恨自己的没用，如果她能查到以前的事情，或许就能解开萧情和顾可馨的症结。

顾可馨看着她自责的神色，沉默两秒："景园，我们也该进去了。"

景园松开顾可馨，两人一起往里走，到门口时，顾可馨说："吃饭前能不能帮我拖住她？"

"嗯？"景园一怔，转头，顾可馨也看着她，解释道："我有些话想单独和你妈说，你能不能帮我拖住她一会儿？"

景园看看她，又看向坐在沙发上和赵禾聊天的萧情，不知道两人聊了什么，萧情笑得很开心，景园定定地看了好一会儿。

这是她第一次做这样的事情。

景园顿了顿，说："好。"

景园很久没有和萧情坐下来推心置腹地聊天了，自从知道顾可馨的事情后，她对萧情就有种别样的感觉，褪去年少的滤镜和对这人的仰慕，开始把她当成普通的长辈。上次在医院里，她还以为萧情会因为自己不帮她而生气，没想到萧情事后还打电话给她，说谢谢她那天没有帮忙。萧情说现在的百年艺人就像是一个生病的人，她谢谢自己帮忙铲除了癌细胞，没有任其发展和扩散，如果没有她那天的拒绝，萧情也不会狠心辞掉那几个老前辈。

萧情一直都是这样，知性优雅，温柔大度，但是想到顾可馨，景园就很茫然，她分不清到底什么是对，什么是错。

这两年经历的事情将她的世界完全颠覆了，景园轻叹气。

"怎么了？"萧情笑，"坐阿姨身边也这么不高兴呢？"

景园侧目，抿抿唇，开口："阿姨，我只是想到要去 J 国，有点舍不得我爸妈。"

她不善于说谎，一说谎耳垂就会红，此刻隐在头发里的耳垂火辣辣地烧灼，她碰了下，烫得很。

萧情说："小酒要是有你一半有良心就好了，她知道要去 J 国时高兴得睡不着觉，说终于摆脱她爸了。到了那边，帮阿姨好好照顾小酒。"

景园说："我会的。"

她对温酒的印象并不深，只记得温酒小时候很喜欢跟着自己，后来上学出国后就很少见到了。萧情因为温酒小时候被绑架的事情，将她藏得很好，就连景园都没有见到几面。

景园有时候想，对家人这么好的阿姨，为什么会对顾可馨那般？

她唇角动了动："阿姨，你以前……"萧情转头看着景园，眼尾有皱褶，景园回过神，"你什么时候和温叔叔在一起的？"

萧情眨眼："怎么了？"

"我觉得你和温叔叔感情很好。"景园说，"是网上传的那样吗？"

网上传言萧情只谈过一场恋爱，她年轻的时候出道，出国后遇到了现任丈夫，只是两人并没有公开。她丈夫是歌手，她是演员，回国后没过几年公开恋情，萧情跟随丈夫进入歌手圈，后来她丈夫去经商了。可以说萧情的一生都顺风顺水，没有半点波折，就连爱情都令无数人向往。从前景园没有细细想过，但知道顾可馨的身份后，她想，如果按照顾可馨的岁数推断，那她阿姨最开始谈恋爱的人，根本不是温叔叔。

阿姨会说谎吗？景园的心悬起，她看向萧情，只见萧情温柔地笑："是啊，就是网上说的那样，阿姨和温叔叔很早就认识了。"

景园声音绷着："那你和温叔叔都是彼此的初恋吗？"

这个问题似乎不需要经过大脑思考，多年来的惯性思维让萧情想都没想："是啊。"

景园悬着的心快速坠落，掉进深潭里，刺骨的凉，她说："挺好的。"

"今儿怎么了？"萧情说，"怎么尽问我这些傻问题？"

景园以前仰慕萧情，却很少提起温叔叔，今天却提了很多次。她知道，自己是因为顾可馨。

"没有啊。"景园缓缓呼吸，"我只是……"

"聊什么呢？"顾可馨强势插入话题，缓解了景园说不出口的尴尬。景园转头，看到顾可馨手上端了杯茶走到茶几旁说："阿姨，喝茶。"

萧情接过，抿了一口："小禾泡的？"

赵禾很擅长泡茶，泡的和别人味道不一样。萧情喝了这么多年，尝一口就能品出来。

顾可馨笑："什么都瞒不过阿姨，是伯母泡的。"她端起一杯说，"伯父说还要半小时才回来，我们要不看会儿电视？"

景园摸到遥控器递给顾可馨，电视机屏幕亮起，传出声音。顾可馨转头："阿姨喜欢看什么？"

"我无所谓。"萧情抿了一口茶，"你们看吧。"

顾可馨选了个综艺，吵吵闹闹的，很欢乐，景园趁电视机里的人在说话，转头："我妈呢？"

"在书房。"顾可馨说，"一会儿就下来。"

景园眨眼："你和我妈聊了什么？"

两人靠得很近，景园怕萧情听到，几乎是贴着顾可馨的耳垂说的。顾可馨轻咳一声，侧过头也附景园耳边说："没什么。"

景园没好气地睨她，顾可馨笑："你想知道什么？"

"我……"景园抿唇，"算了。"她站起身说，"阿姨你坐会儿，我去切水果。"

萧情还没开口，顾可馨也说："我去帮忙。"

景园和顾可馨进了厨房，景园也不理顾可馨，她从果盘里拿了两个梨，顾可馨接过放在旁边："不吃梨，寓意不好。"

景园没好气地道："又不是给你吃的。"

"给阿姨吃的啊？"顾可馨说，"那你削吧，多削两个。"

景园睨了她一眼，低头削水果。顾可馨在她身边问："生气了？"

"没有。"景园侧脸平静，目光清透，只是态度冷冷淡淡的，拒人千里之外的样子。顾可馨说："想知道我和你妈妈聊了什么？"

景园抬头，对上顾可馨的眼睛，听到顾可馨说："那你为什么不告诉我，你和小妹妹聊了什么？"

"我！"景园呼吸一室，她润唇，"顾可馨。"

"是因为她是阿姨的女儿，你就不打算告诉我了？"顾可馨说，"在一个学校，从小认识你，还说长大要嫁给你……"

景园诧异："没有！"再说就是有，都多少年前的事情了，顾可馨怎么知道的？

顾可馨说："景园，我这两天脾气不好，因为我介意。"

景园皱眉："你是介意小酒吗？"

"不。"顾可馨说，"我介意的是你的态度。"

只是一个朋友或者妹妹而已，她不可能干涉景园所有的私生活和朋友圈，但她介意景园的态度。那天她下意识地躲避话题，不愿意谈温酒的样子，就像是扎在她心上的一根刺，然后这根刺伴随着这两天景园和温酒接触逐渐生根，越扎越深，她没法拔出，只能靠景园帮她。

"小酒小时候一直跟着我，把我当亲姐姐一样。顾可馨，我不告诉你是因为……"

"我知道因为什么。"因为萧情，顾可馨说，"但是我希望你下次直接告诉我。"

景园张张口："顾可馨。"

"我不想和你吵架，景园。"顾可馨说，"我知道吵架的后果是什么，我承担不了。"

景园听到她的呢喃，转过身看着顾可馨说："不吵架，我们不要吵架。"她幼稚地重复，"我以后都会告诉你的。你不要难受了。"

顾可馨听着她安慰，心头一暖，低头看，景园的面庞依旧清冷，但那双眼却蕴满情意。

身后有脚步声响起，赵禾声音随即响起："园园啊，你们的水果……"

景园和顾可馨同时转头，赵禾站门口看了好几眼，挠头："我刚刚要做什么来着？"

她非常配合地离开了厨房，景园和顾可馨互相看了一眼，抿唇笑，景园说："我妈走了。"

"嗯。"顾可馨说。

景园没好气地拍她："去切水果。"

顾可馨切了苹果和梨，端出去时赵禾和萧情坐在一起。景园低下头坐在她身边，赵禾动了动身体："吃水果。"

萧情点头，用牙签戳了一块苹果，细嚼慢咽，她对赵禾说："景述什么时候回来？"

"快到了吧。"赵禾看腕表，问，"你找他有事？"

"还真有。"萧情看赵禾，"我有点事想和你们商量。"

赵禾来了兴致："什么事啊？"

萧情看了一眼顾可馨和景园，说："这俩孩子在外面怕是不容易吧？"

"可不嘛。"赵禾说："她们不容易，我这个做妈的更不容易。"

景园清冷面庞浮上红晕，她恼羞："妈！"

"好好好，不说了。"

萧情闷咳："我不是说这个。"

赵禾抿了一口茶："嗯，你说。"

萧情说："我是说可馨的家世。"

景园面色微变，她抬眸看着萧情，目光复杂。萧情说："可馨的背景和我们园园不一样，倘若有一天她们的来往密切到一定程度，对你们景家多少会有影响。"

赵禾闻言，沉默了两秒，她说："确实有影响。"

萧情说："所以我就想，或许可以有个门当户对的办法。"

"什么门当户对啊。"赵禾说，"现在都什么社会了，还门当户对呢？大不了以后让可馨进我们景家。"

萧情听到赵禾的话，皱起眉，将满肚子的话彻底压了回去。

CHAPTER

16

如果

If the golden sun,
Should cease to shine its light,
Just one smile from you,
Would make my whole world bright.
——*Stray birds*

萧情的话赵禾不是没有考虑过，景家不是小门小户，现在的一举一动都被盯着，顾可馨和景园来往的事情，说大不大，说小不小。

这段时间她和景述一直在愁这事儿，甚至想过在娱乐圈帮顾可馨一把，景述斥责她整天歪心思，心术不正，她反过来说："我是无所谓的，反正我只要园园高兴就好，我还不是怕影响你的工作。"

景述只能沉默，他们对于门当户对其实看得没有那么严重，只是景家的女儿和娱乐圈的三线艺人来往，景家怕是要沦为笑话。他们能忍受，景家的亲戚呢？景园呢？

有些刺扎下去是不疼，但久了、深了，就疼了。

赵禾是真无所谓，但她知道景述非常在意。这也不能怨景述，世人的眼光，他们无力抗衡。沉默到最后，景述说："看俩孩子的造化吧，以后的事情，再商量。"

话题到此结束，赵禾还以为短时间内不会有人提及，没想到顾可馨会主动提。她刚刚找到自己，是猜到了萧情的一丝打算，赵禾心念刚动，顾可馨就说："伯母，我是不会进萧家的。我不想我爸死不瞑目。"

她还是第一次用这么决绝的态度面对赵禾。赵禾辗转想到萧柔对顾可馨做的那些事情，换位思考，如果她是顾可馨，不恨死萧家的人都是好的了，要说和萧情平心静气地坐下来一起喝茶，不可能的事情。

但是萧情也是好意，所以赵禾没有说得太绝，只是将萧情的话堵了回去。

赵禾说："吃水果吧。"她转头问，"你那电影筹备得怎么样了？"

"挺好的。"萧情说，"可馨也会参演。"

赵禾微诧："可馨也去？"她看向顾可馨，"怎么没听说啊？"

顾可馨失笑："还没定下来，打算签完合同再说，万一是一场空，那就白高兴了。"

"怎么会白高兴呢？"萧情对赵禾说，"你真该去看看今天的试镜现场，那几个老前辈非拽着可馨对戏，我都好多年没见到这场景了，不容易。"语气里对顾可馨满满的欣赏。

赵禾也与有荣焉，她笑得开心："这么厉害啊，那我下次倒是要亲自去瞧瞧。"

"等下次拍戏再去。"萧情说，"让你看个够。"

赵禾点头："是的，园园不在家，我是该替她去探探班。"

景园面色微红："妈！"

赵禾睨了一眼景园，笑道："好，妈听你的。"

没多久，景述到家了，他看到萧情也在，很诧异："什么时候来的？"

萧情转过头："早就到了，等你这位大忙人吃饭真不容易。"

因为赵禾的关系，景述和萧情也是多年好友，调侃惯了，景述说："不先打个电话来。"

"怎么？打电话来你就早点回来？"

景述说："打电话来我就不回来了。"

几人笑着，顾可馨见萧情在景家如鱼得水，和每个人都亲密无间，突然有点明白景园了。萧情这张面具戴了一辈子，就是老狐狸景述和赵禾都没发现端倪，更别说景园了。况且，面具戴久了，萧情自己都当真了，别人更分不出真假。

如果没有自己，萧情还真的是个一生没有污点的完美偶像。

顾可馨起身和景述打招呼，景述看了她两眼，态度比第一次在花圃见面时好了很多，也或许是有萧情在场。他点点头，温和地说："来吃饭吧。"

赵禾替他脱掉外套，简单问了些琐碎的公事，景述没多聊，几人一起去吃饭。饭桌上景述问顾可馨："我听人说，你以前跟宋明学钢琴的，是吗？"

这都不是新鲜事，景述早就查到了，赵禾早在顾可馨和景园合作的时候就把资料送到了景述面前："先看看背景。"

他一看，差点没厥过去，背景没有就算了，还父母双亡？

在那份履历上，唯一能入眼的大概就是宋明徒弟这一项，可她为什么不继续弹琴了呢？

景述很好奇："为什么要进娱乐圈？"

景园下意识地看向顾可馨，喊："爸……"

"因为喜欢。"顾可馨说，"很小的时候，我爸爸不能陪我，所以我大部分时间都在看电视。我觉得演戏是一件很神奇的事情，它能给我带来不一样的感觉，很减压。"

她一口气说了这么长一串，景园顿了顿，冲顾可馨扬唇笑。

赵禾皱眉："问东问西，吃完饭你俩慢慢聊去，现在是吃饭时间，说些轻松的话题。"

萧情被逗笑："什么是轻松话题？"

"八卦啊。"赵禾说，"你们百年艺人的坑填上了吗？"

"哪有那么容易。"萧情叹气，"还早着呢。"

话题被挪走，景述没再说话，饭桌上只有萧情和赵禾在聊天。

喜好谈论八卦这件事，果然不分老少职业，吃完饭时，赵禾已经从百年艺人聊到模特界了，涉及面之广令人咋舌。倒是景述沉默了很多，一顿饭的时间，他只是看了顾可馨几眼，然后低头吃饭。

饭后，顾可馨还以为景述会找自己谈谈，没想到他钻进书房就没出来。赵禾解释："最近他要出国，单位有点忙，咱们接着说。园园，你行李收拾好了吗？"

景园没说话，顾可馨用脚踢她，景园抿唇："还没。"

"去收拾啊。"赵禾说，"可馨你去帮忙看看。"

顾可馨笑："好，那我和景园上楼收拾。"

她们走后，萧情说："你这么喜欢顾可馨？"

赵禾说："不觉得这孩子很聪明吗？"

"聪明是聪明。"萧情说，"目光长远，这孩子我觉得前途不可估量。"

赵禾听到夸奖，笑出声："我的眼光还能有错？"

不过说到底，她还是因为景园喜欢，景园若是不喜欢这个人，那她再欣赏也不会如何。

萧情说："我也挺喜欢这孩子的，所以我想……"

"萧情，我知道你是怎么想的。"赵禾敛笑，"但顾可馨这孩子很有自己的主见，我没办法。"

萧情点点头，看向顾可馨和景园离开的方向。

顾可馨进房间后问："还没收拾好？"

"早收拾好了。"景园房间里有个行李箱，不大，顾可馨说："就这么多东西？"

"衣服到那边再买。"景园对物质要求不是很高，平时的衣服也是图舒服，所以她没带很多。顾可馨问："那药品呢？"

景园失笑："那边都有。"

顾可馨一想也是，她怎么糊涂了，景园拉着她坐在床边，低头说："我爸刚刚说的话，你真的是这么想的？"

"哪个？"顾可馨会意，"为什么进圈？"

景园目光灼灼，顾可馨耸肩："你觉得呢？"

"我觉得不是。"景园说，"你是为了阿姨吗？"

顾可馨沉默几秒："是，也不是。"

这是什么回答？景园拧眉，还想问，顾可馨说："再过两天就要走了，我们能不能不要把时间浪费在这些问题上？"

景园没好气："什么浪费？强词夺理。"

顾可馨在房间里和景园待了半天，下楼时赵禾看到她们，说："正好，你阿姨要走了，你们俩送送她。"

景园看到萧情已经准备换鞋了，萧情说："公司还有点事，我先走了，可馨你再待会儿吧。"

顾可馨点头："我送您。"她说完和景园一起送萧情出去。

晚上风一吹，景园打了个喷嚏，顾可馨说："回家穿件衣服。"

萧情也笑："去吧，别受凉了。"

景园只好点头。

等到她回家后顾可馨才低头道："阿姨，你是不是有话要说？"

萧情侧目看向顾可馨，路灯下，她们身影被拉长，顾可馨的刘海被风吹起，露出漂亮的眸子，明亮有精神，还藏着睿智。

萧情笑："可馨，今天阿姨说的话，你好好考虑。你和园园现在还年轻，阿姨是过来人，看得太多了，以后受伤的只会是你们。我是看着园园长大的，我不想她受到伤害。"

顾可馨双手垂身侧，五指蜷缩，而后缓缓松开，她压低声音问："阿姨有什么办法吗？"

萧情见她有兴趣，开口道："阿姨有个女儿，比你小几岁，一直吵着要个姐姐，所以我想给她找个姐姐。"

顾可馨觉得荒谬至极，胸口的郁气无法疏散，硬憋着，直到眼尾泛红，难受得仿佛五脏六腑被人狠狠捏着，喘口气都疼。好半晌，顾可馨说："阿姨，如果……"

萧情对上她那双眼，问："如果什么？"

顾可馨忍了忍。

如果我就是她的姐姐，我就是你的女儿，你又会怎么做呢？

顾可馨最终没问出那句话，她用回去考虑下搪塞了过去。晚上景园问她萧情的打算，顾可馨说："就是你想的那样。"

"那——"景园讷讷，顾可馨说："我拒绝了，景园，不要想太多，早点休息，我这两天估计很忙，你提前把登机时间给我，我要空出来。"

景园拒绝不了："好。"

顾可馨说忙，是真的忙起来了，次日早早就被苏英拉到公司去签了新合同，以前几年见不到两次的老板，现在主动等着她。顾可馨进去后没多久又出来，苏英诧异："签了？"

"签什么？"顾可馨说，"先把条件提一提，你这两天给我找个律师。"

"律师？"苏英皱眉，"公司不是有律师团吗？"

顾可馨敲她的头："律师团向着我吗？"

苏英瞬间明白过来："我知道了。"

等找到律师已经是三天后了，顾可馨趁录制空隙出来见了一面，对方是律师行业的老油条，认钱不认人。顾可馨非常喜欢和这样的人合作，当即敲定方案交了钱，让律师一周后把合同拟出来。公司那边找过顾可馨两次，以前从不拿乔的她也端起了架子。

苏英有点犹豫："能行吗？"

毕竟顾可馨要的不算小。憋了六年，她第一次把野心露出来。顾可馨笑："你觉得呢？"

"我觉得——"苏英想了会儿，如果她有公司，那就是和顾可馨七三分也够了啊，而且名声赚到了。顾可馨现在的身价和以前可不一样，光一个广告的价格就翻了十倍，公司指定不亏，就是人心总是贪的，所以她还真不确定。

这边还在周旋，顾可馨又收到了其他家的邀请，其中有个让苏英都咋舌："京仪？"

顾可馨转头，倒是没意外，那纪云昕一看就不是省油的灯，一切向钱看齐，所以会对她伸出橄榄枝也并不是欣赏她，纯粹是看中她的商业价值。

"条件开得还挺高。"苏英说，"说不管你去哪家，都给你的双倍的福利。有没有动心？"

顾可馨嗤笑，动心？她完全不动心。纪云昕是标准的商人，就连萧情都没有讨到好处，她不觉得自己能从纪云昕手里吃回多少。

苏英点头："也是，上次去不凡，我看到纪云昕就在隔壁办公室，看着就不近人情。"哪有她们现在的老东家好，最起码算不过顾可馨。

顾可馨说："明天的时间空出来了吧？"

"空了。"苏英说，"不过今晚你要熬夜。"

有一个节目录制，顾可馨把明天的时间挪到今晚了，节目组加班加点。顾可馨说："晚上你准备好夜宵。"

"我知道。"苏英说，"莫姐已经安排了。"

到底是因为顾可馨的原因让这些人加班，如果再不给点福利，怕是会敷衍了事，而且顾可馨现在处于上升期，不能有半点黑料，所以莫离早早就打点好了。

顾可馨回到录制现场前接到了景园的消息。

晚上几点收工？

有点迟。你早点休息，明早我去机场。

你要是太晚就别来机场了。

顾可馨这段时间都累死了，景园实在不忍心她来回跑，顾可馨却要坚持。

要去的，没关系，回来我再好好休息。

景园坐在长椅上看着顾可馨的消息，莫名鼻酸，顾可馨越红就越忙，这是常识，可她还是免不了为她心疼，想到顾可馨为了拍戏中午就匆匆吃了两口，晚上熬夜只睡两个小时，现在却为了抽空送自己把录制时间调到半夜，景园就难受。

一直以来都是她在接受顾可馨的照顾，却没能帮顾可馨做些什么，景园的心头很不是滋味，她想了几秒，给景述打了电话。

景述接到景园电话有些意外，听到她的要求更奇怪，但他没多问，只是说："我知道了，我等会儿给你李叔叔打个电话。"

景园抿唇，坐在长椅上等消息。

赵禾在花圃里看到景园时景园正在等消息，她端着茶走过去，喊："园园。"

景园转头，起身："妈。"

"坐。"赵禾走过去，坐在她身边。凉风习习，吹在脸上说不出的舒服，赵禾放下杯子说："明天就走了？"

景园低头："嗯。"

一走就是半年，到年底回来。赵禾还是第一次和景园分开这么长时间，颇为不习惯，她转头说："你小时候其实很黏我的。"

景园侧目，和赵禾对视，赵禾笑了笑，继续说："但是妈妈那段时间忙着事业，你受欺负了，妈妈也没有第一时间站出来帮你，后来你同学那件事，你还记得吗？"

怎么会忘呢？就是那件事，让景园性情大变，变得沉默寡言，冷漠疏离，也就对家人稍微热络点。

"其实妈一直很后悔。"赵禾说，"你知道妈后悔什么吗？"

景园看着赵禾，晚风吹起她的刘海，赵禾面色平静，目光如水，景园问："后悔没有早点发现吗？"

"当然不是。"赵禾说,"妈后悔那段时间因为太忙,把你送到阿姨那边去。"

景园脸色微变:"妈。"

赵禾眨眨眼,路灯下,她眼底有水花浮动,鼻尖泛红,赵禾说:"妈不止一次后悔那段时间没有陪在你身边,反而因为工作忙,把你丢给阿姨。"

从那之后,景园和萧情就变得亲密无间,她这个亲妈倒像是外人,刚开始她觉得很好,有人帮她带孩子了,没过多久,她就开始难受。她听到景园半夜睡觉都叫阿姨很难受,她看到景园冲进萧情的怀里很难受,她每次面对景园问什么时候可以见到阿姨更难受。

赵禾这辈子后悔的事情不多,但这件事,她无比的后悔。

"所以园园啊,妈就想告诉你,工作呢,是重要,钱呢,也永远赚不完,但是时间只有那么多,你要衡量好孰轻孰重。"

景园清冷的神色有些波动,她说:"我知道了,妈。"

"园园,你是个聪明的孩子,应该明白妈的意思。"赵禾替景园拨弄秀发,说,"妈不希望你以后和我一样,过个几十年,坐在这里后悔。你这个年纪,想做什么就去做,千万别等。"

景园忍了两秒:"妈,爸给你打电话了?"

赵禾笑:"你都求李叔叔了,你爸不得给我打电话?怎么不直接告诉我?"

景园抿唇,因为景述不在家,她打电话能说得出来,和赵禾面对面,听她调侃,景园就绷不住,她肯定说不出口。

"和妈妈有什么好害羞的。"赵禾摇头笑,"我刚刚和你李叔叔说了,他一会儿给你回消息。"

景园点头:"知道了。"

"这两天顾可馨在拍戏呢?"赵禾问,确实有两三天没看到顾可馨了,景园回她:"在录制节目。"

"哦。"赵禾从长椅旁端了杯子过来抿了一口茶，问景园，"温酒这两天有没有联系你？"

"小酒吗？"景园说，"前几天联系我了。"

赵禾点头："去那边好好照顾她，就当是咱们还阿姨的人情。"

这么多年，萧情对景园的照顾有目共睹，有几次她明明可以回家，却选择直接来景家，就是因为景园想见她，所以赵禾对萧情的感情也从刚开始的嫉妒，到后面接受，让萧情慢慢融入景家。

现在景园和温酒在一个学校，照顾是应该的，景园点头："妈，我知道该怎么做。"这点人情世故她还是明白的。

景园说完，低头，余光瞄了一眼手机屏幕。赵禾转头看到她的小动作，淡笑着抿了一口茶。

真好，她的园园又变成了活生生的女孩子，会笑会闹会心疼。

她问："来消息了？"

景园一愣，转头，敛神道："没有。"

赵禾的手抵在鼻尖下掩饰着笑意，刚准备说话，手机铃响起，她拿起时故意将屏幕给景园看，李叔叔的名字闪烁不停。

赵禾瞄着景园表情接了电话："什么？哦，这样啊，我知道了，我会和她说的。"

景园紧紧地攥着手机。

赵禾叹气："那也是没办法的事情，好了，我转告她。"

景园宛如泄气的气球，恹恹的，赵禾挂了电话对景园说："你李叔叔的来电。"

"嗯。"景园说，"是不方便吗？"

"没有啊。"赵禾看向景园，笑着说，"他说给你安排好了，明天下午的专机，直接到学校那边。"

景园愣住，突然意识到刚刚赵禾的通话是在骗自己，她拧眉："妈！"

"好了。"赵禾眉眼弯起，"妈不说了。"她看向景园，神色认真地道，"还愣着干什么？"

景园和她对视一眼，赵禾拍拍她的后背："不是要去找顾可馨吗？想去就快去，再不去今晚就给你留门了。"

景园被她一拍，清醒过来，小跑回客厅拿了钥匙就跑，包都没拿，身影风一样从赵禾身边擦过，走出去好几米才转头说："妈，我走了。"

赵禾笑着点头，满目悦色，她说："园园，看到顾可馨，帮妈捎句话。"

景园清亮的眸子缀满星光，闪闪发亮，她问："什么话？"

"帮妈谢谢她。"

谢谢她给景园带来动力、热爱，和激情。

景园顿了几秒喊："妈。"她说，"我也谢谢您。"

赵禾轻轻眨眼，眼底水花浮动，她冲景园挥手："快去！"

景园一低头踏入夜色中。

景园想，原来人的疯狂是可以升级的，最开始她以为自己留宿在顾可馨那里已经很疯狂了，后来发现半夜去找顾可馨才是疯狂，而现在，她居然为了能迟一点去学校而麻烦李叔叔用专机送她，层层递进，景园不知道以后还会不会做出更疯狂的事情，但她知道为顾可馨值得。

只要想到这个名字、这个人，景园心里就如被滚烫的岩浆浇灌。景园心怦怦跳，手心热得出汗，红绿灯时，她拿出手机想告诉顾可馨，几秒后又放下，抿着唇笑。

顾可馨正在补妆，刚刚那个镜头拍得不行，苏英坐在顾可馨身边问："要不要和主持人说一声？"

刚刚是节目的随机采访环节，所谓随机，就是从网友留言里抽问题出来问，一开始还好，提的问题都是关于演戏方面的，至多两条绯闻，顾可馨回答得滴水不漏，可越往后就涉及隐私了，还有问她父母的情况的，也不知道那个主持人是不是故意的。

顾可馨失笑，当然是故意的，不过不是针对她，而是想找爆点，否则网友那么多问题，不适合的她可以划过去，不需要单拎出来。

她出道这几年一直避讳谈父母的问题，尤其是她父亲，外人只知道早就去世，但知道是自杀的并不多。虽然顾可馨也没刻意隐瞒，但采访里，她一直都很回避，混这个圈子的都是聪明人，她回避，自然不会有人追着问。像今天这个主持人如此挖掘的情况，还是头一回。

顾可馨知道，一旦她大火，别说是父亲自杀的事情，就是她以前的学校也会被扒个彻底，所以她对苏英摇头："用不着。"

苏英气恼："那就任她这么问？"

陆长白的死对顾可馨的打击有多大，苏英是陪着顾可馨一路走过来的，岂能不知道？现在被主持人挖到痛处，怕是晚上回去又要做噩梦了。

顾可馨说："迟早都要知道的。"

苏英憋了口气，手机铃突然想起，她看了一眼屏幕，皱眉，想了几秒还是接通电话。顾可馨补好妆看向苏英，问："大半夜的，谁啊？"

"一个朋友。"苏英说，"我出去一下，你先录。"

顾可馨没放在心上，她正低头思考等会儿怎么和主持人周旋，半刻钟后，她走到录制台，苏英还没回来，主持人依旧笑眯眯："顾小姐，不需要再休息会儿吗？"

"不用了。"顾可馨笑，"早点录制完，大家也能早点休息，今天确实是我不好，给大家带来不便。"

众人听到她这么说纷纷摆手。

"没有的事情。"

"社畜哪有这么早睡觉的。"

"这算熬夜吗？"

就连摄影师都笑着说:"能和顾小姐一起录制节目,就是录一夜我们也心甘情愿啊。"

是啊,且不说顾可馨这温柔的脾气,就光是坐那里都是一道漂亮的风景线,一晚上不知道多少工作人员都挪不开目光。人美性格好,又没有架子,逢人就笑,而且还给他们备了夜宵,和那些出了名就耍大牌的艺人相比,简直是天使下凡好吗?耽误?不存在的事情,就是这样一晚上啥都不做光看顾可馨,他们也乐意啊!

顾可馨笑:"那我们开始吧。"

主持人冲那些人摇摇头:"看到美女就丢魂了!回魂回魂,开始干活了。"

众人嬉闹过后开始工作。

话题没变,还是围绕顾可馨的父母那些琐事,顾可馨低头:"我母亲是难产去世的。"

"这么说,您都没有见过您母亲?"主持人好奇道,外界对顾可馨的身世没什么谣言,一个男人带女儿,和一个女人带女儿,舆论是不一样的,所以从顾可馨进圈到现在,没什么人在她身世上造谣,顾可馨沉默了几秒点头:"算是吧。"

"那您父亲没有给您看过照片吗?"

顾可馨细想:"没有。"她说,"我父亲很爱她,所以不能接受家里有她的任何东西。"

主持人深呼吸,谈到这里,话题没法再继续了,她说:"那我们看下一位网友的问题。"

顾可馨抿唇笑,神色平静。

之后的录制十分顺利,顾可馨配合得好,什么都说,主持人倒是省心。结束时主持人还想约顾可馨一起吃个饭,苏英说:"不了,可馨明早还有飞机,现在回去只能睡两小时。"

主持人这才说:"那好吧,下次再见。"

其他工作人员听说顾可馨婉拒也是一脸遗憾，最后有两个人去找顾可馨要了合照才结束，苏英站在一侧，等顾可馨卸妆。

"几点了？"顾可馨不方便看手机，转头问苏英，苏英回她："四点半。"

四点半，景园是七点的飞机，她们路上还需要半小时，顾可馨说："等会儿直接去机场吧。"

"这么早？"苏英诧异，"是七点的飞机。"

"我知道。"顾可馨说，"我就在车上休息会儿，到时间你再叫我。"

她这几天特别累，怕回去休息就爬不起来了，干脆不回去了，苏英听她这么说不知道该心疼还是庆幸。

心疼顾可馨的付出，庆幸景园和她一样，都在为对方努力。

她说："知道了。"

顾可馨卸完妆差点儿睡着了，还是苏英推她才清醒，苏英给她递了一杯水："润润嗓子。"

说了一夜的话，顾可馨也有些口干，她抿了一口水，皱眉："怎么是酸的？"

"柠檬水，能不酸吗？"苏英没好气地道，"走了。"

顾可馨拧好盖子走出去，工作人员还在收拾现场，她们从人群中穿过，一路到了停车场，这个点，停车场寂静无声，人影子都看不到一个。顾可馨按着发涩的眼角跟在苏英身边，很快来到车旁边。

苏英打开车门，车顶灯没如往常那般亮起，顾可馨说："该和莫姐说换车了。"

"是吧。"苏英憋着笑，"上去吧。"

车内漆黑，顾可馨刚低头就撞上一双眼睛，她一怔，还以为自己产生了错觉，迟迟没敢说话。苏英在她身后说："进去啊，干什么呢？"

顾可馨还在恍惚，她抿唇，愣了几秒试探地喊："景园？"

景园一张脸从黑暗中探出，看向顾可馨，眉梢挂着悦色，她声音清淡地说："顾可馨，上车啊。"

如一汪泉水顷刻灌进顾可馨心底，刹那滋润，顾可馨不敢置信地看着她，又看看苏英："你知道？"

苏英笑："是景小姐拜托我别告诉你的，她想给你惊喜。"

"胡闹。"顾可馨说，"你早上的飞机，不在家里休息跑这儿干什么？"

"我想见你啊。"她说，"顾可馨，我想见你。"

顾可馨心头浮荡，川流不息，又如洪钟撞击，留下一阵阵心悸。她想也不想钻进车里，只是还斥责着："简直胡来。"

苏英一脚油门踩下去，直接将顾可馨和景园送到了家门口，连再见都没有来得及说就跑了。

顾可馨看着消失的车屁股，说："回家吧。"

"嗯。"景园边走边说，"我机票改到了下午，所以你今天可以好好休息。"

顾可馨一路没说话，到电梯前才说："知道了。"

景园侧目，抿唇问："我擅自做主，你是不是不高兴了？"要不然她声音怎么紧绷绷的？

顾可馨推开家门走进去，客厅还弥漫着暗色，所有的家具都只能看到轮廓，顾可馨没打开灯，她说："是有点不高兴。所以景园，你快哄哄我。"

CHAPTER

17

晚安

If the golden sun,

Should cease to shine its light,

Just one smile from you,

Would make my whole world bright.

——*Stray birds*

顾可馨昏睡到中午时分都没有醒过来的迹象。

景园帮顾可馨掖好被子，从床头柜扯了一张纸下来，留了两句话才坐在床边。

顾可馨睡得香甜，卸了妆，眼下的黑眼圈遮不住，景园的指腹抵在她长睫毛处，拨弄了两下，顾可馨的眼皮动了动，无意识地喊："景园？"

不像是要清醒的样子，倒是手往旁边摸了下。景园突然难受，接下来半年顾可馨若是想抓住都只能抓到空气了。不想还好，一想就有点不可收拾，她甚至开始脑补顾可馨可怜兮兮地坐在床边发呆，然后给她打电话抱怨的样子。

景园伸手，在闹钟响之前按掉，然后起身离开。

车是她昨天拜托苏英开过来的，景园开车回家，拎了行李箱下楼，赵禾问："你一个人？顾可馨呢？"

"她在家呢。"景园说，"这两天她很累，我没要她送我。"

"是没要，还是送不了啊。"赵禾说，"这体质看来也不太好。"

顾可馨没送景园，赵禾不能不送，她开车送景园到机场，景园下车后看到飞机旁站着一个人，她喊："李叔叔。"

赵禾也看过去："老李。"

李星元转过头："来了。"

景园走到他面前站着，李星元和景述是同事，家里有个儿子，一直想养个女儿，却没机会，所以对景园很偏爱。景园走到他身边站着："李叔叔好。"

"真乖。"李星元说，"半年不见，是个大丫头了。"

景园低头，赵禾说："准备好了？"

"准备好了。"李星元说，"这不巧了吗？刚好李硕回来。"

李硕？景园听到这个名字分外耳熟，她看向赵禾，突然想起来李硕是谁，李颂的弟弟。李老爷子有两个儿子，一个李硕，一个李颂。李硕和李颂不同，一心钻在事业上，从不花天酒地，更不拈花惹草，却一样不省心。喜欢喝酒玩闹的李颂二十几年前车祸身亡，忙于事业的李硕至今未婚。景园记得在看资料时还特意多看了两眼，因为两兄弟实在太不一样了。

"李硕回来了？"赵禾问，"事情处理了？"

李星元睨了景园一眼："处理了，等会儿再说。"

知道这是机密问题，景园也没听，她对赵禾说："那我先走了。"

"哎，丝巾。"赵禾说着帮景园调整好丝巾，抬头，眼底满是担忧和不放心，"到了那边给我打电话，如果不习惯别硬撑，告诉妈。"

景园点头："我知道的。"

"这次是你一个人过去，没人陪着你，自己多小心。"

景园伸手抱了抱赵禾："知道了，妈。"

赵禾这才依依不舍地送景园上了飞机，身边的李星元说："你啊，还是和以前一样。你说你女儿以后出嫁了怎么办？"

"嫁什么嫁？就不能我女儿娶啊？"赵禾没好气地撑李星元。

李星元失笑："好好好，园园以后娶。"他好奇，"有对象了吗？"

"真八卦。"赵禾对景园说，"上飞机吧。"

景园冲赵禾和李星元一点头，转身上了飞机。

李星元说："一晃啊都这么多年了，我们都老啦，只能看园园这一代的了。"

"还没退休呢，就操心退休的事情，要不你赶快退休吧，把位置让给年轻人。"

"你今儿是吃炸药了吗？"李星元转头看着赵禾，突然会意，"好吧，园园刚走，你心情不好是应该的，欠我两顿饭啊，记住了！"

"不是一顿吗？"

"你现在撑我，不用算精神伤害的吗？两顿饭都是少的。"

赵禾：……

景园离开前看到她妈和李星元正在拌嘴，她突然想到顾可馨，也不知道现在醒了没有，估计还在睡吧。随机的空姐对她道："景小姐，需要饮料吗？"

她摇头："不用了。"

"好的，那我帮您系好安全带。"

景园点头，系上安全带，戴上耳塞和眼罩，飞机轰鸣，没一会儿就投入蓝天中。景园也很疲倦，所以上飞机没多久就睡着了。

她做了个美梦，和顾可馨一起站在领奖台上，主持人宣布她和顾可馨同时获奖，她满是不可置信，然后她被顾可馨轻轻拥抱着，顾可馨说："恭喜啊，我的小公主。"

景园的唇角溢出笑容，还没从美梦中醒来就被人吵醒："景小姐。景小姐，到了。"

景园揭开眼罩，还是有些困。下飞机时阳光挺好，照在身上火辣辣的，J 国的温度明显比 H 国高，景园抹掉头上的汗，听到一个脆脆的声音："景姐姐！"

她看过去，温酒站在几米外，一身花格子长裙，扎着双马尾，朴素青春，笑起来很有感染力。她冲景园挥手："景姐姐！是我啊！温酒！"

景园神色如常，冲温酒点头。

温酒小跑到景园身边，上次见面还是两年前，她被保护得太好，她妈都不让她串门，也不让她出去，在外面，她甚至不能用萧情女儿这个身份，所以她想去找景园玩都不可以。

想到这儿，她用余光瞄着景园，神色寡淡，和以前一样没什么表情，整个人平静如水，清冷疏离。虽然她们相识多年，但景园惯来都是这副云淡风轻的样子，温酒有些沮丧："景姐姐，你是不是不高兴看到我啊？"

景园摇头："没有。"

她的神色过于认真，眉目清冷，端的是一股出尘的气质。温酒笑笑："没有就好，姐姐，我带你去房子那边吧。"

景园跟着上车，先是给赵禾打了电话，又给顾可馨发消息告诉她到了。

顾可馨是被手机振醒的，她还以为是闹钟响，皱着眉喊："景园？"

身侧没人回应，顾可馨用手摸，摸了个空。她皱眉，立刻从床上坐起身，刚醒来还很晕眩，顾可馨的身体晃了一下，脸色发白。她按住头，靠在床头边，慢慢深呼吸，过了好几秒她才适应，只是空荡荡的房间里，并没有景园。

顾可馨随手拿过手机，头一歪，看到手机旁边的纸条。

可馨，我先走了，你好好休息，等我回来。

果然是景园的作风，顾可馨的头微疼，她看了一眼手机上的时间，睡了一整天，现在已经下午五点多，景园估计已经到那边了。果然，她给景园打电话询问时，景园低声回她："我刚到，你醒了？"

"嗯。"顾可馨刚醒来声音沙哑，"怎么不叫醒我？"

"你很累了，我不想你更累。"

"那你也应该——"顾可馨咬着舌尖，缓了缓语气，"没事，到了就好。"她按住眉心，还是有些疼。

景园说："今晚没戏，你好好休息。"

"知道了。"顾可馨的声音没有起伏，很平静。景园抿唇，两人对着手机沉默了半晌，顾可馨和景园突然同时开口叫了对方的名字。

顾可馨忍住："你先说。"

景园说："我不是不告而别，我只是不想你太累。"

"我知道。"顾可馨堆在胸前的火气压下去，她明白景园，只是她也想亲自送景园离开，而现在说这些并没有意义。顾可馨说："景园，我没有生气。"

景园一颗心才放回去，她又交代了两声，身后温酒喊："景姐姐，你要哪个？"

嗓音清脆，轻易就传到顾可馨的耳朵里，顾可馨听到景园转过头说："第二个。"

温酒笑："好呀，那我和你一样。"

顾可馨沉默，景园说："是温酒，她来接机，我们在一起吃饭。"

"嗯，知道了。"顾可馨无处发泄的火又笼罩住胸口，她怕再聊下去会说出后悔的话，干脆道："那就这样，你先吃饭，我挂了。"

景园："好。"

顾可馨挂断电话，按着头，怀疑自己是不是还没睡醒，脾气怎么来得这么急。温酒的事情，景园不告诉她，她生气，告诉她，她更气，明明面对萧情她都能克制情绪，偏一听到温酒的名字，她就忍不住来气。

顾可馨下床，走到阳台边，打开窗户，任寒风灌进来。刚清醒，手机铃响起，她折回客厅接起电话，是苏英打来的："门口有你的快递，拿一下。"

顾可馨闻言打开门，果然在门口看到一个很长的盒子，她问："是什么？"

"你打开看看就知道了。"

顾可馨挂断电话，将盒子搬回家，打开一点缝隙，里面是一个等身抱枕，还是照着景园做的，顾可馨皱皱眉，迅速回到床边拿出先前那张便签，反过来，果然还有两行字。

让它陪你睡觉，以后你就不会做噩梦了。

顾可馨，我会一直陪着你。

顾可馨捏紧便签，坐在床上看着抱枕，眼眶微红。她笑，景园真是不够聪明，连表达的方式也如此笨拙，可还是直击她心底，比说任何话都受用。这人总是能轻易破开她的层层伪装。

还没离开半天，她就开始想景园了。

顾可馨无奈摇头，坐在床边良久，最后躺在被子上，她转头，等身抱枕似乎等着人来抱她。顾可馨没忍住，伸出手抱着抱枕，很柔软，柔软得她忍不住将自己埋在抱枕里。

景园挂了电话，陪温酒一起吃饭，心思却一直在顾可馨身上。不告而别，顾可馨是不是生气了？刚刚听她语气好像是有点不对劲。

抱枕看到了吗？看到了怎么不给自己回个电话？连一条消息都没有，景园心神不宁。

温酒好奇地喊："姐？景姐姐！"她双手放嘴边做喇叭状，冲景园喊。景园抬眸，神色平静地道："怎么了？"

那眸子如凉凉夜色，落在温酒身上，温酒卡壳一般愣了几秒才说："我喊你呢，你没听到，饭后你吃什么甜点啊？"

"我不吃甜点。"景园云淡风轻地说，"你吃吧。"

温酒好奇："姐，你在想什么呢？一直心不在焉的。"

"没什么。"景园顿了顿，在温酒点甜点时偷瞄了眼手机，没有看到一则新消息，没有一个新电话。她有些不高兴，眉目凝了凉意。

温酒虽然不会察言观色，但景园的神色变化明显，她看向景园，好奇道："姐，你在等电话啊？"

景园睨了她一眼，点头："嗯。"

"谁的电话啊？"温酒来了精神，景园道："我朋友的。"

温酒错愕，手上的叉子差点掉到桌上，她眨眨眼："你认识新朋友啦？是谁啊？你们怎么认识的？我妈知道吗？她居然不告诉我！"

景园听着一连串的问话，蹙眉，只是淡淡地扫了一眼温酒，温酒就老实了，她怏怏的："我好奇嘛。"

以前景园可是她的女神，上学时她和别人介绍说"这是我姐"，说不出有多自豪。从小她就没有姐妹，因为萧情的关系，她也没办法和别人真的交心，因为一旦交心她就忍不住对别人说实话，所以从小到大，她其实没什么朋友。但是景园不一样，从小的依赖，让她对景园一直很有好感，也一直把她当成自己的亲姐姐来喜欢。

景园神色淡淡然："阿姨知道的。"

"我妈知道居然不告诉我！"温酒气呼呼的，"我晚上就打电话控诉她！"

景园低头："是和我一起演戏的——"她顿了顿，"前辈。"

顾可馨早她两年出道，叫一声"前辈"合情合理，而且她教自己那么多，应该的。

温酒点头，突然说："该不会是顾可馨吧？"

景园难得神色有变化，她目光一亮："你认识？"

"真的是她啊！"温酒竖起大拇指，"姐，你绝了，这是我新墙头！"

景园：新墙头还是你姐。

但她说不出口。温酒滔滔不绝，她认识顾可馨还是因为《值得》那个 MV，她刷视频的时候看到的，因为有景园，她对顾可馨就多看了两眼，这两眼就沦陷了。演技太精湛了吧，连微表情和眼神变化都入木三分，让人不得不服。最重要的是，温酒对顾可馨总是有种莫名的熟悉感，她说上不来，只能归结于是因为景园。

她把顾可馨的电视剧电影都扒了一遍，之后一发不可收拾，沉浸在顾可馨的绝美演技里。其实她也看到过顾可馨和景园的一些消息，但因为两人刚拍了《佳人》，容易炒作，所以她就没当真，没想到居然是真的。

不过景家那样的家庭，居然允许景园和顾可馨来往——虽然顾可馨很优秀，但从某种层面来说还是不够格的。看到景园这样，温酒心里也有点难受，她说："景姐姐，等以后顾姐姐拿了奖出了名，你们会更好的。"

景园听到她的安慰，破天荒地笑了，昙花一现，温酒却瞧得清楚，她挠头："我说错了吗？"

"没有。"景园说，"你说得对。"

以后会好的，顾可馨会越来越厉害，思及此，景园侧目，道："你好像很相信她的实力？"

"那必须的。"温酒一拍胸口，"我，铁粉！"

景园忍不住微扬唇角："你很喜欢她吗？"

"还挺喜欢的。"温酒说，"不过我总觉得她很亲切，好像是认识的人一样。真奇怪，我也没有见过她，怎么会有这种感觉呢？"她看向景园，"景姐姐，你会有这种感觉吗？"

景园唇角的笑僵住，慢慢敛起。温酒和顾可馨从未见过面，却能感觉到亲切和熟悉，那阿姨每天和顾可馨见面，却毫无感觉吗？

她头有些疼，说："没有。"

"没有就算了。"温酒瘪瘪嘴。点心上得及时，温酒的注意力被吸引过去，她捧着盘子开始吃，没心没肺的，说："对了，景姐姐，等会儿路上你给我说说你们的事情好不好？"

景园回过神，看了她一眼，说："也没什么好说的。"

"那就随便说说。"温酒吃着点心说，"我都好奇死了！"

景园没再多说，她点头："先吃吧。"

她在温酒吃点心时给顾可馨发了个消息。

看到抱枕了吗？

一直到结账，顾可馨都没有回复。景园拎着包和温酒走到车旁，温酒说："你屋子提前打扫了吗？没有就住我那里。"

景园坐上车，回她："打扫了。"

来之前她就让人打扫干净了，其实她们住得相隔不远，温酒就住在她隔壁。当初是萧情看的房子，她很喜欢这边的环境，最后选了一栋别墅，景园那时候非要一起买，所以两套房子相邻。景园和温酒到别墅后，用人开了门。

温酒说："明天早上我们早点去学校吧，我带你先逛一逛。"她小声说，"还有，景姐姐，这里的人都很凶！"

温酒一副"你做好心理准备"的样子，景园点头："知道了。"

这里的人不是凶，只是大家都喜欢争分夺秒，工作是，生活也是，节奏快。温酒刚来这里时十分不适应，问题回答慢了都会被老师说一通，不过有个好处，在这里不会受到排挤。以前温酒在其他学校待过几年，因为不能暴露身份，总是受到排挤，她又是个不服输的，次次都要和别人打起来，所以那些人后来都不招惹她，但是她也没什么朋友。

这边的环境就好多了，因为你不努力，别人压根儿不管你，管你身份多厉害呢，所以温酒才说这里的人凶。不过平心而论，她还是更喜欢这里。

两人一同进了别墅，司机帮景园放好行李，温酒四处看了看，和她住的地方装修格局差不多。她说："姐，要不我们住一起吧，也好有个照应。"

"不用。"景园说得太快，她看到温酒愣了一下，自己也愣了几秒。因为顾可馨，所以她对温酒的态度上有些过激，这是不好的，温酒又没错。景园抿唇，耐着性子说："我们就住隔壁，你要是想过来玩随时可以，不需要住在一起。小酒，你马上就成年了，该知道分寸和距离。"

她和温酒住在一起是小事，被拍到发出去就是大事，尤其温酒现在还没公开过身份，所以更不妥。

温酒低头，嘀咕道："景姐姐，你有没有发现你变了？"

景园看着她拧眉："哪里变了？"

温酒想了会儿，以前的景园虽然也是冷冷淡淡的，但和她没有隔阂，和她在一个频道上，现在的景园话也不多，但就是给人感觉十分的——成熟。

对，就是成熟，景园现在比以前稳重了很多。

景园倒没感觉，在顾可馨面前，她永远像个长不大的孩子，需要顾可馨的照顾，从生活到事业，顾可馨面面俱到，而她只是学了点皮毛。景园说："以后工作了，你也会成熟的。"

"我才不要。"温酒说，"自由自在多好。"

她冲景园没有心计地笑着，干净动人。景园沉默着，手机铃响起，她忙从包里拿出来，屏幕闪烁的果然是顾可馨的名字。景园深呼吸，声音微哑，接起电话："可馨。"

顾可馨说："吃完晚饭了吗？"

景园低头："吃完了。"

她看向温酒，示意她自己接个电话，结果温酒眼巴巴地看着她，小声说："我可以和她说两句话吗？"

景园怔住，顾可馨察觉到不对劲，问："怎么了？"

"呃——"景园沉默了两秒，"可馨，小酒想和你说两句话。"

顾可馨握紧手机："温酒？"

"对。"景园说，"不方便我……"

"没关系。"顾可馨嗓音温和，"你把电话给她吧。"

景园垂眸，几秒后将手机递给温酒，她侧耳听着，内心突然无比复杂，心跳比刚刚快了两拍。温酒没察觉她的情绪变化，接过手机落落大方地喊："姐姐晚上好啊！"

隔着手机，景园还能听到顾可馨的咳嗽声，似乎被呛到了。

景园从温酒手上夺过手机，对顾可馨说："嗯，小酒不懂事……"

"你和她说了什么？"顾可馨按住微疼的头。她其实不太想和萧情那边的人有其他接触，因为不必要，恨屋及乌，她没那么大方，对萧情另一个捧在手心里的女儿露出好脸色，可刚刚那一声"姐姐"，还是让她呛到了。

"没什么。"景园看向温酒，听到温酒小声说，"我还没说完话。"

她一个抬眼，温酒憋了回去："那你们聊吧，我去那边看看。"

景园握着手机站在窗口，对顾可馨说："我告诉她我们的事了。"

"哦。"手机那端没什么反应，只是简短的一个音节，景园指腹捏紧手机，忐忑不安，她问："你生气了吗？"

顾可馨缓了缓："没有。"

顾可馨知道，景园是怕她多想，只是她没料到温酒的性格会是这样的。顾可馨对温酒知之甚少，只知道萧情有个女儿，但她其实都没有见过温酒，连照片都没看过一次，更别说了解她。萧情对温酒的保护欲越是强烈，她对温酒的憎恶就越是强烈。所以她并不想和温酒通电话，但景园开口了，她没法拒绝。

景园咬唇："我等会儿告诉她，让她不要乱喊。"

"没关系。"顾可馨垂眼，景园在她面前向来有话直说，现在为了温酒居然开始试探，她心情复杂，"她想喊就喊。"

至多，她会当成是景园的朋友。虽然很难做到。

景园听出她声音很低，也闷闷地道："那你在干什么呢？"

"刚洗完澡，准备休息。"接连的工作耗尽了她的精力，明天是古偶剧的开机仪式，公司那边还约了她谈话，分身乏术。

景园道："那你早点休息，我整理好也休息了。"

顾可馨沉默两秒："好。"

她刚说完，手机里传来清脆的嗓音，温酒正在和司机说话。顾可馨听得模糊，她原本烦躁的心情更阴沉，说："那我先挂了。"

"好。"景园挂断电话。温酒忙小跑过来："景姐姐，你聊完了？"

"瞎喊什么。"景园瞪了她一眼，神色平静地说，"不许叫姐姐。"

"那我叫什么呀？"温酒茫然，景园想了会儿："叫她顾小姐吧。"

起码，现在的顾可馨还不是很想和温酒有任何关系。景园虽然不够聪明，但也没那么笨，顾可馨的情绪她还是能察觉到一二的。

温酒垮了肩膀："这么生疏啊，她不是你朋友吗？"

"那你和她也不是很熟。"

温酒被撑得哑口无言，她想了几秒："说的也对。"

景园松了一口气，温酒终于不再纠结这个问题了。

夜色渐深，温酒也没多逗留，她抱着手机和景园挥手："那我先走了，明天见。"

景园冲她点头，神色冷清："明天见。"

温酒一蹦一跳地回了隔壁的别墅，景园看到灯亮起才折回房间里。她将带过来的东西一一摆放好，从包里拿了张便签，列好所需物品，想着明天去超市购买。

房间内灯光明亮，将她身影映在浅蓝色的墙壁上，影影绰绰，景园埋头写着，好半晌才松开笔，动了动胳膊和脖颈，又酸又疼。

　　她转头看，窗户半开着，暖风袭来，J国温度高，夜风吹在脸上也暖烘烘的。景园走到窗户边抬头看，月亮还是昨天那个月亮，想到昨晚上她为了给顾可馨一个惊喜，在车里等了半宿，也是这样看了半宿的月亮。

　　今晚注定无眠，景园洗漱后在床上翻来覆去，怎么都睡不着，有些胸闷，大半夜又爬起来，走到窗户边拍了张月亮的图发给顾可馨。

　　好看吗？

顾可馨正在看剧本，收到景园的消息，她瞥了一眼时间。

　　怎么还没睡？
　　睡不着。你怎么也没睡？
　　我在看剧本。

顾可馨拍了张照片过来，是古偶剧的剧本。景园盯着手机看了一会儿，眼睛很涩，她揉了揉。

　　嗯，那你别看太晚，早点休息。
　　要休息了吗？
　　嗯。

顾可馨挪开想视频的手，回复。

　　晚安。

晚安。

发完，景园郁闷地将手机扔在枕头边，转头看着半开的窗户，胸前闷得喘不上气。

来J国的第一天晚上，没有语音，没有视频，没有通话，只有一句冷冰冰的"晚安"。

景园越想越气，她干脆起身做功课，打开行李箱时，她看到顾可馨给她塞进行李箱里的东西，有些晃神。

"睡衣我到那边再买。"

"带家里的睡衣去吧，熟悉的味道，你才能睡着。"

"那边有感冒药。"

"万一你忘了买怎么办？"

怎么可能忘了买？她就算真的忘了买，家里还有用人，但顾可馨还是事无巨细地帮她一一整理好，从睡衣到药品，到她的化妆品。现在，景园面对空下来的半个行李箱，忍不住回到床边，从枕头下拿出手机。

顾可馨！

顾可馨的手机响了一声，她转头，看到景园发来的名字还有个感叹号，正皱眉，景园又发来消息。

我生气了你看不出来吗？你平时不是很聪明吗？为什么现在看不出来？

景园很难受，她不喜欢和顾可馨是这样的气氛，刚来这里的第一天，她还没有适应这里的新环境，就遭到顾可馨的冷暴力，她真的受不了，刚刚气得想哭！

顾可馨的手指摸在屏幕上，迟钝了半天才打字。

　　对不起。

"我又不要……"景园的字还没打完，顾可馨的语音通话就过来了，她深吸一口气接起，闷闷的不说话。

顾可馨喊她："景园？"

景园沉默着，顾可馨没辙，又喊道："景园，你说话。"

"说什么？"景园憋着一口气，顾可馨说："抱歉，我太意气用事了。"

"所以你为什么不说？"景园声音微哑，"你生气了为什么不说？你如果说不想接温酒的电话，我可以不让你接，是你说的没关系，然后接了你又生气。顾可馨，你太过分了。"

软绵绵的指责毫无说服力，顾可馨的心里还是像被人狠狠拧着，她放下剧本轻声附和："嗯，是我太过分了。"

景园被她说得哑口无声，张了张唇，不知道说什么。顾可馨举着手机道："我以为我不介意的。"

"对不起。"顾可馨说，"我还是很介意。"

"你介意什么？"景园说。

顾可馨抿唇："景园，她是你阿姨的女儿，我对她没有办法做到平常心。"

景园被她说蒙了，好一会儿才明白过来，温酒是阿姨的女儿，是顾可馨的妹妹，但是她们两个人的人生却是天壤之别。顾可馨生活在沼泽，一路摸爬滚打，吃了无数的苦痛才能走到今天。而温酒，有优秀的父母，有良好的教育，她想要什么，和萧情撒撒娇就可以得到。她和顾可馨，生活在两个世界。

景园讷讷道："顾可馨，我知道你不高兴，可是小酒她什么都不知道。"

温酒就是个还没长大的孩子，不成熟，天真烂漫。

顾可馨说："景园，就是因为她什么都不知道，我才更气啊。"

景园明白过来，顾可馨恨的不是温酒，而是一直保护着温酒的萧情，两相对比，落差实在太大了。

"顾可馨。"景园一时不知道说什么，胸闷，五味杂陈，她后悔发脾气了。或许让顾可馨看会儿剧本，一夜过去，这些事情就能消化掉了，现在她提起来，不就是在顾可馨伤口上撒盐？

景园说："你要不要去看会儿剧本？"

顾可馨被她逗笑："不了，我看完了。"她将剧本放在一侧，对景园说，"不气了？"

景园躺在床上，胸口酸涩，她说："不气了。"说完景园强调，"我以后，不让小酒接你的电话了。"

顾可馨抿唇，没说好，也没说不好，景园很识趣地岔开这个话题："抱枕收到了吗？"

"收到了。"顾可馨说，"抱着呢。"

景园听到这话冷不丁地笑出来，顾可馨问："笑什么？"

"没什么。"就是觉得，顾可馨是真的不气了。

顾可馨也笑："真没什么？"

景园启唇："笑你。"

顾可馨微微笑，靠在床头上，景园的笑声如一叶扁舟，轻易划开她内心深潭，留下一圈又一圈的涟漪。她问："还不打算睡觉吗？"

"你要睡了吗？"

顾可馨顿了几秒："你睡我就睡。"

"那你先睡。"

两个人为谁先睡争执起来，顾可馨的手机屏幕闪烁着，顶端弹出两条消息，她打开看，是两条好友申请。

温酒申请加您好友。

一条和晚上景园说晚安的时候发的，一条是刚刚。

CHAPTER

18

未来

If the golden sun,

Should cease to shine its light,

Just one smile from you,

Would make my whole world bright.

——*Stray birds*

顾可馨一直没有通过温酒的好友申请，温酒觉得奇怪，次日一早去找景园时还在问："顾姐姐是不是禁止加好友啊？"

景园盛粥的勺子差点掉到锅里，她转头："你做了什么？"

"没有啊。"温酒说，"我和我妈妈说你过来了，然后和我妈要了顾姐姐的电话，景姐姐，你知道吗，我妈居然夸顾姐姐！"

景园沉默两秒："夸什么了？"

"就说顾姐姐优秀啊。"温酒说，"听说她上个电影票房有这么多！"温酒伸出五个手指。

景园点头，温酒说："不容易，我听我妈说《神偷》投了金风电影节。"

"金风？"景园错愕，她敛神，"什么时候？"

"上周吧。"温酒抿了一口粥，说，"我妈说这次的参赛作品热度都不是很高，很冷门，所以顾姐姐的电影很有可能获奖。"

景园一颗心澎湃起来，到目前为止，顾可馨拿得出手的奖项就是百奖，现在直接跳过其他奖冲刺金风，景园还是觉得不真实。

金风、金叶、金华奖，三大奖项，金华是唯一的视后奖，金叶和金风是电影圈天花板级别的奖项，排名无先后。H国的娱乐圈虽然没明确的咖位制度，但大家心照不宣，拿了金叶和金风才会被承认是大花，很多艺人用十年的时间，或许只能获一个提名，甚至都没有资格跻身大花。顾可馨若是能获奖，引起的轰动可想而知。

景园一颗心怦怦狂跳，比她自己的作品拿去参加评选还激动，她转头看着温酒："阿姨昨晚和你说的？"

"对啊。"温酒一脸坦荡，"我妈是今年的颁奖嘉宾嘛。"

景园这才想起来，萧情是今年三金的颁奖嘉宾，不知道什么时候起，阿姨的那些消息已经被顾可馨取代了，她搜索栏里输入最多的名字也从萧情变成了顾可馨，甚至她看的八卦周边、娱乐新闻，主角都换成了顾可馨。

景园点头："知道了。"

"所以顾姐姐一定很厉害。"温酒崇拜道，"我听说她这电影是几年前拍的，如果能获奖，那真是绝了！"

温酒完全是迷妹的状态，景园也不知道该说什么。饭后，她们上车时温酒还嘀咕："今天顾姐姐会不会加我？"

"你加她干什么？"景园说，"她不加陌生人。"

"我就想近距离观察偶像啊！"温酒心无城府，"我就是想和顾姐姐打个招呼。"

景园没再说话，温酒目光赤诚，满是对顾可馨的崇拜，她不知道怎么开口说服温酒放弃加顾可馨好友这件事，好在，很快就到学校了。

温酒像麻雀似的叽叽喳喳的，一路上给景园介绍了许多学校的事情，还说了好些规矩，景园听得入神，车停下时，温酒探头："姐，到啦！"

温酒先下的车，景园趁她没注意给顾可馨发了条消息，告诉她自己到学校了。

顾可馨刚醒，昨晚陪景园聊得有点晚，所以景园给她发消息时她才被手机吵醒。顾可馨从床头柜拿了手机，景园发来一张照片。

我到学校了，这里环境还不错，空气也很好。

照片里是停车场的位置，随手拍的，毫无角度，但看得出来阳光灿烂，草木皆绿，顾可馨瞧着心情也不免豁然开朗。

> 知道了。
>
> 起来了？去发布会了吗？
>
> 没呢。
>
> 苏英到了没？
>
> 还要一会儿。
>
> 早餐吃什么了？
>
> 等会儿吃点饼……

顾可馨和景园来回发着消息，坐下时还盯着手机。顾可馨很喜欢这样的交流方式，直到出发还抱着手机不撒手，直到景园说要去上课才收起手机。

苏英瞄到她的动作，说："景园去上课了？"

"嗯。"顾可馨说完手机又响了一声，有消息传进来，她看了一眼，眉梢抬起。

苏英问："什么事？"

"金凤奖的提名快要出来了。"顾可馨说，"《神偷》也参加了评选。"

"真的假的？"苏英惊得方向盘都没握稳，"牛！"

且不管能不能获奖，就是能提名，顾可馨的身价也绝对要再翻两番！现在她已经是商业价值很高的艺人了，再翻一倍，苏英想，不出一周，公司就要求着和顾可馨签约了，哪还管顾可馨提什么条件啊！

顾可馨说："只是有可能，还没有确切消息。"

评选的消息是导演给她发来的，说送去参加，但结果未定，只是提前通知她一声。一般导演亲自给她发这样的消息，没有十成把握，也有七八成，顾可馨估摸最低也可以获得个提名。

导演也有圈子，和金风的评委认识不足为奇，说不定已经拿到名单了，顾可馨回复导演后，莫离一个电话打了过来："可馨啊，今天开机仪式结束后来公司一趟。"

顾可馨会意："我知道了。"

她挂了电话，给律师打了个电话，让他把条件再加一成，律师没多问，给钱的就是老板，尤其是顾可馨这种圈子里的，他更不会多问。只是近年来他也算经手过不少艺人，敢和经纪公司这样叫板签新合同的，顾可馨是第一人。

苏英这次没再劝顾可馨，反而问："够吗？"

顾可馨轻笑："人心不足蛇吞象。"

她对自己的能力有清晰的认知，在什么阶段，签什么合同对自己有利，顾可馨心底明镜似的，好处不能都让她吃了，经纪公司又不是慈善家，不给点甜头，怎么会心甘情愿捧她？

苏英闻言点点头，直接将车开到了发布会现场。

人已经到得差不多了，顾可馨进去后就被拉到了化妆室里，导演看到她笑着喊："可馨，来了。"

顾可馨冲导演点头，身边的工作人员也走过来和她打招呼，顾可馨面带笑容，神色平静，对任何人都态度温和。

助理说："顾小姐，进去上妆吧。"

化妆师是特地请过来的知名化妆师，向来是给大花小花上妆的，流量艺人排队等都等不到，今儿居然能把她请来，足以证明剧组对顾可馨的重视。

不重视不行啊！

杨导看向顾可馨的方向，原先签合同时顾可馨还是个流量艺人，说当红吧，也没什么出彩的作品，说不红吧，她的粉丝超话已经占了三个月的第一，所以他们并没有对顾可馨有什么特殊对待。

当初邀请顾可馨确实是看中顾可馨的实力，《风动》这部电影杨导看了好几遍，确定顾可馨是实力派演员，能撑得起这个角色才去邀请的。顾可馨看完剧本后也回答得很爽快，试试角色定位，能过就演，没承想，一遍过。顾可馨表面温和，实则狠戾，劲道十足，让他看了大呼过瘾，之后就敲定下来，准备等《佳人》结束就开拍。

一切就绪，谁都没想到，顾可馨爆了！

先是客串的电影获得了三十二亿票房，虽然顾可馨不是主演，但主要配角有她，也算刷了存在感。然后就是《神偷》，最终票房直接超过六十亿，争议性极大。《神偷2》还没有开拍，官微已经聚拢了几十万粉丝，这在国内不是新鲜事，但那往往是大花才有的待遇。顾可馨是什么？在此之前不过是流量艺人而已，还是个三四线的，就这么硬生生被顶到了一线。

杨导还听说，她的其他几部电影和电视剧正在定档，就等着上线。

副导经过杨导身边时觉得好奇，他顺着杨导视线看过去，发现他正在看顾可馨。副导小声道："杨哥，怎么了？"

杨导回神，问道："顾可馨那里没什么问题吧？"

"没有，金姐亲自操刀，不会有问题的。"副导说，"不过我们请金姐过来，成本是不是太高了？"

光是一个化妆师就花了二番的价格，而且这个化妆师只负责顾可馨，谁不肉疼！

杨导偏头看副导，摇头感叹："目光要放长远一点，我们这次啊，运气好，搭上顺风车了。"

副导皱眉："什么意思？"

杨导错开目光重新看向顾可馨，下巴一抬："你知道未来两年，是什么年吗？"

副导顺着他的视线看向顾可馨，摇摇头："什么年？"

杨导目光沉沉，一脸笃定地说："未来两年，是顾可馨年。"

顾可馨化好妆时还没正式开始，她将律师发过来的合同详细看了一遍，身边杨导带着副导亲自过来打招呼："可馨啊，化好妆了？"

她抬头，放下平板电脑，笑得温和："杨导，利导。"

杨导说："金姐呢？"

"金姐去后面了。"顾可馨说，"我已经 OK 了。"

"很漂亮。"利导听了刚刚杨导的一番话，开始虔诚地拍马屁，"顾小姐美得和花一样。"

顾可馨失笑："利导，您太夸张了。"

杨导也跟着笑，顾可馨三言两语绕开了话题。这种事她得心应手，以前在剧组里，虽然她不是主角，但总会享受主角的待遇，因为她人缘好，所有人都向着她，就连导演都说："可馨，我有机会就会推荐你的！"

相信她的实力是一方面，最主要是她八面玲珑，和谁聊都不会尴尬。

所以面对杨导和利导，顾可馨只几句话就够他们哈哈笑了。苏英低头听着顾可馨说话，说："我去给你们端杯咖啡来。"

"不忙。"杨导说，"我们就是来看看顾小姐有没有其他需要。"

顾可馨摇头："杨导你们去忙吧，我等着上台。"

杨导这才笑着带利导离开，苏英在他们走后看了好久，顾可馨拧眉："怎么了？"

"怪不习惯的。"苏英笑，"以前都是我们进组先和别人打招呼，现在突然转换过来，我还真有点不习惯。"

以前都是她们主动和导演、主演、工作人员示好，别人高兴才会给她们一个笑脸，不高兴只是点点头，神色冷漠。而现在，刚刚利导的脸笑得跟花似的，一看就是故意讨好。

风水轮流转，这次转到顾可馨这里了，苏英想，顾可馨是不会让机会再转走的。

顾可馨闻言静思两秒，没说话。她低下头看了一眼手机屏幕，晃了下，亮起，上面是景园清冷的侧脸，顾可馨手指摸了摸，抿唇笑。

很快，开机仪式开始了，这是部大女主的古偶剧，一番是顾可馨和周时，周时在里面饰演和顾可馨同龄的皇上，狸猫换太子，皇后生下公主无法继承皇位，所以把顾可馨换成周时，周时在成长过程中知道自己是假太子，虽然知道母后向着他，他还是痛下杀手，把皇后一门灭了，同时灭了自己的生母一族。皇上起疑，让人秘密调查，查到顾可馨时，皇上下了密诏，只是这密诏还没到顾可馨手上，所有参与人员都死的死，消失的消失，就连皇上也被囚禁在深宫里，太子继位后一直追查公主的下落，他没想到公主已经换了身份进了宫，成了秀女。

顾可馨就是从秀女开始，一步步设计，从宫内到宫外，最后她踩着皇上的尸体坐上了皇位，成为野史上的女帝。

顾可馨很喜欢这个人设，所以面对记者采访时，她对记者多说了两句，记者见她如此配合，更卖力地采访，直接从剧本转到她的私生活上。

"顾小姐，请问您有在谈恋爱吗？"

问话的记者举着话筒站在前面，等着她的回答，顾可馨落落大方地笑："这是不用花钱就可以听的爆料吗？"

一句话逗笑了在场的所有记者，包括后台的杨导，他给助理递了个眼神，助理跑到前台开始主持。顾可馨进圈这几年经历过好多次开机仪式，对每个问题都游刃有余，杨导刚开始还担心她会应付不了，毕竟她现在爆火，记者问的问题很尖锐，但没想到顾可馨居然回得滴水不漏。

"这情商绝了呀！"

"我有个姐妹以前在顾可馨的剧组，说她演技好，为人低调，最重要的是双商很高，看来是真的。"

就连杨导也忍不住点头，对顾可馨的表现给予肯定，和旁边偶尔开口的周时相比，现场宛如顾可馨的个人秀。

这场记者会很快就发布在了网上，景园下课时便在热门话题里刷到了，顾可馨坐在台前，无数话筒对着她，她沉稳镇定，面带笑容，让人挪不开目光。

话题下面也尽是夸赞。

> 我就说顾可馨会火的！给妈妈冲！
> 顾可馨这情商绝了啊，虽然什么问题都回答了，但实际上什么问题都没有回答！
> 我们馨馨就是牛！馨馨终于出头了，妈妈粉好欣慰。

景园看着留言沉默了两秒，慢慢意识到，顾可馨是真的出头了。

太不容易了，看到这些留言和坐在记者面前的顾可馨，景园心底有热浪冲撞，激动，澎湃，这感觉很像她第一次接戏，心情五味杂陈，难以言喻，也高兴。

她把视频反复看了两遍才给顾可馨发消息。

> 在干什么？

怕直接打过去顾可馨不方便接，所以她先发了条消息。顾可馨还真是不方便接，她正在饭局上，开机仪式完美结束，狗仔抱着一堆似是而非的爆料满意而归，剧组宣传都没花什么心思就稳稳地上了热搜榜首，所以杨导高兴，让助理请顾可馨过来吃饭，顾可馨没意见，刚坐下就被灌了两杯酒。

饭桌上，酒杯一碰，什么话题都聊起来了。顾可馨坐在杨导身边，另一边是周时，周时端着杯子，对顾可馨说："可馨姐，我能敬您一杯吗？"

虽然戏中他们同龄，但现实里不是，周时比顾可馨小三岁，是现在当红流量小生，顾可馨和他碰了杯，周时腼腆地笑："可馨姐，我很喜欢你演的《神偷》，特别棒。"

顾可馨失笑："谢谢。"

周时还想说话，被杨导打断，他招呼大家一起碰杯，顾可馨站了起来，他也站起来。

其实他今天过来是带着任务的，顾可馨炙手可热，而且有越来越火的架势，公司这次让他来也有顺便炒作一下的意思。外面狗仔都安排好了，等着他把顾可馨约出去，可是他真的没理由。

周时喝得很不高兴，用一张照片断章取义，让他如水蛭一样吸附在顾可馨身上，他不太喜欢这样的炒作形式。他看过顾可馨的资料，好几年的沉淀才一飞冲天，现在任何一个绯闻对她都是不好的，但他又没有办法拒绝公司。合同签在那儿，万一公司觉得他不听话，把他换下来，那就事大了，正愁着，口袋里的手机传来振动，周时仰头闷闷地又喝了一口。

正想找机会和顾可馨说话，顾可馨拿着手机起身，周时一咬牙，机会来了！

顾可馨是出门回复景园的消息，刚好喝得有些多，顺便出来吹吹风，刚站在窗口给景园发消息，身后有人喊："可馨姐。"

她捏着手机转头，看到周时站在那里，周时说："刚刚看你喝得有点多，所以给你拿了一盒牛奶。"

他腼腆地笑，将手上牛奶递过去，目光清亮，顾可馨看他就如看弟弟一般，她笑："谢谢。"

顾可馨接了过去，周时松了一口气，他问："可馨姐今天在采访时表现得真好，情商真高。"

看来也是个不善言辞的孩子，和景园一样，顾可馨突然多了两分耐心，她说："你以后也会应付的。"

"我——我还有很多要学习的。"周时看顾可馨喝完牛奶，说，"我帮你扔了吧。"

"好，谢谢。"顾可馨虽然不爱牛奶的味道，但牛奶可以保护胃，等会儿不知道还要喝到几点，她不会和自己的身体过不去。周时接过牛奶空盒子时，顾可馨的余光瞄到一抹亮光，她不动声色地用余光看过去，果然看到一个人猫着身体正在拍摄。

顾可馨眨眨眼，看到周时返回，说道："有点头晕，这里风太小了，我们去那里吹吹风吧？"

周时不疑有他："好啊。"

顾可馨带周时来到卫生间附近，她刻意站在卫生间门口，对周时说："麻烦你去开窗。"

周时点头："好。"

顾可馨等周时去开窗时瞄到那个拍摄的人也跟了过来，焦点还对着她，顾可馨低头笑，背过身给苏英发了条消息，等周时返回时，顾可馨说："谢谢你啊，你是哪个公司的？"

"辉煌的。"周时说。

顾可馨点点头，是个小公司，难怪要用这种下作手段，只是周时知道吗？顾可馨睨了他一眼，看他神色不安，说话时总会润唇，还会用手下意识摸鼻尖。

原来知道啊。

顾可馨抿唇，刚想开口，手机很不巧地响起，她瞥了一眼，是景园的来电，看来没等到回复，她有些着急。顾可馨对周时笑："抱歉，我接个电话。"

周时点头，顾可馨转身，突然脚一崴，差点摔倒。周时忙扶住她，顾可馨转头笑："酒喝多了，谢谢。"

两人现在就是半拥抱的姿势。顾可馨很漂亮，是让人心猿意马的漂亮。这么漂亮的一张脸冷不丁对上周时，周时一慌，立马站直身体，松开顾可馨。顾可馨心想，还好，还不是无药可救，只是另一边拍摄的人已经高兴疯了，这突然的拥抱简直是神来之笔啊！光是这张照片就够噱头了！还有刚刚的送牛奶，绝了绝了！他正高兴地准备多拍两张，身后被人拍了下。

"先生。"

"别吵！"

身后的保安对视一眼，直接抢过他的相机，男人一愣，转头就看到穿制服的保安，他咽了咽口水："你们干什么？"

"先生，请问您在拍什么？"保安一脸鄙夷，仿佛在看一个变态，男人愣住："我没拍什么！你们有什么权利拿我相机！"

保安听都不听，说："先生，这里是不可以拍照的，我们已经报警了，请您跟我们去保安室。"

"什么报警？！什么保安室？！你们凭什么带我走？！"那人咋咋呼呼的，他转头看了一眼，顾可馨站的位置刚好是女厕门口，所以他刚刚是直接对着女厕拍照的。

男人突然面如死灰，却没有放弃挣扎。声音很大，引了很多人看过去，其中两个刚从厕所出来的女孩听到动静走过去，听说是拍厕所照片的变态，直接上脚踢！

"死变态！"

顾可馨站在窗口，接了景园的电话。

景园还没开口，就听到顾可馨这边争吵的声音，又是什么"死变态"，又是男人的吵闹，她皱眉："你在干吗呢？"

"在吃饭。"顾可馨说，"你下课了？"

"嗯。"景园声音很小地说，"你那里怎么好吵？"

"没事。"顾可馨说，"有个变态而已。"至于她和周时的那些照片，进了局子，就不要想再放出来了。

景园抿唇："哦。"

顾可馨低声道："你在干吗呢？"

"我在吃饭。"景园刚说完，身边经过一大帮人，有一个是景园的同学，她挥手和景园打招呼，其他人也冲景园笑，景园冲那人微点头，顾可馨听着那边的笑声喟叹。

那边欢笑，这边吵闹。

从景园离开到现在，她才真实地感觉到，她和景园是在两个世界。

顾可馨打完电话时周时还站在她身边，低着头，沉默不语，一张俏颜憋得通红。他和顾可馨不一样，属于运气好的那种，出道没多久公司捧的艺人出了事故，没人顶替，他长相俊秀，虽然演技一般但形象不错，老板说他有贵公子的气质，所以让他替那个艺人去拍了部偶像剧。

效果非常不错，偶像剧上线后他也红了起来，公司给他包装的人设是高大上的翩翩贵公子，他也争气，一直往这个方向发展。这次杨导选他演太子，就是看中他这点特质，只是他没想到公司居然会让他和顾可馨炒绯闻。

他老板说："不用怕，顾可馨就是炒作起来的，她以前不就是靠着靳琪嘛。"

另一个老板说："是啊，那顾可馨现在是傍上了景园，炒得红红火火，咱们也可以如法炮制。"

周时并不是很高兴，他看过顾可馨的作品，《风动》《神偷》这两部他还经常刷，可以说是顾可馨的演技粉，在他心里，顾可馨是不可亵渎的偶像。这次知道要和顾可馨合作，他高兴得发了好几条朋友圈，然后就被老板揪出来，说要炒作。

他不乐意也不行，他所有的资源都在老板手上捏着。

只是刚刚那场闹剧，摄影师被拎了出去，周时又是松了一口气，又是忐忑。

松了一口气是因为摄影师是自己犯错，连累不到他，忐忑是不知道顾可馨有没有怀疑他，周时背在身后的手紧握着，在顾可馨放下手机时喊："可馨姐。"

顾可馨侧目，她神色温和，目光平静，侧颜线条精致得如雕刻出来的一般，美如画，顾可馨淡淡道："怎么了？"

"刚刚那边有点动静。"周时试探，"你听到了吗？好像拍到你了。"

顾可馨颔首："我知道。"

她一双美目有神晶亮，藏着睿智，周时不知道顾可馨的这句"知道"，是知道被拍了，还是知道是他找人拍的。

周时沉默几秒："可馨姐。"

"周时啊，"顾可馨问，"你和公司几几分的？"

周时微诧："活动是二八，剧本是七三。"

虽然说是二八和七三，实际上到手没有那么多，因为他还需要分一半给经纪人，所以算下来，他只有十分之一。顾可馨微点头，她以前和公司也差不多是这个数，不过最近她爆了，形势逆转，七三七三，她七，公司三。

周时狐疑："可馨姐，怎么了？"

顾可馨问："你出道多久了？"

"三年多。"周时回她，知无不尽。顾可馨微点头："五年的合同？"

"嗯。"

顾可馨问："打算换公司吗？"

周时愣住："换公司？"

他是毕业后就进了现在的公司，运气好，在公司一直是一哥的地位，所以他也没想过换公司，现在听顾可馨这么说，周时来了兴趣："可馨姐是有什么建议吗？"

"我哪有什么建议，只是过来人的经验。"顾可馨淡笑，"刚刚那狗仔，是你公司安排的吧？"

周时面色骤变，他润润唇，紧张的神色掩饰不住，顾可馨说："别紧张，我只是问问。"

"我——"周时心跳加快，在顾可馨尖锐目光下，一切无所遁形，他早就该知道，顾可馨情商很高，刚刚没说狗仔的事情，也是因为不想提，自己非哪壶不开提哪壶。

周时手足无措的像犯了错的孩子，不知道怎么补救。顾可馨说："知道我为什么要来这里吹风吗？"

周时看她，点头："因为这里靠近厕所……"

话还没说完，周时明白过来，因为这里靠近厕所，刚刚那个狗仔会被当作变态抓起来，而且不会连累到他。

周时恍然明白，顾可馨刚刚是在帮自己解围，如果是在其他地方拍，那最多大闹一场，狗仔离开，那些照片公司还是会放出来，并让他做出和顾可馨炒作的样子。而现在，因为狗仔失误，没了照片，他也就不用为难了。

周时立刻站直身体说："谢谢可馨姐。"

顾可馨颇为满意地点头，这周时和景园还真像，虽然不善言辞，但一点就通，周时被点出来，正正经经地道歉："狗仔是公司安排的，我知道，对不起，可馨姐。"

"没关系。"顾可馨说，"周时，你是有能力的，不要把自己蜷缩在壳子里，找到自己最大的优势，才能争取更大的利益。"

周时定定地看着她，顾可馨一笑："祝你好运。"她说完，一低头往外走去。

苏英忙跟上，两人走在走廊上，苏英不解："可馨，你刚刚干吗那么说？"

顾可馨转头："怎么了？"

"不像你了。"苏英嘀咕，顾可馨看着对谁都温和，其实骨子里冷漠无比，对谁都不会上心。哦——除了景园。所以苏英想不通。

顾可馨说："你觉得周时怎么样？"

怎么样？苏英想了几秒："还行吧。"虽然演技不是很好，但人品不错，气质好，他第一部偶像剧是演富二代，有模有样，还真有几分富二代的贵气。

顾可馨说："这叫灵气。"

每个演员出道时总会有适合自己的路线，也就是所谓的灵气路线，往这方面发展，事半功倍。周时之所以能被人记住，如此快地成名，就是因为出道就走了正确的路线。

苏英点头："所以这和你有什么关系？"

"他以后的成绩不会太差。"顾可馨说，"我也需要人脉。"

在人脉较量中，她是没有办法和萧情比的，但不要紧，她还可以培养，比如周时这种，以后就会是得力的助手。

在困境中给糖和在成功后给糖，效果完全不同。周时现在被困在小公司里，她只需要给一颗糖，就足以让周时对她心怀感恩，如果这颗糖再加点甜度，周时就会感恩戴德。

她从来都不是慈善家。

苏英会意："那我给莫姐打个电话？"

"结束再打吧。"顾可馨说，"不急在一时。"

苏英点头，跟在顾可馨身后进了包厢。

包厢里，杨导和监制喝得热火朝天，每个人脸上或多或少挂着酒精染上的红晕，顾可馨走过去，杨导招手："可馨！来来来，咱们大明星回来了，走一个。"杨导端杯子递给顾可馨。

顾可馨抿唇笑："杨导又抬举我。"

利导说："杨哥说的是事实啊，我们一起碰个杯？"

顾可馨端起杯子笑得温和，和身边几个导演、监制碰了杯，苏英见状默默退后两步，走到门口，见周时也回来了。

周时没立刻回座位，他只是远远地看了一眼顾可馨。刚刚顾可馨那番话在他心底掀起惊涛骇浪，事实上，顾可馨不是第一个让他跳槽的人，却是压垮他的那根稻草。

"周时，你是有能力的，不要把自己蜷缩在壳子里，找到自己最大的优势，才能争取更大的利益。"

这就是被偶像肯定的感觉吗？

周时第一次感受到，他激动得频繁眨眼，深呼吸，心里的宏图大业似乎初露端倪，他看向顾可馨的方向，肯定地点头。

苏英站在一旁看着周时的举动，抿了一口茶，再一次佩服顾可馨把控人心的能力！

她看向顾可馨。

顾可馨正被拉着敬酒，投资人、监制、动作指导，各色各样的人，她记不得喝了多少杯，只记得杯子刚空就被倒满了。好半晌，她才寻了个机会坐下，头晕乎乎的。

身边周时说："可馨姐，要我帮你挡酒吗？"

顾可馨有些耳鸣，听了几秒才转头，周时的话她消化了一会儿。

"好啊。"顾可馨勾唇，"谢谢你了。"

周时转头，瞄到顾可馨绯红的脸颊，秀发散在脑后，耳链随着顾可馨的动作晃啊晃，似要催眠人一般，周时忙收回视线，眼观鼻鼻观心，几分钟后他说："没关系的，可馨姐。"

顾可馨没再开口，她是真的有点喝多了，现在头晕乎乎的，口干舌燥，顾可馨端起酒旁边的温水抿了一口，手机传来振动。

她避开周时拿起手机，是景园发来的消息，告诉她吃完了，准备去上课，顾可馨眉目温柔，回复景园。

嗯，好。
你少喝点酒。

景园的关心透过手机传来，顾可馨乖巧回复。

知道了。

刚发过去，屏幕上方又来一条好友申请，还是温酒，顾可馨下意识想按拒绝，眼一花点在了同意上。手机振动，顾可馨喝酒时头没疼，现在反而开始疼起来。

好友申请通过后，那端没反应，顾可馨刚想找个理由删掉时，那端发来一个俏皮的表情包，并带上自我介绍。

"姐姐好！我是温酒！"

顾可馨抿起唇，她没回复，那端却噼里啪啦地打字，上方一直都是在输入的状态，好半天，那端又发来消息。

景姐姐不让我叫你姐姐，是不是你不喜欢啊？

顾可馨的喉咙被人扼住一般，呼吸不顺畅，胸口闷闷的，她捏紧手机，指腹抵着手机边缘，金属壳戳得她手指发疼。十指连心，心脏也开始疼。她还没回复，那端又发了个字。

姐。

顾可馨闭了闭眼，没回复，直接关掉了手机。

CHAPTER

19

叫我

If the golden sun,

Should cease to shine its light,

Just one smile from you,

Would make my whole world bright.

——*Stray birds*

顾可馨最终也没有删掉温酒，或许是知道迟早会加的，萧情会把温酒推到她面前来，或早或晚，她的微信号景园不可能告诉温酒，那就只有萧情，与其事后问起来她还要加，不如现在就加上。

她是这么说服自己的，但还是很硌硬，硌硬到她连手机都不想拿。

喝了酒，头很晕，她本就不高兴，现在坐在车上更是不悦，处处挑刺儿。

"放的什么歌？难听死了，关掉。"

苏英默默关掉了音乐，见顾可馨面色发红，她打开一点车窗，顾可馨又不满："冷不冷啊？"

"你发神经吗？"苏英憋了一晚上的气，终于忍不住了，"挑三拣四的，干啥呢？"

顾可馨抿着唇，不说话，似乎在置气。

苏英多少年没看到这么幼稚的顾可馨了？不肯面对事实，如鸵鸟一般蜷缩起来，她忍不住用手戳顾可馨的手臂："喂，没事吧？"

"有事。"顾可馨说，"温酒加我了。"

苏英在脑子里搜索半天："温酒是谁？"

"萧情的女儿。"顾可馨顿了顿，"很讨厌的人。"

喝了酒的顾可馨就是毫无理智可言，说话都幼稚了。

苏英张张口："哦，是她啊。你删了呗。"苏英提议，"就说不小心删的。你要是不方便，我帮你删了。"她说着就准备拿过顾可馨的手机。

顾可馨没给她，转头："好好开车吧。"

苏英叹气："想删就删了，可馨，你别活得这么累。"她看了都心疼。

顾可馨转头看着车窗外，夜色下，霓虹灯闪烁成无数光晕，在她面前一晃而过，如不堪的记忆。她慢慢打开车窗，单手撑着窗边，侧目看向外面，几片叶子在树上摇摇晃晃，被车风一刮，飘飘扬起，如她现在的心情，乱糟糟的。

直到回了家，顾可馨都没有说话，苏英扶她进去后倒了杯温水，问："难受吗？想不想吐？"

"不想。"顾可馨只是头晕，反应迟缓，但还没完全失去理智，她说，"给我放点水，我泡个澡。"

苏英点头："成。"她说完又道，"我给你煮点粥？"

"别忙了。"顾可馨说，"我没胃口。"

苏英只好去卫生间帮她放洗澡水，还扔了几片花瓣，放了浴袍，一切准备就绪后，她才出来对顾可馨说："进去吧。"

顾可馨捏着手机走进去，苏英摇摇头，帮顾可馨把家里收拾了一遍，转头给莫离打电话。周时是可造之才，顾可馨给他的那颗糖就是莫离，她让莫离想办法把周时弄到公司来。莫离很诧异，追着问原因，苏英三言两语解释一通。这么多年跟着顾可馨，她也练就了信口雌黄的本事，道理一套一套的，还把莫离捧着，最后莫离说："那行吧，我明儿看看，和老板商量下。"

苏英放下手机走到卫生间门口，侧耳听着里面的动静，她生怕顾可馨睡着了，敲门："可馨？"

"干什么？"顾可馨回她，苏英说："没事，没睡着就好。"

顾可馨说："你去洗澡吧，今晚别走了。"

"知道了。"想走也走不了啊，顾可馨喝醉了，现在看着是没事，谁知道半夜会不会发酒疯，她肯定要留在这里看着。

苏英去了隔壁客房，门合上时顾可馨才回神，浴缸里的水已经冷了，她却不想起来，酒精烧得她暖烘烘的，冷水刚好可以压下去身体的热。

正仰头放空思绪，手机响了一声，顾可馨偏头，是景园发来的消息。

　　我结束了，你结束了吗？
　　结束了，今天怎么样？

景园想了想，今天很充实，除了吃饭，其他时间不是在教室里听课，就是被拉到训练室练习，来来回回地跑，刚开始还以为老师会给她们自我介绍的时间，哪料到根本没有。老师直接给她们编了号——景园很不巧，就是一号。其他人问老师为什么，老师笃定地说："因为漂亮。"

其他人一脸惊讶，老师站在台上，无比的严肃，她开口："怎么，伤到你们自尊了？"

教室一片安静，鸦雀无声。

老师话锋尖锐："我希望你们知道，上我这堂课，你们需要学习的不仅仅是演技，还有自我认知能力和抗压能力，美和丑是天生的，只要你站在屏幕上，就会被所有人评头论足。我们是演员，是艺人，除了靠演技吃饭，还靠什么？就是靠这张脸！以后你们还会听到更难听的话，更刺耳的声音，难道我们要把耳朵塞起来当听不到？不，我们应该学会用演技武装自己……"

景园回过神，给顾可馨回复。

有那么一刻，我还以为给我们上课的是你。

我有那么凶？

没有。但是你很专业。

顾可馨听了称赞，眉目染上悦色，她勾唇。

你在干什么呢？

泡澡。要视频吗？

这人……

景园没好气地翻了个白眼，坐上车，还没启动，车窗被敲响，温酒脆脆的声音传进来："姐！"

她打开车门，温酒坐进来，景园好奇："你不是早就下课了吗？"

温酒笑："刚刚去和同学看了场电影，出来就看到你了，我们一起回家吧。"

景园抿唇："好。"

一路上，温酒还在喋喋不休地说着刚刚的电影，她说完看向景园："对了，景姐姐，你知道《神偷》也引进到 J 国了吗？"

景园转头："什么时候？"

"我刚刚听同学说的，还没定下，应该就下个月吧。"

景园倒是知道这件事，《神偷》的票房很高，在国内掀起了不小的动静，她来 J 国之前听说会引入其他两国，只是消息还没定下，景园没想到会引来 J 国，那顾可馨是不是会过来宣传？

之前一直听顾可馨说会出国宣传。景园迫不及待想和顾可馨说这件事，奈何身边的温酒一直拉着她说个不停。说到最后，温酒说："不知道顾姐姐有没有看到我的消息。"

"你加上她了？"景园微诧，顾可馨的态度，不像是会加温酒为好友的样子。

温酒肯定地点头："加了！"

她还高兴地把手机拿出来，把聊天页面给景园看，

景园盯着最后的那个"姐"字陷入沉默："小酒，你记住，以后不要叫她'姐姐'。"

"为什么呀？"温酒不懂，"她比我大，叫姐姐不是应该的吗？"

是应该的，可你们的关系，又好像不应该。

景园咬唇："可是你们还没那么熟。"

"哦，顾姐姐不喜欢这样啊。"温酒打了响指，"我明白了。"

景园松了一口气，下车后和温酒道了别，回家后给顾可馨发了消息。

你加小酒了？

那端没回复，景园捧着手机闲着没趣干脆去洗漱，从卫生间出来时手机屏幕闪烁，她看了一眼，是顾可馨发来的视频。

景园接通，那端黑漆漆的，她皱眉："你在哪儿呢？"

"在家呢。"顾可馨声音很低，沙哑，景园问："怎么不开灯？"

顾可馨一怔，伸手拉床头灯，小声说："我忘了。"

她面色绯红，目光潋滟，这副样子，瞧着就是喝多了。景园道："醒酒药吃了没？"

"吃过了。"顾可馨问，"你睡觉了？"

景园躺在床上，对屏幕笑："嗯。"

"挺好的。"顾可馨说，"一起睡。"

景园问："《神偷》要引进到 J 国来，你会来宣传吗？"

顾可馨的脑袋昏昏沉沉的，看景园都不是很清晰，她把脸凑到屏幕上仔细地看，景园受不了她这样的靠近，捂着心跳说："你干

什么？"

"我想看清楚一点。"顾可馨说，"景园，你离我好远。"

景园把手机拿近一点，说："这样看清楚了吗？"

"清楚一点了。"顾可馨躺下，侧过身体看手机，屏幕里，景园也和她是一样的姿势，就好像睡在自己身边一样。光是这么想，顾可馨就好像能闻到属于景园的香水味。

顾可馨次日是被渴醒的，她咳了一声，嗓子火辣辣地疼，刚掀开被子，手机就砸到脸上，顾可馨蒙了好几秒，手机还有电流声，她转头，插着充电器的手机屏幕亮着，那端是景园安静的睡颜。

昨晚视频时睡着了？

顾可馨性格严谨，知道这样对休息不好，所以不会和景园连麦睡，可昨晚上，两人居然视频到天亮，是她要求的吗？

景园肯定是不会要求的，那就只能是她，可昨晚她醉酒，记忆模糊，记不清了。

顾可馨也不急着下床，而是伸手挂断了视频，靠坐在床头。

房门被敲响："可馨，可馨，你醒了吗？"

苏英一觉睡到早上，她被闹钟吵醒时还特意看了时间，然后穿着拖鞋跑到顾可馨房门口，生怕昨晚顾可馨闹酒疯，自己睡着了没看好她。

好在，顾可馨没耍酒疯，而是坐床上对她说："一早上叫魂呢。"

"呼——"苏英说，"没事就好。你头还疼不疼啊？"

顾可馨说："不疼，你给我倒杯水。"

苏英忙去给顾可馨倒水，回来时门口开了一条小缝隙，顾可馨伸手将杯子拿进去，苏英刚想进去，门就合上了，苏英站在门口问："你干吗呢？"

"收拾房间。"顾可馨喝了杯水，嗓子舒服了，她下床穿好衣服之后才出门。苏英干站在门口："收拾啥呢？"

顾可馨将手上的衣服扔进洗衣机里，对苏英说："几点出发？"

"八点半。"苏英看看腕表，"等我们吃完早饭就过去。"

顾可馨点头，属于她的悠闲时间不多了，等会儿先去一趟公司，把新合同签下来，苏英汇报："还有，周时的事情，我和莫姐说过了。"

"莫姐怎么说的？"顾可馨洗漱后坐在饭桌前，拈起一个包子咬了一口，肉馅很足，香味四溢，又喝了口米粥。

苏英："莫姐说和老板商量，但是不一定能挖过来。"

"尽量吧。"顾可馨转头，"就和她说，周时很听话。"

莫离喜欢听话的艺人，这点深得她心，苏英挑眉："知道了。"

顾可馨低头喝完米粥，苏英看着她没继续动包子，问："不吃啦？"

"饱了。"顾可馨揉揉还有点疼的头，对苏英说，"我去换衣服。"

苏英咬着包子："去吧。"

顾可馨回房间换了衣服，化妆时她接到景园的电话，那端正在忙碌，还有微弱的指责："你醒了怎么不给我打电话？我要迟到了。"景园来不及吃早点就爬上车，还没启动就有人喊："姐姐！"

景园忙捂着手机小声道："我下课再和你说。"

顾可馨刚醒来的好心情消失殆尽，她说："好。"

景园挂了电话后打开车门锁，温酒冲进车里，笑得开心："姐，吃早点了吗？我带了两个面包。"

她还真没吃，温酒分了一个给她，问："你昨晚没睡好啊？"

景园从包里找到镜子，她平时不太喜欢上浓妆，来这里后又没睡过一个好觉，所以眼下有了淡淡的黑眼圈。

温酒倒是没觉得奇怪，她说："今天下课我送你一套香熏吧，有助于睡眠的，姐，你是不是换了新环境不习惯啊？"

景园吃着面包，面色微红。

温酒叽里咕噜说了一通："没事的，我刚来这里也不习惯，过一周就好了。"她说完爬在车窗边，深深叹气。

景园转头："怎么了？"

"不知道今天顾——"温酒咬着舌尖，硬生生将"姐姐"两个字咽回去，说，"不知道顾小姐会不会回我。"

景园没辙："你为什么一定要她回复？"

"也不是一定要。"温酒说，"姐，就是加上到现在她都没回复我，我感觉是不是我那天喊她姐姐她生气了？"

胡思乱想最要不得，可顾可馨分明加她好友了，却一句话都没有回复，温酒平时不是细腻的性子，只对顾可馨有偶像滤镜，她总想博个好感。如果顾可馨回复她，哪怕只是简单的"嗯""好"，她也会觉得很满足，现在什么都不回复，温酒很忐忑。

景园看着她困扰的神色安慰道："小酒，她可能是没看到。"

"没看到吗？"温酒狐疑，"她是不是很忙？"

"当然啊。"景园耐着性子说，"她在圈子里人缘特别好，消息也多，而且最近她两个剧都要宣传，还有一部电视剧正在拍，真的很忙。"

温酒点头："那她不是因为生气才不理我吧？"

景园看着她清澈的眸子，摇头："不是。"

温酒顿时恢复了笑脸："不是就好，那我就放心啦！"

她和孩子一样，脾气来去匆匆，景园看着她笑脸问："小酒，你之前说对顾可馨很熟悉？"

温酒灿笑："是啊，我感觉她特别亲和，就好像家人一样。"

景园心里咯噔一下，却没表露分毫，只是低头继续吃面包。温酒也不再开口，她抱着手机给朋友发完消息，打开和顾可馨的聊天框，这次没有多说什么，只是发了个大大的表情包。

顾可馨上车后收到温酒的消息，她打开看，是一个早上好的表情包，昨天加上后她一直没回复，还以为温酒短时间内不会再给她发消息了，没料现在又来一条。想到刚刚在景园手机里听到的那声"姐"，顾可馨心头闷闷的。她关掉手机，苏英转头："今天能把合同敲下来吗？"

"可以吧。"顾可馨说，"我没那么多时间周旋。"

她已经和律师说了，今天就要把合同敲定，不管他用什么办法，律师拿着超出市价那么多的费用，就应该把这件事做好。苏英点头："我也觉得问题不大。"

光是《神偷》就给公司带来了巨大利益，别说后续了，《神偷2》片方可是开出了天价，而且还有《抗战》这部电影，除非老板是傻子，才会不签。

老板自然是不傻的，但还想再拖拖，顾可馨找来的律师和对方一合计，干脆了断："这样吗？如果是这样，那就没有办法了，要不贵公司先帮我算算顾小姐的违约金吧。"

这话一出，对方就愣住了，顾可馨从始至终的态度都是不会离开公司，所以他们才有底气，现在顾可馨松了口，疑似可能走，公司的律师团不敢承担后果，立马让老板出面了。

顾可馨坐在办公室里等签约，她不慌不忙，神色自然，和隔壁热火朝天的"辩论赛"相比，她安静得过分，透着沉稳。

老板坐在显示屏面前，看着顾可馨的表现，好半晌他对助理招手："把新合同拿来。"

助理不敢怠慢，忙将新合同递过来，老板一看，比之前还多一成，七三分，他深呼吸一口，助理小声提醒："老板，最近不凡的萧总对顾小姐特别照顾，听说《抗战》顾小姐也入选了。"

顾可馨是《抗战》剧组里唯一的年轻人，其他参演者无不是三十岁以上的老演员，光是听到这个消息，老板就想好了营销噱头，现在放顾可馨走？说笑呢？别说七三，就是八二，他也要把人留下。

扯皮是扯不通了，再扯下去顾可馨失去耐心转投不凡，那才是得不偿失。老板点头："签吧。"

新合同就这么尘埃落定。

律师从会议室出来，冲顾可馨伸手："顾小姐，恭喜您。"

顾可馨握住他的手，两人相视而笑，律师说："以后有什么需要，您随时打电话给我。"

"可以。"顾可馨喜欢和聪明人合作，面前这个显然很聪明。她让苏英送律师下去，莫离跟着出来，喊："可馨。"

顾可馨走过去："莫姐。"

"昨儿晚上苏英给我打电话说周时的事，你知道吗？"莫离看向她，不懂顾可馨的意思，哪个艺人不喜欢经纪人单独带自己，好资源都留给自己？顾可馨倒好，还把周时拉过来平分，她看过周时的作品，没什么特别惊艳的，不过气质非常难得，可以好好打磨。

顾可馨笑："我知道，周时那个公司名声不太好，他的合同也快要到期了，昨晚他向我咨询其他公司，我想着他能力还不错，就想把他推荐给你。"

莫离拧眉："可是……"

顾可馨嗓音温和，带着蛊惑："莫姐，你这几年为了带我，一直也没在其他艺人身上花心思，手上没什么上得了台面的艺人，周时很不错，你这么帮我，我也想帮你。"

一番话说得滴水不漏，既给周时铺路，又给莫离做人情，两边被她安抚得服服帖帖。苏英送律师走后回到顾可馨身边，看莫离眼角微红，她等莫离走后好奇地问："她怎么了？"

"感动吧。"顾可馨嗓音冷淡，没什么温度。

苏英皱皱眉，没再问，随顾可馨下楼。进电梯时顾可馨的手机铃响起，她看都没有看屏幕，直接打开电梯走出去，苏英刚想跟上，顾可馨说："在这儿等我。"她说完走到窗边，拿出手机，果然是景园的电话。顾可馨接起："喂。"

景园低头边看资料边说："我下课了，你是不是今天签合同？"

"签好了。"顾可馨语气里有难得的小骄傲，景园一惊："这么快？"

顾可馨笑："是啊，刚签完。"

景园"嗯"了一声，身边两个同学相携走出去，她换了个姿势："那你准备回去了？"

"要去剧组。"顾可馨说，"定好开拍时间就要动工了。"

她是彻底忙起来了，马上电视剧的宣传也来了，剧组那边给了两个宣传方案，一个是炒作，一个是宣传剧，炒作自然是炒她和剧里面另一个主角，顾可馨想了会儿还是决定用第二个。莫离以为她是担心景园，劝她："景园进修去了，回来圈子里会大变样，这次可不是我们抛弃她，是她回来跟不上圈子的节奏。"

"跟不上就跟不上吧。"顾可馨。

莫离似有顿悟："可馨——"

"莫姐，"顾可馨笑，"你不是一直说景园是我的贵人吗？哪有和贵人解绑的道理。"

莫离只好随她去，也不再提这个话题，左右她和景园的合作也不算太差。

景园说："那你先去忙吧，记得吃饭。"

顾可馨说："知道了。"

挂电话前景园喊："顾可馨。"

她态度犹豫纠结，顾可馨从她喊话里就能听出端倪，她拧眉："还有事吗？"

"也没事。"景园讷讷，随后想到温酒清亮眸子，她开口，"我听说，小酒给你发消息了？"

顾可馨的心情陡然就不好了，她捏紧手机，嗓音淡淡的："嗯。"

见景园没说话，她又道："怎么了？"

景园欲言又止，最后说："没事，我就问问。"

顾可馨抿唇："没事我先挂了。"

景园还没来得及说"好"，顾可馨就挂断了电话，她放下手机转头看向窗外，轻轻叹气。相隔一个国度的顾可馨也看向窗外，胸口起伏，凉风习习，吹不散她心底涌上来的闷气。

第二次了。

这是第二次，景园为了温酒试探她的态度。

顾可馨一连大半个月心情都很不好，温酒倒是没有再给她发消息了，最后一条是一周前发的。

> 对不起啊，我叫你姐姐是因为喜欢你和景姐姐是朋友，不是存心冒犯，如果你不喜欢这个称呼，我以后都不叫了。我保证，然后听景姐姐说你很忙，那你先忙，看到我消息不用回复的。

典型的讨好心理，顾可馨和景园没聊过温酒，但能从细枝末节里察觉这孩子对自己的喜欢。为什么？她为什么对自己有好感？她们明明连面都没有见过。如果她知道自己是来伤害她们温家的，还会如此吗？

顾可馨轻轻叹气，对任何人都素来温柔优雅又大度的她，第一次用恶劣的态度面对刚要成年的孩子，她没有回复温酒。

景园也察觉到了她的态度，从那晚之后也没再提过温酒，两人之间有微妙的平衡，只是这种平衡每次都在景园接电话，那端传来"景姐姐"的呼唤时被打破。

温酒很黏景园，特别黏人，她从小没有玩伴，刚进一个学校没多久就被转到另一个学校，没有人知道她的身份，没有人知道她是谁，在同学们高谈阔论，说她妈妈的新电影有多好时，她只能偷偷地听着，在所有同学都在说她妈又拿了什么奖时，她只能保持安静。

有时候实在憋不住，她也会说："萧情啊，我认识。"

所有人目光转过来，她解释："是我一个远房亲戚家的。"

"呵，也不知道哪门子关系。"

"远房亲戚，我还说她是我老师呢。"

"自己有几斤几两没点数，好意思碰瓷我们萧老师。"

温酒就是在这样的环境下长大，她有时候也气不过，想和萧情、和她爸爸控诉，他们只会用为她好的理由把她所有的话都堵回去。

她小时候遭遇过绑架，没人敢让她冒险，她逐渐明白了这个道理，也试着接受，可是她依旧没有朋友。

朋友和她交心时，她做不到诚实，她做不到用虚假的谎言编造自己的身世，所以大都是泛泛之交。但她又害怕寂寞，害怕孤单，所以她只能拼命开朗，拼命阳光，拼命想融入别人的生活里。

而景园，是她不需要那么阳光的理由。

她和景园小时候差不多，都有一段不愉快的经历。景园知道她的身份，她不需要隐瞒，她喜欢景园，这是她第一个不用伪装的姐姐、朋友，尤其是在这个新环境里，温酒更是喜欢缠着景园。

于情于理，景园没有拒绝温酒的理由。

温酒知道顾可馨，所以每次出去和同学吃饭，买的东西也都是双份的，她会高兴地把礼物送到自己面前，笑嘻嘻地说："姐，她们说戴这个手链会长长久久，我看到就顺手给你买啦。"

景园没法拒绝，所以她房间里逐渐多了些礼物盒子，她也让温酒别送，温酒却说："姐，你让我送吧，这样我感觉，我是有朋友的。"

每每听到这话，景园就很难受。她其实和温酒不同，她是故步自封，自己不愿意结交新朋友，而温酒是没办法，她羡慕别人的友情，却没法拥有，所以她对自己更多的是朋友那般依赖。

景园来这里之前，赵禾就交代过，让她多照顾小酒，所以很多时候，她默许了温酒做的事情。但是她不敢告诉顾可馨。

顾可馨肯定会生气的吧？

景园从剧本里抬头，看向开着的电视机，轻声叹息。温酒嗓音从门外传来："姐！"

她抬头，放下剧本走过去，看到温酒拎着好几个袋子，香味在客厅蔓延，景园问："这是什么？"

"我去后半街买的。"温酒说，"你不是说最近没胃口吗？这是 H 国的小吃，我去给你买了些，你吃一点？"

一双眼睛如小狗般亮晶晶的，满怀希冀地看着景园。

景园默了默，来这里差不多一个月了，高强度的学习和生活节奏确实让她很不习惯，有时候午饭就是一个面包，或者两个煮鸡蛋和一杯牛奶，时间长了，压根儿没有饿的感觉，吃什么都无味。今天她没吃午饭，温酒问她怎么了，她说没胃口，没想到被温酒记住了，还特地跑了几条街去买。

"谁让你去的？"景园说，"功课都做完了？"

"没呢。"温酒笑，"等你吃完我就回去做。我还没吃过这些小吃呢，姐，一起来啊。"

温酒很少去 H 国，自然没吃过那里的食物，景园看她就差喂自己嘴里了，点头走过去，坐在温酒身边。温酒递了个签子给她，景园咬了一口，是熟悉的味道。

"好吃吗？"温酒吃了小半碗，"我还挺喜欢吃的。我妈让我毕业后就去 H 国发展。"

景园拧眉："去 H 国？"

"对啊。"温酒说，"我妈接手不凡了嘛，我爸的公司也在往 H 国发展，我也要去的。姐，你是不是就在这里待半年？"

景园点头："嗯，我就待半年。"

"我还要待一年多。"温酒噘着嘴说："真不高兴，不过姐，你先回去发展，等我毕业我就去投奔你！"

景园被她语气逗笑了，点头："好啊。"

萧情照顾她那么多年，她也该照顾温酒。

"那一言为定。"温酒说，"其实我觉得我现在就可以毕业了。"

景园低头咬着食物："怎么说？"

"我在来之前其实就毕业了。"温酒告诉景园，"上半年我不是就准备去 H 国嘛，然后我妈说我现在太小了，先来这边学习，等成年了再进圈子比较好。"

景园抿唇，阿姨对温酒的考虑真是面面俱到。

温酒不满："可是她当初进圈时也没成年啊。而且来这里学的都是我以前学过的。"

温酒从小就被培养要做一个演员，或许她骨子里有萧情的血，所以对演戏也十分热爱，也很有天赋，别人需要花半年时间才能领悟的东西，她不出三个月就学得惟妙惟肖。在萧情身边潜移默化，她学什么都快，还有灵气，不止一个老师说过她现在就可以出道。

原本她是准备今年上半年去 H 国进不凡的，谁知道她妈又说她还没成年，就这么耽搁了。

景园点头："阿姨有她的考量，总不会害你的。"

温酒只好瘪着嘴："是吧，不过我好想和你一起回去。"

景园淡笑着拍拍她的头，没说话。温酒也不再沉浸在刚刚的话题里，说："吃晚饭吧。"

她带过来的食物种类很多，最后景园选了一碗面条，刚吃了一口她就转头看着温酒："这面条哪里买的？"

"后半街啊！"温酒说，"这家排的队老长了，味道是不是很好？"

景园点头："嗯。"

面条的味道确实很好，最重要的是，味道特别像顾可馨带她去吃的那家。

景园低头吃着面条，想到顾可馨。

顾可馨还在忙宣传，电影的后劲还没下去，新剧就又上来，有些网友审美疲劳，说怎么又是顾可馨的剧。随着电视剧播出，说这话的部分网友被打脸，开始真香。伴随着这阵真香定律，顾可馨的名字再次霸占论坛和热搜，娱乐实时板块也出现了她的剧名，是毫不例外的榜一。

顾可馨的路透，顾可馨的花絮，顾可馨拍戏笑场，哪怕是这样琐碎的事，也在消息出来后就登上各大论坛，充斥在网络的各个角落，顾可馨的名字像是拔地而起，稳稳当当占据了热搜前三。

她也忙起来，除开拍戏，就在全国各地飞，光是宣传就从原来定好的六个城市增加到十六个城市，顾可馨大部分时间都在飞机上或者车上度过，金姐从古偶剧组被她挖过来做了私人造型师，顾可馨每次出场都艳惊四座。

国内俨然掀起了一阵顾可馨风潮，并且可以预见的是，这场风潮有越吹越热的趋势。

顾可馨下了宣传，揉了揉酸涩的眼角，两天没好好睡觉，她有些倦色。苏英给她递了温水："润润嗓子，等会儿还有一场采访就结束了。"

"莫姐呢？"顾可馨没看到莫离，苏英说："去接周时了。"

"定了？"顾可馨转头狐疑地问，苏英点头："定了，昨儿签的合同，周时还让我和你说，哪天有空，他想请你吃饭。"

顾可馨说："先欠着吧。"

周时这份人情现在不着急要，苏英抬头："莫姐来了！"

莫离满面笑容地走过来，显然有好消息。顾可馨喊："莫姐。"

"两个好消息。"莫离喜滋滋的，"先听哪个？"

顾可馨说:"都听。"

"就你坏。"莫离拍手,"第一个好消息,《神偷》提名了!"

顾可馨眼前一亮,《神偷》被送去金风后她也收到了很多嘲讽,说她不过小有名气就敢把电影送去金风,哪里来的胆子。多数都是对家买来的黑粉,她也不放在心上。提名虽然能从导演那里猜到七八,但没有这个确切消息来得让人高兴。

苏英也笑起来:"什么时候的事啊,莫姐?"

"刚接到的消息,暂时别对外透露。"莫离说,"这两天就会公布。"

顾可馨点头:"还有一个呢?"

"下周去 J 国宣传。"莫离眉开眼笑,"我准备等会儿联系言卿,让你和景园在国外碰个面,炒一炒热度。"

最近一个月都是顾可馨的主场,她的风头一时无两,艳压四座,和景园的组合热度倒是低了不少。因为剧组也有意无意地炒作她和其他主演的,尤其是在播的这个电视剧,剧方频频发她和另一个主演的互动,顾可馨这边自然不会回应,但挡不住网友的热情。再不把景园拉出来转转,只怕"景由馨生"的热度要被甩出广场前十了。

顾可馨说了,只和景园合作,莫离岂能不懂,碰巧这次有机会,赶紧把景园拽出来压压。

她眉飞色舞地准备布置,刚想给言卿打电话,顾可馨喊:"莫姐。"

莫离低头:"怎么了?"

顾可馨说:"能不能暂时不要告诉景园?"

"啊?"莫离皱眉,"为什么?"

"我觉得提前告知,不如偶遇。"

莫离看了一眼顾可馨,几秒后点头:"好,我知道了。"

等莫离走后,苏英趴桌子边问顾可馨:"为什么不告诉景园啊?"

顾可馨看向镜子里的自己,妆容精致,一颦一笑透着完美,她转头,敲上苏英的脑门:"笨!"

苏英捂着额头："我这不是想不通——"她说完一拍手，"我知道了，想给景园一个惊喜啊！"

顾可馨没说话。

苏英凑到顾可馨耳边说："真看不出来你还挺会。"

"是啊，你当然看不出来。"顾可馨侧头小声说："因为你又不需要我给惊喜。"

苏英：……

杀伤力极大，侮辱性极强！

CHAPTER

20

傀儡

If the golden sun,

Should cease to shine its light,

Just one smile from you,

Would make my whole world bright.

———*Stray birds*

顾可馨最近和景园的沟通并不是非常愉快，很多次挂电话后她都不是很高兴。她知道，景园应该也是不自在的，偏生这件事也不能怪景园，所以顾可馨想趁这次去宣传，给景园一个惊喜。

想法是美好的，事实却很残酷，她没想到，到 J 国宣传的第一站，地点就选在景园的学校。

苏英知道后笑了："老天爷都看不过去！这下该告诉景园了吧？"

不告诉也不行，宣传照都贴到人学校大门口了，只要不是瞎子和聋子，都能听到风声，不过顾可馨还是趁采访结束给景园打了个电话。

景园刚下课，资料书还没收起来就接到了顾可馨的电话，坐她前面的女孩转头问："景园，要不要一起去吃饭？"

景园瞥了一眼手机，面色平静地说："不用了，你们去吧。"

景园接起电话，声音刹那柔软了很多："可馨。"

"在干什么呢？"顾可馨问，"下课了吗？"

"刚下课。"景园回她，"准备去吃饭。"

"嗯。"顾可馨顿了顿，"我下周来你那边。"

景园顿几秒："下周？"她的心情突然雀跃，"定下了吗？"

顾可馨听到她清脆的嗓音，心情也转好："嗯，定下了。"

"好。"景园说，"那我回去收拾……"话还没说完，她抿唇，"你要住酒店吧？"

　　肯定是要跟剧组一起，而且顾可馨现在是焦点中的焦点，和以前完全不一样，再也不能随随便便玩失踪了，顾可馨听出她的心情起伏，淡笑："可以出去走走。J国没那么多人看着。"

　　景园点头："也是，那我回去把家里收拾收拾。"

　　她的好心情感染到顾可馨，笑道："好，你在酒店也定个房吧。"

　　以防万一，她实在出不来，就让景园过去，原本她是想自己定的，给景园一个惊喜，现在都告诉她了，干脆就让景园安排。果然，景园很高兴地应下："知道了。"

　　她挂完电话，眉目都是难得的悦色。温酒给她送午饭时，看到景园正低头收拾包，好几个男孩站在厅门口讨论。

　　"这就是景园吧？"

　　"上个月新来的，果然漂亮极了。"

　　"不知道她有没有对象，你们去问问。"

　　"你去你去……"

　　温酒这个月不知道听到多少次这种话了，她的同学也蠢蠢欲动，知道她就住在景园隔壁，他们拜托自己送信送吃的，一个个的，倒是异常纯情，生怕惊吓佳人一般，但真上前搭讪的，却没几个。

　　谁敢啊！景园瞧着就是座焐不热的冰山，冷冷淡淡的，淡漠疏离，他们就没看到景园在演戏之外开心地笑，似乎和谁都有距离感，尤其那凤眼轻扫，谁敢冲啊！

　　温酒安静地等着这几个人聊完走人，她走进去，看到景园要走，喊："姐，去吃饭？"

　　景园侧头："你怎么来了？"

　　"给你送饭。"温酒把手上盒饭递给她，"听你同学说你还没吃，我给你带一份过来。"

　　景园微点头："好。"

　　省了她去打饭的时间，等会儿吃完她还要去练习厅，景园也没扭捏，坐下后掀开盖子吃饭，她看向温酒："你吃过了？"

"吃过了。"温酒耸肩，"刚好在食堂吃完碰到你同学了。"

景园"嗯"了一声，温酒小声喊："姐，你今天出去了吗？"

"出去？"景园抬眼，"去哪儿？"

"出校门啊。"温酒咋呼，"不会吧，你还没出去？"

"外面怎么了？"景园从早上进来就没出去，哪有时间啊。温酒拿出手机："不是外面，是校门口。"

景园看到她手机上的一张宣传海报，是顾可馨的《神偷》。温酒说："顾小姐要来这里宣传！我们学校是第一站！"

原来是这事，景园笑："我知道。"

"你知道啊……"温酒恹了，"我还想给你报喜呢。"随后她又高兴起来，"不过我偶像来了！我就能近距离看一眼，多幸福啊！"

景园见她一秒内神色变化如此无常，摇头说："不要太强求。"

"不强求。"

嘴上说着不强求，手上已经掰着手指头数日子了。景园有些无奈，干脆继续吃饭，饭后有短暂的休息时间，温酒坐在她身边翻着顾可馨来J国宣传的消息。并不多，只有寥寥几条，J国不吃流量，只吃作品，《神偷》还没引进来，所以看过的人并不多，网上评论也是好坏参半。温酒正低头打字，景园摸到手机，给顾可馨发消息。

吃完了，你下午还有活动吗？

顾可馨坐车上，被手机振醒，她低头看了一眼，回景园。

没有，下午要拍戏。

刚说完，手机闪烁起杨导的名字，顾可馨拧眉，接了电话。

杨导笑着喊："可馨，你来剧组了吗？"

顾可馨："在路上，怎么了杨导？"

"没事没事，路上小心点。"杨导瞥了一眼另一边休息室的方向说，"就是萧老师过来了，她以为你在拍戏，来探班。"

萧情？又想搞什么？她和公司签了新合同后，萧情只发了两次消息给她，这个月并无联系，她实在想不通为什么现在过去找她。

不过顾可馨没多问，而是道："我知道了，我马上就到。"

杨导"哎"了一声挂断电话，身边的助理小声问："萧老师怎么来了啊？"

刚刚她去倒水，看到萧情的身影，还以为午觉没睡醒，谁知道真的是萧情，她吓得杯子都没拿就跑出来了。

"能有什么事？"杨导说："不就来探班。"

助理挠头："萧老师和顾小姐的关系这么好吗？"

"何止啊。"杨导没多说，刚刚萧情说顺路过来看看顾可馨，实则是想谈谈《抗战》的事情。杨导知道这部电影，也知道顾可馨有可能参加，但萧情没放出消息，他怎么敢乱说，所以杨导随便找了个理由搪塞助理，让她好好照顾萧情就走了。

萧情在休息室里等了差不多半个小时才见到顾可馨。

她今儿还真是顺路，和纪云昕签下合同后过来看基地，刚好看到顾可馨的剧组在这里拍摄，她就过来了，没想到顾可馨不在。

原本想着人不在下次再来，杨导又说马上回来，所以萧情才稍坐片刻。

顾可馨推开门时看到萧情正在品茶，那人坐窗边看向外面，姿态优雅，萧情把玩着杯子，听到身后有动静，转头，笑："回来了。"

苏英看到顾可馨悄悄握起手，她小声道："可馨。"

"你先出去吧。"顾可馨转头，神色平静地说，"我和阿姨说两句话。"

苏英点头走出去，萧情让顾可馨坐在对面，助理给顾可馨斟茶，顾可馨端在手上，茶水晃荡，一如她现在的心情。

"阿姨怎么来了？"顾可馨抿了一口茶，干涩，稍苦，她咽下去，听到萧情说："刚刚过来和纪总签合同，顺路看看你。"

"签合同？"顾可馨抬眸，"基地拿下了？"

"拿下了。"萧情说完无奈地笑，"我发现你们这些小辈一个比一个会说条件，真是小看不得。"

虽然顾可馨不知道纪云昕要了什么条件，但能让萧情周旋这么久，肯定很棘手，她心情好转不少，低头掩饰笑意："我也听说过纪总，特别难缠。"

"何止啊。"萧情摇头，"阿姨对上她，是半分优势都没有。"

"不说她了，阿姨这次来就是知会你一声，我们可能要提前拍摄。"

顾可馨神色凛起："什么时候？"

"等你这边拍完吧。"萧情说，"拍完你需要空出时间来参加训练。训练资料我回头让助理发给你，你这段时间抽空看看，别跟不上进度。"

提到工作，萧情严肃了很多，一连吩咐了好几件需要做的事情，顾可馨这是第一次和萧情合作，但她了解萧情，所以没疑问，很直接地点头。

"苦是苦了点。"萧情说，"但辛苦都是值得的。"

顾可馨应下："我明白，有劳阿姨费心了。"

萧情笑："应该的，还有，我听说你下周要去J国？"

顾可馨抿唇："嗯，下周过去宣传。"

"第一站是园园的学校是吗？"萧情说完从包里拿出盒子，"帮阿姨个忙，这个是小酒平时抹的药，她这次带得不多，你帮我把这个带过去给她，可以吗？"

顾可馨接过后低头看，是个没 LOGO 的包装盒，不知道什么药，她也没问，点头："好。"

"那就麻烦你了。"萧情说，"我不耽误你拍戏了，下次见。"

顾可馨捏着药盒，倏然想到什么，她喊："阿姨。"

萧情转头："怎么了？"

"我想问《抗战》的拍摄计划，是差不多两年吗？"

萧情点头："目前的计划是两年左右，怎么了？"

"没什么。"顾可馨解释，"我要提前把时间空出来。"

"也不用那么早。"萧情笑，"到时候再说吧。"

顾可馨点头，目送萧情离开，手上紧紧捏着药盒，直到苏英走来，顾可馨才沉下脸。

苏英问："怎么回事？萧情怎么来找你了？她还没死心呢？"

"死心了。"顾可馨说，"她应该不会再和我说签约的事情了。"

苏英皱眉："那她来找你干什么？"

干什么？顾可馨低头看药盒，抿唇，她还能干什么？当然是帮萧情去照顾下一个傀儡。

两年后，温酒毕业回 H 国，刚好可以踏上《抗战》的末班车，随便给她安插一个角色，照着萧情的天才人设营销，她就是萧情的下一个赚钱工具。

眼前一场好戏即将上场，顾可馨明知道不关她的事情，可她的心情还是无端地复杂起来，头也无预兆地发疼，疼得她脸色微白。

果然如顾可馨所料，之后萧情再也没找过她，但网上关于萧情的传闻却日益增多，有时是关于《抗战》的选角，有时是采访，有时是宣发。萧情这个名字挂出来就是头条，关注的人自然多，她的慈善事业也被拉出来夸了好几次，顾可馨每次打开论坛都能看到萧情的名字高挂在上面，而自己的还在萧情下面，热度只有萧情的一半。

不愧是娱乐圈的天花板，纵使这么多年没有作品，现在只是准备阶段，随手发个消息，就轻而易举地压下了所有人。

萧老师，萧神。

顾可馨看到网友的称呼，反手按掉手机屏幕，身侧的苏英道："怎么样？和剧组说好了吗？"

"说过了。"顾可馨回她，"直接去机场吧。"

苏英酸溜溜地说："你真有心。"

做朋友这么久，她怎么不知道顾可馨是这样的人呢？说好的给景园惊喜，剧组先去学校发了宣传，好家伙，她还以为顾可馨放弃惊喜了呢，谁知道她居然要提前去。

搞了半天，还是想送惊喜啊！

顾可馨和剧组那边说要先过去，有个杂志社的专访，以她现在的名气自然没人会怀疑，剧组那边告诉她酒店房间号就放人了，至于莫离，她让周时拖住，等莫离反应过来，估计她已经和剧组汇合了。

当然——这次她没有提前告诉景园。

顾可馨怀揣着愉悦的心上飞机，想象着景园看到她的神色该有多高兴。

景园最近还真的高兴，顾可馨要过来是一方面，她和顾可馨最近的沟通也默契了很多，景园发现只要不提温酒，顾可馨就不会烦躁生闷气，所以这周她都晚上煲电话粥。

效果挺明显，顾可馨的心情好了很多。

景园放下抬了半天的手，身边同学问："景园，还在练习呢？"

她转头："嗯，我再练一会儿。"

顾可馨明儿就过来了，她想趁顾可馨没来之前把之后的功课做足。同学不疑有他，景园在这批学员里是最刻苦的，天不亮就来，天黑了还不肯回去，也没朋友，不需要交际，午饭就是面包或者便餐。之前其他同学都说她是花瓶，来这里也不过是走后门，混个学习的名声而已，一个多月下来，他们不得不承认，景园的演技在他们之上，也难怪老师会称她是一号。

景园倒是没发现同学的态度变化，因为她没时间关注，J国的生活节奏和学习节奏都很紧，她无暇分心，但这样也好，她不会胡思乱想，心思全被功课填满了。

晚上九点多，她的闹钟响起，景园才从面部表情练习中回神，她关掉闹钟，看到温酒给她发的消息。

姐！姐你吃晚饭了吗？要不要我给你带一份？

不用了。我回家吃。

温酒还在和同学玩儿，收到后立马回复了句"知道啦"。

景园把手机放进包里，转身离开训练室。这个时间点学校里的人还有很多，同学们来去匆匆，景园拎着包走在路上，偶尔碰到几个过来要号码的人，她淡笑婉拒，得心应手。

上车后，司机问她要不要先去吃晚饭，她想了会儿说："回家吧。"

回家点个外卖或者下碗面条，她都是这样过来的，景园上车后给顾可馨打了电话，问她有没有下戏，顾可馨笑："还没呢，你呢？"

"我刚下课。"景园捏了捏后脖颈，"那你几点结束？"

"还要一会儿。"顾可馨问，"吃晚饭了吗？"

景园撒娇："没呢，等会儿回家我下点面条。"

"又吃面条。"顾可馨说，"你先回家吧，我给你点份外卖。"

景园有时候忙起来没吃饭，都是顾可馨点的外卖，她笑："好。"

两人一路聊到下车，景园还舍不得挂电话，顾可馨淡笑："去洗个澡等外卖到，我点好了。"

景园轻轻"嗯"了一声，回到家之后进了卫生间泡了个澡，刚冲完泡沫系上睡裙，就听到门铃响，她喊："来了。"

别墅管家领着一个穿着黑色宽松运动服、戴着帽子和口罩的人站在门口说："景小姐，说是您的外卖。"

景园点头："是，你回去吧。"

管家"哎"一声离开，景园说："给我吧。"

面前站着的人抬手，却没将外卖放在景园手上，而是直接握住了景园的手。景园一缩手，两秒后回过神，掀开了面前人的帽子。

"顾可馨！"景园心脏刹那间差点跳出来！她满眼亮晶晶的，犹如缀满星星！

顾可馨放下外卖，摘下口罩，露出漂亮的脸。

景园想也不想直接抱上去，顾可馨被撞得往后退了两步，连忙伸手抱住景园。

"你怎么来了？什么时候来的？怎么也不说一声？"

突然，景园的肚子咕噜一声，顾可馨抬头，声音微哑："饿了？"

"嗯。"景园有些不好意思。顾可馨没多说，将盒饭拿到厨房，放在微波炉里转了两分钟，听到叮一声才拿出来，随后用单独的盘子装好，端到了景园面前。

景园闻着香味，肚子又是咕噜一声，中午她就吃了一块面包，加上一下午的忙碌，她早就饿了。景园接过晚饭，用勺子挖了一点米饭，顾可馨没好气地吹了吹："小心烫。"

"我知道。"景园嗓音微哑，她肤色白，眼尾浮着红晕，如白瓷里的红飘絮。顾可馨问景园："是不是没吃午饭？"

"吃了一点。"景园自知理亏，闷头吃饭，顾可馨想说她两句，面对她这样的鸵鸟姿态也没辙了。外人面前清冷淡漠的女神景园，在她面前会捏起自己的耳朵说我错了，任顾可馨再想指责也得咽回去。谁真的舍得骂她？

顾可馨心气没处撒，干脆不看景园。景园低头吃饭，听到顾可馨赤脚在房间里走动，良久，顾可馨看到桌上堆了好几个盒子，有两个还系着红丝绸，好像是礼物，景园还买这个？顾可馨失笑，拿了最上面的那个，打开，里面是一对手链。名字还很好听，同心链。

顾可馨拿出其中一条看了看，纯银打造，细长，每个衔接口都是一个小蝴蝶的形状，卡扣就是蝴蝶的双翼，造型别致又漂亮，顾可馨将手链放在手上试了试，衬得她手腕纤细，很合适，那些蝴蝶贴在手腕上，翩翩欲飞。她转头看向景园："景园，你买的？"

景园抬头，看到顾可馨捏着的手链一顿，是温酒送给她和顾可馨的礼物，只是现在提温酒，合适吗？顾可馨会不会生气？

顾可馨走过去，将另一条手链系在景园手腕上，景园比她瘦一些，手链往下坠了坠，贴着肌肤，冰冰凉凉的，顾可馨问："什么时候买的？"

"前段时间。"景园抿唇，喊，"可馨——"

"还挺好看的。"顾可馨转头，"景园，我很喜欢。"

景园低头咬着舌尖，她说："你喜欢就好。"

晚上，景园在梦里蹬了顾可馨一脚。顾可馨被蹬醒了，她睁开眼看到新环境，有些茫然，过了好几秒才反应过来，这是景园的房间。她目光掠过房间摆设，偏粉色装修，和景园在 H 国的房间差不多，一看就知道是景园的风格。

她抿唇笑，低头，景园还在睡，看来是真的太累了，往常这个点她已经给自己打电话告诉她到学校了，今儿却是抱着薄被睡得香甜。顾可馨看得入神，伸出手掸了掸景园脸上的碎发，露出俏颜，长睫毛颤动。

景园没醒，只是翻了个身又睡着了，顾可馨在闹钟响之前按掉，给苏英打了电话。

"什么时候回来？"苏英很惬意地在泡澡，说，"等会儿剧组就要过来了，你可别不见人。"

"知道了。"顾可馨让苏英用自己的身份住进了酒店，所以苏英这会正享受呢。

"景园还没醒呢，你声音小点。"

苏英捏着手机："啧啧啧。"

顾可馨说："不说了，我去给景园买点早饭。"

苏英挂了电话，顾可馨也没在意她的态度，穿上景园的衣服，戴了帽子和口罩就出门了，这里虽然是第一次来，但不陌生，景园经常和她视频，所以周遭的情况她还是知道的，只是她没想到会碰到一个熟人。

温酒。

说熟也不熟，说不熟却又经常会想到，加了温酒好友后，顾可馨的朋友圈就被刷屏了。虽然她以前加的那些艺人多半都会发朋友圈，但是谁也不会丧心病狂到一天发五六条，因为这是工作号，大家想发泄情绪都是用小号。

所以顾可馨只要打开朋友圈，刷新后最上面的消息肯定是温酒的。

> 今天瘦了一斤，真好，继续保持！
>
> 温酒啊温酒，你怎么回事？昨晚吃什么消夜啊！
>
> 呜呜呜！我今天犯了个大错，不知道我女神能不能原谅我？
>
> 救命！我加上女神了！

顾可馨想，如果没有意外，她就是温酒嘴里的那个女神，可她并不想做，但是她却没有屏蔽朋友圈。

温酒看起来是个被过度保护的单纯的孩子，可这样的保护，反而是戳向她的一把利刃，将顾可馨伤得彻彻底底。

顾可馨不想和温酒有什么纠缠，她看到温酒在买包子便走向另一边的米粥店。

温酒一转头就看到淡蓝色的衣服闪过，她皱皱眉，这衣服，好像是景园的？

虽然撞衫很有可能，但是也可能是景园啊，温酒拎着两份早点兴冲冲地走进米粥铺子，探头："景姐姐。"

顾可馨的肩膀被拍了一下，她转头，温酒忙道："对不起对不起，我认错人了。"

她没在意，转过头和老板说："两份白粥，谢谢。"

温酒刚要走，步伐顿住，不可思议地看回去，小心翼翼地带着颤音喊："顾，顾小姐？"

是顾可馨吧？

她的采访温酒都会背了，岂能听不出声音，而且刚刚那一瞥，眼神分明就是顾可馨！

顾可馨也没瞒着，转头，隐在口罩里的唇抿直，她问："你是？"

"我是温酒。"温酒忙伸出手，"你好。"

顾可馨伸手同她握了握，温酒的脸微红，满眼的小星星，是看到偶像的那种崇拜的眼神，她小声道："你什么时候来的呀？"

"昨天晚上。"顾可馨咬着牙回她，"你要买粥吗？"

"不用了。"温酒说，"我就是来买包子。"她咳嗽一声，"那你昨晚上住在景姐姐家里吗？"

顾可馨瞥了她一眼，温酒一脸喜悦，单纯得像张白纸，什么情绪都展露在脸上。顾可馨点头："嗯。"

"幸好，幸好。"温酒拍了自己的胸脯，顾可馨问："幸好什么？"

温酒灿笑："幸好昨晚上我没去找景姐姐，不然就打扰你们啦！"

她露出一个大大的笑容，眼里有阳光的倒影，温暖又动人。顾可馨呼吸微顿，咬着舌尖低头："嗯。"

"不过景姐姐应该告诉我。"温酒心无芥蒂地说："差点坏了你们的事。"

她那双眼如小太阳般热情洋溢，顾可馨别开眼，说："那也不至于。"

温酒还站在顾可馨身边叽叽喳喳的："顾小姐，我等你一起回去吧。你路不熟，我给你带路。"

顾可馨以前碰到的都是人精，一个比一个精明，遇到景园属于意外，她没想到，还有意外以外的意外，这温酒，比景园还看不懂脸色，她没回答好，也没说不好。

两人就这么一路拎着包子和米粥回去，温酒问："景姐姐还没起来吗？"

顾可馨淡淡道："嗯，她有点累。"

"啊！"温酒点头："我理解。"

顾可馨抿唇，温酒闲不住地说："你平时工作是不是很忙啊？"

"还好。"顾可馨转头，"景园没有和你说吗？"

"没有哎。"温酒耸肩，表情遗憾，"景姐姐说你不喜欢被人打听私事，所以你们的事情，我知道的不多。"

顾可馨心尖一暖，她低低地"嗯"了一声，眼看前面就到家门口，温酒说："那下次见，顾小姐拜拜。"

"拜拜。"顾可馨态度冷淡，声音绷着。眼看温酒就要转头离开，她说："等会儿，我有个东西要给你。"

温酒诧异："什么？"

"是阿姨让我带过来的。"顾可馨说完低头，"你稍等片刻。"

温酒连忙点头。

她看顾可馨进了家门才拍拍胸脯，说也奇怪，网上都说顾可馨性格温柔优雅，知性大方，她怎么觉得比景姐姐还要冷漠三分？那种疏离的感觉快要伤到她了，不过她刚刚居然说给自己带了东西，所以，其实她也没有很讨厌自己吧？

温酒沉浸在女神对自己到底什么感觉里，没注意到顾可馨已经出来了。

"温小姐。"身后一道嗓音，顾可馨说，"你的药。"

温酒挠头干笑："是这个啊。"

顾可馨抬眸，破天荒地问："这是什么药？"

"哦，这个是治关节疼的。"温酒说，"我小时候……"她笑笑，"我小时候身体不好，有关节炎，这药是我妈专门配的，下雨天之前用，就不疼了。"

顾可馨抿唇，目光深幽："专门配的吗？"

"嗯。"温酒笑得一脸真诚，顾可馨只觉得浑身都疼，她抬手："拿过去吧。"

温酒却没接，反而看向她的手链，刚刚一路走来，顾可馨的手链缩在袖子里，现在看到，温酒笑："这手链和你真配！"

顾可馨却不想多说，她点头："嗯。"

"我就知道你戴了肯定好看！"温酒笑眯眯的，"不枉我跑了好几条街去抢！"

顾可馨眉头一皱："你去抢的？"

"对啊！"温酒以为顾可馨知道，高兴地说，"这是 HJ 今年的限定款，我排了老长的队才抢到的！我觉得特别适合你和景姐姐！我眼光真好！"

顾可馨微点头，憋气："是啊，眼光真好。"

温酒笑："真适合你。"

顾可馨只觉得手链烫人，那块肌肤仿佛贴着铁烙，炙热的温度从手腕窜到心里，反复煎熬，难受得她没说出话，温酒见她没吭声只好道："那顾小姐，我先回去了。"

"好。"顾可馨很艰难地吐出一个字，在温酒折返回别墅时，她一伸手拽住手链，狠狠拉开，手链的链扣在她手背划出一道血印，手背的肌肤刹那惨白，逐渐艳红，温热的血冲破伤口涌出来。

　　血染湿了手链，顾可馨没有丝毫留恋，将手链扔进了一旁草堆里，转头看了几秒景园的别墅，胸前起伏憋闷。她低头，转身离开。

CHAPTER

21

明天

If the golden sun,

Should cease to shine its light,

Just one smile from you,

Would make my whole world bright.

——*Stray birds*

景园醒来时没看到顾可馨，她坐起身，呆了几秒，喊："顾可馨？"

没人理她，别墅里静悄悄的，没有一点儿动静，景园掀开被子下床，冲客厅看了一眼，没瞧见顾可馨，倒是在茶几上看到了早点。

她抿唇笑，折回房间给顾可馨打电话。

手机铃响了很久都没人接，顾可馨坐在车上看着窗外，手背隐隐作痛，似被烙铁反复烫伤，她蜷缩手掌时刺骨地疼。上车后她全身骨头紧绷，让人麻痹的疼如一根针，从心尖戳到血液里，呼吸都困难。

她没接电话，司机看了她一眼，不解道："小姐，你的手机一直响。"

顾可馨回神，睨了司机一眼，低头，看到景园的名字在屏幕上闪烁，她闭眼，手背的伤口还没愈合，仍有血珠涌出，她从包里拿方巾裹住手背，接起电话。

"顾可馨，你走了？"景园在家里找了一圈都没有找到她，顾可馨的包也不在了，倒是昨天的衣服放在这儿，把自己的衣服穿走了。

"嗯。"顾可馨声音绷着，心脏因为发疼而跳得异常快，她脸色微沉，闭眼说，"等会儿剧组就到了，我去迟了苏英兜不住。"

"那你可以叫我起来。"景园顿了顿，"我都没和你一起吃早饭。"

难得过来一趟，景园说："你今天宣传什么时候结束？"

"还没确定。"顾可馨说，"等结束再说吧。"

"哦。"景园没辙,"那我等你结束。"

顾可馨抿唇:"好。"

她挂了电话,景园看向手机,拧眉,细想几秒后摇头放下手机,打开米粥吃了一碗,另一碗放冰箱里没动,刚吃完,管家过来汇报说车准备好了,景园拎着包走出去。管家跟在她后面,景园转头问:"今天小酒来过了吗?"

"温小姐吗?"管家肯定地摇头,"没有。"

景园轻点头上了车,往学校驶去。

到了班级里,三个女孩子正在讨论昨天的功课,还有两个挤在一起小声嘀咕:"今天顾可馨会过来宣传?"

"你还认识顾可馨?"

"不认识,不过我看了电影,演技还不错,她等会儿宣传完有拍摄,我们要不要过去看看?"

"好啊。"女孩应下,景园坐在她身边,她转头,"景园,你要不要一起去?"

"哎,听说你和顾可馨还拍过一部电视剧,那你和顾可馨应该很熟悉吧?"

在做功课的三个同学也有了兴致,凝目看着景园,果然在八卦这种事情上不分国籍。

景园落落大方:"嗯,我和顾可馨刚拍了一部电影。"

"难怪我上次搜顾可馨的时候会同时看到你们俩,又是老套路。"

景园低头,没说话,她身边的女孩小声问:"景园,顾可馨现在在 H 国是不是很火啊?她有对象吗?"

"八卦!"

"你也不看看顾可馨现在的咖位,她可是 H 国近十年来唯一跳过小花和大花直接拿影后的!"

"我就是闲聊,你们不想知道?"

"我们当然不想，再说了，景园会告诉你？凭啥啊，你脸大？"

"你才脸大！"

"别纠结了，那顾可馨要是有对象，早就被狗仔给扒出来了，我听说 H 国的狗仔很恐怖！"

景园听到她们讨论的话题越聊越远，松开了紧握的手。来 J 国这么久，这还是她们第一次打探 H 国的圈内事，当然还是因为顾可馨来了，掀起了一阵风潮。

J 国和 H 国差别很大，尤其是娱乐圈，在这里，演员更像是一种职业，有能力就胜任，没能力就会被淘汰，他们不是很吃人设，反而更吃角色，所以大家耳熟能详的并不是某个艺人的名字，而是角色的名字。

顾可馨以前说有人推荐她来 J 国发展，景园起先不明白为什么，待了一个月才懂，这才是会让顾可馨发光发亮的地方。不过她要是来了 J 国，自己也就遇不到她了。

景园感慨完，低头继续做功课，身边难得八卦起来的同学已经从顾可馨的电影聊到她的事业发展上了。

"听说被压了五年哦。"

"这电影能压这么久？排影干什么的？"

"又不是这一部，听说她以前拍的电视剧、电影全部被压了！"

"不是吧，怎么回事？"

"我也不知道，就看了一点周边，好像是说她得罪了某个大人物，被封杀了。"

"我说呢，这么优秀的人怎么可能没有收视率和票房，肯定是看她漂亮图谋不轨，结果人家不乐意。我听老师说，以前 H 国有个大腕也是这样，出道后被有钱人看上了，后来她宁死不从，去了国外发展，结果你猜怎么着？嘿，人家现在是圈内的顶梁柱了！"

景园怎么也没想到居然有人把顾可馨的事情和萧情联系在一起，

但这已经不是传言了，只要打开国内论坛，她就能看到这样的消息。也不知道从哪里传出来的，但顾可馨这个受害人的身份却被坐实了。

至于这个大人物，网友们议论纷纭，将可疑人员全部猜了个遍，只有景园知道，那是萧柔。

偏偏现在不凡和顾可馨关系颇好，萧情对顾可馨又颇为照拂，所以纵使外界想破脑袋，也想不到到底是谁。

景园看着面前的功课，突然有个荒谬的想法，她在想，阿姨是不是早就知道顾可馨会发光，成为炙手可热的新一代艺人，她害怕不凡被牵扯进来，害怕网友扒出萧柔做的事情，所以才会提前和顾可馨交好？

虽然知道这种想法十分荒谬，可人的信任一旦有了缝隙，猜忌就会无孔不入。景园按了按头，将猜疑全部掸去，她给顾可馨发消息。

你到学校了吗？

顾可馨正在补妆，她穿着军装，英姿飒爽，长发全部藏进帽子里，凸出英气的五官。金姐给她上完妆说道："完美！"

顾可馨说："金姐又拿我开玩笑呢。"

"哎！"金姐摇头，"这还真不是。可馨啊，我在圈子里有些年头了，自认见过形形色色的艺人，一个人呐，行不行，看骨相，能走多长远，看气运，你气运足，骨相正，这股东风一吹，势不可挡啊！"

顾可馨失笑："那就借金姐吉言。"

"你以为我在夸你呢。"金姐一拍她的头，"我这是实话实说，手伸出来。"

要上手妆，顾可馨垂在身侧的手动了动，她说："金姐，我手背受了点伤，有没有什么可以遮住？"

"受伤？"金姐一顿，"怎么受伤的？伤哪里了？给我瞧瞧。"

顾可馨把手背递给金姐："早上戴手链不小心刮到了。"

"这么深？"金姐说，"消毒了没有？"

"消毒了。"顾可馨说，"估计上不了妆，有没有能遮住的？"

"有。"金姐从化妆箱里摸了一条手链出来，可遮住大半个手背，顾可馨戴上后说："就这个吧，挺好的。"

"不知道爱惜自己。"金姐心疼地说，"多好看的手，万一留疤，有你后悔的。"

顾可馨笑："不会有疤的。"

金姐只好给她从手臂开始打粉，手腕到手背都没动，等另一只手的妆化完，金姐说："OK 了。"

顾可馨点头："谢谢金姐。"

"你开那么高的工资，我不得对得起你的造型？"金姐说，"还有，下周回国，粉丝见面会的造型我给你设计好了，回头发给你，有意见你再提。"

宣传到下周，顾可馨回国后有粉丝见面和签名会，她点头："金姐办事，我放心。"

"你啊，就是嘴甜。"人心换人心，顾可馨知道她以前给大花出一次场多少钱，直接包了她一年，出的钱是她平时的两倍，这可不是小数目。但顾可馨是聪明人，她现在大火，不管是造型还是代言，都不能出一点差错，落下话柄，所以她找自己，金姐能明白，不过明白是一回事，顾可馨肯付两倍的价格，也是一种魄力。

有勇有谋有颜值，双商还高得离谱，她不成功谁成功？

金姐眼光毒辣，早就看出顾可馨非池中物，所以现在说话一半恭维一半真心，两人客套了两分钟，顾可馨的手机响了一声，金姐很识趣："那我先出去了。"

顾可馨点头："好。"

等到金姐出去后，顾可馨打开手机，看到景园发来的消息，她定定地看了几秒，没回复。苏英推开门："可馨，导演找你。"

顾可馨抬眸，看到导演走进来，她起身："导演。"

"坐坐坐。"导演四周看看，小声问，"可馨啊，什么时候安排和景小姐偶遇？"

显然是莫离和导演商议好的。这次来 J 国宣传，一来是宣传《神偷》，二来就是制造爆料回国，莫离的意思和导演一拍即合，所以导演特地赶过来询问，顾可馨说："明天吧。"

明天再和景园见面吧，她怕今天见到景园，会控制不住脾气，和景园吵架，所以她连景园的消息都没有回复。

景园一直没有等到顾可馨的回复，她觉得很奇怪，往常顾可馨再忙都会抽空回自己，今儿却一连好几个小时都没消息。午饭时她把手机翻来覆去地看，还以为没信号，只好关机重启，最后收到老师发来的作业才明白，是顾可馨没回复她。

应该正在忙吧，景园想到她来之前就说过这次宣传的时间特别紧，上午宣传，下午有拍摄和采访，景园原本不打算和同学去看拍摄，但一直没收到顾可馨的消息，她还是抽了空过去。

一长排的隔离带，好些同学站在外面，除了特别辅导班里都是已经在圈子里待过的艺人外，其他都是和温酒差不多年纪的学生，透着阳光和朝气，他们叽叽喳喳围在一起冲里面拍照。景园走过去，看到身边的女孩的镜头里，顾可馨站得笔直，身边有棵桃树，她身姿挺拔，宛如从戏中走出来，一举一动都有角色的风采。

"这个角度好。"景园看向身边女孩镜头，听到熟悉的声音："姐！"

她抬头，看到隔离带旁边站着温酒，冲自己招手："来这儿来这儿！"

景园走过去，温酒让同学空个位置出来，她笑："你怎么也来啦？"

她还以为景园不会过来呢，所以没给景园打电话，谁知道会在这里看到景园，还站那么老后面，那能看到啥？

景园转头："我刚从训练室出来，听说在这边拍摄，就过来看看。"

温酒没存疑，一脸喜色："不愧是我女神，随便拍一张都是壁纸。"

景园扯着唇淡笑，没说话。不远处导演被助理戳了戳手臂："导演，那不是景园吗？"

"哪里？"导演顺着她的视线看过去，果然看到景园混在人群中，他一拍手，有什么比景园专程过来看顾可馨拍摄更有噱头的呢？

"调个摄影过去拍那边。"他们的动静让顾可馨侧目，猝不及防地看到线外的景园，还有靠在景园身边说话的温酒。

顾可馨心情如过山车一般，刚倒入一罐可乐，冒出快乐的泡泡，随之那些泡泡就被戳破，化成苦水，蔓延在她心里。

她面前的摄影师说："顾小姐，往右来一点，对对对，就这个角度。"

顾可馨收回视线，没再看景园。

景园没多逗留，看得出来，顾可馨确实很忙，她匆匆瞥了两眼又返回训练室，上午的两个同学正在分享刚刚拍到的照片。

"这张好看还是这张？"

"哎，这顾可馨的骨相好正啊。"

"才看出来啊？我早就发现了，她那眉毛特别英气，我还有她拍古代夫子的剧照，真是翩翩佳人。"

景园坐下后，身边的女孩递上手机："景园，你觉得哪个做屏保好看？"

她抿唇，双手握紧着包，实在想不通为什么要坐在这里帮别人选屏保，还不如刚刚在那边看顾可馨拍摄呢。

"景园？"她身边同学好奇地晃手，景园回神，看着她的手机，好几个角度，但不管是哪个角度，顾可馨都十分干练英气，颇有风范。她随手指了一张："这个吧。"

"哎，还不错。"同学转头，"你要不要，我给你发一份？"

景园憋了口气，说："好啊。"

下午的时间她就是靠几张照片度过的，顾可馨的消息还是没来，她实在忍不住，一下课就给顾可馨拨了个电话过去。

顾可馨那端异常吵，她皱眉："你在哪儿呢？"

"我在吃饭。"顾可馨抬手时，手背的伤口处刺刺地疼，她因为手受伤没法喝酒，所以就干坐在那儿吃了几口菜，刚想借个理由先溜一步，就接到了景园的电话了。

景园沉默几秒："你收到我的消息了吗？"

"刚看到。"顾可馨说，"手机一直在苏英那边，今天很忙。"

"哦。"景园听了解释也没怀疑，她问，"那你今晚还过来吗？"

顾可馨起身时不小心撞到旁边的人，手链哗啦啦地响，手背一阵钻心地疼。顾可馨脸色微白，声音绷着说："可能不过来了，今晚上还不知道喝到几点呢。"

"又喝酒啦？"景园嘀咕，"那我先去酒店……"

"不用过来。"顾可馨拒绝得太快，她说完才意识到自己的态度有异，景园那么敏感，应该也有所察觉了吧？

诡异的安静充斥在手机里，顾可馨说："今晚我不知道几点回去，而且是和剧组一起，人多眼杂，你就别过来了。"

景园捏紧手机，回答："好。"

听到景园的声线起伏，顾可馨才一咬舌尖，她挂断电话对导演那边说："导演，我先走一步。"

"你不吃饭了？"导演诧异，顾可馨指了指手背："医生说要忌口，我怕乱吃会发炎，导演，你们吃吧。"

"我让人送你回去。"

"不了，苏英送我回去就好。"

导演没强留，今儿的宣传效果很好，主要是顾可馨肯配合，一点也不耍大牌，什么动作要求都肯做，所以他们才能提前结束了在这里吃饭，现在不过是想提前回去休息，导演有什么不同意的呢？他对顾可馨点头："那你路上小心，明天见。"

顾可馨笑："明天见。"

出了酒店，苏英见她出来，一脸错愕："这么早就出来了？你该不会又要去景园那边吧？"

顾可馨心里憋着一团火，随时会爆炸，原本她是不想去找景园的，但刚刚景园不经意被伤到的态度刺痛了她，她想去看看。哪怕只是看看。

苏英没辙，跟着顾可馨上了车。

顾可馨靠在椅背上，心想，或许在景园愿意向她伸出手的那刻，她就已经完蛋了，可她甘之如饴。

"直接去她家吗？"苏英问，顾可馨看看手机："去学校吧。"

景园刚刚说还没走，饭店就在她们学校附近，应该能在门口看到她。顾可馨想的没错，她刚到大门口，就看到一个纤细身影拎着包走出来，她正在打电话，随后把手机放包里，往外走。苏英疑惑："她居然没开车来？"

苏英说完想把车开到景园旁边，顾可馨说："别过去。就跟在她后面。"

苏英不解："你俩玩啥呢？"拍偶像剧呢？

顾可馨没和苏英解释，她轻声叹气，打开车窗，凉风灌进来，将她的刘海吹进眼睛里，又刺又疼，顾可馨拨了拨秀发，听到苏英问："该不会，你们吵架了？"

"没有。"顾可馨其实很讨厌吵架，总会让她联想到曾经，她站病房外看到歇斯底里的萧情，还有恨不得跪下求萧情的陆长白。

她非常讨厌这样的场面，也知道吵架不过是逞一时口快，并无益处，所以她不会和景园争吵。

苏英却不懂，她嘀咕着："没吵架，那也不对啊，你在想什么？"

顾可馨摇头苦笑："不知道。"

她第一次对一段关系束手无策，景园没错，她只是想让自己开心，昨晚那样的误会，她是想解释的，可是自己没有给她机会。

可是自己有错吗？她和萧家注定不能共存，她不可能接受温酒的示好，更不想听到景园为温酒一次次试探，她甚至不想看到那两个人站在一起。

她说不想景园在她和景家之间为难，却卑劣地希望景园可以为自己拒绝温酒，她不想再发生今天这样的事情，让彼此都难堪。

苏英挠头，看着顾可馨微沉的脸色没再开口，她把车开得很慢，就这么晃悠悠地跟在景园身后。

学校距离景园别墅并不远，平时都是车接车送，省时间，今儿她却想走一走，便给管家打了电话，让他不要安排车过来。

路上行人三三两两，车流不断，她走得并不快，到拐角时身后传来声音："姐！"

是温酒，景园转头，看到温酒从车上跳下来，她问："你怎么没坐车啊？"

"我想锻炼锻炼。"景园说，"每天不是学习就是在训练室，跑两步都喘，需要锻炼。"

"那我陪你一起呀！"

温酒笑着冲身后一挥手，挡在顾可馨前面的黑色轿车缓缓离开，景园和温酒重新进入视线。苏英啧一声："哎，你真不下去？"

顾可馨睖了她一眼，苏英说："要不我帮你打个电话？"

她话音刚落，手速很快地拨通电话，顾可馨还没来得及拒绝，车里就传来景园的声音："喂。"

顾可馨呼吸一窒，她身体绷着，视线不自觉瞄向显示屏，蓝牙正在连接的状态，苏英清了清嗓子："是景园吗？"

"可馨的手机没电了，她有话想和你说。"

顾可馨狠狠瞪着苏英，开口："景园。"

"可馨，"景园目光亮起，声音明显高兴，"你饭局结束了？"

"刚结束。"顾可馨从车前玻璃看向她和温酒并肩的身影，低声问："你在哪儿呢？"

"我回家啊。"景园回她，顾可馨垂眼道："一个人吗？"

"我——"景园猛地顿住，转头看向身边温酒，欲言又止，"可馨——"

"没事，我就问问。"顾可馨说，"外面风大，早点回家吧。"

"嗯，我快到——"景园话没说完脚步倏然一顿，迅速抬头看向四周，就在她抬眸的刹那，一辆浅白色轿车从她和温酒身边擦过，留下猩红的车尾灯。

景园站在街头两边看，车辆无数，来来往往，却黑乎乎的，她看不到车里面，顾可馨就在这附近吗？如果不是，她怎么知道自己在外面，以前回家都是开车，她刚刚也没有告诉顾可馨自己步行回去，所以，她在这附近。

为什么不来找她？

景园拧眉，身侧的温酒喊道："姐，你干吗呢？"

她转头看到温酒，倏然想到刚刚顾可馨的问话，闭了眼，抿唇："没事。"

温酒嘀咕："你怎么奇奇怪怪的？"

景园没同她解释，只是勉强平静道："走吧，我们回去了。"

或许，顾可馨已经先一步回家了，她抱着最好的设想回到家，发现顾可馨并不在，客厅里安静空寂。突然敲门声响起，景园一喜，忙走到门口打开门，听到管家说："景小姐，晚饭需要给您准备吗？"

她三餐几乎不在这里吃，所以管家也不确定，每天都会问，景园掩下黯淡的目光，摇头："不需要。"

管家低头离开。

景园走到冰箱门口，打开，里面还有早上留下的一碗粥。那时候的心情多雀跃，现在就有多丧气，景园叹息，打开锅，将米粥放进去煮了一会儿，冒泡之后关了火，她却毫无胃口。

她端着粥坐在茶几旁的地毯上，随手打开电视，从无厘头综艺转到挑战综艺，最后停在一个搞笑综艺节目上。

综艺里的艺人没挑战成功，正在接受处罚，空中掉一个苹果块，要在有限的活动空间和规定的时间里吃完。

景园记得国内也有差不多的综艺，顾可馨很喜欢看。

景园打开手机，看到班级群里大家正在交换今天拍的照片，她顺着消息往上看，偶尔会出现顾可馨的名字，她放下勺子，给顾可馨发消息。

顾可馨刚下车就收到了景园的消息，问她到酒店没有。苏英在旁边问："可馨，她身边那个，就是温酒？"

看起来很要好啊，这也太难办了。

景园的朋友，是顾可馨最讨厌的人，怎么都不可能和平共处，就连来这里短暂的两天，还要因为这种事情闹别扭。

苏英理解顾可馨，也心疼她。

顾可馨说："嗯，你回去吧。"

"要不我和景园……"

"行了。"顾可馨说，"不要再和她乱说什么，景园有分寸。"

苏英尊重顾可馨的决定，她送顾可馨到了门口："那你进去吧。"

顾可馨推开门进去，顺手回复景园的消息。

我到酒店了。

景园一个电话打过来，顾可馨沉默了几秒，接了。

"你在干什么？"景园问她，顾可馨说："刚到，休息会儿，今晚的月亮还不错。"

景园想到她到这里的第一晚就给顾可馨拍了月亮，她抿唇，也走到窗边，往外看，月上树梢，很明亮，树影斑驳，摇摇晃晃，景园细看了几秒说："嗯，真不错。"

顾可馨说："明天导演可能安排我们偶遇，你接到通知了吗？"

"接到了。"景园说，"言姐已经告诉我地点和时间了。"

顾可馨点头："那就好，明天见。"

景园在她挂电话前喊："顾可馨，你是在生我的气吗？因为我和小酒站在一起？"

她思来想去，估摸着是今儿下午和温酒站一起被顾可馨看到了，景园解释："我没有和小酒一起去，我……"

"算了。"顾可馨听到这个名字，胸中郁气冲撞，闷得慌，她捏紧手机说，"我没有因为这件事生气。"

"那你到底在气什么？！"景园绷不住问道，"顾可馨，你知道我没你那么聪明，我不会察言观色，我也不够敏锐，所以你告诉我，你在气什么。你今晚来过了对不对？你看到小酒了对不对？你就是气我和小酒……"

顾可馨背倚在阳台栏杆上，抬头看星空，打断她的话："景园。"

景园抿唇，眼眶温热，眼尾浮上红晕，她眨眨眼，轻轻呼吸，听到顾可馨说："我不是气你，我是气我自己。别胡思乱想，明天见。"

景园一口气梗在胸口，她狠狠拍了两下，挂断电话。粥已经冷了，她端起碗看了两眼，倒进垃圾桶里，转头进了卫生间。

镜子里的人冷着脸，眼睛通红，景园随手拿起卸妆巾，一低头就看到了顾可馨的生活用品。这是她给顾可馨准备的，只用了一次，景园气恼地将那些用品装进篮子里，塞进面盆下面的柜子里。

眼不见为净！就许顾可馨生气，还不准她发脾气？

景园发泄了一通，站在镜子前，突然觉得自己真幼稚，她俯下身将生活用品拿出来，逐一摆在面盆旁边，冷着脸进了浴缸。

水温偏高，将她肌肤烫得绯红，景园泡在里面，以往是边泡澡边听课堂录音，今天是什么都不想干，累得连抬手的力气都没有，她躺了好半天，直到水温降下去才起身。

以为很累，上床就能睡着，没想到翻来覆去，始终没入眠的意思，景园披了件风衣走出房间，外面夜风呜咽，她出去迎面吹了一脸水。

下雨了，景园皱着眉，伸手接住雨。来这里这么久，还是第一次碰到下雨天，景园信步走在花圃里，雨丝在路灯的照射下有种雾蒙蒙的错觉。她披紧风衣，身形单薄，还没走几步，她就听到管家在后面喊："景小姐？景小姐，你怎么出来了？"

景园转头，淡淡地道："睡不着，出来走走。"

"那你也要撑把伞，下雨了。"管家说，"你稍等，我去给你取伞。"

他说完，也不等景园回话便转身离开，景园在原地愣了愣，还是停下等管家取伞过来。

没一会儿，管家撑着伞走到景园身边，将伞递给她，问："需要我陪您走走吗？"

"不用了。"景园的侧脸在路灯折射下精致又完美，只是态度颇为冷淡，带着浓浓的疏离感，管家抬头看了她一眼。景园来这里也一个多月了，他伺候了一个多月，每次和景园说话，他的心里就和打鼓似的，慌得很。明明景园没有凶过他，也没说过任何不满，但那股清冷气质，就是让人不敢多言。

景园转头，看到管家欲言又止，问："还有事吗？"

"没事。"管家说完看向景园，转过身还是喊道，"景小姐。"

景园低低地"嗯"了一声。

管家说："昨天，你是有朋友过来吗？"

景园下意识皱眉，没立刻回复，她道："怎么了？"

"今天早上我看到有人从别墅出来。"管家瞥了眼景园的神色，忙道，"你放心，该看什么不该看什么，我懂。我就是想给你提个醒，你来这里时间不长，对人不能没有防范，还是要留个心眼。"

景园听他一席话眉头紧了紧，最后说："谢谢，我知道了。"

管家点头："那我先回去了，你先逛。"

他转过身，景园看着他的背影，撑伞的手发紧，她突然喊："陈管家。"

陈管家忙回她："哎，景小姐还有什么吩咐？"

"你刚刚那番话什么意思？"景园看着他，目光清透迫人，她本就心情不好，还有人那么说顾可馨，语气不免凌厉些。陈管家和她对视两秒，还是老实交代："景小姐，你稍等片刻，我去拿个东西来。"

景园点头，目送他回了隔壁的平房，没一会儿又走出来，看到她之后将东西递给了她："这是今早用人打扫的时候发现的。我本想直接交给你，但是又怕——"他就是怕景园被骗了，引狼入室，所以一直很纠结要不要说，今晚想提前给景园提个醒，然后明天交给景园。

景园打开盒子，里面赫然放着一串手链，不过锁扣已经坏了，像是拉扯间弄坏的。她喉咙发紧，握着盒子的手轻抖，问："在哪儿发现的？"

"花圃那里。"管家回她。

景园想也不想就冲到花圃那里，管家跟在后面，景园问："在哪儿？"

管家诧异地指着位置："那里。"

景园低头，攥紧手链，管家说："景小姐，我看到的时候上面还有血迹。"

这就不能怪他多想了。

　　他不说还好，越说景园心越疼，满心的懊悔，她背对着管家，听到管家问："景小姐，你没其他东西丢了吧，需要……"

　　"不需要。"景园冷漠地说，"你先回去吧。"

　　管家担心地看着她，一步三回头，景园始终背对着他，站得笔直，右手紧紧攥着手链，细雨落在她的肩头，很快将她的衣服打湿，她恍然未觉。好半晌她低头看着手链，目光游离到自己那条手链上，卸下来，两条银色手链在她的掌心闪闪发亮。她垂眸，握紧手，越来越紧，紧到那条坏掉的手链锁扣扎进掌心里，皮肤破开一个小口，鲜血打湿了手链，空气中弥漫着淡淡的血腥气。

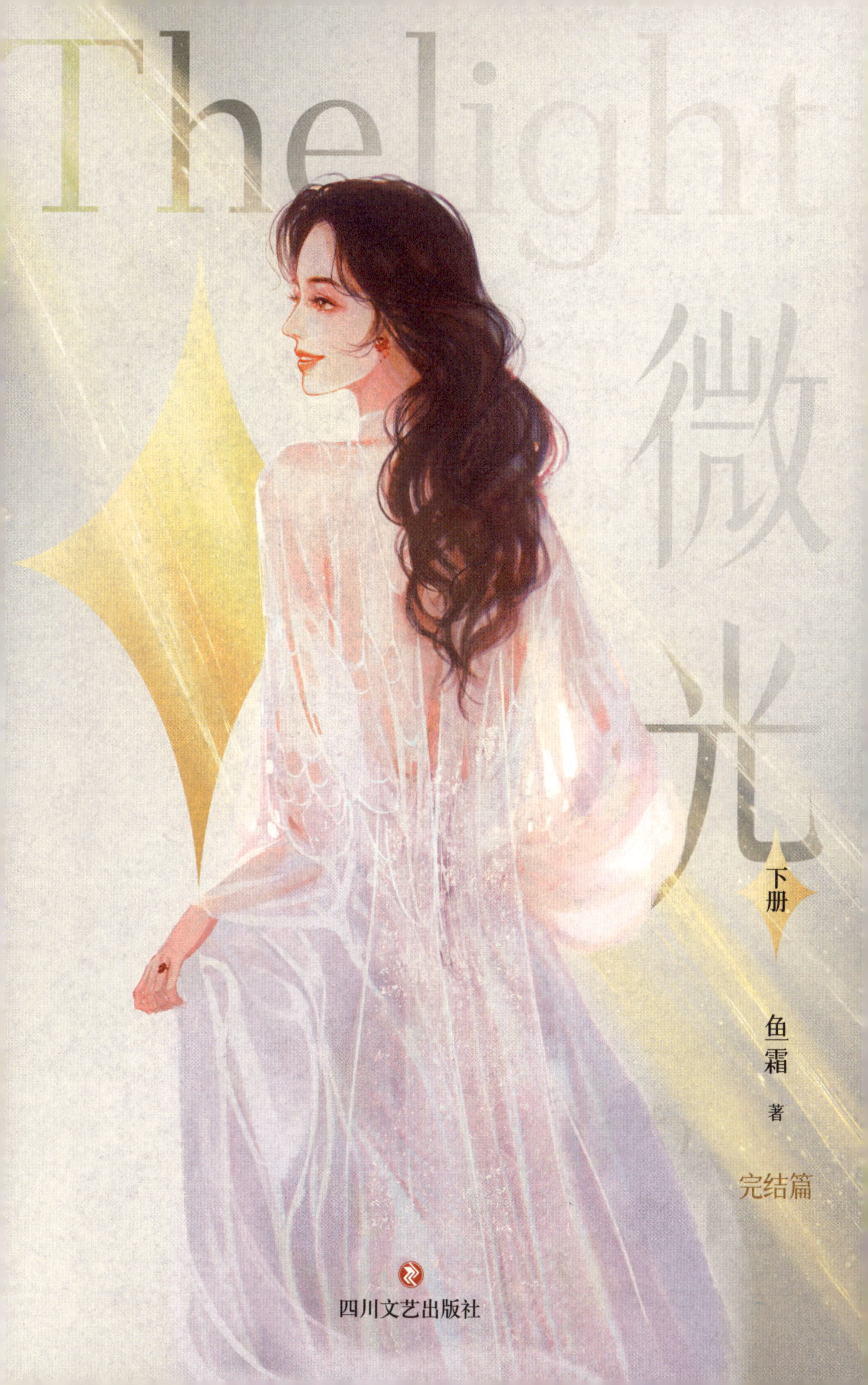
The light
微光
下册
鱼霜
著
完结篇
四川文艺出版社

Contents
目录

Shining for u

WEIGUANG

I AM YOURS

THE LIGHT

GU KEXIN WAS SAVED BY JINGYUAN.

顾可馨被景园拯救了。

CHAPTER

22

不去

If the golden sun,
Should cease to shine its light,
Just one smile from you,
Would make my whole world bright.
—*Stray birds*

　　景园在外面吹了很久的冷雨才进屋子，绵绵细雨虽然没有杀伤力，但雨浸湿了衣服，风一吹，她还是觉得头疼。景园用面巾纸擦干净手后看了眼伤口，不长，就是深了些，她将两条手链放回盒子里，又把桌上的盒子塞进柜子里。

　　躺在床上，景园闭眼细想，所以顾可馨是从一开始就生气了，难怪她早上就听着语气怪怪的。她居然一点都没有发觉，还以为顾可馨是因为温酒站在她身边，真失败啊。

　　景园搂着抱枕轻声叹气，侧过身看着窗外，树影摇晃，雨水砸在玻璃上，淅淅沥沥。

　　真希望明天不要下雨。

　　可惜天不遂人愿，次日雨不仅没停，反而下得更大，哗啦啦砸下来，一地的湿润。景园躺在床上看着窗外，手机响一声，她拿过来看了一眼，是言卿通知她今天的偶遇拍摄取消了。

　　因为顾可馨的宣传也取消了。

　　今天定的是校外宣传，场地都布置好了，谁知突然下雨，剧组不得不改变计划，顾可馨在酒店里拨弄着手机，剧组给她发了昨天宣传的后续，反响还不错，她多看了两眼，听到苏英说："取消了。导演让我们收拾收拾早一步走。"

　　顾可馨转头："不宣传了？"

"未来三天都有雨，我们本来只定了两天，导演说J国算是结束了，我们直接飞去M国。"苏英解释，"而且你一周后还有国内的粉丝签名会，耽误不得。"

她现在时间紧迫，一分钟都想掰成两半用，剧组也不敢耽误时间。

顾可馨说："通知景园了吗？"

"这你问我啊？"

顾可馨被她堵得呼吸一顿，好半晌才说："我给她打电话。"

"那就不打扰你了。"苏英很识趣，"我给你带上门。"

顾可馨拿起手机找到景园的号码，想了几秒，拨通。那端响了一会儿才接起："喂。"

"景园，"顾可馨说，"拍摄取消了，你知道吗？"

景园回她："知道，言姐告诉我了。"

"哦。"顾可馨低头，"知道就好，我就是打电话通知你一声，你今天去学校了吗？"

景园嗓音微哑，她压下要咳嗽的欲望说："没有。"

"我下午……"

"你是不是要走了？"

景园和顾可馨同时说话，顾可馨顿了顿："嗯，下午一点。"

景园攥紧手机说："上飞机前，我们能见一面吗？"

顾可馨说："我会提前一个小时去机场。"

景园轻呼吸："我知道了。"她说完咳嗽了一声。

顾可馨拧眉："感冒了？"

"没有。"景园憋着气，"刚刚开窗，被风呛到了。"

顾可馨说："多穿点衣服。"

"我知道的。"景园说，"你也是。"

她说完挂了电话，头很疼，脸也发烫，应该是发低烧了。景园下床吃了退烧药和感冒药就赶紧洗漱。要出门时，管家领了个人来敲门：

"景小姐，你点的外卖？"

景园一怔，恍惚想到顾可馨那晚也是伪装成外卖员进来，她看过去，眼底满是希冀，如耀眼的光，明亮动人。外卖员抬头喊："小姐，您的外卖。"

她低下头，眸光黯淡："放这儿吧。"

是顾可馨给她点的早餐，景园虽然没有胃口，还是吃了半碗粥和一点小菜，她突然想念郁姿的腌菜。那时候和顾可馨在家里，每次吃面条她都会夹一点，顾可馨说，她如果喜欢就让师母每次多做一点……

景园放下勺子，收拾好茶几上的盒子起身，出门时管家已经备好了车。

今儿的雨特别大，景园上车后看着窗外，眼前一点点浮现画面，她和顾可馨在山上躲雨，顾可馨一脚踩空，她紧紧拽住顾可馨。

"景小姐是去机场送人吗？"司机开口问，景园回神，低声道："嗯。"

她咳嗽了两声，司机关心地看着她："您是不是感冒了？需要去医院看看吗？"

景园摆摆手："不用。"

司机刚想开口，眼前出现一抹身影，就挡在车前面，他一脚踩上刹车，景园因为惯性往前倾，肋骨被勒得生疼。

"小姑娘，你怎么回事？！"司机打开车窗直接问，他脸色惨白，转头看向景园，心惊胆战地说："景小姐，您没事吧？"

"我没事。"景园拍了拍胸口，看向车窗外，雨帘密集，雨水大，她隐约看到一个男人躺在路边，还有个小姑娘站在她车前。

"叔叔，叔叔您能不能救救我爸爸？！"女孩哭得梨花带雨，又是暴雨，全身上下就没有一块是干的。司机原想骂人的话咽回去，也顺着女孩的目光看向那个躺地上不知道生死的男人。这条路平时车还挺多，但愣是没有一辆停下来，司机不敢定夺，而是转头看向景园。

景园走下车对司机说："把人抬上车。"

"谢谢，谢谢！"小姑娘看起来也就十来岁，上车后一个劲地道谢，景园细看，小姑娘身上的衣服肩膀处破了两个洞，裤子下面满是白色长絮，看得出来已经穿很长时间了。

"谢谢姐姐。"女孩双眼含着泪，看向景园，景园问："怎么不打急救电话？"

"我。"女孩面色涨红，双手抠着裤管边缘说，"我没手机。"

"我爸爸的手机淋雨，坏了。"她一着急，说话和蹦豆子似的，语速很快，"我也不知道他怎么了，他平时身体很好的，突然就昏迷了，我拦了很多车，但他们都不带我们。姐姐你别担心，我会付车费的。"

她说完，水滴落在真皮座椅上，啪嗒声让小女孩更紧张。景园没说什么，只是从副驾驶座下面扯了一条干毛巾递给小女孩："擦擦吧。"

"谢谢姐姐。"女孩感动得涕泪横流，"谢谢，谢谢。"

也不知道在外面拦了多久，手都是冰凉的，景园让司机把空调温度调高，又给女孩递了好几条干毛巾，女孩先将男人的脸擦干净，才擦自己身上。

景园没再开口，女孩神色惊慌，很是紧张地看向身边的男人，景园从后车镜看到她的表情，抿唇，别开眼。

很快他们就到了医院，但一个孩子会做什么，景园让司机去安排检查和住院，司机应下后跟护士去办手续，女孩和景园站在急诊门口，女孩不时地抬头看向里面，双手合在胸前祈福。

"你家里还有人吗？"景园看了眼手机上的时间，偏头问。

女孩说："没有。"她咬唇，"我家里只有我和我爸爸。"

景园点头，嗓子一痒，咳了好几声，女孩担心地看着她，也不敢说话，景园说："我没事。"

女孩双手拽着裤管，站得笔直，她很瘦，肤色偏黑，表情非常不安，她太担心她爸爸的安危，一双眼止不住地看向里面。

景园不擅长安慰人，几秒后说："不会有事的。"

"嗯。"女孩声音带着哭腔，"不会有事的，我爸爸身体很好的。"

她眼泪汪汪的，却愣是没有落下一滴，坚强得不像个只有十来岁的孩子。景园动了恻隐之心，问："要不要坐下来等？"

"我，我不坐了，姐姐您坐，您坐吧。"

景园默了默，依旧陪她站在门口，看着女孩煞白的脸色，问："你多大了？"

"我十二岁。"

果然，还很小。

景园抬手看了一眼时间，女孩瞧见她的举动说："姐姐，您是不是还有事？您先去忙吧，那个钱，钱，钱，您给我个联系方式，我给您送过去，可以吗？您要是不相信，我可以打欠条的！"

这话真不像是十来岁孩子说的，少年老成，景园看着她，倏然想到顾可馨。

那人十二岁时，也是这个样子吗？如此让人心疼。

景园摇头："不用了，你好好照顾你爸爸就行了。"

"我……"女孩还没说完话急诊室门打开了，一个医生走出来，问："谁是病人家属？"

"我！"女孩走过去，"我是他女儿。"

她眼睛都哭肿了，满脸的泪水，医生弯下身体安抚道："没事啦小朋友，别难过了，你爸爸只是太累了才晕倒，身体没大碍，等会儿休息好就能回家了。"

女孩傻愣愣地站在原地，医生拍拍她的肩膀而后离开，景园走过去，说："你爸爸没……"

"没事！"女孩破涕为笑，"我爸爸没事！"

她转过头看向景园，忽然腿一弯直接跪在景园面前，景园面色微变，女孩说："谢谢姐姐，谢谢姐姐！"

景园反应过来，拉着女孩起来，女孩说："谢谢姐姐救了我们。"

"我没做什么。"景园说，"去看看你爸爸吧。"

"嗯！"女孩点头，往观察室走去，到门口时转头看向景园，说，"谢谢姐姐。"

景园微微点头。

司机办好所有手续后走过来，景园说："走吧。"

"那人没事吧？"司机多嘴问了句，景园低头："没事，只是太累了。"

她说完走到医院门口，仰头看了一眼，雨帘依旧密集，砸在车上，噼里啪啦的。十一点的闹钟响起，她关掉，上车后系好安全带，对司机说："直接回家吧。"

司机微诧："您不去机场了？"

景园看向窗外的雨，脸色微沉，说："不去了。"

一场小意外，景园没能去成机场，她上车后给顾可馨打电话，告诉她路上堵车，估计是来不及见面了，顾可馨攥着手机看向玻璃外的倾盆大雨，沉默了好几秒："知道了，那你回去吧，好好休息。"

"嗯。"景园的声音很平静，依稀能听到那端雨水砸着车窗的声音，顾可馨心却平静不下来，她说："景园……"

"可馨，对不起。"景园倏然打断她的话，道歉，"我下次会早一点的。"

顾可馨眨眼："没关系。"

景园闷闷地咳嗽，她捂着话筒，头晕目眩，听到电话那端传来苏英声音才道："那你先忙，下飞机再说。"

顾可馨挂了电话。

苏英捧着两杯奶茶走进去，给顾可馨递了一杯，问："景园还能来吗？”

她们一早就到了，特别安排了休息室，结果等了半天也不见人影，顾可馨抿了一口奶茶："来不了，堵车了。"

"也正常。"苏英说，"这雨天到处都是开车的，堵车太正常了。不过可馨啊，你难得来一次，就这么不愉快地走了，遗憾吗？"

顾可馨转头看苏英："想说什么，直接点。"

"啧。"苏英说，"我是这么想的，你没必要生气，景园和温酒，她们的关系你一早就知道，何必再因为这种关系和自己过不去？再说，景园和温酒一年见不到几次，你和萧情天天……"

"谁说我是因为她们见面生气了？"顾可馨按着头，看向苏英，"收起你那些乱七八糟的想法。"

"哎？不是吗？"苏英挠头，"那你和人家景园闹啥别扭呢？"

顾可馨深深地看了她一眼，抿唇："懒得和你说。"

她自己都整理不出来思绪，怎么和苏英解释？如果真是三言两语就能说清楚，她又怎么会和景园置气？

顾可馨摇头，喝掉奶茶："你怎么一天天这么八卦？让你查的事情都查完了？"

"查完了。"苏英说，"纪云昕提出的条件是入股《抗战》，听说投了不少。"

"真是个狐狸。"

苏英点头："你还好没去，不然吸得你骨头渣都不剩！"说完她又道，"也不能这么说。"

毕竟顾可馨和纪云昕，一个赛一个地狡猾，如果真碰上，指不定是谁算计谁呢，想到那场面，苏英居然还有点期待。

"期待也没用。"顾可馨说，"我不会和纪云昕交手的。"

她现在帮纪云昕还来不及，怎么可能和她交手，总之，不凡不能独大，两年后不能重启百年艺人这个项目。

苏英喟叹:"还有得忙呢!"

顾可馨不置可否,但也知道苏英说得对,还有得忙呢。

J国的大雨没影响到航班,顾可馨一行人到M国时又是艳阳高照,短短几天就飞了三个国家,苏英下飞机后直呼不习惯,顾可馨只是按着头说:"先去酒店吧。"

到了酒店也没来得及休息,又被剧组拉过去拍摄,顾可馨忙里抽空给景园发了一张照片,告诉她平安到了,问她有没有到家。

景园低头看着手机,回复。

> 我到了,这里还在下雨。
>
> 你今天没课吧?雨天好睡觉。
>
> 知道了,你也别太累。

顾可馨回复了一个笑脸过来,景园闭眼,躺在床上,将手机放到一侧,没再回复。

房间里静谧,和远在M国的吵闹形成对比。顾可馨坐在梳妆台前抬头上妆,偶尔瞄眼手机,景园没有再给她回复。

心里陡然空落落的,金姐问:"昨晚没休息好?脸色怎么这么差?"

顾可馨说:"刚下飞机有点水土不服。"

"等会儿我给你冲点儿营养剂,你这状态拍摄可不行。"

顾可馨笑:"谢谢金姐。"

"嘴甜。"金姐眯起眼笑了,给顾可馨化好妆后去冲了营养剂,让苏英递给顾可馨,苏英说:"这金姐对你还不错。"

顾可馨低头抿了一口泛着甜味的温水,说:"那你看谁对我差了?"

苏英想了几秒,也是,这次出来拍摄,和以前的气氛完全不一样,顾可馨就差没被剧组供起来了。因为还有《神偷2》的合作，大家对顾可馨都可劲地拍马屁，连带她这个助理也享受到了很多特殊待遇。

她记得第一次进这个剧组时还很年轻，顾可馨远没有现在这般沉稳，拍戏时明明不是她的错，导演也会拿她开涮，因为她没有后台，而其他几个都是得罪不起的艺人，所以顾可馨没少被指桑骂槐。最恶心的是有次顾可馨犯了错，剧组的成员说她是花瓶，还说她本身就不干净，也不知道这个女主的角色怎么得来的。

而现在，说这话的人早就被开除了，所有人对顾可馨是又恭敬又巴结，苏英签《神偷2》的时候还和顾可馨说："要不别签了，这破剧组，就会膈应人。"

顾可馨说："所以我更要签啊。以前是他们膈应我，现在是我膈应他们不好吗？"

苏英没了脾气，她没有顾可馨那么大度，所以这次和剧组随行的人沟通得也少，那些人倒是一反常态，她越是冷淡，那些人就越是凑上来。

看到以前在背后对她们嚼舌根的那些人，现在见到她就嘘寒问暖，恭恭敬敬，苏英突然理解为什么那么多人愿意往上爬了。

顾可馨放下杯子，问："几号回去？"

"后天下午。"苏英说，"提前来，就提前结束，另外金姐把你签名会的衣服设计好了，我发给你。"

顾可馨点头："好。"

她打开平板电脑，收到苏英的邮件，打开，里面有三套衣服，一件颇为隆重，两件轻装，苏英说："莫姐觉得这套比较好。你第一次签名会，要隆重一点。"

顾可馨摇头："这件吧。"

是奶白色休闲装，苏英诧异："这件啊？"

"简单点就好。"顾可馨说，苏英点头："那我等会儿把这套发给莫姐，哦，还有造型……"

"让金姐做吧。"顾可馨敛眉，"我等会儿和她说。"

苏英"嗯"了一声，给莫离打电话，这次签名会就设在市里最大的购物中心，两个小时的签名会。苏英听说购物中心附近的酒店都住满了，更多的是媒体，谁都想直播第一现场。

顾可馨低头说："让莫姐多安排一些保安。"

"知道的。"苏英回她，"购物中心全权负责，你就别操这个心了，好好休息才是真的，免得直播时脸色还这么难看，可没有后期给你修补。"

顾可馨瞪了一眼苏英，抿唇："知道了。"

苏英笑笑，拍拍顾可馨的肩膀，继续扒拉手机。

网上关于顾可馨签名会的消息一直都是大热门，她今年几乎一直活跃在屏幕前，营销号随便发个什么带上她的名字，浏览量都会爆，傻子才不蹭热度，所以她这热度就是雪球，越滚越大，尤其临近签名会，网上更是热热闹闹的。

要我说，安安分分拍戏就好，搞什么签名会？吃饱了撑的，顾可馨就使劲造吧，刚有点名气就这样，要是成名了还不知道怎么飞呢。

姐妹，你网通了吗？顾可馨还是只有点名气？

她不是只有点名气是什么？她都不配叫新生代小花！

笑死人，人家不是不配，人家那是不屑。小花？我看是笑话，顾可馨拿的金凤奖可是实打实的，比你们所谓小花的含金量更高！

那又怎么样？不过一时风光，听说她和萧老师熟悉，谁知道这个奖怎么拿来的，八成是抱萧老师的大腿换来的。

苏英看到最后这句话，气得合上手机，刚刚的好心情消失殆尽，真想上去手撕了这群黑粉，可是再一想，和傻子生气不值得！

人红是非多，顾可馨和萧情见面被偷拍过好几次，《佳人》拍摄结束后顾可馨去不凡也被拍了出来，有人说她和萧情有私下交易，连带顾可馨的金凤奖也被说成有水分，一看就是黑粉在造谣，但是居然还有网友相信。苏英越想越生气，她把手机啪一声摔在梳妆台上，顾可馨听到动静转头，看到她气鼓鼓的脸："怎么了？"

"还不是网上传你和萧情。"苏英咬牙，"不提她。"

顾可馨笑："莫姐昨晚打电话给我了。"

苏英回头："打电话给你干什么？"

"她说萧情要提前宣布《抗战》演员名单，就是想帮我澄清我去不凡是因为试镜《抗战》。"

苏英听到这话皱起眉头，狐疑道："她会那么好心？"

顾可馨拒绝去不凡，没有让她生气也就罢了，现在还这么好心帮忙澄清？反正苏英不相信。

顾可馨睨了一眼苏英，小声道："傻子。"

苏英看向她，顾可馨伸手敲敲苏英的脑门，说："你知道什么是捧杀吗？"

"啊！"苏英目光一亮，"她……"

顾可馨说："激动什么？"

苏英气愤道："我这是激动吗？我是生气，那你打算怎么做？"

顾可馨低头，在微信里找到温酒的头像，点进去，最后一次聊天记录是几天前，温酒的崇拜几乎要溢出屏幕。她看着手机，云淡风轻地道："她只要敢捧，我就敢往上爬。"

毕竟，她现在正捏着萧情的软肋。

M 国的宣传十分顺利，两天一夜，顾可馨和剧组提前回去，还没歇息就进入了剧组拍剧，一直忙到晚上才有空给景园发消息。

过了这么几天，顾可馨也冷静下来了，再想到那条手链，不至于满腹怨气，只是她知道和景园之间的那条裂缝越来越大，景园和她打电话都开始小心翼翼了。

顾可馨回神，听到那端问："签名会定在哪儿？"

"市中心。"顾可馨说，"会有直播，你要是忙没空看，就看重播。"

这次签名会是用直播的方式，所以才吸引了这么多媒体过来，采访半小时，签名两个小时，下午一点开始。顾可馨刚刚回复了一拨圈内人交代的注意事项，才给景园打的电话。

"我看直播吧。"景园说，"明天课程不是很紧。"

顾可馨垂眼："那就好。"

两人相顾无言，尴尬的气氛顺着手机蔓延，顾可馨攥着手机，听到景园问："听说《抗战》演员名单下来了？"

"嗯。"顾可馨应下，"刚下来。"

网上的消息正热闹，粉丝高兴，黑粉也闹腾，不过没再揪着她是因为萧情的缘故才拿奖这件事了，只是争议更大。

> 要我看，不就是萧老师要带顾可馨吗？
>
> 萧老师晚节不保？一辈子光风霁月，现在却为顾可馨破例？
>
> 呃——你们看过顾可馨的电影吗？那演技可圈可点，再说萧老师只是和顾小姐合作而已，果然心里龌龊的人看什么都脏。

萧情这波澄清带动了网友的情绪，她本就是圈内的"神"，众人摸不到的天花板，所以为顾可馨下水，别说圈外人不信，就是圈内都在嗤笑说这话的黑粉没有上过学，所以网上一边倒，黑顾可馨的那批人见势不对，立马闭嘴跑路。

这些事，景园是知道的，虽然她不在国内，但消息知道得一清二楚，她说："那就好，那我先去上课了。"

顾可馨说："景园……"

"嗯？"身后有同学叫唤，顾可馨听到后说："先去上课吧。"

等到景园挂了电话，顾可馨才放下手机，莫姐面带笑容走到她身边："今晚早点结束，我和导演说过了，晚上回去不要熬夜，不要喝酒，该注意的你都给我注意，还有……"

"我知道。"顾可馨失笑，"莫姐，这些事你已经交代过一遍了。"

莫离点头："这不是第一次嘛，我们都要做到最好。"

顾可馨"嗯"了一声，莫离睨了她一眼："对了，你和萧老师……"

"都是假的。"顾可馨说，"萧老师只是在合作《佳人》时觉得我演技尚可，给我一个进组和前辈们学习的机会。"

"就这样？"

顾可馨点头："就这样。"

莫离凝视了她几秒，说："我明白了。"她说完，拍拍顾可馨的肩膀，"明天别迟到了。"

怎么可能迟到，顾可馨次日一早就到化妆室了，整栋楼都被租下了，但是楼上正常营业，签名会和采访都在一楼，粉丝可以从特殊通道进入签名现场和二、三楼。顾可馨还没到之前二楼三楼就围满了人，高高地举着应援牌，正在轻晃。粉丝们都是从各个地方赶过来的，他们有粉丝群，只是先前并没有见过，现在乍一见谁都不认识谁。一个群主举着应援牌挥手："'景由馨生'二群集合！"

瞬间二楼的粉丝哗啦啦都挤过去，群主给他们发了应援棒，核对名单："等会儿我们群是第三批下去签名，别记错了，跟我走。"

他们是两千人的大群，肯定没办法每个群员都过来，顾可馨的工作团队这边的意思是每个群里抽一些人，毕竟这只是一个群，还有其他的大群，这也算是给他们谋取的福利，算是谢谢他们这一年多的支持和鼓励。

二群都是刚毕业的孩子，刚好还没找工作，就集合在一起了，大家有说有笑地自我介绍。

"我喜欢顾甜甜四年多了，喜欢景园一年多。"一个老粉哽咽，"没想到有天能和这么多姐妹一起来签名会。"

"是啊。"另一个二十出头的女孩说："我也粉她四年多，本来已经不抱希望了，还以为她会一直没戏拍，真想不到我们顾甜甜会这么棒！"

"我是新粉，但我相信我会陪她们走很长很长的路！"

"什么时候我们可以蹲到可馨和景园在一起出场的签名会啊？"

几个女孩说着说着，泪眼蒙眬起来，群主拍拍她们的头："没出息，咱们粉的人这么优秀，肯定会有那么一天！"她说完目光在四下探索。

她身边的女孩问："你找什么呢？"

"我看看有没有景园。"

"哈，不能够，景园还在国外进修呢！"

"就是，听说顾甜甜去 J 国宣传，景园还特地去看了，照片我都看到了！"

"也算是同框了。"

众人嬉笑着，正闹着，楼下有了动静，他们低头看，顾可馨被簇拥着走出来，她身边站着经纪人和助理还有保安。楼上不知道谁喊："顾可馨！"

顾可馨抬头，看向二楼，只见一群粉丝挥舞应援棒喊道："顾可馨！你最行！"

她定定地看了几秒，鼻尖一酸，也冲他们挥挥手，粉丝立马尖叫，声音直冲云霄。

很快，主办方的人走到顾可馨身边，邀请顾可馨坐在台子上，先是就顾可馨目前的事业计划问了一遍，都是笼统的问题，顾可馨回答得游刃有余，还能抽空和粉丝们挥手微笑。

人群里偶尔一阵细小的尖叫，连直播弹幕都被刷满了。

夫子，我来了！

顾甜甜绝美！

顾可馨快点火起来！

主持人看着弹幕笑，对顾可馨问："顾小姐，弹幕上也有些问题想问您，您觉得您现在算是火吗？"

顾可馨认真思考片刻，摇头："不算。"

"那您觉得什么叫火呢？"主持人从善如流，这个问题很多人都会说，现在只是侥幸，或者说运气好，承蒙网友喜欢，总而言之，怎么谦虚怎么来。

顾可馨倒是没这么说，她看向镜头道："如果有一天，我的角色知名度大于我本人的知名度，那就算火了。"

主持人一时没反应过来，现场也有两分安静，突然人群里传来啪啪啪鼓掌声，继而是一阵浪潮般的掌声，主持人也举着话筒拍手，说："顾小姐很有远见。"

说的没错啊，现在好多艺人全是营销出来的，提到作品什么都没有，倒是人设做得飞起。

我也觉得这句话很对，艺人艺人，首先得演好戏才能配叫艺人！

不愧是顾可馨，眼界就是不一样。

弹幕掀起一股夸夸潮，不过顾可馨没看到，倒是主持人一脸笑，她看着直播间的热度嗖嗖嗖往上涨，说不出的开心，采访时间很短，之后就是签名。这次粉丝主要就是冲签名来的，一个个摩拳擦掌，都想往前跑。

"不要挤不要挤，麻烦按排队顺序来。"签名是另一条通道，早早就安排好了顺序，二群的群主带众人去排队，她前面的应该也是一个粉丝群，但她不认识是哪个群的，只好靠近之后拍了拍最后一个人的肩膀："嗨，姐妹。"

她前面的人转头，一身米色宽松长款风衣，衣摆到小腿肚，看不出身材曲线，只感觉很瘦，短发，戴着墨镜和口罩，露出的肌肤倒是挺白的，粉也厚。看起来年龄不大的样子，就是个子很高，群主一米六五的身高还踩着高跟鞋，居然和面前穿平底鞋的人一样高。

面前的人问："有事？"刻意压低的声音和平时迥然不同。

群主忙摇头："没事，小姐姐气质真好！"

她面前的人微点头，然后转过身继续排队，群主拍拍胸口，觉得刚刚被看得心要跳出来了，明明还戴着墨镜，她咋就那么紧张呢？

群主的反应让身后的人发笑："没出息，看到漂亮姐姐就走不动道了！"

"别乱说，人家看起来比我还小呢！"

群主是这么想的，但一双眼还是不自觉地瞄着前面的人。

顾可馨签得很快，一个接一个，很快二群前面的人都要结束了，顾可馨低头例行询问："名字。"

"景园。"景园说，"景色的景，园林的园。"

顾可馨握笔的手一顿，迅速抬头看了一眼，面前哪里还有半分景园的样子，要不是她熟悉景园这个声音，怕是也认不出来。

只是她现在不是应该在J国吗？

顾可馨心脏怦怦跳，抓笔的手使不上劲，比画了两次也没写出字，她稳住情绪，声线颤抖着问："想要什么祝福语？"

"就写——"景园顿了顿，"'我喜欢你'。"

她闷咳一声，迅速给景园签好名字和祝福语。

顾可馨不敢抬头，怕泄了情绪，哑着声音说："下一个。"

景园转身，肩膀又被拍了一下，她心里咯噔一下，还以为被认出来了，没想到刚刚找她搭讪的那个女孩竖起大拇指："可以啊姐妹，这招我怎么没想到！学到了学到了！"

景园站在原地，听到她对顾可馨说："我叫顾与景。"

顾可馨轻笑："想要什么祝福？"

"就长长久久吧。"

顾可馨睨了一眼还没离开的景园，宠溺地道："好。"

景园抿唇，一低头，离开了签名会场。

CHAPTER

23

眷顾

If the golden sun,
Should cease to shine its light,
Just one smile from you,
Would make my whole world bright.
——*Stray birds*

景园没想到，疯狂还会传染，签名会上她带了个好头，后面的粉丝有样学样，各种奇葩的名字络绎不绝，亏得顾可馨脾气好，来者不拒，想要什么祝福就写什么祝福。

> 新粉报道，以前听说顾甜甜宠粉，还想能有多宠，这次算是见识到了！
>
> 救命啊，顾可馨什么神仙艺人？脾气太好了吧！

签名会后，黑粉摇身一变，装成顾可馨的粉丝，痛骂顾可馨炒作太过，让人太失望了。

黑粉以为自己的言论能得到真正的粉丝的认可，正等来一发混战，没想到顾可馨的粉丝异于常人。

> 啊，我是顾甜甜四年多的老粉了，实话实说，顾甜甜这次事业能有起色，和景园的默契合作有很大关系，也算是相辅相成。我们就衷心祝福两位，就希望两位能做最好的朋友，希望大家理智一点。
>
> 呜呜呜呜，虽然我是顾甜甜的事业粉，但是我觉得顾甜甜这两年一路走过来，"景由馨生"的粉丝姐姐们也算出力

很多。人不能昧着良心说话，所以，我愿意和其他的粉丝都和平共处。

顾甜甜五年粉丝不请自来，一路看她颠沛流离，万幸现在能和这么多姐妹一起看到她辉煌，不管是什么属性的粉丝，我们都想顾甜甜好。当然，我只想做妈妈粉。

妈妈粉加我一个！

黑粉想破脑袋也没想到，冲到热搜前排的不是脱粉现场，而是妈妈粉的报道现场，看这架势，居然还有人越来越多的趋势。

顾可馨以前和靳琪合作时，粉丝并不多，后来解绑后倒是吸了一大批粉丝，但都想做妈妈粉。这波火烧起来，不仅没把她烧没了，反而把她越烧越旺。

新加入的粉丝相亲相爱，俨然一家人，别说近年来的娱乐圈，就是放眼过去二十年，也没有这等奇葩景象，顾可馨现在简直是人形吸粉机，微博关注度空前的高，很多没看过她电影的网友被这波科普搞得哭笑不得，都在微博问真假。

自然是真的，这还假得了？

两边的超话加上景园私人超话被爆了两次热度还没停歇。

莫离看到这么良好的反应松了一口气，原本她还担心顾可馨在签名会上做的事情会不会太过，现在看到这样的发展趋势，她放心了。放下心来的她给顾可馨打了个电话。

顾可馨听到手机铃声很不高兴地想挂掉。景园催促她说："你先接电话。"

没辙，顾可馨只好先接电话。

景园听到电话里莫离说："今晚有个庆功宴，你有时间吗？"

"不来了。"顾可馨对莫离说，"今天太累了，我要好好休息，明天还有宣传。"

"那好吧。"莫离也不勉强，"那你先休息，我们明天说。"

顾可馨挂断电话，看到微博推送了好几条热搜，条条都有她的名字，她扫了一眼想关掉，反被景园拿过去打开。

看了几分钟后，景园转头："我这么做，会不会影响到你？"

顾可馨失笑："你现在才想起来问这个，是不是太迟了？"

景园闷闷地道："我只是想给你一个惊喜。"

顾可馨签了两小时的名，手很酸，她揉了揉手腕，道："我被惊喜到了。"

景园没好气地瞪她，顾可馨笑："有人给你发消息吗？"

景园一怔，忙拿出自己的手机，看了几秒后摇头："没有。"

"那不就行了。"顾可馨说，"没一个人认出来，你还担心什么？"

景园咬唇："也是。"

她妈都没认出来她那个造型，其他人更不会认出来，大家最多只会把她当众多粉丝中的一个。

顾可馨看着景园的侧脸："怎么突然回来了？"

"有些事情，想问问你。"景园说，"你去 M 国那天，我原本想去机场送你的。"

顾可馨问："然后呢？"

景园拨开脖子旁的秀发，继续说："然后我在路上碰到了一个小女孩。"

"小女孩？"顾可馨皱眉，"什么小女孩？"

"就是路边求救的小女孩，她爸爸突然晕倒，她搭不上车，求我送她去医院。"

原来是这样。顾可馨点头："所以你来迟了？"

"没有。"景园侧过身体，和顾可馨对视，她说，"我没去。"

顾可馨看向她，景园说："顾可馨，你爸爸的死，是不是和阿姨有关？"

面前的人脸色微变，眼底有一闪而过的恨意，顾可馨眉头皱起，问："你查到了什么？"

果然……

景园摇头："我什么都没查到。"

"景园——"

景园往前蹭了蹭，道："但是我想，我大概知道，你为什么这么恨阿姨了。"

那天看到女孩毫不犹豫地跪下，她的脑子里突然闪过这个念头，荒谬，离奇，她没有第一时间问顾可馨，因为她想看到顾可馨的反应。

身体的反应不会骗人，她猜对了。

可是怎么会如此？她无法想象。

顾可馨抬头，定定地看着景园，问："你就没什么想问我的？"

"没有。"景园说，"我会自己去查清楚。"

她的态度俨然和曾经已经截然不同，成熟理智了很多，顾可馨见状有些感慨，她闷闷地道："我还以为你有话问我。"

不知道是不是错觉，景园听出了两分委屈。

那个在所有人面前都沉稳的顾可馨，现在却像个受了委屈的孩子，正在她面前讨要公道，景园心尖一悸，说："我还给你带礼物了。"

顾可馨探头，秀发凌乱，完全没有平时端庄的样子，她问："什么礼物？"

景园用眼神示意她把自己的外套拿过来，顾可馨磨磨蹭蹭地递给她，景园从口袋里掏出一个盒子，里面是两条手链。顾可馨拧眉，景园说："我自己买的。"

她拿过顾可馨的手，手背受伤的地方虽然已经愈合，但还有疤痕，她没好气地道："怎么不和我说？生闷气好玩吗？"

"景园。"顾可馨被她训斥得低下头，景园给她系上手链，哑声说："我知道，你是不想因为小酒和我吵架。但是有什么关系呢？"景园抬眸看向顾可馨，"你不愿意因为小酒和我吵架，本身就把她放在了特殊的位置。顾可馨，把她区别对待的人，是你，不是我。"

顾可馨沉默两秒，抿唇："我知道。"

就是因为知道，所以她从未生景园的气，而是气她自己。

景园替她戴好手链，看了两眼，淡笑着："真好看。"

顾可馨也低下头，看着闪闪发亮的手链，反光照在她的眼角，顾可馨眨眨眼，轻声说："对不起。"

"我也有错。"景园刚刚说得那么言辞凿凿，现在却低头道歉，"我没有及时告诉你，那是小酒送的。"

"好了，都过去了。"

景园却掰正她的脸："没有过去。"

顾可馨的眼底映出景园的影子，她听到景园说："我就是想告诉你，以后如果再发生这样的事情，你可以生气，可以和我吵架，你有这个权利，你不要什么事都憋着。我记得我们捆绑那天，你对我说，希望我做个独立、有思想的人，现在这句话我还给你。"

"在事情还没查清楚之前，你想做什么，尽管去做。顾可馨，不要因为我的原则，动摇你的原则。"

顾可馨深深地看了景园一眼，好半晌没说话，最后还是景园憋不住了："你干什么一直看我？"

"你和以前不一样了。"顾可馨掐着她的脸颊，"你是不是景园？"

景园掸掉她的手："疼……"

顾可馨点点头："知道了。"

景园回国这件事到底还是让赵禾知道了，毕竟她现在还没办法自己安排专机，还需要通过景述，而景述向来什么都会和赵禾说。

赵禾直接一个电话过来："几点到的？"

"中午到的。"景园回她，"你怎么知道了？"

"你是觉得我和你爸没啥感情，不需要联络吗？"赵禾问，"怎么没回家？"

"我有点私事。"

"什么私事，不就是和顾可馨的事？"赵禾说，"还回来吗？"

"来不及了。"景园说："我托可馨给你们带了礼物，我晚上就要回去。"

赵禾没辙："行吧，回来也不回家，哎……"

景园听得面红耳赤，她轻声喊："妈。"

"晓得了。"赵禾心情颇好，"逗你玩呢。最近在那边还习惯吗？"

景园端正神色："已经习惯了。"

那边的节奏快，她待了一个多月，已经差不多习惯了，晚上偶尔失眠，也用温酒给的香薰，还算有效果，而且现在和顾可馨也说开了，景园的心情不由得更好。

赵禾闻言也放下心："那就行，实在不习惯就提前回来。"

"我知道的，妈。"景园放下手机，对上顾可馨含笑的眼睛，她伸手将顾可馨的脸推到另一边，"别看我。"

顾可馨失笑："怎么了？"

景园小声道："我都不想走了。"

顾可馨心头一暖，说："那不行。"

景园转头，走到衣柜旁，从里面找了件新衣服出来，对顾可馨说："我两小时后的飞机。"

顾可馨也跟着起身，景园从包里拿出另一个盒子："这是给我妈的礼物，你帮我送过去。"

"就这样？"顾可馨侧目，"没报酬？"

景园颇为无语地看着她。

"等会儿我送你。"顾可馨说。景园立马道："不要，你都没有好好休息。"

"送完你回来再休息。"顾可馨堵住景园的话,"上次就没送。"

景园欲言又止,找不到好的理由,她抿唇:"好吧。"

车是顾可馨开的,景园坐在副驾驶,原本还和顾可馨有说有笑的,半路上实在困得不行,靠在椅背上睡着了,到了机场附近顾可馨才叫醒她。

"时间还没到。"顾可馨说,"喝点水。"

景园抿了一口矿泉水,顿时清醒了很多,她看向顾可馨说:"这次过去,估计没时间回来了。"

"我知道。"顾可馨说,"我接下来可能也比较忙,如果要过去,我会提前通知你。"

景园笑:"好。"

顾可馨也展颜,景园那番话她听进去了,细想,和景园在一起后,她确实变了很多,就连苏英都说她和以前不一样了,但原则,她是不会抛弃的。景园那番话就是定心剂,让她放手去做自己想做的事情。

想到这里,顾可馨看着景园,低头说:"谢谢。"

都说她成熟理智,处理感情肯定也游刃有余,实际上她知道,她有时候过于幼稚又胆怯,她没有景园那么勇敢。景园曾经说,郁迟就像是小太阳,一直暖着她。现在她觉得,景园才是暖阳,她有幸得到眷顾,窥探神光,是她的福气。

景园拍拍她的后背:"我走了。"

顾可馨冲她挥手,目送她上了飞机。

回去后顾可馨去了趟赵禾的单位,把礼物给她,赵禾问她要不要留下一起吃顿饭,顾可馨摇头:"等景园回来吧。"

赵禾没多言,点点头,拿到礼物就放人了。

顾可馨说是回家休息,哪可能真的有空休息,趁着难得空闲,她把古偶剧剩下的剧本过了一遍,对着镜子对戏,对到最后一部分时,景园来了电话:"我到了。"

顾可馨放下剧本:"好,回去休息吧。"

景园问:"你在干什么呢?"

"我……"顾可馨蹑手蹑脚地进了卫生间,打开花洒,"我准备洗澡。"

景园应了一句就挂断了电话,抿着唇笑。司机瞄了一眼景园,问:"景小姐心情不错?"

最近景园的心情一直不大好,导致整个别墅的气氛也冷冷的,谁都不敢漾着笑脸,现在景园心情还不错,司机也大胆了不少。

"嗯。"景园说,"还行。"还是一贯的简短。

司机说:"那我给您放点歌?"

"随意。"景园说完,手机又在响,她看到屏幕上闪烁的温酒的名字,拧眉,接起。

"姐!景姐姐,你在家吗?"

"马上到家,怎么了?"

温酒高兴的情绪几乎要溢出屏幕:"有好事想和你说!"

听出来她确实很兴奋,景园顿了顿:"我还有几分钟就到。"

"那我就在门口等你。"

景园没拒绝。到家门口时,她果然看到温酒拎着袋子站在门口,景园不解:"怎么了?"

"进去说进去说。"温酒挽着她的胳膊,"你今天没去学校吗?"

"嗯。"景园转头,"有点私事。"

温酒点头:"哦,那你解决了吗?"

景园"嗯"了一声,温酒笑:"那就好!"

两人一道进了花园,温酒拉着景园去前院的小亭子里坐下。景园不解:"你到底什么事?"

温酒挑眉:"你猜!"

景园没说话,就这么直直地盯着她,温酒直接投降:"好嘛,我说就是了,我这段时间不是一直求我妈放我早点回国嘛。"

这件事景园是知道的，温酒听说她只待半年，立刻就坐不住了，每天和阿姨打电话说要早点回去。

她说："阿姨同意了？"

"对！"温酒高兴地从袋子里拎出啤酒来，打开后递给景园，"我今天和老师说了，可以提前结业，我和你一起回去！"

景园没什么喝酒的心情，听到这话，却鬼使神差地接过了啤酒。温酒打开另一罐，和她碰杯。景园问："你考虑好了吗？小酒，多学一点东西，对你没坏处，而且你还小……"

"我不小了！"温酒说，"我下个月就成年了！再说这边学的都是以前学过的内容，我都倦了。"

景园抿了一口啤酒，她不是很喜欢喝酒，但今晚却喝了一口又一口。

温酒说："姐，你好像不高兴？"

"没有。"景园转头看着她，启唇，"我只是在想，你要是提前回去，会不会太仓促了？"

温酒摇头："才不会，我早就想演戏了。"

她提到拍戏，眼底似有什么闪闪发光。是热爱，景园看过温酒的练习，确实很不错，听说他们这一届中，温酒是榜上有名的。在这个学校，短时间内就能上榜的，代表这个人极有天赋。

她似乎没有立场劝温酒迟点回去，可是她又不想顾可馨碰到温酒，景园抿了一口啤酒，看温酒笑得这么开心，她也微微扬唇。

"干杯！"温酒双眸亮晶晶的，"我终于可以回国了！"

景园微点头，她问："那你和阿姨……"毕竟在外，没人知道她和阿姨的关系。

温酒抿了一口啤酒说："我妈说最好暂时不要透露。她是想让我自己发展，不要让别人觉得我是靠她才出名的。我也是这么想的。"

景园点头："那你直接进不凡吗？"

"我妈是让我直接进不凡，但是我想，既然不能让别人认为我是靠她才有的资源，那我就不进不凡了。"

"这样也好。"景园思绪混乱，温酒提前回国的消息炸得她有些蒙，一时没法好好思考。索性温酒就是来找个人庆祝的，也知道景园平时就不喜多言，所以没放在心上。她给景园又开一罐啤酒，说："姐，回去我就靠你了。"

看着她清亮的目光满是对以后的憧憬，景园接过啤酒罐，抿了一口道："知道了。"

温酒高兴地抱着啤酒罐继续喝，喝到差不多了她才开始把玩手机。她转头问景园："对了姐，你看 H 国的娱乐新闻了吗？"

景园转头："怎么了？"

"顾小姐今天有签名会。"

景园"嗯"了一声，抿了一口酒。温酒抱着手机说："真羡慕，我也想要签名，上次她过来我都没好意思要。不过以后肯定会有机会碰见的。"

景园心不在焉地听着，偶尔附和，她也摸到了手机，正在想要不要把这件事告诉顾可馨，她输了好几次，又一一删掉，最后按掉了手机。

顾可馨刚洗完澡，从浴室出来后就躺在床上给其他人回消息，忙完一轮后，她习惯性点进朋友圈，第一条毫不意外还是温酒的。

只是内容却不是她一贯的心情日记，而是一长串的激动"啊啊啊啊啊啊"，后面跟着一句话：我终于可以提前结业了！

提前结业？那不就是提前回国？

顾可馨感慨，真是只要活着，什么好事都能被她遇到，她盯着这条消息看了几眼，最后关掉微信给莫离打电话。

温酒提前回国这件事，景园一直在想要不要和顾可馨说，诚然她们现在已经说开了，但小酒回国势必会和顾可馨碰上，她作为朋友，却没有提前说一声。

景园瘫在沙发上，电视机开着，这个问题困扰了她大半个月，导致她这段时间一直心神不宁。手机攥在手上，一会儿看看国内的娱乐八卦，一会儿看顾可馨的最新消息，试图转移一下注意力，但效果并不是很好。

顾可馨在国内的发展一骑绝尘，来 J 国和 M 国宣传之后，她就被正式邀请成为某奢牌化妆品的代言人。这个品牌知名度全球第三，每年为抢这个品牌的代言人，不知道要闹出多少事情，今年倒好，提前定了，就是顾可馨，其他人压根儿没争抢的机会。

景园知道这件事后立马给顾可馨打了电话，还没询问就听到顾可馨笑着说："定了，刚定下。"

她叹气，顾可馨刚有消息就会忍不住和她分享，而她连温酒要回去这件大家迟早都会知道的事情，都犹豫纠结了这么久。景园啊景园，你有什么资格指责顾可馨把温酒放特殊位置？你不也是？

景园的手放在额头上，琢磨了半天还是决定给顾可馨打电话。

顾可馨正在和莫离开会，新代言会将她的名字推向全球，现在光是找上来的宣传就排不过来。当然，公司也不可能全部都接，所以顾可馨正在和莫离规划接下来的路线。

公司肯定是以赚钱为主，拼命压榨她，不过她现在也不是刚出道的新人，怎么自保还是知道的。她和莫离合计了两条路线，还没完全确定，景园的电话就来了。

她抬眼看了一下莫离，抬了抬手，莫离对众人说："休息十分钟。"

顾可馨捏着手机走到窗边接了电话："下课了？"

景园蜷缩起腿："早下了。"她问："你干吗呢？"

顾可馨瞥了一眼时间："在开会。"

"这么晚还开会？"景园问，"今晚又没得休息了？"

顾可馨的古偶剧的拍摄接近尾声，这几天一直有夜戏，现在还在开会，今晚肯定睡不了。

景园问："等拍完再开不好吗？"

"时间来不及。"顾可馨点了点鼻尖，"这周末要确定方案。"

景园没辙："好吧。"她欲言又止，"可馨，我……"

顾可馨的肩膀被拍了下，苏英给她递了水，她接过喝了两口，听到景园说："我有个消息，不知道该不该说。"

"什么消息？"顾可馨将杯子还给苏英，转过身面对窗户，景园道："关于小酒的。"

"哦。"顾可馨云淡风轻地道："她要提前回来，你就是要说这事？"

"你怎么知道？！"景园诧异，困扰她大半个月的问题被顾可馨轻而易举地说出来，景园沉默了。顾可馨："她早就发朋友圈了。"

景园抿唇："你还看她朋友圈啊？"

顾可馨呼吸一顿，几秒后说："无意中看到的。"

景园喊："可馨……"

"我没事。"顾可馨说，"我现在只想你早点回来。"

景园听她语气如常，没有起伏，也不像是介意的样子，才放下心。两人没聊几句，顾可馨就被莫离叫过去继续开会了，景园只好挂了电话。

顾可馨放好手机，莫离走过来，好奇道："谁啊？"

她的目光有不避讳的探究，顾可馨说："以前认识的一个朋友，问我最近有没有资源。"

"我和你说，少和这些人接触。"莫离语重心长，"说不定哪天一个黑料，一个绯闻，就出来了。"

顾可馨很听话地点头："知道了莫姐。"

"走吧。"莫离说，"我们继续开会。"

顾可馨跟她一道走进去，到门口时问："对了莫姐，上次给你介绍的温酒，你签了吗？"

"还在谈着呢。"莫离说，"从哪儿找来的苗子？才刚成年。"

"上次去J国发现的。"顾可馨说，"很有天赋，他们导师一直夸。"

"确实挺有天赋。"莫离说，"我去查了她的在校情况，是个不可多得的好苗子。"

"那莫姐可要好好抓住。"顾可馨转头，笑，"好苗子不发光也会有人抢的。"

莫离拍拍她的肩头："我知道。"说完两人进了会议室。

莫离坐下时看向顾可馨："周时一直想请你吃饭，什么时候有空约一次？"

顾可馨垂眼道："莫姐，我的时间你是知道的，最近都没空。"

莫离耸肩："行吧，以后再说。"

看得出来，顾可馨是越来越不受控了，莫离不喜欢这种感觉，但她没办法改变。现在顾可馨不换掉她，也是看得起她，只要顾可馨想，她可以在公司内挑任何一个比她实力强的经纪人，但顾可馨没有，莫离也只能强忍这种不舒服。

不行，还是得养一养新人，以防万一。

莫离想到这里，抽空给温酒发了消息。

温酒刚下课，导师劝她回国的事情再好好考虑考虑，她却婉拒了。原本来J国读书就是不必要的，现在好不容易有机会回去，她才不要留下。

从办公室出来，温酒收到莫离的消息，她打开一看，是莫离问她签约的条件满不满意。

温酒刚开始接到这个电话时还以为是诈骗，她一个没进圈的人，哪里来的人脉？而且，对方是莫离！顾可馨的经纪人莫离！想也知道，怎么可能会联系她！

但很不巧，还真不是诈骗电话。聊了两句她才知道，原来是顾可馨介绍的，上次顾可馨来这里宣传，听到她的事情，又在朋友圈看到她要提前回国，这才将她推荐给莫离。

那几天，温酒高兴得睡不着觉！

与其说是因为莫离联系了她，倒不如说是被顾可馨肯定了。偶像肯定她的能力，还将她推给自己的经纪人，温酒想到这些，差点幸福得昏厥过去，只是她没法和别人共享这份幸福。

因为莫离要求她暂时不要声张，否则不方便以后宣传。

她自然是信的，连景园都没有告诉，最大的原因，是她相信顾可馨。原来顾可馨在她妈妈和景园面前说会照顾她，是真的。

没有什么比女神亲自帮自己介绍经纪人更快乐的事情了！

温酒每天都洋溢着幸福的笑，但也没失了理智。她把合同下载下来后拿给律师看了，都说是条件不错，至少以她一个刚进娱乐圈的新人来说，是非常不错的条件了。

肯定是顾可馨帮她争取的！

温酒又是高兴得找不到北，之前她想过回国后去景园的公司试试看，连自荐信都写好了，现在天降馅饼，不仅来了一个经纪人，还直接把她推到了女神身边。世上没有比她更幸运的人了！

温酒捧着手机笑，给莫离发了消息，莫离开会期间抽空看了两眼，抿唇笑了，神色惬意。顾可馨余光瞄到她的神色，低下头，在纸上写写画画。

她完全不担心莫离和温酒会签约失败，她早就摸透了莫离的性格，只要自己"叛逆"些，不让对方那么抓得住，莫离势必会重新选一个乖巧听话的，这是性格使然，这么多年都这样，一时间改不了。

而温酒刚刚好，刚毕业，又是新人，演技好，有天赋，最关键的，涉世未深，简直是为莫离量身定做的听话艺人。她才不相信，莫离会放过温酒，签约只是时间问题。

只是萧情那边，不知道听到这个消息，会有什么反应。

顾可馨不知道的是，萧情最近也在为温酒的事情忙活。顾可馨不肯来不凡，温酒就是她最后一棵摇钱树，在温酒想回国时她就开始部署了。她会给温酒最好的资源，会让她成为圈子里最闪亮的那颗星星。二十五岁拿大满贯算什么？她要让温酒成为新一代的天才艺人。

可她没想到，温酒延迟的叛逆期到了，怎么都不肯签约不凡。

萧情叹气，对着手机道："小酒，你别闹情绪了，妈这边都给你安排好了……"

"不要你安排！"温酒正和莫离聊得热火朝天，看到萧情的消息，顿时蔫了，她回萧情，"我知道该怎么找公司。"

"你找公司干什么？"萧情气不打一处来，"你这孩子怎么这么不听话？"

"我就是听话，才不去不凡。"温酒说，"妈，你还记得这么多年，我为什么不能在外面说你是我妈吗？"

萧情沉默，握着手机没吭声。

温酒道："其实我以前挺怨你的，凭什么不让我说？在同学眼里，我就是个没人管的野孩子。"

"小酒。"萧情放软声音。

温酒继续说："可是我知道，你是为我好。你是怕再遇到以前那样的事情。"温酒放松身体，呼吸均匀，嗓音很轻地说，"所以妈，我不怪你，我反而想谢谢你。"

"还有，这么多年了，我之所以能忍下来，也是因为我不想让别人觉得，我是靠你才能有的好成绩。"

温酒从没和萧情这么推心置腹地说过话，因为所有人都当她是个孩子。是，她是想法幼稚，不成熟，但她愿意成长。而且她的女神当初不也是没有任何人脉就进娱乐圈了嘛，所以实力最重要。

萧情听到这些话头疼不已，她按着太阳穴："小酒，成长的方法有很多种，妈妈也可以带着你成长。"

"为什么？"温酒问。萧情按着头："什么为什么？"

"为什么要你带着我成长？"温酒说，"如果是这样，那我们这么多年不能宣布的关系，还有什么意义？"

"你！"萧情瞠目结舌，胸口郁气盘旋，一时间竟不知如何开口。

CHAPTER

24

抉择

If the golden sun,

Should cease to shine its light,

Just one smile from you,

Would make my whole world bright.

——*Stray birds*

温酒看似好说话，实则性子极其倔，说不会去不凡，就是不去，甚至私下和莫离签了协议，等她回国再签合同。这些事，她没对任何人说，包括景园。

温酒想过要不要和顾可馨说一声，毕竟是她介绍的，但想到顾可馨那么忙，还是不要打扰比较好，所以她独自消化了这份喜悦，但每天找景园的时候总是乐滋滋的。

倒是景园察觉出了不对劲："最近什么事情让你这么高兴？"

"有吗？"温酒干笑两声，"我哪天不高兴了？"

景园说："最近特别开心。"

"啊，是有件事特别高兴。"温酒难得卖起了关子，"等等再告诉你！"

景园倒是没有追根究底，只是点头："好。"她说完，想到什么，抬眼，"对了，你上次说回国后去我的公司，需要我帮你推荐吗？"

"不用。"温酒摇头，"我有打算了。"

听她这么说，景园想，温酒估摸会去阿姨的不凡。也是，哪有自家有公司还往外跑的道理。景园说："好吧，那我知道了。"

"谢谢姐。"温酒搂着她的肩膀，"姐你真好！爱死你——""们"没说出来，温酒改口，"爱死你了！"

景园发现她这张嘴，有时候和顾可馨有得一拼，贫得要死。

眼看半年时间已经过去一大半了，她和顾可馨上次见面还是签名会那时候，她以为自己够忙了，没想到顾可馨比她忙多了，而且顾可馨是到处飞的那种忙。她真的肉眼可见地红了起来，上周的热搜就是关于她的粉丝买了二十二个城市市中心的 LED 广告牌，听说亮了大半夜。就这种排面，圈内哪个大花比得上？

不过也没人恼。顾可馨这么多年的好人缘可不是假的，以前合作过的艺人纷纷去她的微博打趣，问能不能分两个广告牌，愿意以身相许。顾可馨也陪着这些人胡闹，圈内其乐融融。

她忙是好事，红起来也是好事，只是她们每天沟通的时间大幅度缩水，有时候她已经睡了一觉，才接到顾可馨的回信。

"姐。"温酒探头，"想什么呢？我喊你半天了。"

景园侧目："怎么了？"

温酒说："有空陪我去买衣服吗？我的衣服都太稚气了，想选两件成熟点的。"

景园说："好，我知道了。"

两人约了周末下午，景园难得没课，她给顾可馨发了消息，意料之中没有回复。她也不着急，嘱咐了顾可馨好好吃饭，就和温酒去了市中心。

自从来了这里，景园还没好好逛过，衣服多是在学校附近买的，或者网购，所以路都不太熟。司机将两人送到商场门口，温酒挽着景园的胳膊："走走走，成年人就该有成年人的样子。"

她不说景园还没想起来，她十八岁生日时，萧情过来了一趟，但温酒说和朋友在庆生，两人最后也不知道有没有见到面。

"没有。"温酒说，"我那天晚上没回家。"

"你疯了？"景园诧异，"那你就让阿姨等你一晚上？"

"我——"温酒憋着气，"我那不是有事吗？而且这么多年都没人给我庆生，我都习惯了。"

景园听到这里有些难受，她拍拍温酒的肩膀："没事。"

"现在没事啦！"温酒雨过天晴，"我们去买衣服吧！"

景园也不再问生日的事情，陪温酒进去选衣服。生日那天，她为温酒准备一瓶香水做礼物，今儿难得出来，她又给温酒买了两身米色小西装，颇为干练，穿起来有模有样的。温酒高兴地说："谢谢姐！我超喜欢！"

"喜欢就好。"去付钱时，她的手机屏幕亮起，是顾可馨的来电，她对温酒说，"你先去选衣服，我接个电话。"

温酒一脸笑意："好的。"她说完，兀自去选衣服，景园则选了个角落接电话。

顾可馨这边倒是难得的没有杂音，景园问："你在哪儿呢？"

"车上。"顾可馨说，"等会儿回家。"

"今天没行程了吗？"

顾可馨失笑："没有了，我又不是铁打的，要休息。"

"我还以为你不知道呢。"景园说，"一天天的，好像自己是超人。"

顾可馨被她逗笑。"你在哪儿呢？"顾可馨听她那边有背景音，"商场？"

"嗯。"景园落落大方，"小酒要买衣服，我过来陪她。"

顾可馨应下："哦。"

景园眨了眨眼睛："你不高兴啊？"

"嗯。"顾可馨说，"你快哄哄我。"

景园默了默。顾可馨温声道："好了，我不生气。早点回去。"

景园"嗯"了一声，挂电话前，她问："那个于导有给你打电话吗？"

"于导？"顾可馨揉揉眼尾，"没有，他联系你了？"

"他给言姐打电话了。"景园说，"问我什么时候回去。我这边大概还需要一个多月，实在着急，我可以提前回去。"

顾可馨拧眉："什么事？"

"《佳人》的成片出来了，他没和你说吗？"

顾可馨想了会儿，可能是和莫离说了，但是莫离还没告诉她。这段时间她太忙，没顾到这边。

"还没有。"顾可馨说，"什么时候首映？"

"说是等我回去。"景园回她，"我已经和言姐说了，如果真的着急，我可以提前十天回去。"

首映过后就是大宣传，这是景园第一部主演的电影，也是和观众阔别半年后的重新见面，她其实还有点紧张。

顾可馨点头："我知道了，那我等会儿问问莫姐，有消息再和你说。"

景园低头"嗯"了一声，那边顾可馨到家了，她道："那我先挂了，回家再聊。"

"挂吧。"景园放下手机，缓了口气，身后，温酒笑眯眯地喊："姐！姐，你电话打完了？"

景园点头笑："嗯。"

"我刚刚看了几件衣服，还挺适合顾小姐的，难得来一次，你要不要给她买几件？"

买衣服吗？她好像是很久没有给顾可馨买衣服了，但是她不是很想买衣服。景园抬头，问温酒："附近有没有卖丝巾的？"

"丝巾啊，饰品在四楼。"温酒说，"不过我没买过，不知道款式和质量，姐……"她还没说完就被景园拉着走了。

四楼的人相对多一点，但卖丝巾的店铺却不多，找了半天就找到一家很小的店铺，上面还写着 H 国直销。景园顿感亲切，进去后看了半天。

温酒对这个不感冒，也没啥好意见，只能跟在景园身后。景园挑起一块，问："老板，这个下面可以绣字吗？"

"可以啊。"老板说,"想绣什么都可以。"

景园笑道:"那麻烦老板帮我绣一个。"

老板低头问:"绣什么字?"

"景。"景园说,"景色的景。"

老板应下:"好咧!是小姐喜欢的人吗?"

景园摇头:"是我的姓。"

温酒听到这儿,突然想起来景园有条方巾也是绣了字的,好像绣的是"顾",她会意:"这个是不是给顾小姐的?"

景园睨了她一眼:"嗯。"

"我就知道。"温酒说,"我会保密的。"

景园笑了笑,没说话。

两人从方巾店离开时已临近晚上,温酒想吃完饭再回去,也算是感谢景园陪她逛了一下午。景园也着实累了,没拘谨,两人择了处相对安静的饭馆坐下。这里的饭菜口味偏甜,景园刚来的时候吃不习惯,现在反而吃习惯了。

"哎,都是这样。"温酒说,"我刚来这里时也是,老不习惯了,觉得这里的菜好难吃。"她耸肩,"现在还挺喜欢的,以后回去了,不知道还能不能吃到这样的菜了。"

景园回她:"大使馆那边可以吃到。"

温酒瘪嘴:"好远哦,而且我到时候肯定忙着拍戏,就怕没时间过去。"

还没进圈呢,就想到要忙着拍戏,景园不知道该不该说她天真。可转念一想,她要是进不凡,阿姨肯定力捧,说不定还真的忙。

景园道:"那你现在就多吃一点,回国就吃不到了。"

温酒笑着让服务员再加一点菜,她捧着菜单,低头问:"姐,你还要点什么?"

"给我一份饭后甜点吧。"景园说,"其他不需要了。"

温酒选了一份甜点，又给自己选了两个菜，旁边服务员指着一道菜说："不好意思小姐，这个菜已经卖完了。"

"那我再看看。"她说完低头研究菜谱，手机铃响起，景园就坐在她旁边，顺手拿起手机递给她，余光瞄到屏幕上的名字时一愣，抬头看着温酒。

"我手机吗？"温酒笑着接过去，对景园说，"接个电话。"

景园脸色微沉，她点点头，看到温酒走到窗口接了电话，好一会儿，温酒才一脸喜色地回到位置上，她问："菜上了吗？"

"还没。"景园垂眸，嗓音清冽地道，"小酒，你回国进不凡吗？"

"不进啊。"温酒一脸理所当然："我才不去不凡呢。"

景园掀起眼皮，目光清透有神，她问："那你去哪个公司？"

温酒对上她的眸子倏然一愣，心跳漏了半拍，喊："姐……你是不是看到了？"

景园定定地看着她，目光清澈如水，也透着凉意。

温酒主动交代："是经纪人不让说的，还没正式签合同呢，不能提前透露消息，我不是故意瞒着你的。"

景园说："我没有气这个。"

温酒嘀咕："那你气什么？"

"顾可馨知道吗？"景园看向温酒，发现她瞳孔瑟缩，明显在躲避，她点头。

"顾可馨知道？"

"她是知道。"温酒解释，"不过我不能告诉你这件事是经纪人要求的，她肯定也没法告诉你，景姐姐，姐姐，姐……"

温酒拉着景园的胳膊："我的好姐姐，我们不是故意瞒着你的。"

"你们？"景园看着她这副天真烂漫的样子，来了气。顾可馨也真是的，让温酒进她们的公司都不说一声，想到这段时间自己都在困扰要不要告诉顾可馨温酒回国的事情，结果人家不仅知道，还知道温酒的就业打算。

"我们的意思 ——"温酒"噗"一声笑出来,"不是吧姐,你该不会是吃醋吧?"

"我!"景园被她堵住话。

温酒这孩子天性温顺,从小到大没有朋友相伴,所以把友情看得极为重要,她知道温酒把自己既当好友,又当亲人,而顾可馨本就是她仰慕的偶像,又因为自己这层关系,所以她对顾可馨也很特别。她就怕这样的特别会让温酒失了分寸,最后受伤。

景园问:"你真的考虑好了?"

温酒一脸笑:"是啊,我想得很清楚了。"

景园拧眉:"阿姨知道吗?"

"千万别告诉我妈!"温酒咋呼道,"告诉她我就去不成了。"

"等你回国她就知道了。"景园说,"你瞒不住的。"

温酒耸肩:"能瞒一时是一时,实在不行,我找我爸去说,反正我不要去不凡。"她看向景园,神色难得认真地道,"你说我要是去了不凡,让我妈妈照顾我,给我资源,那我这么多年在外面和她撇清关系,到底是为了什么呢?"

面对温酒的质问,景园哑口无言,最后只能点头:"你自己决定就好。"

温酒的脸上重新挂上笑:"我已经想好啦,不过姐,这件事你能不能先装作不知道?对任何人都不要说?"她说完又加了句,"最多只能对顾小姐说。"

景园没对顾可馨说,也没有问她,顾可馨有她想做的事情,温酒也有自己的抱负,而自己本就不应该干涉,只是担忧还是存在的。余下的一个月时间,景园不上课时就会对温酒进行科普,她把自己所知道的全部教给温酒。温酒也不笨,宛如海绵,教她一点,她就迅速吸收，临近回国的那两天，温酒带着景园去买醉，说终于梦想成真，能进圈了。

景园不爱喝酒，还是陪温酒去了。她点了两杯饮料坐在旁边看着温酒一杯一杯地喝，顾可馨给她打电话时，她正在听温酒说小时候的事情。顾可馨问："在哪儿呢？有点吵？"

"在外面。"景园指了指手机，和温酒示意出去接电话，温酒冲她喊："是顾姐姐吗？"

顾可馨听到声音后沉默了两秒，景园说："小酒喝多了，我先送她回去。"

"嗯。"顾可馨道，"路上小心。"

景园挂断电话，扶温酒起来，喝了那么多酒，温酒还没完全醉，景园看着桌上的瓶瓶罐罐，突然想到顾可馨。

那人也是这么能喝。在某些事情上，这两人真的很像。

景园没多想，扶着温酒回到车上，关上车门后，她开着车到了附近的风景区。冷风嗖嗖，景园抬头，才发现天上飘起了小雪，拨通顾可馨的电话后，景园把手伸到车窗外，雪花落进掌心化成水，一片冰凉。

顾可馨接通电话后，她说："我这边下雪了，你那里呢？"

"我这里还没有。"顾可馨说完推开门走出去，虽然没有下雪，但冷风萧瑟，她说完咳嗽一声。景园皱眉："感冒还没好？"

"好了。"顾可馨说，"不过我告诉莫姐还没好。"

忙碌了半年，几乎没休息过一天，这次趁着病假顾可馨休息了差不多一周。莫离想让她在《佳人》首映礼前把身体养好，免得影响工作效率。其实顾可馨两天前就好了，但没去工作，她让莫离把时间推到了三天后。

景园微诧："你还有其他事？"

"我能有什么事？"顾可馨失笑，"我就等你回来。"

景园呼吸微窒，这半年来，她无数次听到顾可馨说起这句话，但没有一次像现在来得这样真实。明天，她就要回去了。

"那也用不着请三天假。"她小声嘀咕。

顾可馨说："怎么用不着，我们要去你家，还要去师母家。师母给你腌了很多菜，等你回来呢。"

景园心头暖暖的，满身寒意被驱散，她对顾可馨道："知道了。"

说完她看向天边，洋洋洒洒的雪花还在飘，景园余光瞄到身后的温酒，喊："可馨。"

顾可馨嗓音清冽："嗯？"

景园抿唇："没事，就想叫叫你。"

手机那端顾可馨笑到咳嗽，听起来心情颇好，景园只好压下想问的话，对顾可馨道："明天见。"

顾可馨嗓音稍低："明天见。"

连续一周不是雨就是雪，隔日却是个难得的晴天，景园起床时看到阳光还有点不习惯。管家早早地将她的行李箱安排好放在后车厢里，等她起床伺候她吃早饭。景园也没拒绝，来这里这么久，还是第一次吃他们做的早点。

味道还是偏甜。景园吃了几口放下筷子，听到温酒的声音响起："姐！"

温酒如蝴蝶一样飞进来，跳到她身边："姐，今天就回去了！"

"头疼不疼？"景园拉着温酒坐下，"喝点米粥。"

"吃过了。"温酒一身清爽，完全看不出昨晚宿醉，恢复能力真是惊人。她说："一想到要回去了我就激动！"

景园原本紧张的心情被她这么搅和，反而不那么紧张了。温酒坐在她对面，说道："姐，你激动吗？"

"还好。"景园用纸巾擦了擦嘴，听到温酒说："也是，你就算激动我也看不出来，我就做不到你这么成熟。"

成熟？景园想到顾可馨以前说她幼稚可笑，现在居然也有人说她成熟了。果然出来锻炼是有效果的。只是国内的事业怕是要从头开始了。

好在这半年顾可馨拉着她，上节目时，顾可馨会给她打电话，偶尔聊天会被狗仔"偷拍"，在采访时顾可馨也会不经意地说到《佳人》，说起和她的合作多默契。总之，她虽然不在国内，但超话热度却空前的高，"景由馨生"俨然成了热门话题。

顾可馨说，等她们拍完偶像剧，就差不多定型了。这半年，景园将偶像剧的剧本快要读烂了，女主的每个表情，每句话该用什么神色，什么形态，她已经揣摩到极致，就是立马拍都没有问题。

顾可馨说她这样的态度很不错，现在国内偶像剧大部分都是新生代艺人在拍，她想和自己创造不一样的偶像剧，哪怕剧情再狗血，也要演得扣人心弦。

演戏就是首先得自己相信，才能让别人相信。

这半年，景园觉得自己不仅从学校里收获很多，从顾可馨身上也收获了很多。眼下回国，是到了验收成绩的时候了。

景园上飞机后心怦怦跳，在家里温酒问她激不激动，她心态很平静，但越靠近 H 国，她的心脏就越不受控地急速跳动，到下飞机时，几乎要窜出喉咙。

温酒是一路睡过来了，下飞机时她被空姐摇醒，茫然了好几秒："到了？"

她们俩坐的是专机，赵禾安排的。景园点头："到了，你通知阿姨了吗？"

温酒故意岔开话题："H 国的天气真不错，姐，这太阳真暖和。"

"温酒。"景园轻叫一声她的名字，凤眼扫了她一眼，温酒就像做错事的孩子一样乖乖说："没有，不过她肯定知道啊。家里司机都是她安排的，她怎么不知道？"

景园没辙："小酒……"

"哎！"温酒往外看了一眼，一扫刚刚的阴霾，眉飞色舞地喊，"顾可馨！"

景园顺着她视线看过去，外面的人确实是顾可馨。

顾可馨穿着深蓝色的棉衣，双手环胸，靠在车头边，正定定地看着自己的方向。景园怔了几秒，温酒推了她一把："还不去。"

景园下了飞机，往顾可馨的方向走了几步，她还没说话就看到顾可馨张开了怀抱。景园也不再腼腆，面带笑容地冲过去，直直地撞进了顾可馨的怀抱！

当天晚上，顾可馨陪景园吃过晚饭后把人领回了家。

这里景园差不多半年没来了，东西都没有变过，只是洗漱用品都换了新的。

景园问："你没有住在这里吗？"

"没住。"顾可馨说，"我住我那边，现在狗仔都蹲在那边呢。"

谁也不会想到她提前大半年就换了房子，而且她平时出现的场所除了那里就是剧组，所以没人知道这里才是她的小窝。

景园笑："这样也好。"

等两人洗漱完，顾可馨将卫生间里简单收拾了一遍，没想到刚出门就闻到了香味。顾可馨探头，景园在厨房里忙活。

"在做什么？"顾可馨走过去，问，景园头也没回，用勺子舀一点汤喝，尝了尝味，她说："面条，你这里没有其他的菜。"

"什么时候学会的？"顾可馨说完，景园吹了吹勺子里的汤，递到顾可馨嘴边，顾可馨抿了一口，眼神微亮："这味道——"

"是不是很像你带我去的那家饭馆？"

顾可馨点头："还真有点像。"

景园笑道："我在 J 国发现的，这味道很像，我就去和老板学了。"

顾可馨狐疑："老板会同意？"

"当然不同意。"景园说，"我告诉他，我只做给我朋友吃，绝对不外传。"

顾可馨心尖一暖，景园总是这样，三言两语就能让她从一个世界跳入另一个世界，这个世界里只有一个人——景园。

没一会儿，她们端着两碗面条去了客厅，顾可馨习惯性打开电视，里面放的居然是她的一个采访，她笑着随手换掉，结果另一个频道是她的广告。

景园说："就这个吧。"

顾可馨放下遥控器，对景园说："言卿有没有和你说接下来要做什么？"

"言姐说了。"景园回她，"等《佳人》宣传完，她想给我接两个广告。"

顾可馨点头："有没有想过上节目？"

"节目？"景园问，"什么节目？"

"就是这种的。"顾可馨换到一个频道，是真人秀节目，景园只是看了两眼就摇头："不要。"

顾可馨侧目："不喜欢？"

景园说："我更想好好拍戏。"

"不冲突。"顾可馨说，"我们俩一起。"

景园看向她，知道顾可馨是想拉一拉自己，现在的顾可馨已经不需要靠综艺吸人气了，这种周期长而且事多的项目，顾可馨要是接下来，怕是连轴转都不够。她现在正是事业的巅峰期，不应该把时间花在自己身上。

"不用。"景园很坚决，"我不喜欢上综艺。"

"考虑考虑呗。"顾可馨知道景园怎么想的，她换了个角度说，"这主持人是我朋友，会给我们安排好时间，不会太累。"

景园还是摇头："可馨，我是想追上你，但不是这种方式。"

顾可馨轻叹一口气，看向她，一笑："还是这么倔。"

景园说："等以后我们不那么忙了，再上综艺。"

顾可馨问："什么时候？"

景园想了会儿，开玩笑道："大红大紫的时候。"

顾可馨眉头一拧："那完了，你没机会了。"

景园锤着她的肩膀喊道："顾可馨！"

顾可馨扬唇，安抚道："好，听你的，等以后我们大红大紫了再上综艺。"

景园低着头吃面，没看到顾可馨说这句话时眼底的黯淡和晦涩。

顾可馨道："是莫姐。"

她晃了晃屏幕，果然是莫离，只是不知道莫离这么晚找顾可馨干什么，景园说："你接电话吧。我去洗碗。"

顾可馨点头，看景园端着碗进了厨房，她接起电话："莫姐。"

莫离刚应酬完，她打个酒嗝，喊："可馨啊。你休息得差不多了吧？"莫离说，"于导那边催着定时间呢。"

顾可馨说："可以定了。"

莫离点头："那我和那边说了。"

"对了，景园是不是回国了？"莫离问，顾可馨看向厨房里的景园问："怎么了？"

"碰到言卿了。"莫离说，"她告诉我的，既然回国了，你和她说说哪天约顿饭，你们这好久不营业也不行啊。"

顾可馨失笑："我都可以，时间莫姐安排吧。"

莫离听她这么说放宽了心，总觉得今晚上顾可馨过分的好说话，啥事都能一口应下。莫离就喜欢这种感觉，她说："那没事了，时间定下来我再告诉你。"

"莫姐，"顾可馨说，"上次推荐你的新人，签了吗？"

"你说温酒啊？"莫离笑，"今天刚签。"

顾可馨说："签了就好，我最近资源多，排不过来的，你看着可以给她……"

这么大方的艺人，莫离还真是头一回见到。她很开心，没什么能比她旗下艺人其乐融融相处更舒心的事情了，不过场面话还是要说的。莫离说："你那些资源啊不合适用在她身上，你现在可是一线。"明里暗里地先将顾可馨抬高，然后才说，"她就一新人，回头我带她去胡导那边看看。"

"胡导？"顾可馨说，"胡长行的新戏吗？"

"对。"莫离说，"我让助理去问了。"

顾可馨点头："我倒是和胡导见过几次面，不如这样，下次你带新人去的时候，我也过去打个招呼。"

"这——"莫离微诧，"你方便吗？"

"这有什么不方便的？"顾可馨笑着眯眼，她说，"新人既然签了，就是同门，照顾下是应该的。"

莫离点头："好，那就这么说定了。"

顾可馨放下手机，景园走过来，看着顾可馨问："莫姐这么晚找你，是工作上有什么问题吗？"

"没有。"顾可馨转过头看着景园，说，"莫姐刚刚问我你是不是回来了。"

景园一顿："你怎么说的？"

"我说是的。"顾可馨笑，"刚刚还在和我打架呢。"

景园没好气地道："顾可馨！"

25

饭局

If the golden sun,

Should cease to shine its light,

Just one smile from you,

Would make my whole world bright.

——*Stray birds*

　　景园回来后，顾可馨陪了她两日，午饭景园想出去买菜，都被顾可馨拽着点了外卖。第三天，景园坚持要去师母家，顾可馨才同她一起出门。

　　师母看到两人来，那个高兴劲儿，把给景园准备的东西一股脑地都给了她们俩，让带回去。顾可馨和景园本来只是去吃顿饭，回来时后备厢塞得满满当当。

　　"师母也太客气了。"景园没辙，看向顾可馨，见顾可馨也转头看她，目光带笑。

　　"你笑什么？"景园睨了她一眼，顾可馨说："还记得第一次来吗？"

　　景园点头："记得。"

　　顾可馨说："第一次离开的时候，师母给你红包，还记得吗？"

　　景园怔了两秒："嗯，我记得。"

　　顾可馨说："我就是在笑这个。"

　　那次给景园塞红包，景园怎么都不肯收下，最后还托自己去买了礼物还回去，十分见外。而现在，她们俩大包小包地从师母家拖东西回来，景园也没有半点意见。

　　这些东西是不贵重，但依照景园的性格，她是不会收的，除非景园已经把师母和宋老师当成自己人。顾可馨就是在高兴这个，她喜欢景园的这点小改变，为自己而做出的改变。

景园偏头看着她，说："可馨，你的家人，就是我的家人。"

"是啊。"顾可馨说，"可惜某人第一次来这里，可没有这样的觉悟。"

景园面色微红。

顾可馨心底一乐，继续专心开车，景园坐在副驾驶上陪她闲聊了几句，手机响了一声，是温酒的消息。

回来这么久，她和温酒只打过两个电话，实在称不上照顾，她有些歉疚地看了一眼手机，瞄到了一屏幕的感叹号。

> 姐姐，我明天就要去和导演吃饭了，我好激动啊！！！！！！

看得出来确实很激动，就是费眼睛。

> 你合同签了？

温酒直接一个电话打了过来："这两天搞定了。姐，你就别担心我的事了！我先和莫姐去吃晚饭，等你有空再聊，对了姐，你首映礼是不是定下了？"

这在圈子里不是秘密，《佳人》定在年后第一档。当初为电影要不要定春节档吵了半天，最后投资方觉得时间不是很合适，毕竟这样的题材，大过年的不适合放，况且那时候景园还在国外，也不方便宣传，干脆就定在年后。首映礼的时间已经定下了，年初十。

景园说："嗯。"

"网友可期待了。"温酒说，"这两天上网都在说这电影，我也会看首映礼的。"

　　景园默了默："你过年不回家吗？"

　　还有两天就过年了，顾可馨明天要去排练，而自己还没接到其他通告，也没拍摄，自然是回景家过年。就是不知道温酒是怎么安排的。

　　"我也不知道。"温酒叹气，"你说我妈怎么就非要让我进不凡呢？我现在都不想回家了。"

　　"你这样也不是事，要和阿姨说清楚。"

　　她回国的第二天就接到了萧情的电话，问她温酒是不是一起回来了，她只说了一起回国，其他一概没透露，不过她还是希望温酒能和萧情好好谈谈。

　　"知道了。"温酒说："等我明天和导演吃完饭，把这个剧本定下来，我就回家。"

　　景园放下心："你有打算就行。"

　　温酒生硬地岔开话题，两人说了几句其他的，景园挂断电话，转头，顾可馨正开车，侧脸平静，目光凉如水，她喊道："可馨。"

　　顾可馨转头，启唇："怎么了？"

　　"没事。"景园说："刚刚是小酒的电话。"

　　顾可馨握着方向盘，云淡风轻地说："知道了。"

　　两人没再继续这个话题，顾可馨似是不想提，景园也识趣，两人默契地开始聊《佳人》的宣传。到家后顾可馨说："先进去吧，我给苏英打个电话。"

　　景园点头，打开后备厢，拎着部分东西先上去了。顾可馨靠在小区花园旁边的路灯下给苏英打了电话。

　　苏英正在敲键盘，噼里啪啦的，她听到顾可馨的话停顿了两秒，又重新敲击："知道了，我来安排。"

　　顾可馨放下手机，看着车开着的后备厢，目光深幽。

　　回去后，景园已经将带回来的食物放进了冰箱里，顾可馨走过去夸她："真贤惠。"

景园拍拍她肩膀："去洗澡。"

顾可馨拽着景园的手臂："不想去。"

景园说："别闹了，明天你还要早起去排练。"

顾可馨不松开："好吧，不闹。"

两人洗漱完回房休息。她们躺在床上，静静地看着头顶的水晶灯。

景园转头："你在想什么？"

顾可馨说："在想你。"

"又胡说。"景园笑，"明天你排练几点结束？"

"还不清楚。"顾可馨说，"明晚莫姐还给我安排了个饭局，你明天不是要回家吗？"

明天景述就回家了，所以景园要回去吃晚饭，她点头："嗯，我想一起回家的。"

"不碍事。"顾可馨说，"以后机会多的是。"

景园点点头。

两人沉沉睡去，次日顾可馨被闹钟吵醒时，景园依旧睡得香甜。

苏英来接顾可馨时景园还没醒，顾可馨轻手轻脚地忙着。苏英抬头，对自己一向随意的顾可馨正将熬好的粥从锅里盛出来，放进另一个锅里保温。

她就没见顾可馨对自己这么上心过。

从前她以为顾可馨和景园是狐狸和兔子，景园这只兔子最后会被顾可馨这只狐狸吃掉，没想到，原来是狐狸被兔子压得死死的。

苏英感慨，这大概就是一物降一物。

顾可馨没等她感慨完，说："走了。"

"你不吃了？"苏英微诧，忙活了半天也没看到顾可馨吃早饭。

"来不及了。"顾可馨说，"等会儿路上买点吃的。"

苏英想半天，还是竖起了大拇指。

顾可馨掰着她的大拇指，苏英脸色惨白道："哎哎哎，好歹都是姐妹，一点都不懂怜香惜玉。"

两人说笑着离开，上了电梯后顾可馨问："都安排好了吗？"

苏英点头："我办事你还不放心？OK了。"

顾可馨低低地"嗯"了一声，上车后直奔电视台。排练比较枯燥，尤其她又是单人节目，一天下来，顾可馨的嗓子微哑，她嚼着苏英买来的含片说："几点出发？"

"还有半小时。"苏英看腕表，"不然你休息会儿？"

顾可馨拎起包说："我去冲个澡。"

苏英坐在长椅上等她，顾可馨洗完澡后换了一件过膝裙，大红色无袖收腰款，V字领，她皮肤白，被大红色一衬托，肌肤如玉般有光泽。顾可馨将秀发散开，小卷发披在身后，随着步伐一动一摇曳，妆容也和平时的不太一样，眼尾狭长，颇有几分诱人的味道。

顾可馨踩着细高跟走到苏英面前，踢了踢她小腿："走了。"

"哎！"苏英回过神，还是忍不住说一句，"你知道你现在像什么吗？"

顾可馨转头，眼波流转，风情万种，她淡笑，嗓音微哑："像什么？"

苏英深吸一口气："像个妖精！"

顾可馨没理她，两人一道上车去了酒店，快到酒店时苏英将车停在路边，两人往里看，温酒站在大门口左看右看，顾可馨眯起眼："莫姐给你发消息了吗？"

苏英低头："还没——"话没说完，手机响了一声，苏英抬眼笑，"发了。"

顾可馨打开车门踩着高跟鞋走下去，向温酒靠近。

温酒正在等莫离，说好的八点半，眼看时间就要到了，莫离还没来，她刚想拿手机给莫离打电话就听到有人唤她："温酒。"

声音十分好听，很有磁性，还很耳熟，温酒抬头，惊讶得差点握不住手机，她一激动："顾，顾可馨？"说完她面色微红，"顾小姐。"

"嗯。"顾可馨走到她身边，低头说，"是在等莫姐吗？"

温酒点头，眼里满是对偶像的仰慕，顾可馨说："是莫姐让我过来的，我和胡导有几面之缘，过来看看有没有什么需要。"

偶像过来帮她看看！！

温酒的心情过山车一样，被高高抛起，喜悦的神色压都压不住，一双眼看着顾可馨，有两分腼腆，她笑道："谢谢顾小姐！"

"不用客气。"顾可馨神色温和大方，她看了一眼腕表，眼波一转，"莫姐还没到，不如——我们先进去？"

偶像发话，温酒岂有拒绝的道理，当即点头，一脸灿笑地说："好啊。"

顾可馨对上她明眸微微扬唇，面容带笑。

顾可馨领着温酒进包厢时里面已经有人了，胡长行和黎总，黎总是电视剧投资人，这次就是投资人想看看新人是什么样，才约的这顿饭。

本该是莫离带人过来，奈何莫离临时有事，顾可馨的一个拍摄造型有点问题，她去和对方处理，原本想早点过去早点结束，谁知道一过去就被缠住了，脱不开身，就通知苏英让顾可馨先带人进去。

顾可馨是认识胡长行的，她一进去，胡长行愣了下，赶忙说："可馨？你怎么来了？"胡长行忙起身介绍，"黎总，这位是顾可馨。"

"我知道。"黎总抬眼看向顾可馨，眼底掠过一抹惊艳。这顾可馨在外都是端庄高雅的样子，虽然看起来性子温和，但总给人出淤泥而不染的感觉，只可远观不可亵玩，今晚的顾可馨，倒是和平时看到的不太一样。

黎总惯来风流，爱好就一样——美人。以前不是没动过顾可馨的心思，但看她一派端庄那样，觉得没劲，他喜欢风情一点的。比如现在的顾可馨。

黎总站起身说："顾小姐可是大忙人，怎么有空过来了？"

他主动伸出手递向顾可馨，眼底有毫不掩饰的欣赏，笑容里带着两分别有所图。顾可馨看了一眼胡长行和温酒，笑着握住黎总的手说："和黎总比，我哪里是什么大忙人，这不晚上听说黎总设宴请我小师妹，我就过来蹭一顿饭。"

温酒听到她的话格外开心，低头咬着唇笑。

小师妹，同门小师妹，可比"温小姐"好听多了，她心里宛如炸了万花筒，乐得直冒泡泡。

顾可馨睨了一眼她的神色，看向黎总，冲黎总勾唇笑。她今儿的妆容本就妖气十足，眼尾狭长，笑起来格外妩媚，苏英说得一点没错，活脱脱的妖精。

黎总一时看呆了，没松开顾可馨，就这么干握着。

顾可馨想收回手，却被握紧，她拧眉，喊道："黎总？"

这一声把温酒叫回了神，她看了一眼顾可馨不自然的神色，目光转向和黎总握住的手，眼尖地发现这黎总居然用大拇指蹭顾可馨的手背！这不是赤裸裸的揩油吗？！

温酒血气上涌，她刚往前一步，顾可馨挡在她前面，说："黎总，莫姐快到了，我们先坐吧。"

"好好好。"黎总现在哪里还想到什么莫离，他满心满眼都是顾可馨，落座时故意让顾可馨坐在自己身边。胡长行看了一眼顾可馨，有些为难："顾小姐，这……"

现在顾可馨也不是他能随意使唤的，谁都看得出来这半年顾可馨发展得怎什么样，背靠景家，有萧情帮忙，拍的电影票房爆了，直接跨国宣传，上部电视剧评分八点九，收视率是近三年最高，圈子里都在传，明年的视后不出意外就是她。

这刚拿下一座金风，再来一个视后，顾可馨可能会是圈内第一个跳过普奖直冲满奖的艺人。谁敢在这时候得罪她？这不是和自己过不去吗?

胡长行这部新戏可不敢请顾可馨,但也想和莫离攀个关系,所以他直接抛出女主这样的角色,说给莫离的新人。圈子里现在人人都想和莫离攀关系,他不算早,胜在分量重,直接让出了女主角,莫离果然有兴趣,说会带新人过来瞧瞧。

可他没想到,莫离会把顾可馨带过来。

黎总这意思,明显是看上顾可馨了,他可担不起这责任,只得把意见抛给顾可馨。

顾可馨一笑:"黎总这是看得起我。"她说完,坐在黎总身边。

黎总竖起大拇指:"好,顾小姐果然爽快!胡导,咱们先上菜吧。"

莫离一个经纪人迟到,实在没有让老板等的道理,胡长行没办法,只好让服务员先上菜,黎总说:"美酒配佳人,开两瓶好酒。"

服务员得了小费眉开眼笑:"好的,请几位稍等。"

温酒趁服务员离开的时候拽了拽顾可馨的裙子,顾可馨侧目,听到温酒小声地说:"要不等会儿我来喝,我很能喝的!"

顾可馨失笑:"没关系,应酬就是这样。"

"可是我不想你和他喝。"温酒低下头,声音更小。顾可馨看着她头顶旋涡,淡声道:"为什么?"

"因为他——"温酒憋了口气,"他没安好心。"

温酒抬眼,目光清透干净,还有两分关心,她说:"我不想你被欺负了。"

顾可馨和她的眼神碰撞,几秒没说话,最后道:"只是喝两杯酒而已,不用担心,在莫姐没来之前,你不要轻易开口。"

都到这个时候了,还在为自己着想,温酒心头暖暖的,差点感动得落泪,她很听话的没开口,一直看顾可馨和黎总喝酒。

"顾小姐好酒量。"黎总看向顾可馨,见她面色绯红,眼波潋滟,头顶水晶灯折射进去,闪着醉人的光。黎总咽了咽口水,说:"再来!"

胡长行劝道："黎总，你们光喝酒不吃菜哪行？吃菜吧。"

黎总点头："对对对，不能把我们顾小姐喝醉了，吃菜吃菜。"

顾可馨夹菜，手腕纤细，手指修长，指甲上涂抹着红色指甲油，黎总看着这只手夹菜的动作，不禁联想到若是这只手是摸自己，那是什么滋味？在天堂吧？

黎总猛地喝一大口酒，酒精上头，晕乎乎的，看顾可馨真是哪儿哪儿都中意，恨不得立刻抱回家。

胡长行在一旁调节气氛，莫离一个电话过来，黎总说："胡导去接电话吧。"

胡长行出去接电话："在哪儿呢？！"

莫离刚出门就被风糊一脸，还被质问，她讷讷道："怎么了？难道出事了？不应该啊，顾可馨这样的能力，怎么可能会出事？"

胡长行说："现在倒还没出，但你再不来就怕要出事了！"

莫离一个激灵："怎么了？！"

胡长行三言两语给莫离解释了这件事，说："快点来吧，顾小姐喝了不少了，再喝下去怕是要出事。"

莫离心急如焚，挂了电话忙开车往酒店赶，她还不忘给顾可馨打电话。

顾可馨正在喝酒，胡长行出去后，她对黎总说："黎总，其实今儿呢，主要还是我小师妹的事。"

温酒看她喝得醉醺醺的还不忘帮自己争取资源，鼻尖一酸，黎总挥手："温酒是吧？"

顾可馨点头："是。"

"这事好办，不就是个角色吗？顾小姐都开口了，我还能不卖你这个面子？"

顾可馨笑："那就麻烦黎总了。"

"哎——"黎总把玩手上的杯子说，"我答应了顾小姐的一个要求，这顾小姐怎么着也得答应我一个要求吧？"

顾可馨举起杯子，还没敬酒就被黎总拦下："这可不是一杯酒的事。"

他说着，顺势握住了顾可馨的手，眼底是掩饰不了的兴趣。顾可馨往回抽了两下，有些尴尬地道："黎总，你这是干什么？"

"顾小姐，咱们明人不说暗话，我呢，是可以给你小师妹这个角色，但你总得拿点诚意出来吧？"他喝得多，脑子里昏昏沉沉，只剩下顾可馨一张娇俏的脸。现在靠得近，他能闻到顾可馨身上的香水味，不浓郁，但十分诱人。

他算半个圈内人，主要是做房地产，投资影视只是玩玩，在圈子里有点名气，一般还真没几个人会拒绝他。

黎总正幻想着温香软玉抱进怀，没料迎面就是一杯水！

顾可馨诧异地转头，看向温酒，面色微变："温酒！"

"你什么人啊？！"温酒忍了一晚上的气终于撒出来了！她从黎总手里拽过顾可馨的手，用湿纸巾擦拭了一遍，非常不屑地说："就你这样的投资人！我才不去！"

黎总被泼了一脸冷水，有片刻没反应过来，等回过神时发现温酒正在擦顾可馨的手，神色鄙夷，好似被什么恶心的东西沾上，他气结："你！"

温酒抬头："你什么你？你不要脸！"

黎总怒火攻心，想也不想甩了一巴掌下来，温酒握住他的手腕狠狠拽下，想也不想一巴掌抽过去！

小时候那件事后，她妈妈让她练习过防身术，一般男人还真打不过她。

黎总被打之后蒙了几秒，倏地站起身，温酒也不服气，走到顾可馨身前，和黎总面对面。黎总咬牙切齿地扬起手，还没打到人，就被温酒又抽了一巴掌！

"送你的。"温酒说,"好事成双!"

黎总气得直发抖,脸涨成了猪肝色,咬牙:"你,你——"

门哗一声被推开,胡导放下手机赶忙走到他们面前:"怎,怎么了?"

他眼尖地瞄到黎总脸上有两个巴掌印,心头懊恼:"黎总,你这是怎么了?"

温酒却恼恨地瞪了一眼黎总,直接拉顾可馨起身说:"顾小姐,我们回去吧。"

胡导站在原地来回转,虽然他大概知道怎么一回事,但两边他都得罪不起,该怎么说啊!

他狠狠一拍自己脑门上,恨不得拍死自己,真是搬石头砸自己的脚,想和莫离攀个关系,没想到两边都没讨到好!

温酒看都没看他,直接拉顾可馨离开了。

出了酒店大门,温酒拍着胸脯说:"终于出来了!"

一口闷气差点憋死她,顾可馨在她身边定地看着她,温酒发泄完发现不对劲,看向顾可馨:"顾小姐,你有没有事?"

顾可馨摇头:"我没事。"她看向温酒,"下次不要这么莽撞了,你以后想在这个圈子立足,就要学会妥协。"

"我……"温酒刚出声,有人小跑过来,唤道:"小姐,夫人让您回去。"

"你怎么来了?!"温酒差点没跳起来!

来人对温酒的反应很平静,重复道:"小姐,夫人在等你。"

温酒看向顾可馨,听到她说:"回去吧,事情既然已经这样了,我也该回去了。"

"哦。"温酒小声说,"对不起。"

顾可馨看她发顶,眼神一暗:"现在知道怕了?"

"我才没有怕!"温酒仰头,一脸纯净,"我对不起的是没早点出手，让你忍了那么久。"

她眼神干净透亮，没有杂质，眼底是满满的歉疚："对不起。"

顾可馨和她对视几秒，再次别开视线，说："没关系。"

温酒听她这么说，只好咬牙跟在西装男人身后走向黑色轿车。

顾可馨看着她离开酒店，这才联系苏英，上车后，她坐在副驾驶等了良久苏英才回来。

"啧，精彩。"苏英说，"今晚真精彩！"

顾可馨闭眼，压低嗓音问："拍到了吗？"

"那还用说，清清楚楚。"苏英转头，"不过我是真没想到温酒居然是你的粉丝，你之前怎么没提过啊？"

顾可馨的手抚上额头："走吧。"

"那视频我直接……"

"不急。"顾可馨看向窗外，蓦然想到刚刚温酒的眼神，她说，"你先发给我，过后再说。"

苏英不疑有他："成。"车往回开，到半路时，苏英问，"要送你去见景园吗？"

顾可馨听到这个名字微怔，心乱了几秒，她闭上眼，摆手对苏英说："直接回家吧。"

这是第一次，她不是很想见景园。

顾可馨快到家门口时接到了景园的消息，问她有没有结束，她瞥了一眼手机，放下，没回复。苏英瞄到她的动作，好奇地问："谁啊？"问完才反应过来，"是景园？"

顾可馨不轻不淡地"嗯"了一声，苏英说："今晚不想见就不见吧，回去好好休息，有事明儿再说。"

她算是最清楚整件事情内情的人，上学时她家中出了意外，父母双亡，是顾可馨把她从痛苦中拉出来，陪着她，那些对她好的亲戚只想从她这里变相得到赔偿金，只有顾可馨不是。

从那以后她们就成了好友，她吃住都在顾家，与顾可馨一起上学，一起做功课，也亲眼看到顾家后来的转变。

是因为什么，她无比地清楚。如果不是亲眼所见，她很难相信世上竟有如此狠毒的人，连自己丈夫和女儿都能痛下杀手，甚至她这个只是住在顾家的人都没能幸免。

顾家发生火灾那天，她和顾可馨亲眼看到萧柔来过，再之后顾家就失火了，她和顾可馨一路躲一路藏，被逼到了卫生间里，躺在地上，任火势蔓延。濒死前，老天爷下了一场大雨，真是命不该绝。

她那时候才知道，原来顾可馨以前有过这种经历。一次水灾，一次火灾。

她要是顾可馨，都不知道怎么活下来。顾可馨比她坚强多了，她们从房子里逃了出来，陆长白却没那么幸运，他的腿被压伤，要住院，她日日陪顾可馨去医院。再后来，陆长白从高楼一跃而下，顾可馨和她一样成了孤儿。

这么多年，顾可馨时常问她有没有后悔跟着自己，苏英心里就知道，不管是父母离开的时候，还是在火灾那次，顾可馨都在给她找生的希望。

顾可馨可以遭罪，却不希望她受伤。顾可馨就是这样的一个人，善良而有底线，这是陆长白教她的，可惜在陆长白走后，顾可馨内心所有的柔软化为最坚硬的利刃，一刀刀，一寸寸，将她内心那些善良切开。污水蔓延，将她整颗心脏染黑，她学会用温和掩饰自己的残忍。

但是谁愿意天生做一个被戳脊梁骨的坏人？谁不向往明媚的阳光？如果可以，她也想看顾可馨永远都活得开心，所以她当初不顾一切地帮顾可馨和景园。

她看得出来，顾可馨在景园面前是快乐的，是发自内心的快乐。可现在，这份快乐的天平要倾斜了。

苏英想到这里，用余光瞄着顾可馨，见她侧脸平静，手却敲着车窗，一下两下，这是她烦躁的时候才有的动作。苏英明白，但是没说什么。

下车后，苏英说："好好休息，明早来接你。"

顾可馨点头："知道了，回去路上小心。"

送走苏英后，顾可馨回了家，不大的房子，开了灯所有东西都一览无遗，但顾可馨却觉得空荡荡的，她想到这几日相处，景园的身影充斥在这个房子的每个角落，似乎一睁眼都能看到忙碌的她。

顾可馨往前走了两步，坐在沙发上，伸手环抱，却只抱住了空气，她回过神，拍了下脑门，给景园发了条消息。良久没回复，她进了卫生间里放水泡澡。

景园没收到消息，因为太嘈杂。她给顾可馨发完消息后一直没得到回复，温酒又闹腾，她压根儿没听到信息声。

眼前的温酒喝得酩酊大醉，还不满意地咆哮："凭什么呀？！姐，你说凭什么？！我就不去她那里怎么了？她凭什么打我？！"

景园低头，温酒侧脸的巴掌印明显，阿姨估计是气急了下了重手。从小到大她也没见过萧情对谁动手，这还是第一次。温酒也是第一次，被打之后她都蒙了，离开萧情后就跑到酒吧买醉，喝得晕乎乎时给景园打电话抱怨，景园听出声音不对劲忙赶过来，果然喝多了。

"小酒，我们先回去吧？"景园说，"我带你回家。"

"回家？"温酒被戳到痛处，她摇头，"不要！不要！我不要！我不要回家！"她耍起酒疯，"我不要回家，我妈讨厌，我不要回家！"

四周有异样的目光投来，在这里醉酒是常态，但温酒这样漂亮的人，还是让人忍不住多看两眼。景园从包里拿出一个帽子戴在温酒头上，遮住她的脸，说："好，我们不去你家，回我家好不好？"

"你家？"温酒转头认真地看着景园，好半天才反应过来，她笑，"啊，是景姐姐，呜呜呜，景姐姐我好疼！她打我，我妈打我，疼死了，我妈太坏了，她居然打我！"

她又是撒娇又是撒泼，景园一个人招架不住，连忙付了钱，对温酒说："不闹了，我们回去说。"

"我才没闹！"温酒手一挥，"不要回去！回去没酒喝！"

景园没辙，安抚她："有酒喝的。"

"哪里有酒喝？"温酒支棱起来，东倒西歪地跟着景园往外走，好不容易出了酒吧，景园松了一口气，她扶着温酒上车后对司机说："回家。"

温酒咆哮："不要回家！"

景园拍拍她的后背："不回家不回家。"

她给了司机一个眼神，司机会意，往景家开去。温酒靠在她的肩膀上大吐苦水，哭得眼睛都肿了。她泪水涟涟地说："她从小到大就没管过我，我现在想做自己的事情她又不同意，她为什么这么霸道？！姐，你给我摸摸，我好疼。"

景园只好给她摸了摸脸颊，温酒哼哼唧唧的，她说："真好，世上只有姐姐好。"

一路胡搅蛮缠，终于到景家了，景园先下车，拖着温酒下来时遭到了强烈反抗，她指着前面的房子："这是你家！景姐姐这是你家！你是骗子，你说不带我回家的，我要去喝酒，你是骗子。"

她号啕大哭，宛如一个孩子，景园被她吵得头疼。景述好不容易回来一次，她也不想打扰父母休息，只得又将温酒推进车里。

"姐，你骗我。"温酒怄气地坐在另一侧，蜷缩在一起，抽噎道，"我果然没人要，也没人疼，我就是小白菜啊——"说着还唱起来。

景园咬牙，对司机说："出去吧。"

司机问："是去酒店吗？"

景园想了会儿，报个地方，就在这里不远，司机一晃眼就到了。温酒不认识这里，她很乖巧地下车，哭哭啼啼地问："这是哪儿？"

"可以喝酒的地方。"景园头也不抬地回她，直接拖着她往电梯口走去。温酒听说能喝酒也不反抗，高高兴兴地跟着，走得东倒西歪。

两人下电梯后，温酒皱眉："这不是酒吧。"

"你现在是艺人，不能去酒吧。"景园一本正经地忽悠，"这里安全。"

温酒点头："好。"

景园见她配合，松了一口气，架着她走到门口，让温酒靠在门上，她用指纹打开门，客厅里黑漆漆的，温酒伸手乱摸："怎么这么黑啊，这是哪里啊？"

景园怕她磕着碰着，一只手扶着她，另一只手去摸灯的遥控板，有点远，她拖着温酒走，手碰到遥控板时，房门咔嚓一声打开了，光照过来，景园眼前一亮，她看过去，心跳快了两拍，下意识喊道："可馨？你，你在家？"

景园的脑子嗡了一声，她下午给顾可馨发消息，顾可馨说晚上饭局时间比较长，不知道几点结束，而且酒店靠近她以前的老房子，估计晚上就在那里过夜，不回来了。晚上她给顾可馨发消息又没得到回复，还以为顾可馨饭局没结束，这才把温酒带过来。她压根儿没想过顾可馨会在这里。

景园看看温酒，又看看站在房门口的顾可馨，脸绷着。顾可馨倒是没说什么，只是抬眼扫过她和温酒，随后走到她身边，打开客厅的灯。

灯光亮起，温酒用手揉揉眼睛，她还有些蒙，景园也是，她润润唇，喊："可馨。"

"她怎么了？"顾可馨转头问，离开酒店时，她不是好好的吗？现在怎么醉成这个样子？

景园解释："阿姨想让她去不凡，她没同意，阿姨一时生气，就打了她。"

顾可馨这才看向温酒的侧脸，除了被酒精晕染的红之外，还有明显的巴掌印，看来这一巴掌打得不轻，她看向景园："被打还去喝酒，不怕发炎吗？"

景园本就心虚，听到她这么说解释道："我去的时候，她已经喝醉了。"

顾可馨看向她，景园说："对不起，我不知道你晚上在这里。"

去开房万一被看到，那是一万个说不清楚，可她也不知道顾可馨会在这里，如果知道，她刚刚拧着温酒的头也要把她留在景家。

顾可馨抿唇，还没开口就听到温酒咋呼道："景姐姐，你在和谁说话？"她转头，盯着顾可馨看了几秒，一笑，"顾姐姐！"

景园想也不想地捂住温酒的嘴。温酒力气不小，挣脱开景园，站起身往顾可馨身上扑去，她身形不稳，东倒西歪的，明明是对着顾可馨扑过去的，身子却跌向一边的茶几，茶几边缘尖锐，眼看要撞上，顾可馨往旁边挪了半步，挡在温酒和茶几中间。

温酒完全没反应过来发生了什么，她抱着顾可馨，在她怀中蹭了蹭，非常满足地说："顾姐姐，你好香啊。"

顾可馨双手攥紧温酒的肩膀，想把她拽开，温酒抱着她又小声说了一句："姐，你身上好温暖。"

身体陡然绷紧，顾可馨握住温酒肩膀的两只手攥得更紧，指尖发白，景园站在顾可馨身侧，一时间分不清顾可馨到底是想推开温酒，还是想拥抱她。

CHAPTER

26

醉酒

If the golden sun,

Should cease to shine its light,

Just one smile from you,

Would make my whole world bright.

——*Stray birds*

顾可馨犹豫了两秒，推了推温酒，脸绷着，神色阴沉沉的。景园偷瞄了她一眼，小声说："我还是带她回去吧。"

她想拉开温酒，奈何温酒好似被胶粘在顾可馨身上似的，怎么都不肯撒手。

"顾姐姐，你好漂亮，我和你说，我第一次看到你的 MV 时就好喜欢好喜欢你。"

景园在她身后喊："小酒。"

"你不要误会，我就是——"温酒的手搭在顾可馨的肩膀上，俏颜微皱，想着措辞。半天，她干瘪瘪道，"我不知道，反正我就是好喜欢你。"

"顾姐姐，你怎么不回我消息啊？"温酒翻旧账，"我好难受的，我等你的消息等了好几天，都不用减肥了呢。"

顾可馨强忍着火气，抿着唇，下颌绷紧，整个人似炮仗，就差一根火苗，随时能爆炸。

可惜"火苗"没点自觉，又哭又闹又笑，还欠收拾地环住顾可馨的脖子，眼泪一大把地贴在顾可馨身上。景园在顾可馨发火之前一鼓作气，终于拽开了温酒。

"我送她回去。"景园硬着头皮说，扶着温酒走到门边，顾可馨硬邦邦地开口："别折腾了，就住这儿吧。你陪她在这里，我去老房子。"

景园转头看着顾可馨，见她整理衣服，开口说："我送她回去，你别来回跑，明早还有拍摄呢。"

顾可馨睨了她一眼，拉着她的手将她拽回来，也把温酒拉了回来，放在沙发上。景园本就心虚，没敢反抗，只是在顾可馨进房间时也跟着进去了。

"我要换件衣服。"

景园听出顾可馨声音里的紧绷，她犹豫两秒，上前。

"对不起。"景园再一次道歉，"你不要走，我带小酒离开吧。"

顾可馨侧目，景园的嗓音轻飘飘的，顾可馨纵使再大的脾气也压下去了，她转头："算了，就睡在这儿吧。"

景园松开她："那你不会难受吗？"

顾可馨转过身看着她，摇摇头："我不出去了，你把她送到客房去吧。"

景园"哦"一声，低头离开，走了两步她又折回顾可馨身边："真没有生气？"

顾可馨："去吧。"

景园抿着唇离开房间，门合上后，顾可馨背靠在床边，几秒后仰躺在床上。门外，温酒还是不老实，不是叫景姐姐就是叫顾姐姐，她听了心烦，干脆打开手机看了会儿视频。

景园回到房间时就听到视频的声音，有点大，她喊："顾可馨？"

没人回应她，景园蹑手蹑脚地走过去，才发现顾可馨睡着了。

景园坐下，将顾可馨的手机关掉，把她的头拨到枕头上。顾可馨今晚应该也喝了酒，她靠近时能闻到酒气，倒是不浓郁。她在床边坐了几秒后去卫生间洗漱。

平时她习惯睡不着时找顾可馨说话，可今晚，顾可馨睡着了，她却失眠了，也没人说话。景园在床上翻来覆去，突然听到顾可馨微哑的声音："睡不着？"

景园一惊："你怎么醒了？"她懊恼，"我吵醒你了？"

顾可馨说："没有，我睡了一觉，还做了个梦。"

景园翻了身，和顾可馨面对面，轻声问："什么梦？"

"梦到你睡不着，叫我起来。"

景园愣了下，笑："胡说八道。"

次日，天蒙蒙亮，隔壁房间就传来"啊"的一声，撕心裂肺，景园倏地从床上坐起来，她拖鞋都没来得及穿就跑到隔壁房间。

"姐？"温酒看到门口站着的人，皱皱眉，认出是景园才赤脚走到她身边，抱着她哭，"吓死我了，我还以为我昨晚喝多了跟人跑了！"

不胡思乱想，就不是温酒了。

她拍拍温酒的后背："没事了。"

温酒抽噎："这是哪里啊？"

"这是——"景园刚想介绍顾可馨，就听到顾可馨的声音："起来了？早。"

温酒一愣，看到景园身后的顾可馨，呆了几秒，脸色骤变，张口就喊："啊！！！"

景园连忙捂住她的嘴，用腿踢着顾可馨去洗漱。温酒在顾可馨离开后呆若木鸡，心如死灰。

"完了完了完了。"温酒哭丧着脸："我这副样子，怎么能让女神看到！姐，我昨晚没说什么糊涂话吧？"

景园想了会儿，除了对顾可馨花式表白外，应该没有什么糊涂话。她摇头。

温酒拍拍胸脯："还好，那我没做什么离谱的事吧？"

抱着顾可馨一直哭不撒手，算离谱吗？应该也不算吧。景园又摇头。

温酒悬着的一颗心放回去，她使劲拍了拍自己："那没事了。"

景园安抚好温酒后带她去洗漱，顾可馨拿出一套新的洗漱用品，景园递给温酒，看她没动问："怎么了？"

"女神的东西。"温酒深呼吸，"我得做好心理准备。"

景园开始数数字："十九八七——"

温酒一把拿过去洗脸刷牙。

景园退出来后看到顾可馨在做早点，她走到茶几旁边，蹲下身体拿醒酒药，现在吃已经没什么大用了，倒是能缓解一点头疼，不过看温酒那样，她也估摸不出来疼不疼。

"在找什么？"顾可馨低头，景园说："醒酒药。你要不要？"

顾可馨摇头："我不要，你给她准备一颗吧。"

景园这才倒出一颗，等温酒出来时递给她，温酒吃了药，看到景园走进卫生间，她将视线放到顾可馨身上。

"顾小姐。"温酒说完，顾可馨偏头，开口道："你昨晚叫我顾姐姐。"

温酒心跳漏了一拍，神色尴尬，她清清嗓子："我，我还叫了其他的吗？"

没有了，没有了。

温酒在心里默默祈祷，就差双手合十。顾可馨低头看着她，一张俏颜十分稚嫩，透着朝气和活泼，还有两分掩饰不住的天然纯真。

这是个刚进社会的姑娘，带着憧憬和追逐梦想的勇气。

顾可馨顿了顿："没了。"

温酒点头，她凑到顾可馨身边问："那我可以叫你顾姐姐吗？"

顾可馨定定地看着她，温酒举手："师姐也可以。"

"随你吧。"顾可馨说完，低头盛了三碗粥。

温酒没心没肺地笑："那我就叫顾姐姐了！顾姐姐，我帮你啊。"温酒站在她身边，接过一碗粥。

顾可馨说："莫姐联系你了吗？"

"联系了。"温酒不好意思地挠头，"给我发了好几条消息，我还没回复。"

昨晚大闹了一场，胡长行的新戏肯定是没指望了，莫离生气地给她打电话，她当时在喝酒，也没看是谁就给挂了，后来消息也没回。

"好好和她说。"顾可馨低头，"莫姐很通情达理。"

温酒深吸一口气，早就做好被莫离骂死的准备了，虽然昨晚她不理亏，但没接电话是事实，又没及时回复消息，莫离这会儿估计想打死她的心都有了！

顾可馨余光扫过她的表情，眼底闪过凉意。她和温酒坐下后。景园也从卫生间出来，秀发绾起，穿着长款睡裙，身形纤瘦，顾可馨的眼神暖和了不少。

"做了什么早餐？"景园坐下，看到顾可馨煮了粥，蒸了馒头，她去冰箱里拿了包装好的小菜递给温酒。

温酒说："姐，你们平时就住在这边吗？"

景园下意识地看向顾可馨，解释："有空就过来。"

温酒"哦"一声，顾可馨对她说："快吃吧，吃完你还有事呢。"

有事？温酒好奇地看着她："什么事啊？"

顾可馨一本正经地说："把卫生间的衣服洗了。"

温酒满脑子问号："为什么？"

"被你弄脏了。"顾可馨撕开馒头，慢条斯理地边吃边说，"你说今天要亲手洗的。"

弄脏了？脏了？她该不会吐了吧？

温酒迅速看向景园。不是说她没有做出格的事情吗？！

景园也茫然地眨眼，温酒小声嘀咕："顾姐姐，我昨晚是不是……"

"不是。"顾可馨抿了抿唇，缓了口气说，"你只是一直抱着我哭，妆全蹭衣服上了。"

妆花了？温酒以为昨天在酒店门口看到顾可馨时的心情是过山车，原来现在才是！她刚刚平复的心跳又因为顾可馨的一句话跳得乱七八糟。

怎么能妆花呢？！那不是和鬼一样吗？还能看吗？原来今早的造型不是最丑的，还有更丑的！

温酒被顾可馨这么一提醒，愣是回忆起几分昨晚的事情，她好像抱着顾可馨不肯撒手，还哭哭啼啼的，怎么有她这样的人！温酒一张脸瞬间爆红，耳垂热得快冒烟了。

真不错，她现在不等莫离杀过来，就已经无颜到恨不得在地上戳个洞钻进去了！

早餐还没结束，温酒就跑了，离开前还顺走了顾可馨昨晚的睡衣，并承诺会好好洗干净还回来。景园还想说两句，温酒脚下抹油，顷刻没了身影。

温酒这一躲，直接躲到了年后，顾可馨也忙，过年期间没时间，一直到初九晚上才去景家吃了顿饭，赵禾忧心忡忡地说："这小酒，太不懂事了，把你阿姨给气伤了。"

她佯装不解："温小姐怎么了？"

"说是私下去了个小公司，你阿姨让她回去，怎么都不肯，为了这件事，过年都没法好好过，闹着呢。"

顾可馨微点头，景园睨了一眼顾可馨，心情不是很好地说："小酒有自己的打算，我们就不要掺和了。"

"是啊，她也不小了，该知道自己在做什么。"赵禾一声感慨，"妈妈以前就是什么都管着你，才让你——"

"被顾可馨骗"这话她没当着景述的面说出来，赵禾清清嗓子："儿孙自有儿孙福吧。"

纵使她一开始看到顾可馨也是千般挑刺，现在也不得不承认，她对景园是没话说，处处念着园园。这半年，赵禾想过帮景园抛出一点热度，怕景园回国后会太累，但景述制止了她，说是让她看看顾可馨的做法。

两人静观其变，这半年相当于对顾可馨的考核，不仅是对顾可馨事业上的考核，也是对她和景园感情的考核。

幸好她眼光好，没看错人，这半年景园虽然不在国内，但顾可馨时不时就会提到她，在恰当的时机拱火，把她们这关系拧得结结实实，就连景述都没有二话。

顾可馨的事业也蒸蒸日上，她当初见到这孩子就觉得顾可馨身上有股熟悉的韧劲，后来想起，这股韧劲和萧情颇为相似。她庆幸顾可馨虽然是萧家人，但不像萧柔，满肚子坏水。

赵禾回过神，顾可馨和景园正低头说话，面带浅笑，眉眼溢出温柔，这是掩饰不了的愉悦。赵禾侧目看向景述，见他闷头吃饭，没好气地踢了他一脚。景述抬头看着她，她抬着下巴示意对面的两个孩子，景述没好气地白了她一眼，随后小腿肚一疼。他又被踢了一脚。

晚饭吃完后，四人坐在客厅看电视，这样的机会非常难得，因为景述很忙，顾可馨现在也不是闲人，从顾可馨和景园认识到现在，这还是四人第一次有空坐下来一起喝茶。

"可馨啊，明儿你和园园的电影是不是要上了？"

明天是《佳人》的首映礼，不在本市，要去国都。地点在国台的礼堂，能进这里参加首映礼的，一年最多两部，而今年《佳人》作为第一部，自然备受关注。

不少网友说《佳人》不够格，纯粹是靠萧情和宋明的名气堆起来的，进国台礼堂，说不好是用景家的身份开的绿灯。另一边则反击，国台礼堂一直是自选电影，这次参赛的这么多，既然《佳人》能作为第一部，那肯定有过人之处，倒也不必如此眼红，再者顾可馨的实力有目共睹，刚拿了金风，现在能进国台礼堂，也是对她实力的肯定。

两边争论不休，就等明天影片放出来。

顾可馨对赵禾点头："嗯，伯母明天去吗？"

"我就不去了。"外界本就传言这次首映是靠景家才去的国台礼堂，她若是再去，岂不是给那些黑粉找理由攻击这两个孩子？她和景述是无所谓，但顾可馨这边事业刚出头，景园又才回来，所以他们一合计，就决定不去了。

顾可馨点头，赵禾笑："不过你放心，我已经和萧情联系过了，明天她会照顾你们的，别太紧张。"

景园下意识看向顾可馨，见她侧颜平静，目光凉如水，一双眼定定地看着赵禾，笑："好啊。"

她还没收回视线，顾可馨倏然攥住她的手，好似寻找力量，景园没松开，反手握住顾可馨。

赵禾起身拿起水果，看向景园说："我去给你们削点水果。"

景园跟过去："妈，我来帮你。"

赵禾点头，和景园一道进了厨房，沙发上顾可馨和景述干坐着，电视机里放着春晚，景述说："你伯母说，你过两天在电视上有节目？"

顾可馨坐正，落落大方地开口："嗯，伯父平时喜欢看电视吗？"

"没什么时间看。"景述说完扫了顾可馨一眼，说，"十五那天倒是有空，回头我看看。"

他的语气别别扭扭的，顾可馨低头掩饰笑意，主动开口："伯父平时工作那么忙，没时间看也是自然，若是有机会看到，我肯定十分高兴。"

嗯——还算会说话，景述被举得高高的。工作这么多年，各种马屁他都听腻了，但顾可馨毕竟不同，这感觉就是不一样。

"那就看看吧。"景述清清嗓子，转头她看，"你好像比上次来瘦了点，平时不吃饱吗？"

顾可馨说："新剧本需要，太胖不好上镜。"

景述不太懂圈子里的事情，只是交代一句："也不用太瘦。"

顾可馨点头："伯父说的是。"

景园抬眼就看到顾可馨和爸爸在说话，距离远，又开着电视，她听不到两人在说什么。赵禾推她："回魂了。一天天的不着家，回家还心不在焉的。"

赵禾说："顾可馨这孩子真不错，你爸都夸她了。"

景园心底泛起快乐泡泡，愉悦极了，她低头，唇角微微扬起。赵禾"啧"一声："你俩从捆绑到现在也快一年了吧？"

"嗯。"景园觉得时间过得好快，一晃眼都一年多了，赵禾说："那有没有想过下一步计划？"

"下一步？"

"是啊。"赵禾说，"可馨这事业，估摸这两年会好起来，到时候和你来往也不会有那么多风言风语了，你和可馨没想过下一步吗？"

景园还真没想过，顾可馨让自己给她三年时间，自己也惯性思维，想着三年后再说。赵禾看她这副表情，说："其实妈问你这些，就是想问问她和萧家的事。"

"萧柔已经走了。"赵禾低头说，"你阿姨的性格你是知道的，若晓得可馨是萧家的孩子，肯定会加倍疼爱。我和你爸的意思，想让可馨有个靠山，所以……"

"妈，"景园脸色微变，斩钉截铁地说，"她不想回萧家。"

"妈知道。"赵禾安抚道："妈的意思也不是让她回萧家，就是凭咱家和你阿姨的关系，让她和你阿姨相认，这样以后她心里也有个底。"

"她不需要。"景园在这件事上异常坚持，"她不需要这个底。"

"园园——"

"妈，"景园看向赵禾，"可馨这件事，你让她自己处理，不管和阿姨以后是什么关系，都不是我们能插手的。"

赵禾对上景园的目光，点头："行吧行吧，妈知道了。"

景园抿唇，几秒后又强调了一句："妈，你千万不要和阿姨说可馨的事。"

赵禾应下："知道了，走，去吃水果。"

景园走在她身后，看了一眼赵禾的背影，还有正在和顾可馨说话的景述，想到他们以后若是知道这件事……她轻叹一口气，在心里道了一句对不起。

赵禾没将刚刚的插曲放在心上，招呼着顾可馨吃水果，四人坐在沙发上有说有笑，良久，顾可馨看了一眼腕表，该走了。

"走什么走？"赵禾说，"这么晚了还回去啊？"

顾可馨的房子离这里并不远，开车也就几分钟，但她没吭声，而是看向景述。赵禾也看过去，踢了下景述的腿："说句话啊，孩子要走了。"

"几点了？"景述转头看赵禾。

赵禾说："九点多了。"

"那挺迟的了。"景述对顾可馨说，"晚上就在这儿休息吧，园园不是说你们明儿要一起去参加首映礼吗？正好一道。"他说完起身，"我先上楼了。"

"对对对。"赵禾也跟着起身说，"明天一起吧，园园就爱睡懒觉，没个人叫可不行。"

景园被迫有了个罪名，她张张口，看向顾可馨，四目相对，她抿唇："不然，晚上就睡这边吧。"

这还是顾可馨第一次留下来过夜。

顾可馨见状微微点头："这——会不会太打扰了？"

"不会。"赵禾笑着说。

顾可馨被景园带进房间里，这里没有顾可馨的衣服，也没新的洗漱用品，顾可馨用的是景园的沐浴乳和洗发水，她从浴室里披睡袍出来，对景园说："我好了，你去洗澡吧。"

景园这才抱着睡衣去洗澡。

等到身后的门关上，顾可馨拿出手机，瞥见屏幕上方浮动一条新消息，问她明天首映礼过后能不能见一面。顾可馨点开消息，是萧情发来的。

发消息给她却不给莫离施压，看来温酒在萧情心里也不仅仅是利用。

是啊，好歹这么多年的母女情呢。

顾可馨捏着手机，脸色陡然沉下来，她嗤笑一声，收起手机，没回复。

没一会儿景园洗完澡走出来，看到顾可馨站在窗口，端着也不知道从哪里找来的红酒。杯光摇曳，里面红酒撞着杯口，似乎能听到细微声响。

景园走过去，蹙眉："酒是哪里来的？"

"你妈刚拿给我的。"顾可馨解释，景园终于忍不住翻了个白眼，她夺过顾可馨的杯子："给你喝你就喝，不知道明天还有事？"

顾可馨被教训了，点头："知道了。"

景园看了她好几眼，见顾可馨没反抗才皱眉，这么乖？都不像顾可馨了。她一双眼透着狐疑，顾可馨说："不喝我们就早点休息吧。"她环顾四周，"这还是我第一次在你家过夜。"

景园密封红酒时倏然想到赵禾的话，她开口："可馨，今天我妈问我你和萧家的事情了。"

顾可馨坐在床边："你想告诉她，我和萧情的关系？"

"我不知道。"景园说，"我妈最讨厌别人欺骗她，而且还是这么大的事情，如果……"

如果有天被赵禾和景述知道，她其实不是萧柔的女儿，而是萧情的，她妈妈能接受吗？

景园抿唇，侧脸绷着。顾可馨起身走到她身边，轻声说："景园，对不起，这件事确实不该瞒着伯父和伯母，但是我有我的理由。你再给我一点时间。"顾可馨笃定地说："我会把这一切原原本本地告诉伯母，到时候是打是骂，我都能接受。但是你能不能答应我一件事？"

景园转过头，眼角微红："我答应你。"

都不需要说出什么事情，她们之间的默契俨然到一个眼神就彼此会意的地步。顾可馨敛起紧张的神色，眉目温和。

两人躺在床上，良久，景园说："顾可馨，你还记得我们拍的第一部MV吗？"

明明是一年多以前的事情，现在却恍如隔世，顾可馨道："记得。"

"我记得里面有一段就是这样。"景园说："我现在好像能体会到角色的另一种感觉了。"

这是再多练习都换不来的顿悟，就好像一个心境的转变，景园想，如果现在再让她去饰演闻北，她肯定会诠释得更好。

良久没声音，顾可馨侧目，景园已经睡着了。

次日没人叫她们，赵禾和景述一早就走了，景园醒来时顾可馨在卫生间洗漱，她按着头："几点了？"

"八点半。"顾可馨说，"我等会儿直接走，金姐在工作室等我了，你要去公司吗？"

景园打个哈欠："嗯，我等会儿去公司。"

今天下午的首映礼，她们要坐飞机过去。重要的不仅是首映礼，还有机场照，言卿和莫离让她们在机场汇合，到时候让媒体拍几张照片。

顾可馨的礼服和景园是同款，造型略有差别，她的比较简约，景园的则偏复古风。这也是莫离和言卿安排的。

顾可馨说："那我就不吃早餐了，你吃过早饭再去公司吧。"

景园抬头："你不饿？"

顾可馨从包里掏出代餐粉："最近还要再减。"

《抗战》的拍摄时间定下了，等《佳人》结束就开拍。顾可馨的镜头虽然不多，但她不想自己成为败笔，所以尽可能做到最好，包括体重。景园了解她，点点头。

从景家离开后顾可馨直奔金姐的工作室，忙乱了大半天，顾可馨坐在镜子前看着身后所有忙碌的工作人员，轻声呼吸。苏英赶到工作室时，她的妆刚化完，众人在吃午饭，只有顾可馨吃了一小口面条。

她把苏英拉到一侧，小声说："首映礼过后，让温酒去休息室找我。"

苏英问："有事？"

顾可馨没详细说，时间也来不及，她冲苏英点点头，两人目光碰上，苏英说："知道了。"

饭后，一行人马不停蹄地赶到机场，无数媒体和粉丝排成排站着。她到地方后给景园发了消息，没几分钟，景园从另一辆车上下来，两人四目相对，顾可馨笑："走吧。"

机场外围的粉丝和记者忙拿出设备拍摄，就差撑到顾可馨和景园的脸上了。她们现在没安排保镖，机场的保安护送她们一路走绿灯进了候机室。

进去后没多久，娱乐新闻就出来了，照片里赫然是她和景园，礼服同色，佩戴的首饰也是同一家。好些粉丝打车赶过来守在候机室门口，就想一睹景园和顾可馨的风采。

景园算是沾了顾可馨的光，这是回国后第一次上热搜。

上飞机时她还说："有点不真实。"

顾可馨拍拍她的头："想不想休息？"

景园回她："昨晚睡得很好。"她说完看了一眼顾可馨，"你睡得好不好？"

顾可馨转头看着她，那眼神似是在说，我睡得好不好你不是最清楚？奈何身边还有其他人，她只好一本正经地说："还行吧。"

机舱里还有其他艺人，景园和顾可馨也说不得悄悄话，只能维持这种交流方式。

首映礼定在国台礼堂，因此这里早早就布置好了红地毯和播放设备，请了圈内的媒体和影评人。顾可馨上次的《神偷》，四大家跑到电影院看了两遍，这次不等邀请就自发过来了。网友纷纷猜测，这一次顾可馨会是花开不败，还是花无百日红。

顾可馨倒不是很在意，片子出来后她和景园就看过一遍，没挑出什么毛病，而且她的演技比拍《神偷》那会儿更精湛，《佳人》的剧情和神偷其实也有异曲同工之妙，尤其是结尾的留白，她坚信这部电影的好评会比《神偷》更多。

景园笑她过于自信，但也想不到反驳的理由，她现在对顾可馨是无条件的相信。

两人顺利进入礼堂，里面已经站了不少人，景园转头看了一眼顾可馨，两人和里面的人一一打招呼，走到最前排时一个熟悉的身影站起来，她看向顾可馨和景园，笑着张开手："园园，可馨。"

景园瞥了一眼顾可馨，走到萧情面前，任萧情抱了抱自己，轮到顾可馨时，景园刚想开口，顾可馨已经往前一步，抱上萧情了。

顾可馨和萧情一碰即分，萧情穿着深紫色礼服，身形姣好。同龄人中，她保养算是最好的了，不愧是网友口中的不败美人。

景园说："阿姨今天也有空过来了。"

"刚好在附近办点事。"萧情解释，"顺路过来看看，这可是你们合作的第一部电影，阿姨不过来太说不过去了。"

景园扬唇："谢谢阿姨。"

萧情摆摆手，身侧立刻有其他人过来和她打招呼，没一会儿她身边就围满了人，众星捧月一般簇拥她，好似她才是今天的主角。

景园转头看着顾可馨，瞥见她僵直的身体和紧攥的手，她喊："可馨。"

"我们也去坐吧。"顾可馨说，"我们去里面。"

景园和顾可馨绕过众人到了第一排最里面，还没坐下就听到一道俏皮的声音。温酒戴着帽子用围巾裹着脸，一副不能见人的样子，她走到顾可馨身边打招呼："顾姐姐，景姐姐。"

景园怔住："小酒？"

"是我。"温酒拉下一点围巾，对景园憨憨地笑，"我让莫姐给我的票，我能坐你们后面吗？"

顾可馨眸光一转，神色平静地说："可以啊。"

温酒喜笑颜开，电影还没开始，她就拉景园小声说话。顾可馨转头："你来，阿姨知道吗？"

"没告诉她。"温酒说，"她肯定又要说我，烦死了，过年都不让我出来，我本来还想去给你们拜年呢。"

看来是真的被困住了，语气满是不耐烦。

顾可馨点点头，没再说话，几分钟后，首映礼开始了，现场鸦雀无声，漆黑的大屏幕里传来一阵下雨的声音。众人耳膜鼓动，还没适应，眼前一点点亮起，屏幕上大雨滂沱，一个模糊的黑影从酒店房间走出来，进入雨中。画面又是一转，无数人站在房间里，地上躺着两个男人，床上还有一具尸体，血流了一地。警官进进出出，紧张的气氛从一开始就拉满了，警戒线下方慢慢印出两个黑色字——《佳人》。

整部电影时长为两小时，和其他人不同，顾可馨的关注点在于看电影的人的反应，这里除了导演、副导和剧组几个人，只有她和景园看过原片，她趁着每次屏幕亮起时用余光瞄着其他人的神色变化，从而判断别人对这部电影的观感。

一直到结束，感觉都还不错，只有零星几个人偶有走神，比《神偷》好一点，顾可馨松了一口气，知道这部电影的口碑是没问题了。

首映礼刚结束，顾可馨手机响了一声，她瞥了一眼，果然是萧情发来的消息。

也就只有温酒的事情，能让她这么着急。

顾可馨情绪复杂，她攥着手机对景园说："我去趟休息室，你和导演他们聊聊。"

景园"嗯"了一声，顾可馨余光扫到身后的温酒，起身往休息室走。温酒只是低头拿个盒子的工夫就看到顾可馨走了，她问景园："景姐姐，顾姐姐干什么去？"

"去休息室。"景园说，"可能累了，想去休息一会儿。"

"那挺好。"温酒举起手上的盒子，"我把衣服送给她。"

景园蹙眉："什么衣服？"

"上次被我弄脏的睡衣。"温酒表情严肃地说，"我洗得干干净净，保证和新的一样！"

景园没想到顾可馨只是随口一说，温酒这么当一回事，她无奈地道："那你去送给她吧。"

"好。"温酒兴冲冲地下了台子，想快步走到顾可馨身边，没想到会见到她妈妈的助理，随后助理伸手开门，顾可馨进了房间。

她妈妈的助理为什么让顾可馨进去？

温酒灵光一闪，她立刻冲过去，助理看到是她，面色微变："温小姐。"

"我妈是不是在里面？"温酒问完，发现门没有关严，还有一丝缝隙。透过缝隙，她看到顾可馨和她妈妈面对面站着，她妈妈说："可馨啊，小酒签了你们公司，这事儿你知道吗？"

顾可馨用余光瞄着门口的方向，见到人影之后才说："我知道，是我引荐给莫姐的，我觉得温小姐很有演戏的潜力。"

萧情难得气结，她深吸一口气："可馨，阿姨今天就是为这事来找你的。我知道小酒崇拜你，一直当你是偶像，所以这次才会去你的公司。但是她太小了，还没有分辨是非的能力，不适合单独在圈子里闯。"

顾可馨看向她，目光灼灼。温酒年纪太小了，不适合单独闯，可她拜萧情所赐，还没成年就踏进了这个圈子。

她调整呼吸，尽量平静地说："所以阿姨是想让我帮忙劝温小姐离开吗？"

"你是她喜欢的偶像。"萧情缓了一口气，"你说句话，比我这个当妈的都管用，所以我想——"

"不可以！"身后，门被温酒一把推开，萧情脸色微变："小酒？你怎么来了？"

"我不来怎么会知道你居然找顾姐姐说情？"温酒表情很受伤，"你昨晚上明明答应我，同意我不去不凡的，你怎么说话不算话？！"

萧情的脸面何时被人这么戳破过，尤其还是在顾可馨这个晚辈面前。她沉下脸，轻呵："小酒，妈妈在谈话，等会儿再和你说。"

"为什么要等会儿？！"温酒问，"你就是想让顾姐姐劝我，你怎么这样？！"

"小酒！"萧情有些动气，"出去。"

"我不……"

萧情表情严厉："出去！"

温酒这段时间已经见过好几次她生气的样子，她们吵了十几天，终于在昨晚，萧情妥协，让她自由发展。她真的没想到萧情居然会搬出顾可馨。

她抬头看着萧情，不甘示弱地说："妈，你太让我失望了！"

一句话如软刀子，插在萧情的胸口，她脸色微白，语气更重："温酒，我不是在和你商量！"

"我也不是在和你商量！"温酒昂着头，如倔强的小牛，"我告诉你，我不会去不凡，我这辈子都不会去不凡，我……"

"啪！"萧情忍无可忍，直接一巴掌打下来，让她和温酒都意外的是，顾可馨挡在了温酒前面，这一巴掌，打在了顾可馨的脸上。

"可馨。"

"顾姐姐！"

两道声音同时响起，温酒心疼得要死，比打在自己脸上还要疼一万倍，她双眼瞬间通红，看着萧情，眼底满是失望。

又打她！刚刚要不是顾可馨挡在她前面，萧情又要打她了！所以萧情昨晚说的话，都是骗人的！温酒越想越气，拽着顾可馨的手就往外走。

萧情下意识地拉住温酒，歉疚道："小酒。"

"别碰我！"温酒转头，恶狠狠地说，"我讨厌你！"

CHAPTER

27

好事

If the golden sun,

Should cease to shine its light,

Just one smile from you,

Would make my whole world bright.

——*Stray birds*

顾可馨被温酒拉出来，萧情的助理站在她们跟前堵住路，温酒想也不想，直接撞开她，从她身边拉着顾可馨离开了。萧情在两人身后放下手，掌心火辣辣地疼。

萧情没想到顾可馨会站在温酒面前，看来她对温酒也算是真心实意，应该是件好事，但萧情却高兴不起来。

在她的计划里，不是顾可馨就是温酒，两人必须要有一个进入不凡。

对顾可馨，她用了很多种方法，名利、地位，甚至是身份，顾可馨一概不接招。她看得出来，顾可馨是有野心的人，只是她没想到，顾可馨想要的是钱。

难怪自己先前用名利相诱都不成功，她们想要的东西一样，到时候肯定要产生分歧。所以她才会把算盘打到小酒身上。小酒单纯，签在不凡，一来她可以全方面保护小酒，不让小酒受到丁点伤害，再者小酒不需要钱，她可以极尽所能地提高小酒的价值。等方案通过后，她再找个恰当的时机宣布和小酒的关系。到时候纵使有其他意见，她也能完全压下去。

可是现在，温酒的心不在她这里，萧情坐在沙发上长叹一声。助理走进去低头问："萧老师，需要把温小姐带回家吗？"

萧情点头："等回去找个机会，把她带回来。"

助理"嗯"了一声,萧情又道:"另外再约顾可馨见一面,就说今儿的事情是我不对,想和她道个歉。"

"明白了。"助理说,"您现在要回去吗?"

萧情拎着包起身,离开前看了一眼隔壁的休息室,助理小声道:"温小姐和顾小姐在里面。"

萧情摆摆手,扭头离开。

隔壁房间内尚能听到门外高跟鞋的踢踏声,温酒一双眼涨红,眼底满是水花。她看着顾可馨,非常内疚:"对不起顾姐姐,都是我不好,如果不是我,我妈就不会找你了。昨天晚上她答应我不会再逼我进不凡的,她都是骗我的。"

萧情的出尔反尔,对顾可馨的歉意,压得温酒有些喘不上气。

顾可馨侧目:"没关系,不用太难受。温小姐,其实阿姨说得对,或许你待在不凡会更好。"

温酒仰头,小兔子一般的眼神湿漉漉的,她忍着哭腔说:"我不要回去。"

"你刚成年,对这个圈子还有很多不明白的地方,待在阿姨身边,让她教你,或许比现在好。"

"她才不会教我!"温酒忍不住说,"从小到大,她都没有教过我,在外面,我也不能承认和她的关系,所以我才不想进不凡。"

面对萧情,真正的想法她只说了一半。

她不想去不凡,不仅仅是因为这么多年她一直都在忍受着萧情的划清关系,还有一半原因是,她受不了她妈妈就在身边,却要彼此装作陌生人。

顾可馨垂眼,低声道:"抱歉,当初阿姨让我就近照顾你,我觉得同门是最好的照顾,所以才让莫姐找你签约的。"

"顾姐姐,你不需要道歉。"温酒抹了把眼泪,"这又不是你的错,就算你不介绍莫姐,我回国也肯定会去其他的公司。是你给了我新的机会，该说对不起的人是我。"

温酒抽噎着："你的脸疼不疼？我上次被打疼了两天，我现在去给你买药！"

她说风就是雨，站起身就往外走，顾可馨压根儿拦不住，温酒风风火火地离开了休息室。

几分钟后，门吱嘎一声打开，苏英探头："在这干吗呢？莫姐找你拍……你脸怎么了？！"

顾可馨摸了摸侧脸，不是很疼，但像被火烤过般，很烫，她说："被打的。"

苏英立马推开门进来："谁啊？！"

"萧情。"顾可馨漫不经心地说，"把遮瑕液拿出来。"

苏英一听是萧情火气就上来了："怎么还被她打了？该不会……"

"瞎想什么？"顾可馨三言两语把刚刚的事说了一遍，用遮瑕液遮住了微红的痕迹。苏英听完才反应过来，咬着牙恶狠狠地说："恶毒！"

"这女人怎么这么恶毒？"她拧眉，"害了你不够，现在还对她另一个亲生女儿下手。要我说，温酒也是可怜。"

她说完，顾可馨不轻不淡地扫了她一眼，苏英张了张唇，改口说："不过也没办法，谁让她妈是萧情呢。"

顾可馨没回话，简单收拾好后随她出去拍照。温酒回来时休息室里空荡荡的，她跑到礼堂前面，看到顾可馨正在接受采访，脸上应该是用化妆品遮住，没了刚刚那些印痕，但萧情打在顾可馨脸上的那一巴掌好似打到了她心里，一想就疼。

温酒狠狠拍了拍胸口，想着有机会，一定要报答顾可馨！

她的想法很美好，可惜直到结束都没再有和顾可馨碰面的机会，因为轮不到她。傍晚时候，顾可馨和景园随剧组成员一起回来，之后又是晚宴。饭局上，副导说网上对《佳人》首映礼一致好评，都在夸呢。没了萧情，顾可馨和景园作为中心人物，自然免不了被敬酒。

一顿饭下来，景园晕乎乎的，首映礼后她的心思就一直在影评上。到底是第一部电影，又是回国后的第一次大行程，她还是紧张的。趁着上厕所的时间，她刷起了论坛，看到都是好评后才放下心。这一放松，就被灌醉了。

顾可馨半拖着她坐进车里，言卿说："怎么喝得这么醉？"

"高兴吧。"顾可馨说，"电影的反响还不错。"

"那是挺值得高兴的。"言卿笑，"这半年谢谢顾小姐一直帮衬，莫姐呢？"

"莫姐说是有事先回去了。"顾可馨的眼底滑过暗色，转头对苏英说，"先送言小姐回去吧。"

"还是先送景园回家吧。"

顾可馨道："我和景园一路，先送您回去吧。"

言卿这才说："那也好，辛苦你了。"她说完打探道，"莫姐是去处理那个新人的事情吗？刚刚吃饭时她提了一嘴。"

顾可馨失笑："是吧，新人的事情，我也不太清楚。"

言卿"嗯"了一声。刚刚在饭桌上，莫离说最近签了个很有潜力的新人，但这新人不太懂圈子里的规矩，总是惹事，前不久惹到了黎总，到现在还没摆平呢。

黎总这人大家都懂，出了名的好色之徒，但有两个闲钱，也善于投资，所以在圈子里还算有点名气。这新人若是刚出道就得罪了他，那就很难办了。

不过莫离和她不同，如今莫离因为顾可馨的关系，在圈子里名声大噪，有人肯卖面子给她也不一定。

言卿没多问，到了家门口就和顾可馨挥手道别。

开车把两人都送回去后，苏英才倚着门框说："温酒这事儿，莫姐能摆平吗？"

若是以前的莫离，那肯定没办法和资本叫嚣，但现在她手上有顾可馨，也算有底气，没有胡长行，说不定还会有其他的导演。

顾可馨想了几秒，说："你去联系下邵导。"

苏英微诧："哪个邵导？"

"邵清清。"顾可馨说，"你关注下她的新戏。"

苏英的眉头立刻皱起来："她啊……"语气里满是鄙夷，苏英说，"她有新戏？"

"我在莫姐那里看到一点她的情况，一个月后新戏开始选角。"

苏英说："你想把温酒推过去？这还有一个月呢。"

顾可馨看向苏英："差不多。这个月，温酒是出不来的。"

苏英微诧，没问原因。很快，她得到消息，温酒被关在家里了。

莫离抱怨："多大人了，签约解约还需要家长同意！"但她只是自己发发牢骚，没对顾可馨说什么。

苏英在顾可馨上节目后一直在听她抱怨："你说这孩子，就是解约也要本人来吧，发一份律师函是什么意思？不知道的还以为我们扣押她呢！"

是扣押，不过不是莫离，而是萧情。

苏英有话说不出，只得暗自祈祷温酒赶快解决签约的事情，不然她耳朵要长茧了！

好在这样的时候并不多，莫离还要带周时到处跑。苏英乐得轻松，在顾可馨歇息时问她："温酒还能出来吗？"

顾可馨笑着看她："只要还有利用价值，萧情就不会一直困着她。"

"还是你这招狠。"苏英说，"只怕温酒现在恨死萧情了。"

温酒确实恨萧情，恨到绝食抗议。她"听话"地待在房间里，不吃不喝，就躺着。萧情对别人有一套，但对温酒，还真有点头疼。

温酒和景园一样，从小就听话，不需要她烦心，约定好不公开她们的关系，这么多年，就真没人知道温酒是她女儿。

可能就是因为太放心，所以没注意到温酒竟一点点长出了逆鳞，等发现时为时已晚，强制行为只会让温酒遍体鳞伤。

到底是她女儿，萧情关了温酒一个月后，还是忍不住去找她谈话。

温酒不理她，翻了个身背对萧情。她这个月几乎没有好好吃饭，饿得皮包骨头，双颊颧骨凸出，一双眼更显得大而明亮。

萧情坐在她床边小声喊："小酒……好，我答应你，你可以去可馨的公司。"

温酒还是不听，用枕头捂着耳朵。一个月前，萧情就说过这样的话，结果转头就打了顾可馨，现在又想骗她！

萧情拉开她的手，温酒挣脱不开，想坐起身，却力不从心，她太饿了。

"逞强。"萧情冲外面喊了一声，让人送粥进来，她对温酒说，"妈可以答应你，让你进可馨的公司，这次妈是认真的。"

温酒瞪着圆溜溜的大眼看着她，一副不相信的样子。

萧情没辙了："但是妈也有条件。"

温酒嗓音沙哑，问道："什么条件？"

萧情说："明年，我要在小花的名单上看到你的名字。"

温酒诧异，小花又不是豆腐，人人都能买到，就给她一年的时间让她跻身进小花？可别是个笑话！但她好像也没有其他的办法，不管了，先拖着再说。

温酒点头："可以。"

萧情定定地看着她："妈是认真的。"

"我也是认真的！"温酒有气无力，"我会尽我全力的。"

萧情说："好，那我倒要看看，你尽全力是什么样的。"

两人达成协议后，温酒看着萧情："你都不道歉的吗？"

萧情想到之前的事情，低声道："对不起，之前是妈不好，妈向你道歉。"

"还要向顾姐姐道歉！"温酒说，"那天你打的是顾姐姐！"

"好。"萧情安抚她，"我会找时间给可馨道歉的。"

温酒耸肩："我饿了。"

用人及时送来饭菜，温酒吃饱喝足休息好后，招呼都不打一声就溜了，显然还在记恨萧情。她第一时间给顾可馨打了电话，声音里满是雀跃："顾姐姐，我逃出来了！"

逃出来？顾可馨深思两秒，她说："这段时间你在哪儿？大家都很担心你。"

温酒咬唇："你也担心我吗？"能让女神为她担心，再关一个月都值了！

顾可馨轻笑："当然。"

温酒高兴得差点跳起来，她说："景姐姐在做什么？我给她打电话，没人接。"

"她有个活动，刚上飞机，你自然联系不到。"

"好吧。"温酒一个月没出来，好像和世界脱节了，她先是给景园打电话，然后又给顾可馨打电话，最后打给了莫离，一副认错的态度。

莫离最近心情还不错，倒也没为难她，只是让她去公司详谈。

温酒去之前给顾可馨发了消息。

顾可馨低头看了一眼，没回复。苏英说："谁啊，手机一直响。"

反正不是景园，景园刚上飞机。

顾可馨目光微凉，漫不经心地说："一件好事。"

"什么好事？都不给我分享。"苏英说完，顾可馨的手机又响了，她看到顾可馨接了电话，然后突然表情有些怔愣，是非常少见的神色。她嘀咕："又怎么了？"

顾可馨眨眨眼，似乎还没反应过来，她看向苏英，罕见地有些茫然："另一件好事。"

苏英皱着眉看着顾可馨，还没问呢，手机就传来推送消息。她点开一看，随后露出了和顾可馨一样茫然的表情，她点进又退出，反复确认了好几遍，眼睛都揉瞎了，最后看向顾可馨，忍不住吼了一句："我的天！！"

景园下了飞机，刚见到活动方就被对方一阵恭喜，景园蒙了，随后她接到了言卿的电话，整个人愣在了原地。她不敢相信地打开手机，一条刚发出的爆红热搜挂在上面。

《佳人》荣获柏林国际电影节开幕影片

微博下方是粉丝和网友的狂欢，这么多年，在国际上拿奖或者提名的电影每年都会有一两部，但柏林电影节开幕影片这一殊荣，H国已经缺席了十几年，光是这份久违的激动和荣誉就足以燃烧所有电影人的热血。微博顷刻被沦陷，论坛上也充斥着这部影片的名字。

提名还没有具体出来，只是一个开幕影片提前放出，所以网友纷纷猜测这次到底会有什么提名。

音乐奖应该不是，这个奖项怎么能成开幕影片呢？

怎么就不能了？我们宋明老师也是连续两年都拿了奖的人，怎么就不能了？

我觉得宋老师的音乐确实很棒啊，看看开幕那场雨，踩点踩得太让人激动了！

要我说是最佳影片吧，今年也就《佳人》和《神偷》能看，《神偷》咋没有入选？

《神偷》输就输在制作班底和后期，如果再完美一点，这部电影直接封神！

最佳影片加一，这部电影出来后，网上关于两性的争议不是变得很大吗？国家也正在关注女性怎么更好地保护自己和维权这一块儿呢。

要我说，应该是最佳女主，顾可馨演得太有感染力了，我几乎整场泪点都给了她。

不是景园更具有泪点？

网上吵起来已经是两个小时后的事情了。景园从台上下来时，言卿也到了，她一脸喜滋滋："这杨导太不够意思了，参赛也不通知我们，刚刚入选了才临时通知，真是……"

景园也是难得高兴，她换好衣服立刻给顾可馨打了电话，问她知不知道这件事，顾可馨失笑："你说呢？"

"知道吧。"景园后知后觉，她都已经知道两个小时了，网上吵得热火朝天，顾可馨能不知道吗？她也不知道犯什么蠢，非要问这个问题。

顾可馨倒是没说什么，问她："活动结束了？"

"刚结束。"景园说着，温酒的电话来了，她只好和顾可馨说了一声，然后接了温酒的电话。

"姐，你在哪儿呢，我解放了！"温酒的声音听起来很雀跃，宛如刚出笼的鸟儿，叽叽喳喳，嗓音清脆。

一个多月没听到这俏皮的声音，景园还有点不习惯。

景园说："还在外地，晚上才能回去。"

"那晚上一起吃个饭吧？"温酒高兴地说，"我请客！"

景园低头看看腕表："我还不知道几点落地。"

"那就等你呗。"温酒说，"我还请了顾姐姐，咱们一起吃火锅吧！"

景园拧眉："她同意了？"

"还没问。"温酒咬唇，"这不是等你答复嘛！你要是同意了，我就有底气和她说了。"

景园想了会儿："那你先问她吧，她要是同意，我就没意见。"

温酒哼哼两声，这人怎么和顾可馨说一样的话，既然这样，那就别怪她先斩后奏了！温酒捧着手机上了车，回到住所后先给景园发了条消息，又给顾可馨发了一条。能掰扯就掰扯，没理由就找理由，反正今晚就是要约在一起吃饭。

顾可馨卸妆后扒拉着手机，一圈子的祝福，多得看不过来，温酒的头像挤在这群人中间还真不显眼，不注意就被滑过去了。

她点开，看到温酒的消息。

景姐姐活动结束就过来！顾姐姐快来，××街×××号火锅店二楼包厢。

景园会过去？顾可馨显然不相信，不过她也需要和温酒见一面，吃个饭挺好的，顺理成章。

顾可馨上车后接到了莫离的电话，也是约她晚饭，顾可馨推说有饭局婉拒了，莫离约不到人只好敞开了说："这段时间你除了拍戏，不要在其他地方活动，知道吗？"

"我知道。"狗仔都跟着呢，听苏英说她家楼下一下午换了好几批记者。

莫离放下心："知道就好，我再给你透个底，这次提名，八成是有你的。"

"不是最佳影片吗？"再不济也是宋老师的音乐指导，怎么就有她了？

顾可馨不是对自己没信心的人，只是这块馅饼又大又重，能把她砸蒙了。

莫离笑："怎么？有最佳影片就不能有你了？这也是杨导告诉我

的，八成有戏，你别对外声张。"莫离说完又道，"对了，萧老师不是和评审团很熟吗？你没探探她的口风？"

顾可馨抿唇，几秒后说："没有，她上个月没来剧组，今天刚回国。"

之前有另一个颁奖典礼邀请萧情参加，今天刚回来。她还没见到萧情的人，见不到也好，不影响拍摄心情。

莫离没在意："行吧，那就这样，你没事别出门。"

顾可馨挂了电话，对苏英说了火锅店地址，苏英皱眉："莫姐不是让你别乱跑吗？"

"那也总要吃饭吧。"顾可馨说。苏英没辙，转头道："刚刚莫姐是不是给你交了底？这次《佳人》你是不是要获奖了？"

"哪有那么容易？"顾可馨回她，不过这次能提名，确实出乎她的意料。总而言之，是好事。

"没有也快了。"苏英非常乐观，她说，"我就知道你一定行。"

"莫姐和你说了没有？其他两部电视剧，一部定暑假档，一部定寒假档。"

可以说，今年又是一个丰收年，顾可馨靠着以前拍的几部电视剧电影名声大噪，《佳人》如果能拿奖，那就是如虎添翼，不得了啊！

顾可馨反手敲敲苏英的后脑勺："想得还挺美。"

"事实嘛。"苏英说，"到了。"

顾可馨抬眼看去，地方不大，闹中取静，光从外面的招牌看不出里面是个火锅店。她伪装好后走进去，里面静悄悄的，一个人都没有，倒是看到了好几个服务员。领头的那个问顾可馨："是楼上包厢吗？"

"对。"顾可馨说，"温小姐定的。"

服务员领着她进了包厢，温酒挥挥手，对顾可馨笑："顾姐姐！可以摘下来啦，这里没旁人，晚上我都包下了！"

还挺大手笔，顾可馨摘掉墨镜和帽子，看向温酒："和莫姐聊过了？"

温酒肯定地点头："聊过了。"

她一张脸本就不大，现在都瘦脱相了，眼睛倒是和从前一样明亮有神。她将目光放在顾可馨身上，说："顾姐姐，上次的事情，我也没能好好和你道歉，对不起。"

顾可馨摇头："不碍事，不过阿姨肯让你出来了？"

"我们说好了。"温酒一副初生牛犊不怕虎的架势，"其他的到时候再说吧！"

顾可馨点点头。温酒及时给她斟茶，两人正谈笑着，包厢门口传来声响，顾可馨看过去，景园就站在那里，一袭淡白色长裙，外套搭在肩膀上，走路时腰肢不盈一握。

景园踩着细高跟走进去，侧脸淡淡然，整个包厢都透着一股清冷的香味。

"景姐姐！"温酒激动死了，上去就是一个拥抱，景园被她撞了个满怀，她下意识地看向顾可馨，见她漫不经心地喝茶，只是目光凉凉的。

景园松开温酒，问："怎么瘦了这么多？"

"减肥嘛。"温酒转了一圈，"是不是很成功？"

景园是知道她和萧情的事，没多说，怕顾可馨不爱听，只拉着温酒坐下一起吃饭。

"这个是我在网上找了一下午才找到的店铺，评价很高！据说味道超级棒！"温酒说完按下桌铃。

没一会儿店员送了菜单进来，顾可馨和景园都不是挑食的人，随意点了几样，温酒倒是点了不少，光羊肉卷就点了七八份。

"不要暴饮暴食。"

温酒干笑："知道了，这不是高兴嘛，高兴就要多吃点。对了姐，你们《佳人》那个消息我看到了，真厉害！"

景园转头看向顾可馨，两人笑笑。

温酒喋喋不休道："也不知道以后我能不能有电影上开幕影片。"

"会的。"景园说，"你还小，机会还有很多的。"

温酒傻笑："是吧，我也希望是这样！"

服务员上菜的时候送了几瓶牛奶过来，温酒打开，对着顾可馨和景园举起，说："为我逃出牢笼干杯！为顾姐姐和景姐姐的开幕影片干杯！"

景园和顾可馨对视两秒，也端起牛奶，三人碰了碰。

这是温酒第一次吃火锅，J国没有这个菜，她以前也没吃过，所以觉得新奇得很，羊肉卷下了锅都是数着数字捞出的，一顿操作着实可爱。

包厢里热气腾腾，顾可馨和景园也好久没这样坐下来吃顿像样的饭了。

吃到一半，景园问："莫姐有没有和你说宣传的事情？"

顾可馨偏头："什么宣传？"

"杨导那边刚联系的宣传。"《佳人》的宣传早就结束了，这段时间她和顾可馨只是偶尔上节目接受采访，还以为《佳人》这边已经落幕，谁知道峰回路转，直接冲到了电影节，杨导立马着手开始了新一轮宣传。

"还不清楚。"顾可馨说，"莫姐没提。"

景园点点头："应该还在商量吧。"

她说完，温酒道："你们又在说悄悄话了！有什么是我温小酒不能听的吗？"

温酒声音俏皮清脆，有着刚成年的灵动和活泼，朝气十足，在她身上能看到青春的影子。顾可馨转头看着她，问："你想听什么？"

"听什么？"几秒后，温酒一拍手，"我想听你和景姐姐的故事！景姐姐从来都不和我说，顾姐姐，你告诉我吧。"

欢声笑语，饭菜香甜，气氛太融洽。包厢里灯光暖黄，玻璃上映出顾可馨的侧颜，平静温和，她问："你觉得，这是个怎样的故事？"

温酒目光在她和景园身上来回转，最后咬定："肯定是景姐姐先接近你的！"

顾可馨瞥了一眼景园："为什么？"

温酒说："因为景姐姐就是图……"

"温酒！"景园轻呵，顾可馨听懂了她没说完的后半句，倏然一笑，眉目间都是悦色。

温酒立马说："别动别动！顾姐姐你别动！"

顾可馨侧目，眼波一转："怎么了？"

温酒立马拿出手机："我看下时间。"

景园看了一眼顾可馨，又看向温酒："看时间干什么？"

温酒说："纪念一下。"她仰头，笑得心无城府，"这是我第一次看到顾姐姐对我笑！"

一句无心的话，让顾可馨的心脏咚一声巨响，耳膜震动。她看着对面镜子里的自己，笑容顿住，慢慢敛起。

火锅吃得还算尽兴。温酒走得早，是被莫离叫走的，景园坐在椅子上看着顾可馨，什么都没说，就陪她一直静静地坐着。

顾可馨端起牛奶，景园问："还喝？"

"浪费。"顾可馨低头说。景园攥住她的手腕："可是你又不喜欢喝。"

顾可馨顿了顿，目光深幽。她并不喜欢喝牛奶，但是景园给她的，她喝了，今晚温酒点的，她也喝了。景园见她一阵沉默，往她身边靠近一些，轻唤："可馨，你想让小酒做什么？"

顾可馨转过头看着景园，眸子定定的，透着凉意，良久她才说："做她该做的事情。"

景园憋着一口气："你也看到了，小酒很天真，她对你是单纯的喜欢，她对你以前的事情也一无所知，她和阿姨不一样。"

经过大半年的相处，景园打从心底把温酒当成妹妹看，不想看到她牵扯进去。

顾可馨拧眉："你想说什么？"

"我——"景园顿住，说好不干涉顾可馨的事情，她好像没控制住情绪。

回去的路上，她们坐在后车座，苏英说："景园，你知道开幕影片的事情吧？"

景园失笑："知道。"

"厉害啊！"苏英说，"网上现在热热闹闹的，你和可馨都厉害。"

顾可馨拨弄着发梢，听两人一来一往的对话，她突然想到刚刚在包厢景园问的那句话——"你想对小酒做什么？"

做什么？温酒对萧情来说，就是可以创造价值的棋子，而她，要让温酒失去价值。

她要毁掉温酒。

顾可馨转头看着窗外，红灯笼高挂，到处张灯结彩，新年的气息还没完全褪去，初春的气息已日渐浓郁。她看了几眼，收回视线，听到景园问："你在《抗战》中的戏份是不是要结束了？"

"还有半个月吧。"顾可馨说，"拍完我们刚好去拍校园剧。"

景园微诧："那《神偷2》呢？"

顾可馨摇头："二番定不了，拖着呢。"

《神偷》大火，第二部接着续上，之前是投资方出钱，剧组找人，都没把这个剧当成可以大热的电影，所以没上心，谁知道一路开绿灯，直冲全球电影票房排行榜了。所以第二部从选角到剧情，都是慎之又慎，目前除了顾可馨这个主角外，其他的都没定下呢。

毕竟谁都想踏上这个顺风车，就算没法复制顾可馨这样的成绩，达到个七八成也够爽的了，所以现在很多人都想投资，也都想趁机塞人。

堵着呢，不到下半年拍不了。

景园点点头，顾可馨问："你要不要去客串？"

"我？"景园说，"我就不去了。"

她和顾可馨现在完全不需要靠客串来吸引粉丝了，光是两人的节目同框、采访、宣传就够粉丝们高兴的了。捆绑至今，她们的超话就没下过广场前三，所以景园想好好拍戏。

顾可馨点点头："也好，等我们的剧开拍，也不愁热度。"

而且《佳人》即将把两人带上一个新高度，她也不用费尽心思想怎么拉景园了。

景园垂眼，手机响了两声，她低头去看，顾可馨问："谁啊？"

"我妈。"景园侧目，"她说我爸过两天出差回来，问我们要不要回家住。"

顾可馨低声道："想回去吗？"

景园说："你回去我就回去。"

顾可馨低头笑了，说："那有空就回去。"

景园点点头："好。"

顾可馨没能按时回去，《抗战》有个镜头一直过不了，到了晚上八点多都没收工，剧组所有人都在加班，她也没法去景家，只能给景园打个电话转告情况。

景园没说什么，她也忙，能理解顾可馨，倒是赵禾说："可馨这孩子好久没来了吧？"

"哪有好久。"景园反驳，"过年不是才来过？"

"孩子忙不是应该的？"景述一本正经，"年轻不忙什么时候忙？"

赵禾睨他一眼："你是不想她过来吧，小心眼！"

景述被戳破心思，拉着一张脸："懒得和你说！"

赵禾逗他："哎哟，不和我说和谁说？新招的秘书啊？"

"赵禾！"景述轻呵，"在孩子面前说什么浑话？"

"又不是孩子。"赵禾对景园笑，"咱们园园早就成熟了。"

景述说不过她，只得埋头吃饭。

景述的工作不那么忙之后也能经常回家，和赵禾偶尔也会斗斗嘴。景园小时候觉得她父母的关系一直是相敬如宾的，原来并不是，他们也会像宋老师和师母那样说来说去。

那她和顾可馨呢？

景园不知怎么突然想到她和顾可馨的相处。她们也会斗嘴吗？应该不会吧，顾可馨那张嘴贫得要死，她压根儿说不过。想到这些，景园嘴角扬起，露出浅笑。

赵禾刚想和景园说话，瞧她这副神色，心尖一动，踢了踢景述，示意他看景园，景述看过去，景园满脸的笑。这是他最喜欢在景园脸上看到的神色。

晚饭后，景园给顾可馨打电话，景述居然主动开口问："是打给顾可馨？"

景园点点头，刚想走，景述说："让她有空过来吃饭吧。"说完就走了。

景园捏着手机，问："你听到了吗？"

顾可馨笑："听到了。"

"我爸居然主动让你过来吃饭！"景园的语气很是不相信，做梦一样。其实景述对顾可馨一直都不满意，但没有表现得很明显，这次显然是认可顾可馨了！

顾可馨的笑意加深："说明伯父也知道我对你不错。"

景园扬唇，她问："那你下次什么时候过来？"

"还不确定。"顾可馨说，"最近还要去金姐的工作室。你的礼服定了吗？"

景园说："没呢。"

"我让金姐做一套吧。"顾可馨道，"你抽个时间过来，让金姐给你设计个造型。"

景园微诧："金姐？我还没和言姐说呢。"

"我让莫姐去说。"顾可馨看了一眼腕表，"我要上戏了，结束再说。"

景园只好挂了电话，刚刚说的礼服，是要去参加柏林电影节穿的。虽然到现在还没有提名的消息，但是《佳人》既然作为开幕影片，她和顾可馨免不了要去走红地毯，做一套也不是不可以。

顾可馨做事速度很快，没过几天景园就接到了言卿的电话，让她去金姐的工作室一趟。景园挂了电话拨给顾可馨，顾可馨说："快来吧，我在工作室呢。"

景园挂了电话就赶过去，半路上她听到叶辞夕问："景小姐，名单是三点公布吗？"

电影节提名的名单三点全球公布，景园点头："嗯。"

"还有两分钟，我好紧张！"

景园原本也很紧张，被她这么一说，反而没那么紧张了。

两点五十九分，她打开手机，进入电影节官微，有一下没一下地刷新着。

"出来了出来了！"叶辞夕雀跃不已，景园还没往下看，叶辞夕就转过头看向景园，眨着眼道："景小姐，我看到你了！"

景园心跳快了两拍，她瞳孔微缩，叶辞夕将手机里的图片放大，放在景园面前，声音颤抖着说："看！你和顾小姐都在！"

《佳人》提名最佳影片。

《佳人》提名最佳音乐。

《佳人》提名最佳女主角——顾可馨。

《佳人》提名最佳女主角——景园。

热血顷刻从脚底冲进大脑，景园的身体在一瞬间失去了反应，只剩下快速的心跳，如涨潮，激烈地拍在岩石上，发出巨大的声响！！！

28

影后

If the golden sun,

Should cease to shine its light,

Just one smile from you,

Would make my whole world bright.

——*Stray birds*

圈子里双提名的情况不少，前两年 J 国还有个双提名的最佳男女主，但那也仅仅是男女主，双女主的提名少之又少，如果能成，怕是圈子里又要震动一番。

十几年难得的开幕影片，双女主提名，四个奖项提名。

这份荣誉落在哪个影片上，都是不得了的荣光，随之而来的，还有巨大的争议。

景家这手伸得好长，居然都伸到国外了。

景园要是真的用景家做后台，至于到现在才拿奖？我朋友以前是她剧组的，说她本人特别佛系，压根儿不关注这些。

本人有幸和景园合作过两次，她确实非常佛系，一门心思研究怎么提高演技，她获奖，我觉得是应该的。

《佳人》本来就是好片！难道其他国家获奖就是实至名归，咱们的获奖就是走后台？

《佳人》是好片？别搞笑，和前年 J 国双提名的那部电影有的比？

可这就是评审团选出来的啊，某些人不要太眼红啊，适可而止！

能劝得住的黑粉就不是黑粉了。顾可馨上次拿金风奖只是被黑了一波，这次不一样。网上吵得沸沸扬扬，顾可馨和景园已经到了可以随时上热搜的地步。

这样激烈的争论，倒是把技术指导是萧情的那个消息压下去了，现在顾可馨和景园才是风暴中心。苏英担心地问："这次会不会闹得太大？"

"大？"顾可馨对她说，"还不够大，你再去添把火。"

苏英诧异："还要再添？"

顾可馨只是点点头，没解释。和景园捆绑后，她每次获奖，都会被人说和萧情脱不开关系。上次的金风奖，因为她去了一趟不凡，到现在还被人说有内幕，好像每件事都有萧情的身影。明面上看，是她蹭了萧情的热度，实际上，这也是另一种"捆绑"。

这次温酒回来，让萧情分了心，所以没提前运作，她和景园表面看着是接受了所有黑粉的狂轰滥炸，实际上，她和景园已经开始和萧情撇清关系了。

从这个奖开始，她和景园就要成为独立的存在了。这把火必须烧，而且要越大越好。

苏英素来听从顾可馨的安排，她说去拱火，苏英就听话地去了。网上的争议一日比一日更激烈。

黑粉：获得提名又怎么样？有本事拿奖啊？我倒是要看看，这双影后能不能成功。别说双影后了，但凡她们拿下一个最佳女主，我就直播吃键盘！

网友：话不要说得太满，《佳人》还是很优秀的。

这样的场景几乎每天都能见到。

到了开幕仪式那天，顾可馨和景园穿着礼服走上红毯，漂亮得让人挪不开眼，粉丝和网友也不再理会黑粉的叫嚣，只忙着舔颜。

这次对冲，让景园和顾可馨多了不少忠实粉丝，在红毯刚出来他们就开始控评，正面宣传。到底是出席国外的电影节，网友大多数还是理智而清醒的，红毯结束后，网上呈现出一面倒的趋势。

正式颁奖是在三月底，进去之前，景园对顾可馨说她以前做过一个梦，梦里她和顾可馨站在领奖台上，她们一起得了奖。顾可馨问她："然后呢？"

景园想了想，没把后半段说出来，因为她觉得过于天真和美好了。她压根儿没想过这份天真和美好会延续到现实里。

当颁奖嘉宾叫出她和顾可馨的名字时，景园神色惊诧，她转头看着顾可馨，以为自己幻听了。

"走吧。"顾可馨像是早就知道了，面色平静地推推她，"景园，你的梦实现了。"

景园从怔愣中回神，热血上头，心情比宣布提名那天更加激动澎湃，上台时差点不会走路了，还是顾可馨挽着她一起上去的。

第一次领奖，景园的手颤抖着，反观身边的人，神色自若，云淡风轻，把她衬得更紧张了。顾可馨侧头问："你的梦后半段是什么？"

景园没说，顾可馨也没多问，只是转过头看了她一眼，浅浅一笑。

这一幕被摄像机拍个正着，定格，放大，直接又是一波宣传。

> 谢黑粉送的双影后这个组合名字，我超喜欢，也请那位直播吃键盘！
> 不求直播吃键盘，直播道歉 OK 吧？

除了粉丝外，也有不少圈内人士发来祝福，她们多半是和顾可馨有过合作的，但是不可能祝一个不祝另一个，索性一并带上。

> 有幸在《神偷》和顾小姐合作过，那时候我刚进圈子，什么都不懂，是顾小姐事无巨细地教了我很多，叫一声"顾

老师"不为过。恭喜顾老师和景老师双双获奖。

　　对对对，《风动》里面顾老师也教了我很多演技方面的知识，顾老师真的是很棒的艺人，恭喜顾老师和景老师双双获奖。

　　《神偷》本就是热门，参演艺人也都是流量，一个微博发出去，头开好了，后面集体改了称呼，等到顾可馨和景园回国时，热搜上还挂着"顾老师和景老师——双影后"的标题。

　　景园还云里雾里的，从飞机上下来，她对顾可馨说："你捏我一下。"

　　顾可馨侧目："怎么了？"

　　"我看看是不是做梦。"景园真的有种做梦的错觉，她没想到，自己拿的第一个奖居然是柏林电影节的最佳女主，这太匪夷所思了，就是阿姨当初也是拿了大满贯之后才冲刺的国外电影节。

　　顾可馨摇摇头："现在和以前不一样了。"

　　眼下国内含金量高的奖就那么几个，她可以担保，不出两年，她和景园就可以拿到国内大满贯，别人是先拿奖，再创造价值，她和景园反其道而行，先创造价值，再获奖，也算是另一种肯定。

　　景园问："你是不是早就知道？"

　　看她上台时的表现，顾可馨肯定知道，这人居然瞒着自己。景园没好气地睨了她一眼，顾可馨说："杨导给我透过底。"连莫离都没有告诉。

　　自己没有选择告诉景园，是想给景园一个惊喜。

　　景园握紧手，惊喜？她听到名字的那一刻差点一口气憋过去！

　　顾可馨小声道："好了，别生气了，回去后你想怎么惩罚我都可以。"

　　景园侧目："真的？"

顾可馨笑:"真的。"

景园没多说话,点点头上了叶辞夕的车。回去后顾可馨恨不得打自己一巴掌,说什么不好,非要说那句怎么惩罚都可以。这倒好,景园真给了一个惩罚——不见面。

"你那么贫,见了面我肯定要被你带歪,我还生气呢。不想见你。"

这么幼稚的话完全不像是景园会说出来的。采访时还好好的,话筒一放下,景园就一溜烟跑了,不见人影。

顾可馨表示,很头疼。

她在头疼的过程中结束了《抗战》的拍摄,她戏份本就不多,拍了差不多两个月就结束了,相比较其他剧组,其实进展十分缓慢,但她明白萧情。

萧情也不着急《抗战》上映,她打算拍到年底,然后忙忙后期和宣传,再在恰当的时期放出来。

顾可馨杀青那天,萧情给她办了杀青宴,宴会上众人一口一个"可馨",态度亲昵。顾可馨回国后《佳人》又拿了几个奖,现在风头正盛,众人想拉个关系也无可厚非。

结束后,她给景园打电话,那端声音嘈杂。景园配合《佳人》去外地宣传了,而她因为《抗战》的拍摄没法过去,景园有些睡眠不足,声音恹恹的:"结束了?"

顾可馨按着太阳穴:"结束了。你什么时候回来?"

景园看了一眼还在聊天的言卿,揉着眼尾说:"还有两天,言姐说回来刚好参加开机仪式。"

新戏《时光与你与你们》是个校园剧,讲述了患有抑郁症的女孩转校后,收获爱情和友情的故事,很短,不满二十集,剧本也很精简。听说投资方原本给了剧组两个月的拍摄周期,现在她和景园大火,投资方又改了口,说给她们半年时间,要好好演。

实际上,投资方是看中了她们带来的利益,半年的时间可以加不少赞助商，光是剧本都改了七八回。好在编剧的底线还在，没有添加什么乱七八糟的狗血剧情，否则这偶像剧又长又狗血，还全是广告，谁还乐意看？

顾可馨看过改动后的剧本，就是加了几句赞助商的台词，倒是没有太大问题，如果真的要加时长，那她也不介意换个剧组。

这些事，景园都是听她安排，她回国后虽然没有顾可馨那么忙，但《佳人》出来后也给她带来了不小的热度。这段时间找她代言的广告商有很多，景园宁缺毋滥。她和顾可馨不太一样，顾可馨从出道到现在，拍了十几部戏，广告代言是能上就上，她一直都在找机会出现在大众面前，而景园不是。她不太喜欢上节目、接广告，她更喜欢安安静静地拍戏，偶尔做做宣传。

顾可馨有时候问她："你知道我们俩像什么？"

景园："什么？"

顾可馨："你像不食人间烟火的仙女，偷偷下凡。"

说她佛系，偏偏又有事业心，说她事业心重，偏偏她又只喜欢演戏。

景园被逗笑："那你呢？"

顾可馨装模作样了半天，说："我啊，我就是在你身边的孔雀，一直在叫，仙女看看我。"

景园笑得夸张，她是真不知道顾可馨这人为什么能贫成这样。

顾可馨敛神，说："景园，早点回来。"

上次领奖之后，她们还没有单独见过，不是她没空，就是景园在忙。

景园轻声说："我知道。"

她也想早点回去，奈何计划赶不上变化，景园在宣传后又多了个采访，耽误了一天，等到回去时，刚好赶上《时光与你与你们》的开机仪式。

她下了飞机直奔现场，看到顾可馨时顿了几秒，没有直接走过去。

顾可馨正偏头和莫离说话，她漫不经心地问："听说温小姐进了个新剧组？"

"是啊。"莫离身体放松，"邵清清的组，你不是和她合作过？"

顾可馨以前客串过她的一个角色，很久以前了。顾可馨想了会儿："不太记得了。"

"没事。"莫离说，"我还以为经过黎总那事儿，没人敢用温酒了，没想到也有不卖黎总面子的。也是温酒运气好，邵导那剧组的女演员临时有行程，赶不回来，我才推荐温酒过去的。"

顾可馨说："运气也是一种实力。"

莫离点头："希望她这次能好好表现，不要再给我惹乱子。她说完转头，"对了，你也可以帮我多看着她。"

"我？"顾可馨拧眉，"我怎么看着？"

"我没告诉你吗？"莫离拍了下头，一副忙昏了的表情，她说，"温酒的新剧组就在你剧组的旁边，我之前还担心她来着，知道在你旁边我就放心多了，你下戏就帮我多看着点……"

她喋喋不休地说着，没注意到身边顾可馨的脸色越来越沉，彻底冷了下来。

顾可馨这段时间其实是有意避开温酒的，上次一起吃过火锅之后，温酒联系过她，也发了几条消息，但她以忙为理由婉拒了。温酒也没有怀疑，毕竟她忙是事实，还以为她们会到温酒拍完戏之后再见面，没想到温酒的剧组就在她旁边。这点是她没有预料到的。

次日，顾可馨进剧组后刻意往旁边看了两眼，苏英不解："你看什么呢？"

"隔壁开工了吗？"顾可馨问，苏英说："在我们之前开的吧，不知道是哪个剧组，你想做什么？"

顾可馨抿唇："不做什么。"

她坐下后没多久景园也进来了，第一天进剧组，导演例行举办了开机仪式，定下开机宴时间，她和景园定了妆，找了找第一场戏的拍戏角度，忙碌到中午。苏英去领盒饭时意外碰到一个人。

"温小姐？"苏英诧异，"你怎么在这儿？"

温酒笑："我在这个剧组，苏英姐不用叫我温小姐，你叫我小酒就可以了！"天真又自来熟。

苏英干笑："好。"

温酒问："你是给景姐姐她们拿盒饭吗？"

苏英点头："嗯。"

"那我给她们送过去啊！"温酒的眼神亮起，没什么能比在现场看到女神更完美的事情了！而且她和景园拿了奖，自己还没当面恭喜呢！

苏英刚想拒绝，温酒已经拿着两个盒饭站起来了，她只好又拿了两盒跟着，到门口时她递了一盒给叶辞夕，听到叶辞夕问："苏姐姐，我刚刚好像看到一个不是我们剧组的人进休息室了。"

"我知道。"苏英说，"隔壁剧组的，叫温酒。"

叶辞夕点头："哦，她和顾老师认识？"

自从网上发酵后，她也跟着改了称呼，苏英说："不太清楚。"

"你也没见过吗？"叶辞夕说，"那我知道了，八成是迷妹！听说隔壁剧组有好几个组员想来和顾老师要签名呢！"

这逻辑，好像也没什么问题，苏英点头："是吧。"

叶辞夕坐在她身边开始吃饭，来这里才半天，她已经听了好几个八卦，吃饭时分享给苏英，苏英摇头："哪里听来的？"

"卫生间啊！"叶辞夕挑眉，"生产八卦的好地方！"

还挺自豪。苏英摇摇头继续吃饭，余光瞄着休息室的方向。

休息室里，景园坐在沙发上，面前是两份盒饭，温酒站在她对面：

"姐，快吃吧，等会儿要凉了。"

景园拧眉："你怎么在这儿？"

"我就在隔壁剧组啊！"温酒说，"知道你们今天开拍，特地过来打招呼！"

景园下意识看向顾可馨，见她正坐在梳妆台前卸妆，神色平静。她估摸不出来顾可馨的态度，转头问温酒："在剧组还习惯吗？"

"挺不习惯的。"温酒说，"导演骂人好凶。"她挠头，"我们剧组今天好几个人被骂哭了。"

景园抬眸："你呢？"

"我还好。"温酒笑得明媚："导演说我演技还可以。"

她本就是新人，又是临时救场，邵清清已经做好了她没啥专业演技的准备了，谁知道拍了几天，效果还不错，至少邵清清现在对她不会板着一张脸。

"那就好。"景园放下心，"你下午还有戏，回去休息一会儿。"

"我不休息。"温酒笑眯眯地坐在她对面，说："我就想过来和你们唠一会儿。"她说完转头，"顾姐姐，你快来吃饭！"

顾可馨对着镜子卸妆的手一顿，手上力道没把握好，指甲刮在脸颊上，留下一道浅浅的红痕。她对着镜子练习笑容，转头，神色温和道："来了。"

温酒给她拆开筷子，顾可馨接过后淡淡道："谢谢。"

"不客气！"温酒趴在两人身边，说，"你们上次获奖，我还没恭喜呢，哪天有空我们一起吃饭好不好？就上次那个火锅店，我们晚上……"

景园看向她："小酒，我们晚上有开机宴。"

温酒不疑有他，点头："哦，那就改天！"

景园对上顾可馨平静的目光，没吭声。

两人低头吃饭，温酒说了说剧组的事情。第一次进剧组拍戏，很多事情都很新奇，说了好一通后，休息室的门被敲响，景园抬头问顾可馨："苏英吗？"

"不知道。"顾可馨说，"进来。"

是剧组里的两个艺人，她们站在门口，脸色微红，被景园和顾可馨看得有些局促。其中一个戳了戳另一个穿红衣服的艺人，那人开口："顾老师，景老师，在吃饭啊。"

顾可馨扬唇笑："嗯，有什么事吗？"

"没有没有。"红衣服艺人紧张得直咽口水，看了她一眼，又看了景园一眼，说，"我这里有点家乡特产，刚刚给其他人都送了，也想让您和景老师尝尝。"

这也是个刚出道的艺人，第一部戏就是和景园、顾可馨合作，紧张得要死，来之前做好了充足准备，家乡特产早就准备好了，一早上没有胆量送过来，只能趁吃饭时让搭档陪她过来。

顾可馨看了一眼景园，冲两个人笑："好啊，那我和景老师等会儿尝尝。"

景园抬眼，别人叫景老师，她跟着凑什么热闹？旁人叫她还没有什么特别感觉，从顾可馨嘴里说出来，她就觉得不对味儿。

还好那两人的注意力也没放在她身上，她们一直看着顾可馨，听到她同意后连忙走进去，把一个小袋子放在茶几上。

顾可馨笑道："谢谢。"

"不用客气！"穿红色衣服的艺人连连摆手，拉着另一个离开了，门合上时，另一个艺人说："哎，刚刚里面那个，我看着怎么有点眼熟啊？"

"那个啊，温酒，隔壁剧组的。"

"隔壁剧组的过来干什么？"

"谁知道，估计也是看到顾老师在这儿才凑过来的。"

谈话声渐行渐远，休息室里，顾可馨放下筷子，打开刚刚艺人送来的土特产，是绿豆糕，造型和平时吃的不太一样，包装也很精美，一看就是精心准备的。

温酒说："真好看，不过这个是什么？"

"绿豆糕。"景园说，"是南方的特产，你以前肯定没见过。"

温酒连连点头，看向绿豆糕的眼神充满好奇，顾可馨从里面挑出一块，递给温酒，语气清冷地说："尝尝？"

"我？"温酒微诧，"可这是送给你和景姐姐的。"

顾可馨说："还有好几块呢。"

温酒这才双手接过，对上顾可馨的目光扬起灿笑，真挚地道："谢谢顾姐姐。"

她咬了一口，甜滋滋的，再加上这是顾可馨给她的，直接甜到心坎里，眼睛眯成了月牙状，看着就很开心。

顾可馨说："不客气。"她也顺势拿起一块咬了一口，味道有些涩。

景园看着两人的相处，低头抿了一口汤。

温酒在她们休息室里待到下午才回去，还说要约饭，景园催促她："快回去，别耽误拍摄，吃饭的事情再议。"

"好。"温酒冲两人挥挥手离开了，顾可馨在她走后把未吃完剩一半的绿豆糕扔掉。

景园问："不喜欢吃吗？"

顾可馨想了会儿："太甜了。"她说完看向景园，"你喜欢吗？"

景园抬眸，平静地说："我还挺喜欢的。"

顾可馨默了默，低头说："我去趟洗手间。"

景园看着她离开休息室，高跟鞋的声音越来越远，绿豆糕在她手心里被捏得细碎。

休息室里很安静，叶辞夕敲门进来时景园正坐着发呆，叶辞夕问："景小姐，我帮你收拾一下。"

"我来吧。"景园三两下收拾好茶几上的盒饭，目光在一旁的绿豆糕上停留片刻。

叶辞夕说："我去扔垃圾。"景园将手上的垃圾袋递给她。

叶辞夕出门时刚好撞上苏英，苏英问："可馨在里面吗？"

"不在。"叶辞夕说，"可能去厕所了。"

苏英点点头，去卫生间的路上刚好见到顾可馨出来，她喊："可馨，编剧找你有事。"

顾可馨说："来了。"

两人一道往回走，半路上，苏英说："刚刚温酒来，我没拦住，对不起。"

顾可馨摇头："没事。"

苏英皱着眉说："这样也不是事儿，剧组太近，她要想来找你，随时可以过来。"

她知道顾可馨并不喜欢温酒，这段时间也在刻意疏远关系，但温酒性子纯真，根本没发现，也不知道萧情那样的人是怎么养出这种孩子的。

听到苏英的话，顾可馨停下脚步，看向另一边忙碌起来的剧组，思忖几秒，说道："苏英，帮我去做一件事。"

苏英正色："什么事啊？"

"帮我在剧组里散播一个传言。"顾可馨侧脸沉静，目光浸着凉意，苏英挠头："什么？"

传言？她没听错吧？自从顾可馨和景园捆绑后，对所有艺人的态度都是保持距离，别说传言，就是营销号都带不了节奏，现在是想主动搞事情吗？

"和景园的吗？"她思来想去，也就景园了。

顾可馨摇头："不是景园。"

苏英不解："那是谁？"

顾可馨看向另一边剧组，下巴微抬，苏英："温酒？"

"嗯。"顾可馨转头，看着她，云淡风轻地说："你就传温酒现在正积极地想抱我的大腿。"

她是怎么做到一本正经地说出这句话的？

苏英看着她，惊掉了下巴！

温酒去了顾可馨的剧组几次后，剧组里突然谣言四起。

她被邵清清叫到跟前，邵清清敲着剧本问："听说你喜欢顾可馨？"

邵清清素来直接，做事干练，也因为这脾气得罪不少人，在圈子里名声一半好一半差，她讨厌拐弯抹角，所以招温酒过来也是直接开门见山。

温酒被她问蒙了，瞪目结舌。

邵清清皱眉："温酒？说话，你是不是喜欢顾可馨？"

"嗯，喜欢啊。"温酒憋了口气，"她是我偶像。"

邵清清睨她："什么偶像？你是三岁孩子吗？还搞什么偶像崇拜？别是想走什么捷径吧？"

温酒连忙撇清："当然不是！我对顾老师特别尊敬，也没有要走捷径！"

"没有就要保持距离！"邵清清说话不留情面，上个签了合同又跑掉的女艺人，给出的理由是男朋友不同意剧里有很多亲密戏，所以选择违约，把她给气得好几天没吃下饭。后来莫离推荐了温酒，起初她也就是打算见见而已，谁知道这温酒确实有两把刷子，把角色塑造得活灵活现，看着就是个可造之才。

她可不希望因为这些乱七八糟的事情，导致剧组再出问题。

温酒不解："我有保持距离。"

她几乎都是在顾可馨和景园都在时才和她们碰面，从不私下见顾可馨，而且也没有做过让人误会的事情。

邵清清被她这副天真的样子气笑了，若是旁的角色，她才不会这么费心思去管，但温酒是她的女主角，等到这部戏拍完还需要配合宣传的艺人！如果现在就开始有传闻缠身，到时候宣传有多大阻碍，她又不是不知道。

况且这温酒有没有搞清楚啊，她去见的人是顾可馨！依照现在顾可馨的名气，被她的粉丝知道顾可馨被温酒这样的新人缠上了，不得一人一口唾沫把她淹死！

真是没经历过舆论压力的天真孩子，想什么都过于单纯。

"行，我不管你对她什么想法，温酒，我们合同上可是签了，在拍戏期间到之后宣传，你都不得有任何传闻！"邵清清语气严厉，"你明白吗？"

温酒茫然点头："我明白。"

"明白就好。"邵清清道，"这不是强制要求，只是我的建议，我建议你在拍完这部戏之前不要再见顾可馨！更不要给人落下话柄！"

温酒的心被紧紧拧着，她眼圈微红，有些委屈。邵清清瞥了她一眼转头离开，温酒眨眨眼，深呼吸几次，还是觉得难受。四周人来人往，她咬唇躲进了卫生间里。

"哎，刚刚邵导找温酒谈话你知道不？"

"看到了，听说温酒想抱顾可馨的大腿，最近有机会就往那边跑呢。"

"啊，不是说是喜欢顾可馨，是她的粉丝吗？"

"谁知道呢，这年头打着喜欢的名义蹭热度的多了去了，你敢说她不是觉得顾可馨火了，故意蹭热度？"

温酒听到这里噌一下站了起来！手紧紧地握着门框边缘。

她什么时候成了蹭热度的人了？！一群胡说八道的人！

"要我说，邵导也该说说她了，可别连累我们剧组。这要是被顾可馨的粉丝知道了，咱们小剧组的微博都不够她们冲的！"

"是啊，这件事现在就剧组的人知道，这要是传出去，咱剧组第一个受连累！"

温酒的手慢慢垂下去，整个人都沉默了。

一中午的时间，她躲在卫生间里哪儿都没去，也没吃饭，卫生间进进出出很多人，话题多半都会涉及她和顾可馨。那些毫无根据就肆意猜测的话犹如利刃，扎在她心底最柔软的地方。

她从没想过，旁人是这样看她的，也没想过，谣言就是这般起来的。

顾可馨也是这样看她的吗？所以对她不亲不热，冷冷淡淡。可她明明只是单纯想和偶像靠近一点而已。

温酒坐在隔间里，找到顾可馨的微信，写了一大段话，却又一个字一个字地删除，心情乱糟糟的。下午她精神不济，拍戏时没法集中，被邵清清拎出来教育。

"拍戏能不能认真一点？你要知道一条不过浪费的不是你一个人的时间，是整个剧组的时间！收好你的情绪！不要让剧组烧着经费等你！"

温酒进组这么久，还是第一次被骂得哑口无言，只得道歉："对不起，邵导。"

"全体休息十分钟！"邵清清睨了她一眼，"你去补个妆。"

温酒去旁边补妆，有艺人过来安抚她："没事的，邵导就这样，凶得要死，上次也把我骂哭了。"

"嗯。"温酒点点头，面色微白，眼眶湿漉漉的，她补完妆，问旁边的艺人，"大家什么时候传我和顾老师的谣言的？"

她旁边艺人一愣，面色尴尬："啊，这个……有阵子了。"

温酒点点头。

那艺人拍拍她的肩膀："其实没什么，不就是谣言吗？"

温酒抬眸，从镜子里看向那艺人，问："那你相信谣言吗？"

镜子里的艺人眨眨眼，手摸了摸鼻尖，撇开视线说："嘁，真的假不了，假的真不了，你别想太多，好好拍戏。"

温酒定定地看了她几秒，收回了视线。

再拍戏时，温酒认真了很多，只是化妆和下戏时特别沉默，也不再和往常那样对别人笑着开玩笑，更多的时候她就坐在一边低头看剧本，身形孤独而单薄。

一周后，邵清清带来消息，说她们剧组要集体搬到影视城的北边，因为什么，不言而喻。温酒下戏时听到工作人员抱怨："烦死了，又要搬一阵子，我这个老腰还能不能好了。"

"我也不想搬啊，有人想飞上枝头变凤凰，你有什么办法？"

"真是的，人家好歹是打拼了五六年才有了现在的地位，这新人就该好好磨炼演技，整天动杂七杂八的心思，现在好了，受罪的是我们。"

温酒听到这些话，身形晃了下，面色苍白如纸，额头隐隐出了细汗，在阳光的照耀下，亮晶晶的。

邵清清最先发现了温酒的不对劲，她叫了对方两声都没得到回应，不由皱眉："温酒？"

等到她走过去推了下温酒，靠在桌旁的女孩身体突然软绵绵倒下了，邵清清面色骤变，立马喊："来人！"

温酒在剧组昏过去了，消息如风一样传到了景园的剧组，她惊得剧本落在地上，看向工作人员，神色难得紧张："你说什么？"

"景老师，你也认识隔壁剧组的温酒？"那个工作人员说完拍了下脑袋，温酒经常过来，景园认识很正常，他说，"没什么，就是刚刚旁边剧组的人说，温酒在剧组晕倒了。"

景园忙起身，剧本都没来得及捡就想往隔壁剧组走，身后顾可馨喊道："景园。"

她转头，看到顾可馨低身捡起剧本，走到她身边，说："来休息室。"

景园拧眉，和顾可馨对视几秒后，跟着顾可馨进了休息室。

"我下午要请假。"景园说，"小酒去医院了，我必须去看一下。"

"然后呢？"顾可馨站在她前面，俏颜紧绷，问，"然后你打算怎么和导演解释？你打算怎么和剧组的人解释？"

景园抬眸看着她，拧眉："解释什么？"

顾可馨忍了几秒，看着景园说："解释你和温酒的关系。"

景园胸前一阵憋闷，她深吸一口气，直直地看着顾可馨："为什么需要解释？我和小酒哪怕没有阿姨那层关系，我也可以和她是朋友，朋友之间互相探望，为什么要解释？"

她说完就要走，顾可馨拽住她的手腕，说："你觉得他们会相信吗？还是你觉得媒体会相信？你就不怕你过去后媒体会胡编乱造，给温酒带去二次伤害？"

"怕？"景园转头，有些生气地道，"可馨，怕的人是你吧？你怕我去看温酒，让别人知道我和她的关系，然后那些关于你和她的谣言都不攻自破！"景园咬牙问，"谣言是你放的，对不对？"

顾可馨拽着景园的手霎时松了些许，没了力道，景园从她的掌心挣脱开，目光平静地说："这段时间，我一直避开不和你说这些问题，可馨，我知道你不想吵架，我也不想。我没有忘记以前的约定，我说过，在我没有了解事情的真相之前，你想做什么都可以，我不会拦着你。"

"但是你也不要拦着我。"景园眼尾发红，眼底有水花浮动，她看向顾可馨，嗓音清冷，"麻烦顾小姐帮我和导演说一声，我下午请假。"

顾可馨垂在身侧的手缓缓握紧，一张脸阴沉得可怕。

景园与她擦肩而过，门打开，掀起一阵凉风，吹到顾可馨身上，冷飕飕的。她没说话，身后，景园回头深深地看了她一眼，低头离开。

门"砰"的一声合上，顾可馨站得笔直，一抬头扫到窗户里的自己，竟有两分陌生。

CHAPTER

29

冷战

If the golden sun,

Should cease to shine its light,

Just one smile from you,

Would make my whole world bright.

——*Stray birds*

苏英进休息室时看到顾可馨正看着窗户，她走过去，不解道："看什么呢？"

"没什么。"顾可馨说，"外面天气不错。"

苏英顺着她的视线看过去，六月初，骄阳似火，窗沿边的枝丫绿意盎然，她嘀咕："我刚刚听说一件事。"

顾可馨转头："温酒晕倒了？"

"嗯。"苏英想了几秒，"估计是中暑吧，这天儿是有点热。"

顾可馨没说话，苏英四周看看："景园呢？"

"去医院了。"顾可馨嗓音平静，目光如水，苏英眉头下意识皱起来，问："这时候去医院？就不怕被隔壁剧组的人知道她们的关系？"

顾可馨说："温酒是她妹妹。"

苏英干瘪地回她："哦。"态度似有不满。

顾可馨依旧看着窗外，她对苏英说："莫姐知道这事吗？"

"知道。"苏英说，"刚刚进来之前她就联系过我，也去医院了，她会不会和景园碰上？"

顾可馨垂眸想了几秒："去找导演过来。"

苏英微诧："做什么？"

"我也要请个假。"顾可馨说，"准备去医院吧。"

苏英愣在原地："为什么？！"她拉住顾可馨，"你去干什么？好不容易撇清关系！"

顾可馨转头看着她，苏英有些生气地说："我知道了，是因为景园对吗？她过去了，若是你不去，有人该传她们的闲话了。"

景园一个人去，被其他人和剧组知道，指不定会传出什么，毕竟外人又不知道温酒和景园的关系，而若是顾可馨也去，再用剧组的名义，那旁人就说不了什么了。

说到底还是因为景园。

苏英不是很高兴："她都没有考虑过你，你为什么还要过去受气？"

虽然她心里知道温酒没有掺和在萧情那件事里，但是恨屋及乌，她对温酒并没有什么好感，也知道她的出现就是对顾可馨的二次伤害，现在好不容易和她撇清关系，偏偏顾可馨要去探望，万一又被温酒缠上怎么办？

顾可馨说："别多想了，快去安排吧。"

"你！"苏英咬咬牙，还是去找了导演，安排了车。两人上路后她一言不发，脸阴沉沉的，倒是把顾可馨看笑了："怎么感觉你比我还生气？"

"我怎么能不生气？"苏英说，"每次那边出事，景园就会过去……"

萧情出事是，现在温酒也是。

顾可馨敛起笑，看向苏英，正色道："苏英，你还记得我第一次说起想和景园捆绑的时候，你怎么说的吗？"

都两年前的事情了，这谁还记得？苏英摇头："说什么了？"

"你说，我疯了，说我和她不是一个世界的人。"顾可馨说完这句话看向苏英，神色认真地道，"我和景园从来就不是一个世界的人，但我们一直都在尽力融入彼此的世界，我也好，景园也好，我们都在努力。"

苏英脸色微变，想到景园平时对顾可馨的照顾，不高兴的情绪压下去一些。她说："我知道，景园对你挺好的。她和你来往，也是顶着压力的。"甚至比顾可馨的压力更大。

景园是景家唯一的掌上明珠，如果赵禾和景述不是那么通情达理的人，那景园面对的就不仅仅是媒体的压力，还有家庭的压力，整个圈层的压力，在这样的情形下，她选择接纳可馨，苏英其实是感恩的。尤其刚认识的时候，顾可馨还做了那么多混账事。

她没有忘记当初知道景园选择接受顾可馨时，她对景园说的那些话。她感谢景园接受了生活在沼泽里的顾可馨，也看到了景园给顾可馨带来的快乐，可人呐，情绪总是会不受控。苏英感慨："我刚刚就是一时生气，你说你们都这样了，每次那边一出事，她还是跑过去，完全不顾及你的感受。"

"苏英，你说，如果有天我生病了，你会去医院看我吗？"

苏英想也不想："那肯定……"

话还没说完，苏英瞬间明白过来，有些心虚。是啊，她总是把自己的感情和顾可馨的恩怨放在第一位，谴责景园不应该过去，可她没有想过景园的立场。

景园不知道顾可馨和萧情的过去，不知道顾可馨的九死一生，站在她的立场，她和温酒是从小到大的玩伴，在国外时她们相互扶持，萧情对她又有诸多恩情。凭什么景园要为可馨抛弃一切？

苏英设身处地地想，如果在没证据的情况下让她背叛顾可馨，她估计会打死那个人，而景园能选择相信顾可馨，怀疑萧情，已经很不容易了。

人果然贪心，总是希望别人对自己更好一点。

苏英被顾可馨一句话点醒，半天没说话。到医院时，苏英平心静气地说："你上去吧，我就不去了。"

顾可馨点头，下车后给莫离打了电话，那端嘈杂："你怎么也来了？你别动，我过来接你。"

莫离下去后看到顾可馨就站在电梯口，她招呼顾可馨上了电梯，说："来得正好，刚刚景园也到了，我正想怎么说呢。你和她怎么没一起过来？"

"我要和导演请假，而且在外面不方便一起到。"

莫离睨了她一眼："知道了。景园和温酒以前认识？"

"当然认识啊。"顾可馨道，"莫姐你忘了，景园就是在温酒那个学校进修的，听说她们住得近，就认识了。"

"原来是这样。"莫离说，"不过这些事还是不要让媒体知道的好，刚刚邵清清也说，她已经封锁消息了。"

顾可馨"嗯"了一声，下电梯时莫离道："国台前两天点你名了，看到了吗？"

国台说她为人温和有礼，是新一代艺人的榜样，顾可馨自从进圈后，在待人接物上没话说，再挑剔的导演都挑不出问题。这段时间红火，国台的主持人看到她的新戏后说了句："挺不错的好苗子，圈子里的新人应该多学学。"

顾可馨点头："知道。"

"戒骄戒躁，越是这个时候，越不能心浮气躁。"莫离说，"瑞秋那边有消息，想请你和景园拍一期《佳人》的封面，你怎么看？"

自从她和景园拿了双影后，国内的杂志社蠢蠢欲动，都对她们发出了橄榄枝，瑞秋作为国内杂志的领头人也坐不住了，向顾可馨和景园提出了邀请。

顾可馨说："听莫姐安排。"

莫离点头："这事我已经和言卿商量过了，瑞秋国内排名第一，与其接受那些花大价钱的不知名杂志，我觉得这个更好一点。"

顾可馨没异议，快到病房时，莫离说："哦，对了，还有这个。"她从包里拿出一个剧本，"老板让我带给你的。"

顾可馨皱眉，抿唇接下。和公司的合同里，老板有帮她选剧本的权利，莫离说："我看过剧本了，还不错，编剧在圈子里名气不亚于任何一个小花，自带热度，而且这个编剧的能力还可以，部部剧爆火。听说投资方想把这个做成精品剧，扩展国内向国外娱乐文化的宣传，这要是做好了，可馨，你在圈子里横着走都可以！"

顾可馨拿过剧本低头看，扉页写了名字：《一梦半生长》，编剧罗三日。

她看起来兴致不是很高："我知道了。"

莫离还想说话，迎面走来一个人，顾可馨将剧本塞进包里。邵清清和莫离打招呼："怎么都来了？"一双眼打量着顾可馨。

莫离说："都是我带的艺人，这出了事，肯定要过来看看。"

邵清清说："随便吧，别再影响我的艺人就行。"

她踩着细高跟离开，顾可馨随莫离走到门口，刚推开门，景园就从里面出来了。她看到顾可馨也在，愣了一下，问道："你……"

顾可馨打断她的话："走那么快，不是说在楼下等我的吗？"

景园呼吸一窒，她顿了顿："我忘了。"

莫离看了两人一眼，问景园："温酒没事吧？"

"中暑，刚刚打了点滴，已经睡了。"

顾可馨闻言点头："睡了我就不进去了。"

反正她刚刚过来时邵清清和剧组的人都看到，她的目的达到了，莫离说："那行吧，你先回去。"她看向景园，"景小姐和可馨一起回去吧，这里人多口杂，万一被看到，可就说不清楚了。"

景园看了一眼顾可馨，点头："好。"

莫离送两人到电梯口，目送她们进去。电梯门合上，顾可馨和景园同时按楼层，指腹碰到一起时，景园沉默了两秒，说："谢谢。"她看得出来顾可馨是来帮她解围的。

顾可馨低头，语气硬邦邦地回她："不用。"

景园双手垂在身侧，想到离开前说的那些话咬唇喊："可馨。"

"下去再说吧。"顾可馨说，"电梯里有摄像头。"

景园默了默，没再开口。很快，电梯到了地下车库，景园随顾可馨来到一处监控死角。顾可馨问："刚刚有什么话想对我说？"

车库很暗，这里又是角落，灯光没楼上明亮，顾可馨垂眸时，眼睛里不见一丝光，眸子黑漆漆的。景园对上她目光，一时有些恍神，说："那些传言，是不是你放的？"

顾可馨没吭声。

景园说："为什么要用这样的方式？你想和小酒撇清关系，我可以帮你去说，你……"

"你要说的就是这个吗？"顾可馨抬眸看向景园，目光凉如水。

景园对上她眼神顿了顿，没说话，顾可馨蓦然笑一声，她说："景园，你知道以前为什么不告诉你我和萧情的事情吗？"

景园想过，最大的理由就是顾可馨不想把自己观点强加给她，让她自己去查。

顾可馨说："这是一方面，另一方面，我不想告诉你。以前是不想，现在是不敢。"

景园心跳快了几拍，她像被人扼住嗓子，呼吸困难，两人之间最避讳的话题，现在终于摊开说了。

景园声音微哑："为什么不敢？"

顾可馨说："来之前，苏英问我，为什么每次萧家出事，你总是第一个赶过去。她很生气，她问我生不生气。"

景园看向顾可馨，见她侧脸绷着，声音也是难得紧绷："可馨。"

"我不知道生不生气，我就是很庆幸，我没有告诉你那些事，这样我就能安慰自己，你是因为不知道，所以你才会偏向萧家。"

景园拧眉："可馨，我没有偏向……"

"景园，我现在不敢告诉你的原因就是，我怕我说了，萧家再出事，你还是会过去，这样我就没有自欺欺人的理由了。现在我好歹还有个理由骗骗自己。"

景园看向她，心里像是被人狠狠打了一拳，说不出口的疼，沉闷挤在胸口，连带呼吸都痛得不行。她脸色发白，眼角染上红晕，眼前有些模糊。

顾可馨转头："景园，你说等你查清楚所有的事情，其实我一直等的不是这件事。"

有个念想蠢蠢欲动，景园双手垂在身侧紧握着，全身因为紧绷而发疼，她压低声音："那你等什么？"

"我在等你的不理智。"顾可馨声音褪去温和，无力又冷淡，"我希望有一天，你遇到我的事情，不要保持理智。"

她在等，景园的失控。

景园微哽："可馨。"

"景园。"顾可馨说，"我在等你把我放在你的原则之外，为我破例。"

她闭了闭眼，轻声道："哪怕只有一次。"无人说话，顾可馨追着问，"可以吗？"

景园沉默两秒，刚启唇，顾可馨蓦然转身："算了。"

高跟鞋的声音渐行渐远，却一步步敲在景园的心头。

景园从医院直接回了公寓，开门前她犹豫了两秒，打开后发现里面空荡荡的，顾可馨不在。

她走进去放下包，靠坐在沙发上，仰头看着水晶灯，眼睛酸涩。整个公寓静悄悄的，她一转头，看向厨房的位置。

"景园，我今晚想吃红烧鱼，你上次不是和师母学的吗？"

"景园，快来，我做了一份炒面，你来尝尝味道。"

"景园，我想吃你做的面条。"

旁边是卫生间，门口有顾可馨的身影，她漾着坏笑，冲她招手："景园，过来给你看个好东西。"

楼上哐当一声，画面扭曲变形，破碎，景园猛然惊醒，再看向那里，哪还有半点顾可馨的影子。她躺在沙发上，手背放在额头上，闭上眼。

直到晚上，顾可馨都没有回来，景园一个姿势躺得久了，起来时浑身都疼，她拨弄手机，难得进了剧组群，看到工作人员有一句没一句地聊天，她往上翻翻，终于找到了顾可馨的名字。

"顾老师下午怎么不在？"

"好像请假了，和景老师一起出去了。"

"知情人员说，因为隔壁剧组的温酒晕倒了，所以顾老师和景老师去看望，毕竟是顾老师的同门师妹。"

所以顾可馨下午也请假了，但是她没回来，她能去哪里？今天是定下拍摄的日子，她不可能有其他的行程，难道和苏英去喝酒了？

景园退出微信群，找到顾可馨的微信，翻来覆去，却什么都没发，她刚放下手机，振动传来，景园立刻从茶几上拿过来，瞥了一眼屏幕，是言卿的电话。

景园神色晦暗，她接起，叫道："言姐。"

"你下午去医院了？"言卿忙完才知道这件事，立马打电话过来问，景园答："嗯，去看望一个朋友。"

"是温酒吗？"言卿说，"景园，我知道你和温酒是朋友，但特殊时期，要避嫌。"

景园按着头："我知道了。"

言卿没揪着这件事不放，莫离说邵清清把消息全部都压下去了，没大事，就是和景园说一声，下次再发生这样的事情，先通知经纪人，别擅自做决定。景园应下。

言卿说："有两件事要告诉你，一个是瑞秋的拍摄，我和公司敲定了时间，回头发给你。"

景园听言卿说过这件事，她问："是和顾可馨吗？"

"当然了。"言卿说，"你们俩现在可火了，我前两天出国签合同，国外那个市中心的广告牌都是你们俩！"一副与有荣焉的语气。

景园清清淡淡地"嗯"了一声，言卿没在意，她继续说："第二件事，需要你来公司详谈。"

景园问："什么事？"

"你听过罗三日这个编剧吗？"言卿问她，景园想了会儿："听过。"

编剧圈的名人，因为神秘而出名，听说出了几部电视剧，收视率都非常高，台词和文化底蕴好，神秘点在于不知道是男是女。景园会知道这个人，也是因为这些八卦。

"听过就好，这罗三日有部剧想和顾可馨合作，莫姐立马找到我，想让你饰演另一个女主，你和顾可馨也不是第一次合作了，我们想趁着你们刚拿了双影后这股风，把剧本敲定下来。"

自从顾可馨和景园回国后，《佳人》又拿了国内众多大奖小奖，热度还没散去，现在敲定剧本，是最佳时期。

言卿说："我先把剧本传给你，你看看，合适就去试镜。"

景园说："好，你传给我吧。"

她睡不着，也没法好好休息，一直在想顾可馨会去哪里。她不是喜欢在外逗留的人，平时除了拍戏，都会待在公寓里，今天却一下午都没有回来。

景园不想胡思乱想，但越等越心慌，也着急，她等到晚上十点多，听到外面有声音就探头去看，却没看到熟悉的身影。手机被她看到没电，她进房间充电时看到衣柜是开着的，景园走近一看，瞬间捏紧了手机。

顾可馨常穿的几件睡衣不在这里，她走了。

景园的心瞬间跌入寒潭，凉意裹着，冷得她身体发抖，她将衣柜用力关上，发出巨大声响。景园心里憋着气，眼眶瞬间热气上涌，她走到床边一屁股坐下，过了好一会儿，从床下拖出行李箱，打开衣柜，看到她的衣服旁边还挂着顾可馨的衣服，动作一顿，最后默默关上了衣柜，泪水沿着脸颊落下。

她将行李箱塞了回去，躺在床上，世界突然一片安静，安静到她只能听到自己的心跳声，怦怦怦。

次日醒来，她的眼皮肿了，用冰敷了很久才消了一些，看不太出来后，景园才拎包上了车，叶辞夕看到她戴着墨镜，好奇道："景小姐，你怎么戴眼镜了？"

景园的眼睛发疼，还有些涩，她坐后面摘掉眼睛，滴了两滴眼药水，说："昨晚看剧本熬夜了，眼睛有点肿，我休息下，到了你叫我。"

叶辞夕点点头："哦，好。"

她应下后才觉得有点不对劲，刚刚景园是在对她解释吗？天呐！她没听错吧？

叶辞夕趁着等红绿灯的当口回头，见景园躺着，正闭目休息，面色微白，看起来确实很疲惫的样子。

真辛苦，演技都这么好了，还如此勤奋，叶辞夕深受感动，她决定让景园多休息一会儿。

叶辞夕是卡着点叫醒景园的，两人到剧组时大家都准备得差不多了，景园看到顾可馨坐在众人中间，还是一贯的浅笑嫣然，身边坐着一个穿红色衣服的艺人，景园认出是给顾可馨送家乡特产的那位。她想到昨晚的事情，鼻尖一酸，扭头进了更衣室。

安静的更衣室和以前不一样，以前顾可馨总爱在她穿衣服时逗她："穿好没有，需要我帮忙吗？"

顾可馨有时候也会说："景园，我衣服后面拉不了，你开门帮我一下。"

现在，难受到令人窒息。

景园很久没有这么难受了，像是一万只蚂蚁在心里爬，蚀骨般的疼痛让她脸色发白，唇上血色全无。

上妆的时候，化妆师多嘴问了句："景小姐，昨晚没休息好吗？"

叶辞夕在旁边立马道："是啊，景小姐昨晚上通宵看剧本了，今儿精神不太好。玉姐，你帮景小姐把底妆打亮一点，看起来气色好。"

玉姐笑："好。"她说，"景小姐不愧是拿奖的人，都有这样的成就了，还这么辛苦。"

景园微微扬唇，神色冷清寡淡。

出化妆室时众人都准备好了，导演把顾可馨和景园叫到跟前："等会儿班级那场戏，可馨你不要表现得太明显，你把早点放下立刻就走，转头和景园碰上时要局促、不好意思，懂了吧？"

顾可馨点头："OK。"

导演侧头对景园说："你也是，要表现出惊讶的感觉。"他对两人充满信心，"这肯定难不倒你们，来，咱们试一遍！"

站在镜头下，景园看向顾可馨，心里浮上莫名的情绪，五味杂陈。

"卡！"导演喊，"景园，你干吗呢？"

景园回神，冲导演低头道歉，第二遍，导演挠头："卡！可馨，你的表情不太对。"

第三遍，导演："卡卡卡！可馨，身体转得太慢了。"

平时一遍就能过的戏，一上午都没拍好，导演喊得嗓子都冒烟了，他喝了两大壶水，挥手："你们俩去对个戏，找找感觉。"

景园和顾可馨四目相对，谁都没开口，苏英主动问："可馨，休息室空出来了，你们俩进去对戏吧。"

顾可馨低头看着剧本，云淡风轻地说："就在这儿对吧。"她说完抬眸，"景老师认为呢？"

景园憋着气，眼尾涨红，喉中如有万根针卡在那儿，说话牵动声带，疼得要死。景园低头："我随便。"

"那就在这儿对戏吧。"顾可馨冷静地开口，"苏英，你去搬两张椅子来。"

苏英瞥了一眼叶辞夕，拉着她去搬椅子，回来时见两人依旧低头各自看剧本。苏英说："好了。"

顾可馨点头，看向景园，目光沉静道："我准备好了，可以开始了吗？"

景园绷着侧脸，攥着剧本边缘，抬眼看着顾可馨，眼尾红晕渐深，面前的顾可馨渐渐幻成两个影子。景园深呼吸一口气，眨眨眼，轻声道："可以。"

顾可馨已经好几年没有在拍摄时从导演口中频繁听到"卡"了，她对自己有信心，对自己的演技更有信心，和萧情对上她都能专心入戏，更别说其他情况了。可她还是高估了自己，一整天下来，她和景园居然只拍了三场戏，严重拖慢了节奏，下戏时，她亲自去给导演道歉。

"怎么回事啊？"导演也诧异，"你和景园今儿都不太对劲，这不像你们啊。"

顾可馨想了一会儿说："可能最近天气干燥，太热了，我们有些浮躁，等会儿我去和景园说说，明儿不能这么任性了。"

导演和两人拍了差不多两月的戏，自然是相信顾可馨和景园的实力的，点点头："行吧，你去说说。"

顾可馨离开后，景园也碰到了导演，她站得笔直，和导演道歉。导演笑了："怎么回事？一个个都来说对不起，咱们一起拍了两个月，进度一直很不错，偶尔出点情况，我还是能理解的。最近天热，心浮也很正常，这样，等会儿下了戏我请你们吃冷饮，就当静静气。"

景园点头："谢谢导演。"

"客气什么。"导演喊了一天，嗓子都冒烟了，他说，"那我就让小路去安排了，你也回去好好休息吧。"

景园点头，和导演擦肩而过。走到拐角时，景园看到顾可馨正坐在棚子里对着风扇吹风，身边还站着两个艺人，面带崇拜地看着她，也不知道是在对台词还是在闲聊。景园看了两眼，扭头走了。

顾可馨瞄到那道纤细的身影离开了才回神，身侧的人放下剧本说："谢谢顾老师指点，我现在对这段戏了解得更透彻了。"

"不客气。"顾可馨笑得温和，"你还需要好好琢磨人物的心路历程。"

"哎！"旁边的艺人笑得殷勤，"顾老师你渴不渴？我去帮你倒杯水？"

顾可馨婉拒："我自己去。"

她起身走到饮水机旁，倒水时抬头往隔壁看了一眼，一天的时间剧组搬了大半，现在只剩下零散的工作人员正靠着机器休息。她抿了一口水，听到旁边有人问："隔壁怎么搬了？"

"可能是因为温酒和顾老师那事儿。哎，这事儿还好没闹到网上，不然温酒还不被骂死？"

"谁知道呢，你要说她们关系不好吧，昨儿顾老师还去看望温酒了，你要说好吧，她们又要挪了拍摄场地。"

"避嫌呗，咱顾老师去看温酒，说不定也是看在同门的面子上，就是不知道那个温酒是咋想的。"

温酒没什么想法，她醒了之后就一直盯天花板看，身边的人来来往往，有剧组的，有景园、莫离，她妈妈也给她打了电话，不过中暑而已，她却有种得了大病的错觉。

她在医院住了两天后，医生说可以出院了，邵清清吩咐她回家休息，她出院后开车去了剧组。走到附近才想起来剧组换地方了，她在原地干站了几分钟。

身后有人喊："小酒？"

温酒转头，见是景园，笑道："景姐姐。"

目光依旧通透清明，脸上的笑意还带两分憨气，却没像以前那般一见到人就冲过来。

景园走到她面前："什么时候出院的？"

"今早。"温酒挠挠头，干笑着，"想着出院来剧组看一眼，结果忘记已经搬走了。"

"沿着这条路一直走就到了。"景园问，"要我带你去吗？"

温酒忙摇头："不用，我认得，景姐姐快去拍戏吧。"

景园身后有人喊她，她只好道："那有事给我打电话。"

温酒笑笑："知道了。"

见景园转身进了剧组，被叶辞夕带过去补妆，温酒往前走了两步，将目光落在顾可馨身上。

顾可馨正在念台词，低着头，神色认真。温酒想到莫离的话："温酒，可馨刚刚来看你了。"

"什么时候？！"她猛地掀开被子，赤着脚就要往外走，"她怎么没进来？"

"我让她走了。"莫离说，"温酒，我看得出来，你对可馨的态度很单纯，但是这个圈子容不下单纯。今天的事有邵导帮你压着，以后呢？做人，尤其是做艺人，一定要有眼力和分寸，你也不想可馨因为你的事情被网友攻击，受到伤害吧？"

她不想，她从来就没想过伤害任何一个人，她希望顾可馨好，更希望景园好。

阳光毒辣，温酒眯着眼，看了几眼后才离开。她刚转身，顾可馨的目光就看了过来，温酒到的时候她就看见了，也看到景园走过去和温酒说话了，更感受到了温酒落在自己身上的目光，一种难言的滋味浮上心头，顾可馨沉默了几秒，继续低头看剧本。

经过两天短暂的"磨合"，她和景园已经找到了方法。镜头下，她们摒弃一切，安心入戏；戏外，她和景园也维持着默契，除非必要，否则不沟通不交流。她们之间的异常连剧组的人都察觉到了，但是她们不敢去问景园，只敢跑到顾可馨这里来拐弯抹角地试探。

"顾老师，我买了两杯奶茶，你拿一杯给景老师吧？"

这种小伎俩，不用顾可馨开口，苏英就给解决了，剧组里的众人都很奇怪，两人看起来没有一点矛盾，也没吵架，但就是气氛很诡异。

她们探究了一周，决定放弃。

下戏后，顾可馨收到了其他艺人的邀请，说难得休息，想请她出去喝一杯，顾可馨笑着婉拒了。去更衣室的路上，苏英"啧"一声："可馨，你老实说，是不是我上次说的话让你和景园吵架了？我那时候就是一时生气，景园人挺好的，对你也好。你看看你最近，总是丧着一张脸，笑得假死了！"

"啰唆。"顾可馨推开门。苏英不满："又不是我一个人八卦，人家都上门堵你了……"

话还没说完，苏英看到更衣室里还站着一个人，尴尬地打招呼："景园，你也在啊。"

景园刚换了衣服，站在镜子前，侧脸平静寡淡，听到苏英的声音，她偏头扫了一眼，嗓音清冽："有事吗？"

苏英忙道："没事没事，你们聊，我出去了。"

她退出更衣室，还不忘悄悄带上门。叶辞夕捧着饮料要进去，被苏英哄走了。

更衣室里，顾可馨站在景园身后，看着她将秀发扎起，扭头进了更衣室里间。

门合上后，景园看着镜子里的自己，拽着发圈的手突然失了力气，发圈落在地上弹了两下，摇摇晃晃地落在她脚边。她盯着看了几眼才弯腰捡起，迅速扎好秀发离开。

出门后，叶辞夕赶紧跟上，给她递上饮料，说："景小姐，今天下戏早，还是直接送您回去吗？"

"回去吧。"景园不是喜欢在外逗留的人，她说完就往车库走，远远地看到一个人站车旁打电话。她走过去，听到苏英说："什么？还有一个小时？就不能快点儿吗？"

叶辞夕问："苏英姐，怎么了？"

苏英看向两人，一脸愁容："车突然坏了，刚刚打电话给4S店，说还要等一个小时，可馨等会儿还有事呢。"

"啊！那——"叶辞夕咽下想说的话，转头看着景园。景园默了默："去哪儿？可以捎你们一程。"

苏英笑："哎，你等会儿，我给可馨打个电话！"

顾可馨从更衣室里出来没见到景园，她脸微沉，目光凉飕飕的，刚坐下卸妆，就收到苏英的电话。

"可馨啊，你好了没有？我这等你半天了。"苏英瞄了一眼景园，说，"景小姐也在等你呢。"

"景园？"顾可馨垂眸，"她等我干什么？"

苏英解释："哎呀，我这不是车坏了吗？刚好景小姐在旁边，你等会儿还有急事，景小姐说可以捎我们一程。"

她把"车坏了""急事""捎我们一程"咬字咬得格外清晰，生怕顾可馨听不懂。

顾可馨刚从更衣室出来，脸一直阴沉沉的，现在听到她找的蹩脚理由更加来气，她说："不用了。"

苏英没反应过来："什么？"

顾可馨说："车坏了你就再安排一辆，我这边还有点事，暂时走不了，等车到了再叫我。"

"哎！"苏英还没说完话，顾可馨就挂了。她看向手机，清了清嗓子，还没开口，景园先问道："她不来了吗？"

苏英干笑："她说剧组还有点事。"

景园看着她，目光平静如水，似乎洞悉了一切谎言。她沉默了几秒，低头说："知道了。"

苏英还想解释两句，景园已经拉开车门坐了上去，黑色车门"砰"一声关上，震得人耳朵嗡嗡响。

CHAPTER

30

谣言

If the golden sun,

Should cease to shine its light,

Just one smile from you,

Would make my whole world bright.

——*Stray birds*

　　次日是去瑞秋拍摄的日期，顾可馨很早就醒了，这段时间她的睡眠质量不是很好，老房的环境和新房那边不能比，她也是幼稚，拎了几件睡衣就跑回来了，苏英说她活像是受了气的小媳妇儿。本来乱槽槽的心情，被苏英那么一搅和，反而顺畅了些。

　　顾可馨洗漱时听到门口有动静，她探头道："来了。"

　　"一大早门口就堵着记者。"苏英进屋后郁闷道，"他们不用睡觉的吗？"

　　顾可馨回到卫生间继续洗漱，出来时看到苏英要拉阳台的窗帘，她说："你喜欢吃早饭的时候拍照吗？"

　　"当然不喜欢！"苏英诧异，"谁喜欢 —— 不是吧，他们也在对面守着？"

　　这群狗仔疯了吧！没见过这么敬业的！

　　苏英抖抖肩膀，一身寒意，她走到顾可馨身边，听到顾可馨说："前阵子我不在这里，他们蹲不到人，现在我回来了，肯定以为有情况。"

　　话是这么说，可这样蹲下去，谁吃得消？还好顾可馨有远见，赶在成名之前租了另外的房子，不然她真的待不下去。

　　苏英说："不然我帮你去打听下最近的房价？"

　　顾可馨摇头："不用，房子的事情我已经想好了。"

"买了？"苏英问，"在哪儿？"

顾可馨坐下吃着早点，没吭声，苏英反应过来："景园家附近那套？"

那套还行，环境不错，安保也好，最重要的是避开了闹市，没那么喧嚣，是个休息的好场所，只是那房子是当初和景园一起租的。

苏英犹豫："你现在和景园，到底怎么说啊？"这么别扭，她看了都着急，还不如痛痛快快吵一架。昨儿晚上她想尽办法给顾可馨创造条件，结果这厮居然不买账。她是真搞不懂这两个人在想什么。

顾可馨低头吃饭，捏着包子的手顿了顿，到底没说什么，闷声吃完了早饭。

下电梯时，尽管顾可馨有刻意伪装，还是被狗仔拍了几张照片。

苏英指着一边的红色轿车说："新车，早上我去公司开过来的。"

顾可馨点点头，跟在苏英身后上了车。苏英调侃她："你说我是不是乌鸦嘴，好的不灵坏的灵？昨儿才说车坏了，结果回去的路上车还真就坏了，那我说你和景园……"

身边的人睨了她一眼，打断："闭嘴。"

苏英把话咽了回去，咳了好几声，说："我准备说好话呢，你吓我一跳。"

顾可馨抿着唇，手搭在车窗上，没再说话。

两人到拍摄场地时，景园已经到了，正在和负责人说话。负责人见顾可馨走过来，忙打招呼："顾老师，早。"

顾可馨点点头，负责人将手上的纸张卷起来，敲着掌心说："我刚刚和景老师说了下想要拍出来的效果，正好您也到了，一起听听？"

"好啊。"顾可馨走过去，站在景园身侧。两人比肩而立，身高也差不多，气质却天差地别，一个从内而外散发着温和的气质，一个则冷清如美玉，沁着凉意。

负责人说："我们杂志社商量了一下，希望两位能配合着拍一组亲密点的照片，不知道两位能不能接受？"

景园没说话，用余光瞄了一眼顾可馨，发现她穿了件自己没见过的新衣服。以前自己要给她买衣服，她总推说衣服穿着舒服就行，不用买那么多新的，现在倒是换得勤快。景园心里闷闷的，别开了眼。肩膀忽然被人一搂，景园转头，是顾可馨。

"好啊。"顾可馨搂她说，"我和景老师在戏中本来就是朋友，宣传照亲密点而已，能接受。"

负责人问："景老师，您觉得呢？"

景园回过神，平静地说："我也能接受。"

"那就好！"负责人高兴地说，"那我先去开个会，两位换衣服吧。"

顾可馨笑："好啊。"

她松开景园，往前走了两步，神色自然。景园站在她身后，启唇："可……"

"顾老师！"有工作人员喊道，"顾老师，您能帮我签个名吗？我是您的铁粉！"

顾可馨接过纸和笔，浅笑："叫什么？"

熟悉的一幕勾起了景园的回忆——"景园，景色的景，园林的园。"

叶辞夕说道："景小姐，咱们先去换衣服吧？"

景园回过神，看了一眼顾可馨，低头往更衣室走。她走得慢，像刻意在等谁，可身后的顾可馨签了一个又来一个，迟迟没有跟上来。

一个多小时后，两人化好了妆，景园一身深蓝色无袖长裙，顾可馨则是红色及膝裙，两人踩着高跟鞋，负责人递了一束花给她们。

"这样，顾老师捧着花，然后你们俩头挨着头，都埋在花里。"负责人做着示范，问顾可馨，"这样可以吧？"

顾可馨点头："OK。"她看向景园，"景老师呢？"

从前喊"景老师"是调侃，现在这三个字却给景园一种疏离淡漠的感觉，她沉着脸，语气清淡："都可以。"

"那咱们先拍一遍。"

负责人让景园和顾可馨站在画布前面，顾可馨捧着花挡住两人的脸，镜头里是一束花，还有两个身体前倾的人，负责人说："再靠近一点。景老师，您的头再抬高一点。"

景园抬头，猝不及防地撞进顾可馨的眸子里。

顾可馨握花的手暗自紧了紧，她极力克制着自己，后背都沁出了汗，花枝在她手心发出咯吱的响声，似要被捏断。

镜头拉近，摄影师拍好之后兴奋地说："真好！这气氛真好！太绝了！这效果，可以做宣传封面了！"

顾可馨闻言直起身体，她看了一眼景园，见她目光黯淡，心像被人揪着，瞬间面色发白。

开了头阵，接下来的拍摄方便多了，景园摒弃杂念，专心配合摄影师拍摄。顾可馨一转头，肩膀上探出个笑脸来，她看过去，景园的眸子里，没有了期待。

顾可馨强压下胸口的不适感，完成了整个拍摄。

去换衣服时，摄影师还说："两位真是默契，我好久没有遇到这么有默契感的艺人了。"

景园没吭声，冲摄影师点点头就离开了拍摄现场，背影清绝。顾可馨见摄影师看过去，解释道："别介意，景老师的性格就是这样。"

"早有耳闻。"摄影师笑，"不过景小姐对工作还是十分认真的。"

顾可馨低声继续和摄影师交谈了两句。

景园见她和摄影师谈笑风生，低头进了更衣室，里面很安静，没有人。她坐镜子前卸妆，脑海里不由浮现出她和顾可馨拍摄时的场景，闭了闭眼，猛地起身去换衣服。

她的手机搁在旁边，换衣服时，手机一直在响，景园换好衣服出来打开手机，发现是剧组群的消息。这段时间她和顾可馨没在一起，也没她的消息，所以就把剧组群打开了。景园刚想合上手机，突然瞥见了"顾老师"三个字。

> 顾老师今天没来？
>
> 你梦游呢，都拍了半天戏了才知道人没来啊？
>
> 我忙啊，怎么回事？景老师也没来？哦——
>
> 哦什么？

景园认识最后说话的这个艺人，就是那天给顾可馨送特产的那个。

> 顾老师去拍杂志封面了。

一副很了解情况的语气。

群里还在聊着。

> 等会儿，什么情况？你怎么会知道顾老师去拍杂志封面了？@一枝花
>
> 没有啦，昨天晚上顾老师告诉我的。
>
> 昨天晚上？你怎么和顾老师碰上的？
>
> 顾老师的车坏了，然后我捎了顾老师一程。
>
> 你这是什么运气啊！我也想捎顾老师一程！
>
> 嘻嘻。

景园盯着聊天内容看了半天，抬头对叶辞夕说："你去帮我找下顾可馨。"

"顾老师吗？"叶辞夕刚说完，身后的门有了轻微的响动，声音在人来人往的走廊上并不明显，但站在门外的人能听到里面的对话。

景园主动找她？顾可馨攥紧门把手，眼底浮上悦色，唇角微微上扬。

叶辞夕说："好，那你等会儿。"

顾可馨的心情微荡，她刚想推开门进去，就听到景园清冷的嗓音再次响起："算了，别去了。"

如一盆冷水泼过来，顾可馨的嘴角瞬间僵住，笑意慢慢敛起，原本攥着门把的手没了力气，愣了几秒，转身离开了。

风将门吹开，叶辞夕看着，不解地道："奇怪，这门怎么开了？"

景园没回话，转头看过去，门口空无一人，只吹进来一阵风，凉飕飕的。

瑞秋的拍摄结束，杂志社想请顾可馨和景园吃饭，叶辞夕知道景园不爱这种交际，还以为她会婉拒，谁料她深思了几秒，不像要拒绝的样子。

倒是顾可馨看了一眼腕表说："不了吧，我经纪人让我去趟公司，赶时间。"

负责人很遗憾："这样啊，那您回去路上小心。"他转头看着景园，"景老师呢？景老师等会儿有事吗？"

顾可馨搭腔："景园今天好像没其他活动了？"

景园转头看着顾可馨，这人明明知道自己不爱参加饭局，也知道她刚刚不说话的意思，还故意这么说，恶劣！真恶劣！

她的胸口仿佛挤着一团火，烧得她气血上涌。景园沉着脸，声音紧绷地说："我没其他的事情。"

"那好！"负责人一脸笑意，"我让助理订个包厢，咱们吃南方菜如何？"

景园垂眼，嗓音清冽："可以。"

负责人得了令去忙活着，景园看都没看顾可馨一眼，转身上了车。炎热的天气仿佛被倾注了寒流，景园经过的地方都凉飕飕的。顾可馨在她身后看了几眼，苏英"啧"一声："有话就直说，憋个什么劲啊！"

顾可馨看了她一眼，收回了视线，快步往自己的车上走。苏英在她身后嘀咕："我说错了？还等会儿去公司，去公司干吗？吃大锅饭吗？"

"啰唆。"顾可馨的声音不大，显然没什么底气。苏英上车后问她："顾小姐是要去公司吗？"

顾可馨看了她几眼，没辙了："跟着景园。"

苏英刚要启唇，顾可馨又道："你再说话就自己打车回去。"

身边的人气急，最后冒了一句："憋不死你。"

顾可馨靠在椅背上，侧目看着窗外。景园的车子启动后往市区驶去，她让苏英跟着，一直跟到了酒店门口。

苏英问："真不进去？"

她摇摇头，看到景园下车往里走去，手指不自觉地敲车窗。

苏英说："那我下去给你买份午饭？"

"你去吃吧。"顾可馨说，"不用给我带。"

苏英轻轻叹气，没打扰顾可馨，自己下车去吃午饭了。顾可馨坐在车上定定地看着酒店门口来来往往的人，目光深邃。她拿出手机翻到景园的微信，编辑了好几次都没有发送，想到景园的沉默，还有那句"算了"，有些坐不住了。她给苏英打了电话："帮我带包烟过来。"

苏英回来后诧异道："你没搞错吧？抽烟？"

顾可馨侧目："带了吗？"

苏英当即摇头："没有。"

顾可馨没多思考就准备下车，苏英拦住她："我去我去。"

她立马下车去便利店拿了一包女士香烟递给顾可馨。顾可馨神色平静地接过，打开，从里面夹出一根烟点燃，还没开始抽就被香烟的味道呛得直咳嗽，一副要把肺都咳出来了的样子。苏英一把抢过她的烟："不会抽烟还非要学。"

顾可馨按着胸口剧烈地咳嗽，眼尾一片猩红，不知道是被呛的，还是咳的。

苏英拍拍她的后背："好些没？"

"嗯。"顾可馨靠回椅背上，说，"回去吧。"

苏英看看她，又看看酒店，没再说话。红色轿车的引擎声划破沉闷的空气，车影转瞬即逝。

一个月后，瑞秋杂志准备发刊，还给景园和顾可馨各寄了一本，封面就是那张捧花图。导演和顾可馨、景园毕竟是合作关系，所以给剧组众人都买了一份，人手一本。景园一下戏就能看到她们抱着杂志说："这张角度绝了，景老师拍得真美！"

"还有这张，这张顾老师的造型太'杀'我了！"

"你们看小西装那张了吗？又帅又英气，顾老师特别适合那个造型。"

不只是剧组，网上也出现关于顾可馨的杂志造型的投票，景园认为最好看的是那张小西装造型的图，没料到封面照的票数最高。

"怎么说呢？单看吧，是没有其他造型出彩，但和景园这么一搭，顾老师整个人就活了。"

"深有同感，有句话怎么说来着？分则各自为王，合则天下无双！"

"看，顾老师的眼睛里有星星！"

景园拿着杂志翻来覆去地看，边角都磨破了，将顾可馨的轮廓、眼神，还有她的每个动作、造型都熟记于心。

这段时间她的思绪一直乱糟糟的。顾可馨在剧组的时间越发少了，有时候三五天都不见人，人在的时候，每次去顾可馨的化妆间，又总能看到好几个艺人蹲在那儿。顾可馨或是给她们讲戏,或是和她们闲聊,有几次她走进去,顾可馨浅笑道:"景老师有事吗?"

她有没有事,顾可馨难道不知道吗?

可那人眼神清透明亮,倒衬得去找她的自己越发难堪。

景园轻叹一口气,合上了杂志。

叶辞夕小跑过来,问:"景小姐,导演在那边商量杀青宴的事情,你要不要过去看看?"

"杀青宴?"景园转头,"什么时候?"

"下周。"叶辞夕说,"下周顾老师从国外回来,所以特地选的这天。"

景园沉默了两秒,回她:"知道了。"

叶辞夕没敢多说,一溜烟跑开了。手机屏幕亮起,景园瞥了一眼,是温酒发来的消息,告诉她电视剧要杀青了,问她们拍完没有。

> 拍完了,下周杀青。
>
> 巧了,我们也是哎。不过我们这周的杀青宴。

温酒的剧组搬走之后,两边的剧组就没再有传言出现了。温酒也好像成熟了不少,和她交流时不再那么孩子气,平时在影视城碰面,她也不再像从前那样兴冲冲跑过来,给她一个明媚的笑。更多的时候,她就站在几米外,冲自己笑笑,喊一声生疏的"景老师""顾老师"。

温酒又发了好几条消息过来,问她杀青宴后能不能见个面,好不容易拍完了一部戏,她想找景园聊聊。

景园想到刚回国时她对温酒说会照顾她,自己却没做到,于是回她——

> 可以,时间你定吧。

温酒回复了一个大大的笑脸。

很快，《时光与你与你们》正式杀青，顾可馨的镜头早就全部拍摄完了，后面都是景园要补录的镜头。结束拍摄的晚上，景园左思右想，还是给顾可馨发了一句"今天剧组杀青了，你什么时候回来"。

发出去前，她认真看了好久，最后还是把后面几个字删掉才发出去。

顾可馨已经连续三四天没睡好觉了。J国有一档综艺节目，邀请的一般都是国内的知名艺人，没想到拍到一半，有艺人受伤。那人和顾可馨有点交情，就让顾可馨帮自己顶上去了。综艺的录制镜头多，时间又长，顾可馨每天只能睡两个小时，好不容易结束一天的录制，她直接瘫在车上睡了过去。睡前她迷迷糊糊地，好像收到景园的消息了，又好像是做梦。

到机场时，苏英掐着点让她休息够了才叫她，上了飞机又是一路睡回国内，顾可馨被叫醒时还有些不清醒。她转头看了看四周："到了？"

"到了。"苏英说，"我送你回去好好睡一觉，我帮你和莫姐请过假了。"

顾可馨点点头，坐起身，从导航里搜出一个地点，说："去这里。"

苏英转头看着她，十分想笑。出差回来第一件事就是到景园的楼下看看。这次出差，四天的睡眠时间不超过十个小时，回来后不是回去休息，还是先去看景园，真不知道这人在想什么。

苏英走到半路，说："可馨，今天剧组杀青，景园估计待家里不会出来，要不我先送你回去休息，等你养足了精神，再去找景园？"

顾可馨闭目摇头，神色疲倦地道："过去看看。"

苏英拗不过她，只得往前开，到小区门口时她放慢了速度。此刻，顾可馨呼吸绵长平稳，她帮顾可馨披了披毯子，停好车之后犹豫了两秒，还是决定给景园打个电话。

熟悉的手机铃声从车外不远处传来，苏英微惊，正觉得巧，想着和景园打个招呼，谁知抬眼看过去，便看到她身边还站一个人，是温酒。

苏英松开正要拉开车门的手，听到手机那端传来清淡的嗓音："喂。"

真是尴尬，苏英庆幸自己没出去，她迅速想好理由，说："不好意思啊景园，我打错了。"

景园没说话。

苏英道了歉后赶忙挂断了电话，正要松口气，一转头，看到顾可馨已经睁开了双眸，心脏差点儿蹦出来！

顾可馨的眼里满是血丝，眼角透红，不知道是不是睡眠不足引起的，脸色也有些发白。苏英刻意挡着车窗，润润唇："可馨……"

"回去吧。"顾可馨冷淡地闭上眼，说，"我要回去休息了。"

苏英不敢怠慢，立马将车开出了小区。出来后她试着找话题，可在脑子里搜了一圈也不知道该说什么，只得干瘪地问："可馨，要不去喝两杯？"

顾可馨用手撑着车窗，揉了揉眼尾，说："不去了。"她说完喊道，"苏英。"

苏英握紧方向盘，心咚咚咚咚跳起来，声音也紧绷着："怎么？"

顾可馨看着窗外，侧脸阴沉，语气凉薄："可以放消息了。"

网络是舆论的摇篮，很多时候一句模棱两可的话就会引发巨大的争议，从而衍生出很多或许早就存在，或许根本不存在的问题。

邵清清的剧杀青后买了个热搜，刚开始热热闹闹的，前排的一个网友突然评论——

邵清清这种人居然还在拍戏？网络是没有记忆的吗？

评论下面瞬间出现了很多人围观。

怎么回事？

嗅到了八卦的味道，姐妹详细说说？

如果姐妹说的是几年前拍戏的那件事，那没什么好说的，不算是黑历史吧，就是邵导要求比较高而已。

比较高？有没有搞错？她为了拍自杀的戏把演员真吊起来，还说什么帮演员找感觉！那演员差点儿没抢救过来！

还有这事？我都不知道。

关于邵清清的消息被顶到前排，评论下面闹得沸沸扬扬，官微立马删除了这条评论，但不死心的网友还是冲到邵清清的微博下面继续问情况。

"什么情况？！"邵清清皱着眉看着热闹的微博，对助理道，"这些消息是怎么出来的？"

助理也很蒙："官微一开始没在意，等到发现时已经有热度了。"

"给我撤了！"邵清清一脸严肃，态度坚定。

助理连声答应，忙去撤消息。可网友一茬一茬地钻出来，到半夜时营销号都来凑热闹了。

听说五年前邵导因为拍戏差点导致演员死亡？

一时间网上彻底热闹起来，不少人从邵清清的这个旧八卦中找到了新方向。

不说五年前，就说前两年，邵清清在拍戏时总是针对WY，还在剧组排挤她，故意让编剧改戏，让她出丑，导致她拍完戏就患上了重度抑郁症！

求科普，WY是谁？

一个新人，有幸录下了被邵导训斥的片段和前因后果。邵清清，你要是道个歉，咱这件事就揭过去了，你要说没这事，我也不怕放出来！

消息一出来，网友坐不住了，虽然拍戏被指责是常有的事情，但如果真是因为邵清清才让对方生病，那不管怎么样是要负责任的！

说话要讲证据的，这可不是开玩笑。

别是为了蹭热度吧？

是不是蹭热度，邵导比我清楚，是吧，邵导？@邵清清

邵清清坐不住了，这人显然是有备而来，她让助理追查爆料的人是谁，助理查了一夜，眼圈都发黑了，也只查到是个小号："查不到IP。"

"查不到也给我查！"邵清清动了气，刚拍完电视剧，正是签订播放平台的好时期，她为杀青而买热搜，就是为了保持热度，让那些平台看到。鬼知道这人是从哪里钻出来的，其心可诛！

助理说："邵导，网上现在争议很大，咱们找不到人，要不先发个律师函？"

邵清清闻言沉默几秒，她拨弄着手机，看到那条信誓旦旦的话，有些犹豫。助理等了半天没有等到她的回复，似是明白过来，她说："我先处理网上的事情。"

这件事真不是那么容易处理的。谣言就像雪球，越滚越大，关于邵清清的一切都在这一刻被无限放大。

邵清清是有靠山的，所以她做事说话底气都特别硬，得罪的人也多，但那些人敢怒不敢言，否则五年前那件事不会轻易平息下去，这么多年相安无事。只是连着查了两天都查不到谁想搞她，她干脆求助了私人"老板"。

"老板"让她别着急，容自己去看看情况。

事情已经发酵好几天了，很多网友直接问她准备做缩头乌龟到什么时候，让她出来道歉。平台也驳回了她的申请。平时都是那些平台主动联系她，现在却纷纷驳回，说要看看情况，邵清清气不打一处来，恨不得直接冲上微博开骂！

这件事动静闹得很大，网友在议论，圈子里也在议论。《时光与你与你们》的杀青宴上，一个艺人抱着手机说："邵导这事儿真的假的啊？"

"真的吧？"另一个艺人搭腔，"如果是假的，律师函早就发出来了。"

"说的也是，当初她们在我们隔壁时，每天都能听到邵导的声音，搁我我也受不了。"

"不过 WY 是谁啊？"

在场没一个人知道，顾可馨低头倒了杯茶水，慢条斯理地抿了一口，听着她们闲聊八卦，目光却一直落在不远处的景园身上。

景园被副导请过去说事情，站得有点久，察觉有视线一直盯着她的后背上，她转过头，见顾可馨正看向自己，呼吸一窒。

远远的对视，好像隔了一个世纪那么久，她甚至不记得上次在顾可馨眼里看到自己是什么时候了。

"景园？"副导说，"刚刚我说的那些，可以吗？"

景园没犹豫："可以的，那我这两天就抽空过去补拍。"

"麻烦了。"副导松了一口气，虽然这景园表面冷清寡淡，不好相处，但涉及工作上的事情，她还是极其负责和认真的。

景园问："还有其他事吗？"

副导忙摇头："没了，我送你回去。"

景园婉拒，随后回到自己的位置上坐下。她就坐在顾可馨身边，圆桌很大，所以人与人的间隙也大，她只能闻到顾可馨身上清淡的香水味。

顾可馨换香水了。

景园沉默了几秒，伸手去拿水壶，身侧的人也同时起身，两人的指腹在水壶边缘碰上，景园转头看着顾可馨，收回手，什么都没说，坐下了。

顾可馨拎起水壶给她倒了一杯水，景园低声道："谢谢。"

顾可馨像是没听到，身侧半天没有声音。景园忍无可忍，声音拔高一些，对顾可馨说："谢谢！"

顾可馨转头看着她，目光深邃。好半晌，就在景园以为顾可馨不会开口时，顾可馨低头说："水有点烫，冷会儿再喝。"

景园没理她，捧起了杯子，杯沿确实有点烫，可这温度不及她内心滚烫，她抿了一口水，刺痛从舌尖袭来，舌头麻了。

顾可馨瞥见她的动作，垂在身侧的手动了动，还是没抬起。两人没再开口，倒是对面的艺人聊得风生水起，说的都是邵清清那件事。

"邵导的新戏本来说要年底上的，看来没指望了。"

"上？现在谁会接这个烫手山芋啊！"

话说到这里，一个艺人抬头问："对了顾老师，我记得您和邵导好像合作过，您觉得她如何？"

顾可馨放下杯子深思几秒，道："邵导确实脾气不太好，但对工作很认真。"

"哎，顾老师这样的人都说她脾气不太好，那怕是真的不太好。"

"我开始觉得网上说的是真话了，邵清清会不会不敢出来了？"

不出来是不可能的，且不说邵清清的剧刚拍完，还有一部新的正在筹备，投资方说什么都要保她，只是也不能明着保。套路就那么几种，一个是找个更大的爆料将热度盖过去，可现在谁愿意站出来？第二种办法是从侧面证明这个网友是在胡编乱造，说的都是假的，可邵清清现在不确定这人手上到底有什么，所以不敢轻举妄动。思来想去，只有最后一个办法，那就是使劲抹黑她，把所有能想到的黑料都安在她身上，时间一长，真真假假的消息串在一起，谁还记得最初的事情？

可就在她准备行动的时候，网上还真出现了一个黑料，但不是她的，而是她剧组里的人的——是温酒。

这消息砸得邵清清一下就蒙了。

当然，不止她一个人蒙，圈子里其他人也跟着吃瓜。消息传到《时光与你与你们》剧组这边时，导演正举杯说着激昂的话。众人举着酒杯碰撞，叮叮当当的，声音清脆。落座后，导演去邻桌敬酒，景园身边的人托着手机道："邵清清的剧组又出事了。"

"啥事？"这段时间的新闻都是关于邵清清的。

其他人都看向说话的艺人，那人看向手机说："说女主角是靠不正当关系拿到的角色，好像还有照片。"

"照片？我看看？"

那艺人的手机被传到其他地方，景园犹豫了两秒，还是从包里拿出了手机。温酒确实被传了八卦，营销号说她出道靠的不是正经途径，还说她出道就能演女主角是因为背后有"金主"，照片上也模糊地拍出了所谓"金主"的样子，看得出，是个男人。

景园将整个报道看完，脸色沉下来，倏然转头看向身边的人，不带丝毫犹豫。顾可馨瞄到景园的动作，握紧了筷子，眼底慢慢被黑暗倾覆，看不到一丝光亮和生气。

CHAPTER

31

抱着

If the golden sun,

Should cease to shine its light,

Just one smile from you,

Would make my whole world bright.

——*Stray birds*

景园杀青宴一结束就走了，离开前她看了一眼顾可馨，见顾可馨在低头饮酒，一句话没说，转身离开。

温酒这件事发酵的时间短，影响却极大，因为邵清清的关系，她们整个剧组目前都是重点关注对象，所以突然爆出这个消息，立刻吸引网友全部注意力。

邵清清的挡箭牌？够毒，连自己剧组的主角都不放过。

别什么都扯上邵清清，邵清清有没有做过那些事情还有待商榷，这个温酒背后的金主可是有照片的！

绝了啊，另外爆个料，温酒在拍摄期间一直骚扰隔壁剧组的顾可馨，邵清清没办法才把整个剧组移到影视城另一边的。

还有这事儿？我就说邵清清剧组怎么拍到一半突然换地方了，当时她们剧组的人还说是去别处取景。这个温酒，野心不小啊！

温酒接到景园的电话时正坐在房间里，四周黑漆漆的，手机屏幕亮了好久她才接起，声音微哽："姐。"

"在哪儿呢？"景园问。

温酒看了一眼四周，房间里灯都没开，有细碎的光从外面照进来，她怔了好一会儿才说："我在家呢。"

景园问："网上的事情，莫姐怎么说的？"

"莫姐说会帮我处理的。"温酒嗓子干哑，说几句咳嗽一声，她说，"应该没事。"

景园让叶辞夕开车，自己报了地址，和温酒打了一路电话。半小时后，她站在温酒家门口，喊道："小酒，开门。"

房间里的温酒僵住了，她问："你今晚不是有杀青宴吗？"

"结束了。"景园说，"开门吧。"

温酒立马起身，一个姿势维持得太久，没走两步身体就一个趔趄撞到了桌角，疼得她瞬间飙泪。本来就心情郁郁，这钻心的疼引出了更多情绪，景园推开门就看到一脸泪水的温酒。

"你——"景园惊了，说，"你没事吧？"

"没事。"温酒抽噎着走到沙发边，拽出面纸擦掉脸上泪水，整张脸被擦得通红，尤其眼尾，皮都要被擦破了。

看来没少哭。景园走过去，坐在温酒身边说："小酒，网上的事情你不必放在心上，莫姐会处理好的。"

温酒点点头，唇瓣没有一丝血色。景园看着她，想到还在J国时温酒对圈子的向往，说回来定会好好拍戏，用心钻研演技，和前辈们多学习。现在出师未捷身先死，第一次拍戏就碰到了这样大的打击，会伤心很正常。

景园坐在她身边没再说话，她并不是个会开导别人的人，想了半天，她问："这几天要不要回家去？"

温酒摇头："不要。"她情绪低沉，态度倒是很坚定。景园点点头，正欲开口，温酒的手机响起，屏幕闪烁着莫离的名字。

她接起，莫离的态度并不好，说话声音比较大，温酒更觉得难堪和羞耻。她听到莫离说："爆料的人还没查到，我等会儿发条声明，你转发一下。"

温酒低声回她:"好。"

挂了电话后,她进入微博,私信早就被挤爆了,温酒原本只是想扫一眼,却没能挪开目光。

哪里冒出来的?想出名想疯了吧?

刚出道什么都不会,蹭热度倒是学个十足十,谁看了不说一句牛啊!

自从那些似是而非的爆料出来后,就有很多人给温酒私信,措辞越来越难听。温酒一直盯着手机看,神色越发颓然,景园看着她的表情,低头扫了几眼屏幕。虽然没看全,但想也知道网友会说些什么。她道:"小酒。"

"嗯。"温酒侧头,目光呆滞无神,好像失去魂魄的娃娃,只剩下壳。

景园问:"莫姐打电话给你做什么?"

温酒才反应过来:"她让我转个微博。"

她关掉私信,从关注里找到莫离,转发了她新发的微博,结束后她什么都没再看,直接关掉了手机。

景园看着她的举动,心情说不上来的复杂。温酒虽然是阿姨的孩子,但她几乎没有接触过这个圈子,而且她刚成年,平时又被保护得那么好,现在遇到这种情况,肯定没办法安然面对。

"小酒,"景园想了会儿,说,"这些都是必经的过程。"

温酒放下手机,低头,语气淡淡的:"我知道。"她情绪不高,"我知道这些都是必经的过程,以后或许还会有比这更糟糕的事情,但是我从来没想过会牵扯到顾姐姐。"

景园侧目:"小酒。"

"我很喜欢你，也很喜欢顾姐姐，我没有想过会给你们带去麻烦。"温酒低声说。那些网友的话如刀子一样戳在她心上，疼得她难受。

景园伸出手，想拍拍温酒的肩膀，最终还是慢慢收回了手，低声说："小酒，你也不用难受。"

温酒说："姐，你能帮我个忙吗？"

景园嗓音软了些："什么忙？"

"我没敢联系顾姐姐，所以我想能不能麻烦你帮我说一声'对不起'？"

景园的手拢紧，侧脸绷着，胸口有些起伏，几分钟后她才说："好。"

温酒一副卸掉了包袱的神色，终于放松了一些，她对着景园笑，眼底还有水花，只是一张脸惨白。

景园心里沉甸甸的，有些不是滋味。

温酒擦掉眼角的泪水，皮肤一碰就疼，她怕景园担心，故意起身说："我怎么忘了，还没给你倒水，姐，你喝什么？"

景园看出她是想借机整理自己，便开口："温水吧。"

温酒点头："好，那你等下。"

她走到厨房里，做好几个深呼吸，一转头，从玻璃上看到自己狼狈的影子。温酒迅速拿了杯子和茶壶。网友的那些话，句句如利刃，加上剧组最近发生的事情，群里说来说去，最后都把责任推给了她，说她和剧组八字不合，从进剧组就不断出事，又是换地方又是邵导出事，现在她自己也出了这样的事情，年底上线肯定是没办法的事情了。到底是她演的第一部电视剧，突然出了这么多事情，温酒很难不多想。

温酒一边低头倒水一边出神，直到水漫出杯子她才如梦初醒，迅速拿过抹布擦掉水渍。擦干净桌面，她盯着那杯水一直看，几秒后突然蹲下身体，双手环着肩膀，无声地哭了。

景园站在厨房外看着这一幕，心也跟着抽紧，似被人狠狠攥了一把，疼得她喘不上气，她深深地看了一眼温酒，没上前，转身离开了。

上车后叶辞夕不敢说话，她问景园："送您回去吗？"

景园想了会儿，给了叶辞夕一个新的地址："去这里。"

叶辞夕哪里敢多问，立马开车过去。路上景园打开手机，把温酒的消息看完之后，她又搜了下顾可馨。关于顾可馨的消息，她其实看了很多遍，但没有一次像今天这么直观。

她放下手机，转头看着窗外，落叶从车窗旁掠过，在空气中划出弧度，然后缓缓落下。到达小区门口时，叶辞夕想下车陪她，景园戴了帽子和口罩，全副武装，说："你回去吧。"

"啊？"叶辞夕蒙了，"我回去？那您怎么回家？"

"我有安排。"景园语气清冷，"你先回去。"

叶辞夕挠挠头，不敢忤逆景园，又不敢跟着，就这么坐在车里看景园进了小区。景园其实对这里挺陌生的，但她知道顾可馨的住所。

景园冷着脸进了电梯，按下楼层，电梯一层一层往上升，她绷着脸，目光平静，电梯到达指定楼层后，她犹豫了两秒，还是走了出来，站到了顾可馨的家门口，手悬起一会儿，最终敲了门。

顾可馨晚上喝了酒，泡完澡刚准备回房，听到敲门声，她皱眉，走到门口从猫眼处往外一看，神色微变。

放在门把手上的手蓦地收紧，想到景园之前那一眼，顾可馨心头钝痛。敲门声再次响起，她松开门把手，往后退了两步，手无力地垂在身侧，眼底没有一丝光亮。

景园见没人开门，刚准备离开，身后咔嚓一声，门开了。景园转身，看到顾可馨穿着睡衣站在门口，水珠挂在她的鬓角，添了几点凉意。

顾可馨目光深邃，看着她开口问："你是来问罪的？"

景园见她这副表情，想到刚刚温酒的样子，侧脸紧绷，声音硬邦邦的："顾可馨，我是很生气，但我不是来问罪的。"

顾可馨眼底有光在跳动，闪烁不明，她看向景园："那你来做什么？"

景园往前走了几步，和顾可馨面对面站着。顾可馨被景园的突然接近惊到，想说话，却又不知道该说什么。景园认认真真地看了她好一会儿，倏然伸出手，在顾可馨猝不及防的眼神里，紧紧抱住了她。

顾可馨没想过景园会抱自己，她突然有景园行了万里路，就为了给她一个拥抱的错觉。

"顾可馨，"景园紧紧抱着她，说，"我刚刚去看小酒了。"

顾可馨目光一沉，听到景园继续说："我看到她在哭，很难受，她很自责，这是她进圈后拍的第一部戏，杀青宴那天她特别高兴，她说很希望能看到片子出来。"

景园鲜少一口气说这么多话，顾可馨以前常逗她："你说话是要钱吗？"每次都会被景园瞪。

顾可馨了解景园的性格，如非必要，她不会说出自己的感受，现在却因为温酒的事情，跑过来和她说心里话。

顾可馨闭了闭眼，站在原地没说话。

景园继续道："然后我就想到了你。"

顾可馨还没成年就进了这个圈子，不止第一部戏，她是连着好几部电视剧电影都没放出来。因为萧柔的打压，她那些片子压了四五年之久，那时候的她是怎么熬过来的？

景园以前对这件事没有深刻的认知，今天看到温酒，她才恍然，顾可馨是怎么一步一步走过来的。

顾可馨的身体僵住了，眸光轻转，低声问："想到我什么？"

景园松开她，看着顾可馨眼睛，说："我想到以前的你，想到你是多么艰难才走过来的。"

她轻叹："顾可馨，我心疼你。"

景园如此直白地说出这种话，顾可馨反而不知道该怎么接话了。两人静默了几秒，顾可馨哑声道："进来吧。"

景园跟着她走进去，门合上。

顾可馨说："说出口的话是要负责的，景园，你想好了吗？"她意有所指。

景园说："可馨——"

"不用急着回答。"顾可馨喝了酒，脑子却异常清醒，她看向景园，说，"你怀疑温酒的事情是我做的，对吗？"

景园看着她那双墨黑的眸子，点头："对。"

她看到那些消息时确实想过是顾可馨放的，因为顾可馨明明不喜欢小酒，却还把她介绍给莫离，让她进公司，景园不觉得顾可馨有这么好心。

还算诚实。顾可馨点点头，景园会这么想一点都不奇怪，她从来就不是什么好人，以前对景园也是百般算计，甚至被不会骂人的景园指着鼻子说卑鄙。

温酒的传闻是她传的，邵清清的黑料是她爆的，从某种意义来说，温酒这件事，她知道是谁做的，也早就预料到会发生什么，一切不能说和她并无干系，所以景园怀疑她，合情合理。

可就是这么一个合情合理，反而让她矫情起来，也不知道是不是酒喝多了。顾可馨问："然后呢？"

景园看着顾可馨，听到她说："景园，如果温酒这件事是我做的，你想怎么做？撤回？"顾可馨问，"还是让我去道歉？"

景园忍着情绪，一字一句地说："顾可馨，我没有想过让你这么做。"

顾可馨听着她冷淡的嗓音，清醒了一点，她后退两步坐到沙发上，茶几边缘还有打开的红酒瓶和半杯红酒，顾可馨拿起酒杯晃了晃，抿了一口，问："要不要来一杯？"

景园看她这样，索性坐在她对面，倒了大半杯酒仰头一口喝下。她直直地看着顾可馨，问："你打算躲我到什么时候？"

顾可馨从茶几下面的柜子拿出一个新的杯子，又倒了大半杯，她靠坐沙发边缘，问："我什么时候躲你了？"

景园气不打一处来，进门前她想着要和顾可馨好好谈谈，有什么话敞开了说，可是到了这里，看到顾可馨酗酒，听到她刚刚那两句话，她的怒火噌一下就上来了。

她问："那我之前给你发消息，你为什么不回？"

顾可馨这才想起来，自己是收到过景园的消息，起初她还以为是做梦，回来后她看了看手机，才发现不是做梦，景园真的给她发了消息。只是那样短暂的喜悦，没抵挡住看到景园和温酒站在一起时的不舒服，所以她没回复，再之后，好像也没有回复的理由了。

景园见她不吭声，问："想不起来吗？"

顾可馨没说话，只是闷闷地又喝了一杯，景园夺过她的杯子，酒洒出了些许，落在顾可馨的白色睡袍上，晕出一片嫣红。顾可馨坐正身体，低着头一言不发，景园坐在她身边说："你想不起来的话，我帮你回忆回忆？"

"景园，"顾可馨叫着她的名字，见景园的眸子里满是火气，她下意识地说，"不早了，我送你回去吧。"

她说着就想起身去换衣服，反被景园一把拉住手腕，重新坐回沙发上。

景园问："在剧组，你不理我，好，我理解，那里人多，不好说话。我给你发信息，你不回我，好，我明白你喜欢有话当面说。现在我就坐在你面前，有什么话我们不能谈？"

不知道景园是不是喝多了，话还没说完，眼尾已泛起红晕，那些积攒了很久的话全部说了出来。

顾可馨低头沉默着。此刻她们两像是互换了身份，从前善于沟通的人是顾可馨，现在说个没完的却是景园。

借着酒气，景园干脆地问道："顾可馨，你到底想要我怎么做？"

顾可馨破天荒地开了口："我想你做什么，你应该很清楚。"

景园听到这句话，抿着唇，看着她："那如果我不同意，你是不是要和我解绑？"

顾可馨听到"解绑"两个字，瞳孔瑟缩，本能的抗拒。她眉头紧皱，气氛顷刻间冷下来。景园满肚子的火怎么都压不下去，她给自己又斟满一杯红酒，一口气干掉，转头看着顾可馨："你看，你不是也不愿意吗？那我们为什么不能想其他的办法，一定要这样呢？"

因为没有其他的办法了，顾可馨闭了闭眼，她的计划和景园的原则注定不同。

"以前你不是说，遇到事情要面对，逃避不是办法吗？"

从岛上回来后，她告诉自己，她是阿姨的女儿，景园没忘记那段时间自己是怎么过来的。后来顾可馨告诉她，这世上过不去的只有人，没有事情，她让自己直接面对，不要逃避。

顾可馨看着景园，这些话是她说的，她怎么可能不知道，可她发现自己开始失衡。面对景园一视同仁的态度，她逐渐失控，再继续下去，只会两败俱伤。她宁愿先冷静一下，也不要闹到那种地步。

"你说话啊。"景园满身酒气，"为什么不说话？"

顾可馨抬头看着她，安抚道："景园，你醉了，我送你回房休息，等你醒了我们再聊。"

"你会和我聊吗？"景园说，"你只会生闷气，什么都不告诉我。"

景园指责道："顾可馨，我不喜欢这样的你。"

顾可馨有些心梗，景园不喜欢，她更是讨厌这样的自己，满心算计。顾可馨强迫自己无视景园的话，拉着她起身，说："回房吧。"

景园也算听话，跟她进了房间。顾可馨打开床头灯，见景园乖顺地躺在床上，不由坐在景园身边，和她面对面。

昏暗灯光下，景园睁着湿漉漉的眼睛看着她，里面蕴满水雾。景园开口说："顾可馨，你还记得我以前说过的话吗？"

顾可馨声音很轻："什么话？"

"那次阿姨找我帮忙，我拒绝了，后来我对你说，如果是你，我也不会帮。"景园问，"你是因为这个生气吗？"

秋后算账吗？顾可馨知道喝醉后的景园喜欢胡思乱想，但没想到她这么会发散思维。顾可馨摇头："不是。"

"你骗我。"景园不相信，"你肯定是因为这个生气。小酒今天出事，我一直在想，如果真的是你做的，我该怎么做。"

顾可馨的心中蔓延着复杂的情绪，她看向景园，问："你想我怎么做？"

"我不知道。"景园说话软软的，有平日没有的娇气，她说，"来之前，小酒说，让我见到你帮她带句话。"

顾可馨沉默了几秒，问："什么话？"

"她说对不起你。"景园说，"然后我就想通了，我想好你该怎么做了。"

顾可馨的目光落在景园的脸上，神色平静，她哑声问："我该怎么做？"

"你想做什么就去做什么。"景园看着顾可馨，表情严肃，"我不会阻止你做任何事情，但小酒出事，我也会尽我所能的帮她。"

一时间，顾可馨不知道景园是真醉了还是短暂的清醒。

面前的景园说完话神游了片刻，很快就睡着了，呼吸平稳绵长。

顾可馨坐着没动，将刚刚景园的话想了良久。

景园一晚上做了很多光怪陆离的梦，她好像陷入一个又一个神奇的世界，每个世界里都有一个顾可馨，对她笑的，和她闹的，还有冷着一张脸，说再也不要见面的。

她是被惊醒的，睁开眼坐在床上反应了半天才想起来这是在什么地方。四周很陌生，气味却熟悉，这是顾可馨的房间。

顾可馨不在房间里，她起身，从床头拿了睡衣穿上，走出房间，看到顾可馨正坐在沙发上看剧本，水晶灯亮着，光照在她身上，顾可馨似乎和光融为了一体。

景园在门口静静地站了良久，才往前走了两步，说："早。"

顾可馨转头，见她出来，顿了两秒，点头："早。"

四目相对，两人都没再说话。景园转身去卫生间洗漱，出来时茶几上放了早点，很清淡的食物。顾可馨问："头还疼吗？"

"不疼了。"说也奇怪，她这次宿醉居然没头疼，好像是顾可馨给她喝了什么解酒药，景园坐下，看着顾可馨："你吃过了？"

"吃了。"顾可馨说完，在剧本上继续标注。

景园发现剧本的名字是《一梦》，她想了会儿，道："我过两天也要去试镜。"

"嗯。"顾可馨不意外，"莫姐和我说了，这个角色和你很贴，应该没问题的。"

景园坐在她身边，两人的气氛好像恢复到了以前，没有矛盾，可一旦沉默，那条看不见的裂缝就越来越大，如难以逾越的鸿沟。

客厅里只有顾可馨翻阅纸张的声响，景园吃得很慢，一勺一勺轻轻搅动，不时侧头看看顾可馨。若是以往的顾可馨，肯定会笑着问："看我干什么？"

景园吃完之后，听到顾可馨说："我等会儿要去公司开会，商量新剧本的安排，你要回去吗？"

景园问："那你今天什么时候结束？"

"还不确定。"顾可馨说，"晚上要和制片吃饭。"

她现在确实忙得抽不开身，景园点点头。顾可馨说："回去我让苏英捎你一程？"

"不用。"景园说，"我让小夕来接我。"

顾可馨道："楼下狗仔多，还是从车库走比较好，我也要去公司，顺路。"

"狗仔多你还上别人的车。"景园语气硬邦邦的，一副赌气的口吻。

顾可馨沉默了两秒，放下剧本说："我去洗碗。"

景园心里憋着气，看着顾可馨在厨房忙碌，她猛地起身回了房间。

顾可馨出来听到房门合上的声音，她跟着走进去，拿出一套衣服换上，再看景园时发现她正坐床边看着窗外。

房间的窗户外面没有任何阻挡物，这里位置高，视野好，顾可馨见景园看得出神也没叫她。景园没换衣服，兀自坐床边，听到身后响起关门的咔嚓声，心头微动，还没转头，就听到门再次打开，紧接着是顾可馨的声音："景园。"

景园转头，大片阳光落在她身边，分外明媚。顾可馨眼底落进光线，闪烁不明，她说："我先去公司。"

坐床上的人没说话，只是定定地看着她，顾可馨说："结束我给你打电话。"

景园的神色终于有了波动，原本毫无生气的目光蹿出了一些小火苗，她点头："好。"

顾可馨见状，迅速别开眼转身离开。

上车后，苏英递给顾可馨一个文件袋："原件都在里面。"苏英不解道，"你要这个干什么？"

顾可馨低头看了几眼，说："开车吧。"

苏英没多问，反正顾可馨做事从来都让她摸不着头脑。去公司的路上有点堵，苏英把平板电脑递给她，顾可馨习惯性地刷着新闻，看到搜索框自动出现温酒的名字时，她怔了几秒，点了进去。

温酒澄清了？金主是假的？所以和金主去吃饭只是

杜撰？

言论中满是嘲讽。顾可馨很熟悉这种感觉，当年她得罪了人被半封杀时也是这样，甚至比这些言论更不堪，更下流。

景园昨晚抱着她说心疼她时，有那么一刻，她以为早就结痂的伤口居然又疼起来。

人真是矫情，没人在意的时候疼一疼就好了，可一旦有人在意了，那些伤口就好似永远不会愈合一般，偶尔钻出来疼一下，博取同情。

顾可馨关掉平板电脑，听到苏英说："今天去公司，可能温酒也在，你心里有个底。"

"知道了。"顾可馨开始休息，昨晚上她几乎没睡好，她不知道为什么喝醉酒的景园和平时完全是两个样。

苏英见状问："没休息好？"

顾可馨点点头，没再说话。

没多久，她们到了公司。苏英预料错误，温酒并没有来，但莫离还在为温酒那件事忙得不可开交，电话打了好几个，见到顾可馨来，她指着旁边的会议室："我马上来，你先去。"

顾可馨站在原地，问："莫姐，有什么我能帮忙的？"

"帮不了。"莫离叹气，"你知道这消息是谁放的？"

顾可馨摇头，莫离说："还不是那黎总。你说圈子里现在谁敢得罪他，那些营销号收了钱，现在都不怕我们的律师函了。"

小艺人和资本家，只要脑子没有问题的人都知道该帮谁。那些人素来爱见风使舵，莫离周旋了一晚上，局势才稍微好转一些。

她看着顾可馨："先过去吧，制片他们已经到了，我去补个妆就来。"

顾可馨应下："好。"

会议室不大，坐了七八个人，顾可馨进去时众人都站起身，苏英帮顾可馨拉开椅子，听到众人喊："顾老师。"

她倏而鼻尖一酸，突然想到很久以前顾可馨也是在这个房间里开会，但进来后发现位子被副导的助理坐着。副导假装没看到，其他人自然不敢说，顾可馨就从别处拖了一张椅子进来坐在桌旁。

一样的地点，一样的位子，一样的人，却是不一样的待遇。

苏英心里那团火噌地烧起来，她小声说："我先出去了。"

顾可馨低低地"嗯"了一声。

整个会议开了三个多小时，从剧组造型到行程安排都做了详细的研究。顾可馨听得认真，不时冲莫离点头。会议结束后，莫离说："好，那今天就这样，等会儿咱们去酒店接着聊。可馨，你也去。"

顾可馨点点头。

酒店就在公司附近，她们步行过去，路上副导说："莫离啊，你那里是不是有个叫温酒的？"

莫离转头："是啊，怎么了？"

"有人前几天跟我推荐了这小姑娘，看着还是个苗子，你可要好好培养。"

莫离笑着说："那是自然。"

等到副导走后，莫离才说："可惜了。"

顾可馨转头："怎么了？"

"温酒这孩子吧，也不知道该说运气好还是不好，邵清清挺欣赏她的，本来这部戏过后，邵清清还想带她去下个剧组，现在全泡汤了。"

眼下邵清清自己都寸步难行，别说带温酒了。说到这里，莫离转头看着顾可馨，感慨："真奇怪，我每次看到温酒，都会想到你。"

顾可馨步伐停顿，声音紧绷，道："怎么会想到我？"

"她和你很像，性子太倔了，演技也好，经历也是，都是你遇到过的事情，不夸张地说，她简直就是第二个你。"

顾可馨垂眸，眼底黑沉沉的。

整个晚上她都在喝闷酒，不管是谁敬酒都接。莫离想帮她代酒顾可馨都说不需要，合作方见她这么爽快，更开心了，一顿饭，宾主尽欢。

苏英来包厢接顾可馨时，闻到了满身酒气，她捏着鼻子："怎么又喝这么多酒？"

顾可馨似醉非醉，她说："先把莫姐送回去吧。"

苏英架着莫离上了车，又转头去扶顾可馨，送莫离回去后，苏英问："你是不是借酒浇愁呢？可馨，这没必要……"

顾可馨低声回她："嗯。"

也不知道是听进去了，还是单纯敷衍，苏英看了她两眼，开车把她送了回去。到家门口时她还没找到钥匙，门就自己开了，苏英一看，愣住了："景园？"

景园什么时候在这儿的？顾可馨压根儿没说啊！

苏英回过神："可馨喝了几杯酒，麻烦你照顾了。"

"嗯。"景园扶着顾可馨进去，还没说话，苏英就很自觉地道："那我先走了，有事你给我打电话。"

景园："好。"

客厅里灯光明亮，顾可馨显然喝了不少，脸都红了，景园正想给她倒杯温水，顾可馨突然叫她："景园？你没走吗？"

景园倒了杯水走到茶几旁，看着她："没走。我在等你回家。"

顾可馨酒气上涌，眼圈微红，她拧着眉拿过茶几上的杯子抿了一口温水，手一个没拿稳，一杯水全倒在了自己身上。水渗透了衣服，顾可馨捧着杯子看向景园，无辜地说："景园，我衣服湿了。"

CHAPTER

32

和好

If the golden sun,

Should cease to shine its light,

Just one smile from you,

Would make my whole world bright.

——*Stray birds*

　　景园鲜少见到真正醉酒的顾可馨，装醉的次数倒是多得数不过来。衣服湿了一大片，她干脆把顾可馨带回房间，翻找新睡衣。顾可馨坐在床边，仰头看着她忙碌，双颊发红，目光漆黑，那里面只有滔天醉意。景园愣是被她看得有些不自然，她拎着睡衣站在顾可馨面前，问："你看我干什么？"

　　"看你帮我拿衣服。"顾可馨说。

　　话说得这般正常，景园反而摸不准她到底是真醉还是装醉了，她叫："顾可馨。"

　　顾可馨眨眨眼，算是回应她，景园说："自己脱衣服换上。"

　　坐在床边的人思考了两秒，然后低头脱衣服，顾可馨想都没想就掀起裙摆准备脱下，景园迅速抓住顾可馨的手腕，将她的裙摆放下。顾可馨看着她，眼神茫然得像是做错了什么事。

　　景园叹了口气，关掉水晶灯，开了床头灯，让顾可馨背对着自己，帮她换衣服。

　　次日，景园醒得早，言卿给她打电话说试镜的事情，让她把台词背好，揣摩下人物心理，还说这次试镜和以往不同，因为这次投资方加了个条件——需要得到编剧的认可。

　　在圈子里，编剧虽然不分一线二线，但知名的编剧就那么几个，能亲自选艺人的怕是只有罗三日。景园困得眼睛都睁不开，应下后扔了手机，继续沉沉睡去。

两人一觉睡到下午，苏英提前给顾可馨请了假，说她酒喝多了闹头疼，莫离不疑有他，那天晚上顾可馨确实喝了不少，索性给她放了两天假。

顾可馨睁眼时已是下午，她是被热醒的，唇瓣干涩疼痛。景园窝在被子里睡着，柔软乖巧，像一只猫。顾可馨轻手轻脚地下床，喝了一大杯水。

见景园额头出了汗，她把空调温度调低，又给景园盖了薄被。她不是景园，醉酒后没有意识，她知道自己在做什么，无比清晰。但她还是做了。

顾可馨目光深邃，温和柔软。

她没打扰景园，靠在床头边拿着平板电脑看了看新闻。温酒那件事还挂在首页，显然是有人在后面推波助澜，而邵清清深陷舆论中心，时至今日都没出来发一条声明，相较之下，还是有不少人相信温酒是无辜的。

只是她刚出道就直接演女主，现在又有了这样的绯闻，相信她无辜的人并不多，再加上之前她频繁来《时光与你与你们》剧组，被有心人发了出去，所以现在提到温酒，不相信她的人还是占据一大半。

顾可馨手指抵在平板电脑边缘，浏览一圈后又回复了几个邮件。她打字速度快，手指翻飞，阳光穿过她的指间，落下一小片阴影，景园迷迷糊糊中仿佛看到有蝴蝶在飞，她伸手去抓，结果抓到了一只手。

顾可馨偏头："醒了？"

景园松开她的手，眼角还有些酸涩，她嘀咕："你在干什么？"

"在给莫姐回消息。"顾可馨说，"晚上想吃什么？我让苏英送过来。"

"不用麻烦。"景园坐起身，"冰箱里不是还有菜吗？"她坐在顾可馨身边，问，"几点了？"

"六点半。"顾可馨笑,"下午。"

景园不怎么意外。虽然睡了一整天,但她还是困,原本是想起来做饭的,最后不得不依赖于外卖。两人看着电视吃了晚饭,景园说:"言姐让我明天去试镜。"

顾可馨点头:"要我陪你去吗?"

景园微诧:"你方便?"

顾可馨说:"没什么不方便的。"

她是另一个主演,和景园合作过两次,这次听说要和景园三度搭戏,前来看看,完全说得过去。

导演看到顾可馨过来十分高兴,现在她的身价已经到了不可能每次都能请过来搭戏的地步了,请她之前需要先配合她的行程,所以这次她能主动来,导演不知道多高兴。顾可馨说:"偷偷来的,别告诉莫姐,还有,我来就是想帮景老师搭个戏。"

"明白明白。"导演不算意外,他说,"那我把景园安排在前面。"

"麻烦导演了。"

景园时间被往前挪了挪,第二个上台,和她搭戏也不是剧组安排的人,而是顾可馨。两人的默契没的说,演技一张一弛,就连导演都竖起了大拇指。

"谢谢可馨。"言卿说,"我本来还担心景园和别人搭戏会不习惯,你能亲自来,真是再好不过了。"

"刚好休假。"顾可馨说,"景老师帮了我那么多,我自然是要回报的。"

景园面色微红,说:"我去换衣服。"

试镜结果今天出不来,言卿就势请顾可馨去吃饭,景园被安排坐在顾可馨身边。

言卿说:"一直想请你吃个饭,总是没空,今儿可算逮着机会了。"

顾可馨失笑："言姐太客气了,以后吃饭的机会多的是。"

"今非昔比。"言卿说,"以后还请你多多照顾我们景园。"

虽然景园现在的身价也不低,但和顾可馨比,还是不一样的。她如今可是圈子里最炙手可热的艺人,又励志又传奇,言卿越想越觉得当初太幸运,怎么就和顾可馨捆绑了呢!太幸运了!

她一高兴就多喝了两杯,后来直接靠着椅子睡着了,景园唤叶辞夕进来送言卿回去,叶辞夕问:"那我先送言姐回去,等会儿来接你。"

"不用这么麻烦。"顾可馨说,"等会儿我送景老师回去。"

叶辞夕眼前一亮,忙道:"那好,那就麻烦顾老师了。"

景园什么都没说,就被安排得明明白白。

言卿离开之后,顾可馨问景园:"还吃不吃了?"

景园坐下继续吃饭,两人有一搭没一搭地说话,顾可馨看出景园刻意避开话题,于是低头吃饭。饭后景园接到一个电话,她瞥了一眼号码,又看了看顾可馨,起身接起。电话那端是个男人,对方对景园说:"景小姐,人没找到。"

"不是说就在 M 国?"景园疑惑,男人小声道:"是的,是来过这里,但是只在这里待了两周就走了。"

景园想了几秒:"能查到去了哪里吗?"

"暂时查不到。"男人说,"不过我查到一个消息。"

景园蹙眉:"什么消息?"

"听说萧家也在找她。"男人说,"景小姐,不如把这件事告诉夫人,夫人的人脉广,认识的人多,说不定能找到萧柔。"

景园当即道:"别告诉她。"

男人便没再提:"好的,我知道了,那我继续查。"

景园挂了电话走到顾可馨身边,坐下又吃了几口饭,才看着顾可馨问:"你为什么不问我,刚刚我接的谁的电话?"

顾可馨看了她好一会儿,说:"我没那么幼稚。"

景园听到这话，无端想笑，很久以前，顾可馨也这么说过，可这人分明幼稚得很。她低头继续吃饭，听到顾可馨问："后天伯母请吃饭？"

"嗯。"景园和顾可馨说过这件事，但她没想让顾可馨去，顾可馨说："我也去吧。"

景园愣了下："你也去？可是——"可是她妈妈也叫了温酒，说是回国都大半年了，还没来家里吃过一顿饭。

顾可馨打断她："我知道。"她低头，"所以我才要去。"

景园不知道顾可馨要做什么，她想了会儿，点头："好。"

完全信任的态度让顾可馨心头一热，抿唇笑了。

回去的路上，她把顾可馨也要来的事情告诉了赵禾，赵禾十分高兴，景园被拉着又聊了几句才放下手机。转头，顾可馨正在深思，景园问："你在想什么？"

"在想时间。"顾可馨说，"四十三天零七个小时。"

景园一怔："什么？"

顾可馨转头，说："我们已经四十三天零七个小时，没有像现在这样说话了。"

顾可馨又搬回了和景园一起租住的房子，苏英笑着问："怎么了？想回家了？那之前一天天的闹啥呢？"

顾可馨戳了戳她的后背："你什么时候这么啰唆的？"

苏英挑眉不语，顾可馨说："再说会嫁不出去的。"

苏英：算你狠！

她帮顾可馨放好东西就溜了，顾可馨也忙，往往早上出门，到夜里才能回来，不过一开门就能看到景园，或帮她做夜宵，或躺在沙发上看电视，有几次她回来时景园已经睡着了。

景园也有行程，但她远没有顾可馨这么忙，她上哪个节目，接受

哪些采访，都是言卿权衡再三才确定的。现在圈子里人设多样，很多
艺人为了能蹭热度会做很多事情，言卿让景园反其道而行，走低调路
线，既符合她的性格，又贴合她的做事风格，景园自然没有意见，不
过她越是低调，就越吸粉。

物以稀为贵，这句话在娱乐圈并不适用，因为很多艺人都是这样
糊了的，但景园恰恰是个特例，她的形象、性格、出身造就了她和旁
人的不一样。在粉丝心里，她就该是深居简出的仙女，她就该清清冷
冷、淡漠疏离，她越是这样，越是让人着迷和疯狂。

景园的粉丝也在肉眼可见地疯涨，《佳人》里面的片段和以前的
电视剧被剪出来，分散在各个平台。从《佳人》后，她和顾可馨一直
保持着圈内单人热度前三，"景由馨生"的组合粉更是疯狂安利两人，
对此言卿十分高兴，觉得给顾可馨选到了一条合适的路，景园也轻松
了，碰到记者甩给言卿就可以了。

周末，景家请吃饭，主要就是请温酒和顾可馨。赵禾怕景述生气，
连好友都没有邀请，顾可馨下戏后就收到了景园的消息，问她到哪儿
了，顾可馨看了一眼腕表："还要半小时。"

景园刚放下手机就看到温酒下车，她起身喊："小酒。"

"姐。"温酒走过去，面带笑容，景园见她比上次见面时消瘦了很
多，骨头都出来了，一双眼更显得大而明亮。景园问："事情还没处
理吗？"

这几天网上讨论的人少了很多，景园知道这是必经的过程，所以
没有过多干涉，温酒微点头："莫姐还在处理。"

原本就是邵清清的事情，后面明显是有人刻意抹黑她，而且是有
备而来，莫离虽然率先澄清抢占了先机，但对方浑水摸鱼，把原本一
件很小的事情，无限扩大化，最后还牵扯到了顾可馨。

景园拍拍她的肩膀："先进去吧。"

温酒点头，笑容勉强。

顾可馨到景家时，赵禾正坐在温酒身边给她削水果。她进去喊道："伯母。"

"哎，可馨来了。"赵禾态度温和，"来坐，园园呢？"

景园端着水走过来，问赵禾："我爸还回来吗？"

"又去开会了。"赵禾说到这个就生气，"吃顿饭的时间都没有，够忙的。"

顾可馨笑："伯父忙咱们才能清闲。"

赵禾一听这话乐了，她看着顾可馨："还是你会说话。"她拉着温酒介绍，"小酒，可馨你应该认识。"

顾可馨看向温酒，神色如常："温小姐和我是同一个经纪人，自然认识。"

赵禾看着她："真巧，小酒刚回国就签了你的公司。"

顾可馨解释："是我推荐给莫姐的。阿姨一直说，让我和园园多照顾她。"一句话把自己撇得干干净净。

温酒回国后就进了顾可馨的公司，最近却闹出绯闻，赵禾虽然没在明面上说，但今儿把两人叫过来吃饭，顾可馨就明白什么意思了，她当然要把责任撇干净。

赵禾听了她的解释，点点头："好像是有这么一回事，你阿姨也说过。不过可馨啊，小酒刚成年，又是刚入这个圈子，很多地方不是很懂，你要好好教。"

顾可馨点头："我明白的。"

温酒听着两人的对话，脸色微白。景园说："吃饭吧。"

赵禾起身："走，吃饭去。"

刚刚顾可馨的回话她十分满意，既然温酒和顾可馨没什么问题，那她该是什么态度还是什么态度，对温酒也如长辈那般嘘寒问暖，饭桌上照顾周到。温酒的精神不是很好，没以前来家里时那么俏皮高兴，她就像是生了一场大病，所有精神都被抽走了。

景园见她这副样子，说："等会儿吃完我陪你走走？"

温酒抬眼，点头："好。"

一顿饭吃完，温酒坐在花园里的长椅上，听到有脚步声靠近，还以为是景园，转头却发现是顾可馨，温酒瞬间起身，手足无措。她几次张口，最后低头喊了一声："顾老师。"

顾可馨说："坐吧，景园有事出去了，我和你聊聊。"

温酒坐下后，手拧着裤子，很是紧张，以前面对顾可馨的自然和开朗都没了。两人沉默良久，温酒开口："顾姐姐，对不起，我不知道会牵扯到你，对不起。"声音隐隐带了哭腔。

顾可馨的目光和夜色融为一体，透着凉意，她说："没关系，下次不要犯这种错误了。"

"没有下次了。"温酒小声说，"我保证没有下次了，我一定和你保持距离，不会再有这种谣言传出来的。"

顾可馨转头看着她，倏尔问："你就是因为这些事情在担心吗？"

温酒一愣："啊？"

顾可馨说："你就不担心自己的事业吗？"

温酒想了会儿，点点头又摇摇头，她说："担心，但是我更担心会给你带去麻烦。"

顾可馨的心被人悄悄拧起，她问："为什么？"

"啊？"温酒又是一副茫然的表情。

顾可馨发现和她沟通时需要把话说明白，到底是个刚成年的孩子，还不够机灵。顾可馨问："你有没有想过，如果你的事情无法澄清，你可能以后都不能演戏了？"

和她们之间的那些谣言相比，现在更多人的点集中在她和那位"金主"身上。

温酒听明白了，神色认真地点头："我想过。景姐姐也说了，这是必经的过程。"温酒说到这里一脸无畏，双眼亮得发光。

顾可馨沉默不语，听到温酒说："而且顾姐姐，你刚出道的时候不也是遭受了很多挫折吗？我觉得这些根本不算什么。"

不算什么？顾可馨没戳她的谎言，看她这副茶饭不思，一个事件下来小身板就要倒了的模样，若真的遇到自己的事情……顾可馨摇了摇头。

"顾姐姐，你是不是不相信我？"温酒问，"我瘦了真不是因为这件事。"

顾可馨轻笑："那你是因为什么？"

"我——"温酒的唇角都要被咬破了，双手拧在一起，几乎要绞成麻花，她歉疚道，"我是在想怎么样才能不给你带去麻烦。"

不说网友，就连赵禾刚刚也在说这件事，说明这事对顾可馨还是有影响的。

顾可馨睨了她一眼，从背后拿了个文件袋给她，温酒呆住："这是什么？"

"这是能帮你澄清的东西。"顾可馨说，"你拿去给莫离，她知道该怎么做。"

温酒猛地抬头："顾姐姐……"

"不要叫我姐姐。"顾可馨说，"这是我托朋友帮忙找的，你知道为什么吗？"

温酒心脏狂跳，无数想法冲进脑子里，砸得她六神无主。她呆滞地摇头，听到顾可馨说："因为景园为你的事情很操心，我不想看到她这么操心。温酒，既然是我带你进圈的，那我就教你进圈的第一条规则。"

温酒如鲠在喉："什么规则？"

"不要麻烦别人。"顾可馨语气稍低，她不笑时整个人显得冷漠又严肃。

温酒满腔热火被浇灭，寒意透心，她打了个寒战。

顾可馨没再看她，继续说："从现在起，你记住，你说的每一句话、做的每一件事，都要考虑后果。温酒，没有人会跟在你后面帮你收拾烂摊子，我希望这是你最后一次让景园为你担心。"随后将文件袋递给温酒。

温酒手脚冰凉，脸色煞白，她就算再笨，也听出了顾可馨的意思。顾可馨见她没反应，将文件袋放在长椅上，站起身说："知道为什么我不想让景园管你的事情吗？"

温酒的思绪紧绷着，她仰头看着顾可馨，顾可馨站在暗处，她只能看到五官轮廓，察觉到那冰凉的目光，温酒如鲠在喉，她突然不想再问，也不敢再听。暖风袭来，吹不散她身体里的寒冷，温酒冷得哆嗦，她猛地站起身，没拿文件，径直往外走。

顾可馨叫住她："如果我是你，我会拿着这份文件。"

温酒始终背对着她，顾可馨的语气冷漠冰凉，她说："因为不管你接不接受，我都讨厌你。"

"啪嗒"，一直紧绷的思绪彻底断裂，她没再往前。顾可馨看了看她的背影，转身离开，走到家门口时正好碰到景园。景园见到她，问："聊过了？"

顾可馨点头："不问问聊了什么？"

景园说："不问。"她说，"我相信你。"

顾可馨眼底闪烁微弱的光，光亮一点点变强。景园对上她那双眸子，半晌，问："你是不是放过小酒了？"

看吧，这人就是如此聪明，也如此敏感。顾可馨无奈道："不是不问吗？"

景园小声道："是因为我吗？"

顾可馨摇头："不是。"

景园侧目："那是因为什么？"

顾可馨和她一起往家里走："你看过电视剧吗？"

景园不解："什么电视剧？"

顾可馨解释："什么电视剧都可以，你说电视剧里大坏蛋，一般是不是就一个？"

景园蒙了："顾可馨，你什么意思？"

"我说我啊。"声音渐渐飘远，"我就是那个唯一的大坏蛋。"

"你能不能认真一点？"

顾可馨笑："我很认真啊。"

她很认真，这条路上的风景有多丑陋，没有人比她更清楚，所以没必要再拉一个人进来欣赏。至于温酒，她也没那么好心，回头的路她伸了脚绊了温酒，能不能爬起来，就看她自己的造化了。

温酒最终没有打开顾可馨递给她的资料袋，回到公寓后她把资料袋束之高楼，和莫离聊天时也没提过这件事，不知道是不是想证明什么。

顾可馨对于她的这种举动没什么好说的，一笑置之，倒是让苏英撤了温酒这条线。苏英哀叹："这样也挺好。"

顾可馨问她："怎么，你又悟出什么心得了？"

"我哪有什么心得。"苏英说，"从前吧，我觉得你就是个怪物，为了打败萧情，把自己造成了一个怪物，现在想想，完全不值得，还好景园把你拉回来了。"

顾可馨闻言只是沉默，两人没再讨论这个话题。景园的工作不是很忙，除了几个通告，她都待在家里，反倒是顾可馨忙得不可开交，不过她会在要去的地方提前定好房间，抽空和景园见面。

这样"明目张胆"的见面，自然也有风险，偶尔会被媒体捕捉到一些影子，但顾可馨全可以挡了回去，都不需要景园出面。

当然，即使景园出面媒体也不会问出什么，她冷漠得很，问什么都是一句"找我经纪人"，完全不给媒体打听八卦的机会。

日子安逸久了，就会不记得时间，眨眼，又是一年过去。偶像剧的宣传期定了下来，《一梦》的剧组也准备完毕，演员全部就位，顾可馨听到女配叫简烟时还愣了下，觉得很耳熟，旁边有人提醒："顾老师，这是以前的艺人。"

顾可馨这才想起来，简烟退圈那会儿闹得沸沸扬扬，她没放在心上，继续和景园忙宣传的事情。算起来，这是她们第二部合作的电视剧，剧组那边希望宣传那天能用签名会的方式，就当是给粉丝福利。

这个提议直接被顾可馨否决了，这种宣传方式适合她，但不适合景园，她和景园之所以能这么火，一半在于她"抛头露面"，一半在于景园"深居简出"。现在让景园出来签这个，不可行。

剧组那边十分惋惜，但也尊重她们的决定。宣传会后没多久，《一梦》开了发布会，顾可馨和景园到现场后，媒体震撼至极，没过多久，双影后三度合作的消息就传了出来。好好的发布会就这样硬生生成了粉丝应援会。

简烟回归，罗三日露面，双影后合作，全是大新闻，网络上喧嚣了差不多一周后，才慢慢安静下来，但《一梦》的官微早就被粉丝侵占了。

顾可馨对这些事情并不是很上心，她接到萧情的电话时正在卸妆，萧情淡笑着道："可馨啊，过两天有没有空？"

顾可馨给了金姐一个眼神示意，然后到窗口去接了电话："有空的，萧老师有什么事吗？"

"剧组宣传啊。"萧情轻笑，"怎么？已经忘了在阿姨这里拍的戏了？"

顾可馨目光一转："怎么会呢？阿姨是我的贵人，可馨不会忘的。"

"难怪赵禾说你嘴甜。"萧情说，"你呀，不去说相声都是可惜了，那咱们定下，后天，《抗战》的宣传会，一定要来。"

她这个老天花板和顾可馨这个新天花板，再加上百年艺人的那么多老前辈，强强联合，数管齐下，她就不信，这次百年艺人的项目还能出差错。

顾可馨应下："好，我知道了。"

挂了电话，她回到梳妆台前卸妆，金姐一个劲地夸她皮肤好，顾可馨只是笑笑。完事后苏英走进来，顾可馨问："查到什么了？"

"没什么。"苏英说，"萧情《抗战》开始宣传，联系你了吗？"

顾可馨晃了晃手机，苏英翻白眼："我就知道，你现在可是香饽饽，她怎么可能不啃一口。哦对了，我查到她把百年艺人那个项目重启了。"

顾可馨点头，神色没有意外，她起身说："走吧。"

苏英跟着她出门，问："今天景园是不是没出去？"

"没有。"顾可馨说，"她在家里看剧本呢。"

《一梦》开拍半个月，难得休息，她就被莫离拉出来做宣传，景园还待在家里。苏英说："人比人气死人，你说叶辞夕怎么那么好命能跟着景园呢？多轻松。"

顾可馨侧头："最近你和景园的助理走得很近？"

"正常交友。"苏英反驳，"我也是需要交际圈的。"

顾可馨被逗笑，她点头："好，那苏小姐的交际圈最近有什么有趣的事情啊？"

苏英没忍住："滚。"

顾可馨笑出声，同苏英一起出了化妆室，外面的墙上挂着的大电视里，正在放最近特别火的一档综艺，里面有个熟悉的身影。

屏幕里有人唤："温酒，传给我！温酒！"

顾可馨转头看了一眼，随即收回视线。

温酒那件事之后，邵清清主动站出来道歉，承认了之前做过的部分事情。网友吵得沸沸扬扬，以为又是一部连续剧，谁料最先爆料的那人没再出现，这件事不了了之。邵清清的电视剧搁浅了，没放出来。

一直到上半年快结束时,温酒上了一档恋爱节目,作为里面年纪最小的艺人,她长相漂亮,性子温软,自带少女感,成了好几个艺人想组CP的对象,关键是她和任何一个艺人组合都十分好嗑,收视一期比一期走高。策划琢磨出了一点意思,干脆也不强制组合,而是把温酒打造成了团宠,温酒就这么用另类的方式走红了,没过两个月,她的电视剧也顺势播出,现在也算小有名气。

苏英知道她不爱听这些消息,所以平时都不提,但都是一个圈子的,怎么可能一点儿消息都听不到,尤其温酒没有和莫离解约,还是她同门师妹,有时候记者采访,还会问到她和温酒的关系。

顾可馨自然一笑置之,三言两语搪塞过去。

回去的路上,顾可馨接到了郁姿的电话,说是让她过去拿点小菜,都是景园爱吃的。顾可馨眼底满是笑意,说:"好,我知道了,马上就过来。"

郁姿喜滋滋的:"今天没工作?"

"没有。"顾可馨说,"今天休息。"

"偶尔也是要休息的嘛,你们又不是铁人,我听老宋说,你特别忙,要照顾好身体啊。"郁姿老生常谈,顾可馨却有种岁月静好的感觉,她笑:"好,等见面说。"

见了面,郁姿把包好的小菜递给她:"不够了再过来拿,家里多着呢。"

顾可馨点头:"谢谢师母。"

"你这孩子,谢什么谢。"郁姿说。

"还有你。"郁姿对着一旁的苏英说,"苏英啊,你比可馨还大一点呢,什么时候把对象带回来啊?"

苏英摸了摸鼻尖:"师母,我会努力的。"

"这事儿光努力没用啊,你得找机会,你告诉师母,你喜欢什么……哎……"

苏英拽着顾可馨就跑，边跑边说："师母，我们还有点事，先走了。"

郁姿在她们身后，满是不赞同地摇头。

上车后，苏英才吐出一口气："下次我不陪你进去了。"

顾可馨失笑："师母也没说错啊。"

"你就幸灾乐祸吧。"苏英说。

到家后，苏英送她上去，景园说做好了晚饭，让苏英留下吃饭，苏英推说还有事。顾可馨进门后，苏英冲她挤眉弄眼的，景园在一边看得拧眉。

等到苏英离开后，景园问："怎么了？有事？"

顾可馨拎起手上的袋子："师母给你的。"

景园眼底有亮光，她接过后面带笑意，对顾可馨道："你去师母家了？怎么没告诉我？"

顾可馨见状，跟在她身后进了厨房，看着她将一个个盒子放进冰箱里，以前空荡荡的冰箱现在放得满满当当，就如她心里的世界，从贫瘠到灿烂。

CHAPTER

33

故人

If the golden sun,

Should cease to shine its light,

Just one smile from you,

Would make my whole world bright.

——*Stray birds*

　　顾可馨忙碌了两天，终于等来了《抗战》的宣传日，原本她是想让景园一起去的，景园却有个拍摄离不开，没辙，顾可馨只好一个人去。

　　上次见到萧情，是很久以前的事情了，顾可馨下车后，记者蜂拥而至，直接把她围死了，哪怕苏英在前面帮忙挡着，也没扛住记者的这波攻势。问题层出不穷，还有个问题差点把话筒捅到顾可馨的嘴边。顾可馨突然站住不动了，这个变故让身边的人都有点蒙，那些记者也下意识地停止了推搡，看着顾可馨。

　　两分钟后，顾可馨才开口，依旧是温和的态度："大家想问什么可以等会儿问，我尽量配合，不要引发事故。"

　　记者被说得鼻子一酸，他们这些人在艺人面前，经常被骂没道德，可捧着这碗饭，就得干这行事，总编催得紧，他们也只好追着问，被骂也认了。只有顾可馨不同，每次见到他们都特别善意的提醒。

　　不知道谁先开了个头，记者群里自动让出一条道来，顾可馨和苏英走在中间，冲两边的记者点头。闪光灯噼里啪啦，站在酒店大厅里的女人捧着红酒，身侧的人说："萧老师好眼光，投资了顾小姐。"

　　圈子里不知道多少人想投资她，可今非昔比，顾可馨现在已经是很多人投资不上的身价了。

　　萧情抿了一口酒笑，侧头问："小酒来了吗？"

"还没到呢。"助理说，"还要一会儿，要不我们先开始吧。"

萧情点点头，没再说什么，等顾可馨进来后，她主动端着一杯酒走过去，递给顾可馨。她身穿一袭白色长裙，优雅极了，顾可馨看了她一眼，接过酒水，笑："谢谢萧老师。"

"别客气了。"萧情说，"那些老前辈在等你呢，过去打个招呼吧。"

顾可馨跟在她身后走到几个老前辈面前，都是在一个剧组待过的，顾可馨的脾性他们熟得很，现在看到萧情带着人过来，不由纷纷感慨："老啦，一代新人换旧人了。"

萧情拍拍顾可馨的肩膀："新人要敬酒。"

一举一动都在带动顾可馨，好似在教她做事。门外等着的记者迅速拍下这一幕，标题都想好了。

顾可馨没犹豫，立刻端起杯子和几个前辈敬酒，气氛融洽，相谈甚欢。顾可馨本就能说会道，没一会儿就把几个老艺人哄得高高兴兴的，萧情站在一旁端着杯子直摇头。助理问："萧老师，怎么了？"

"可惜了。"萧情想，这么好的苗子，偏偏不肯进不凡。这两年，她忙着拍戏、做公益，宣传名声，不凡被京仪彻底压了下去，现在就需要顾可馨这样的人才能起死回生，可顾可馨怎么都不同意她的条件。

萧情有些烦躁地抿了一口酒，助理说："萧老师别急，等咱们温小姐有起色了，未必没有顾小姐这个成绩。"

"不一样。"萧情只说了这三个字，没再多言。温酒怎么能和八面玲珑的顾可馨相比呢？云泥之差，好在温酒懂事听话，让她在外面浪了一年，现在也该收收心，准备来不凡了，也算是个好结果，就算没有顾可馨那般造化，她也要捧温酒继承她这个位置。

萧情端着杯子，定定地看着顾可馨。

顾可馨和前辈们周旋一番之后，手机响起，她走到窗口处打开手机，是景园发来的消息，问她有没有开始。

还没有。

我抽不开身。

景园有些懊悔，顾可馨和萧情见面，她还是应该作陪的。

好好工作，别乱想。

景园发了个表情包过来，顾可馨回了她一个拥抱的表情。

顾可馨面带笑意，目光柔和，刚放下手机，身后就传来熟悉又陌生的声音："顾老师。"

她转头，温酒站在身后。

温酒穿着一身淡青色及膝裙，很衬她的肤色，脚上是同色高跟鞋，细细的带子缠在小腿上，透着灵气。她是非常适合这种造型的，宛如误入人间的小仙女，漂亮又可爱。

顾可馨看着她，点点头："你也来了。"

"嗯。"一年不见，温酒身上多了些成熟，这是时间留下的痕迹，她不再兴冲冲的，看到顾可馨便两眼发光、神色兴奋，她已经会很好的掩饰情绪了。

顾可馨目光暗沉，刚刚面对萧情她都能神色如常，现在看到温酒反而很难保持平静。

温酒端着杯子说："听说你和景姐姐又合作了。恭喜你们。"

顾可馨看着她，没来由地想到在剧组时，温酒那张总是漾着灿烂笑容的脸，好似永远看不懂她冷漠的脸色，总是贴前贴后地喊着"顾姐姐"。

还有她喝醉那次，她抱着自己，说："姐，你真香，真好。"

她闭了闭眼，攥紧了手里的杯子，声音微低："谢谢。"

温酒听出她声音里的紧绷，心里宛如刀割。自从那晚上顾可馨说了那番话后，她就刻意没再见过景园和顾可馨，景园每次打电话过来，她也推说要录节目，要忙，好像自己一个刚出道的小艺人，比影后还分身乏术，然后挂了电话她就抱着被子哭，没日没夜地消沉。

直到有一天，她拿东西时看到顾可馨递给她的文件袋，她才恍神，过了很久之后，她给莫离打了电话，说想要争取一切可以露面机会。

她运气好，上的第一档节目就爆了，后面更是成了团宠，因为她年纪小，所以人人都照顾她，可越是这样，她就越难受，她不知道为什么顾可馨这么讨厌自己。

或许是因为自己和景园走得太近了，又或许她本来就讨厌自己，温酒说服自己不要再想顾可馨的事情，很成功，长达一年的时间，她都刻意不去听这个名字。今天也是特殊情况，她才过来，看到顾可馨在，她就忍不住过来打招呼。

但顾可馨紧绷的声音让温酒意识到，她还是讨厌自己，和从前一样。

温酒端着杯子，心尖冒血一般止不住的疼，她咬唇道："那我去和其他人打招呼了。"

顾可馨不置可否。

温酒转过离开，顾可馨看着她苍白的侧脸，没有说话，低头抿了一口酒。苏英不知道什么时候到了她身边，小声道："这温酒，还挺喜欢你的。"

"你要？"顾可馨讥讽，"我让她喜欢你。"

苏英知道她不爱聊这些话题，做了个给嘴巴缝合的姿势，转头看着她说："什么时候结束？"

"还有采访吧。"顾可馨顺着台阶下，"估计还要一个小时。"

她低估了采访时间，一个多小时过去采访都没有结束，顾可馨很有耐心地坐在桌前，任记者拍照、提问。她在戏中只是一个小配角，阵势却像是主演，还是在萧情坐下后，闪光灯才转移了过去。

采访过后，萧情安排了午饭，她让助理把温酒叫了过来，对她说："你去请可馨过来一起吃饭吧。"

温酒微诧："让你助理去吧。"

萧情皱了皱眉："你怎么回事？"

她记得以前温酒提到顾可馨都是很激动很兴奋的，这次却摆出这个态度，萧情秀眉拧起来，眼底都是试探。

温酒说："我还有事，不想去，你让助理去吧。"她若是去请顾可馨，肯定会被拒绝的，温酒没能力一天承受两次伤害。

萧情却说："小酒，你现在和可馨多接触不是坏事，而且你以前和可馨的关系不是挺好的吗？"

那都是多久以前的事情了，她的演技有这么好吗？就连她妈都没有看出来她和顾可馨有了隔阂？还是说，萧情的注意力其实从未放在她身上？

温酒顿了顿，说："反正我不去，要去你自己去。"

萧情拉下脸："温酒！"

温酒别开视线。最近萧情让她回不凡，她在外面待了一年多，最近她爸爸经常说萧情腰疼，身体不好，所以她才想回不凡发展，但她不想因为这个和顾可馨套近乎。

原本就讨厌自己，再凑上去得是什么样，温酒不想看到顾可馨厌恶的目光，她承受不住。

萧情不知道温酒这是怎么了，突然转性似的，怎么都不肯去。她抿唇，叫来助理，让助理去请顾可馨，温酒听到两人的谈话，背起包说："你们说吧，我先走了。"

助理看着她离开的背影，问："温小姐怎么了？"

萧情没说话，她带着助理走出休息室，看到还在大厅里和众人说话的顾可馨，说："去吧，一定要把人请过来。"

助理点头，刚准备走，又被萧情叫住，转头问："萧老师还有什么吩咐？"

萧情盯着顾可馨，又看了一眼从另一边出了大厅的温酒，说："去查查小酒和顾可馨之间发生过什么事情。"她说完强调，"从顾可馨去J国开始查，尽快。"

助理不明所以，还是应下："明白了。"

两人齐齐看着顾可馨，顾可馨察觉身后的视线，转过头，撞进萧情的目光里，见萧情露出一个淡笑，她也端着杯子示意，嘴角挂一抹笑，目光幽深。

萧情助理的办事速度很快，没过多久就把所有能查到的资料全部交给了萧情。

萧情看完资料，又回头扒了扒温酒和黎总的事情，说："那晚莫离为什么没去？"

"好像是顾小姐和广告方那边出了点问题，她去交涉了。"这是助理额外查到的消息，萧情却拧着眉盯着手上的资料，目光沉沉。

"萧老师，有什么问题吗？"

萧情说："搁着吧，等我再看看。"

助理不疑有他，放下后就准备离开，萧情问："让你请宋明来编曲的事情，有消息了吗？"

"宋老师最近出国了。"助理回她，"我问过了，下个月回来。"

萧情点头。

《抗战》过后，她需要出个单曲加持热度，原本没打算邀请宋明，后来在《佳人》里相处一段日子，宋明对她的态度明显好转。这次的《抗战》，宋明不知道是不是看在顾可馨的面子上，还帮忙宣传了，是好事，她决定乘胜追击，和宋明合作，再掀热潮。

网友捕捉到了这个讯号，追到她微博下面问是不是要和宋明合作。自然也有人问宋明。

宋明和萧情不同，他素来直接，但这次因为顾可馨和景园，他没下死口，而是说有机会吧。

这句话和他平时的态度不同，媒体顿时做起了文章，好在圈子里一天一个新鲜事，他们这种没确定的事情只被当成是谣言，刮一阵风就过去了。

现在圈子里比较火的除了景园和顾可馨，还有简烟和罗三日，两人火起来的速度宛如坐云霄飞车，在罗三日和简烟频繁互动的情况下，更是一骑绝尘，两人的超话迅速爬到广场前五，景园好几次在下戏后看到剧组成员调侃简烟。

简烟的性子倒是很随和，和顾可馨的温柔不同，她身上有种说不出的舒适感，最主要的是她很有分寸，知道该说什么，不该说什么。这种性子的人很适合做朋友，所以景园偶尔也会接受简烟的示好。

顾可馨还是一如既往的忙，除了拍戏，她几乎没有个人时间。有几次景园和顾可馨一起从更衣室出来，正巧碰到简烟，被简烟那么看着，她还会有两分不好意思。

顾可馨偶尔还说："什么时候简小姐成了你朋友啊？你对我一开始可都是爱搭不理的，怎么对人家就亲亲热热的？"

这样的话景园听过几次，直接笑哭，顾可馨就是个戏精，一天不演戏，浑身难受。虽然如此，顾可馨还是说："挺好的，以前没有的，现在都有了。"

没认识顾可馨之前，景园想，一个人怎么可能拥有幼稚和成熟两种特性，认识顾可馨之后她才知道，不仅有，顾可馨还能把两种特性融入得很好。

七月末，《一梦》的拍摄接近尾声，景园下戏时听到有人问起顾可馨，回话的工作人员的表情她再熟悉不过。

"顾老师啊，去采访了吧。"

"又去采访？"

"是《抗战》的采访。"工作人员说，"《抗战》又加档期了知道吗？"

这谁不知道呢？《抗战》这部电影出来后立刻被推向大众，被宣传为每个 H 国人都应该看的深刻电影。上映半个月，这部电影被加了三次档期，照这个趋势，可能还会延档。

景园也跟着剧组去看过两次。这么多年萧情在电影圈学了不少，隐喻埋得很足，好几个镜头单拉出来就是一个对比，顾可馨也有两个镜头被称为名场面。

《抗战》有这么好的成绩，主演和萧情自然备受关注，采访邀约不断，据说近期萧情还要出歌，关于抗战的。确切消息还没出来，网友已经议论纷纷，景园自然也收到了消息。

"听说会和宋明老师合作。"工作人员小声说，"这波有戏，强强联合。"

"《佳人》那会儿宋老师不是不肯和萧老师合作吗？"

"哎呀，人都是会变的嘛，没看到宋老师很积极地宣传《抗战》吗？"

景园卸妆的手微顿，静静地听着身后的人说话。没一会儿简烟走进来，她身后跟着纪云昕。说来也奇怪，听说这纪云昕很忙的，日理万机，没想到进了剧组倒是经常碰面，景园瞥了一眼简烟，简烟有些局促地往前走，把纪云昕甩在身后。

景园拿着手机出去，给两人腾地方，工作人员在纪云昕进来后也乖乖出去了，谁敢在投资人眼皮子下面偷懒？怕是活腻了。

休息室顿时空下来，景园出去时还能听到简烟的声音，她没在意，走到一旁的风口给顾可馨打电话。

顾可馨刚结束采访，正要给景园发消息就看到了来电，她接起："怎么了？"

"你结束了吗？"景园坐在椅子上吹风，晃了晃腿，听到顾可馨嗓音稍低，答："结束了，你没事做？"

"嗯。"景园声音软下来,"在拍其他的戏,我休息。"

顾可馨轻声道:"无聊了?无聊的话就早点回酒店吧。"

景园目光微亮:"你回来了?"

"还没有。"顾可馨说。

景园展颜:"那你去拍摄吧,我在剧组再看会儿剧本。"

顾可馨依她:"知道了,那我先挂了。"

顾可馨放下手机的瞬间屏幕亮起,顶端闪过一条消息,顾可馨瞥了一眼,放下手机。

萧情新歌欲与宋明合作?

这消息不知道是从哪里传出来的,现在已经传遍了,宋明走到哪儿都有人问:"宋老师,您真的要和萧老师合作吗?!好啊!强强联合!"

宋明性子耿直,若是以往,他早就甩脸子走人了,偏偏萧情和顾可馨有合作,他又不能直接推掉,便没否决,别人只当他是默认,谣言就这么飞起来了。

等他回国时,谣言已经满网络传了。

宋明阴沉着脸,十分不悦,他身边的助理小声接了个电话,看向宋明,说:"宋老师啊,宋老师他暂时没空,还有点私事,今晚吃饭?估计没空。"

萧情的助理站在她身边汇报:"萧老师,宋老师没回去。"

"迟早要回去的,备车。"

助理疑惑:"您要去找他?"

萧情说:"去守株待兔。"

助理怔了几秒,明白过来,宋明出差回来,现在见不到人,那晚上总该回家。她说:"我马上去安排车。"

萧情点点头,到宋明家门口时,助理给郁姿打了个电话,说是想要拜访。郁姿虽然对萧情没好感,但因为景园和顾可馨的关系,她后来和萧情见面也算客客气气的,现在人家找上门,她哪有回绝的道理,只得把人请进家里来。

郁姿转头就给宋明打电话："快点回来！"说完她对萧情淡笑，"萧老师喝点什么？"

"您就别叫我萧老师了，宋老师是长辈，您叫我萧情吧。"

伸手不打笑脸人，郁姿顺水推舟："那好，你想喝点什么？"

"就开水吧。"萧情说，"刚好在附近有点事，听说宋老师今天回国，特地过来拜访，希望没有打扰到您。"

"没有。"郁姿给她端了一杯水，"咱们都是孩子的长辈，以后还是要多走动。"

萧情端着杯子笑："您说的是。"

郁姿和她闲聊了几句，免不了说到顾可馨和景园，萧情听得专注，偶尔附和，似是真为两孩子着想。郁姿听宋明提过，萧情对景园很好，从小带到大，礼数上，她不能怠慢了萧情。

萧情性子温和，她放下杯子道："宋老师今晚回来吗？"

"回来的。"郁姿说，"马上就要回来了，你先坐会儿，我去切点水果。"

萧情起身："我帮您。"

"坐坐坐。"郁姿笑，"你坐着就好。"

萧情被安排着坐下，她看着郁姿进了厨房忙活，这才抽空打量起四周，居家风的装修，温馨舒适，看得出来郁姿善于收拾，家里纤尘不染，干干净净，就连墙上挂着的壁画都亮得反光。

她快速扫了一眼，正要收回视线，忽然愣了下，转头一看，靠近楼梯口的墙边挂了很多照片，有些里面的底片已经发黄，有些则很新，显然不是同一时间拍的。萧情神色震惊，她起身慢慢走到一个相框下面，仰头看着，眉头紧皱，身后郁姿把盘子放在茶几上，笑着喊："萧情，吃水果。"

萧情迅速镇定下来，心跳却抑制不住地加快，似要窜出喉咙，好一会儿，她才用紧绷的声音问："这些都是您拍的？"

"年轻时候喜欢瞎捣鼓。"郁姿说，"有些是我拍的，有些是老宋拍的，都是朋友，很多不在了，留个照片，也算是念想。"

萧情盯着照片上的男人，脑中嗡的一声，喉咙似有血腥气涌出："这个人倒是有点眼熟。"

"哪个？"郁姿老了，那么远看不清楚，她凑近看，倏尔笑了："哦，老顾啊，顾青，是可馨的爸爸。"

顾青……顾青，顾可馨。

萧情怔在原地。

萧情想，她这辈子或许会忘了很多人，但独独不会忘记陆长白。她永远不会忘记，第一次见面时，那个长相清秀的男孩递给了自己一把伞，笑着说："你是叫萧情吗？我叫陆长白，住在你楼上。"

话还没说完，那个男人的脸已经红透，满是腼腆，一个大男孩在她面前，比她还娇羞，原本的不好意思顿时消散了很多，她冲着他笑："嗯，我叫萧情。"

"一起，一起出去吗？"陆长白干笑，"我可以陪你一起出去。"

好啊。

萧情记得，那时候，她是那么回的。最初，她真的以为，陆长白可以陪着自己一路走下去，她也尝试过，也尽了全力，可这个世界，不是付出了就有回报的。

"萧情？"郁姿问，"你怎么了？"

萧情回过神，淡笑："看他的身影有点像个老朋友。"

"顾青吗？"郁姿说，"他走了好几年了。"

萧情喉间满是血腥气，浓郁的味道令人作呕，良久，她问："这就是顾可馨的父亲吗？"

"是啊。"郁姿感慨，"真是够狠心的，说走就走，把可馨一个人撤下，不管不顾的。"

萧情垂在身侧的手蜷缩起来，她点点头："人各有志。"

郁姿叹了一声："走吧，我们去吃水果。"

萧情刚转身，手机响起，她接起，听了两秒，说："我知道了，马上回来。"

郁姿问她："你不等老宋了？"

"我有点事。"萧情看着郁姿，目光温和如常，"麻烦您和宋老师说一声。"

郁姿点头："哎，好。"

萧情转身离开了宋家，上车后，助理很奇怪："萧老师，是有什么事情吗？"

听说宋明马上就要到家了，萧情怎么这时候出来了？助理不理解，萧情也没解释，她沉着一张脸，转头看着宋家，目光沉沉，良久，她开口："开车。"

冷冰冰的语气，让助理打了个寒战，她不敢再问，只得开车离开。

萧情去了公司，下车后直奔办公室，少有的失态。助理跟在她后面，差点没追上。萧情进办公室之后就把自己锁在里面，不知道忙些什么，有人走过来想敲门，被助理拦下："别进去。"

"萧老师怎么了？"

助理摇头，她也不知道，但总归不会是好事。

没过多久，办公室的门被打开，萧情站在门口说："进来。"语气凉薄，一双眼藏着霜雪，冷得很。

助理咽了咽口水，走进去，低头道："萧老师？"

"去帮我做两件事。"萧情抬头，"联系下李硕。"

助理点头："那第二件事呢？"

萧情想了会儿，转头看着桌面上散落一地的资料。

顾可馨结束拍摄时已经十点半了，苏英和她上车后说："刚刚那个主持人有毛病吧，一点不懂尊重别人的隐私！"

她的话逗笑了顾可馨。

苏英说："不过说真的，可馨，你还没把那件事告诉景园她爸妈吗？我和你说，就景园她妈那脾气，可不是好惹的，如果发现咱们骗了她这么久，你可要掂量好后果。"

顾可馨按着微疼的头，说："我知道。"

就是知道赵禾的脾气，所以才没法说，顾可馨微叹了口气："再说吧。"

至少等这次解决了萧情的事情，她再去请罪。至于赵禾要怎么责罚她，她都认了。

苏英还想再劝两句，见状也不好再说什么，只得专心开车。

顾可馨回酒店后没看到景园，倒是瞧见景园的手机放在茶几上，她拿起来看了两眼，又转头看了看卧室。卧室的灯亮着，景园刚从卫生间出来，秀发还湿漉漉的，她走到顾可馨身边，问："怎么这么迟？"

顾可馨说："有点事耽误了，过来，我给你吹头发。"

景园很自觉地坐在镜子前，吹风机热烘烘的，将她的秀发一点点吹干，顾可馨是特别有耐心的人，每次都将她的秀发吹到全干才罢休。

景园有几次抗议："半干就行了。"她掰正景园身体，指挥道："坐好。"

景园觉得有时候她的作风特别老干部，顾可馨每次都反驳："这叫养生，我比你年纪大，肯定知道的比你多。"

她这副语气每每都能逗笑景园。一本正经说自己年纪大，可再一想，这都三年多了，景园也不再幼稚天真。她看着镜子里的两个人，转头喊："顾可馨。"

顾可馨说："怎么了？"

景园眉眼带笑，叫："顾可馨。"

顾可馨没回话，耐心地将她的秀发吹干，然后才去洗澡，回来时景园已经睡着了。

窗外月上树梢，摇摇晃晃，很快隐在黑暗里，待新一轮日光。

次日是顾可馨和景园的主场，她们一整天都待在剧组里。剧组里谈论的八卦就那么几个，从景园和顾可馨，到简烟和罗三日，再到最近经常过来的纪云昕。景园下戏时看到简烟看着一旁的孩子发呆，她微微拢眉，顾可馨问："看什么呢？"

"没什么。"景园压下心里怪异的感觉，摇摇头，回更衣室换衣服。

下午倒是没有上午那么忙了，景园还抽空给温酒回了消息，那端回复——

谢谢景姐姐这一年多的照顾，我还是决定回不凡。

景园恍惚，很久以前，温酒信誓旦旦地站在她面前，握着拳头肯定地说："我才不去不凡，我要自己闯！"语气充满仰慕，"我要学习顾姐姐！"

可就从那夜顾可馨和她说过话之后，景园再没有从温酒这里听到过顾可馨的名字，也再看不到她朝气蓬勃的笑脸。每个人都在成长，温酒也不例外，那个懵懂莽撞的孩子，现在也成熟了。

什么时候回去？

快了。这两天我就要去签合同。

温酒还想问景园能不能出来喝一杯，这一年多，她交了很多朋友，却也失去了很多朋友，有些人，甚至朋友都称不上，可是想到顾可馨，温酒还是将打好的字全部删掉。

景园看着上方显示正在输入，却良久也没消息，她顿了顿，回复——

去之前，要不要见一面？

温酒的眼睛亮起，手心出汗，她很想顺从心底的想法，但几秒后她回复——

不了，景姐姐，等下次见面吧，我最近有点忙。

景园没强求，她让温酒好好照顾身体后就放下了手机，转头便看到了顾可馨，景园启唇："可馨。"

"马上下一场。"顾可馨说，"去换衣服，补个妆。"

景园压下到嘴边的话，点头："好。"转身去后面补妆。

顾可馨看向她离开的方向，沉默了两秒。苏英快步走进来，看向顾可馨，表情很着急，她鲜少如此，顾可馨瞥了一眼她的神色，说："怎么了？"

"旁边说。"苏英说完拉着顾可馨往空地走，脚步匆匆，顾可馨微微拧眉："到底怎么了？"

苏英左右看看，说："你知道萧情重启百年艺人项目的事情吗？"

"知道。"顾可馨脸色微变，"伯母同意了？"

"压根儿就没有经过赵禾！"苏英语速很快，"也没有经过景家！"

顾可馨下意识说："不可能。"

这件事本就是最后由景家把关，不经过景家，怎么可能？苏英说："你知道李硕吗？"

李硕？顾可馨觉得很耳熟，她想了几秒，上网查了查，看到那些资料脸色微白，问苏英："她什么时候认识的李家？"而且还是百年艺人这么大的项目。

李硕又不是赵禾，为什么要帮萧情兜着？

苏英说："她之前从没有和李家有过接触。"

就是因为这点苏英才觉得不可思议，她们有萧情回国到现在的所有行程，别说李家，就是和李家有关系的人，萧情都没有接触过，现在突然冒出来一个李硕，倒是把她们难住了。

这个李硕，地位和景述差不多，如果他开口支持萧情，加上最近《抗战》带来的正面影响，百年艺人这个项目百分百会成功。

顾可馨也想到了这点，头倏然很疼，李硕的突然加入，让整件事都变得棘手。苏英说："我们去找赵禾吧。"

一阵风吹来，树上的叶子哗啦啦作响，顾可馨沉默了好一会儿说："你去我家里把保险箱里所有的资料都拿过来。"

苏英看着她，突然有种这条路走到头了的错觉。

这次，她们终于要和萧情正面对上了。

CHAPTER

34

夜谈

If the golden sun,

Should cease to shine its light,

Just one smile from you,

Would make my whole world bright.

——Stray birds

苏英想过很多种可能，或许有天顾可馨憋不住了，会在众人面前大声指责萧情，或许顾可馨会在网上揭露萧情的真面目，或许……

她想了很多，但没想到，当这一天真的来临，她居然有些紧张。

六年了，苏英陪在顾可馨身边，看着她忍辱负重，看着她打落牙齿往肚子里吞，看着她放弃喜欢的音乐走进这个圈子，看着她一步步运筹帷幄，从什么都不懂的少女，到现在独当一面，站在众人敬仰的高度。

苏英感慨，一切终于要结束了。想到这里，苏英的内心竟涌上无比复杂的情绪，她将车停在路边，调整好情绪才进屋拿资料。

另一边，网上关于百年艺人评选 H 国形象大使的消息不知道怎么传了出来，霎时间舆论纷纷，《一梦》杀青那天，顾可馨坐在更衣室里拨弄手机，景园问："你看到我的包了吗？"

顾可馨没回话，兀自低头看着手机，景园觉得好奇，走过去低头一看，见顾可馨手机上全是百年艺人的消息。

百年艺人的形象大使，完全符合啊！百年艺人本就代表我们娱乐圈的形象，没问题的！

给现在青少年树立一波正能量，而且艺人影响范围广，我觉得完全可行！

上次那个《抗战》哭惨我了，希望以后百年艺人多多出品这样的电影，这才是我们当代年轻人应该看的电影，不说了，给萧老师无条件打call！

景园是知道百年艺人这件事的，前两年这个项目还是景述经手的，后来发生那样的事情，她还以为不了了之了，没想到时过两年，又被阿姨拎了出来。

现在的时机确实不错，景园前两天回家时听到景述说起这事，还说李家那边也支持这个项目，加上现在的舆论，项目通过只是时间问题。

景园不知道顾可馨是怎么想的，她低声道："可馨？"

顾可馨依旧看着手机，景园戳了戳她的后背："顾可馨？"

"嗯？"顾可馨看向景园，问，"怎么了？你换好衣服了？"

景园默了默，这么明显的戏服，顾可馨居然也能认错，不知道该怎么说她好。最近景园发现顾可馨特别心不在焉，好几次台词都说错了，连导演都过来问她是怎么一回事，自己问了，顾可馨没说。

"等会儿杀青宴，你就不要去了吧。"景园说，"我帮你和导演请个假？"

顾可馨回神，看向景园道："没事，你们先去，我一会儿就到。"

景园唤道："顾可馨。"

顾可馨仰头，点点景园的鼻尖："去吧。"

景园只好进更衣室换衣服，再出来时顾可馨已经不在了，她问叶辞夕："顾可馨呢？"

"顾老师啊，"叶辞夕说，"好像出去了，可能先去酒店了，咱们也出发吧？"

景园没犹豫，跟在叶辞夕身后去了酒店，上车时她看到简烟站在门口，门外停了两辆车，车窗开着，一个是罗三日，一个是纪云昕。

简烟看到景园出来，立马像找到了救星似的，她对景园道："景老师，能不能捎我一程？我车坏了。"

旁人若是说这样的话，多半是搭讪，简烟却不是，毕竟外面那两个人还等她上车呢。景园点头："可以。"

在纪云昕和罗三日迫人的目光下，简烟随景园上了车，她说："谢谢景老师。"

景园淡笑，她们在剧组的关系谈不上非常好，但景园对简烟颇为照拂，简烟也好奇过原因，以为景园不会说，谁料对方说了一句："看到你就想到以前的我。"

以前的她？简烟倏然想到景园刚出道那时候的事情，只是到了现在，那些事早就被媒体扩大夸张化，她还真不知道景园以前到底经历过什么事情。景园没解释，只是笑笑。

剧组里最近都在吃简烟的醋，说她得了景园的青睐。这要得顾可馨的青睐，大家都无所谓，毕竟顾老师多好的人啊，对谁都温柔。可那偏偏是景园，出尘仙子景园，那么冷冰冰的一个人，只对简烟好，众人都嫉妒死了。

简烟也不是不感恩，她上车后想了好久，说："景老师，以后需要我帮忙的地方，尽管说。"

景园刚想说不用，转而想到顾可馨的作风，她点点头："好啊。"

简烟笑开。

到酒店之后，景园看了一圈都没看到顾可馨，她立马给顾可馨发了消息，良久才收到回复——

顾可馨：来了。

顾可馨放下手机，身边苏英说："我们直接去景家吧？"

萧情的东风到了，温酒的发展喜人，是可见的财富，《抗战》成绩不菲，网上一致好评，如今还有李硕在帮忙，就如网上所说，这个项目通过只是时间问题。

现在唯一能阻止这件事的就是景家了。

可顾可馨迟迟没有过去，她第一次犹豫这么长时间。苏英知道她在犹豫什么，赵禾和景述不知道她的身份，如果知道被诓骗了这么久，或许会阻止百年艺人的项目，但同时，也会阻止顾可馨和景园的来往。

顾可馨忌惮的就是这个。

苏英怕弄巧成拙，所以没敢多说，只是让顾可馨好好想想，顾可馨靠在椅背上，对苏英说："先去吃饭吧。"

杀青宴上，每个人都很高兴，顾可馨融入其中，也喝了不少的酒，景园在旁边劝着："少喝一点。"

"没事。"顾可馨看着她，"我还没醉。"

景园劝不住她，让叶辞夕去买了解酒药回来，给顾可馨塞了一颗，顾可馨淡笑着，转头看了景园很久。

景园没好气地说："你看什么呢？"

"看你漂亮。"顾可馨又恢复了不正经的样子，"多看两眼。"

要不是人多，景园真想问问她在发什么疯。

杀青宴过后，导演安排众人回去，景园和顾可馨一起走。酒店门口有个大喷泉，水声哗啦啦，灯光打在水面上，波光粼粼，顾可馨定定地看了一会儿。不知从哪里蹦出来一颗石子，砸进水里，溅起无数水花，不远处有人喊："又乱砸东西，你要是砸到人怎么办？"

一个屁点大的孩子被拎着耳朵拽进酒店，外面只余下孩子的呜咽哭闹声。

顾可馨回过神，见刚刚平静的水面一圈一圈荡起波澜，她转头看着景园道："你今晚回家吗？"

景园顿了顿："不回去啊？"她有些疑惑，"怎么了？"

顾可馨说："回去吧。"她轻吸一口气，"我陪你回去。"

景园秀眉拧起，不太懂顾可馨到底要做什么，不过她向来尊重顾可馨的决定。既然顾可馨想和自己回家，景园也不会拒绝，她点头："好。"

"你爸妈都在家吧？"顾可馨突然问，景园说："我问问我妈。"

她说着给赵禾发消息，几分钟后她走到顾可馨身边："我妈说都在家呢。"

顾可馨闭眼，轻声道："走吧。"

两人往车库走，半路上顾可馨晃了下手，不小心打到了景园的手背，景园转头，看着顾可馨，直觉有些奇怪，她忍不住想，顾可馨到底要做什么？

景园喊："顾可馨。"

顾可馨侧目："嗯？"

她目光晶亮，喝了那么多的酒都不见醉态。景园定定地看着她，顾可馨突然被她的样子逗笑，这是她今晚难得的一个发自内心的笑，如月光照在花上，异常的美。

苏英和叶辞夕小跑过来，叶辞夕疑惑地道："景老师，你们去哪儿了？我找你们半天。"

景园说："吃多了，四处走走，你等会儿直接开车回去吧，顾老师送我回去。"

叶辞夕垂头："好的。"

虽然她不够机灵，但好歹跟了景园几年了，也能琢磨出点景园的意思了！

叶辞夕走了，景园陪顾可馨走到车旁，刚打开车门，就听到不远处传来开车门的声音，接着车上下来一个穿着小西装的女人。景园愣了下，她认出来，这是阿姨的助理。

"顾小姐，"助理站在顾可馨面前，态度恭敬，"萧老师让您过去一趟。"

顾可馨看了她一眼，又看了一眼她身后的车，黑漆漆的车窗里不知道有什么，她抿唇，目光平静："可以，我先送景园回去。"

"景小姐我们可以安排送回去。"助理虽然气势不强，但句句逼人，"萧老师等您等得很着急。"

顾可馨攥紧手，她说："好，我和景园说一声。"

助理往后退了两步，景园问："怎么了？"

顾可馨推着她上了车后座，说："我还有点事，让苏英送你回去。"

她目光灼灼，几秒后突然喊道："景园。"

景园心整个悬起来，陡然有种心惊肉跳的感觉，脊背也出了汗，她说："我陪你去。"

"不用。"顾可馨笑，"你还有其他事。"

景园拢眉："什么事？"

顾可馨将自己的包递给她，说："如果到明天我还没联系你，你就把这个包交给你爸。"

景园担忧道："顾可馨！"

"别乱想。"顾可馨失笑，萧情既然能让助理在大庭广众下来接她，肯定不会做什么，不过就算没有危险，她也不想景园跟着去，这么安排，不过是想让景园回家而已。

景园眉头紧皱，顾可馨冲她笑笑，伸手点点景园的眉中心，对苏英说："送景园回去。"

苏英欲言又止，从后视镜对上顾可馨的目光，见顾可馨神色平静，苏英点点头。

身后助理叫："顾小姐？"

顾可馨回话："来了。"

她起身准备过去，冷不丁被人拽住，顾可馨转头，看到是景园，她拍拍景园的手背，松开了景园的手。

景园看着顾可馨往另一辆车走，孑然一身，身上缀满路灯落下的光，仿佛能划破一切黑暗。

　　萧情的别墅很大，上下两层，书房在一楼最里面的位置，门半开着，有光透出来。萧情正盯着面前的电脑看，那是一段采访，顾可馨坐姿随意，面对镜头微笑着，眉目间满是温和："不介意，不过我父亲去世好几年了，我不是很想谈这个话题。"

　　主持人一脸愧疚："那我们换个话题。"

　　顾可馨点头笑。

　　萧情点在暂停键上，顾可馨的笑定格在屏幕里，书房门被敲响，萧情抬眸，听到用人说："夫人，客人到了。"

　　萧情沉默两秒："让她进来。"

　　顾可馨进了书房，见萧情正坐在沙发上倒茶，她走过去，唤："阿姨。"

　　萧情倒茶的手一顿，又若无其事地倒了一杯，转身递给顾可馨："听说今天是你们杀青宴，喝酒了吗？"

　　"喝了两杯。"顾可馨接过茶杯，"谢谢。"

　　"客气什么。"萧情说完看向助理，助理会意，退出书房，只留下顾可馨和萧情两个人，

　　萧情说："坐。"

　　顾可馨没犹豫，坐在沙发上，她抿了一口茶，微烫，还有些苦涩。

　　"我不是很喜欢喝茶。"萧情说，"你呢？"

　　顾可馨垂眼，手托着杯子，指腹摩擦着边缘，道："我也不是很喜欢。"

　　"巧了。"萧情目光平静，"我们还有这么多共同爱好呢。"

　　顾可馨放下杯子，听到萧情说："前阵子我去了趟宋老师家，看到了一张照片，很眼熟，后来我才发现，是个熟人。"

　　萧情侧目："你猜是谁？"

顾可馨喉咙宛如塞了棉花，一股气堵在那里，胸口闷得慌，面对萧情探寻的目光，她说："不知道。"

"叫顾青。"萧情说，"你说巧不巧，我以前认识的那个人，虽然不叫顾青，但他和顾青长得一模一样。"

"顾可馨。"萧情脸色微沉，凤眼眯起，声音陡然冷下来，"你知道你爸以前叫什么名字吗？"

顾可馨如鲠在喉，心脏怦怦怦乱跳，剧烈而急促的震动让她有些头晕，顾可馨双手放在膝盖上，少有的保持着沉默。

萧情又问："你想做什么？"

好半晌，顾可馨平复好心情才开口："我想做什么，不是很明显吗？"

"好。"萧情嗤笑，"所以你从一开始进这个圈子，就是为了报复我？接近景园、景家、我、小酒，阻挠我百年艺人的项目？顾可馨，你进圈这么多年，就学了这点手段？荒唐！幼稚！可笑！"

顾可馨的身体绷紧，一张脸微沉，目光漆黑，听到萧情的嘲讽，她启唇："是，我是比不上足智多谋的萧老师，抛夫弃女，利用一个女孩子的仰慕之心，对自己亲生女儿不闻不问。我是幼稚，可我不无耻。"

"无耻？"萧情倏然笑出声，像是听到了什么笑话，她趴在沙发边缘，笑声尖锐，"我无耻，顾可馨，和你父亲做的那些事情比起来，我干净得很。"

"你不配提他！"顾可馨怒目，一双眼睛里满是火光，她不想再从萧情嘴里听到她父亲的任何事情，萧情她不配！

"不配提他？"萧情咬牙，"是他不配，他不配死得那么轻松！"

顾可馨看着萧情，突然觉得萧情说的一点也没错，她可笑又幼稚，她为什么会认为这个女人会对陆长白有歉疚之心？她为什么会认为萧情会后悔？

萧情不会，这个女人已经疯了！

顾可馨苦笑，站起身，因为动作太大撞到了茶几边缘，杯子晃了下，有水溢出，顾可馨说："阿姨，没什么事，我就先回去了。"

她说完头也不回地准备离开，身后，萧情慢条斯理地开口："顾可馨，你就不想知道，我为什么不要你吗？"

顾可馨的脚步顿住，萧情直白的话如一把刀扎在她胸口，溅起血水，疼得她险些站不稳。

为什么不要她？怎么不想知道？

从小到大，这个问题困扰了她无数次。

是不是因为她不够乖？是不是因为她不听话？还是她不够优秀？

她还记得，小时候她抱着萧情的腿哭求，说自己一定会听话的，求萧情留下自己。可回应她的，是萧情决绝的背影。

顾可馨闭眼，双手紧握，全身的筋骨紧绷着，疼痛迅速蔓延，流窜至全身，她声音紧绷："为什么？"

时隔多年，她怨恨这么久，听到萧情提起，第一反应居然不是离开，而是想问问为什么。

这下意识的反应让顾可馨胸口一阵沉闷，脸色煞白。

萧情端起面前的杯子，沉着脸一饮而尽，再抬头看向顾可馨时，目光凉薄。她起身，走到顾可馨身边，细细端详着这张脸。无数人对她说，顾可馨和她有两分相似，她却从没有当一回事，因为私心里，她压根儿不觉得自己会和顾可馨有什么关系。

怎么可能和她有关系呢？和她有关系的那个孩子，早就死了。

萧情说："你觉得我对不起陆长白，是吗？"

顾可馨看着她，萧情表情复杂，双眼晦暗不明，顾可馨说："难道不是吗？"

"是。"萧情很干脆，"我是对不起陆长白。在这个世界上，我萧情对不起的人，也只有陆长白。"

顾可馨紧绷的身体放松了些许,握紧的双手慢慢松开,萧情侧目:"但是我没有对不起你。我这辈子最后悔的一件事,你知道是什么吗?"

顾可馨哑着声音问:"什么?"

萧情看向顾可馨,锐利的目光如刺一般戳在顾可馨身上,说:"我最后悔的一件事,就是没有在生下你的那一刻就掐死你。"

顾可馨身形一晃,心口瞬间被疼痛淹没,她双手发抖,唇动了动,却什么都没有说出口。

"你是不是以为,我会对你愧疚?"萧情一字一句地道,"不可能的!顾可馨,我这辈子对任何人都可能愧疚,独独对你,我不会,也不可能!"声音凉薄。

顾可馨站在她身边,如遭冰锥击,看不见的尖锐让她千疮百孔!

萧情发泄一般继续说道:"如果不是你,陆长白就不会死!"

顾可馨猛地抬头,瞳孔瞬间收缩,她摇头,根本不相信萧情的话。

萧情见她如此反应,笑出声:"怎么?陆长白没有告诉你吗?好,他没有告诉你,我告诉你,如果不是你,他不会死;如果不是你,我不会和他分手;如果不是你,我和陆长白现在还好好的!顾可馨,这一切都是因为你!"

顾可馨忍不住怒吼:"你说谎!明明就是你不要我爸——"

"你爸?"萧情兀自笑出声,好似听到世界上最大的笑话,笑到眼泪迸出。

顾可馨双眼发红,混沌的脑子闪过一些事情,虽然很快,但她捕捉到了。

萧情声音嘶哑地说:"你也配叫他'爸'?"

"我告诉你,你不配。"萧情说,"你不是他女儿,你就是个孽种!"

顾可馨一颗心如坠冰窟,冷得她直哆嗦。

萧情捏着她的肩膀喊:"你听到了吗?你就是个孽种,你根本不配叫他爸！你知道他为什么跳楼，为什么自杀吗？因为我？"萧情发了疯一般地笑，"不是，不是因为我，因为你！顾可馨，是因为你啊！因为他知道你不是他的女儿，所以他才自杀！"

顾可馨全身的力气骤失，脸色惨白，唇瓣也毫无血色。

萧情还强抓着她："是因为你！陆长白才会死！"萧情靠近她，声音压低，"顾可馨，你该报复的人，是我，还是你自己？"

顾可馨如被一道惊雷劈中，整个人瞬间愣住了。

萧情看着她的反应，往后退了两步，站得笔直，冷冰冰地说："既然没死，那就苟活吧。"

顾可馨双目失神，萧情第一次见她露出这样的表情，看了几秒，从她身边掠过，说："等会儿我让助理送你回去。"

身后没有回话。

萧情冷着一张脸往门口走去，目光沁着凉意，没料到门打开后，外面还站了个人，萧情脸色骤变："小酒？"

温酒不知道在这里站了多久，她双目红透，早已泪流满面，一双眼看着萧情，声音哽咽："陆长白是谁？"

萧情忍了几秒，想去拉温酒，反被温酒一把甩开！

温酒仰头质问："我问你陆长白是谁？！"

萧情抿唇沉默，温酒声音哽咽着说："那好，那我换个问题，你和顾小姐，是什么关系？"

沉默蔓延，几秒的时间却宛如过了一个世纪，温酒泪眼婆娑，她看看萧情，又看看顾可馨，从萧情这里得不到回答，她冲到顾可馨面前，问："你和我妈什么关系？你说话啊！"温酒发疯似的质问，"你说话！"

顾可馨对上温酒的目光，想开口，声音却卡在喉中，胸口沉闷到喘不上气。她拼命地呼吸，却猛地一阵剧烈咳嗽，一股腥甜破口而出……

景园赶到医院时苏英也刚到，两人一起上的电梯，景园心乱如麻，神色紧张，脸色微微白，一双手紧紧攥着包的边缘，强迫自己镇定下来。可这样的感觉太糟糕，如同当年知道郁迟出事时一样，下电梯时，她甚至不知道该先迈哪条腿。

"景园？"苏英还算镇定，出电梯后见景园没跟上来，转头说，"景园，到了。"

景园看了一眼苏英，这才走出电梯。到了病房门口，她停下脚步往里看，顾可馨穿着浅蓝色病服躺在床上，秀发遮住了眉眼，她看不清楚顾可馨的表情。

"可馨！"苏英率先走进去，叫了一声顾可馨的名字，扭头看向坐在床边的温酒，"你们做了什么？"

温酒的脸色不比顾可馨好多少，双目无神，一副失魂落魄的样子。

苏英见问不出什么，对顾可馨道："可馨，你有没有哪里不舒服？医生怎么说的？是不是萧情做了什么？我们……"

"你好吵。"顾可馨嗓音温和，苏英却听得快落泪了，她一把抱住顾可馨："还能说话啊，还能说话就没事。"

顾可馨沉默两秒，一直没说话的温酒起身走到景园面前，抬头，第一次没有像往常见面时一样开口就叫"姐姐"，而是问："你也知道是不是？"

景园瞥了一眼顾可馨，又看向温酒，启唇："小酒。"

"你也知道。"温酒苦笑一声，"你知道，顾小姐知道，苏小姐知道，我妈知道，你们全都知道，只有我不知道。"

景园安抚她："小酒……"

温酒按住发疼的头，脑子里仿佛有一万根针，又好像有人在用锯子拼命地锯，疼得她直不起身体。见温酒身体晃了一下，景园扶住她，让她靠在了自己身上。

温酒缓过来后，深深地看了顾可馨一眼，神色复杂。以前，她不知道做了什么事情让顾可馨这么厌恶自己，但她觉得自己可以改。这一年多的时间，她也让自己快马加鞭地成长。

原来，不是能改的事情。

温酒闭眼，一滴泪落下，砸在景园的手背上。面对景园，温酒很想再叫一声"姐"，可想到躺在病床上的顾可馨，却如鲠在喉，再也忍不住小跑着离开了。

苏英问顾可馨："要不要我追上去看看？"

这里是医院，温酒又不是小艺人，万一被拍到就完了。顾可馨轻轻摇头，低声说："随她去吧。"

苏英问："到底发生什么事了？你好端端的怎么进医院了？"

顾可馨没吭声，景园不似苏英问得那么多，她直接走到顾可馨的病床前，从床头拿下病历看上面的病情诊断——咳嗽出血，内火，需再观察。

景园捏紧病历，冷着脸转头就要走，顾可馨一把拉住了她，苏英见状很识趣地退出了病房，合上了门。

"去哪儿？"顾可馨刚一开口又闷咳了几声，喉咙特别疼，脸色煞白，脑门上也出不少汗。景园低头道："我去找阿姨问清楚。"

饶是冷静如景园这时候也再难保持冷静，她沉着一张脸，表情严肃。顾可馨抬头看着她，侧脸精致如画，是那么的美好。

顾可馨又闷咳一声，说："别去了。"

景园听到她这样说，全身力气骤然尽失，低头看着顾可馨，发现她头上全是汗，景园皱眉："你是不是还有哪里不舒服？"

顾可馨迟缓地摇头，景园拿了纸巾给顾可馨擦拭，问道："你和阿姨聊了什么？"

顾可馨看着前方，沉思几秒，说："没什么。"

"顾可馨！"景园气恼，顾可馨倏尔喊："景园。"

景园侧目，听到顾可馨说："如果有一天你发现，你所经历的一切都是假的，你会怎么做？"

景园轻轻摇头："我不懂。"

顾可馨苦笑着，神色落寞。没见到萧情之前，她也不懂，可现在——

病房里安静了许久，顾可馨才喊道："景园。"

景园声音微哑："嗯。"

顾可馨问："那包还在你那里吗？"

"在。"景园问，"是不是要给我爸？"

顾可馨沉默了几秒，摇头："不要给了。"

景园心口堵得难受，问："是不是有关于阿姨的事情？"顾可馨没回话，景园又问，"我可以看吗？"

可以吗？

顾可馨点头："可以。景园，我想回家了。"

苏英收到景园消息时有些蒙，她冲进病房里，不解地道："现在就要走吗？这大半夜的，回去干什么？就你这身体，医生说明天还要做个详细检查呢……"

还是熟悉的碎碎念。

顾可馨看向苏英，倏然鼻尖一酸，眼角浮红，说："啰唆，快去办。"

"你！"苏英瞥了一眼景园，又看向顾可馨，无奈妥协，"那你回家后有什么不舒服立马告诉我。"

"告诉你干什么？"顾可馨这个时候还不忘撑苏英，"你是医生吗？"

苏英叹气："真拿你没办法。"

她乖乖地去办理出院手续，在医生一再强调需要静养的吩咐下扶着顾可馨上了车。路上顾可馨将车窗放下些许，凉风习习，顾可馨看着窗外炫目迷乱的灯光，不禁再次回想起萧情的话。

"你也配叫他'爸'？"

"你不配！你不是他女儿，你就是个孽种！"

"你知道他为什么跳楼，为什么自杀吗？"

"因为我？不是，不是因为我，因为你！"

"因为他知道你不是他女儿，所以他才会自杀！"

"你该报复的人，是我，还是你自己？"

顾可馨闷咳一声，景园连忙拍拍她的后背，轻声道："没事吧？"

"没……"顾可馨话还没说完，又是一阵剧烈的咳嗽，身体也如孩子一般慢慢蜷缩起来。景园心疼地拍着她的后背，顾可馨慢慢平复呼吸和心跳，她突然觉得，如果时间就静止在这一刻，该多好。

到了楼下，景园扶着顾可馨下车，苏英问："要我送你上去吗？"

顾可馨摇头："你回去吧。"

苏英看了一眼景园："麻烦你了，好好照顾她。"

景园"嗯"了一声，苏英不放心地又看了一眼顾可馨，见她轻轻点头，这才上车。刚发动引擎，车窗被敲响，苏英降下车窗，看到顾可馨冲她温和地笑。

这人对自己从来都是挖苦居多，突然笑得如此温柔，苏英反而不习惯，心头不禁涌上一股诡异的感觉，凶巴巴地问："怎么了？"

顾可馨对上她目光说："苏英，谢谢。"

搞得这么郑重其事干什么？苏英想了半天不知道说什么，最后嘀咕道："谢什么谢？好好上去休息，养精神了再说。"她说完，一脚踩上油门。

苏英从后视镜里看着顾可馨越来越远的身影，心头疑惑更重，走到半路上还是不放心，便给景园发了消息，让她多注意顾可馨。

景园正在烧水，准备把从医院带回来的药冲给顾可馨喝，收到苏英消息时水刚开，她心神不稳，用手去拎水壶，指尖碰到钻出的热气，烫得她立马缩回了手。她转头看了看，顾可馨坐在沙发上，安静得有些反常。

景园摇摇头，冲好药走到沙发边，低头问："想什么呢？"

顾可馨侧目，从她手上接过杯子，吹了吹，神色如常："没什么，想一些以前的事情。"

景园坐在她身边："以前的什么事？"

"以前每次我生病，我爸总会唱歌哄我。"但陆长白并不擅长唱歌，每次都跑调，他就用跑了的调子继续哄她睡觉。他一直这样，尽一切条件笨拙地对她好。

景园的心跟着平静下来，说："叔叔一定很爱你。"

顾可馨鼻尖一酸，她没回话，客厅再度陷入安静。窗外，风吹在树梢上发出呜呜的声响，顾可馨端着杯子一点点将药喝了，身边，景园问："要不我给你唱歌？"

试探的语气逗笑了顾可馨，说："不要。"

景园蹙眉："为什么？"

"你唱歌不好听。"顾可馨说，"会跑调。"

景园反驳："才不会！"

顾可馨还是摇头，景园抿唇："不听算了。"

她从沙发上起身，拿过茶几上冲药的杯子，准备去厨房洗干净。身后，顾可馨唤她："景园。"

景园转头，见顾可馨顶着一张微白的脸看着自己，眸子里落满水晶灯的光，景园也紧盯顾可馨，几秒后，顾可馨张开双手，温和地问她："能不能抱抱你？"

景园呼吸一顿，只是这么一个简单的要求，为什么她会觉得如此心疼？

景园想也没想，直接撞进顾可馨的怀里！

顾可馨被她撞得胸口发疼，表情却异常满足，抱着景园的手不断收紧，可有些东西，越是收紧，流逝得越快。

CHAPTER

35

八卦

If the golden sun,

Should cease to shine its light,

Just one smile from you,

Would make my whole world bright.

——*Stray birds*

景园看着睡着的顾可馨，想着以前不管是演戏还是生活，都是顾可馨照顾她，今天却反过来了。见顾可馨呼吸平稳，景园替她掖了掖薄被，悄悄拉开门，没有犹豫地走了出去。

门合上的刹那，顾可馨睁开了眼。

头顶的天花板依旧是老样子，景园喜欢淡色，所以她连房顶都改装成了淡粉色，水晶灯熄灭后，房内一团黑，顾可馨定定地看了天花板良久。

门外有细微的动静，她猜测，景园应该是在看那些资料。

景园确实在看资料，顾可馨说完后她就很想看看包里到底有什么，打开一看才发现东西并不多，也就十来张纸。不过第一张的内容就让她沉默了。

这是一份亲子鉴定，是谁和谁的，不言而喻。景园转头看了看卧室方向，沉默了几秒才继续看下一张。

眨眼，天亮了，日头高升，阳光很炙热。景园回过神来，因为静坐了很久，起身时腿麻得差点跌倒，景园靠着沙发边缘揉了揉腿，才去厨房给顾可馨冲药。

顾可馨还在睡，景园走过去叫醒了她，顾可馨微眯着眼，问："几点了？"

"九点。"景园问，"你还有事？"

"还有点事。"顾可馨的脸色较昨天好了很多，没那么苍白了，景园扶着她起身，说："把药喝了？"

顾可馨坐起身说："我先去洗漱。"

景园随她一起走到卫生间洗漱，一夜未眠，她眼下有淡淡的黑眼圈，顾可馨转头看着她："你今天有事吗？"

"没有。"景园说，"你今天是拍摄吗？我陪你去？"

顾可馨洗了把脸说："不用，你在家休息。"

景园抿唇，点点头："早上想吃什么？"

顾可馨想了几秒，对景园说："我想吃面条。"

景园会意，知道她说的是那个老板教她做的那种面条。顾可馨尤其喜欢吃那家的面，有时候她还会半夜拉着自己偷偷去店里，景园知道，那碗面对顾可馨有着不一样的意义。

她点头："好，我知道了，那我去做。"

顾可馨"嗯"了一声，目送景园去了厨房，她回房间里换了衣服，端过床头柜上的药一口吃下，末了将杯子送到厨房。水刚开，景园正举着盖子准备下面，顾可馨走过去帮忙。

阳光从厨房的窗子跃进来，将两人影子投射在墙壁上，景园定定地看了几秒，顾可馨唤："景园？"

景园回过神，放下面条。

没一会儿，两人各自端了一碗面坐茶几前。顾可馨的手机响了，景园问："是苏英吗？"

"嗯。"顾可馨说，"一早上就在啰唆。"

景园没在意，坐在她身旁吃面，电视机里正在放一档综艺节目，顾可馨看着看着突然说："以前我也想过和你上这种综艺。"

景园一顿，顾可馨平静地说："就你脾气倔，怎么都不肯。"

"以后还有机会。"景园破天荒地松了口，"有机会再上。"

顾可馨转头看着她，说："等有机会吧。"

景园的手心无端端出了汗，她见顾可馨吃完了便问："还要吗？"

"饱了。"顾可馨说，"苏英在外面等我，我先走了。"

景园心里不知为何突然一慌，她喊："顾可馨。"

顾可馨转头，阳光明媚，她却隐在阴影里，让人看不真切。景园说："早点回来。"

"知道了。"顾可馨说完就往外走，到门口时，她背对着景园说，"景园，你知道昨天我去萧家，她和我说了什么吗？"

景园放下碗筷，走到顾可馨身边，轻声道："说了什么？"

顾可馨看向景园，态度平静，她启唇："那个人说，我爸爸不是陆长白。"

景园神色骤变，脑子嗡的一声，什么意思？她爸爸不是陆长白，那还能有……一个名字闪过景园的脑海，她惊诧。顾可馨说："早知道你查过他，我就直接问你了。"

"可馨。"景园讷讷道，"要不今天，你休息一天？"

顾可馨失笑："这么一点小事，不能影响工作，我先走了。"

景园突然明白顾可馨昨晚上为什么失常了。从小到大，顾可馨拥有的亲情只有陆长白，现在却被告知一切都是假的，任谁都接受不了。但顾可馨固执起来也难劝，景园就这么看着她走出去，和日光融为一体。

苏英在楼下等着，嘀咕道："终于下来了。"

顾可馨坐到副驾驶上，听她熟悉的念叨，过了好半晌才说："苏英，我们认识多少年了？"

苏英想了会儿："多少年？记不得了，初中就认识了，要不你给算算？"

顾可馨笑："有没有想过以后的生活？"

"以后啊，"苏英说，"当然想过，等你这边结束之后，我就去开个酒吧，每天和小哥哥小姐姐贴贴，多好啊！"

顾可馨拧眉："这么俗？"

"你懂什么？"苏英一挥手，"现在最吃香的就是老板了，等我以后开了酒吧，然后开几家分店，要什么样的帅哥美女没有？"

顾可馨说："我还以为你会选个庙进去剃度。"

苏英拧眉："为什么？"

顾可馨想了会儿："因为你是个光棍啊。"

要不是开着车，苏英真想打她！不过瞧着她现在还能开玩笑的样子，苏英又放下心，问："那你给景园的资料，她给她爸了吗？"

"没有。"顾可馨神色如常地说，"我让她不要给了。"

车猛地停在路边，苏英忍不住拔高声音："你说什么？"

不给了？她们辛辛苦苦几年的努力，到这个关键时候，不给了？说得过去吗？

顾可馨拍拍她的肩膀："开车，别迟到了。"

"不是……"苏英还想说话，顾可馨轻声道："开车。"

苏英忍了又忍，越想越气，但也没对顾可馨发泄，只一路往拍摄场地开过去，下车时冷着一张脸。

顾可馨从车的另一边下来，苏英见她大步往前，忍不住喊道："可馨。"

"怎么了？"

苏英说："别说我没有提醒你，百年艺人这个项目，最迟下个月就会敲定。"

顾可馨神色如常，目光平静，她点头："嗯。"

不是，你"嗯"是什么意思啊？以往苏英虽然也不明白顾可馨到底想做什么，但大方向她还是知道的，现在她是真不知道顾可馨的想法了，这都火烧眉毛了，顾可馨不去阻止，还回她"嗯"。"嗯"什么啊？！苏英着急得挠头。

另一边，顾可馨走进剧组，工作人员迅速过来和她攀谈，顾可馨还是老样子，嗓音温和，一切都很配合，导演让摆的造型她教一遍就过，忍不住夸她："和顾老师合作真是太舒服了。"

"是啊，一点架子都没有，顾老师真的很平易近人。"

顾可馨笑笑，保持一贯的态度。下午的拍摄比上午艰难些，因在室外，又是高温天气，特别容易出汗，顾可馨在身上绑几个冰袋才压住汗，结束时她的身体都凉飕飕的，苏英给她端了热水："这么着急干什么？不是说明天降温吗？等降温再拍不好吗？"

"明天还有其他行程。"顾可馨抿了一口热水，导演走过来邀请她："顾老师，晚上一起吃饭吧，酒店我都定好了。"

顾可馨笑："不了，你们去吧，我等会儿回去还要看剧本。"

导演没强求，惋惜之后便和组员离开了，顾可馨也换好了衣服正在卸妆，放在梳妆台上的手机亮起，苏英探头一看："是温酒。"

顾可馨拧眉，说："你接。"

想到昨晚上温酒的态度，苏英一边拿起电话，一边瞟着顾可馨："可馨啊，还在拍摄，没结束呢，今晚？见面？不太方便吧……"

顾可馨见苏英指着手机，用唇语说："她约你见面。"

苏英没等到回复，只好对手机那头道："这样吧，我先问问她的意见，等会儿再说。"

好不容易挂了电话，苏英问："这温酒什么意思啊？现在要和你见面？"听着语气还很着急，而且声音沙哑，不确定是不是哭到现在。

苏英问："要见吗？"

顾可馨卸妆的手顿住，说："你去酒店开个房间。"

苏英回她："知道了。"

顾可馨又说："通知几个相熟的媒体，在那边守着。"

苏英表情错愕："什么？"

顾可馨说："去办吧。"

苏英不解地看了看顾可馨，还是照做了。

她走后，顾可馨看向面前的手机，过了会儿，她拿起来，找到通话记录的第一个，没犹豫地拨了过去。

温酒嗓音沙哑，没有一点儿朝气。顾可馨问："找我有事？"

温酒听到熟悉的声音张了张口，突然不知道该叫什么。姐？还是顾小姐？

她说："我有些事想问你。"

"可以。"顾可馨说，"我在酒店里，可以给你一个小时的时间，过时不候。"

温酒猛地起身："我马上过来！"

顾可馨说："不过我要提醒你，酒店门口都是狗仔，我是他们看着进来的，你要想好进来后的结果。"

温酒握紧手机，听到那端顾可馨语气平静地问："你还过来吗？"

温酒成年之前一直都是任性的，因为她后面有人兜着。顾可馨说得对，她以前就是个没长大的孩子，妄图凭着一腔热血冲撞这个圈子，结果撞得头破血流。她以前还想着，顾可馨可以没成年就进入这个圈子，她肯定也可以，可事实上，她好几次都坚持不下去了。她没有那么强大的心脏，做不到无视黑料和谣言，单单最初的那一击，就让她差点爬不起来。

幸而，一年多过去，她慢慢地摸索出了门道，可现在的她面临的不仅仅是谣言了，如果她今天走进酒店，会发生什么后果，温酒再清楚不过。

她已经不是刚成年的孩子了。

进去吗？

温酒坐在车里，想到昨晚上顾可馨和萧情的争吵，最终打开了车门。有些事，她必须要亲自问问顾可馨。

酒店矗立在她面前，如一头张口的野兽，等着她进去将她一口吞噬。温酒咽了咽口水，心跳骤然飙升，她瞥了一眼四周蠢蠢欲动的狗仔，还是咬牙走了进去。

顾可馨见到她来没有一丝意外，她在温酒面前放下一杯茶，说："请吧。"

温酒的脸上毫无血色，唇瓣干涩，她润润唇，欲言又止。顾可馨道："不用考虑叫我什么，我不想和你们家扯上任何关系，问完你想问的，你就可以出去了。"

话音刚落，她的手机屏幕亮起来，顾可馨的神色有了明显变化，她瞳孔漆黑，紧紧盯着手机看了好半晌才接起电话："喂。"

嗓音陡然温柔很多，温酒听到她打电话，很识趣坐在沙发上，低着头没说话。顾可馨睨了她一眼，走到窗口："嗯，我还没结束，怕是今晚回不来了。"

景园坐在花园里，四周花香渐浓，还记得以前在家时，顾可馨总爱拉着她坐在花园中间，偶尔随手摘一朵花夹在耳朵上，问她："景园，好看吗？"

真是没有一刻正经的时候。

现在回想起来，景园只剩下心疼。

"那你记得吃晚饭。"景园话还没说完，眼角先落了泪。真奇怪，她什么时候这么爱哭了？

景园蓦然想到从前顾可馨问她："你是爱哭鬼吗？"

她不是，她只是在这一刻想到了很多以前的事情。

回忆和现实穿插，景园有些恍惚，耳边，顾可馨说："知道了，你早点休息。"

挂了电话，景园久久没有回过神，她随手摘一朵花，夹在耳朵上，想象着身边有人说："真好看。"

一滴泪无端砸在手背上，路灯下，格外晶亮。

赵禾刚回家就看到花园里坐了个人，管家过来说："夫人，您去看看吧，小姐都坐一下午了。"

她把包递给管家，踩着高跟鞋走过去，独自坐花园里的景园好似一个小可怜，赵禾已经很久没见过她这副样子了，不由地好笑走过去："怎么了？谁让我们园园伤心了？"赵禾调侃。

待景园转头，赵禾见她眼尾发红，眼睛还有些肿，瞬间敛起笑，严肃地问："出什么事了？"

"妈。"景园声音微哽，赵禾蹙眉，刚坐下就被景园抱住了腰，瞬间愣住了。

自打成年，景园就再没有表现出这么脆弱的时候了，她特别能忍，有时候难受到死都不会松口半句。郁迟离开的时候，她怕景园想不开，每天早早下班回来陪她，但景园也只是如行尸走肉一般，极少露出现在这种表情。

那时候，她多希望景园能狠狠哭一场，景园却说："我没事。"

可现在景园的状态，眼看着居然比那时候还要严重。

赵禾问："园园，你到底怎么了？是不是有人做了什么？"

景园在她怀里轻声问："妈，如果顾可馨欺负我怎么办？"

赵禾愣了下，低头："就因为这个？她敢欺负你，我就把她拎回家打一顿！"

景园轻笑，眼尾还挂着泪，笑容虚浮，她说："你才不会。"

赵禾拍拍她的后背："那顾可馨也不会。"

这么久以来，顾可馨来景家也不是一次两次了，对景园是什么态度，她和景述都看在眼里，背地里欺负人？压根儿不可能的事情。

景园窝在她怀里，轻声说："如果呢？"

赵禾瞬间正色，景园不是会无端生事的人，第一次说可以当成是玩笑话，第二次就不是了，而且还哭得这么惨，她问："是真的？"

景园仰头说："假的。"

赵禾秀眉蹙起："你好的不学，怎么一天天尽学着消遣我？到底什么事？"

景园搂着她，头埋在赵禾怀里，说："你把爸爸叫回来吧，我有事和你们说。"

一副神神秘秘的样子，赵禾觉得新奇，但也尊重景园的意见，还是给景述打了个电话。景述说忙，赵禾咬牙道："你女儿都哭死了，你还忙？"

景述没辙，丢下饭局匆匆往回赶。他上车后没多久，一条八卦消息悄悄爬上论坛——

温酒密会顾可馨？

论坛下面，众人只当这是一个八卦帖子，压根儿没放在心上，谁都没有想到，随着帖子的热度逐渐升高，照片也随之被发了出来，众人终于发现了不对劲。

真的假的？

什么情况，这温酒是哪里冒出来的？

一年前蹭热度，现在又来？

这一年温酒也积累了不少粉丝，这些粉丝自然不会相信片面之词，没一会儿消息就爬上了热搜。

顾可馨就是个活招牌、热搜机器，旁人花钱才能买到的位置，她倒是上得轻松。

闹到了这个份儿上，可就不那么轻松了。舆论随之而来，顾可馨的粉丝不仅人数多，而且活跃度高，这样的消息出来，粉丝自然坐不住。很快温酒的粉丝就招架不住了。

温酒微博是第一个沦陷的，她平时的宣传微博，评论只有几千，这个消息出来后瞬间涨到了三万，全都是问她消息真假的，而发现这个变化的莫离刚从酒桌上下来，接到电话时还以为自己在做梦。

顾可馨和温酒？这八竿子都打不着的两人，平时面对面吃饭都不乐意，密会？说什么胡话呢？！

她立马上网，发现网上已经闹开了，赶紧让人安排删帖、撤热搜，可顾可馨的影响力早就非同凡响，粉丝怎么可能轻易放过？一定要温酒和顾可馨出来问个清楚。

莫离头疼地给顾可馨打电话，那端声音平静地回她："知道了。"

什么意思？莫离蒙了，她又给温酒打电话，温酒说："我和顾小姐在一起呢。"

一道雷砸下来，差点没劈死莫离！

这两人到底什么情况？！

她问了地址，迅速打车过去，而网上的舆论正在迅速蔓延，如火烧一般，消息很快传到了萧情这里。

萧情捏着手机，冷声道："温酒呢？！"

"萧老师，"助理低头，"温小姐和顾小姐碰面了。"

"废物！"萧情忍不住咆哮："不是让你们看着她？一个孩子都看不住？！"

助理深知有愧，低头听着萧情怒斥，几分钟后，萧情说："把温酒给我带回来。"

"那边都是记者。"助理摇头，"强行进去，可能不行。"

萧情脸色阴沉，头突然剧烈疼痛，萧情按住头，助理扶着她："萧老师，您是不是又头疼了？您还是去医院看看吧！"

最近两个月，萧情头疼得特别频繁，助理几次催她去医院，萧情却忙着工作的事情，仅仅是吃药应付着，现在头疼的时间一次比一次长，助理很担心。

萧情缓了口气："给她打电话。"

助理不敢怠慢，扶着萧情坐到沙发上，立刻给温酒打了电话，几秒后，电话接通了，助理瞥了一眼萧情，问："温小姐，萧老师身体不太好，您回来看看？"

电话那端不知道说了什么，助理沉默半晌才说："那您什么时候回来？"

萧情睨了一眼助理，起身问："她说什么？"

助理看着她，欲言又止，萧情轻呵："到底说了什么？"

"温小姐说……"助理换口气，"温小姐说，她不回来，还有——"

萧情双手紧握，身体紧绷，太阳穴突突地跳，瞬间眼前一黑，她咬牙："还有什么？"

助理低头："还有，温小姐说，您就当没生过她这个女儿，她就是死在外面，也不会……"助理的话还没说完，眼前的身影晃了下，猛地倒下来。

萧情被紧急送进了医院，助理对外封了一切消息，如今温酒和顾可馨的事情闹得正大，萧情生病的事情并没有外人知道。

病房里萧情咬着牙问："你再说一遍！"

"萧老师，检查结果出来了，急性……"助理的话还没说完，一个杯子轰然落地上，萧情脸色煞白。

助理说："您别担心，可以化疗的，医生说你这个发现得早，是可以化疗的。"

萧情冷着脸："然后呢？"她抚着额头，忍着脾气问，"然后我需要在医院躺上八个月，做五次化疗，还要担心以后复发的可能？"

助理说："您现在千万千万不能着急，医生说了，您这病就是给急出来的。"

怎么能不着急？眼看一切水到渠成，所有的计划即将实现，她也即将功成名就，现在却告诉她，她要躺床上休息八个月？萧情气笑了。

"没有其他的办法？"

助理看着她，抿抿唇，低声说："还有个办法。"

萧情眯眼："什么？"

"骨髓移植。"助理说完，萧情沉默了两秒，蹙眉，听到助理问，"要不要把温小姐请过来？"

萧情没说话，助理会意："我这就……"

"站住。"萧情神色复杂，她想了会儿，说，"暂时别告诉她。"

"可她是您的女儿，是最有可能匹配成功的人。"

萧情思考了两秒，问："找到萧柔没有？"

助理摇头："没有，这两年我们一直在找她，前阵子听说她在 M 国出现过，后来又不知所终。"

萧情说："尽快找到她，不要告诉她我生病了，就说——"她停顿两秒，"我要忙其他的事情，要把不凡还给她。"

助理会意："另外，我已经让医生在骨髓库里找合适的配型了，如果有消息，医生会立刻告诉我们的。"

萧情刚要让助理出去，却发现手机不在，她问："我手机呢？"

"医生交代，您近期不能碰电子产品。"助理瞥了萧情一眼，事实上不是医生交代的，是她不敢给萧情。

网上关于顾可馨和温酒的消息闹得沸沸扬扬的，也不知道怎么回事，温酒到现在也没澄清。她在萧情昏迷期间倒是帮忙处理了不少，但杯水车薪，压根儿就解决不了。顾可馨现在的流量太大了，随随便便一个消息就是热门话题，她那边不主动澄清，这事就没完。为了避免萧情看到后又要生气，她干脆把手机给扣下了。

萧情没说什么，挥挥手让她离开。

病房顿时安静下来，一阵风袭来，窗外的树叶发出簌簌的声响。

顾可馨收回目光，听到身后有动静，转头，见苏英抱着一大堆东西对她说："师母给你的。她说你这段时间没回去，托我给你和景园。"

苏英问："怎么回事？还不澄清呢？是和萧情有关？"

这段时间，顾可馨和温酒的事情闹得沸沸扬扬，连师母这个老年人都被惊动了，给苏英打了好几个电话问究竟是怎么回事。苏英只好安抚，说是媒体瞎写，没有的事情，但骗得了一时，骗不了一世，顾可馨这么沉默，迟早要出事。

现在，苏英能想到的唯一可能，就是和萧情有关，她怀疑顾可馨是想毁掉温酒，不让温酒回不凡给萧情卖命。

顾可馨说："东西拿到了，我先回去了。"

"行吧，路上小心。"

顾可馨点点头，她指着茶几上的一个信封说："差点忘了，生日快乐，那是给你的生日礼物，密码是你的生日。"

苏英愣了一下："小生日还要什么生日礼物。"

虽然话是这么说，但被人惦记着她还是开心的，这几年只有顾可馨记得她的生日，年年不忘给她准备礼物。

顾可馨说："好好享受。"

苏英把东西塞在顾可馨怀里："回去吧。"

顾可馨转头离开，苏英走到茶几旁拿过信封，看着顾可馨所谓的生日礼物低头一笑，打开信封，笑容猛地敛起，里面居然是一张银行卡！还有一张便签——

苏英，去开店吧。

什么意思？苏英的心头涌上莫名的情绪，她想了几秒，迅速下楼去了旁边的取款机，看到银行卡余额时，表情瞬间僵住。

下午两点半，景园刚放下手机就看到苏英给她发了消息，她看了几眼，放在一边没回复，听到门口有动静，她抬头走过去，柔声道："回来了？"

"没出去？"顾可馨疑惑，"今天不是要拍广告？"

景园说："推了。"去也全是记者，蹲点想问她顾可馨的事情。"言姐让我最近休息，不要露面。"

顾可馨点点头，脱了鞋走到景园身边，说："师母给你的。"

景园笑着接过："还没吃完呢。"

"那就攒着吃。"顾可馨说完坐到沙发上，手机没一刻休息，不停地喧嚣着，她看了几眼关掉了手机。

景园问："是莫姐？"

"是来八卦的。"顾可馨仰头，看景园，问，"你怎么不问我？"

事情发生到现在，景园一句话都没问过，以前碰到温酒的事情，她就和刺猬一样，这次倒是平和了很多。

景园低头说："顾可馨，我说过，我不会干涉你做任何事情，所以你可以放手去做你想做的事情。"

顾可馨眼角微红，她深深地看了一眼景园，一伸手把她拉下来，坐在沙发上。

两人面对面，顾可馨说："再过两天，我就搬去新房子。"

景园心头突然一阵难受，鼻尖酸酸的，她闭了闭眼："嗯。"

顾可馨道："景园，对不起。"

不知道是为现在的事情道歉，还是为以后可能的伤害道歉。

手机急促的铃声响起，顾可馨瞥见屏幕上显示的名字："简烟？她找你干什么？"

景园摇头，接起电话："简烟？什么？综艺？什么时候？"

电话那端，简烟的语速不是很快，却很着急，景园想了会儿说："我要问问顾老师。"

顾可馨在她挂断电话后问："什么综艺？"

"最近的一档真人秀。"景园说，"简烟最后两期没办法录了，问我们能不能替补。"

顾可馨说："让我们替补？"

大概也只有简烟敢这么说了，别人哪敢打这个电话。

顾可馨说："听说京仪的纪总出差了，可能因为这个原因，没办法录制。"

景园点头，说："你去吗？"

顾可馨侧目："你想去？"

"想啊。"景园说，"我想和你一起去。"

顾可馨心尖微动，景园肯定不是自己想去，从前她想让景园陪自己上节目，景园都没有同意，现在却因为一个真人秀请求自己。

她知道，景园只是想满足自己的愿望，或许——这是她最后一次和景园上节目了。

顾可馨点头："好啊，你想去，我们就去。"

景园点点头："那我给简烟打电话。"

顾可馨假装没听出她声音里的哽咽，说："去吧。"

景园捧着手机走出顾可馨的视线，没了身后的注视，景园停下脚步，泪水肆意落下，偏偏她还不能发出一点声音，只能将所有的疼咽了回去。客厅里的顾可馨低头收拾着茶几上的东西，装作没听到身后动静，秀眉拧着，眼尾的水花摇摇欲坠。

过了半响，景园从房间里出来，说："我和简烟说好了，过两天就去录制，也和言姐说了，你要不要和莫姐说一声？"

顾可馨点点头，说："知道了，等会儿说，你晚上想吃什么？"

景园勉强笑着："你做什么我吃什么。"

顾可馨苍白的脸上浮起一抹笑："那你等着。"

景园坐在沙发上，用电脑接收了简烟传来的文件，是这档综艺的详细内容和最后两期的录制安排。她刚连上网就看到了网页弹出的消息，都是关于顾可馨和温酒事件的各种猜测，她想关掉，却手一抖打开了网页。

三天的时间，网上该发酵的已经发酵完了，各种猜测都有，景园看了几条留言后陷入了沉默。手机铃突兀地响起，她偏头一看，显示是 H 国骨髓库，景园想了几秒接起，电话那端说："请问是景小姐吗？"

景园没犹豫："是我。"

"您好，我们是 H 国骨髓库的工作人员，这边有一位患者和您初步检测的结果是匹配的，想问您近期有没有空来院里做进一步的检测？"

顾可馨从厨房里出来时看到景园正握着手机发呆，她问："怎么了？"

景园一愣，回过神来，摇摇头："没事。"

顾可馨看了她一眼，目光在景园的手机上停了几秒。

CHAPTER

36

综艺

If the golden sun,

Should cease to shine its light,

Just one smile from you,

Would make my whole world bright.

——*Stray birds*

这两天，景园和顾可馨白天一起看剧本、讨论、对台词，偶尔看个综艺，晚上一起入睡，像什么都没有发生。

景园躺在床上，有些不习惯地转头，身侧的顾可馨也没睡着，睁着眼看着天花板。

景园问："睡不着？"

"等你睡觉。"顾可馨侧目，和景园面对面，"你不睡我就睡不着。"

景园笑："歪理。"

次日，景园醒的时候天才蒙蒙亮，她困得揉眼，手机还在响动，景园无奈地拿过来，看了一眼上面的号码后接通，听到那边汇报完情况后皱眉："你确定？"

电话那端的男人说："嗯，目前查到的信息就是这样。"

景园冷静了两秒回道："我知道了。"

她挂了电话，迅速找到她妈妈的微信，想了会儿却没有发出消息，反而将电话打给了另一个人。

"李叔叔，能不能帮我一个忙？"

手机那端无奈地说："怎么，又要借飞机了？"

景园轻笑："没有，其他的忙。"

"行吧，什么事？你说说。"

景园转头看了一眼熟睡的顾可馨，起身离开房间。躺在床上的顾可馨瞬间睁开眼，盯着景园离开的背影陷入了沉默，她想了会儿，打开手机，无数消息随之而来，几乎将她淹没。她三言两语地回复了一些，之后给莫离留了消息，等到景园回房前她放下了手机。

景园回来后，顾可馨哑着声音问："出去了？"

"去卫生间了。"景园问，"什么时候醒的？"

"刚醒。"顾可馨不想睁开眼，说，"我等会儿跟莫姐说一声。"

景园问："她会不会骂你？"

顾可馨想了会儿，轻笑："会吧。"

景园抿唇："我帮你打？"

顾可馨摇摇头："你在旁边听着就行。"

景园没再说什么。两人起床后，顾可馨做好了早点叫景园时，看到她正在浏览什么页面，她刚走过去，景园就关掉了。

景园抬头看着她问："你什么时候打电话？"

"吃过饭。"顾可馨说，"不着急。"

景园坐在她身边，接过顾可馨递来的筷子，抿了一口白粥，刚夹起小菜，顾可馨的手机响了。她瞥了一眼景园，打开免提："莫姐，有件事想和你商量。"

莫离忙得焦头烂额，想也不想地说："不行。"

"可是我已经答应了。"

莫离呼吸一窒，这顾可馨要么不搞事，一搞事就来个大的，和温酒的事情到现在也不准澄清，害得她被老板又是骂又是罚，还没帮她处理完这些事，又来了新的。

莫离说："肯定不行！"

顾可馨看了一眼景园，无奈道："我还没说什么事呢。"

"你不说我也知道。"莫离说，"去参加综艺，昨儿晚上言卿都告诉我了，我和你说，景园可以去，你不行。"

现在圈子内外所有的注意力都在顾可馨身上，她好端端地跑过去参加什么综艺，还是和景园，这要是放出来是要闹哪样啊？

典型的作死行为！她这完全是要把一手好牌打得稀巴烂！

莫离不能眼睁睁看着她这样，断然拒绝，顾可馨叹气："莫姐，你就答应我一次吧。"

"不是我不答应你。"莫离说，"老板那关你都过不去！"

景园看向顾可馨，她答应简烟时没想那么多，现在才想起来顾可馨的处境，刚想说话，顾可馨对莫离道："老板那边我会和他说的。"

莫离无奈："那行，老板给我通知，我就安排。"

顾可馨笑："谢谢莫姐。"

莫离头疼欲裂，她想说谢什么，赶快回来工作才是重要的，不过如今她也说不动顾可馨了，只能跟着做事。

挂了电话后，景园说："莫姐说得对，要不你这次别去了？"

顾可馨回她："一定要去的。"

景园张张口，没再说话。

吃完早饭，景园在收拾碗筷，顾可馨靠着沙发看电视，景园收拾好厨房就看到顾可馨纤细的背影，绾起的秀发，窄肩细腰，贴身的睡衣，她们在屋子里，没有拉开窗帘，开着灯，光很亮，照得顾可馨侧脸轮廓清晰，景园细细看两眼后刚收回视线，旁边手机亮起。

这段时间，不是她就是顾可馨，手机几乎没休息的时间。

她看了一眼屏幕，居然是赵禾，景园犹豫两秒，顾可馨笑："怎么不接电话？"

景园瞥了她一眼，拿起手机，电话那端赵禾十分生气地说："景园，你和顾可馨在一起吗？"

"嗯。"景园看了一眼顾可馨，点头，"在。"

"马上给我回家！"赵禾语气严厉，隔着手机顾可馨也听到了，她抬眼看向景园，见到景园润唇道："怎么了？"

"怎么了？"赵禾冷笑，"你们现在可不得了，马上给我回家听到没有！"

景园抿唇："知道了。"

挂了电话，她按住微疼的头："我妈让我们回家。"

声音那么大，顾可馨已经听到了，她说："是因为我和温酒的事情？"

"不知道。"景园说，"等会儿去我家，你别说话，先让我说。我妈脾气急，容易上火，我怕她口不择言。"

顾可馨失笑："没关系。"

两人去房间里换了衣服，车是顾可馨开的，沿途景园一直低头沉默着，似有心事，到景家时她还没反应过来，还是顾可馨喊："景园，到了。"

景园转头看着她，怕赵禾觉得自己脸色不好，所以景园特意化了淡妆，下车时她轻呼吸，才带顾可馨进去。

路上碰到管家，管家小声地说："小姐，进去别顶撞夫人，夫人正在气头上呢。"

景园点点头。

两人一道进去，赵禾和景述坐在沙发上，赵禾沉着一张脸，听到景园和顾可馨的脚步声，她转过头冷声道："回来了？"

景园低头："爸，妈。"

顾可馨也喊："伯母，伯父。"

"不用。"赵禾冷笑，"我们受不起！顾可馨，你说说，你和温酒到底怎么一回事？"

景述也抬眼看向顾可馨，以往他们两人对顾可馨其实是非常客气的，哪怕知道最初顾可馨是在算计景园，赵禾也是以礼相待。如此愤怒，这是头一回。

顾可馨能理解，她看了一眼景园。

景园走过去，说："妈，网上那些都是谣言。"

"谣言？"赵禾嗤笑，"如果真的是谣言，那顾小姐为什么不辟谣？从事情发生到现在，已经第四天了，顾可馨，你是不会辟谣还是需要我手把手教？"

顾可馨被她质问得脸色一白，景述虽然一直没说话，但一双厉眼就没从顾可馨身上挪开过。他沉声道："顾小姐，我问你，你想什么时候解决这件事？"

景园满心着急："爸！妈！"

赵禾往前一步，景园立刻拦在她面前，赵禾说："景园，你让开！"

景园不同意，赵禾一把推开她，景园撞到了茶几上，顾可馨想扶却被赵禾一把手推开。赵禾恼怒道："顾可馨，你应该知道你的身份是配不上我们景家的！当初选择你，你知道是因为什么吗？是因为你听话！我们给点吃的，你就该感恩戴德！"

顾可馨脸色发白，身体跟着一晃，景园心疼得想要走过去，却被景述拽住。

"爸。"

"你闭嘴！"

景述难得动了火，一双眼睛里都是怒气，脸色阴沉沉的。

景园看向赵禾，说："妈，顾可馨和小酒……"

赵禾打断她的话，说："顾可馨和温酒不是传言的那样，是吗？"

景园愣住，抿唇。

赵禾从茶几上拿起一沓资料扔在顾可馨身上："你和萧情到底是什么关系？"

资料袋边缘锋利，将她的下巴处划出一道小口子，惨白脸上的血珠渗出来，顾可馨的脸色瞬间煞白，不自觉地往后退了一步。

赵禾问："利用我们景家，利用够了吗？"

"我……"顾可馨抬头，"伯母……"

"啪！"赵禾扬起手，狠狠打在顾可馨的脸上！

景园冲到赵禾面前，脸色微变："妈！"

赵禾说："你给我滚！"她看向顾可馨，神色阴沉，目光锋利，"顾可馨，不准你再踏进我景家半步！滚出去！"

景园想去拉顾可馨反被赵禾拉住，顾可馨抬头，深深地看了景园一眼，而后退了两步，冲赵禾和景述鞠了个躬，然后转身离开。

景园在后面唤："顾可馨！"

顾可馨站定，轻声说："景园，好好听伯母的话。"

赵禾忍无可忍，拔高声音喊道："滚！"

顾可馨一低头转身离开了景家，身形落寞。景园盯着她的背影看了很久，眼眶里蓄满水花，她不敢眨眼，就这么定定地看着。

赵禾不知道什么时候走到了她身边，手放在她的肩膀上，轻声问："这样就可以了吗？"

泪水终于落下，砸在赵禾手背上，景园微哽："谢谢妈。"

景园搬回了景家，被困在家里，除非必要的通告，赵禾压根儿不让她出门，甚至有几天连班也不上，就坐在家里看着景园。顾可馨也离开那个房子，去了其他地方。

苏英没跟着，去到新家后，顾可馨几乎不出门，只偶尔给莫离发个消息。网上关于她和温酒的事情已经闹到了新高度，偶尔被其他新闻冲散，但没过多久，网友的视线又会重新放在她们身上。

直到顾可馨的工作室宣布顾可馨和景园即将一起参加真人秀综艺。

网上一阵沸腾。

到底什么情况？我搞不清楚了。

就说了温酒是蹭热度，你们还不相信！

蹭热度为什么顾可馨不站出来解释？

有什么好解释的？我们顾老师优秀，不知道多少人想蹭热度，每个都解释的话，干脆开个辟谣工作室好了，别工作了！

沉寂没多久的景顾热潮重新被掀起。

萧情坐在办公室里，看着网页上一条条的消息，助理站在她身侧汇报："景先生把百年艺人项目打回来了。"

萧情的神色没有波动，她问："还有呢？"

"前两天顾小姐去了景家。"助理说，"听说景夫人特别生气，还打了她，这段时间景小姐也被禁足了。"

倒是赵禾的作风，只不过她没想到赵禾这么快就查到了顾可馨和她的关系。依照赵禾的性格，知道景家和景园被利用了这么久，想弄死顾可馨的心都有了，现在还没出手，已经是看在景园的面子上了。

助理低头："那项目——"

"给李先生送过去。"萧情神色冷漠，"他会签好送过来的。"

助理诧异："不用景家经手吗？"

萧情想了几秒："景述和赵禾在气头上，绝不可能签的，这事拖不得，让李硕去办吧。"

助理犹豫了会儿，原本预设百年艺人这个项目从景家经手，就是想着万一出事，还有景家能帮萧情顶在前面，如果直接交给李硕，双方只是一场交易，万一出了事，李硕肯定毫不犹豫就把萧情给卖了。她不是很放心。

萧情侧目："想什么呢？快去办。"

"萧老师，"助理说，"咱们再去探探景夫人口风？"

萧情摆摆手，旁人不了解赵禾，她对赵禾的脾气可是了如指掌。眼下赵禾刚发现自己被顾可馨骗了三年，最宝贝的景园也被利用了，现在又知道了自己和顾可馨的关系，正一肚子火没处撒呢，去探口风？那不是往枪口上撞？万万不可。她绝不会做这种蠢事。

助理嘀咕："可是我担心……"

萧情说："担心什么？怕我对付不了顾可馨？"

笑话，她在这个圈子浸染了数十年，会对付不了一个新人？况且那日她的话对顾可馨是有影响的，只要有影响，人就容易钻死胡同。

真是和那个人的性格一模一样。

助理没说话，萧情问："她最近在干什么？"

"最近顾小姐搬了个新住所。"助理说到这里奇怪道，"不过我听说，她前几天和助理吵了一架，现在和莫离要求换助理。"

萧情点头，问："你知道为什么吗？"

助理不是很理解，见萧情一脸平静地说："她在找机会。"

"找机会？"

萧情看向窗外，树梢越过阳光，留下斑驳的痕迹："她在找机会，离开。"

那个人拉扯出来的孩子，她还能指望顾可馨有什么别的想法？当真是和那人如出一辙，遇到一点事情就退缩，脆弱，想不开，自我堕落。

这几天自己安排的人一直密切注意着顾可馨，发现顾可馨有很多反常的举动，不过她越是反常，自己就越是放心。

助理这才明白过来，她说："原来是这样。"

萧情盯着窗外没说话，陆长白带大的孩子，和他一样，重情重义，特别容易走极端，纵使顾可馨再聪明，等到她明白过来，百年艺人的事情也早就结束了。

而顾可馨倘若还敢捣乱，那么她还有另一张底牌。到了那时候，没了景家的庇护，顾可馨拿什么威胁她？这场百年艺人，她势在必得！

萧情正想着，头又是一阵剧痛，脸色苍白地靠在窗户边缘，助理忙扶着她，说："您也要照顾自己的身体，不能再受累了。医院那边我都安排好了，过两天咱们就住院，等化疗。"

萧情按着发疼的头问："骨髓库前两天不是有消息了吗？"

"是有消息。"助理说，"那个捐赠者说会去医院进一步检查的，估计就这几天的事情。"

萧情转头："查到是谁了吗？"

助理说："没有，那边口风特别紧，没有透露一点消息，暂时查不到。"她也怕在这个节骨眼上节外生枝，所以没敢用关系去查。

萧情用手按着头，感觉头比之前更疼了些，助理见状只好给她倒水拿药，服侍她吃完药才放心离开，带着资料袋去找李硕。

百年艺人这个项目线上的热度虽然被顾可馨和温酒的八卦压了下去，但线下仍然进展得如火如荼，媒体一天三个报道汇报进度，网友也积极参与讨论。

什么时候能确定？

我觉得第一个 H 国形象大使肯定是萧老师！

萧老师无敌！这个项目成了能不能现场直播颁奖？

顾可馨在网上看到那些消息时正窝在沙发里看电视，她的手机从最开始的暴热，经历了两天高峰期，慢慢地，给她发消息的人越来越少，一周过去了，网上的热度没降下来，但她的手机却安静下来，不再喧嚣了。

她瞥了一眼新闻汇报的百年艺人项目的进展，动了下身体。

整个客厅都被窗帘遮挡得严实，窗外的阳光一点都照不进来，夏天还没完全过去，顾可馨居然觉得有点冷。她去厨房里烧了一壶开水，端着杯子进客厅时，视频中，主持人正将话筒递给旁边的女人。

"萧老师，大家都在猜这次百年艺人非您莫属，对此您有什么感想吗？"

百年艺人创办至今，还没有哪个艺人能二次获奖的，但萧情却做到了第二次入围，且不管是网友还是粉丝，对此都没有任何异议，仿佛萧情做什么都是对的。

是啊，她是神，神自带光环，当然做什么都是对的。

顾可馨抿了一口水，过高的温度让她舌尖瞬间发麻，她低头看了一眼，有些孩子气地将杯子放在一边，手机屏幕亮起，跳出一条消息，是郁姿发来的，问她最近要不要回家吃饭。

宋明和郁姿还不知道她和景园的事情，短信里一个劲让她去解释，让她别和景园吵架。

顾可馨心头涌上难得的温暖，她看着手机，眼睛一阵酸涩，过了好久才回复郁姿，没说回去，只是托郁姿将她爸爸的照片发过来。

郁姿发了几张，还问："怎么突然想看你爸爸的照片了？"

顾可馨看向照片，照片里的陆长白还是老样子，笑容憨憨的。他脾气特别好，遇到不公的事情，陆长白就会说："可馨啊，这世上哪有完人？凡事宽容一点就好。"

可她做不到宽容，做不到陆长白说的大度，以前她还想，她怎么就做不到和陆长白这样呢？现在才明白，他们从骨子里就不一样。

陆长白是明月清风，而她——一摊烂泥。

顾可馨导出照片，打印出来后捏在手里。自从陆长白离开之后，她就没有再回去过，也是时候回去看看了。她刚想给莫离发消息，却先收到了一条短信，短短几个字——

景园去医院了。

复杂的感情涌上心头，顾可馨气恼得握住手机，紧抿着唇，而后迅速从茶几上拿过车钥匙往医院开去。她来得早，景园还没到，她将车停在了树下，没一会儿，光影斑驳间，一道纤细的身影映入眼帘。

景园很善于伪装，戴上口罩，扎了马尾，穿着年轻，很像是大学生，走在人群里一直低着头，倒也不是特别扎眼，但顾可馨还是一眼就认出来了。

顾可馨定定地看着景园的背影，见她走进医院，过了很久才出来。

景园站在医院门口，抬头看着骄阳，阳光肆意地照在她的身上，暖洋洋的，她蓦然松了一口气，正准备往车那边走，没几步远，手机突然响了一声。景园从包里拿出手机，看到顾可馨的消息，瞬间愣住。

在哪呢？

景园的脸隐在口罩里，神色未明，她下意识地想打字回复，编辑好内容后，却又一点点删掉，最后直接关掉手机往车那边走去。

顾可馨等了很久没等到回复，转头看时，景园的车已经离开医院门口了，她靠在椅背上沉默了很久，神色越来越紧绷，目光阴沉，发动引擎时她没忍住狠狠地拍了下喇叭，车子顿时发出鸣笛声，刺耳又尖锐。

景园和顾可馨再见面是在节目录制时，她早到半小时，剧组的工作人员三五成群地坐在一起聊天。他们已经一起录制过几期，很有默契，于悦看到景园走过来时愣住了，立马踢了下身边的罗晶，罗晶倒是没有太惊讶，她唤："景园。"

在《一梦》剧组时她和景园也算熟悉，所以她先打了招呼，其他人纷纷站起来，就连于悦都恭敬叫了一声："景老师。"

景园冲她们点点头，纪涵立马迎上来："景小姐！"

她异常热情，简烟和纪云昕的突然离开让剧组大受打击，圈子里能压住这两位的只有顾可馨和景园，但她哪里敢去请这两位佛，尤其

是在顾可馨和温酒的事情闹得满天飞的情况下，这不是打灯笼去厕所
——找死吗？

她不可以，但是简烟可以啊！

纪涵觉得简烟是真厉害，降得住她姐那么龟毛的人，还能把景园
和顾可馨请过来，她以后都不拜神，直接拜简烟得了！

景园冲纪涵点点头，面色平静地走过去，问："几点出发？"

"八点半。"纪涵说，"还差顾老师。"

景园秀眉拧了拧，其他几个人你看我、我看你，面面相觑，愣是
没人敢问，还是于悦率先招呼道："景老师，过来嗑瓜子吗？"

"不了。"景园说，"我去换件衣服。"

纪涵让助理带着景园去了更衣室。

她前脚刚走，顾可馨就到了。顾可馨和景园不同，她随和，见人
就面带笑容，又主动打招呼，没多久众人就以她为中心坐开，景园从
更衣室里出来后便见到了被众人簇拥的顾可馨。

前两天她回家后才回复了顾可馨的消息，后来那端再没有回复，
现在见了面，景园冲顾可馨点点头，两人目光对上，顾可馨笑："可
以走了吗？"

"可以了。"纪涵一拍手，"四天的拍摄，大家做好准备。"

为了防止简烟和纪云昕的情况再次发生，纪涵在行程上做了修
改，最后两次拍摄挤在了一起，众人自然没意见，纪涵也咨询了顾可
馨和景园，两人也没异议，这才定下。

上车后，顾可馨坐在靠里的位置，景园坐在她外侧，两人谁都没
有开口。纪涵过来发东西时对两位说："我好喜欢顾老师和景老师的
电影，这次能合作，真是太荣幸了！"

顾可馨说："和纪小姐合作，我也很高兴。"

众人七嘴八舌地聊着天，时不时地看向这两人，于悦问旁边的罗
晶："怎么说？大编剧？"

罗晶耸肩："我怎么知道，没准人家就是吵个架呢。"

于悦笑："这么说你还知道一点内幕啊。"

罗晶举手投降："别问我！"

苏子期在一边看到两人打闹，转头看向窗外。

她们到基地时刚好十点半，纪涵让工作人员去布置道具，她则带着众人去休息室，景园神色淡然，和众人不亲热，自带距离感。

一个艺人小声嘀咕："你觉不觉得景老师特别像那啥？"

她身侧的人问："啥？"

"移动的冷气机。"说完还瞥了景园一眼。

众人很快到了休息室里，纪涵说："先抽任务卡，景老师，您就和顾老师一个队吧，你们可以住简烟之前的套房。"

景园没异议，和顾可馨对视一眼，点头："可以。"

"那等会儿我带你把行李放过去。"纪涵说，"先来抽卡吧。"

顾可馨看着景园："你去抽。"

景园顿了顿，她不是很喜欢综艺，以前剧组宣传那边总爱让她和顾可馨上综艺，大部分都被她婉拒了，后来经她的粉丝统计，她上综艺的次数还没到过两位数，所以这次粉丝也是非常期待。

"三。"景园将卡片递给纪涵，纪涵笑："OK，关于规则等会儿一起通知。"

景园走到顾可馨身边站定，没一会儿纪涵便开始宣布规则。

和大部分真人秀差不多，只是多了几个环节。

这种事情往常自然难不倒景园和顾可馨，可眼下她和顾可馨拍得比那些人演的还要尴尬，两三个镜头后，纪涵绷不住了，赶紧找两人谈话。景园和顾可馨一合计，打算用以前的老方法——入戏。

以前两人闹别扭时，为了不耽误拍戏就会用这种方法，之后的表现纪涵十分满意，连连鼓掌，就连剧组的其他成员也说她们很有默契！

她们在剧组里生活了三天，场外记者也蹲了三天，有点风吹草动立马传到网上，粉丝肉眼可见的高兴起来，有种守得云开见月明的感觉。但仍有不少人谴责顾可馨不澄清，让温酒没办法好好工作。

顾可馨的风评一向十分好，合作过的艺人、导演，哪怕只是一个很小的剧组成员，也从来不会说她半句不好，但这次她的名声却大打折扣。

一场关于她的讨伐隐隐升起，热度日日拔高，就好像背后有一双无形的手在推波助澜。

针对这种现象，萧情自然是高兴的，她躺在病床上看着网页新闻，身侧助理则汇报道："顾小姐推掉了之后所有的通告，目前最后一个通告就是这档真人秀。"

萧情神色如常，一点不意外，倒是助理惊诧："萧老师，您真是料事如神！"

"景园呢？"

"景小姐最近也推掉了不少通告，现阶段除了拍戏，还是被强制留在家里。"助理说完又道，"温小姐也很久没露面了。"

"不用管她。"温酒性子直，单纯，这件事对她的打击肯定很大，需要多久才能缓过来还是个未知数，她说，"让人看着她，不要让她乱说话就行。"

助理说："一直有人守着温小姐呢。"

萧情点点头，第一次化疗的效果还算不错，加上最近心情好，再过两天她就可以出院了。

助理见她心情不错，接着说："另外骨髓库那边说已经送去二检了，有消息会立刻通知我们。"

"嗯。"萧情转头，"李硕那边怎么说？"

助理刚想回话，手机突然一声响，她低头一看，随后对着萧情笑道："签了！"

萧情一颗心终于放了回去，近些日子一直担心的事情终于尘埃落定，她的脸上难得挂着笑。助理说："那我回去就可以发消息了。"

"去吧。"萧情躺在床上，内心澎湃。

助理悄悄带上门离开，没过多久，网上就有了百年艺人项目的最新进展——合同签了，百年艺人以后将成为 H 国形象大使，这个消息立刻盖过了其他新闻，炒得沸沸扬扬。

顾可馨看到网上的消息时节目已经录制完毕，她换好衣服收拾了行李，坐在客厅里等景园。这栋别墅有两个房间，她和景园各住一间，虽然没有摄像头，但她们却真的像只是来录制的艺人，界限守得很好，现在要离开了，景园却还没忙好。

顾可馨想了会儿，去敲了敲景园的门，喊："景园？"

景园转头说："进来。"

顾可馨推开门进去，瞧见她坐在床边："车到了，你不走吗？"

"我等会儿。"景园说，"小夕开车来接我了。"

顾可馨想了两秒，点点头，说："那我先走了。"

景园在她转身时喊道："顾可馨。"

顾可馨顿住，没回头，她听到景园说："其实那天，我在医院。骨髓库给我打电话，说有个患者在等我的骨髓配型。"景园说到这里，轻笑一声，"你说基因是不是很奇怪？明明没有任何血缘关系，居然也能匹配上。"

顾可馨垂在身侧的手指蜷缩，她转过头看着景园，沉声道："你同意了？"

景园坐在阳光里，美好得像是仙子，顾可馨皱着眉，看到景园微微点头，似有针戳在了顾可馨的眼睛里，刹那间疼得她忍不住后退一步。

景园站起身走到她面前，对她说："患者是阿姨。"

平地一声雷，炸得顾可馨有些蒙，她看向景园，秀眉紧紧拧起：

"你知道是她？"

"我原本也不知道。"景园说，"托李叔叔问的，她不知道是我。这样也好。"景园松了一口气，"其实我一直在想，她对我到底哪些是真，哪些是假？就像你说的，或许时间长了，面具戴久了，她自己都忘了自己原本的样子。"

顾可馨哑声："你对她还抱有幻想？"

"不是幻想。"景园站得笔直，神色和语气出奇的平静，似是经过了深思熟虑，"只是我和她之间，也该做个了断了。"

以前把萧情当成是梦想，被她救过几次，其中孰真孰假，她也不想去计较了，这一次，就当还了恩情，至此，她和萧情一刀两断，再无干系。

顾可馨从盛怒到慢慢平静，最后问："最后一次吗？"

景园看向她，知道顾可馨是理解自己了，她眼圈一红，点头："最后一次。"

"告诉伯母了吗？"

景园低下了头，一副熟悉的抗拒姿态，每次只要不想说，她就是这副样子。顾可馨摇摇头，说："随你吧。"

她说完欲走，景园喊："顾可馨。"

顾可馨顿了几秒，一低头，离开了别墅。

景园看着顾可馨的背影消失在房间里，客厅的门打开又合上，四周静悄悄的，只余下她杂乱无章的心跳。她坐在床边，看向手机，好一会儿才拿起手机拨通了顾可馨的电话。

"刚刚还有件事忘了说。"

顾可馨站在门外，后背贴着门，刚刚被刺激了一番，她现在有些乏力，只能靠着门才能勉强站住。

良久，她问："什么事？"

景园张张嘴，心里的话却难以说出口，两人僵持了十来分钟，顾可馨率先起身，看到不远处纪涵正在走来，她说："景园，我也有件事想和你说，我们一起说吧。"

一起说，应该就没有那么难以启齿了。

景园也猜到顾可馨的想法，她点头："好。"

顾可馨轻声道："我数一二三，我们一起说。"她顿了顿，看纪涵越走越近的身影说，"一，二，三……"

"顾可馨，我们解绑吧。"

"景园，要和我和好吗？"

CHAPTER

37

交易

If the golden sun,

Should cease to shine its light,

Just one smile from you,

Would make my whole world bright.

——*Stray birds*

由百年艺人推出国家形象大使，这件事极大程度地吸引了网友的注意力，连同闹了一阵子的顾可馨和温酒的事情都被压了下去，现在网络上满是百年艺人的消息。

> 自然是我们萧老师了，当之无愧的百年艺人！
>
> 这一届不是萧老师我不看！
>
> 想想几年前萧老师大义灭亲，直接铲除百年艺人评审团的人渣，就可以相信萧老师的人品，希望这个形象大使是萧老师。

诸如此类的留言数不胜数，《抗战》带来的红利还没结束，萧情的名气再度攀上了高峰，网友称呼她独一无二的"萧神"，就连媒体也报道了很多次，不凡的门口都被媒体踏破了，就想采访萧情。

萧情避不见客，对外说正在忙百年艺人的事情，实则是在医院疗养，眼看就要到骨髓移植的日子，她的心情也一天天紧张起来。

助理立在她身侧问："萧老师，真的不通知温先生吗？"

"不用了。"萧情冷声道，"不需要通知他。"

助理低头："那温小姐呢？"

萧情顿了顿，问："她最近在做什么？"

"温小姐最近谈了个剧组，应该是准备拍戏。"助理说，"不过她精神状态不是很好，您要不要开导开导她？"

萧情想了几秒："等手术结束再说。"

她能不能活着从手术台上下来都是个问题，现在也顾不到温酒。

助理点头："那您好好休息。"

萧情又问："我的手机呢？"

助理走到桌子旁将手机递给她，萧情摆摆手道："出去吧。"

等门合上后，萧情才低头看手机，好半晌，她拨通了电话。

李硕接到她的电话时正在工作，他下意识地皱眉，不耐烦地问："萧老师，又怎么了？"

萧情说："李先生不用担心，既然你已经帮我把项目解决了，我和您弟弟的事情也一笔勾销。"

李硕这才缓和了脸色，他背靠着椅子上，问："那萧老师现在不是应该在筹备百年艺人的事情吗？"

萧情道："我打电话给李先生，只是想告诉你一个消息，也算是你对我工作支持的馈赠。"

李硕皱起眉，这个萧情居然能将那些事情掩藏几十年，等到现在才找他，城府之深，无人能及。其实，和她这样的人绑在一条绳子上也没什么不好，李家这几年并不风光，靠他一个人难以维系一个大家族，如果和萧情联手，就好办多了，至少不用看景家的脸色。所以他并不是很在意萧情对他的威胁，如果他不想合作，就凭萧情的那点伎俩，怎么可能威胁到他？

不过来自萧情的消息，肯定是有点东西的，他好奇道："什么消息？"

"是关于你弟弟的。"萧情说，"他有个孩子。"

李硕脸色骤变，猛地从桌前站起身，眉头皱在一起，厉眼尖锐："你说什么？"

萧情早料到了他的反应，这就是她最后一张底牌。李硕以前容不下李颂，现在怎么可能容得下他的孩子？只要他解决掉顾可馨，那她就没有后顾之忧了。

"我已经把资料发给你了。"萧情说，"李先生应该快收到了。"

李硕挂了电话，脸色阴沉，他一巴掌拍在桌上，文件随之震动。电话铃突兀响起，他接过，说："送上来。"

没一会儿，办公室的门打开，助理走进来递上文件。李硕看着面前的密封袋咬牙撕开，里面掉出几张相片，还有一份亲子鉴定。纸张发黄，看得出来时间久远，上面的字却如一根根刺，扎在李硕的心口，他立刻给萧情打了电话："孩子呢？是谁？"

"你也认识。"萧情没犹豫地说，"叫顾可馨。"

顾可馨正待在家里，和公司的合同到期了，莫离急着和她续约，但她把所有工作都推了，怕被莫离骚扰，她的手机关机了两天，此刻正悠闲地坐沙发上看电视。

她和景园的综艺播出了，屏幕里她挑起冰激凌递给景园，问："吃吗？"

景园看着她，张口咬住勺子，她也没介意，就着景园用过的勺子继续吃。这一幕在网上被刷爆了，顾可馨自然知道。

顾可馨靠在沙发上，刚开机没多久的手机响了一声，她拿起，看到那端的消息——

小姐，您的快递。

快递就寄到楼下，是用一个密封袋装的，顾可馨拿回家之后就扔在了沙发上，电视机里还在放那档综艺，但她已经完全没有心情去看了。

她的目光落在面前的密封袋上，想伸手去拿，在碰到边缘时又像是触电般收回，各种情绪搅和在一起，五味杂陈。

电视机里，景园在喊："顾老师，把那个递给我。"

顾可馨又看了几眼电视屏幕才去打开密封袋，里面轻飘飘地掉出一张纸，顾可馨闭了闭眼，然后低头看向下面——不符合配型条件。

她气恼地将纸揉成一团，想扔进垃圾桶，最后只是扔在茶几上，转身就跑去了房间里。

一室安静，和另一处的喧嚣形成鲜明对比。

景园正在化妆，言卿小跑过来："景园，等会儿拍完和我从小门离开，大门口挤的都是记者。"

景园点头："知道了。"她说，"言姐，拍完这个我要请假一段时间。"

"知道。"言卿说，"散散心也好，最近你的事情也不少。"

她没敢问顾可馨和温酒的事情，怕景园听了不舒服，现在听说她要出去散心，言卿当然放人。景园说："谢谢言姐。"

"别客气了。"言卿拍拍她的肩膀，"有什么需要尽管说，我能帮的一定会帮。"

景园淡笑。拍摄完毕后，她想了会儿，还是给简烟打了电话，简烟最近正忙，接到景园的电话很是意外，更意外的是她要亲自过来。

纪云昕站在简烟身后问："谁啊？"

"景园。"简烟捂着话筒道，"她说想过来和你谈谈。"

纪云昕不置可否，简烟喊："云昕，她是我朋友。"而且还欠好几个恩情呢。

纪云昕没辙："知道了，都听你的。"

简烟眉开眼笑，和景园到旁边聊去了。纪云昕琢磨了一会儿，刚准备离开，手机屏幕蓦然亮起，来电显示——顾可馨。

真是奇了怪了，这两个人今儿是说好了一起联系她们的吗？

纪云昕接起电话，语气平静："顾小姐晚上好。"

顾可馨站在窗口，问："纪总，方便聊聊吗？"

又是一个来和她聊聊的，她什么时候这么吃香了？纪云昕瞥了一眼另一边的简烟，走进房间："你说。"

顾可馨低头："纪总知道目前国内的形势吗？"

纪云昕当然知道，她只是陪简烟在 J 国发展，又不是扔下国内的事情不管了，就纪涵那咋呼性子，一天恨不得打十八个电话叫她回去，想不知道都难。

但是纪云昕没直接说，反而问："顾小姐说的是哪些事？"

"不凡的事情。"顾可馨语气冷静，"百年艺人的事情，还有您京仪的事情。"

这几年，京仪一直都凌驾于不凡，占据了圈里的半壁江山。现在纪云昕一走，不凡顺势扩大，百年艺人只是一个开始，等真的运行起来，即便纪云昕回国，也没有京仪的机会了。

纪云昕自然是无所谓，她志不在娱乐圈，但是只要简烟一朝在，那京仪就要做简烟的后盾，就不能被不凡压垮。

纪云昕点头："详细说说。"

"我想和你联手。"

纪云昕有两分诧异，这顾可馨和不凡一直都是友好交往，和萧情更是刚合作过电影《抗战》，现在百年艺人项目能顺利启动，主要就是因为这部电影。可是现在，顾可馨说想和自己联手？

"理由呢？"

顾可馨说："纪总做事不是不需要理由，只需要利益吗？"

纪云昕被她说得心虚地摸了摸鼻尖，反思，她是这样的人吗？

顾可馨见她没说话，继续道："我们联手，破了不凡，京仪还是独大，我觉得纪总没有理由不和我合作。"

纪云昕"唔"了一声："确实没有理由，但是我人不在国内，如果处理起来……"

"我和老东家的合约到期了。"顾可馨打断纪云昕的话,说,"我的工作室可以挂名在京仪旗下,五五分。"

啧。纪云昕心思一动,顾可馨这几年创造了巨大的利益,光是她一个人就将她老东家那破公司拉扯成了知名影视公司,如果来京仪……

纪云昕道:"三年。"

顾可馨抿唇:"最多两年。"

纪云昕道:"成交,你需要我做什么?"

顾可馨轻笑,简短说了要求,纪云昕琢磨了两秒:"可以。"

"那就劳烦纪总了。"顾可馨说完又道,"对了,还有件事想麻烦纪总。"

纪云昕说:"什么事?"

"如果景园去找你,"顾可馨说,"麻烦纪总不要告诉她我和你联系过。"

纪云昕一听乐了,说:"三年。"

顾可馨深呼吸一口:"两年半。"

纪云昕立刻说:"刚刚景园可是打电话给简烟了,她……"

"成交。"顾可馨打断纪云昕的话,一口应下。

纪云昕看着挂断的电话,沉默了几秒,简烟走过来问她:"拿着手机干什么?"

"朋友的电话。"纪云昕解释,简烟问:"谁啊?"

谁啊——

纪云昕笑了笑:"一只狐狸。"

景园到 J 国时意外接到了温酒的电话,这段时间她和温酒几乎没有联系,也知道温酒意志消沉,虽然她也在赶时间,但还是答应温酒在见过简烟之后碰一面。

和纪云昕的谈话异常顺利，顺利到有些不可思议。纪云昕没多说，只是告诉她："我不是帮助顾小姐，我只是在帮烟烟铺路。而且你是烟烟的朋友，朋友有难，我理当帮你。"

景园深深地看了她一眼，几秒后回过神，她问："顾可馨给你打过电话了？"

纪云昕微诧，但也没过分表现出来，她耸肩，算是默认。

景园说："她提了什么条件？"

"三年的合同。"纪云昕说，"工作室挂靠京仪。"

倒是不亏，京仪本就在娱乐圈独大，所谓大树底下好乘凉，顾可馨的工作室刚开，肯定需要有力的靠山，京仪算是一个。她们这次合作，倒也是双赢，只是她没想到，顾可馨会选择签三年，她以为只需要一年。

景园说："简烟以前拍戏的时候，欠过我两个人情。"

纪云昕没说话，她发现自己以前看走眼了，她怎么会觉得景园是个小白兔呢？这副算计的模样，居然有几分顾可馨的影子。

景园见她没吭声，抿着唇："算了，我去和简烟聊聊吧。"

"两年。"纪云昕咬牙，"景小姐，我也算是冒险做这笔交易的。"

景园没为难，点头："好。"

纪云昕轻叹，没一会儿简烟请她们出去，景园和简烟聊了几句，便接到了温酒的电话。简烟说："去忙吧，我们回国见。"

认真算起来，简烟是她出社会后第一个真正意义上的朋友，景园深深地看了她一眼，说："国内见。"

简烟目送她和一个女人上了车，有些好奇地问身边人："你觉不觉得她身边那个人很眼熟？"

"谁啊？"纪云昕没放在心上，简烟一拍手："温酒！"

温酒瘦了很多，面色有些发黄，显然是营养不良，连化妆品都遮挡不了倦色。

景园问她："最近有回家吗？"

"没有。"温酒摇摇头，说完继续沉默，她也想回家，也想问问她妈妈，可是她真的不知道该怎么面对。从她有记忆开始，所有人都给她灌输她的父母十分恩爱的思想，就连那些同学都说，如果他们不是真的，娱乐圈就没有真夫妻了。

是啊，从小到大，她父母恩爱和谐，从不争吵，她爸一切都很迁就她妈，做什么都顺着她，可是她没想过，原来一切都是假的，从很久很久以前开始，就是假的。

她不知道怎么面对她妈，不知道怎么面对顾可馨，每天睁眼闭眼都成了很困难的事情。她不愿意相信那么多事情都是她妈妈做的，所以这段时间一直在逃避。

"想回去就回去吧。"景园说，"问个清楚，比胡思乱想好。"

温酒回她："姐，我害怕。"

景园心头一疼，搂着温酒的肩膀，拍拍她的肩头，低声说："小酒，以前有个人和我说，这世上没什么事是过不去的，只有过不去的人，没有过不去的事。现在我把这句话送给你。"

温酒转头看着她，眼角通红，景园安抚性地拍拍她的肩膀。

两人到酒店后，温酒问："你要回去了吗？"

景园点头："你呢？"

"我还有个拍摄。"温酒说完低下头，欲言又止，似乎有话想说，但是不知道怎么启齿。

景园问："想知道顾可馨的事情？"

温酒"嗯"了一声，景园说："我们解绑了。"

温酒的脸色唰一下白了，她看向景园，不可置信地问："为什么？"

景园沉默了两秒，说："最近上网了吗？"

温酒摇头，她压根儿没心情上网，更不想碰手机，网上那些谩骂和讽刺让她本就不舒服的心情更加难受，所以她并不知道网上的事情，现在景园提出来，她随手拿起手机上网去看。

关于顾可馨的消息很多很多，这大半个月的时间里，顾可馨的名字可以算是铺天盖地，温酒看了一大部分，瞧见又跳出了新的消息，她问景园："姐，她要开发布会吗？"

景园一愣，忙低头看向温酒的手机，推送的消息确实是顾可馨要开发布会，时间就是今天。

她眉头拧起来，立刻拨电话给顾可馨，那端却关机了。

顾可馨忙着化妆，金姐站在她身侧说："你啊，好好的前程，就这么作没了，公司给我发消息，说这是我们最后一次合作了。"

"那金姐给我化好看一些。"顾可馨眼角晶亮，"最后一次合作了。"

金姐拿化妆品的手不稳，东西差点掉在桌上，三年多了，她对顾可馨怎么可能没有感情，遇到个合得来的艺人不容易，现在要结束了，真舍不得。

"肯定给你化得美美的。"金姐问，"开发布会，是想退圈吗？"

顾可馨冲她一笑，没回话。

不止她一个人这么想，很多人都这么想，听说顾可馨推掉了所有通告，听说顾可馨和老东家结束了合作关系，听说顾可馨没有签约新公司，听说……

这类"听说"听得多了，网友就当真了，纷纷问今儿到底是为什么事，一部分网友觉得是为和温酒的绯闻，一部分是觉得顾可馨要退圈，还有零星的几个人觉得顾可馨是要说实话。

萧情就是这零星的几个人的其中之一，她的助理无比着急地说："萧老师，真的不阻止吗？"

"阻止。"萧情点头，"当然要阻止。"

　　且不说顾可馨开记者会的目的，是退圈还好，万一说了不该说的，在这个节骨眼上，那是致命的，所以必须要阻止，可不应该她来阻止。

　　"有人会阻止的。"

　　助理不解："谁啊？"

　　萧情没解释，肯定是另一个比她还怕顾可馨身份曝光的人。

　　发布会热闹异常，没设门槛，所有记者都可以过来，甚至还有附近的网友。因为场地是露天的，所以人很多，很快就发生了交通堵塞。

　　顾可馨看完新闻下意识喊："苏英……"喊完才想起来，苏英不在身边很久了，她拿起手机，刚开机就看到一个电话正打进来。

　　是景园。

　　她想了会儿，接起电话："景园。"

　　景园问："你做什么？召开记者会？为什么？"

　　顾可馨不答反问："你在哪儿看到的消息？"

　　"J国。"消息输送到这边会有时差，要不是温酒搜了她最新的消息，她也不会这么快知道。

　　顾可馨说："嗯，是打算开个记者会。"

　　"你开记者会干什么？"景园语气微急，她摸不清顾可馨的想法。

　　顾可馨说："我和公司这边解约了，需要开个记者会解释。"

　　"哦。"景园这才放下心，而后后知后觉地意识到，她联系顾可馨了。

　　这段时间，她和顾可馨秉持互相沉默的原则，不联系，不沟通，言卿也放出了解绑的消息，怕是今天记者会，顾可馨又要被问了。

　　现在她突然打电话过去，其实有些莽撞，但她就是忍不住担心。

　　顾可馨那端有人唤她的名字，她说："我先去了。"

　　景园只好道："嗯，你忙吧。"

　　挂电话之前，顾可馨喊："景园。"

　　景园举着手机，良久没听到那边有声音，她疑惑道："顾可馨？"

顾可馨张了张口："再叫一声。"

景园蹙眉："顾可馨？"

顾可馨的眼圈倏然一红，她说："嗯，我挂了。"

景园放下手机，有种莫名的感觉萦绕在心口，忍不住皱了眉。

温酒问："怎么了？"

"没事。"景园说完，温酒道："姐，你不是说解绑了吗？还这么关心她？"

景园转过头看着温酒，语气无奈地道："小酒，有些事是不得不为之。"

温酒似是反应过来，她问："是因为阿姨吗？"

她这才想起来，顾可馨也骗了叔叔和阿姨，而且还是好几年。

温酒心跟着悬起："姐，那你怎么办？"

景园低头，语气平静道："总会有办法的。"

温酒问："有需要我帮忙的地方吗？有需要的话，你告诉我。"

景园认真地看着她，问："小酒，如果我真的有需要你帮忙的地方呢？"

温酒点头："你说。"

景园说："我希望你能说出你和顾可馨的关系。"

温酒脸色微变，心跳骤快，好几分钟都没能反应过来。车到了地方，缓缓停下，景园说："不用急着回答我，我可以等你考虑清楚。"

"姐。"温酒润润唇，说出她和顾可馨的关系，就代表她要向别人说出她妈的过错，虽然是事实，但她却一直在逃避这件事。

景园说："小酒，不要太勉强。"

温酒看着她，认真道："我会好好考虑的。"

景园松了一口气，和温酒刚下车，手机就响起，屏幕上显示着言卿的名字，她看了一眼温酒，接起："言姐。"

言卿语气急促："景园，这两天待在 J 国，不要回国！"

景园一怔："怎么了？"

言卿说："顾可馨被你的粉丝袭击了！"

景园握紧手机，终于知道先前那奇怪的感觉是什么了，她追着问："顾可馨呢？她怎么样？有没有事？"

"送医院了，我还没过去，听说出血量很大……"

景园脸色煞白，手机砸在地上，砰一声，四分五裂。

不只是言卿，就连赵禾都打电话给她，说她目前留在J国比较好，景园愤怒地对着手机吼："我怎么可能不回去？！"

赵禾问："回来干什么？你能去医院吗？"

景园忍住心底的难受，低声道："我……"

她握紧手机，刚刚才废了一个手机，现在她又有砸手机的冲动了，以前再着急恼火，她都没有破坏欲，现在心情糟糕透顶，却想把眼前的一切都给毁了！

过了好一会儿，景园才问："到底怎么回事？"

赵禾推托："我也不太清楚。"

景园没忍住："妈！是不是到现在还打算骗我？"

难怪她说来J国找纪云昕，她妈连劝都不劝一句，还有顾可馨，明明给纪云昕打电话谈好了交易，却还是让她过来，是知道她如果在国内，知道了这个消息一定会冲到医院里去吧。

景园咬唇："她怎么能这样？"她的情绪再也绷不住了，"你们怎么能这样？！"

赵禾听着那边的呜咽声心疼不已，她唤道："园园，她不是故意的。"

"不是故意的？"景园哑声，"支开我，受伤，她哪一步不是故意的？妈，你们怎么可以这样……"

"园园……"赵禾的心拧在一起，恨不得立刻出现在景园面前，紧紧抱着她。

景园无力地坐在沙发上，问："她现在怎么样？"

"我还没去医院。"赵禾说，"应该不会有大碍。"

景园靠着沙发，问："她为什么这么做？"

事到如今，赵禾也不瞒着，只好说："只有这样，才能抓个现行。"

其实，赵禾最初也不赞成顾可馨这么做，太激进，太冒险，一个不妥就很有可能出事。但顾可馨却非常坚持，李硕会对顾可馨出手，这是既定的事实，李家的两个孩子——李硕和李颂，年轻时，李颂虽然爱玩，但聪明，嘴也甜，把所有人都哄得服服帖帖的，李老爷子去世前把所有遗产都留给了他。后来，李老爷子去世没几个月，李颂就车祸走了。

在李家，或许每个人都猜到了些什么，但如今李硕是李家的一把手，位高权重，哪有他们置喙的余地？顾可馨不同，她若是李颂的孩子，遗产姑且不说，李家其他人会不会倒戈也是个大问题。李硕不想睡不好觉，就必然会阻止这场记者会。

顾可馨要的就是他行动，与其躲在暗处担惊受怕，不知道什么时候会被蛇咬一口，还不如把焦点全部聚在身上，逼李硕出手。只要他动手，景家就会立刻展开秘密调查，这一场引蛇出洞，她做得非常好，可也免不了受伤。

景园深吸一口气："妈，你什么时候和她达成的协议？"

赵禾瞒不过景园："园园啊，妈这也是为你们好。"

"为我们好？"景园强忍愤怒，握着手机的指尖发白，幽幽地问："她如果有任何意外，我还有以后吗？"

赵禾安抚道："她不会有意外的。"

景园沉默着，倏然挂断了电话。客厅很安静，她坐在沙发上，双手环膝，整个人慢慢蜷缩起来。

过了很久，赵禾给她发了消息——

人没事。

景园浑身一松，紧绷了很久的身体开始发疼，她翻个身，在怀里塞了个抱枕。

没法回国，景园被迫在J国又待了两天，医院给她打电话问她什么时候回去，手术时间快到了，她一阵恍惚，这才坐专机回国。

网上的评论一面倒，都是对顾可馨的心疼，尤其是粉丝，日夜守在医院外面。景园则成了罪人，她的粉丝刺伤了顾可馨，事发到现在她也不站出来道个歉，虽然是粉丝的个人行为，但这个人是她的疯狂粉丝，这件事她就必须做个表态，所以网上很多人都让景园出来说话，呼声很高。

言卿也给景园打了电话，问她这件事怎么说，景园想了会儿："先拖着。"

"拖着？"言卿咬唇，"那你近期的工作可能没办法展开。"

"暂时停了吧。"景园也没心情工作，更没心情应对媒体，言卿只好道："明白了。"

她如此消极应对的态度自然引得网友更加不满。

网上乱糟糟的，萧情坐在车里看着屏幕闪过一条条消息，微微扬唇。

身侧的助理道："顾小姐还在医院，目前不知道伤势如何，李先生那边也没有动静。"

"可以了。"目前局势明朗，李硕是不会放过顾可馨的，而景园这边也会因此受到冲击，她只需要安心等百年艺人颁奖的时间来临就可以了。

助理说："那您最近好好休息，医院那边说，手术就安排在近两日。"她说完忍不住道，"萧老师，我咨询过医生，他们说稳妥点用化疗的方法也是可以痊愈的。"

萧情摆摆手："不妥。"

拿下 H 国形象大使才是她事业的开始，怎么能用那么宝贵的时间去治疗？萧情问："手术的事情医院都安排好了？"

"安排好了。"助理见劝不动她，只好道，"咱们今晚就要过去。"

萧情点头："知道了。"她看向车窗外，目光深邃。

外面，一辆黑色轿车和她擦过，驶向另一个方向。车里，景园接到了赵禾的电话，她低头道："嗯，回国了。"

赵禾捏着手机问："现在在哪儿？"

"妈，"景园想到顾可馨，说，"我有话想对您说。"

"回来说吧。"赵禾一点也不意外，她说，"明天我陪你去。"

景园霎时泪崩，她轻声道："谢谢妈。"

回家之后她才知道赵禾已经知道了一切，不仅赵禾知道，景述也知道了，她还以为自己瞒得很好，却没想到每个人都比她清楚。

"我已经咨询过医生了，不会有太大问题，你救她，是你的决定，我和你爸不会干涉。"

景园忍了忍，还是问出口："妈，你什么时候知道的？"

"顾可馨告诉我的。"

景园不可置信："她告诉你？"

赵禾点头："她很早以前就告诉我了。"

景园心头复杂，所以，顾可馨很早就知道了，她知道自己要捐献骨髓给萧情，知道自己要救她最厌恶的人……景园手脚冰凉。

赵禾握住她的手，最初听到这个消息时，她真的气疯了，立马就想给景园打电话，让她回家，然后不准走出去半步！

顾可馨说："让她去吧，景园的性格您也不是不知道。"

"我就是知道我才不让她去！"她异常愤怒，"萧情是生是死我不管！但就是不准牵扯到园园！"

"伯母。"顾可馨说，"您不让她去，她一辈子都会惦记着这件事，还不如痛痛快快地做个了断。"

她沉默了，是啊，景园的性格她再清楚不过，不让她去，那这辈子景园都过不去这个坎。她就这么被说服了，和景述一合计，决定陪景园一起过去。

景园眼尾发红，她抱着赵禾低声说："对不起，妈，对不起。"

萧情和他们景家纠缠了快三十年，又有谁能说得清谁对不起谁？

赵禾抱着景园，拍了拍她的后背。

次日，景述也请了假，他上车后就一直在责备景园，说她不该擅自做决定，还说回去后要狠狠批评老李。赵禾没好气地道："别说了，没看孩子知道错了？"

"你就宠着她吧。"景述十分气愤，"这么大的事情，她问都不问我们就准备自己去，出了事谁负责？！"

赵禾说："这不是说了吗？"

景述还想再开口，被赵禾一脚踢过去，车里瞬间安静了。

景园坐在车里，听到自己的心跳声"怦怦怦"乱得厉害，越靠近医院，她的手脚越发冰凉。下车时她的手机响了一声，景园拿起来一看，发现是一条陌生短信，内容只有两个字：景园。

是顾可馨。

景园的心刹那间安定下来，她没有回复，放下手机后跟在赵禾后面进了医院。

余下的是漫长的时间，对每个人都是如此，萧情躺在病床上，突然回忆起以前的种种，那些她以为早就遗忘的记忆，一一被掀开。

年少成名并不是什么好事，尤其对她这样没有任何背景的人而言，更是举步维艰，但她深信自己可以做到，可以在喜欢的舞台上大放异彩。

然后她遇到了李颂，她一辈子的劫难。

那个在外有着"风流不下流"名声的男人，对她做了一切龌龊的事情，她从没有那么恨过一个人，恨不得他去死，也从没有那么恨过权势。

逃到国外，是没办法的办法，她以为傍上景家以后，路就会好走很多，她甚至对陆长白说，等她成名，他们就公开。

陆长白就这么一直陪在她身边，不离不弃。

后来，她意外有了孩子，事业也逐渐稳定，那段时间，她以为那是她生命里最快乐的时光。她期待这个孩子的到来，她心底一直愧对陆长白，她觉得这个孩子能够填补这份愧疚，可是她没想过，孩子不是陆长白的，而是那个男人的。命运仿佛对她开了个玩笑，她期待无比的孩子，却是她一生的恨和痛。

那个她本以为只是陪投资商吃个晚饭的醉酒的夜里，她被人悄悄送到了那个男人怀里，而后有了那个孩子。

她没法面对，陆长白对孩子视若珍宝，步步呵护，她却连多看一眼都想吐。

她不想再看到这个孩子，甚至不愿意看到陆长白，她没法面对这两个人。

消失吧，只要他们消失，自己就不会这么痛苦了。

她不觉得自己的想法有问题，只要这两人消失，以前的一切都会过去的。她让萧柔去处理，她看着那两人躺在泳池下面，一种就要和过去挥别的兴奋涌上心头。

多好啊，以后她还是干干净净的萧情，没有人知道她不堪的过去，没有人知道那些肮脏的事情。她变了，变得冷漠无情，变得有了野心，她要站在这个圈子的顶端俯瞰所有人，她甚至贪恋上了权势。

萧情缓缓睁开眼，手术已经结束了，她仰头看着白净的天花板，慢慢握起手指。

她年纪大了，按理说恢复会很慢，但就连医生都没想到她恢复的速度惊人。

助理笑道："医生说您是特例呢。"

是的，她是凌驾一切的神，自然是特例。

恢复得好也要在医院住满一个月，温酒倒是来过一次，但进病房后只是定定地看着她，什么都没做。她唤："小酒？"

温酒恍若未闻，从她病床前经过，而后离开了。

萧情并没有将她的态度放在心上，因为她还有更重要的事情——百年艺人的颁奖典礼马上就要开始了。

毕竟是第一届 H 国形象大使颁奖，所以按照要求会全网直播。萧情和评审团商议过后决定接受这个提议，她也私下和李硕联系过，那端回复她，一切已经准备就绪。

圈子里，她独大，圈子外，李硕帮她挡着，这次颁奖活动，势在必行。萧情的心情更好了，还是助理提起来她才想到还有顾可馨这个人。

她问："顾可馨怎么样了？"

"伤得挺重的。"助理说，"还在医院疗养。"

"最近看好温酒，其他的事情过后再说。"

助理会意："知道了，那您这身体……"

"不碍事。"萧情说，"颁奖后再休息。"

助理也放下心，她说："那我去做准备。"

萧情点点头，目送助理离开。

下午两点，百年艺人颁奖典礼将由国台直播的消息飞速扩散开，举国沸腾。

另一个病房里，顾可馨盯着这场全民狂欢，抿紧了唇，她按了按被刺的伤口处，还有一丝隐隐的疼。

CHAPTER

38

天变

If the golden sun,

Should cease to shine its light,

Just one smile from you,

Would make my whole world bright.

——*Stray birds*

百年艺人一直是 H 国最为隆重的颁奖典礼，圈子里哪个艺人不想登上这个舞台？能在这上面走一遭，也不枉此生了。所以每年颁奖典礼前都会有一场腥风血雨，被提名的艺人各种消息都会被无限放大，最后还能站在这个舞台上的，几乎可算完人。

而萧情，娱乐圈里的神，所有人都仰慕的天花板，所以网友对于她第二次被提名一点都不意外，甚至猜测，她就是这届的百年艺人。

对此，网上自然有争议。

不应该啊，百年艺人上过一次就行了，怎么还上第二次呢？

这没什么啊，本来百年艺人推荐的就是对圈内外有重大贡献的人，萧老师不懈地做扶贫工作，而且《抗战》推到国外后，光是票房就上了全球总榜，更别说萧老师为百年艺人和 H 国形象大使周旋，她能提名，是必然的。

这一届 H 国形象大使不是萧老师，我就不看了！

议论纷纷之下，其实名单早就内定，萧情拿着致辞，看完后放在一边。

助理笑道：“萧老师，恭喜您。”努力这么多年，终于得偿所愿，她也高兴极了。

萧情问："都布置好了吗？"

"都布置好了。"助理说，"内围是国台的工作人员，外围都是我们的人，不会有人混进来的。"

毕竟是第一次直播，萧情还是很谨慎的，她问："景家来人了吗？"

"没有。"助理说，"景先生出国了，赵女士没来，倒是景园过来了。"

萧情忙碌的动作微停，看向外面的方向，神色淡漠。

景园是和于悦一起来的，两人到了门口才打了照面，于悦惊讶道："景老师？"

前不久她的粉丝刺伤顾可馨那件事在网上闹得沸沸扬扬，到现在还时不时上热搜，她真的没想到景园会来这样的大会，还是直播现场。

景园点点头，走进去，于悦跟在她身边问："你助理呢？"

"没有过来。"景园说话语速很慢，轻悠悠的。于悦点点头，和她一起进去。

位置都是安排好的，也巧，于悦和景园就隔着几个位置，于悦干脆和景园身边的人互换了位子，坐在了她身边。她低头问："顾老师还好吗？"

景园转头看着于悦，于悦很自觉做了个拉链的手势，四周灯光很亮，比较吵，灯光不时聚焦在景园的脸上，放大。

景园？她不澄清事情跑去参加百年艺人颁奖典礼了？

我可怜的顾老师还在医院呢！

景园怎么就不能站出来说两句呢？

有什么好说的？又不是景园让粉丝这么做的，说了你们觉得虚伪，不说你们又说她过分，做人真难。

于悦刷手机时看到这些弹幕，转头看了景园一眼，很自觉地没有再问。身侧不少艺人都在猜测这次到底会花落谁家，弹幕上一众网友也打起了赌，却没人能给出一个明确回复。

半个小时后，评审团座席上，几人居高临下地看着这些艺人，其中一人指着台下第一排中间的位置，问："那个就是李先生？"

李硕的身边是国台的负责人。李硕板着一张脸，看不出喜怒，他和李颂不同，长相很刚毅，气质也大为不同。他身边的负责人问："都准备好了吧？"

李硕眼底阴沉，点点头："准备好了。"

下午三点半，颁奖典礼正式开始，主持人站在台子上先是说了一通台词，然后颁发小的奖项，弹幕一阵阵飞起，景园甚至听到了顾可馨的名字，是年度最具影响力艺人奖，然后她见到莫离上台帮忙领了奖。

莫离解释，顾可馨近日身体不便，托她来帮忙领奖，现场顿时议论纷纷——

"不是说解约了吗？"

"和老东家不是分开了？"

"又续约了？"

"什么情况？"

相较于众人的小声讨论，弹幕是直接各种猜测——

顾老师是不是又续约了？

肯定是吧，这都让前经纪人帮忙领奖，肯定是要续约了！

我可以继续看到顾老师了吗？

救命，顾老师如果不是受伤，肯定是要亲自来的！

直播热度时时攀高，从两千万直奔三千万去，好多个平台直接崩溃！

等平台上恢复平静，莫离已经回到自己的位子了，身侧有人小声打听顾可馨是不是和她续约了，她淡笑着摇头。顾可馨压根儿没提过续约的事情，只是今儿让她帮忙领奖而已，作为和顾可馨没什么纠纷的前经纪人，她没理由拒绝。

她这边刚坐下，那边又开始颁奖，都是耳熟能详的名字，现场倒是气氛很不错，几轮过后，终于到百年艺人这个终奖了。主持人站在台上，说了一大堆掏心窝子的话，把现场的气氛烘到了最高处，直播间的热度不断飙升，所有人都在问到底是谁！

萧情坐在评审团里往下看，见主持人的目光环视一周后，举着话筒说："这位优秀的艺人就是——"

她的心跟着悬起，突然有种梦回过去错觉。

她还记得自己第一次上台领奖时，主办方和她交代了很多，生怕她有什么不懂的地方。她将感谢词背了一遍又一遍，以为自己会紧张到说不出话，但当她站在那个舞台上，万众瞩目的时候，那种焦点全部聚集在自己身上的滋味，实在太好了，太让她满足了！从那一刻起，她就决定，她要做人上人！她要一辈子都如此，光芒万丈！

"——我们最受到期待的萧老师！萧情！"

现场一阵热烈的掌声，所有的光都对准了萧情，她用那精湛的演技诠释着什么是惊讶、错愕。

弹幕一溜烟全是"萧老师我最爱你！""萧老师永远的神！"

而她在身边人的推动下起了身，踩着细碎的步伐缓缓走向领奖台。

"我没想到还能再次以百年艺人的身份站在这个台上。"萧情举着话筒道，"我进圈不算久，三十几年，比我年长、优秀的前辈还有很多很多……"

"萧老师真谦虚。"于悦说,"景老师,听说你和萧老师关系很好,是真的吗?"

景园云淡风轻地道:"假的。"

于悦:……

纤细地手指掸了掸秀发,缓解了片刻的尴尬。好在除了她之外,其他人都在十分认真地听萧情致辞。

景园看向站在领奖台中央的女人,目光透着凉意。萧情说完,目光扫过下面的人,不经意间看到景园,她顿了顿,主持人很适宜地接过话题:"谢谢萧老师美好的祝愿,下面有请颁奖嘉宾上场!"

众人身后,一扇门打开,所有的灯光照过去,就在弹幕纷纷猜测到底谁是颁奖嘉宾时,顾可馨踩着光进了门。

弹幕直接炸了,现场的所有人也跟着脑子"嗡"的一声!

搞什么?居然是顾可馨?

顾可馨给萧老师颁奖?

这没搞错吧?真不是玩笑吗?

怎么回事啊?这真不是重大纰漏吗?

弹幕顿时一片腥风血雨,倒是在座的艺人还保持着理智,没有人直接站出来问这是怎么一回事。

顾可馨穿着一身白色曳地束腰长裙,胸口绣着两只蝴蝶,长发披散在身后,随着她身姿步步摇曳。她一步一步走上台,这一刻的她就像是黑暗中绽放的玫瑰,有让人移不开目光的美和诱惑。

萧情脸色发白,她下意识看向李硕,李硕也看着她,神色不明。

很快,顾可馨站到台上,她说:"恭喜萧老师获得百年艺人。"

萧情咽了咽口水,失重感顿时袭来,眼前一阵阵晕眩,耳边轰鸣,她差点站不稳,连顾可馨说了什么都没有听清楚。

主持人也不解，但她还是硬着头皮说："请顾小姐给萧老师颁奖哦。"

这是什么跟什么？顾可馨居然给萧情颁奖？这不是赤裸裸地打萧情耳光吗？

所有人的心底都在嘀咕，神色各异，倒也没有人敢真的站出来说什么，人人都在看这场闹剧。而身处闹剧中心的萧情，下意识地往后退了一步。顾可馨则气定神闲，眉目飞扬，她从旁边工作人员手上拿了奖杯，对萧情说："恭喜萧老师。"

她递过去，萧情拧着眉，虽然不知道顾可馨想做什么，但她还是伸手去接了。

纤细的手指刚碰到奖杯，顾可馨瞬间双手一松，奖杯"砰"一声掉在地板上，发出清脆的响声！奖杯前方的圆球被砸坏了，在地板上跳了一下，然后滚向台下。

萧情的脸色无比难看，她咬着牙喊："顾可馨！"

顾可馨站得笔直，定定地看着萧情，以前她有无数次的机会可以戳穿萧情，可她没有，因为她要萧情永远记得，记得此刻的耻辱和痛苦，她要萧情和自己一样，永远忘不掉这种疼！

萧情脸色阴沉，她身体绷紧，双手紧握，低声问："顾可馨，你又想做什么？"

顾可馨回神，抬眸看她，目光凉飕飕的，浸满寒意，她启唇："抱歉啊萧老师，我没拿稳，这样吧，我赔给您一个。"

现场的艺人纷纷睁大了眼睛，于悦心跳都要停止了，她转头看着景园，不可思议地道："景老师，顾老师在干……"

话音未落，只听到台上发出"啪"的一声，清脆刺耳！顾可馨的速度快得连主持人都没反应过来，萧情更是愣在原地，她捂着右脸，瞠目结舌！

全体瞬间起立！于悦也忍不住站起来，瞪着眼睛看着前面！

　　四周喧嚣破天，闪光灯几乎把整个会场气氛点燃！于悦在所有人的议论声中后知后觉地道："顾老师这是疯了吗？"

　　景园平静而冷淡地轻声回复于悦："她没有疯。"

　　于悦不可思议地转头，错愕地问："那她在做什么？！"

　　景园看向台上，聚光灯下，那人一袭白裙亮得刺目，景园的神色温和了两分，说："她是顾可馨，她想做什么都可以。"

　　萧情站在台上，四面而来的目光炙热而焦灼，那些视线落在她的身上，如一根根刺，让她焦躁不安。此刻她全身都疼，尤其是头，快要裂开了，她苍白着一张脸，和顾可馨对视，顾可馨目光薄凉，神色却十分平静，好似静静地看着一条濒死的鱼。

　　这一刻，萧情不知怎么突然想到了很多年前，她看着顾可馨和陆长白沉入泳池，那时候自己的目光，是不是就是顾可馨此刻这般？

　　可她不准！

　　萧情咬着牙往前走了两步，她很想质问顾可馨为什么，这是她花了三十几年辛苦经营的一切，全没了！凭什么？！她顾可馨凭什么这么做？！

　　萧情的话还没说出口，就被气得呛到，她咳嗽了几声，脸色煞白，一切焦点聚在她的面庞上，往日被称不败美人的漂亮脸蛋，此刻满是苍白和无措。

　　弹幕上各种谩骂齐飞，而顾可馨安静地站在台上，往下看，是一群紧张兮兮的艺人，除了景园。

　　景园坐在站起的人群里，显得那么格格不入，顾可馨的心陡然安定下来，她目光渐柔，冲景园眨了眨眼。

　　阔别三个多月的见面，竟是在这个场合，真是意外，却又合理。

　　景园冲她扬唇淡笑。

　　站在景园身边的于悦蒙了，这两人在干什么？！这是在干什么？！顾老师到底知不知道自己做了什么？！大佬不愧是大佬，这等境界，非她们庸俗之人能理解。

于悦被迫继续看着前方，顾可馨收回视线，转头看向萧情，轻声问："你是自己下去，还是我请你下去？"

萧情忍着一口气恶狠狠地瞪着顾可馨，想招保安来把顾可馨轰出去，可刚刚颜面尽失，她什么话都说不出，只得咬牙喊："顾可馨！"

顾可馨神色冷淡，一点也不在意她的态度。萧情气急攻心，头痛欲裂，她向顾可馨走近一步，眼前突然一黑，彻底昏死过去。

尖叫声随即而起，本就喧闹的典礼更加混乱。顾可馨站在人群里，冷眼看着这场闹剧。

事发之后，顾可馨就被传唤了。网友为了寻找真相挠破了头，四处询问，都在议论顾可馨是不是疯了，但也有理智的网友提出了问题：顾可馨怎么当上颁奖嘉宾的？百年艺人可不是什么普通的颁奖典礼，是和国台合作的，怎么就让顾可馨钻了空子？就算是顾可馨真疯了，那不至于其他人陪着一起疯吧？

很快，有关百年艺人这个项目的所有负责人全部被带走问话，李硕作为责任人也被带走了。景园私下问她妈，为什么李硕会愿意站出来。

赵禾解释："你以为顾可馨受伤，只是为了引蛇出洞吗？"

景园皱眉："不然呢？"

"当然不止。"赵禾说，"这个项目把咱们景家摘了出去，李硕就是总负责人，不管出什么事他都得担着，顾可馨就是利用了这点和他交易。"

景园摇摇头："我还是不明白。"

赵禾指着她脑门道："你说李硕最担心的是什么？"

景园想了会儿："是他的事业。"

"不全对。"赵禾说,"不仅是他的事业,更是李家的家产。"

李家是经商起家,家产代代累积下来,实在丰厚。当年李老爷子将所有遗产都留给了李颂,李硕本就介怀,不管那场车祸是人为还是意外,现在都没了证据,无从追究。而顾可馨要和李硕做的交易就是,李硕扛下百年艺人的所有责任,而她永不进入李家,永不会承认李家的身份。至于他找人刺伤顾可馨这件事,公事公办。

景园这才明白过来,她问:"那顾可馨怎么办?"

"肯定要接受调查。"毕竟不是小事,国台扶持的第一届节目就惨遭滑铁卢,还是全国直播,光李硕一个人根本扛不住。不过有他们景家,还有纪云昕在周旋,顾可馨不会有什么问题。

景园虽然满心担忧,但也没办法见到顾可馨,因为还在调查期间,她只得跟着赵禾到处跑,至于网上的消息,日日都在变。

第一日,顾可馨打了萧情,遭到全网指责。

第二日,网友冷静下来,开始追问原因。

第三日,官方媒体发布最新进展,顾可馨尚在调查中,让大家不要急于下定论,另百年艺人的负责人李硕先生现已引咎辞职。

这条微博被解读出一个意思:顾可馨这件事有转机,说不定内有乾坤!

然后网友们发现了一个问题,从出事到现在,萧情的工作室以及不凡,居然一句话都没有说过!反常,过于反常!

网友们纷纷冷静下来,开始静观其变,只是有部分激进粉丝还在闹,让刚冷静下来的局面又重新吵闹起来!

迫于情势,在一周后官方媒体发布了第二次声明——

鉴于萧情女士和百年艺人评审团的不良影响及不良作风,至此终止百年艺人和 H 国形象大使的合作关系。

若说上一条声明大家只是隐隐感觉到官媒的态度向着顾可馨，那这一条就是完全坐实了态度！

萧情的粉丝不依不饶，追问萧情到底哪里作风不良。

他们想要真相，没多久，真相出来了——百年艺人评委团受贿记录曝光。

随着这项记录被曝光，网友开始挖掘百年艺人评审团的过往种种，然后惊奇地发现，从萧情担任百年艺人的评委之后，后面的每个评委都和她或多或少有些关系。

> 震惊了！这还是百年艺人吗？干脆叫萧情个人秀吧！
> 我就说顾老师怎么会平白无故针对萧情，不查不知道，一查吓一跳！百年艺人改名叫萧氏艺人吧！
> 顾老师这是什么？舍身炸粪坑啊！

一时间，风光无限的百年艺人成了众人嘲讽的目标，所有参与受贿的评审都要接受调查，这个光鲜亮丽的奖杯成了烫手山芋，人人不齿。

半个月后，萧情在病房以行贿受贿及教唆杀人罪被逮捕，她站在病房门口坚持道："我没有！"

伴随她的声音落下，一个人影站了出来，是她找了三年的萧柔。

萧情脸色发白，双腿一软，跌坐在病床上，她知道，大势已去。

这些事虽然没有瞒着任何人，但也没声张，可不知道谁发了一条匿名消息出去，媒体闻讯赶来，将医院围得严严实实，萧情被带上车那一幕被放大定格，成了头版头条。

顾可馨调查结束出来那天，阳光很炙热，她抬头看了好几秒才听到有人唤她："顾可馨。"

她转头看过去，景园站在几米外的车旁，她身边站着苏英，两人正冲着她笑。

顾可馨消瘦了很多，看起来没少遭罪。苏英忍着难受走过去，甩给她一张卡，说："用这个就想把我打发了？顾可馨，你是不是太瞧不起我了？钱用完了，卡还你！"

顾可馨被苏英逗笑，她看向苏英，沉默片刻后接过卡，说："人心不要太贪。"

"我就贪了怎么着？"苏英双眼通红，说，"下次再这样，我就不管你了！"

顾可馨眼眶温热，低头抿着唇笑了。

景园穿着一身淡色及膝裙，一双高跟鞋衬得小腿笔直修长，顾可馨抬眸，四目相对，明明有很多话，此刻却什么都说不出口了。

景园看着她消瘦的面庞，叫道："顾可馨。"

顾可馨声音温和，低低的，还有些沙哑："怎么了？"

景园忍下想哭的冲动，道："顾可馨。"

顾可馨终是没忍住，伸手抱住了景园。

景园将下巴放在她肩头，轻声说："顾可馨，变天了。"

"嗯。"顾可馨声音温暖，"变天了才好。"

变天了，一切才有重新开始的可能。

萧情这件事涉及面广，影响力巨大，对整个圈子来说不亚于地震，不能等闲处理，所有相关人员进入全面排查，百年艺人就是第一个被查的对象。

百年艺人一直是圈子里的镇圈奖项，谁都没有料到会被一个人玩弄于股掌之中，萧情将百年艺人收入囊中不是一朝一夕，而是经过数十年的时间，处心积虑，布局已久的，她想做什么，也被网友扒得一清二楚。

网友也开始客观评价这件事，而萧情的粉丝被官方一次次打脸，证据面前，从全网闹腾，到无话可说，很多人纷纷弃号，说再也不想看这点破事了。

萧情的光环破灭，对两代人都是致命的打击，网友怨气四起。针对这种情况，官方迅速做出一系列回应，对艺人、粉丝也约束起来，并针对粉丝和艺人制定了一套新的方案。

短短三个月，娱乐圈内发生了翻天覆地的变化，萧情因为身体原因一直住在医院里，但是调查没有终止，李硕将袭击顾可馨的事情摘得干干净净，萧情成了罪魁祸首。

晚上吃饭时，景述说到这件事，不禁冷哼："和李硕谈交易时，她就应该想到这个后果。"

瘦死的骆驼比马大，萧情以为用李颂的事情就能和李硕绑在同一根绳上，简直是痴人说梦。要是李硕这么好控制，早就被拉下台了，萧情这一波无疑搬起石头砸了自己的脚。

赵禾说："不过这李硕也要防着。"

景述低头吃饭，慢条斯理地说："关于他的事情，已经收到举报立案调查了。"

赵禾一愣："谁举报的？"

景述抬头看着赵禾，又看看景园，说："我。"

他如此一本正经的模样，肯定是怕李硕对顾可馨和景园做些什么。一个圈子有一个圈子的规矩，李硕不会不懂，只是他做好了选择。

赵禾眨眨眼，笑了笑："不说了，园园，你什么时候开工？"

景园低头道："就最近。"

因为萧情的事情，圈子里大动荡，很多艺人的行程都被压着，她也不例外，每天接到无数采访邀请，都被言卿婉拒了。

赵禾点点头，没再说话。

饭后，景园坐在沙发上休息，收到了言卿发来的消息，告诉她明天上午有《一梦》宣传会。其实《一梦》的行程早就应该宣传了，一拖再拖，起先是因为顾可馨，后来又因为萧情这件事没法宣传，只能拖到现在。

景园问言卿："顾可馨去吗？"

"顾老师说来不了。"言卿回复她。

顾可馨回去后就一直在忙，还时不时需要配合调查，分身乏术，她和顾可馨也就晚上有时间聊一会儿，好久没见面了。

听说她不去，景园有些沉默，但她也没说什么，只是回复言卿知道了。

网上关于她的粉丝袭击顾可馨的事件早就被澄清了，是有人故意而为之，利用她粉丝的身份伤害顾可馨，而始作俑者，就是萧情。

这件事自然没有遮掩，很快就被宣传开，网友异常不解，都在问怎么一回事，后来被挖出顾可馨的父亲和萧情认识，还有一段渊源，而顾可馨父亲之所以自杀，也和萧情有关。

整个谜团在网友的剖析下逐渐清晰。

> 我来将一将，是这样的过程：顾可馨的父亲和萧情认识，因为萧情自杀，后来顾可馨进入娱乐圈，遇到萧情，萧情害怕以前的事情暴露，对顾可馨先下手为强，用景园粉丝的身份袭击顾可馨，顾可馨一气之下就去闹了百年艺人？

> 我也是这么想的，另外我估计顾可馨也是后来才知道的，如果以前知道她父亲死于萧情这里，她还能和萧情共事那么久？

> 那顾老师实在过于惨，爸爸没了，自己还遇到不明不白的袭击，谁看了不说一句萧情狠！

众说纷纭，谁都没有结论，但是故事大概的开始和结局，就这么

被传开了，在顾可馨未曾出来反驳半句的情况下，网友们更加坚定了
自己的猜测。

顾可馨大闹百年艺人这件事逐渐被压下去，开始有新的事情充斥
在网友的视线里。

苏英将一摞资料甩在桌上："搞什么啊？！居然还有人说你和萧
情是一个巴掌拍不响，脑子有问题吧？"

顾可馨失笑："这有什么好气的？"

"这你都不气？"苏英一说话就像喷火，"我都气炸了！"

真想打那人一巴掌，看看响不响！

顾可馨轻笑着摇头，她闹了百年艺人，网友对她倒是心疼得紧，
但圈子里对她是颇有怨言的，这么说就是个托词，无非是不想合作。

"你还笑得出来。"苏英说，"我都愁死了。"

"有什么好愁的？"顾可馨侧目，"你就当放个长假。"

"还放假？"苏英咋呼，"再放假我就可以竖着进棺材了！"

她推一推顾可馨："你怎么想的啊？现在也没戏拍，我看不如你
和宋老师去学做音乐吧？反正你本来就喜欢做音乐。"

顾可馨摇头："纪云昕什么时候回国？"

"过年吧。"苏英说，"你别说，那简念你看过没？上次简烟发了
个朋友圈，那孩子长得可水灵了！"

顾可馨抿唇，解释道："放心，目前的情况是一时的。"

苏英问："怎么说？"

顾可馨轻叹一口气："只要还能创造利益，就不会被淘汰。"

而创造利益，是她最擅长的事情。

苏英没辙："行吧行吧，我说不过你。"她话音刚落，手机收到推
送消息，她嘀咕，"景园去宣传会了？"

顾可馨点头："嗯，莫离和我说了。"

是以前拍完的电视剧，剧组联系不到她，就联系了莫离，让莫里

问问她能不能出席，顾可馨婉拒了。

苏英一拍手，去抱了电脑过来，顾可馨坐在她身侧，被她拖着一起看："快来看！"

屏幕里只有一个背景板，宣传会还没开始，记者倒是很多，来来去去地走动着，主办方在搬弄椅子。苏英等着无聊就去切了点水果，回来时宣传会已经开始了。

主持人站在景园身侧，看着她在海报上签了名字，笑道："景老师，好久不见了。"

景园站定，长发飘飘，一身浅蓝色收腰款无袖裙，衬得她腰身不盈一握，景园点头："好久不见。"

"上次见您还是在剧组，您和顾老师在一起拍戏。"

"嗯。"

顾可馨看向屏幕，弹幕中很多人都在刷景园的名字。上次的粉丝袭击事件过后，景园一直没有任何活动，直到澄清了才逐渐出来。她和自己不同，网友都在感叹她是遭受了无妄之灾，对她心疼得紧，弹幕满满都是表白的。

苏英道："瞧瞧，多少人惦记着呢！"

顾可馨转头，冷不丁地从屏幕里听到了自己的名字。

"能不能冒昧问一下，景老师现在和顾老师还有联系吗？"

话题逐渐从《一梦》跑到了景园的私生活上。

景园神色平静，出奇的配合，她说："偶尔。"

主持人一手拿着提词器，一手抓着话筒问："那不知道景老师有没有听说前阵子的事情？"

景园敛眉："什么事？"她嗓音轻悠，如玉落珠盘，穿透性很强。

主持人道："就是关于顾老师和温小姐的关系。"

景园点点头，在场所有媒体都撑着她的脸拍，苏英问："景园不会说吧？"

话音刚落，屏幕里的景园道："顾老师和温小姐是姐妹关系。"

"嘶……"现场一阵抽气声，就连主持人都瞬间变了脸色。饶是她见多识广，也没想过居然是这种关系，她顿了顿："景老师说的姐妹……"

"亲的。"景园吐字清晰。

主持人混乱了，她问："那顾老师和温小姐怎么都没有澄清过？"

景园来之前，其实温酒也想过要过来，想借机澄清，但被她拦住了，她想了几秒，说："因为温小姐的母亲有愧顾老师，所以顾老师并不是很想承认这段关系。"

主持人诧异："那您现在？"

"我擅自做主了。"

苏英转头，不可思议地看着顾可馨，只见她微微扬唇，目光温柔。苏英不懂："你不生气啊？"

"生什么气？"顾可馨摇头，她和温酒的那场闹剧，必然是要以公开身份的方式澄清的，否则她还好，温酒在圈子里怕是寸步难行了，只是现在被景园这么说出来，顾可馨还有点意外。

她听出了景园的潜台词。

我擅自做主了——我生气了。

苏英挑眉，算是明白过来了，她笑："你们真会玩。"

顾可馨扫了她一眼，起身去了料理台，问："喝什么？"

"奶茶吧。"苏英说，"下面第二个抽屉，速溶的。"

顾可馨低头拿了两包放在杯子里，正倒水呢，就听到客厅里传来声音。主持人用依旧发蒙的声音说："哦，是这样啊。"

台下记者早就绷不住竖起高高的手等着站起来了，主持人收到信号，也想消化下这巨大的八卦，便伸手示意最近的那个记者问话。

记者站起身，接过话筒，看向景园，长刀直入："景小姐，半年前您工作室发了消息，和顾老师解除了所有合作关系，那你们以后还会合作吗？"

景园说："有机会的话，会的。"

现场嘈杂，记者小声议论着，另一个记者举起手，问："那景小姐，经历这么多事情，不知道您现在有没有什么话想对顾老师说呢？"

景园顿了几秒，点头："有。"

刚刚才听到一个大八卦，此刻现场的气氛再次被点燃了，众人屏息，闪光灯不断，镜头聚在景园的脸上，生怕错过她的任何表情。

景园抬头，对着记者落落大方道："我想说，顾可馨——我们和好吧！"

顾可馨倒水的手一抖，水撒出来，湿了整张桌子。她垂眸片刻，眨眨眼，手抖得握不住茶壶，整个身体绷着，情绪胡乱又清晰，耳边无限重复景园的这句话：顾可馨——我们和好吧！

番外一

1

回应

If the golden sun,

Should cease to shine its light,

Just one smile from you,

Would make my whole world bright.

——*Stray birds*

萧情的事情之后，圈子里很久没有过爆炸性事件了，景园这一句话，直接让网友们遗忘了顾可馨和温酒是亲姐妹的八卦。

而顾可馨和景园的粉丝，早就在景园粉丝袭击顾可馨那件事澄清之后就冰释前嫌了。现在看到景园公开求和，粉丝们坐不住了。

要啊要啊！顾老师这还不和好说得过去？景可爱人间唯一！你不要我要了！

顾可馨看着热议四起的网络和论坛一时无话可说，她从茶几上拿着钥匙起身，苏英在后面："哎！去哪儿？"

"去回应。"

顾可馨踩着细高跟走出家门，身后，苏英优哉游哉地吃着水果，扒拉着网上的消息。

下午三点多，宣传会结束，要不是主办方拦着，怕是记者还要接着问。

景园回了休息室卸妆，手机屏幕突然亮起。

顾可馨：出来。

景园的眼睛顿时缀了光，她想也不想起身就往外走，叶辞夕跟上："景老师？"

"你先回去吧。"景园走到门外，看到熟悉的车，说，"我自己回去。"

叶辞夕不敢有怨言，回去前，眼尖的她看到景园上了一辆黑色轿车，车牌她认识，是顾可馨的。

车里，景园微惊："你怎么来了？"

"在家里太无聊就过来了。"

景园嘀咕："那你都不来宣传会？"

顾可馨失笑："来了也没什么事情。"

"回家吧。"顾可馨说，"我们也是时候回家了。"

她刚说完，景园的手机就响了，景园瞥了她一眼，接起电话，是温酒打来的。

温酒也守在屏幕前，景园解释过后，她发了一条很长的微博，说明了自己和顾可馨的关系，话里话外都帮着顾可馨解释，由始至终都没有说出她和萧情的关系。

景园想，这大概就是温酒的选择吧。不过她没想到，温酒会联系自己。

"我想离开了。"温酒说，"姐，能和你见一面吗？"

景园顿了顿，抿唇："可以。"

晚上七点多，景园出现在酒店门口，包厢是温酒定的，她跟随服务员进了包厢，温酒看到她后淡笑："姐。"

随后，她的笑容僵住，景园的身后站出来一个人，是顾可馨。

温酒顿时手足无措，好像做错事的孩子。关于过去的种种，萧柔已经都和她说了，比顾可馨说得更详细，更全面。虽然不是她做的事，但她没法直接面对顾可馨，心底总是觉得愧疚。

景园走过去，扶着她的肩膀："想什么呢？坐吧。"

温酒低头，双手搅在一起，用余光瞥着顾可馨。她突然想到第一次见到顾可馨，是《值得》的 MV，她是为了景园去看的，却被顾可馨吸引，她觉得这个人好漂亮，好亲切，可是她万万没想到，这个人，会是她姐姐。

"坐吧。"顾可馨淡淡地道，温酒这才坐下。

没一会儿开始上菜了，温酒始终低着头，景园问："你想去哪里？"

"我想去 J 国。"温酒说完笑了，以前她最讨厌 J 国，在那里待几个月就受不了，现在却主动要过去发展。那里什么都快，或许忘掉一切的速度，也会变快。

景园拍了拍她的肩膀，温酒说："小姨说，要把不凡给我。我没要。"温酒摇头，"我想，我还是离开比较好。"

景园有些心疼，不管萧情做了多少错事，温酒始终是无辜的，她完全被蒙在鼓里，而且这么些年，她也从未真的快乐过，希望这次去 J 国，她能放下一切，重新开始。

温酒说："不聊我了，姐，我看到你喊话了，你好大胆。"

景园一直都是寡淡清冷的性子，和别人永远有种说不出的疏离感。网友曾经分析过，这或许是原生家庭带来的格格不入之感，毕竟像她这样的人，谨言慎行，说一句话要考虑后三步也是必需的。

可她也是人，有七情六欲、喜怒哀乐，她也想做些出格的事情。

景园笑："大胆吗？"

论大胆，谁能比得了顾可馨？

温酒的神色始终郁郁，萧情的事情对她打击实在太大，她只是一个刚成年的孩子，能不能扛过来，景园也不知道。

两人边吃边聊，顾可馨一直当哑巴，沉默寡言，和她平时的风格完全不同。温酒也不敢造次，说话规规矩矩的，吃到一半，温酒接到了萧柔的电话，她低头喊："小姨。"

景园听到她的话一顿，抿唇，在温酒挂电话之前说："小酒，能让我和她说两句吗？"

温酒转头："好啊。"

她把手机递给景园，景园捏着手机走出去。关于萧情，景园其实还有很多很多问题，她能力有限，查到的不过是皮毛，虽然和这人已经彻底断了，但有一件事，她始终耿耿于怀。

景园站在窗口，声音紧绷，唤道："萧总。"

"是景园吗？"萧柔的声音没了以前的张扬跋扈，变得异常消沉，还有两分沧桑。景园不知道顾可馨是怎么说服萧柔倒戈的，但这人素来就有这本事，她想做什么，就没有不成功的。

景园敛神，说："是我。我有件事，想问您。"

萧柔听到她的声音有些恍惚，才几年啊，她们萧家竟落败至此。其实在顾可馨出现后，就可以预见这个结果，是她装作看不见。私心里，她其实也想看这两人斗得头破血流。

这两个人是她最厌恶的人，看她们争斗，比看什么都有趣。她看着萧情帮助顾可馨一步步爬上新台阶，看着萧情带顾可馨进入剧组，看顾可馨隐忍布局，给萧情致命一击。

顾可馨打在萧情脸上的那一巴掌，是她的交换条件。她就要萧情也承受这种站在灯光下，颜面尽失的感觉。

这是她当年逼自己多了一个丈夫、女儿，让自己半辈子都没有好名声的下场！

至于景园……

萧柔沉默两秒："我知道你想问什么。"

景园哑声，心跳加快，攥着手机的指尖发白。事到如今，萧柔也没必要欺骗她了，景园声音微抖："小迟的事情，和她……"

"和她没关系。"萧柔的一句话让景园的脑子"嗡"了一声，然后身体骤然放松。萧柔说："郁迟压根儿影响不了她在你心里的地位，她没必要做这种事。"

景园沉默了半晌道:"谢谢。"

她挂断电话,心头涌起对郁迟的歉疚,浓烈得差点让她喘不上气。景园拍了拍胸口,深呼吸了好一会儿才转过身回了包厢。

温酒和顾可馨面对面坐着,她抬头看着顾可馨,实在难以相信,这人会主动和自己搭话,她以为,自己肯定是被厌恶的存在。

"看我干什么?"顾可馨问,"我不应该出声吗?"

"没有。"温酒紧绷绷地说,"我以为你不想和我说话。"

她低下脸,神色晦暗。

顾可馨道:"就因为那些事吗?"她冷淡地道,"可是那些事,和你有什么关系呢?"

温酒错愕地抬头看向顾可馨,目光复杂。

顾可馨说:"我以前很喜欢音乐,喜欢弹琴,老师说我这双手,天生就是用来弹琴的。后来我在家里看到了最不想看到的人,我爸的脾气变得古怪,精神恍惚,有几次差点出了意外。

"我突然很想进这个圈子,我想看看,那到底是一个什么样的女人,竟让我爸痛苦了一辈子。我爸不同意,和我吵了一架,我家里失火,我和苏英侥幸逃了出来,我爸被烟熏到,需要住院。住院前他还说,如果我要进娱乐圈,他就打断我的腿,把我最爱的钢琴砸了。他住院醒来那天,我和他吵了很久,他坚持让我回去学琴,但我不愿意,后来我下楼买东西时,他就躺在了我面前。

"温酒,不用让别人的选择,成为束缚你的枷锁。扪心自问,那些事,和你有什么关系呢?"

温酒内心无比震撼,她心里有种力气从黑暗处滋生出来,温酒知道,那是勇气。

她没说话,就这么看着顾可馨。

景园回去时，正看到两人大眼瞪小眼，她问："你们怎么了？"

温酒回过神，低头说："没事。"

吃完晚饭，景园要送温酒回去，温酒说："我有司机。"

顾可馨站在她身侧，轻咳了一声，温酒看着两人站在一起，点点头："景姐姐，你们要一直这么好好的。"

景园道："人小鬼大，去了国外，好好照顾自己。"

温酒点点头，三人一起走到车旁，顾可馨很识趣先去开车。

景园说："你也回去吧。"

温酒点点头，在景园要上车之前叫住她："景姐姐。"

景园转过身，见温酒定定地看着自己，她问："怎么了？"

"景姐姐，"温酒咬唇，"你和她，以后会一直这么好吗？"

景园想了会儿，说道："小酒，你知道顾可馨会在什么样的情况下，松开我吗？"

温酒摇头，景园说："除非死亡。"她淡笑，"我也是。"

温酒放下心，冲景园点头，目送她上车。

顾可馨开车离开酒店，半路上，她突然伸手抓住了景园，景园拍拍她的手："好好开车。"

顾可馨却固执地没有放手，景园问："怎么了？"

"突然觉得，我年长你两岁是好事。"

景园不解："为什么？"

顾可馨偏头道："这样我就能在你前面老去，在你前面面对死亡，在离开前，就能一直牵着你的手了。"

景园被她说得愣住。

快到家时，景园的手机响了一声，她说："应该是小酒到家了。"

顾可馨将车停在车库，景园打开手机，看到发来的消息——

温酒：景姐姐，我姐以后就拜托你了。

景园转头，黑暗中，她看到顾可馨的眼角有光一闪而过。

顾可馨带景园去的是新房子，刚买没多久，原本她是想把和景园租的那套买下来的，那套离景园家很近，来回方便。解绑后她在这边转了一圈，定下了这里的房子，至于租的那套房子，等找个时间再去买了。

景园说不用买这么多，有一套够住就行了，顾可馨笑道："那里对我意义不一样。"

那个房子对她而言，更像是一个小家，什么时候疲惫了都可以过去。

顾可馨对景园道："茶几上有遥控器，你先看会儿电视。我去接个电话。"

电话是莫离打来的，顾可馨没有找新的公司。这段时间她收到了很多邀请，有的联系不到她，就直接联系了莫离，莫离给她打电话都在笑："是不是该给我发工资？"

"发啊。"顾可馨一本正经地说，"莫姐，你来吗？"

莫离正了正神色："来哪里？"

"我工作室。"顾可馨想了很久，现在她一时半会儿还没有戏拍，但不妨碍她带新人，她有资源，对这个圈子再熟悉不过，而且还背靠京仪，不信搞不出花来。

莫离诧异："你开工作室了？"

"刚起步。"顾可馨解释，"还在招人，莫姐来吗？"

她拍了六七年的戏，无缝拍的，也是时候休息休息了，但是她工作室没什么人能顶上，苏英只会干实事，让她去周旋三两句就能把投资人气跑了。所以思来想去，只有莫离最合适。

莫离没想到顾可馨会邀请自己，其实在顾可馨的野心一点点暴露出来之后，她就觉得自己玩不过顾可馨，好在这么多年相安无事，顾可馨也着实听话，所以她对顾可馨也没有很排斥，现在听到她邀请自己，莫离有些犹豫。

顾可馨说："莫姐，你可以好好考虑，至于工资，我出双倍。"

莫离倒不是很在意工资，在这个圈子跑，除了钱之外，大家更在乎的是名气，顾可馨虽说现在属于待业状态，但她能力有多强，莫离是知道的。她一走，现在这公司压儿根没有能顶上去的人，就为这个，老板不止一次让她把顾可馨请回来，可是她没去，她知道顾可馨志不在公司，她有更大的目标。

去还是不去？

莫离想了会儿，说："我过几天回你。"

顾可馨笑道："好，那我等莫姐的好消息。"

莫离挂电话之前说："对了，你和景园的事……"

顾可馨回她："我会处理的。"

她和景园的事情闹得沸沸扬扬，尤其在景园的当众示好后，粉丝冲到她的微博下，发了无数私信，生怕她看不见。顾可馨挂了电话点进微博里，热搜已经降下去了，但是热门还在。点进去，第一个明显能看出是在故意带节奏，留言还有不少人在问真假。

> 景园这是什么意思？以前闹翻过？现在她要求和？
>
> 不要了吧，各自安好吧。
>
> 顾可馨到现在都没回应，是不是不想回应啊？

诸如此类的猜测很多，顾可馨没耐心一一细看，她放下手机，走到客厅，见景园还抱着双膝坐在沙发上看电视，一张嘴鼓起，看都不看自己一眼。

顾可馨失笑:"景园?"

景园仿若没听到,还故意将电视机声音放大了一点。顾可馨想了两秒,去厨房倒了两杯水走过去,递给她:"喝水吗?"

"不喝。"景园说,"卫生间在哪儿?"

顾可馨抬了抬下巴,景园侧目,起身走过去。顾可馨回到房间里抽了一身睡衣,敲门:"景园。"

"干什么?"

"给你拿衣服。"顾可馨说,"睡衣。"

景园打开门,探头,见顾可馨手上拿着一件睡衣,是顾可馨爱穿的那款,她琢磨了两秒,接过来,进浴室冲澡。

景园洗漱完出来,看到顾可馨也冲了澡,正坐在沙发上看电视,她穿的那件和自己的睡衣同色系,样式也差不多。景园走过去,顾可馨递了杯奶茶给她:"苏英落在这边的,太甜了,我不爱喝。"

她喝的是白开水,景园接过,坐在她身边,捧着奶茶抿了一口,确实是甜滋滋的。

电视里正在放她们录制的那期节目,是回播,景园想到那段时间有些感慨,她抿了一口奶茶问:"你那时候是不是真的想和我分手?"

顾可馨听到这话一顿,转头看景园。

事实上,萧情的那番话,对她打击确实很大。她没对温酒说谎,她爸爸去世前他们大吵了一架,后来她经常做噩梦,在想是不是她把她爸爸气死的,这种念头一旦出现就很难摆脱,她自我否决、抑郁,甚至满脑子都觉得自己不应该活在这个世界上。

萧情那番话像是导火索,引爆了她身体里所有的郁气,那段时间的她很是消沉。

顾可馨摇头,景园这才放下心。

次日她们睡到中午才醒,顾可馨手机一直在响,她蒙了好几秒才接起，是郁姿打来的电话，问她中午去不去吃饭。顾可馨才想起来定好今天去师母家，她推了推身边的景园，小声问："师母问你去不去吃饭。"

郁姿听到声音一惊："景园在你身边啊？"

顾可馨回她："嗯，昨晚来的。"

"哎，那你们先睡，先睡，不急。"师母乐坏了，她说，"先睡觉，听到没有？让园园多睡会儿，工作多辛苦啊。"

顾可馨笑："好。"

郁姿说："那你们晚上过来吧？我给你们做点好吃的。"

顾可馨抿唇："知道了。"

郁姿交代完，宋明凑了过来，她笑眯眯地说："那我先挂了。"

宋明问："来了吗？"

"没呢。"郁姿说，"催什么催？孩子还在睡觉不知道啊，这个点，能起来吗？"

宋明郁闷地看着腕表，都快十一点半了，还在睡觉？他问："那你笑什么？"

"哎，老宋，"郁姿说，"咱们是不是该找个机会去见见景园的父母？"

宋明看了一眼郁姿，想到若是他们的孩子还在，估计郁姿也会这样。他点头："行。"

郁姿说："我去给可馨发个消息，先约下时间。"

顾可馨刚躺下就接到了郁姿的短信，她低头看着景园说："师母让我们晚上去吃饭。"

"好。"景园软软地回她，顾可馨说："那什么时候，你爸妈有空，我们两家人一起吃个饭？"

"我爸妈……"景园从被窝里钻出来，秀发微乱，眼睛酸涩，她揉了揉，说，"我爸最近出差了。"

顾可馨说:"那就等他回来。"

景园笑:"好。"

两人在床上磨蹭了半天,拖到一点多才下床。顾可馨简单做了午饭,景园边看电视边吃,顾可馨坐在她身边问:"是不是开始宣传了?"

"嗯。"景园说,"简烟赶不回来,《一梦》现在就是我和罗编剧在宣传,昨天剧组那边催着你过去,问你什么时候有空。"

顾可馨想了会儿,她现在属于无业游民,没和任何公司签约,之前所有通告都结束了,就是怕百年艺人的那件事会牵扯到某个品牌或者公司,这是职业素养,她绝不容许自己犯那么大的错误。现在一切尘埃落定,虽然圈子里对她颇有怨言,但网友并不是很排斥她。

顾可馨说:"再过一周吧。"

景园看着她,扬唇:"好。"

她刚说完,手机响了,景园看了一眼屏幕,是赵禾打来的电话。

赵禾张口就问:"园园,昨晚没回家?"

景园这段时间一直都是回景家的,赵禾都习惯了,今天早上起床叫她吃早饭,见房间空着,问了管家,才知道景园没回来。她本想立刻打电话给景园,又想到她可能在顾可馨这里,所以下午才打电话。

景园回她:"嗯,我在顾可馨这儿。"

赵禾这才放下心,她说:"在她那儿就好……"

景园公开喊话顾可馨的事情不是小事,赵禾一早上不知道接到多少个电话了,好在不算什么大冲击,她和景述完全压得住。

景园睐眼顾可馨,说:"我们会尽快处理的。"

顾可馨正盯着电视看,《一梦》的预告片挑选出来的片段很有吸引力,镜头切换流畅,服装造型都很不错。整体看起来,还是很优秀的。

景园挂了电话,看向顾可馨,问:"你吃饱了吗?"

"好了。"顾可馨把碗递给景园。景园默了默，低头去了厨房，顾可馨在她离开之后用平板电脑上网看了最新的进展。

景园走出房间时看到顾可馨还抱着平板电脑，都抱一下午了，她问："有公事？"

"没有。"顾可馨说，"换好衣服了？我去换衣服。"

景园喊："顾可馨，"顾可馨转头，景园道，"你先去换衣服。"

网上的事情，等会儿车上说吧。

顾可馨回到房间里换了一身便衣，准备出门前她看到又有营销号发了一条微博。

> 大罗娱乐：我就直说了，顾可馨是不可能站出来回应的！这件事也不会有什么结果的！粉丝消停一点吧，还是那句话，上面任何一句话说错了，我直播吃键盘！

因为热度太大，顾可馨出门前终于登上了大号，主动转发。

> 顾可馨：已站出来，和好了，所以朋友，几点开直播？@景园来看直播了！

顾可馨是在晚饭前回应的，弄得网友一脸蒙。粉丝激动坏了，有几个大粉直接办起了抽奖，只要打开微博和论坛，满是顾可馨和景园的名字。顾可馨的粉丝早就超过千万，虽然在和温酒的事件中流失了部分，但并不影响。

这段时间，顾可馨和温酒的事，景园要解绑的事，对粉丝的影响还是很大的，但都想着或许会峰回路转。直到昨天，粉丝们在听到景园的公开喊话后再次被点燃了，如一团火，刹那燃烧起来！

超话像是枯木逢春，又重新活跃起来。但粉丝到底还是没底，生怕顾可馨站出来打他们的脸。可没想到，顾可馨不仅站出来了，还说两个人和好了！

> 转发本条微博，抽三个××手机，要求带"景由馨生"话题。
>
> 转发本条微博，抽一个大红包，要求带"景由馨生"话题。

两人粉丝中的作者和画手也在微博跟风抽奖。

> 转发本条微博，抽六个送景顾原画高清壁纸图，要求带"景由馨生"话题。

粉丝们陷入了狂欢，"景由馨生"四个字在这一晚被所有网友深深刻在心上，成为难以磨灭的记忆。

景园坐在车里看着微博推送的消息，还有顾可馨的微博，抿唇笑了。身边，顾可馨问："笑什么？"

"没什么。"景园很想保持冷静，恢复往常清冷淡然的样子，但实在太难了。

景园问："怎么都不和我说一声？"

似真似假的抱怨，顾可馨转头对上景园的目光，她说："不喜欢这个惊喜吗？"

喜欢死了！景园满心的愉悦。

下车前，言卿打来电话，问景园是怎么回事。景园声音微扬，三言两语解释了经过，言卿笑道："太好了，恭喜了。"

"谢谢。"景园听到言卿问，"那微博需要我帮你处理吗？"

景园转头看看顾可馨，淡淡地道："不用，我们会处理。"

景园挂断电话后，问："言姐问我要不要做个回应。"

顾可馨说："都可以。"

景园捣鼓了半天，还是做出了回应。

景园：本人认证 @ 顾可馨

粉丝们心里明镜似的，看到这条声明，除了开心恭喜，生不出一点其他的念头。

晚上她们一起到了师母家，景园买了不少礼品，郁姿看到后忙说："买这些东西干什么？我和老宋需要什么自己会买，你们赚钱不容易，自己用！"

景园转头看着顾可馨，想让她帮自己解围，顾可馨却只是安静地听着，丝毫不搭话。这副样子让景园突然想到了《佳人》开机仪式时，她也是这样，把自己晾在一边。

那时候有记者在，现在景园可没有顾忌了，她掐了下顾可馨的胳膊，顾可馨"哎呀"一声，对郁姿说："师母，你就收下吧，你再不收景园就要对我使用暴力了。"

景园一听，刚想抬手就被顾可馨拉住。宋明出来解围："好了好了，孩子不回来你念叨，回来了又说个没完，还吃不吃饭了？"

郁姿乐了，见到顾可馨和景园相处得不错更是高兴，她说："那行吧，下次不准了啊。"

景园点头："好。"

四人相继坐在饭桌前，宋明对顾可馨说："有没有想过回来做音乐？我帮你联系学校，再去学两年？"

顾可馨说："老师，不用了，我和景园商量过，准备开工作室。"

"工作室？"宋明微诧，"你一个人吗？"

"先挂靠在京仪。"顾可馨说，"纪总会帮我安排艺人。"

宋明这才放下心，他说："上次百年艺人那事，还要多谢纪总帮忙。"

顾可馨之所以能搞那么一出大戏，纪云昕也算是颇费了些力气的，毕竟萧情是圈内天花板，要动她，光是和李硕做交易压根儿不够，所以她才会找纪云昕帮忙，事后也是因为纪云昕出手她才能干干净净地抽身。

顾可馨点头："是啊，听说她快要回国了，等她回国，我会亲自谢她的。"

宋明说："那就好，你有打算我就放心了，反正你要想做音乐了，随时可以回来。"

他语气就好像在说，你要是累了，随时可以回家。

顾可馨心头一暖，她看向宋明和郁姿，认真地道："谢谢老师，谢谢师母。"

这两人是她所获不多的亲情里，最温暖的念想。

郁姿看她有些动容，忙起身道："吃饭吃饭，吃饭谈什么公事，吃完再聊不行吗？"

宋明低头："吃饭吧。"

顾可馨刚拿起筷子，就察觉小腿被人碰了碰，顾可馨转头，看到景园冲她一笑。

晚饭都是顾可馨和景园爱吃的菜，吃完后郁姿还给她们端来了鸡汤，说是让她们多补补。

景园还是云淡风轻的态度，乖巧吃饭、喝汤，一言不吭。

饭后，两人坐在沙发上，听着身后的宋明和郁姿话家常，顾可馨有两分恍惚，她期待中的家就是这样子的，一转头，父母健在，正在拌嘴，回过头，就能看到景园。

她眼底湿润，往景园身边靠近些许，喊："景园。"

景园偏头，低低道："嗯？"

顾可馨见她正盯着手机，探头道："你在看什么？"

景园想按掉手机，反被顾可馨看到了手机页面，原来是之前那个博主还在搞事情。顾可馨却觉得好奇，怎么就不死心呢？她好奇地看了一眼微博内容。

大罗娱乐：假的！今儿和好，赶明儿就能再分家，现在顾可馨最需要的就是人气和粉丝支持，这么做就是在讨好粉丝！你们看有哪个艺人出来说恭喜了吗？都偷偷捂着嘴巴笑你们被人当傻子呢！

这话还真在理，顾可馨和景园这边，只有零星几个合作过的导演和艺人发声。还真不怪其他艺人不出面，主要是顾可馨和景园这微博发得太突然了，这两位又不是会和别人分享心事的性格，所以大家也摸不准是真是假，都等着其他人表态，这么一等，倒让这个人找到理由了。

景园蹙眉，顾可馨伸出手指点点的她眉心，说："笑笑。这样吧，手机给我，我给你变个魔术。"

景园不太能理解顾可馨想做什么，只见她把自己的手机拿过去熄屏后放在一边，然后拨弄她自己的手机。十来分钟后，她把手机还给景园，景园低头一看，目光微诧。

京仪传媒：恭喜两位老师！以后和和美美，一起走花路。
@顾可馨 @景园

简烟：恭喜两位老师，以后一起走花路啊！ @顾可馨
@景园

于悦：一起走花路！ @顾可馨 @景园

纪云昕：一起走花路！ @顾可馨 @景园

宋明：祝我徒弟和园园一起走花路 @顾可馨 @景园

……

一溜烟的全部都是祝福，而且还是各个圈子里的顶流。有了这些人带头，余下的人看到风向标，也全部站了出来。

景园一刷新，最上面的消息是那位搞事博主的——

　　大罗娱乐：我是傻子，祝两位老师一起走花路！@顾可馨@景园，我直播吃个键盘给两位助助兴。

看到这条，景园扑哧一声笑出来！

架不住郁姿的狂轰滥炸，顾可馨在景述回来第一天就把吃饭时间安排上了，景园嘀咕："会不会太着急了点？"

倒是赵禾积极得很，景园有时候好奇："我是你女儿，还是顾可馨是你女儿？"

"说什么胡话！"赵禾敲她的头，"没大没小。"

景园不解："事实啊，而且顾可馨以前骗了你和爸爸那么久，你都不计较了吗？"

虽然当初是她去解释的，但赵禾和景述没有多问就同意了她的请求，配合她演了那么一出戏，景园还以为等到尘埃落定，赵禾保准会找顾可馨算账呢，没想到她什么都没说，和景述就当这事过去了。景园明白她妈妈的性格，因此有点意外。

赵禾看着她说："园园啊，你觉得顾可馨怎么样？"

景园不假思索："很好啊。"

赵禾说："那不就行了，我和她闹起来，你会高兴吗？园园啊，妈妈和爸爸小时候没陪在你身边，现在你大了，我们也不希望你因为我们不高兴。顾可馨当初是欺骗了我们，但情有可原，爸妈也不是不讲道理的人，只要你们都好，爸妈就放心了。"

景园听得一阵动容，她抱着赵禾，久久没有松开。

顾可馨对她好吗？

好得不行！真把她当成公主一般，饭来张口衣来伸手，什么都不让她做，看剧本都帮她翻好，景园怀疑自己快要被她养得四肢退化了。不只是在家里，工作上，她也极尽可能地安排妥帖。

年末，景园离开公司，来到了顾可馨的工作室。言卿也被她挖了过来，现在工作室里除了她之外还有两个新人和一个成名已久的前辈。

景园还是以前的脾气，不多过问，但顾可馨和以前不一样了。顾可馨爱唠叨，凡事都喜欢和她分享。

约饭这天，景述刚下飞机就被接到了酒店里。

赵禾加了郁姿和宋明的微信，看着几个人相处得其乐融融，顾可馨心头涌上说不清的滋味。

饭后，顾可馨主动找到赵禾，端着一杯茶递给她，恭敬地喊道："伯母，喝茶。"

赵禾调侃："我可没红包啊。"

顾可馨低头失笑，她说："谢谢伯母。"

赵禾扫了一眼面前的顾可馨，百年艺人那件事过去已经半年了，顾可馨越发成熟稳重，对景园的好，她和景述看在眼里。

景园说的那些话，其实赵禾和景述都想过，是不是该给顾可馨一个下马威，好让她以后不敢再欺骗景家。可是转念一想，顾可馨这样的性格，又经历种种，走到现在很不容易，只要她对景园好，那从前的种种，既往不咎。

赵禾端详了几秒，从顾可馨手上端过茶，抿了一口，苦涩之后便是回甘。

她说："等会儿和园园去纪家？"

顾可馨点头："嗯，纪老爷子过寿，我们去看看。"

赵禾也没留她们："早点去早点回家，等会儿我和景园她爸送宋先生他们回去。"

"好。"顾可馨眉目舒展开，满眼笑意。

下午两点多，她带着景园回家换了衣服，然后去了纪家。虽然是纪老爷子寿辰，但是请的人不多，纪云昕说纪老爷子不想大办，他现在老了，不想听到吵闹声，更多的时候，他喜欢抱着简念坐在花园里读书，一整天都乐呵呵的。

顾可馨和景园到的时候，纪老爷子和简念正坐在花园的地毯上，一老一小坐在上面，纪老爷子指着书说："汽车。"

简念跟着念："骑车。"

"不是骑车，是汽车，汽！"纪老爷子声音很是响亮，一点看不出老态。

顾可馨和景园相视一笑，走过去，和纪老爷子打了招呼。纪老爷子抬头："哦，是顾小姐和景小姐，来得挺早。"

顾可馨笑："饭局刚结束就过来了。"

"来得正好，帮我教教这孩子的发音，怎么都不对。"纪老爷子说，"我去叫云昕和烟烟。"

简念听到简烟的名字忙爬起来，迈着小短腿喊："妈妈，妈妈。"

"好好好。"纪老爷子笑呵呵，"太爷爷带你去找妈妈，但是你得先叫人。"

简念歪着头看着顾可馨，笑："姐姐。"

纪老爷子说："错啦，叫姨。这个是顾阿姨，这个是景阿姨。"

简念张张口，改不过来音调，一张小脸涨得通红，眼睛水灵灵的，又大又明亮。

顾可馨蹲下身体，和简念面对面，说："念念，叫姨。"

简念看着她眼睛，懵懵懂懂地叫："姨。"

顾可馨的心都软了，她牵着简念软绵绵的小手，觉得念念连手上都是奶香味，她忍不住握了握，转头看着景园笑了。景园望着面前这一幕，眼睛酸酸涩涩。

她从小就有好父母、好家庭，而顾可馨到现在为止，除了老师和师母外，从未享受过亲情。或许——可以领养一个孩子。

这念头一闪而过。

顾可馨起身说："走吧，我们也过去。"

景园侧目："可馨，你很喜欢简念吗？"

顾可馨看向前面迈着小短腿跑的简念，说："是啊，我很久以前想过，如果我有孩子，我一定给她最好的。"

或许是因为自己从未得到过，一直渴望着，所以她才会想，如果自己有孩子，会倾其所有。

景园心底颤了颤，冲她笑笑。

晚饭是在纪家吃的，饭桌上，纪云昕拉着顾可馨问了很多工作上的事情，简烟不满意地将简念塞在她怀里，简念调皮捣蛋，纪云昕也没法好好和顾可馨说，只好道："等我们去公司再聊。"

简烟说："别理她，景园，你最近好不好？"

"挺好的。"景园说完，简烟的手机铃响起："是苏姐，我去接个电话。"

坐在另一侧吃饭的于悦抬眼扫了一眼简烟，低头继续吃饭。

晚饭时间并不长，都是一个圈子里的人，说着说着就聊到了八卦，简烟说："顾老师那天突然给我发消息，说拜托我发个祝福，我还以为发错人了呢。"

顾可馨笑："你没看纪总的手机吗？"

简烟一顿："看她手机干什么？"

"看她手机你就知道我是群发的。"简烟被顾可馨一句话噎住。

景园小声道："顾可馨！"

这人也不知道什么毛病，现在的性子和以前的温柔大为不同，且越来越毒舌了，景园有种她撕开伪装、释放天性了的错觉。

简烟笑："没事，群发还有个好友前提呢，我已经比很多人厉害了，能占据顾老师好友的位置。"

顾可馨端起杯子，对简烟说："为简小姐的阴阳怪气干一杯。"

简烟差点笑断气，说："顾老师，这样的你比以前有意思多了。"

一顿晚饭，互相恭维，景园和顾可馨离开前，简烟说："常来坐坐，对了，景园，你去《乾坤》剧组吗？"

剧组是上个月对景园发出的邀请，这是一部仙侠剧，想请景园饰演女一，另一个主角请的是简烟。

简烟说会考虑，实际上还是想问问景园的意见。

景园说："没意外会去的。"

简烟立马点头："明白了，那你和顾老师回去路上小心。"

景园轻轻"嗯"了一声，和众人道别，离开前她看到顾可馨看向简念，冲简念挥了挥手，简念的小手臂也跟着摇起来，顾可馨笑得很开心。

番外二

2

If the golden sun,

Should cease to shine its light,

Just one smile from you,

Would make my whole world bright.

——*Stray birds*

　　景园的理想很好，但她和顾可馨见面的机会却不多，她接下了《乾坤》这部戏，随着剧组出差去外地，需要大半年的时间。顾可馨也在忙着工作室的事情，一年后她也开始陆陆续续有了通告，上过两次真人秀后接到一部电影的邀请，至此，不是景园出差就是顾可馨出国。

　　当然，这种聚少离多只是暂时的，景园拍戏时顾可馨一放假就会过去，三句不离我家景园。

　　顾可馨这边也忙，但她还是每周都要抽出时间去见景园，苏英有时候说她自己都和陀螺似的，就不能等景园回来？她也想等，可是更想见她。

　　她就是这样的性格，想见，她就会去见，为此还给景园带来了好几次惊喜，景园高兴的时候喜欢一直叫她的名字，顾可馨。

　　这三个字从她嘴里蹦出来，宛如有魔力。

　　又是第三年春，景园凭《乾坤》获视后提名。这两年，她大大小小的奖项收获无数，就差个视后，就是国内大满贯了，而顾可馨早就在国际影坛活动了，有纪云昕牵线，她和J国、M国也联系频繁，她的身影逐渐出现在国际大屏幕上。但她本人却低调得很，除了提到景园会多说两句之外，其他时候一概不经营人设。

　　而关于那场百年艺人，被传播很多个版本，有人说她是为父报仇，有人说她为一己私欲，也有人说她是被别人当枪使了，不管怎么说，萧情伏法是事实，百年艺人这个窟窿被揭开也是事实，所以有很多人反对她，也有很多人支持她。之后有几次采访说到这件事，顾可馨都是淡笑，避而不谈。

萧情的倒台给圈内带来了巨大的冲击，官方连续出了好几个新规定，圈内像是经历一场血洗，就连粉丝都变得佛系了，很多有演技的艺人就在这时候开始出头，H国的电视剧、电影的质量好了不止一个档次，在各国电影节频频被提名。

对此，一些老艺人采访时会说——

"我对百年艺人这事没什么看法，但我支持顾小姐闹这么一场，现在的H国，才是优秀艺人想奋斗的地方。"

"这才是我想看到的圈子，艺人当以演技切磋，而不是名气，现在就很好。"

"顾小姐有什么错？一个时代久了，总需要有人来打破，如果仅因为这个针对顾小姐，我觉得有失偏颇。"

彼时的顾可馨早就不止在H国发展，这些舆论也影响不到她。

顾可馨依然喜欢逛超话，所以她弄个小号混在超话和粉丝群里。

下午两点，顾可馨还泡在超话里，景园催促她："走了。"

顾可馨见景园穿了一身淡紫色曳地长裙，秀发卷成了小波浪散在身后，眉目飞扬，她起身笑道："走。"

晚上七点，视后颁奖典礼开始，顾可馨和景园早早就到了，两人迎面撞上了简烟。简烟手上牵着简念，孩子已经长得半人高了，简烟解释："让她待家里，非要跟过来，真没办法。"

简念笑得很开心，一双眼睛湿漉漉的看着顾可馨喊："顾姨，景姨。"

顾可馨伸手捏了捏她脸："又胖了。"

简念："妈妈说这是婴儿肥！婴儿肥！才不是胖了！"

小仙女听不得这话，瘪瘪嘴，景园笑了："别理她，阿姨给你带了糖。"

简念又高兴了，亲亲热热地站在景园面前，接过棉花糖。

简烟看着她们俩互动，小声问："顾老师，宴会的日子定了吗？"

顾可馨默了默。

之前赵禾和景述提议要收顾可馨为干女儿，郁姿和宋明也没什么意见，赵禾就想着办个宴会，向景家和身边人正式介绍一下顾可馨。这事催了好多次了，早在去年她们就把所有要准备的东西都准备好了，可是宴会迟迟未办。就连景述都无法理解，找她谈过两次话，但她和景园有自己的打算。

简烟见她没吭声也不解释，简念蹦跳着回到她身边，她弯腰抱起简念去找纪云昕。顾可馨看着她们离开的背影抿抿唇，景园走过去："怎么了？简烟说什么了？"

顾可馨偏头："她问我宴会定在什么时候。"

景园迟疑片刻，一开始她们是想等顾可馨的工作室稳定下来再办，后来彼此都忙，就放下了这事，反正办不办宴会，赵禾如今也是拿顾可馨当亲闺女对待。谁知道这一拖，都快两年了。

顾可馨说："不然，就找时间办了吧。"

景园似是想到什么，突然顿住，表情微怔，顾可馨问她："怎么了？"

"我……"景园的心怦怦跳，有个念头一闪而过。她对顾可馨道，"我去趟卫生间。"

顾可馨疑惑地看了她两眼："现在吗？"

"嗯。"景园说，"你先去和纪总她们聊一会儿，我去趟卫生间。"

顾可馨点点头。

景园快步走向卫生间，一路上好几个艺人和她打招呼，她都有些恍惚，那个念头一闪而过之后，她的心跳一直异常的快，进卫生间时还差点和人撞上。

于悦扶着她:"景老师?"

景园抬头,说:"谢谢。"

"你怎么了?"于悦问,"脸色很不对劲?"

"没事。"景园勉强一笑,她只是需要冷静一下,想一下该怎么说。

于悦看着她走进去还有些担心,但也不好跟进去问,结果刚走出卫生间就碰到了顾可馨,忙叫:"顾老师,你要不要进去看看?景老师好像不太对劲。"

顾可馨的心跳快了两拍,她点头:"好。"

在大厅时她就看出景园的不对劲了,所以才一路跟过来。

她在于悦目光下进了卫生间,轻声叫:"景园?"

没人回应,顾可馨蹙眉,敲了敲那唯一一扇关着的隔间门:"景园?"

里面传来闷闷的声音:"嗯。"

听不出什么情绪,但也不像是高兴,顾可馨心情复杂,她缩回敲门的手,垂在身侧:"好了吗?"

"没有。"景园低声说,"等我一会儿。"

顾可馨就站在一侧等着她,不多时就有人进了卫生间,看到她站在一侧,好奇道:"顾老师在这干什么?"

她身边艺人笑:"肯定是等景老师啊!"

顾可馨冲她们笑笑。

两人离开后,顾可馨始终站在原地,没一会儿,景园所在的隔间门打开,她从里面走出来,顾可馨拿过她的包,看着景园在洗手,她说:"颁奖典礼马上要开始了,我们要过去了。"

景园点头:"好。"

她神色比刚刚冷静不少,两人一道出去,快到大厅时,景园喊:"顾可馨——"

顾可馨转头看着她，一双美目晶亮璀璨，宛如缀满星光，亮得迫人。

景园看着她，慢慢扬起一抹笑，褪去清冷孤傲，她神色温柔地道："顾可馨，我们一起领养一个孩子吧。"

一整个晚上，顾可馨不知道是怎么度过的。景园上台领奖时，顾可馨突然反应过来，伸手拽住了她："干什么去？"

彼时所有灯光都打了过来，照在两人身上，景园难得面红，她轻咳："领奖，你松手啦。"

她在外人面前从来都会冷静优雅，什么时候有这样一面，摄影立马对上她和顾可馨，放大，聚焦。顾可馨还想说话，景园生怕她语出惊人，立马用手捂她的嘴，交代："我马上回来。"

顾可馨顿了顿，松开手。

这一幕录下来，还被当颁奖花絮给放了出去。景园没想到，那段视频的热度比她拿视后的热度还要高。她不在意这些，倒是把顾可馨乐坏了。

回去的路上，顾可馨问："能告诉苏英吗？"

"可以啊。"景园点头，"当然可以。"

"还得跟师母和老师，还有你父母那边，我觉得还是要一起商量一下的好。对了……"

景园忍无可忍："顾可馨！"

顾可馨转头，看她的神色有两分茫然，景园突然明白过来，顾可馨这是太高兴，已经失去平时的理智了。她心头一软，伸手抱住顾可馨说："都可以，你想做什么都可以，想告诉谁就告诉谁。"

顾可馨小心翼翼地环过景园的肩膀，动作竟是少见的笨拙，景园从车窗里看到她的举动，心头突然涌上酸涩，难受得厉害。

其实当初见顾可馨那么喜欢简念，她就知道顾可馨是喜欢孩子的。从小到大，顾可馨感受到的亲情不多，她希望能为顾可馨弥补一些遗憾。

到家后，顾可馨把决定领养孩子的事情，通知了所有该通知的人，宋明和景述两家大晚上赶到了两人的住处。

景述沉着脸道："你们两个想好了吗？养一个孩子不是过家家，一旦决定了就要负起责任！"

"没错。"宋明也站在景述这边，"这一点，我想可馨你是最能了解的。"

顾可馨看着四个人，张口认真道："我知道！"

景园眉头轻蹙，这事儿明明是自己提的，怎么炮火都对着顾可馨了？

四位家长你看我我看你，最后，还是景述说："那就准备准备，选个好日子，去接孩子吧。另外，宴会也抓紧办了吧，正好一起介绍下孩子，也算是双喜临门了。"

顾可馨附和："好。"

见两人心志坚定，四位家长干脆一手操办了一切，宴会就定在一个月后。顾可馨和景园请了假，本着负责任的态度认真走完了所有领养流程，带回了一个女婴。

顾可馨喜欢得紧，心情大好，逢人就炫耀自己有女儿了，对苏英也不反击了，任她调侃。

宴会是在一个小岛办的，只邀请了两边的熟人和她们认识的艺人，并不算很隆重，可就是这么简单朴素，也把媒体急坏了，谁都拍不到内部场景，只能靠瞎想和杜撰。

各种猜测层出不穷，景园下了飞机和顾可馨一起去了小岛中间的度假村，赵禾早早带着孩子守在那里，看到她们来了忙道："快快快，换衣服去。"

景园被她推着进一个房间，顾可馨在隔壁，金姐帮顾可馨整理衣摆，说："真没想到还能有这样的机会。"

当初顾可馨和公司解约后，和她说是最后一次合作，其实就是为了保护身边的人，不让这些人受到牵连。金姐是在顾可馨开工作室后主动找上来的，她说："工资嘛，给一半就行了。"

顾可馨当然不会只给一半，还是以前那么高，并且让金姐多给工作室的其他艺人做造型，金姐有时候开玩笑说是上了贼船了，但她分明很开心。

换好衣服，顾可馨走出房间，刚出来就站住不动了，不远处是景园。

景园的礼服是简约款，露背装，蝴蝶骨明显，腰骨的线条宛如精心雕琢过，美得不可思议，她站在那里，就好像是一道光，刹那间驱散了所有的阴霾。

顾可馨定定地站在原地，就这么看着，景园察觉到身后的视线，转过头，隔着几米远，冲顾可馨淡淡一笑。

明亮的白炽灯下，景园刚想抬脚，顾可馨说："别动。"

就站在那里，等她走过去。

不管这条路有多难，有多远，她总会一步一步，走到景园身边。

门外吵吵嚷嚷，很多人走动，两人在房间里享受着难得的安逸。

不多时，景园被赵禾叫了出去，顾可馨坐在房间里面等待，她深深呼吸，眼尾微红。金姐进来帮她补妆，简烟带着简念也来了。

肉嘟嘟的简念说："顾姨，我想吃糖。"

顾可馨也没逗她，伸手掐了一把她的脸颊后，拿了一把糖递给简念，简念乐了："谢谢顾姨！"

她一溜烟地跑出去，说是要带其他人分享，简烟没辙，也跟着出去，房间里重新安静下来。顾可馨听着自己的心跳声，突然很乱。

"快快快。"苏英冲进来，"该出去了。"

顾可馨一颗心七上八下，她一个去过国际舞台的人还以为自己能从容地面对任何情况了。她错了。

顾可馨拍拍发麻的腿，突然不知道该怎么走，苏英诧异："想啥呢？走了！"

顾可馨深吸一口气，出了门，看到景园正站在一侧等她，内心所有紧张都被抚平，暖流来袭，窜进她四肢百骸，心跳陡然就平稳了。她踩着高跟鞋走过去，看向景园。

不知道谁蹦了个礼炮，刹那无数丝带落在她们身上，姹紫嫣红，绚烂夺目。

景园站在她身侧道："走吧，爸妈、老师，还有孩子都在等着我们呢。"

最前方，赵禾、景述、宋明还有抱着孩子的郁姿正看着她们，眼底满是欣慰。周边都是熟悉的好友，简念用稚嫩的嗓音说："姨姨好漂亮！"

顾可馨转头，见景园也正看着自己笑着，她突然开口："景园，你知道我在想什么吗？"

景园不解："什么？"

顾可馨说："我想，我知道孩子应该叫什么了。"

景园秀眉轻拧，关于孩子的名字，她和顾可馨不知道翻了多少诗词和字典，赵禾每周都会给她们送来好名字参考，但顾可馨迟迟没定下，她问："叫什么？"

顾可馨和她一起往前走，边走边轻声说："就叫景一一吧。"

一生一世一双人，一心一意一辈子。

景园每年六一都会准备两份礼物，一份给景一一，一份给顾可馨。景一一乖巧，自从知道顾可馨的生日是六月一号之后，每次收到六一的礼物都会塞给顾可馨，还会一本正经地说："等我以后长大有钱，我就给干妈买最好的礼物！"

顾可馨失笑："什么是最好的礼物？"

"就是最贵的呀。"景一一懵懵懂懂，"简念姐姐说好礼物要很贵很贵。"

顾可馨点头："那如果你赚不到钱呢？"

"我肯定可以赚到的。"小脸上满是认真，顾可馨也不免认真："如果呢？"

"如果……如果……"景一一想不出来，看到景园过来，她"哇"的一声哭出来，"妈妈，我以后是不是赚不到钱？"

什么乱七八糟的？

景园瞪了一眼顾可馨，这人真是越来越幼稚，每次和一一单独在一起，总要把她弄哭，偏偏景一一还就喜欢和她待在一起，睡觉都只要顾可馨哄着才肯睡，真是冤家。

顾可馨被瞪得委屈，她摸了摸鼻尖，问景园："今天你去幼儿园？"

往常景一一去参加学校的歌舞比赛，都是顾可馨送过去的，景园不爱交际，但她破天荒说今天她送，顾可馨刚好接了个新戏，就留在家里看剧本。

景园离开前还瞪了她一眼。

景一一长得漂亮，就是爱哭鼻子，一点小事就容易哭，眼睛如兔子一般，红红的。上车之后，景园安抚好景一一，给她重新化了妆，叮嘱："去学校不能再哭了哦。"

景一一还在纠结刚刚的问题，她问："妈妈，我以后会不会赚不到钱啊？"

"不会的。"景园摸摸她头，"我们一一这么厉害，以后肯定可以赚很多很多钱。"

"妈妈真好。"景一一投入景园的怀抱，"我好爱妈妈。"

这时候倒是嘴巴甜，估摸是学了顾可馨的精髓，一张嘴能说会道，经常把四个老人哄得服服帖帖、高高兴兴的，只有碰到顾可馨，她才偃旗息鼓。真是道高一尺魔高一丈，什么时候她能掐过顾可馨，什么时候才会不爱哭。

景园拉开这个小黏人精，给她换好裙子后和她一道下车，景一一漂亮得如同小公主，走在哪儿都是万众瞩目的焦点。不时有人看向景一一，惊讶还有这么漂亮的孩子，只是景园清冷的气质给人浓浓的疏离感，一时没人敢上前搭讪。

半晌，两人到了班级门口，班主任带走了景一一。景园被安排坐在前排，身侧有两个母亲试图搭话，景园冲她们点点头，两人笑呵呵的。

顾可馨待家里看了会儿剧本，收到了景园发来的照片，是景一一在跳舞，舞是顾可馨亲自排的，学校的老师还让景一一教了其他孩子。整齐划一的舞蹈看上去颇为有型，顾可馨看了也舒心，她目光温柔，问景园——

中午想吃什么？

都行。等一一结束我们就回来。

顾可馨起身泡了些菜，等两人回来。

景园发完消息，看向台上的景一一，犹豫了两秒给赵禾打了个电话，赵禾一听乐了："好啊。"

赵禾亲自开车去幼儿园接景一一，见面就亲亲抱抱，一口一个大宝贝。景一一努嘴："妈妈，我今天不回家吗？"

"乖，今天妈妈有点事，你先去奶奶家。"

"可是我还没和干妈说生日快乐。"

景园呛了口："妈妈帮你说。"

"那妈妈记得帮我亲一口干妈哦。"她稚气地勾住景园的脖子亲了一口，"就是这样。"

景园难得失笑："好。"

景一一这才放心离开。

景园先去了商场，给顾可馨买了礼物，末了才悄悄回家。客厅里电视开着，沙发上坐着一个身影，正低头看剧本。阳光正好，落在顾可馨身上，为她添了一道道光圈。

面前的一幕，美好又安稳。

景园放下包，蹑手蹑脚地走到顾可馨身边，刚想从后面吓唬她就被顾可馨拉住了肩膀，她整个人转了个圈，直接被拉到了沙发上。

"知道我回来？"

顾可馨看了一眼电视："反光。"

景园"哦"一声，顾可馨问："一一呢？"

"去我妈那里了。"景园不擅长撒谎，还没开口就面色微红，"我妈想她了，把她接过去玩两天。"

顾可馨笑："那我呢？"

景园疑惑："你什么？"

"你什么时候能陪我玩两天啊？"

景园没好气地道："顾可馨！"

午饭后，两人一起坐在阳台上，因为她们职业特别，所以这里的窗户是夹层的，从外面看不到里面，但从里面能将外面看得一清二楚，顾可馨拉开半个窗帘，两个人一起看窗外的鸟儿飞过。

客厅还放着综艺，无外乎都是游戏外的感情问话，主持人不知道在问谁喜不喜欢谁，顾可馨突然叫："景园。"

景园侧目："怎么了？"

顾可馨突然问："你什么时候觉得我还不错的？"

景园她好像真的没有想过，或许最开始她确实把顾可馨错认，可后来顾可馨用实际行动告诉她，顾可馨和别人的区别。

顾可馨就如一柄剑，霸道地劈开了自己温和的世界，把她领到另一个陌生地方，然后丢下她，让她独自生存。景园是恨过顾可馨的，可后来也感激她。

景园反问："那你呢？"

顾可馨侧头，说："在小岛的时候。"

景园微怔："我救你那次？"

顾可馨失笑："是我让你救我那次。"

她没想到景园如此执拗，那样的情况下都不肯松手，她原本是想教景园什么是动物的本能，反而从景园身上看到另一种品质。

"所以你觉得我很好？"

顾可馨刮着她的鼻尖："我觉得你很笨。怎么会有你这么笨的人，明明自己疼得要死，却还想拯救我。"

顾可馨说到这里眼圈微红，她轻声道："你成功了。"

顾可馨被景园拯救了。

3

遗憾

If the golden sun,

Should cease to shine its light,

Just one smile from you,

Would make my whole world bright.

——*Stray birds*

入冬的时候，顾可馨染上感冒，生怕传染给景一一和景园，带着病在剧组休息，也不能上戏。还是和景园打电话时被她听出来了，景园当下立马赶到剧组，顾可馨开门时愣了："园园。"

景园有些生气，她板着脸，一双眼看着顾可馨，也不说话。

顾可馨自知理亏，低头说："怎么知道的？"

景园回她："我听你声音不对劲，问苏英的。生病怎么也不告诉我？"

顾可馨说："只是感冒。"

景园语气硬邦邦的："感冒也要告诉我。"

她眼底有担忧，看向顾可馨，顾可馨每天都会抽空锻炼，身体很好，鲜少生病，有次她和景一一碰上流感，顾可馨一点事都没有，尽心尽力地照顾她们俩，现在她生病，却瞒着自己，景园想想又有点生气了。

顾可馨看出她神色，拉了拉她，喊："园园。"

她声音微哑，估摸是咳嗽的缘故，听起来格外让人心疼，景园原本还在生气呢，听到她这个声音，只得说："下次要告诉我。"

顾可馨："好。"

景园说："我们回家。"

顾可馨说："一一……"

"——我送我妈那边去了。"她也害怕传染给——。最近——学校有个什么比赛,她天天忙着跳舞唱歌,如果因为感冒去不了,肯定又要哭鼻子,所以景园早一步送——去了。

顾可馨看她把什么都安排好了,笑道:"好,那我们回家。"

到家之后,景园彻底把她当成了一个病人,把她按在床上休息,顾可馨的药都是她端来送到床边的。人也是奇怪,在剧组没人单独照顾时,她觉得感冒没什么,在家里有人照顾了,顾可馨当真生出几分自己生了大病的错觉。

上次生病都记不得什么时候了,她身体一向很好,但也正是如此,一生病就没那么快痊愈。这次感冒也是,原本以为三四天就能好,没想到一周了还没好转,还让景园知道了。

顾可馨躺在床上,听着卫生间的水声,淅淅沥沥。窗外寒风起,风声砸在窗沿上,发出刺耳的尖叫,她躺在被子里,盖着奶白色薄毯,不时看向卫生间的方向。

景园还没出来,房间内的舒适让她有几分昏昏欲睡。

顾可馨见到了小时候的景园,她坐在教室里,一抬头,就看到了进门的景园。她穿着蓝白色校服,长发扎起,刘海遮住了眉毛,眼睛是一如既往的漂亮,气质清冷卓绝。后背是光,她像是踩着光踏进教室。

"哎,新来的同学,漂亮吧?"

"听说成绩很好哦。"

"市里学校的,成绩特别好,不过突然转我们学校来干什么?我们学校和她以前学校没得比啊。"

老师安排她坐在顾可馨的旁边,顾可馨转头,听到她声音清泠地自我介绍:"我叫景园。"

景园,她想,真是很好记的名字。

这一记，就记在了心上。

年底学校有晚会，每个班级都要出两个学生参加，顾可馨弹琴，还推荐了景园，同学们也纷纷说："景园景园！让其他班级看看我们班的两朵花！羡慕死他们！"

"就是，我们景园气质万里挑一，这个组合肯定拿第一！"

班主任询问了景园的意见，顾可馨看到景园环视了班级一周，沉默几秒后说："好。"

"那顾可馨，你上晚自习时带景园去排练。"

班主任一声令下，她们下课后就腻在了一起。

"你怎么不说话？"

"听说你是从市里的学校转过来的？为什么转过来？那里条件不是更好吗？"

"你还休学半年？身体不好？"

"景园，要不要喝牛奶？我给你带一盒。"

景园没有回她，寻常时候她都是这样，不管对谁都很冷漠，她像是把自己封闭在一个人的世界里，不准别人踏进半步。

直到上台表演结束后，她们果不其然拿了第一名。下了舞台，顾可馨拿着为数不多的奖金给景园买了礼物，送给景园的时候，景园愣住了："送给我？"

顾可馨点头："对，送给你。"

景园不解："为什么？"

顾可馨疑惑："什么为什么？"

景园："为什么对我这么好？"

顾可馨被问得愣住了，为什么对她这么好？她开始想原因，想得太入神，没听到景园的呼唤。

"可馨？可馨？顾可馨？"

顾可馨睁开眼，看到景园穿着睡衣蹲在床边，湿发用干毛巾裹着，应该是刚洗完澡，脸上还有红晕，那双眼泛着水，却满含担忧："你发烧了。"

发烧了？

顾可馨的手搭在额头上，果然很烫，她都没什么感觉，刚想开口，嗓子烧起来一般难受。她咳嗽了几声，景园从床头柜拿了药给她，说："退烧的。"

她就着景园的手吃下药，坐起身，靠在床边，一身的汗。

景园："再睡会儿？"

顾可馨说："我冲个澡。"满身黏腻，不是很舒服。

等恢复点了力气，她去卫生间冲了个澡，出来时景园正坐在凳子上吹头发，见她出来，景园关掉了吹风机，问她："好点没？"

顾可馨点头："好多了。"

她说着看向景园，说："刚刚做了个梦。"

景园好奇："什么梦？"

顾可馨说："梦到我们班级转来一个女同学，长得很漂亮，性格也好。"

景园下意识皱眉："班级？"

顾可馨点头，看着她："对，梦到我上学的时候了，我还和那个女同学合作了一首曲子，我们拿了第一名。"

景园给顾可馨递了杯水，不咸不淡地说："记这么清楚。"

"因为好看啊。"顾可馨兀自说，"她的声音真好听。"

景园憋不住了："顾可馨！"

顾可馨抿了一口水，倏然笑道："怎么不问我是哪个女孩子？"

"我为什么……"景园话还没说完，反应过来，侧头看坐在床边的顾可馨，刚刚的恼气散去，有些不自然地开口，"是我？"

她性格哪里好了？以前上学时同学都说她冷得和冰山似的。

顾可馨说:"嗯,梦到和你一起上学了。"

就在景园遭受背叛之后,转到了她的学校,她每天陪着景园,不过这些话她没对景园说,回想梦里的景园最后问的那句话——为什么对我好?

大概,是她现实里有遗憾吧。

顾可馨想起以前做过的一个关于小时候的梦,梦里的景园是小公主,小公主对她主动伸出了手,拉她出了泥潭,那是她的遗憾。所以,刚刚的梦,是想弥补景园的遗憾。

她想给景园一个完整的学生时代,想做她最好的朋友,不会背叛。

真是一生病就容易胡思乱想,情绪都变得脆弱了。

顾可馨喝完水躺在床上,听到景园说:"我也梦到过你小时候。"

顾可馨好奇:"我?梦到我什么?"

景园举着吹风机失笑。她梦到顾可馨小时候很可怜,没人疼也没人爱,她是在路边认识顾可馨的,然后把她带回了家。

顾可馨说:"你是大小姐吗?"

她说:"不是,你可以叫我园园。"

顾可馨说:"我不喜欢叫园园,我可以叫你美女吗?"

就算是梦里,也是不正经的顾可馨。

景园不说话,只是笑笑。

顾可馨憋不住了,她起身走到梳妆台前,问:"梦到我什么?"

景园想了几秒:"忘了。真的忘了。"

"嗯?"顾可馨声音微哑,不是很相信,"那就好好想想。"

景园说:"想不起来了。"

顾可馨挠她的腰窝,景园很是敏感,赶紧去拉顾可馨的手,顾可馨因为感冒乏力,还真被她抓得紧紧的。两人闹了一会儿,倒在床上,顾可馨抬手掀起薄被盖在两人身上,景园半趴着身体,转过头看向顾可馨,说起了自己的那个梦。说到最后她嘀咕:"梦里也不正经。"

面前的人轻笑，顾可馨目光灼灼。景园问顾可馨："你呢，你梦里的我是什么样的？"

顾可馨说："我梦里的你，一直跟着我，我做什么事情，你都要参与。晚上放学了，你还要送我回家，待在我家不肯走，主动帮我整理房间……"

"不可能。"景园小声说，"我才不会。"

顾可馨一本正经："我没骗你，真的，你对我死缠烂打。"

景园捂住顾可馨的嘴。

顾可馨拉住她的手。景园的手指纤细，手背白净，保养得很好，皮肤细腻光泽，抓在手心软软的。

刚刚那些话，当然是假的。就算是梦里，也是自己先走近了她。

（全文完）

图书在版编目（CIP）数据

微光：完结篇 / 鱼霜著 . -- 成都：四川文艺出版
社，2024. 7. -- ISBN 978-7-5411-6991-5

Ⅰ . I247.5

中国国家版本馆 CIP 数据核字第 2024G5K937 号

WEIGUANG · WANJIEPIAN

微光·完结篇

鱼霜 著

出 品 人	冯　静
出版统筹	刘运东
特约监制	王兰颖　代琳琳
选题策划	王兰颖
责任编辑	邓　敏
特约编辑	代琳琳　刘心怡　刘玉瑶
封面设计	卷帙设计
责任校对	段　敏

出版发行　四川文艺出版社（成都市锦江区三色路238号）
网　　址　www.scwys.com
电　　话　010-85526620

印　　刷　天津鑫旭阳印刷有限公司
成品尺寸　145mmX 210mm　　　开　本　32开
印　　张　22　　　　　　　　　　字　数　580千字
版　　次　2024年7月第一版　　　印　次　2024年7月第一次印刷
书　　号　ISBN 978-7-5411-6991-5
定　　价　69.80元（全2册）